ハヤカワ・ミステリ

JUSSI ADLER-OLSEN

特捜部Q
—カールの罪状—

NATRIUM CHLORID

ユッシ・エーズラ・オールスン
吉田奈保子訳

TOKYO HAYAKAWA BOOKS

A HAYAKAWA
POCKET MYSTERY BOOK

NATRIUM CHLORID
by
JUSSI ADLER-OLSEN

Translated by
NAHOKO YOSHIDA
First published 2023 in Japan by
HAYAKAWA PUBLISHING, INC.
This book is published in Japan by
arrangement with
JP/POLITIKENS HUS A/S
through TUTTLE-MORI AGENCY, INC., TOKYO.

装幀／水戸部 功

私たちの美しく賢い孫、エリーに捧げる

特捜部Q

――カールの罪状――

主な登場人物

カール・マーク……………………警部補。特捜部Qの責任者
ハーフェズ・エル＝アサド
ローセ・クヌスン
ゴードン・T・タイラー
……特捜部Qのメンバー
マークス・ヤコプスン………………殺人捜査課課長
モーナ・イプスン……………………心理学者。カールの妻
ハーディ・ヘニングスン……………元刑事
マイア・ピーダスン…………………爆発事件の被害者
デボラ…………………………………あるサークルのまとめ役
ラウンヒルド・ベングトスン………同サークルの新人メンバー。通称ルツ
タビタ・エングストラム……………同サークルの元メンバー。通称イヴ
サラ、マルタ…………………………同サークルのメンバー
パレ・ラスムスン……………………国会議員。故人
パウリーネ・ラスムスン……………レヴュー女優。パレの姪
シスル・パーク………………………実業家
オレグ・デュデク……………………工場オーナー。故人
ユーレク・ヤシンスキ………………元職工長
ピーア・ラウゲスン…………………会計事務所オーナー。故人
テュッテ・ラウゲスン………………ピーア・ラウゲスンの娘
マウリッツ・ファン・ビアベク……リアリティ番組のプロデューサー
ヴィクトーリア………………………元女優。マウリッツの妻
ラウラ…………………………………ファン・ビアベク夫妻の長女

プロローグ

一九八二年

　通報から五分と経たぬうちに、救急車が芝の広がる公園の角を曲がり大惨事の現場に到着した。救急隊員たちが目にしたのは生涯忘れられないほど壮絶な光景だった。芝生にできたくぼみから煙が上がり、その周りで六人が息絶えている。落雷の放電で発生したオゾンの喉と鼻を突くにおいと焼けた遺体から立ちのぼる刺激臭が混ざり合い、辺りに立ち込めていた。

「下がって！」向かい側の大学から走ってきた学生たちに向かって、隊員が叫んだ。どの学生も惨劇を目の当たりにして、凍りついたように動けなくなっている。

「この様子じゃ俺たちにできることはないな、マーティン。だけど、あの人には手当てが必要だ」同僚がマーティンの袖を引っ張り、指をさした。

　その指の先を見ると、年配の男が濡れた芝の上に力なく座り込むところだった。

「どうして、あんなに密集して立っていたんだ。どうして、あの雷は木に落ちなかったんだ」男はそうつぶやきながら、すすり泣いた。どんなに激しく雨に打たれようとも、どんなにぐっしょり濡れたコートが雑巾のように体に貼り付こうとも、どうでもいいといった様子だ。

　マーティンは大学の建物に顔を向けた。そのとき、建物の壁に青いライトが反射し、周辺の道路からサイレンが聞こえてきた。パトカーと応援の救急車だ。

「この人、いまにも失神しそうだ。何か与えて落ち着かせないと」と同僚が言った。

マーティンは降りしきる雨のなかで目を細めた。茂みの近くにできた水たまりがどんどん広がり、その横にふたりの女性がしゃがみ込んでいる。

「こっちに来てください！」女性たちが叫んだ。マーティンは救急バッグをつかむと、全速力でふたりのもとに向かった。

「まだ息があると思うんです」片方の女性が、七人目の被害者の後頭部を片手で支えながら叫んだ。

ほかの犠牲者たちとは違って、その若い女性は重いやけどを負っているわけではなかった。ただ、服が黒く焼け焦げているだけだ。

「落雷の衝撃でここまで飛ばされたんだと思います」介抱している女性が震え声で言う。「なんとか助けてあげて」

マーティンがどんどん深くなる水たまりから負傷者の痩せた体を引き上げていると、背後でがやがやと声が聞こえてきた。応援の救急隊員たちが到着したのだ。だが、現場の状況から手遅れだと悟ったらしい。

落雷が、芝生の上に密集して立っていた六人全員の命を奪ったのだ。

マーティンは女性が安静を保てるよう体位を横向きにし、脈をとった。弱く、遅いが、安定している。同僚に担架を持ってくるよう指示しようとマーティンが立ち上がろうとした瞬間、女性の全身に痙攣が走った。浅い呼吸と深い呼吸を二、三回繰り返したかと思うと、胸がびくっと反り返った。突如として女性はひじをついて体を起こした。

「ここは？」女性は充血した目で辺りを見回した。

「コペンハーゲンのフェレズ公園です。ここに雷が落ちたんですよ」マーティンが答えた。

「雷？」

マーティンはうなずいた。

「それで、みんなは？」女性はがやがやしている周囲に目をやった。

「お知り合いですか？」

「ええ、いっしょにいたの。みんなどうなったの？　死んだの？」

　マーティンは少しためらってから、うなずいた。

「みんな死んだのね？　六人全員ね？」

　妙なことを尋ねるものだと思いながら、マーティンは女性を見つめ、それからもう一度うなずいた。無理もない。精神的なショックが大きいのだろう。だが、次の瞬間、女性の顔に浮かんだのは、ショックや悲しみとは似ても似つかない表情だった。

「そう」その声は完全に落ち着いていた。負傷して、間違いなく痛みを感じているはずなのに笑っている。口元を歪めた、悪魔のような笑みだ。

「これがどういうことかわかる？」そう質問した女性は、答えを待たずに続けた。「わたしが落雷で生き延びたってことは、神のご加護があれば、わたしはなんでも切り抜けられるってことよ」

1

マイア

一九八八年一月二十六日、火曜日

年が明けて二十日以上が過ぎると、思いもかけぬ厳冬がデンマークに到来した。気温は氷点下まで落ち、肌を刺すような風が吹きすさぶ。団地の裏庭一面に張った氷がどんどん面積を広げていくのを見て、マイアはため息をついた。三年連続で車に冬用タイヤを装着する羽目になってしまった。だが、クリスマスを終えたばかりで、いつもの修理店に頼もうにもお金がない。だから〈オーヴェ・ワイルダー・ガレージ〉という店の広告をタウン紙に見つけたとき、マイアの目はその派手な謳い文句に釘づけになった。〝爆速・安心・格安のタイヤ交換サービス〟とある。しかもシュズハウンにある息子の託児所のすぐ近くだ。ここにしよう。

これがシングルマザーの現実だ。一エーレだって無駄にはできない。

修理店〈オーヴェ・ワイルダー・ガレージ〉の店主は筋骨たくましい男だった。車のエンジンをいじりながら育った、まさに職人気質といった感じで、いかにも頼れそうだった。マイアは安堵のため息をついた。

「まずは、異常がないか確認してみましょう」店主はそう言うと、すぐそばでリフトの下から車の下回りを念入りに点検していたふたりの整備士に向かってうなずいてみせた。

「二時間もらえますか。ご覧のとおり、少々忙しいもので」

職場にいるマイアに電話がかかってきたのは、そのわずか四十五分後だった。

修理店からの電話だとわかり、マイアは喜んだ。こんなに早くすむなんて。だが、次の瞬間、顔から笑みが消えた。

「ちょっとややこしいことになってましてね。奥さん、この車、リアタイヤが片減りしています。最初はサスペンションに問題があるんじゃないかと思っていたんですが、実際はリアアクスルハウジングに問題があるみたいで。折れてるんです。こうなると厄介でして」

マイアは受話器を握りしめた。「リアアクスル？ でも、すぐにくっつけられますよね？」

店主が真剣な声になった。「もちろん溶接を試すこともできますが、まあ、期待はできないでしょうね。完全に腐食してますからね。この様子じゃあ、やはり交換が必要かと」

マイアは大きく息を吐いた。タイヤだけじゃなくてリアアクスルも交換だなんて。いったい、いくらかかるのだろう？ 考える気にすらなれない。

「息子を託児所に迎えにいってからそちらに寄ります」デスクに突いていたマイアの手が震え出した。修理代なんて工面できるわけがない。かといって、車なしでどうすればいいの……。

「お待ちしてます。五時までは開いてますので」店主は事務的に答えた。

息子のマクスにスノーウェアを着せるのに手間どり、ベビーカーを押して歩き出すころにはへとへとだった。すでに五時五分だ。ようやく通りの端に修理店が見え、その門が開いているのがわかると、マイアは胸をなでおろした。預けた車が敷地から少し前にはみ出るように停められている。雪はホイールキャップの高さまで積もっていた。

「ぼくのくるま！」マクスが叫んだ。この車がお気に入りなのだ。

鉄製のフェンスの横を通り過ぎたとき、マイアは車の後部に誰かの両脚が突き出ているのに気づいた。

雪が降ってこんなに寒いのに、地面に寝転がっているなんておかしくない？　マイアがそう思った瞬間、爆発音がした。修理店の窓が砕け、凄まじい勢いでガラス片が飛び散る。立て続けにまた、爆発が起きた。衝撃波がマクスを乗せたベビーカーを手から引きはがす。マイアは数メートル後方へ吹き飛ばされた。

あっという間に炎と煙以外何も見えなくなった。マイアがやっとの思いで体を起こしたときには、目の前にあった店は倒壊し、二メートルほど先に自分の車が裏返しに転がっていた。

体をひねってうしろを向き、あちこち見回した。心臓が早鐘のように打っている。

「マーーークス！」息子の名を叫んだが、その自分の声すら耳に届かなかった。

三度目の爆発が起きたのだ。

2

ヤコプスン

二〇二〇年十一月三十日、月曜日

まったく、見られたものではない——警部補たる者がデスクで目を閉じ、口を開けたまま弛緩しきっている。

「重大な任務の邪魔をしたのでなければいいがね、カール」デスクに載っていた部下の両足を用心深く脇へずらしながら、マークス・ヤコプスンは冷ややかに告げた。

カールはそんな皮肉に反応する様子もなく、気だるそうに答えた。「まあ、何を重大とするかは人それぞれですからね、マークス」それから、あくびをして、こう続けた。「デスクの端から俺の足までの距離が完璧かどうか測ってみる必要があって」

殺人捜査課課長はおざなりにうなずいた。警察本部の地下が改修工事されることになったため、コペンハーゲン警察の捜査本部と特捜部Qはここシュズハウンのタイルホルメンへ移転したのだが、国一番の無秩序な部署が至近距離にいるという状況は、ヤコプスンにとっては正直ありがたくなかった。いつも不機嫌顔のカールに、毒舌でまくしたてるローセ。このコンビには誰もがうんざりする。警察本部の地下の奥の奥に引きこもってくれていたら、どんなによかったか。ただでさえいまは、新型コロナウイルスの影響でてんやわんやなのだ。特捜部Qを地下に強制送還させることができれば、みんなが幸せになるのだが。

「ちょっとこれを見てくれ、カール」ヤコプスンは一冊のファイルを開くと、死亡広告を見せた。新聞の切り抜きだった。

カールは目をこすりながら、広告を読んだ。

マイア・ピーダスン
一九六〇年十一月十一日—二〇二〇年十一月十一日
寂しくて胸が張り裂けそうです
家族より

カールは目を上げた。「なるほど。この女性は六十歳の誕生日に死んだってわけだ。でも、それ以外はどうってことのない情報です。これが、どうかしたんですか？」

ヤコプスンが大真面目な顔になった。「私たちが初めて会ったのはいつか、覚えてるか？」

「さあ……いつでしたっけ？　で、この死亡広告となんの関係が？」

「一九八八年の一月だ。カール、きみはストーア・コンゲンスゲーゼ署の上級巡査で、私は警察本部の殺人捜査課で警部補だった」

カールは足をデスクから下ろすと、座り直した。「なんでまた、いまごろそんなことを？　課長は当時、俺のことなんか知りもしなかったじゃないですか」

「燃え盛る自動車修理店に最初に到着したのはきみたちだった。爆発で子どもを亡くし、失神寸前の母親を介抱するきみの姿をよく覚えている」

マークス自慢の部下は、口をつぐむと空《くう》を見つめた。それから新聞の切り抜きをつかむと、死亡広告に目をやった。驚くことに、目が涙らしきもので光っているように見えた。

「マイア・ピーダスン」カールはゆっくりとつぶやいた。「あのマイア・ピーダスンですか？」

ヤコプスンはうなずいた。「そうだ。あの母親だ。

二週間前に通報を受け、テアイ・プロウといっしょに彼女の自宅に行ってきた。玄関ホールで首を吊り、数日間そのままだったようだ。大した捜査をしなくても自殺だとすぐに断定されたよ。彼女が首を吊った足元の床に小さな男の子の写真が一枚あってね。おそらく死の瞬間まで、手に持っていたのだろう」ヤコプスンは首を横に振ると、さらに続けた。「ダイニングルームのテーブルにはケーキが置いてあったが、まったく手がつけられないまま腐っていた。ケーキには水色のアイシングでふたつの名前が書かれていた。〝マイア六十歳　マクス三歳〟。さらに、そこにはろうそくじゃなくて二本の十字架が飾られていた。それぞれの名前のそばにだ。奇妙だったな」

「なるほど」カールは切り抜きを脇へ寄せると、椅子の背もたれに寄りかかった。「痛ましいですね。自殺っていうのは確かなんですか？」

「ああ、確かだ。おととい葬儀が行なわれ、私も参列した。牧師と私、高齢の女性がひとり。礼拝堂にはそれ以外誰もいなかった。あんなに寂しい葬儀は初めてだ。式のあとでその女性と話をしたが、故人のいとこだと言っていた。死亡広告を出したのは彼女で、〝家族〟というのも彼女のことだった」

カールは考え込みながら、ヤコプスンに目をやった。

「それで、課長もあの爆発事故の現場にいたんですか？　妙な話ですが、課長がいたかどうかまったく記憶にないんです。雪が降っていたことや凍てつくような寒さや、そのほかにもいろいろ覚えているんですが、課長を見た記憶がないんですよ」

ヤコプスンは肩をすくめた。もう三十年以上も前のことだ。覚えていろというほうが無理だろう。

「火の勢いは凄まじく、火災担当鑑識官は出火と爆発の原因を特定できなかった。だが、あの修理店には無認可の塗装作業場があったことが判明した。そこには、可燃物がごろごろ転がっていたんだ。それさえなければ、あんなに壊滅的な事故にはならなかっただろう。ちなみに、きみの質問だが、答えはイエスだ。爆発の直後、私は現場にいた。偶然、少し離れた通りで仕事をしていたんだ」

カールは記憶をたどりながらうなずいた。「小さな男の子が死亡したことはよく覚えています。見た瞬間に明らかでした。小さい体が歩道の縁石のへりに斜めに投げ出され、頭が雪の中にめり込んでいた。忘れられませんよ。子どものところに行こうとする母親をきつく抱きとめておかなくてはなりませんでした。息子のあんな姿を見せるわけにはいかなかった」

そこまで言うと、カールは顔を上げた。「マークス、なぜマイアの葬儀に参列したんです？」

「なぜかって？」課長が大きく息を吐いた。「あの事件が頭にこびりついて離れなかったからだ。当時から、どこかおかしい、何かにおうと思っていたんだ」ヤコプスンはそう言うとファイルを指でトントンと叩いた。

「今回、数日かけてもう一度書類に目を通してみた。そして、あれこれ検討してみたんだ」

「どんな結論が出たんです？　あの爆発は事故ではなかったとか？」

「そもそも、私は事故だと思ってなかった。だが、ここ、火災担当鑑識官の報告の二ページ目。この一文がどうも引っかかる。当時は気づかなかったんだが。まあ、三十年前の自分ならピンとこなくても仕方ないが」

ヤコプスンはファイルから報告書を取り出すと、カールの手元に寄せた。

「問題の文に印をつけておいた」

椅子のひじ掛けに手を置いて体を支え、カールは身を乗り出した。黄色いマーカーがつけられた一文を何度も読み返し、驚いた表情でヤコプスンを見上げる。

「塩？」それだけ言うと、カールはもう一度その言葉を繰り返した。

ヤコプスンがうなずいた。「どうやら、同じことを考えているようだな」

「塩か……。でも、いつの事件だったか……。ヒントをもらえませんかね」

「私も正確なところはわからないが、きみの担当した事件に塩が絡んだものがあっただろう?」

「ええ、ありました」

カールが懸命に記憶を探っているのがヤコプスンにもわかった。だが、思い出せないらしい。

「ローセかアサドなら覚えているかもしれません」

ヤコプスンは首を振った。「それは無理だろう。ふたりが来る前の話だと思う。だが、ハーディならどうだ?」

「マークス、ハーディはなんとかっていう治療でまたスイスに行ってるんですよ」

「それは承知だ、カール。だが、電話があるだろ、電話が」

「はいはい、わかりましたよ。じゃあ電話してみます」そう言って、カールは眉間に皺を寄せた。「マークス、この事件のこと、ずっと考えてきたんですね。当時、シュズハウンでいったい何が起きたのか、教えていただけませんかね? 課長の目線でぜひとも語っていただきたいんですが」

ヤコプスンはうなずいた。話せば自分の気も少しは楽になるかもしれない。


二度目の爆発音がしたとき、ヤコプスンは自動車修理店の近くで家宅捜索をしていた。気づくと、その家のすべての窓が一瞬でひしゃげ、粉々になったガラスが家具などに突き刺さった。幸いにもヤコプスンと仲間の捜査員は裏庭に面した寝室にいたので、全員が無事だった。だが、麻薬依存症のその家の住人はパニックになった。その男はヴェスタブローの凶悪犯のために武器を隠し持っていたのだが、完全に気が動転し、子どものころにヴァルビューでガス製造工場が爆発したんだとわめきちらした。

ヤコプスンは爪先立ちでガラスの破片を避けて歩き、キッチンへ向かった。割れた窓から冷気が入り込み、キッチンはシベリアのような寒さだった。その窓から数軒先に黒煙と火の手が上がっているのが見えた。少なくとも二十五メートルほどの高さの炎だ。

二分後、ヤコプスンと部下は現場近くの通りに出た。すでに青色灯を回転させたパトカーが修理店の門の前に横づけされていた。門から数メートル先の中庭では、若い警察官が座り込んで女性を抱きかかえていた。どこもかしこもひどいありさまだった。炎に巻かれた建物の残骸とアスファルトから、なおも黒煙が立ちのぼっている。通りでは幼い子どもが倒れていたが、死んでいるのは明らかだった。ほっそりした体はぴくりとも動かず、顔は雪にめり込んでいた。

そのとき、建物の中央から高さ四十メートルはあろうかという炎が上がり、とてつもない熱波が押し寄せた。シトロエン・ディアーヌがひっくり返っていた。みるみるうちに雪が解けていき、辺りに散らばった瓦礫と車の部品が水に浸った。中庭の塀に沿って販売用に展示されていた数台の車は押しつぶされ、廃車同然になっていた。

少し先では瓦礫の下にライトバンが埋まっていたが、その背後から黒焦げになった両脚が突き出ていた。少なくとも、敷地内にひとりはいたということだ。

消防隊がやってきて、数時間かけてようやく火を消し止めた。ヤコプスンはずっとそこに留まり、警察官と火災担当鑑識官の作業を注意深く見守っていた。

夜が更けると、建物の中からさらに三人の死体が見つかった。性別すらわからないほど黒焦げだった。三人の頭骨は似たような損傷を受けていた。激しい爆発によって棚から降り注いだ無数の金属片による損傷と考えられたが、その場で確定はできなかった。

すべての状況がこれは事故だと物語っていた。だが、ヤコプスンはそれから数日間、放火の可能性も含め、その動機になりうるものがあるかどうか、集中して調べつづけた。保険金目当ての殺人という線はすぐに消えた。というのも、あらゆる規則を無視し、ここの店主は保険にまったく加入していなかったのだ。そもそも店主もこの爆発で死亡しているのだから、詐欺を働いたところで保険金を手にすることはできない。組織犯罪の可能性もないだろう。店主以外の身元も徐々に判明し、全員が整備士であることがわかったのだが、誰ひとりとして前科がなかったからだ。

店主の妻はショックを受けてはいたものの、経営状況について事情聴取に応じるだけの気力は残っていた。

「ご主人かご家族に返済していない借金があったとか、私生活で誰かに恨みを買っていた可能性はないでしょうか？　ご主人がライバル店から脅迫されていたといったことは？」

どの質問に対しても未亡人は首を横に振った。主人は仕事熱心で店の経営もうまくいっていました。ええ、そうです。ただ、事務的な仕事にはいつも苦労していたようです。でも、職人ってそういうものですよね？

この修理店には経理担当者も会計士もいなかったのだろう。経営に関する書類や通信記録、顧客名簿、請求書などがあったとしても、どのみちすべて灰になってしまっていた。

数週間が経ち、その店の敷地が更地になっても捜査は進んでいなかった。ただひとつ、目ざとい鑑識官が報告書に地味な所見を残していたのだが、当時のヤコプスンはそこに注意を払わなかった。こう書かれていたのだ。

〝入り口の門の数メートル外側、ちょうど鉄柵のところに高さ九センチの塩が盛られていた〟

さらに加筆もあった。そう、あのときこの点を奇妙に思い、もっと捜査すべきだったのだ。

〝融雪用の塩ではなく、食塩だった〟

3

二〇二〇年十二月一日、火曜日

カール

「カール、保管庫に報告書の写しがありました」

ローセがそう言って、書類を投げてよこした。「わたしとゴードンで朝早くからこれを読んでたんです。あなたが最初に駆けつけたって書いてありますけど、本当ですか？」

「ああ、そうらしい」カールはうなずくと、ヤコプスンから受け取った報告書の原本を指さした。「この調書は、長い間、マークスが異動するたびにいっしょに旅してきたんだ。そうしょっちゅう開くわけじゃないから埃をかぶってるがな。これが何を意味してるかわかるか？」

「ええ、課長はこの事件のことを忘れられなかったってことです」ゴードンが子どもでも思いつくような答えを口にした。「そして、僕らに肩の荷を下ろしてほしいと考えているんです」

カールが親指を立てた。「ご名答《スポット・オン》。というわけで、この件はうちで引き受ける。ほかの作業は後回しにして、これを解明する。さあ取りかかるぞ」

「ほかの作業は後回しですって？　カール、まさか本気で言ってるんじゃないでしょうね」ローセがぼやく。「わたしたち、死ぬほど多くの重大事件を抱えてますけど！」

カールは肩をすくめた。こいつの言うとおりかもしれん。だが、すべての権限を握っているのは殺人捜査課課長だ。さらに、われながら驚きだが、あの事件はいまもなお、自分の胸の奥のごく繊細な部分を刺激するものなのだ。あれから長い年月が過ぎたとはいえ、幼い男の子の遺体と最愛の息子を亡くした母親のことを思い出すと、いまでも胸が痛くなる。あんなに昔のことなのに、目を閉じるとあの凄まじい光景が浮かんできて落ち着かなくなり、まるで昨日のことのようにあの母親の体の震えをこの手に感じるのだ。こんなふうに思うのも、自分が父親になったからだろうか。

「報告書の最後のところにマークスがつけた印を見たか？　オーケー、それなら、どこから着手するのか言わなくてもわかるな？　これはマークスのためだけじゃない。俺たち特捜部Qのためにも重要な事件なんだ」

「食塩の話がですか？」とゴードン。

カールはうなずいた。「ローセ、おまえさんは二〇〇八年に特捜部Qに加わったが、これまでそういう事件を扱った記憶はないか？」

「食塩の事件ですか？」ローセはそう確認してから首を横に振った。

「もう少し考えてみてくれ。塩が絡んだ事件で、お蔵入りになったものがあるはずだ。いつのことだったかはっきりしないが、俺には覚えがある。マークスもおぼろげにしか覚えてないみたいだが、そう昔の話じゃないと思う。二〇〇八年以降で思い当たるものがなければ、二〇〇〇年から二〇〇六年にかけての事件を洗ってくれ。何か出てくるかもしれん」

「塩に関するヒントを探せっていうんですか？　真面目に言ってます？」ローセがどう考えているかは、その目を見れば明らかだった。

「もちろんだ。手間でなけりゃやってほしい。現場付近で塩が見つかったケースがあったのは確かなんだ」

「ヴェンスュセル出身のカール・マーク警部補さまは、なんて素敵な任務を振ってくれたのかしら。そういえば、はるか遠くのガンルーセに住むいとこの家の裏庭に塩がたっぷり山盛りになっていましたっけ。彼を逮捕したほうがよろしくありません？」

カールは眉を吊り上げた。こいつがこういう態度に出たときは、暴走する前兆だ。

「ご親切にどうも。だがな、ローセ、おまえさんは誰のおかげでいまここにいると思ってるんだ？　マークスが復職に力を貸してくれたからだろう？　五年前と勤務形態もほとんど変わらず、待遇もアップした。おまえさんにとってはまったく悪い話じゃなかったはずだ。マークスの胸のつかえが下りるように力を貸してやったっていいんじゃないか。それだけの恩があるとは思わんのか？」

ローセはため息をついた。「ただの気難しいオヤジだったあなたのほうが、いまの聖人ぶった気難しいオヤジのあなたより、まだマシだったわ。わかりましたよ。そこまで言うなら、〝塩〟っていうキーワードで過去の事件をすべて検索してみようじゃないの。アサドがわたしたちのデスクで他の事件と首っぴきになっている間にね。やればいいんでしょ！」

カールが反撃する間もないまま、ローセはすたすたと歩いていった。まったくムカつくやつだ。

カールはゴードンのほうを向いた。次にひどい仕事を言いつけられるのは自分ではないかとびくびくしている。

「おまえはな、ゴードン」カールがどすの利いた声で言うと、のっぽ男は気の毒にも縮みあがった。「俺を手伝うんだ」

ゴードンの肩から力が抜けた。

「おまえは自動車修理店の未亡人を探し出せ。それから、この間の葬儀に参列していた高齢の女性とも連絡をつけろ。マイア・ピーダスンのいとこだという女性だ。ふたりを見つけたら、俺のところに連れてこい。急げ！」


二階にある新しいカールの部屋はよくある什器類でシンプルに整えられた、なんの変哲もない場所だった。カールは窓を開け、ヤコプスンの報告書に最初から目を通していった。その間に箱のタバコの四分の一が吸い殻になった。報告書はヤコプスンが警部補だったころに書いていたほかの書類と同様に、これでもかというくらい細かく記されていた。とりわけ、この事件には念を入れているようだった。壮絶な現場を目撃したせいだろう。泣き叫ぶ母親の姿が頭から離れなかったからかもしれない。

当時の殺人捜査課課長は捜査をあっけなく切り上げ、あくまで〝事故〟として処理していたが、ヤコプスンは最初のページでそのことへの不満をつづっている。

続くページには、ヤコプスンが行なった目撃者への事情聴取の概要が記されていた。だが、大した収穫はなかったようだ。

何か見たか？　何か知っていることはないか？――

ヤコブスンがいくらそう尋ねても、手がかりどころか突破口になりそうなヒントすら出てこない。報告書には、〝事故〟で子どもを亡くしたあの若い母親が修理店を訪れた理由も記されていた。シトロエン・ディアーヌのリアアクスルのどこかが不具合を起こしたのだという。だが、爆発に話が及ぶと、三歳の息子を乗せたベビーカーが吹き飛ばされた瞬間を思い出し、母親は泣き崩れてしまったらしい。

先を読み進めると、整備士の夫を亡くした妻たちの証言があった。だが、若く仕事熱心で有能な従業員が揃っている店だったということがわかっただけで、まったく手がかりにはつながらなかった。どの整備士も超過勤務をしていたが、給与は毎月滞りなく支払われ、その額は悪いどころか非常に良かった——と妻のひとりが述べている。

カールはその箇所に太く下線を引いた。

「未亡人を見つけるのはそんなに難しくありませんでした。当時、店主の妻だった女性は再婚して姓が変わっていましたけどね。でも、住所は変わっていませんでした」

「ゴードン、その女性、いつならここに来れる？」

「いまローセの部屋にいます」

カールはうなずいた。特捜部Qの最年少スタッフも一応成長はしているようだ。

「あと、死亡広告を出した例のいとこですが、そちらは一時間後に来る予定です。あなたが話を聞きたがっていると言ったら、ちょっと神経質になっていて不安そうでした。でも、あなたはたいていは噛みついたりしないから、って言っておきました」ゴードンが歯をむき出して笑った。

「俺がたいていはなんだって？」褒めた俺が馬鹿だった。ゴードンは相変わらずのひよっこだ。

カールはファイルを閉じた。不幸な現場で見つかった犠牲者の写真を遺族に見せるわけにはいかない。

店主の元妻が三十二年前にどのような容姿だったのか、カールには皆目見当がつかなかったが、その女性は六十代にしては驚くほど若々しかった。だが、鼻と口を覆っていたマスクを外すと、彼女のその美しさは神の創造によるものではないことが判明した。元妻は微笑もうとしたが、皮膚がぴんと張りすぎているせいで不自然な表情にしかならなかった。

最初の数分間、カールはゆっくり質問しながら相手の様子をうかがった。だが、ふと思い立ち、報告書にはなかった質問をしてみることにした。数撃ちゃ当たるだ。

「ご主人は大金を手にしていたようですね。あなたもお金の扱いには慣れていたようですが」

元妻が髪を片耳にかけると、こめかみから額へ伸びる皺が一本現れた。「慣れていた？　まあ、支払いに遅れたことは一度もありませんけど……」

「いや、そういうことではありません。おふたりとも大金を思いのままに使っていたでしょう？　何台もの高級車、特注のシステムキッチン、ハイブランドの服とか」この質問が当たりかどうか、カール自身もまるで確信はなかった。

だが、彼女は安堵の表情を見せた。なんの話をしているのかわかって、ほっとしたのだろう。

「ええ、オーヴェは確かに別荘を買ったりしましたけど。いまもティスヴィレにありますよ」

そりゃすごい。「ティスヴィレに別荘を買うなら、まさにあのころが一番でしたよね。いまじゃとても無理ですから」

すると、元妻は気をよくしたように背筋を伸ばした。

「それで、当時はおいくらしました？　現金でぎりぎり支払えるくらいの額でしたか？」

彼女はうなずくと、一瞬考えたもののあっさりと口を開いた。

「十万クローネちょっとだったと思いますけど。もちろん、オーヴェが現金で支払いました」彼女は確信を込めてうなずいた。

「つまり、店の経営がうまくいっていたんですね？」

元妻は再びうなずいた。「オーヴェは本当によく働いていましたから。ほかの従業員もみんなそうでしたけど」

カールは二十分くらい話を聞いたが、それ以上は話を引き出せそうになかった。

「あそこは、ほかのほとんどの修理店より繁盛していたってことだな」元妻が帰ると、カールはローセに言った。

だが、ローセは聞いちゃいなかった。「あなたがわたしにどんな仕打ちをしているのか、わかってます？」ローセは実にさまざまな表情を見せるが、カールがとても耐えられない表情がいくつかある。いま見せているのはそういうタイプの顔だった。誰が気難しいオヤジだって？　おまえのほうがよっぽどそうじゃないか。

「二〇〇〇年から二〇〇五年までの事件はまだデジタル化されていません。だから、報告書を一枚一枚めくっているんですよ。指の皮がすりむけそうです。このまま続けろというなら、残業を認めるというサインが必要です。お望みなら」

こいつがこれくらいの文句を言うことぐらい想定ずみだ。

「だいたい何時間かかるか、教えてくれるだけでいい。精密なその仕事を続けてくれ」

ローセが憎たらしい顔で舌を突き出した。かまうものか。

4

カール

二〇二〇年十二月一日、火曜日

カールはファイルを開き、自動車修理店で発見された死体の写真を見ながら報告書を丹念に読んでいった。だが、現場検証の内容も検死報告書をどれだけ読んでも手がかりになるような記述は何もなかった。検死の担当者は、ある死体について回りくどい報告をしていた。

〝死体はスチール台の下で発見された。後頭部の損傷以外にはどこにも損傷が見られないことから、死因は後頭部の損傷と考えて然るべきである。何らかの物体が後頭部に衝突して起きた損傷と思われるが、頭骨に物体の破片が付着していなかったことから、その衝突物には破損がなかったものと思われる。ほかの二体についても同様である。三体とも後頭部のみに損傷を負っている点が奇妙に感じられる。この三者は、損傷の原因となった単数もしくは複数の物体に背を向けた状態で距離を詰めて立っており、爆発によって吹き飛んだ当該の物体を後頭部に受けた可能性がある〟

カールは写真と見比べながら、このやたらと読みづらい検死報告書を何度も繰り返して読んだ。確かに、あとから発見された三人には後頭部に負傷が見られた。ただし、ややこめかみに近い箇所だった。また、彼らの体にはそれ以外にも複数の損傷がはっきりと見てとれる。ひとりの胴体には、まるで剣山のように無数の金属片がびっしり突き刺さっている。

カールはページをめくった。瓦礫から被害者を掘り起こした作業員の調書だ。なんともぞっとする任務だ。

修理店の中庭の現場写真までページが進んだとき、廊下から足音が聞こえた。カールはファイルを閉じた。

マイア・ピーダスンのいとこが部屋に入ってきた。警察に呼ばれ、とても不安そうだ。だがカールは、すぐに本題に入ることにした。

「ひどい話です。よりによって自分の誕生日ですよ。その日に自殺しなきゃならないなんて、あまりにむごくて。わたし、マイアから誕生日に招待されていたんです。でも、直前に断ったんです。行ってあげればこんなことには……。わたしは看護師なんです。いま、コロナ病棟がどんな状況かご存じでしょう？　だから、さすがにマイアのところに行くわけには……、だってまさか……」彼女は口をきゅっと結び、気持ちを落ち着けようとしてから続けた。「でももし、マイアを訪ねていれば……、たぶん……」

いとこの女性は、もう話さなくていいと言ってくれとばかりに、カールを見つめた。

カールは、手を握ったほうがいいだろうかと考えた。だが、彼女のマスクが鼻の下までずり落ちてきたのを見て思い直した。「自分を責めてはいけません。あなたの責任ではありません。マイアさん自身が決めたことです。誕生日にあなたが訪ねていたとしても、結局、あなたが着く前にマイアさんは同じことをしていたと思います。確かに自殺をする人のほとんどは、死後あまり時間が経たないうちに見つけてほしいと願うものです。ですから、誕生日に訪ねていたらもう少し早く発見してあげることができたかもしれません。でも、違いはそれだけですよ」

女性はうなずいた。「ええ、わたしもそう思ってはいるのですが、改めてそうおっしゃっていただけるのはありがたいです。マイアの胸の内を知ることはとても難しかったんです。あのかわいいマクスが亡くなってから、まるで別人になってしまって。仕事はきちんとこなしていました。むしろ、仕事に没頭しているといった感じでした。マイアにとってはもはや、生きていることが苦痛でしかなかったのでしょう」

「マイアさんとはとても親しかったのですね。死亡広告にも〝家族より〟と書いてらっしゃいましたし」

「はい。マイアのことをよく知っているのはわたしだけだったと言えます。彼女は、職場の人間とはプライベートでほとんど付き合いがありませんでしたし、別れた夫――マクスの父親ですけど――とは、事故の前から一切行き来がありませんでしたから。あの男は、あんな事故があったあとでさえ、悲しみに暮れるマイアを支えようとはしませんでした。彼女はそのことでよけいに傷ついたんだと思います。マクスはふたりの子どもなのに」

「マイアさんとはよく会っていたんですか?」

女性はうなずいた。「ええ。でも、わたしたちはもう長いこと、あの事故についてはまったく触れずにいました。もちろん、事故直後は話すことといえばマクスの死のことばかりでした。でも、いつからかマイアはその話になると黙り込むようになって。それ以来、その話をすることはなくなりました」

彼女は垂れてきた鼻水を拭った。不思議なことに、鼻水が出ていてもこの女性には気品があるな、とカールは思った。

「マイアはあまりにも多くのことに苦しんでいました。たった数百クローネを惜しんだばかりにあの修理店を選んだことを悔やんでいました。あんなに使えない車を買ったことも後悔していました。そもそも冬にあの車を使おうとしたことでも、自分を責めていました。そんなことをしても自分が苦しくなるだけなのに、それがわからなかったのですね。なんということのない会話のなかで、たまたまスノーウェアやベビーカー、中古車などが話題になると、その後落ち込んでしまうというのもしょっちゅうでした。職場の人たちは辛抱強く彼女を見守っていたはずです。とても寛大でした」

「法医学者の報告によると、マイアの息子さんは片脚に副木《そえぎ》を当てていたようですね。理由をご存じですか？」

「ええ。マクスは右ひざに問題があったんです。生まれつきです。それで、赤ちゃんのころからしょっちゅう手術を受けていました」

「それでも、歩くことはできたんですか？」

「ようやく、ある程度歩けるようになってきた矢先だったんです。マイアの頑張りのおかげで。彼女の夫は、障がいのある子どもと生きていくことにも、子どもにかかりきりになっている女と暮らしていくことにも耐えられないと言って、マクスが生まれてわずか数カ月で家族を捨てました。おかげで、すべてをマイアが背負うことになったのです。彼女はマクスにできるだけいい治療を受けさせようとしていました。まあ、困難な状況に陥ったとたんに姿を消すというのは、あの男に限ったことではありませんけどね」

これ以上は重大な新情報が引き出せることはほぼないように思えたものの、万一さらに質問しなくてはならなくなったときのために、カールはこの女性に職場の電話番号を教えてもらった。

ともかく、頭を空にしたほうがいいかもしれない。まず検討すべきは、当時のマイアの証言だ。最初の爆発の直前に、修理店の門のところに置かれていた自分の車のうしろから誰かの両脚が突き出ているのを見たと話している。もしかしたらそれは記憶違いで、実際は彼女の車ではなく、ライトバンのボディの下から出ていたのかもしれない。だが、まずはこの証言を信頼しよう。少なくとも、その光景は彼女の心に特別な印象を残したはずだからだ。

では、その脚の持ち主は冬だというのに車のうしろで何をしていたのか？　点検か修理をするなら室内の整備用リフトに車体を載せるだろう。その男が爆発より前にすでに死んでいたという可能性はあるだろうか？

カールはその筋をじっくり検討してみた。その男がすでに死んでいた場合、自然死ではないだろう。となると――新たな疑問が次々と湧いてくる。

死体の頭部の損傷はどうやってできた？　本当に爆発でできたものなのか？　門のところで発見された男は逃げようとしていたのか？　そういえば、整備士がひとりも店から脱出できなかったのはなぜだ？　爆発の前に殺されていたのか？　店の見取り図によると、三つの死体があったのは建物の中央にある更衣室だ。互いに至近距離に倒れていた。だが、どうすれば三人もの男たちを抵抗されずに殺すことができるのか？　いいや、もしかしたら抵抗されたのか？　そもそも爆発はどうやって起きた？　現場検証の報告には、最初の爆発はトルエン溶剤の入ったタンクの方角から発生したとある。トルエンは引火性の高い液体だが、本当にそのタンクから爆発が起きたのだろうか？　それと、店の前に盛られていたという塩はいったいなんだ？　凍結した歩道にでも撒こうと置いてあった？　何者かが故意にそこに置いた？　たまたま、破れやすい袋に塩を詰めた人間がそこを通りかかった？　だが、わざわざ穴の開いた袋に塩を入れてあんなところを通りかかる必要があるか？　やれやれ、まるで砂漠に迷い込んだみたいだ。こんなことをいくら考えても結論は出ないだろう。だが、カールはふと、マークスがこの件に執着している理由が理解できるような気がしてきた。自分にも消化不良のまま終わらせた事件があるせいだろうか。

すべての情報を集めて検討した結果、最終的に残った疑問は、この件を本当に犯罪事件として扱うべきなのだろうか、というものだった。犯罪だとしたら、犯人の動機は？

まず引っかかるのは、自動車修理店にしては異様なほど高い売上高だ。元妻の従業員の給与についての供述からすると、〈オーヴェ・ワイルダー・ガレージ〉は修理店にしてはかなりの利益を上げていたと推測できる。だが、どうやって？　麻薬の取引でもしていたのか？　マネーロンダリングか？　大々的に詐欺でも働いていたか？

やれやれ。カールはファイルの写真をもう一度眺めた。三十年以上も前の事件だ。俺たちにはたして勝算はあるのか？

「僕が面談をアレンジした人たちから、何か聞き出せましたか？　役に立ちそうな話、ありました？」ゴードンが好奇心もあらわに訊いてくる。

カールはゆっくりと首を横に振った。「ともかく、例の母親についてはさらなる情報が手に入った。子どもをあの爆発で亡くした母親だ」本当はあの〝事件で〟と言いかけたのだが、言葉をのんだ。まだ本当に〝事件〟なのかどうか断定できないからだ。

「ああいうことが起きて人生がすべて崩壊してしまうなんて、悲劇ですよね。たったひとつ火花が散っただけで、バーン！……」ゴードンは首を横に振った。だが、束になった写真の一枚目を見たとたんに眉根を寄せた。壁際にあった椅子を引っ張ってきてのろのろと腰掛ける。そのまなざしは、一番上の写真に向けられたままだ。

「ひっくり返っているこの車はマイアのシトロエン・ディアーヌですか？」

カールはうなずいた。写真の下の余白にそう書いてある。

「この写真は僕らがもらったファイルの写しにはありませんでした」ゴードンが怪訝そうに言う。

「そうか。で、この写真がどうかしたのか？」

「ルーペはありますか？」

カールは引き出しを引っかきまわし、やっとのことでルーペを見つけた。

ゴードンは写真の上でルーペをあちこちに移動させた。「くそっ」そうつぶやくと、ファイルを手元に引き寄せ、順番にページをめくっていった。目当てのページが見つかるとそこに書かれている文章を何度か読み返した。そして、信じられないといった表情で首を横に振り、そのページをカールに差し出した。

「ここを見てください。課長がマイアに対して行なった事情聴取です。事故の一カ月後です」ゴードンはそう言うと、問題の箇所をトントンと指で叩いた。

「いや、俺もそこは読んだ。マイアは、オーヴェ・ワイルダーから『リアアクスルに問題があり交換が必要』との連絡を受けたと」

「ええ、そうです。でも、ひっくり返っている彼女の車を見てください。どうですか？」

カールはルーペを使って車をすみずみまで調べた。

「リアアクスルが交換されているな。修理店が交換したんだな。まあ、ぴかぴかの新品というわけじゃないが、予備の在庫品を使ったんだろう。問題なさそうじゃないか」

「そう思いますか？　よく考えてください。修理店からマイアに電話があったのは、爆発の二十五分前です。そのときにリアアクスルの交換が必要だと言われた」

「ああ」

「あの、もしかしたら、車についてあまり詳しくないんじゃ？　リアアクスルの交換がそんなに短時間でできると思いますか？」

「つまり、店主が電話をかける前に修理はすんでいたと言いたいのか？　だとしても、そのどこが問題なんだ？」

「このリアアクスルは交換したものなんかじゃありま

せんよ。下回りだってそこらじゅう汚れてるじゃないですか。まったく元のままなんですよ。部品交換なんかされてないんです。そもそも、その必要がまったくなかったんだと思います」

カールはため息をつき、横目でタバコの箱を見た。一服すれば何かひらめくかもしれんのに、なんでそれが許されないんだ、まったく。

「要するに連中が嘘をついていたということか？　まったく必要がないのに修理が必要だと。おまえが言いたいのはそういうことだな？」

「そうです。あるいは、修理なんかまるっきりしないで、金だけむしりとるつもりだったんでしょう。まあ、どっちでもいいんですが、とにかく彼女に目をつけて金を騙しとろうとしたんです」

カールはうなずきながら、もう一度写真を眺めた。

「つまり〈オーヴェ・ワイルダー・ガレージ〉が顧客たちに詐欺を働いていたと。そういうことだな？」

「そうです。まったく卑怯なやつらです！　大勢の顧客相手にこういうことをしたら、どれだけ儲かると思います？　実際、彼らには、低料金を餌にそれだけの顧客がいたんです。点検や修理で車を持ち込まれたら、緊急な対応の理由なんてない箇所に修理が必要だと言って。間違いありません。修理内容が正確に理解できるほど整備についてわかる客なんてまずいないでしょう？　修理店が詐欺を働いていたんです。そう思いませんか？」

カールは顔をしかめた。どうやら、ほかの整備士の金遣いや素行をもう一度調べ直す必要がありそうだ。

連中もまた、大金を手にして別荘やら何やらを購入していたのかどうか調査しなくては。

5

コペンハーゲン北部

二〇二〇年十二月一日、火曜日

デスクの上で降臨節の輪飾りのろうそくが静かに燃え、その横にこれから粛清すべきふたりに関するそれぞれの調査書が置かれていた。どちらも写真の中では満足げな笑みを浮かべているが、その視線は鋼鉄のように硬い。調査書に記されたこれまでのふたりの経歴は、反吐が出るほど利己的だった。どちらも冷酷で人を人とも思わず、計画を実行するためなら手段を選ばない。さて、どちらを先にしようか。

いつものことだが、決めるのは難しかった。左の男はもう一年もリストに載っており、右の男はここ数カ月で候補者として浮上した。罪深い行為が多いほうを先にするべきだろうか。それとも、発覚の危険が少なく、簡単に命を終わらせられるほうにすべきか。毎回、このジレンマに陥る。十分検討してから決断しなくてはならない。

左の男はひとり暮らしなので、こちらを先にするのが妥当かもしれない。外交的で、次々と新しい知り合いをつくるタイプなので、彼の交友関係を正確に把握するのは難しいだろう。その点も都合がいい。警察は無駄な聴取に手間を取られ、捜査が長引くはずだ。右の男は二度目の結婚生活を送っており、それなりに家族もいる。こちらの男を拉致する場合、家族全員の所在を確実にはつかめない。左の男はすでに高齢なので、あまり時間をかけていると、すべてを清算できないまま本人が自然死してしまう可能性があった。とはいえ、その男は現時点では健康にまったく問題がなさそうだ。右の男はある新聞のインタビューをきっかけに、目下、大変な物議を醸している点が気にかかる。では、どちらを先にすべきか？　拉致の決行は一週間後としよう。いずれにせよ、準備は煩雑で手間がかかるだろう。

防犯用ライトの明かりが窓から差し込み、候補者たちの写真を照らした。誰かが庭に足を踏み入れ、敷石の上を歩きながら家の玄関へと向かってくる。

玄関のベルが鳴った。あと二十分で午前零時だというのに、こんな時間に誰だろう？

緑のデスクマットの下に写真を隠し、鋭く尖った両刃のペーパーナイフを引き出しから取り出した。もう何年も前から、この時間になるとこうやって用心するようになっている。

モニター越しに訪問者の顔がぼんやりと映った。だが、ドアの上に設置したライトが点滅するため、顔がほとんど判別できない。相手はひとりのようだ。ドアの前にじっと立っている。そこで、ペーパーナイフを背中に隠し持ち、ゆっくりとドアを少しだけ開けた。

玄関ポーチの光のなかに入ってきたのは、見知った人物だった。

「電話をくれればよかったのに、デボラ」

「除名者について話に来るときには、いつもこうしていますから」

「除名者？　イヴが除名されたのは、もう二カ月も前のことでは？」

「ええ。もともと彼女は長いこと、除名されたがっているかのような振る舞いをしていたし」

「何か問題でも？」

「イヴのことでいろいろと不審な点があるんです。あれこれ耳にして」

「沈黙を破ったらどうなるか、本人はわかってる？」

「わかってるはずです。イヴ自身のためにもそうであることを願うわ」

彼女は落ち着いた表情で一歩前に出た。イヴは絶対に沈黙を守ると思っているようだ。

「オーケー、デボラ。上出来。それで、イヴの後任は？」

「なかなかの逸材です。ルツって呼ぶことにします。いい名前でしょう？　聖書にも出てきますし。本名はラウンヒルド。ラウンヒルド・ベングトスンです」

6
ラウンヒルド
一九九三年

ラウンヒルドは段ボール箱を並べた〝ベッド〟に敷いた古い布団の上に座っていた。段ボール箱にはがらくたがぎっしり詰まっている。父親がそう言ったのだ。父親は石のように冷たい人だった。ときどき石のように冷たくなる人がいます、前にテレビの番組でそう言っているのを聞いたことがある。そういう人には気をつけなくてはいけない、と。

ラウンヒルドはほとんどいつも、リビングに置かれた〝ベッド〟の上にいた。ほかに座るところがないのだ。ソファの上もひじ掛け椅子の上も古くて変なものでいっぱいで、見るのも嫌なくらいだ。かといって、床には絶対に座りたくなかった。ありとあらゆる小さな虫がそこらじゅうを這いずりまわっているからだ。ほんの一瞬床に目をやっただけでも、体のあちこちがかゆくなってくる。

でも、みんなのおうちはこうじゃないよ、などと言おうものなら、母親にキレられる。肩をつかんではげしく揺さぶられるので、頭も首もすごく痛くなる。そういうことは言わないように気をつけてじっとしているしかない。

両親は毎日のように喧嘩をしていた。父親が母親を怒鳴りつけ、母親が怒鳴り返す。それを聞いているだけでラウンヒルドの心臓はどきどきしてくる。

どうしてこんなことになっているのか、わからなかった。ただ悲しかった。

毎晩のように父親は外出した。母親は寝室の奥にある小部屋にこもってそこらじゅうのがらくたを右から左へとごそごそ移し替えているだけ。そういうとき、ラウンヒルドは〝ベッド〟に座って、小さな白黒のテレビをつけた。大人が部屋に入ってきて自分を追い払うことがないのはうれしかった。

ラウンヒルドはテレビでいろいろなものを見るのが大好きだ。友だちの家にあるようなカラーテレビでこそなかったが、まったく気にならない。なにせ、テレビを独り占めしているのだから。ラウンヒルドはほかの子がまったく見ないような番組を見ていた。たとえば、野生動物の番組。〝いい映画〟があるときは、ほかの子たちがベッドに入る時間になっても眠らずに真夜中まで起きていた。

ラウンヒルドにとって〝いい映画〟とは、父親と同じくらいの年齢だが善人には優しく悪人には容赦しない男が登場するものと相場が決まっていた。一番のお気に入りはジョン・ウェインの映画だった。からかうようなあの笑顔、気取らないゆっくりとした歩き方、あの大きな手。拳銃をたくさん持っていて、みんなを怖がらせる。おまえなんか怖くないと言って向かってくる人間も、徹底的にぶちのめす。そのあとでまた、あのからかうような笑顔。ジョン・ウェインだけじゃない。アーノルド・シュワルツェネッガーもシルヴェスター・スタローンも最高だった。だからラウンヒルドは彼らの名前を書けるよう何度も練習した。学校でいつもその話ばかりしているので、しまいには誰も話を聞きたがらなくなった。あるとき、ひとりの子に「別に大したことなくない?」と言われた。「そんな人、現実にはいるわけないよ」とも。そう言われると、ラウンヒルドは猛烈に腹が立ったものだ。

気温が高くなると、家じゅうが耐えられないほど臭くなることがよくあった。そうなると、父親は昼であれ夜であれ家に寄りつかなくなった。特に機嫌が悪いときの父親は、学校の先生から「そんな言葉を使うものではありません!」と叱られるような言葉を吐いた。父親はラウンヒルドに向かってもひどい言葉を投げつけた。それも、ぎょっとするような言葉だ。去年の夏、六歳になったばかりのラウンヒルドは、強い日差しのせいで顔じゅうがそばかすだらけになった。周りの人はみな、かわいいよと微笑んでくれたのだが、父親だけは違った。おまえの母さんのようにだめな人間はそうなるんだ、悪いところが皮膚の表面に現れるんだ、と言ったのだ。そして、ぼろ布でそばかすをこすり落とそうとし、娘の性器をつかんで、悪いものはここでできるんだ、と言った。

今年の夏はあまりそばかすができなかったのに、それでも同じことをされた。もうやめてと父親に言うと、もっとひどい目に遭った。

ラウンヒルドは猫を飼いたかった。撫でたり、話しかけたりできる相手が欲しかったのだ。だが、それを伝えると母親はヒステリーを起こし、猫なんて臭いじゃないの！　そこらじゅうおしっこや魚のにおいがするなんて冗談じゃない！　とわめいた。そんなもの、絶対に家に持ち込むんじゃないよ！　と。

でも、ラウンヒルドは臭いことなんてどうでもよかった。どうせ、もともと家じゅうが臭いのだから。そんなある日、隣の家の人がうちの猫が子どもを産んだからと、茶色い縞模様の子猫をくれた。

ミューミューという鳴き声を聞くと、父親は顔を真っ赤にして、大きな靴を履いた足で子猫を蹴りつけた。ラウンヒルドは泣き出し、子猫を胸に引き寄せて抱きしめた。だが、父親の怒りは収まらず、今度は娘を叩きはじめた。

そのとき母親がリビングに入ってきて、言うことを聞かないからそういう目に遭うんだ！　と怒鳴った。ラウンヒルドは怖くなった。というのも、生まれてから七年間というもの、両親の意見が一致したのはそれが初めてだったからだ。パパもママもいないほうがいい。初めてそう思った。

7

ヤコプスン

二〇二〇年十二月二日、水曜日

その電話は、業務が山積みで忙しい一日にはかかってきてほしくないタイプのものだった。電話の主は〝猟犬〟こと、麻薬捜査班のライフ・ラスン警部だった。入手したての情報を気が進まないながらも一応伝えてやる、といった声の調子だった。

「マークス、正直なところ私も詳しいことはわからないんだが、忠告が間に合えばと思ってね。オランダの警察とスラーエルセ警察とうちの部署とで、カール・マークの起訴に向けて動いている。場合によっては、ハーディ・ヘニングスンと、被疑者死亡という形でアンカー・ホイアも起訴することになりそうだ。三人とも、アンカーが死ぬ二〇〇七年までコカイン取引に深く関わっていた容疑だ。例のステープル釘打ち機事件が絡んでいる。事態は深刻だ。気の毒に思うよ、マークス。カールがきみにとっても捜査員としてもどれだけ重要な存在か、みんなよくわかっているからね」

ヤコプスンは深く息を吸った。

「おい、聞いてるか？」

ヤコプスンは喉につかえた空気の塊をなんとかのみくだすと、息を吐いた。「ああ、聞いてる。とんでもない話だ。ハーディとカールがコカイン密売に関わっていたって？　本気で言ってるのか？　そんなわけないだろう！　もう一度訊くが、なんの容疑だって？　カールとハーディがどう関与していたというんだ？　具体的な証拠はあるのか？　捜査に向けて動くなら証拠が必要だが？　並外れて優秀なふたりの捜査員を起訴しようというんだからな」

「言いたいことはわかってる。だが、事態は深刻なんだ。現段階でつかんでいる情報が確かなら、カールは最低でも懲役六年を覚悟しなくてはならない。執行猶予はない。ハーディがどうかんでいたのかは、まだ詳細が明らかになっていないが、アンカーについては紛れもない証拠がある。生きていたら、最低でも十二年はぶちこまれることになっていた」

「現段階でつかんでいる情報？　ライフ、うちの部署ならそんな曖昧な話は通用しない。だが、知らせてくれたことには感謝する。賢明な判断をありがたく思うよ。とりあえず、この件は私の胸に留めておくことにする。動きがあったら逐一私の耳に入れてほしい」ヤコプスンはラスンとさらにしばらく話し、電話を切った。

なんということだ。ハーディとカールの同僚、アンカー・ホイアがコカイン密売に手を染めていた可能性は考えられなくもない。検死の際に体内からコカインが検出されていたというのだから、アンカーにとっては不利な話だ。だが、カールも関わっていただって？　信じられない。信じたくもない。だが、相手はあの〝猟犬〟だ。あいつは嗅ぎつけたら、本能のままに進んでいく。

ヤコプスンは立ち上がると長い廊下に出た。あんな話を聞かされて、ひとりで部屋に座っているなど耐えられなかった。

「リス、ちょっと」ヤコプスンは殺人捜査課の秘書兼アシスタントに声をかけた。「すまないが、例のステープル釘打ち機事件に関する資料をまとめてくれないか。時間をかけてかまわない。急ぎではない」

「ステープル釘打ち機」と言ったところで、ヤコプスンは特捜部Qが使っているふたつの部屋にそっと目を走らせた。いまや自分の部屋と至近距離にある。ということは、なんでも筒抜けなので注意しなくては。

いつものことだが、カールの部屋のドアは少し開いていて、ゴードン、アサド、ローセが使っている部屋のドアは、これもいつものごとく全開だった。いま見えるのはデスクにいるゴードンだけだ。ヘッドセットをつけ、なにやらひどく熱心にメモを取っている。笑みを浮かべているようだが……？

そのとき、廊下の端から力強い足音が聞こえてきた。こういうエネルギーを放つ人間は、ここにはひとりしかいない。ヤコプスンはそのまま廊下で相手が近づいてくるのを待った。

「やあアサド。ちょっとこっちに来てくれないか？」

アサドの黒いくせ毛には、いつの間にか白髪がちらほら交じるようになっていた。この二年間でどれだけ消耗したのかがよくわかる。部外者を受けつけない特捜部Qの珍奇な世界に消えてしまう前にアサドを呼び寄せた理由には、それもあった。

「外にいたのか？」

アサドはうなずくと同時にあくびをした。ヤコプスンの部屋に促され、椅子に座ると言った。「すみません。朝の七時から聞き込みをしてまして」

「だいぶ前のヒーゼフーセネの事件だな？」

アサドが再びあくびをした。「はい。正直なところ、これ以上の進展は見込めそうにありません。なんといっても古すぎます」

ヤコプスンは眉根を寄せた。アサドがそう言うからには、事件解明の希望はほぼないのだろう。だが、それではヤコプスンの主義に反する。殺人事件をお蔵入りにしてはならない。それは、ヒーゼフーセネの事件も同じことだ。

ヤコプスンはアサドに優しいまなざしを向けた。

「ところで、家のほうはどうかね？　うまくいっているか？」

アサドは笑顔をつくろうとした。「ご存じでしょうけど、動物園のラクダは自分が殺されるという噂を聞いたら、ぶちのついた皮をかぶってキリンのところに隠れるんです」

ヤコプスンは困惑しながらも笑みを見せた。言わんとすることはなんとなく理解できる。家にいるのがきついのだろう。

「奥さんは落ち着いてきたかい?」

「ええ、マルワが一番うまくやれています。まあ、当然です。彼女は自分がデンマーク人だと思っているので、ここに帰ってこられて心から感謝しています。ネッラもまあまあうまく対応できています。イラクに何年もいる間、マルワが支えになっていましたし、ふたりはいつもデンマーク語で話していましたからね。ただ、繰り返し乱暴されて、自分の子どもとロニアの赤ん坊が殺されるのを目撃しています。自分自身も長い間命の危険にさらされていましたから、セラピーを受けたぐらいで忘れることは無理です」アサドはそこまで言うと、話を中断した。茶色の目に浮かぶ涙を拭っている。「私はできるだけのことをしています。でも、三人が夜、落ち着いて眠れるようになるまでには、気が遠くなるほどの時間がかかるでしょう。ロニアが一番大変です。イラクとシリアでの時間が、あの子をぼろぼろにしてしまいました。いまはもう、まったくの別人です。あれだけ長い間、地獄を経験してきても、いまだにアラビア語を使いますし、アラビア語しか話さないと言ってもいいくらいです。私には、あの子があまりにもアラブ世界にこだわっているように見えてならないのです。デンマークに関するものはすべて、激しく拒否しますから」

「アサド、本当に気の毒に思うよ。ストックホルム症候群のようなものかもしれないな。ロニアは自分を支配してきた側に仲間意識を抱いてしまっていたんだ。相手から苦痛を与えられていたにもかかわらず。だが、メンタル面もサポートは受けているだろう?」

「ええ、家族全員がサポートを受けています。もう一年以上。その点では、デンマークは本当にすばらしいところですよ。同じような経験をしたたくさんの人に比べれば、私たちは恵まれています」

ヤコプスンはうなずいた。「それで、息子さんの様子は？」

「気にかけてくださってありがとうございます。アルフィ——当時はアフィーフと呼ばれていましたが——の場合は違う意味で深刻です。あの子はイラクで生まれ、デンマークの市民権はありません。そのため亡命の申請をしなきゃならないのですが、それが最大の問題です。申請が審査されている間だけは家族といっしょに暮らせますが、あの子が国外退去を命じられたら、どうすればいいのでしょう？　全員でイラクに戻れとでもいうのでしょうか」

ヤコプスンは受け入れ審査基準の厳しさを知っていたが、それでも、そんなことはないと首を横に振った。

「われわれは、きみなしではやっていけないんだ、アサド。この件に関しては引き続きあらゆる方面に声をかけて、最悪の事態を阻止できるようにするよ」

アサドは硬い表情ながら微笑んだ。課長の善意はわかっています。でもあなたの影響力にも限界がありますから。彼の表情はそう語っていた。おそらくアサドが正しい。

「国外退去は、私たちにイラクで殺されろと言っているのと同じことです。ただ、アルフィはさまざまな条件をクリアできないと思うんです。話すことすらほとんどできないというのに、ましてや新しい言語を学ぶなんて。あの子の発達がなぜこんなに遅れているのかということすら、正確なところがわからないのです。マルワに訊いたところ、出産時に問題があったわけではないようです。ともかく、アルフィはいま定期的に診察を受け、医療面のサポートを受けています。そろそろ十九歳になるのですが、精神的には幼児みたいです」

「そうだったのか。だが、アサド、無理もないことだ。息子さんは極めて非文明的な環境で育ち、そもそも教育を受けられず、心理的なサポートも何ひとつしてもらえなかったのだから」

「正直な話、あの子がどうやって育ったのか、私にはまるで見当がつきません」アサドは床を見つめた。目に再び涙が浮かぶ。「アルフィと、あの子を誘拐したガーリブ——あんな豚野郎は地獄で腐り果てていればいいんですが——すみません、とにかくふたりの関係は主人と飼い犬のようなものだったと思うんです。あの子は何年か、完全に隔離された環境に置かれていたに違いありません。ほかの人との接触が極端に制限され、外部からの刺激もないような環境で生きていたのではないかと思うんです。あの子を刺激したり、発達を促したりといくら努力しても、もう普通の子のような成長は望めないのではないか。いまでは、私もマルワもそう思うようになってしまいました。たとえば、あの子はデンマークに来る前は、携帯電話を使ったことが一度もなかったんです。iPadやパソコン、ストリーミングテレビといったものも、あの子の世界には存在しないものでした。だから私たちは、ボタンはこう押すんだよ、テレビはこうやって見るものなんだよ、と教えました。テレビで初めてサッカーの試合を見たとき、あの子はまるでスタンドに座っているかのように歓声を上げました。いまでは一日じゅうパソコンの前に座ってゲームをしたり動画を見たりしています。すべてを吸収しようとしているかのようです。先週なんて、一言二言話そうとしたくらいなんです。ですから、学習能力はあるような気がするのですが……。まあ、とにかく重苦しい空気です。そのうえコロナのせいで外出が制限されているので、マルワと私と三人の子どもでアパートにいて……、もう何カ月もこの調子です。だからだんだん……」アサドはふうっと息を吐いた。

　それから、ヤコプスンに視線を移した。「前にも言いましたが、私と家族のためにたくさんの時間を割いて対応に当たってくれたことについては、いくら感謝しても足りません。ベルリンでの出来事のあとの半年間、家族と家にいることができました。それが私たちの命を救ってくれたのだと思います。どうしたら恩返しができるでしょう？　なんでもします。指を鳴らしてくれれば、すぐに駆けつけます。芝刈りでも書類整理でもフェンスのペンキ塗りでも、なんでも言ってください」

　ヤコプスンの目の前で、アサドは指を鳴らす仕草を見せた。だが、まったく音が鳴らない。ヤコプスンは、おいおいと手を上げた。

「ストップ、ストップ、アサド。うちには芝生なんてないぞ！」

「そうなんですか？　じゃあ、便秘になったときはお知らせください。本物のイラクコーヒーをお淹れしましょう」生涯忘れられないような体験ができますよ。

　これにはヤコプスンも笑うしかなかった。アサドがいまもここにいてくれるというのは、なんとありがたいことなのだろう。

「それは楽しみだ、ありがとう。ところでアサド、きみに話がある。カールたちは目下、ある事件に取り組んでいるのだが、きみの力がどうしても必要なんだ。いますぐ捜査に加わるとカールに伝えてくれ。何年も過ぎたが、ようやくこの事件の重要性が見えてきた。おそらく私だけでなく、カールにとっても解明するだけの意義があると思う」

　アサドはうなずくと、部屋を出ていった。

　しばらくの間、ヤコプスンは椅子に腰掛けたまま、考えをめぐらせていた。〝猟犬〟の警告が現実になったら、自分はカールの無実を証明するために闘わなくてはならなくなるだろう。確かにカール・マークは理解しがたい男で、何を考えているのかわからないところもある。アマー島で銃撃を受けてアンカーが殺されたときに、カールに何かが起きたのは間違いない。だが、部下のなかでも最も優秀な捜査員であり、デンマークで一、二を争う成果を挙げ、新たな部署を軌道に乗せて驚くほどの確率で事件を解決している男だ。そんな男が麻薬犯罪者だと？　上司として――そして友人として――カールを犯罪者に仕立てあげるようなことは断じて許せない。

8

カール

二〇二〇年十二月二日、水曜日

「ローセが怒鳴り込んでくる前に、少し換気したほうがいいんじゃないですか。タバコの煙が充満していますよ」アサドが忠告した。

カールは手でおざなりに空気をかき回した。こんなもんでいいだろう。「アサド、ゴードンがいま、整備士の未亡人たちを訪ねている。夫たちが死ぬ前にかなりの金を受け取っていたのかどうか聞き出すためだ。出どころが怪しい金の受け取りが犯罪に当たるとしても、とっくに時効になっていると説明しろ、とゴードンには言ってある。だから、なんでも話してくれと促せとな。それでも何も引き出せなかったら、手詰まりもいいところだからな。爆発が事故でなくて殺人だと判断するには、動機が必要だ。ゴードンがどこまでやれるか、まあ見てみよう」

アサドは首をひねった。「いまだに動機がわからないんですか？」

「ああ、さっぱり。当時も殺人と仮定して動機を解明しようとしたが、無駄だった。組織犯罪、麻薬取引、盗難車の密輸など、あらゆる可能性を考えて捜査したようだが、すべて行き詰まったんだ。あの修理店は開業したばかりで、管轄の役所によれば、最初の二ヵ月間は所得税の申告を行なっていたが、それすら不備があったそうで、それ以降、年間所得の見積もりも登録されておらず、収支がつかめない。そこにきて、あの爆発ですべてが灰になっちまった。パソコンも、顧客名簿も、受注記録も、仕入れ伝票も、何もかも。捜査員の間では事故の裏にまだ何かあるんじゃないか、何か決定的な事実を見逃しているんじゃないか、という声もあった。だが、報告書を読んだ限りじゃ、捜査を進展させるような手がかりは何ひとつない」

アサドは無精髭の生えた顎を掻いた。「さっきのあなたの話では、この修理店は顧客を相手に組織的に大規模な詐欺を働いていた可能性があるということですね。今朝、ゴードンがそう指摘したんですよね？　彼らは実際に何かやらしいことをしていたのでは？」

「アサド、それを言うならやましいことだ。何かやましいこと」

「なるほど。でも、詐欺を働くというのは、ある意味、やらしいことだとも言えませんか？」

「まあな。そういう表現もできなくはないな」カールの頬が緩んだ。アサドのデンマーク語はときどき怪しくなるのだが、うまいことを言うもんだと思わされることもある。「まあとにかく、あの店が詐欺を働いていたとして、もっとひどいことをやっていた可能性もあるわけだ。修理のごまかし以外に、自動車修理店がやりそうなインチキと言えば、どんなことだ？」

「その店では、車の売買もやっていたんでしょうか？」

「〝トップ価格での買取と販売〟――チラシにはそう出てるな。タウン紙にも何度か無料広告を出していたようだ」

「盗難車の場合、ナンバーと車体の色を変えて転売されます。走行距離計をリセットしたり、整備手帳を偽造したり、そういう小細工をして売るんですけどね。だからトラブルになりやすいんです。特に東欧の人は詐欺に引っかかったとわかるといきり立ちます。ちなみに、爆発の原因はなんだったんですか？　現場で爆薬は見つかったんですか？」

「いや、見つかってない」

アサドはしばらく黙った。「そもそも、課長はどうしてこの件にこんなにこだわっているんです？　何か理由を知っていますか、カール？」

カールはアサドから視線を逸らした。理由なら十分承知だ。だが、全員がすべてを知る必要もなかろう。

「いろいろあるんだろう。幼い男の子が死んでいた光景や、母親の絶望を目の当たりにしたこととか。今回、その母親が自殺したことでそういう光景がありありと思い出されたんだろう。残されたあまりにも多くの疑問を、ずっとひとりで胸に抱え込んでいたのかもしれん」

「課長が当時、その男の子の母親に何かを約束していた可能性は？　犯人を見つけてやるとか？」

カールはうなずいた。確かにそれは考えられる。あんな惨劇を目の当たりにしたら、なんだって約束してやりたくなる。遺族に対して、少なくともなんらかの希望を与えたいと思うものだろう。だが、その約束を果たせるとは限らない。だからといって、忘れたわけではない。たとえ数十年経とうとも。

「カール、あなたが正しかったみたいです」廊下で大きな声がした。まったくあの青二才は、大事な話をするのに、部屋に入るまで待つこともできんのか。ここには聞き耳を立てていろいろと嗅ぎまわっている連中が勢揃いしてるんだぞ。そいつらに餌をばら撒いて歩くつもりか？

赤ん坊のような乳白色のゴードンの頬に赤みが差していた。かなり興奮しているようだ。

「あなたの推測が正解でした。整備士は全員、あの爆発が起きるまで湯水のように金を使っていたんです。あの小さな修理店ではとんでもない額の金が動いていたんですよ」

「よくやった、ゴードン。で、正確には何に使ってたんだ？」

「高級車、ゲーム機器、高級家電、贅沢な旅行とかです。未亡人全員が、いつも現金払いだったと証言しました」

「まともな金じゃないですね」アサドがつぶやく。

「そのとおりです。まだあります。整備士は全員、古くからの知り合いだったんです。いっしょに職業訓練校に通っていましたが、相当評判が悪かったようです。不良集団だったとある女性が教えてくれました。爆発で旦那が死ぬ前に離婚していたからどうでもいいけどと言って、なんでも話してくれました。チャンスさえあれば、あの男たちはいつだって不正を働いただろうって、言ってました。たとえば、あそこで売られていた車はどれも廃車寸前でうわっ面だけ改修したものなんだそうです。その女性いわく、あの人たちはしょっちゅう中古車の競売に参加しては、誰も値段をつけないような車を仕入れ、それを偽装して販売するそうなんですが、一週間に四、五台売れたこともあったらしいです」

「それはそれは。となると、開業からわずかな期間で百台以上も売りさばいていたことになるな。誰に売っていたのか、聞き出せたか？」

「騙されそうな人間なら誰にでも売りつけていたという話です。特に移民が多かったとか」

アサドとカールが視線を交わした。考えていることは同じだった。

「整備士は自分たちのしていることをあまり話さなかったようです。女には関係のないことだ、黙ってろ、と言って」

「で、その女性は当時、事情聴取でそのことを話さなかったのか？」

「当時はとっくに家を出ていて、スウェーデン人のレストランオーナーとスペインのビーチに三カ月間滞在中だったとか。帰宅してから爆発のことを聞いたと言ってました。ですから、彼女は警察の事情聴取を受けていません」

ゴードンの頬の色が赤みを増し出した。いよいよ派手な結末が来そうだ。

「で、問題はここからです。彼女は『元旦那の同僚の妻たちから、あの金の大部分はインチキな整備で儲けたものだと聞いていた』と言ってます。カール、僕の予想も当たっていましたよ。あの店は、ちょっとした不具合だったとしても『重大な欠陥が偶然発見されたので、その修理を行なった』と言っては請求額を水増ししていたんです。そうやって、修理の依頼を受けるたびに、何千クローネも余分に懐《ふところ》に入れていたんです」ゴードンは深く息を吸うと一気に吐き出した。ここで一息つかなければ破裂してしまうと言わんばかりだ。おかげで、ジョギングの途中で赤信号に引っかかって足踏みしているときのような息切れはとりあえず止まった。

「いいぞ、ゴードン。だんだんと話が見えてきた。そこまでひどい目に遭ったら顧客は怒り心頭だろうな。

あとは、前線で食塩と格闘しているローセが何を掘り出したかだな」

「食塩と格闘、ですか？」アサドはわけがわからないようだ。

カールはデスクの上のファイルを相棒に向かって滑らせた。「これを読んでおけ、アサド。今日は俺が託児所にルスィーアを迎えにいく日なんだ」

そう言いながらカールは、一瞬胸がじんわり温かくなるのを感じた。妙な気分だ。最近しょっちゅうこういう気持ちになる。

新型コロナウイルスが世界じゅうで猛威を振るう状況ではあるが、カールにとってはいまが人生最高のときだった。モーナと結婚してともに暮らすようになり、世界一かわいい娘も生まれた。モーナの孫のルズヴィは数週間前から友人の家に行っていて、クリスマスまでそこに居候しそうな気配だ。モーナが仕事に本格的に復帰し、託児所へのお迎え分担が難しくなったとしても、そのときには代役がいる。隣のマンションの女の子が小遣い稼ぎに引き受けると言ってくれているのだ。ただ、気がかりはモーナの長女だ。ルスィーアが生まれてからというもの、モーナを無視しつづけている。そして、アサド。あいつは家族との関係を取り戻すことに明らかに苦しんでいる。あれだけ有能で屈強な男が目に涙を浮かべているのを何度も見てきた。ひとりのときにそっと涙を拭っていることも多い。

「今回の件にアサドも加えたよ」夕食後にいっしょにコーヒーを飲みながら、カールはモーナにそう告げた。「アサドは先週、きみのところにカウンセリングに来ただろ？　正直、どんな状態なんだ？」

モーナは首を横に振っただけで、スプーンでバナナのピューレをすくうと、それをルスィーアの口に押し込むことに専念した。

「そうだよな、わかってる。心理カウンセラーには守秘義務があるもんな。じゃあ、別の訊き方をしよう。いまのアサドは、重要な事件の捜査に加われる状態なのかな? あいつには荷が重すぎないか? 今回の件はこれから大きく展開していきそうな気がするんだ。俺の印象が正しければ、マークスもそう考えている。これは大きな事件の氷山の一角にすぎないという気がしている。もしそうなら、アサドにもあれこれ仕事を頼まなきゃならん。こういう事件を扱っているときに、あいつに聞き込みやルーチンワークだけさせておくわけにはいかないからな。どうだ、あいつは捜査に耐えられると思うかい?」

モーナは微笑んだままだった。まるで耳に栓をして、バナナのピューレ以外のことを頭から締め出しているかのようだ。

カールはため息をついた。「モーナ、俺は知っておかなきゃならないんだ。アサドをこき使っても、あいつがぼろぼろにならずにすむのかどうか」

モーナが顔を上げてカールを見つめた。「きっと大丈夫よ、カール。でしょう?」

ローセ

9

二〇二〇年十二月二日、水曜日
三日、木曜日

その夜、特捜部Qでついていたデスクライトはひとつだけだった。ローセは、引き出しの中で見つけた古くてゴムのようになったクラッカーをかじっていた。すでに五時間も残業をしている。調子が悪いどころの話ではなかった。しかも、古い書類のにおいで吐き気までした。だが、不意にその顔がぱっと明るくなった。

そこには、二〇〇二年に作成された報告書があった。表紙と数枚の写真と、文字が並ぶ書類は二ページだけというもので、ファイルの山に埋もれてあっさり見落としかねないものだった。そこで扱われている件は〝自殺〟と結論づけられていた。だが、報告書の最後に〝控えめに異議を申し立てたが、棚上げされた〟とのハーディ・ヘニングスンのコメントがあった。ハーディは違和感を覚えると必ず、そういうコメントを残すようにしているようだ。

それは、聖霊降臨祭（復活祭後の第七日曜日）の二日後に、ある家のガレージで男性の遺体が発見された件だった。一酸化炭素中毒だった。第一発見者は家政婦で、洗剤を取りにガレージに入った際に、その家の主がボルボの運転席に座ったまま死んでいるのを見つけたという。検死の結果、死後三日が経過しており、満タンに給油されていた車がその間ずっとアイドリング状態にあったとみなされた。死亡した男性は過激な発言で知られる国会議員だった。彼は、生活保護を受けている女性がふたり以上の子どもを産んだら、その後は強制的に不妊手術をさせるべきだ、とおおっぴらに発言したこともあった。だが、その死はあまり大きく報じられなかった。おそらく、世間は、その男がこんな形で政治生命に終止符を打ったことをむしろ歓迎したのだろう。

ひと目で自殺だと判断できそうなケースだった。だが、のちに事件性ありとして捜査対象ファイルの山に入れられた理由は、法医学者が〝両手首にあざがふたつ、うっすらと認められる〟と検死報告書に記していたからだ。第一発見者の家政婦は、赤面しつつ雇い主の性的嗜好について語ったという。なんでも、自分と夫なら〝絶対にやらないようなこと〟をしていたそうだ。これを受け、当時殺人捜査課副課長だったマークス・ヤコプスンは、カール・マークとハーディ・ヘニングスンに、死亡した男性と性的関係にあったと思われる人物を探すよう命じた。だが、無駄骨に終わったらしい。だからこそハーディは、報告書の最後にあのようなコメントを残していたのだろう。

報告書の中ほどに、ガレージ内の物品一覧が記載されていた。棚には大量のキッチンペーパー、トマト缶、トイレットペーパーが保管され、床にはブラシ、ペイントローラー、中身の乾いたペンキ缶が置かれ、オイルの染みがついていた。さらには、何年も使用されていないと思われる自転車、洗剤、ほうき、バケツ、梱包材にくるまれたまま未使用のルーフキャリアもあったようだ。

ローセが報告書を読み終えたころにはさらに一時間が経過していた。クラッカーを食べたにもかかわらず、お腹はずっと鳴りどおしだ。空腹に負け、早く帰りたくて急いで報告書に目を走らせていたら、おそらく読み飛ばしていただろう。だが、ローセの目は報告書のある一点を見つけ、そこに釘づけになった。〝ガレージの床に、小さな塩の山〟

すぐに証拠写真をチェックする。

運転席の遺体は両手をひざに置き、前かがみの姿勢だった。トレードマークであるツイードのジャケットを着ていたが、着衣に乱れはなく、特に不審な点は見当たらない。検死の写真には、一酸化炭素中毒で死亡した場合によく見られる鮮紅色の死斑がくっきりと写っている。見ていて気持ちのよいものではなかった。ローセはでっぷりしたこの政治家の生前の姿を思い出した。そういえば、不愉快極まりないクズ男だったわね。

その家は、レズオウアによくあるごく一般的なつくりだったが、ガレージはかなりの広さがあった。結婚していて十代の子どもたちがいたとしたら、パーティを開くのにもってこいだっただろう。だが、独身者にとっては、自宅に続くドアとスイングアップ式のドアを備えた、整頓しやすいスペースというだけのものだった。ドアに鍵はかかっていなかったという。

小さな塩の山は、車を撤去したあとで発見されたらしい。雪のように白く、高さは六、七センチほどの山だった。買い物の品を毎日のように車から降ろす場所である。塩があったぐらいでは、当時の捜査員たちがなんらかの理由でこぼれ落ちたのだろうと思って怪しまなかったとしても仕方がない。でも、これは……。

ローセは空腹を完全に忘れた。

「なんで、昨晩、電話してこなかったんだ、ローセ」

翌朝、カールはぶつくさと文句を言った。

「そんなこと、できるわけないでしょ！　ルスィーアを起こすわけにはいきませんからね。それに、とにかく家に帰りたかったし。わたしが家に着いたのは夜の十時半ですよ」

ローセにそう言われると、カールも納得せざるをえなかった。

「いっしょに来てくれ」カールは報告書を手にすると、殺人捜査課課長の部屋に向かった。そのあとに続きながら、ローセは思った。カールったら、珍しくほかの課の人間に親しげに笑いかけているけれど、俺たちのほうが優秀だと自慢したい気分なのかも。

ヤコプスンは電話中だったが、カールとローセが興奮しているのを瞬時に察し、話をさっさと切り上げて電話を切った。「で、何かわかったのか？」ヤコプスンの質問に、カールはファイルを広げた。

「マークス、あなたが言っていたのはこれでしょう？ファイルの山に埋もれていたのを、ありがたいことにローセが見つけ出してくれたんです」カールはそう言うと、誇らしげにローセに視線を向けた。「で、報告書を読んだところ、あの事件だったかとピンときましてね。課長が正解でした。ハーディに電話すればよかった。あいつに訊いていたら、すぐに思い出せたんですけどね」

カールは、ハーディが〝異議〟と書いた例の部分に指を置いた。

「あいつなら、自分のコメントを覚えていたはずです。おそらく、この部分も」

カールは、空のガレージを撮影した写真をデスクの上に置き、小さく盛られた塩を指さした。

半月形眼鏡の奥でヤコプスンの目が丸くなる。

「そうか！　これだ！　この意味がわかるかい、ローセ？」

「もちろんですとも。わたしの思い違いでなければ、この塩の山は、一九八八年に爆発で吹っ飛んだ修理店の前にあったものとそっくりです。ふたつの事件には何かつながりがあるのかも。ひょっとしたら、ほかにもそういう事件が……」そこまで言うと、ローセの顔が曇った。「となると、嫌な予感がするんですけど。死体発見現場付近に塩の山が残された事件がほかにもあると仮定したら、一九八八年以降のファイルの山をあさることになるわけですよね。それって、とんでもなく大変な作業じゃないですか？　その挙げ句、塩つながりの事件なんて一件も見つからなかったらどうなるんです？　一九八八年より前にどんどん遡るんですか？　想像したくないんですけど……」

「ローセ、根拠もなくきみたちにそんなことを頼んでいると思うのか？　大変なことは百も承知だ。それでもわれわれはやらなくてはならないんだ。なぜだかわかるか？」

「このふたつの事件は事故として偽装されたもので、犯人は明らかに捜査のかく乱を狙っているから、ですよね」

「つまり、きみは両方とも殺人だと考えているわけだな？」ヤコプスンが探るような目でローセを見た。

「ローセも俺もそう考えてますよ。マークス、あなただってそのはずです」カールが口を挟む。「だからこそ、あの修理店の件を引っ張り出してきたんでしょう？」

「ああ、そのとおりだ。だが、ここは冷静になろう。直感を重視するあまり、間違った方向に進むこともあるからな。単なる偶然という可能性も十分にある。同じように犯人が死体のそばに塩の山を残した事件がさらに見つかるまで、この二件に関しては偶然という前提にしておいたほうがいい」

「わかりました」ローセが答えた。「だけど、犯人が死因を巧妙に偽装していたとしたら、その捜査ファイルは殺人捜査課の書庫にはないわけですよね？　〝事故死〟とか〝自殺〟、あるいは〝自然死〟として処理されたものについてはどうすればいいんですか？　そういうケースは何千とありますよ。それに、すべての事件がわたしたちの管轄で起きたとは限りません。犯人がデンマーク全土で殺人を犯していたという仮説だって理屈のうえでは成り立ちます」

ヤコプスンは両手をデスクに置くと、ローセのほうへ身を乗り出した。「そのとおりだ。その可能性も十分ある。だが、もう一度訊こう。その議員はいつ死んだ？　十年前か？」

「二十年前です。死亡したのはおそらく二〇〇二年五月十九日。聖霊降臨祭の日曜日と思われます。名前は、パレ・ラスムスン」

「つまり、ずいぶん昔の話だ」そう言うと、ヤコプスンは口笛を吹き、椅子の背にもたれた。頭の中でカレンダーの日付を当時まで戻そうとしているのかもしれない。

「マークス、真面目な話、特捜部Qの人数じゃそんな任務はとてもこなせませんよ」カールが言った。

カールのその言葉にヤコプスンは人差し指を立てた。まだ考え中だぞ、と言わんばかりに。

ローセはデスクに広げられたファイルと写真に目をやると、課長がまだ思案中であるのもかまわず、こう言った。「何も、わたしたちだけで全部やる必要はないんじゃないかしら。これをコピーして、一九八八年の塩の山の件といっしょに全国の警察署にメールすればいいんですよ。捜査員でも鑑識官でも、似たような塩の山のことを頭の片隅に記憶している人がひとりでもいれば……」

ヤコプスンが難しい顔で言った。「われわれが、塩の絡んだ案件がほかにもあると想定して、それを事件化しようとしていることを明らかにしていいものかどうか」

「つまり、これを連続殺人事件ととらえてもいいのかどうかってことですか？」カールがヤコプスンの考えを補足した。

「そうだ。まあ、死体のそばに塩の山があったケースがほかにも見つかれば、そう考えてもいいだろう」

「見つかれば、って簡単に言いますけどね、大変な仕事ですよ。プロファイリングし、動機を分析し、何百人と面談し、延々と事情聴取をすることになります。そのうえ、鑑識の分析と各報告書から犯人の可能性がある人間をすべて照合しなけりゃいけない。下手すりや、何カ月もかかりますよ」カールの声が大きくなった。悲観的な気分に陥るとついそうなるのだ。

「確かにそうだ、カール。だが、同じような事件がさらにいくつか出てきたらどうなる？　きみが抱えている山のような未解決ファイルのなかに芋づる式に解明できるものがあるかもしれないんだぞ。オーヴェ・ワイルダーの修理店で起きた爆発が連続殺人犯の仕業だとしたら、どうなる？」

人間、気が進まないことをやらされるときは顔に皺が寄るものだ。カールの顔には、ＬＳＤでトリップした建築家がでたらめに描きなぐったような線が縦横無尽に走っていた。

10
カール
二〇二〇年十二月三日、木曜日

「いまだに仮説を裏づけるような第三の手がかりがない以上、今回の件は内々に進めてほしい。俺たちの部屋はほかの連中の部屋と五メートルしか離れてない。くれぐれも秘密が漏れないよう細心の注意を払うこと。ほかの捜査班のリーダーと話をしないわけにはいかないだろうが、この件については当面は秘密厳守だ。いいな。うまく行ったら行ったで、ここの連中の三分の二から嫌われ、失敗すれば笑われる。どっちに転んでもろくなことにならんが、そんなこと言ってられん。わかったか？」

カールはそう言うと、アサド、ゴードン、ローセの三人がいっしょに使っている部屋の壁一面を覆っている巨大なホワイトボードを指さした。

「いまからここが俺たちの戦略室だ。ホワイトボードに一覧表をつくった。空欄が四つあるだろう？　できるだけ早く有力な手がかりを見つけて、これを埋めていきたい。最初の欄に入れるのはもちろん、〈日付／犯行現場〉だ。二番目の欄は〈被害者〉だが、これを埋めるのは少々難しい。殺人と考えられる事件があったとして、発生から何年も経過していれば、被害者のプロファイルを作成してその行動や習慣を裏づける情報を手に入れることは難しいだろう。三番目の欄は〈殺害方法〉だ。これも、解明はかなり難しいと思われる。四番目の欄は、犯人の目星がつかないうちは埋められなくても仕方ない。一応、〈動機〉という項目にしてある」

「このふたつの事件には、わたしたちがまだ気づいていない共通点があるかもしれませんよね？　たとえば、犯人が手を下す前に被害者はすでに動けない状態だったとか」

カールがローセに視線を向けた。「どういうことだ？」

「整備士たちが動けない状態になっていたほうが先で、そのあとで修理店の爆発が起きたとか、パレ・ラスムスンもそもそも運転席で気絶していて、一酸化炭素が車内に充満したのはそのあとだったとか……」

「あのボルボの年式はわかるか？」

「相当古いです。排ガス浄化装置がないくらいでしたから」

カールはうなずいた。そんなことのせいで一酸化炭素が大量に発生したのだとしたら、パレ・ラスムスンも気の毒に。カールはアサドに視線を転じた。「やけに考え込んでるじゃないか。おまえの意見はどうだ？」

「頭の中がちょっと混乱して。いったいどうやったら、四人もの男を続々と動けなくすることができるんでしょう？　誰からも抵抗されずに四人の頭部を殴り、殺すことなんて、できるんでしょうか？」

　ゴードンがうやうやしく指を一本立てて、発言を求めた。いい加減、その癖はやめてほしい。「まさにそこが僕も気になっていたところです。死因は頭部を殴られたことによる外傷で、爆発はそれを隠すためのカムフラージュだったんじゃないでしょうか？　店には防犯カメラもありませんでしたし……」

　ゴードンはそこでアイデアが尽きたが、彼にしてはよく考えたほうだろう。

「わたしもそう思います」ローセが続く。

「ただ、もしそうなら、彼らは殴られる前に鎮静剤か何かで動けなくなっていたはずです」

　アサドが補足した。「修理店の門のところで死んでいた整備士は、酸素を求めて外に出てきたものの、そこで息絶えたのかもしれません。私が考えていたのは、だいたいそんなところです」

「となると、どうやって意識を失ったかだな。何か考えはあるか？」

「ガスですかね」ゴードンが意見を述べる。

「ありえるな。だが、店内には塗装場があったんだから、高性能の排気装置が設置されていたはずだ。だとすると、ガスの線は考えにくい」

「そういう排気装置って、逆回転させれば室内に空気を送り込むようにできるんじゃないかしら？」

　カールは肩をすくめた。「どうかな。可能性はあるかもしれんが、ちょっと面倒すぎないか？」これには、ほかのメンバーも同意したようだ。

「ラスムスンの場合はどうだ？　どんなことが考えられる？」

「同じでしょうね」アサドが言う。「中毒死する前に車から逃げ出さないよう、最初から意識を失わせておいた」

「エーテルとかクロロホルムなら簡単に手に入るんじゃないですかね」ゴードンも意見を出した。

「ひとつの可能性として、俺もそれは考えた。エーテルとクロロホルムなら、死体から検出するのは難しいからな。三日も経っていたらにおいも消えているだろうし。この点は、ホワイトボードに記入してもいいんじゃないか？」

全員がうなずいた。

カールがボードに書き込む。

「修理店で同じ手口がとられた可能性は？」

「ありえますね」ゴードンが答える。

「犯人については？　どんなことが言える？」

「犯行現場についても被害者についても、かなりよく知っていたんじゃないかと思います。ラスムスンの帰宅時間とか、店の設備とか」ゴードンが続ける。

「そうだな。鎮静剤のような化学物質の扱いに慣れていたという点も注目すべきだ。そのうえ綿密な殺害計画を立てている。修理店での犯行が手の込んだものだったことからも、それは明らかだ。だが、ラスムスンのケースも同じだったと考えるなら、その根拠はなんだ？」

カールが一人ひとりに視線をやる。一番早く反応したのはアサドだった。

「車の下にあった塩ですね。車庫入れする前に置かれていたはずです」

カールが親指を立てた。そしてまた、一人ひとりに目をやった。

「よし、まだ第三のケースは見つかっていないが、とりあえずはこの仮説をもとに捜査を進めていこう。ローセ、死体発見現場に塩が見つかったケースがあったらすぐにこちらに知らせるよう、コペンハーゲン警察本部も含めた国内全署に働きかけてくれ。もちろん、おまえさんが連絡役としてすべての窓口になるんだ。すぐに反応がなければ、電話をかけてせっついてくれ」そう言うと、カールはローセに向かってにっこりしてみせた。だが無駄だった。ローセは、この手の作業が大嫌いなのだ。

「これまでうちが捜査したなかで現場に塩が見つかった事件があるかどうか、誰か覚えてるか？」カールは続けた。

三人とも首を横に振る。

「そうか。俺も記憶がない。じゃあ、古い事件を見ていこう。すでにローセが一九八八年以降の事件を洗い出してくれているが、いまからは、ゴードン、おまえの仕事だ。ローセのやり方でやるんだ。時間を節約するためにまずは写真資料に目を通す。塩が写っていたらその事件をチェックし、報告する。いいか、絶対に見落としがないようにな」

「全国の警察署でも同じ手順を踏んでもらえば、かなりの時間が節約できると思いますけど」ローセが言った。

カールがうなずく。「確かにそうだ。それからアサド、おまえには動機に的を絞って考えてもらいたい。ふたつの事件に共通する動機を探り、結論をホワイトボードに書き込んでくれ。俺は、両方の殺しにはいくつか共通した特徴があると踏んでいる。パレ・ラスムスンはよく、外国人について過激な発言をしていたらしい。だとしたら、移民の人たちの恨みを買っていたとしても不思議じゃない。修理店にしても、思い当たるふしはある。すでに家を出ていたという例の離婚した女性によれば、あの店の安い車は移民の人たちによく売れていたようだ。だから車輌登録データを検索して、やつらから車を購入した可能性のある人間を探し出すんだ。爆発前の二カ月間に登録した者に絞れ。そのなかにパレ・ラスムスンに嫌がらせを受けたという者がいたら、ふたつの事件を結びつける動機が解明できるかもしれん。まあ、そんなにうまくいくわけがないとは思うが」

「そんなことしても、何もならないと思いますよ」アサドがつれないことを言う。

「なんだって？」

「不正に販売していたわけですから、登録データの販売記録に店の名前はないでしょう」

カールの眉間に皺が寄った。「確かに。だが、販売を担当した人間がいるはずだろ？　販売記録にあの店の整備士の名前があるかどうか、探ってみてくれ。ついでに、整備士たちについての情報をもっと手に入れてもらえるとありがたい」

だが、アサドは肩をすくめた。そんなことをしても無駄だと思っているのだ。まあ、いい。仕事さえしてくれれば……。

「それで、カール、あなたは何を？」ローセはとげとげしい声で尋ねると、じろりとカールを見た。今度はなんだ？　「わたしたちが捜査に役立ちそうな情報を手に戻ってくるまで、ただ待ってるんですか？　いつもみたいにタバコを吸って、周りにそのにおいを撒き散らしながら」

カールは口をへの字に曲げた。「ふむ、それもいいかもな。だが、俺がまずしなきゃならないのは、おまえさんたちのとんでもない額の残業代が無事支払われるようマークスに掛け合うことだ。十年分の代休より金で返ってきたほうがいいだろ？」

「すばらしい、カール。ぜひともお願いします！」ゴードンが興奮して叫んだ。金さえもらえるなら何時間でも喜んで残業するタイプなのだ。プライベートでやりたいことなど、大してないのだろう。

「それから、このふたつの事件について鍵となりそうなデータをまとめる。心理プロファイリングで犯人の人物像が浮かぶようにするためにな。犠牲者についても同じだ」

「それってずるくないですか。あなたにはモーナがいますからね。わたしたちがここで馬車馬のように働いている間、お嬢さんと砂のお城でもつくるおつもり？」

売られた喧嘩は買うべきだろうか？　まあいい、ここは笑って収めよう。「そいつはまた、最高だな。すばらしい提案をどうも」

「あとひとつ、些細なことかもしれませんが」ローセはしつこかった。「例の塩がわざと現場に残されていたのなら、わたしたちが相手にしているのは、自分の正体を暴かれたいと思っている殺人犯ということになります。本人にとってはスリル満点のお遊びなのかもしれません。あるいは、何か自分の足跡となるものを置いておきたかったとか。ともかく、わざとあんなことをしたというなら、相手は、事前に殺人計画を練って段取りどおり実践する、いわゆる〝秩序型〟の連続殺人犯ですね。だけど、塩の山が実は偶然そこにあっただけだとしたら、どうするんです？」

「だからこそ、この件は内密にしてほしいんだ。捜査の進捗については必ず、廊下じゃなくてこの戦略室の中で話し合ってくれ。連続殺人犯による犯行という仮説が見当違いだとわかったら、それぞれ個別の古い殺人事件として捜査を進めればいい。そうなったとしても、われわれの任務に反する点は何もないと思うが、どうだ？」

部屋に戻ると、カールは窓から半分身を乗り出してタバコを吸った。考えごとをするときは、青白い煙が空へ上っていくのを眺めるのが一番だ。

さて、どうしようか？

マークスは残業代の申請を認めるだろう。所定の用紙に記入すればいいだけの話で、あっという間に片がつく。犠牲者の心理プロファイリングは、あの議員から始めるとするか。パレ・ラスムスンは、名誉毀損で無数の訴訟を起こされていた。ハーディといっしょにあの事件を捜査したときから、あいつのことは頭の中にこびりついている。まあ、俺よりもハーディのほうがよく覚えているのは間違いないが。

11
カール
二〇二〇年十二月三日、木曜日

「カール、俺はいま専門外来の待合室にいる。周りがうるさいから、はっきりしゃべってくれ」

カールは耳をそばだてた。だが、電話の向こうからは何も聞こえてこなかった。「モーデンは万事順調だって言ってるが、そうなのか、ハーディ？」

「順調？　はっきり訊けばいいじゃないか。『おまえはいつかまた、歩けるようになるのか？』って」

「おまえはそう思ってるのか？」

「こないだの脊髄の手術が効果を発揮して、補助器具だらけのエクソスケルトンが俺みたいな大男でも使えるように調整されて、動かなくなった筋肉を鍛えることができるようになれば、きっと立てるようになる。だが、百メートルの全力疾走までは期待しないでくれよ」

「そこまでは考えてないよ、ハーディ。だが、たとえばだが、腕はどうだ？　また動かせるようになりそうか？」

長い沈黙。それが答えといってよさそうだ。ハーディは首から下を一ミリたりとも動かせない。その状態で十年以上だ。まったく、馬鹿げたことを訊いたものだ。答えようもないだろうに。

ところが、ハーディはこう答えた。「まあ、見込みはあるだろうね」

カールは仰天した。そうなったらすごいことだ。たとえわずかでもハーディの体が再び動くようになったら、すべてが変わるだろう。

ハーディは、それ以上は治療について話したがらなかった。その気持ちはよくわかる。治療に関しては毎日のようにモーデンとミカと話して、励ましの言葉をかけられているのだろう。それで十分だ。すべてがどう転ぶかわからない実験なのだ。そのうえ、ハーディは慎重な男だった。

「モーデンといえばな、聞いたよ、カール。パレ・ラスムスンの自殺について捜査を再開したんだってな。そのことで電話してきたんだろ？」

「いや、俺は……」

「あれは、ほんとに妙な話だった。だいたい、あれほど注目を浴びることが好きなやつが、いきなりあんなふうに消えようとするか？　説明がつかないんだ。遺書もないし、うつ病に苦しんでいたといった診断書もない。ああ、もちろんあの件はよく覚えてるよ。そもそも、あいつほど憎まれた政治家はいないんじゃないか？　まさにヘイトで食っていたようなやつだったからな。自分でわめきちらしたヘイトと、自分にぶつけられるヘイトをエネルギー源にしていた。そんな男がある日突然、これまでの人生を悔やんだりするか？」

「まず、ないだろうな。確かに妙な話だ。それはともかく、ガレージの床に塩の山があったことは覚えてるか？」

「塩の山？」

「そうだ。別件で、似たような塩の山が見つかった。パレ・ラスムスンの自殺より十何年も前のことだ」

「いや、覚えてないな。それがどうかしたのか？」

カールは状況を簡単に説明した。

「驚きだな。でも、単なる偶然なんじゃないか？」

「わからん。パレ・ラスムスンの件にもう一度当たってるところなんだ。俺たちはあのとき、ラスムスンが誰かと性行為におよび、プレイの一環で手を縛られたんじゃないかと思って調べたよな。法医学者がラスムスンの手首に奇妙なあざがあると報告したことを覚えてるか？」

「覚えてるさ。でもな、当時も言ったと思うが、そういうあざは生きている間についたのならすぐに消える。その点は法医学者の確認も取れている。だから、やつは議会から帰宅する途中でＳＭプレイを楽しんだか――その時間があったことは間違いない――、何者かがやつの手首をハンドルカバーがハンドルにくくりつけたか、そのどちらかだ。ハンドルカバーがちょっと珍しいものだったらしいが、覚えてるか？　家政婦が証言しただろ？　ビロードっぽい毛足の長い生地でできたカバーだったと。でも、ラスムスンを発見したときにそのカバーはなかった」

「残念だが、ハーディ、それは覚えてない。そのハンドルカバーに、ラスムスンを拘束した人間のＤＮＡが付着していた可能性はなかったんだろうか？」

「俺としては、ハンドルカバーが消えていたのは奇妙だということ以外はなんとも」

「あのとき、なんで捜査が打ち切りになったんだ？　まるで記憶がないんだが。もちろんマークスに訊くこともできるが、もしおまえが……」

「カール、そろそろ呼ばれそうなんだ。だから手短に話す」ハーディは少しの間、沈黙した。考えをまとめているようだ。「捜査は確かに中断された。ラスムスンは、聖霊降臨祭の前、つまり死ぬ数日前に親戚の夕食会に顔を出していた。そのときに起こった出来事のせいで棚上げされたんだ」

「そんな話は初耳だ」

「おまえは最後のほうは、あの件の担当から外れていたからな。アンカーといっしょに、別の事件の捜査に入ってただろ？」

「そうだったか？　それはともかく、それで、集まりの席で何があったんだ？」

「何人かの親族の証言では、夜が更けたころ、パレ・ラスムスンは、テレビのオンエア中にピストル自殺した女性司会者についてジョークを言ったらしい。ひどく酔っていたらしいが、あれはありとあらゆる自殺のなかでも最も愚かなものだったと言い出して、『自殺を計画する際には美しい死体を残すよう準備しなくてはならない』とまで言い放ったそうだ。遺族はその『自殺を計画する際には』という言葉から、ラスムスン本人も自殺を考えていたんじゃないかと思ったと証言した。確かにあの月は捜査が必要な事件が山積していたんだ。だから、マークスはほかの件を優先させたんだと思う。この件は解決ずみと処理されて、かなり腹が立ったのを覚えてるよ」

ハーディの背後で何かがガタガタと音を立てた。誰かがフランス語のような言葉でハーディに話しかけ、彼はそれに英語で答えた。

「ハーディ、ハンドルカバーと夕食会の件だが、あれも報告書に記入されているはずだよな？」

「もちろんだ。記録がないのか?」再びガタガタと聞こえてきた。「カール、そろそろ行かないと。少しは役に立てたならいいけど」

もちろん、〝少し〟は役に立ったさ。だがそのせいで、新たにいくつもの疑問が湧いてきた。

「連絡を取り合おう、ハーディ。いいな?」

「チャオ、チャオ」返ってきたのはそれだけだった。そして電話は切れた。

「やあローセ、仕事の邪魔をしてすまないが」

受話器を手に、ローセは敵意のこもった視線をカールに向けた。

「パレ・ラスムスンの自殺に関する報告書だが、数ページ抜け落ちてるって可能性はないか?」

ローセは無表情で受話器を置いた。「どういう意味です?」

カールはハーディとの電話の内容を簡単に説明した。

「そうなんですか。で、ハーディの様子はどうでした?」

「ああ、順調なようだ。正確なところはあいつ自身にもまだわからないようだが、結構自信がありそうだった。それはそうとして、ファイルにあったはずのページが数枚、どこか別のところに紛れ込んでたりはしないか?」

「どうかしら。でも、もしそうなら、ゴードンが見つけてくれるのでは? どっちみち、彼が書類をすべて精査しなきゃならないわけだし。直接訊いてみてはいかがです?」ローセはそう言うと、血の気のない顔をした男を指さした。ゴードンは、ペーパークラフトのニッセ人形（クリスマスの時期にサンタクロースの手伝いをするといわれる妖精の人形）と、一メートルはあろうかという書類の山、さらに五センチほどの書類の山に囲まれて座り込んでいた。

「何か見つかったか?」

ゴードンはぼんやりとした顔を上げた。作業に没頭していたようだ。

「もうすぐ終わりそうだな」カールは冗談めかして、高く積まれた書類を指さした。

「ここにある書類で全部だと思いますか？　下の階の書庫には、未解決の死亡事件ファイルがまだたっぷりあるんですよ」

カールは励ますようにゴードンの肩を叩き、パソコンモニターの隅につけられた色あせたニッセ人形にちらっと目をやった。「いい感じにクリスマスのデコレーションができてるじゃないか。雰囲気出てるぞ」口からでまかせを言うと、カールは、ラスムスン事件の報告書の数ページが紛失している可能性があると口早に伝えた。そして、ゴードンがぼやき出す前にさっさと廊下に退散した。

パレ・ラスムスンの親戚に連絡をつけるのは大して難しくなかった。近い親戚として、当時、死体の身元確認のために来てもらった人物がいたのだ。

玄関のドアを開けて現れたのは年配の男だった。チェックのシャツによれよれの茶色いコーデュロイジャケットを羽織り、腰回りがだぶついたジーパンに健康サンダルを履いている。以前は顔一面に赤髭が生えていたに違いない。いまは白くなった髭がまばらに残っているだけだった。七〇年代にはこういういでたちの小学校教師がたくさんいたものだが、彼もそのひとりだろう。典型的な〝ヒッピー〟だ。ともかく、さわやかな見た目とはとても言えなかった。

カールは身分証を見せると、口と鼻を覆っているマスクを顎まで下げた。「すみません。亡くなったパレ・ラスムスンさんのご親戚ですよね？」

「違うとは言えないのが残念です。ええ、私は彼の親戚です」客人を招き入れる気はないらしい。「懐かしく思い出すようなことはまったくありませんけどね」

「パレさんも参加された親族の夕食会を覚えています

か？　亡くなる数日前のことです。あなたもいらっしゃったと聞いていますが」

「いまになって、どうして古い話を蒸し返すのです？　十五年以上も前のことですよ」

「ときには、ある事件が別の事件と関連しているということがあるんです。現在われわれが捜査している事件もその可能性があります。残念ながら、これ以上はお話しできませんが」

「ああ、そうですか」年金生活に入っている元教師は不満げな声を出した。こんな答えではまったく納得できないのだろう。

「私は、当時、パレさんの死に不審な点がなかったかどうか捜査していたので。それでうかがったのです」

「不審な点なんてどこにもないはずです。自殺に決まっています。自ら命を絶ったんですよ。愚かな男だ。いい厄介払いです」

「なぜ、自殺だと言い切れるんです？」

　男がにやりとした。その拍子に口から歯がのぞいた。歯はタンニンとヤニだらけだ。長年、大量の赤ワインとパイプタバコにさらされてきたのだろう。「いいですか。私はあの日、聖霊降臨祭を祝う夕食会に出席していました。祝日の直前に集まるのが一族の昔からの伝統でしてね。そのときパレは、まったくありえないタイミングで、自殺について不愉快で無遠慮極まりない発言をしたんです。当時も、背の高い刑事さんに説明しましたけど」

「〝ありえないタイミング〟っておっしゃいますと？」

「パレがあんなことを言い出したのは、いとこのラウリッツが自分はがんにかかっていると話した直後なんです。まったく無神経もいいところです。ラウリッツはショックを受けていました」

「確かに、まったく空気が読めてませんね」

　男は、まるで宿題をやってこなかった生徒をにらみつけるかのように、ぎろりとカールを見据えた。「空気が読めてない？　とんでもない。いいですか、パレは空気を読めないような男じゃありませんよ。あいつはラウリッツを傷つけたくて、わざと相手の心をえぐるようなことを言ったんです。パレはそういう人間です。意地が悪く、人を思いやる心など持ち合わせていない。どこまでも性根の腐った男でした」

「それなのに、あなたはパレさんが自殺を図ったと思っているのですか？」

「私ですか？　率直に言って、当時の私には、そんなことはどうでもいいことでした。いまもそうですが」

「ご親戚全員が同じように思っていらっしゃる？」

男がドアの敷居に足を踏み出した。「そう思わない人間を探しているなら、パレの姪に話を聞くしかないですね。あのころ、あの子は、パレとあいつが主張していたくだらない思想に夢中でしたから」

「姪御さんですか？」

「そうです。姪といっても、パレと同世代ですけどね。パレの一番上の兄の娘ですから。パレは末っ子だったんです」

「姪御さんの住所を教えていただけませんか？」

「そちらでわかるはずです。パウリーネ・ラスムスンを知らないわけがない」

「えっ、あのパウリーネさんが姪御さんなんですか？　でも、彼女はまったく……」

「ファシストには見えない、そうおっしゃりたいんでしょう？　そのとおりです、いまのあの子はアカですよ。釜茹でにされたカニと見分けがつかないくらいに真っ赤です」

12

パウリーネ

一九九三年

パウリーネは普通の少女ではなかった。友だちが看護師になりたいとか、医者やその手の男性と結婚したいとか言っているときに、彼女はまったく違う夢を持っていた。

パウリーネの夢は注目を浴びることだった。大ホールや舞台に立って一身に注目を集めることだった。スポットライトを浴びて腕を広げると、無数の視線が自分の動きを追ってくる。誰にも無視されず、見下されず、孤独だと感じることもない——そんな想像を膨らませていると、決まって手にじっとりと汗をかき、首が赤くなってくるのだった。

ある暑い夏の日、パウリーネの家族は、父親の兄弟ふたりが共同で所有している別荘に行った。三家族で過ごそうと招待されたのだ。

別荘での退屈な一週間が終わろうというとき、突然、生意気そうな目をしたあの男が別荘にやってきた。初めて目が合ったその瞬間、パウリーネは全身に電気が走るような衝撃を覚えた。

その男、パレ・ラスムスンは、兄たちにはすこぶる評判が悪かった。誰かがパレと議論を始めるやいなや、気持ちのいい午後の団らんがすぐさま修羅場と化し、収拾がつかなくなることもしょっちゅうだった。兄たちはそんなパレを、無節操で頑固なやつだとなじった。

おじのパレが政治家を目指していることは、パウリーネも父親から聞いて知っていた。商売人や税理士など、ラスムスン一族のほかの人たちの仕事に比べたらそのほうが断然面白い、とパウリーネは思っていた。

あれは、パウリーネがパレと初めてふたりきりになったときのことだった。パレがいきなり至近距離まで近づいてきて、パウリーネの手に卓球のラケットを握らせた。そして、はっきりとした声で「それで俺の顔を殴ってくれ」と言ったのだ。

パウリーネがためらうと、パレは彼女のスラックスの股間をつかみ、「言うとおりにしたほうがお互いのためだぞ」とすごんだ。パウリーネは反動をつけ、思い切り彼の顔をひっぱたいた。あまりの勢いにラケットが折れてしまったほどだ。

パレはよろめいてあとずさり、まるで不意打ちを食らったかのようにパウリーネを見つめた。パウリーネも自分のしたことが信じられなかった。だが、パレは即座にそばにあったもう一本のラケットに手を伸ばし、もう一度、と頼んできた。

夕食時になってもパレの頬から腫れは引かなかった。だが、本人はまったく意に介していないようだった。その時点で、パウリーネはすっかり彼の虜になっていた。

パレのマンションの鍵をもらう関係になるまで、そう時間はかからなかった。ふたりは、ほかのカップルには決してできないような特別の行為も最高にうまくこなした。パウリーネは生まれて初めて、女であることがどれだけの力を持つのかを実感し、欲しいものを手に入れるにはどうすればいいかを理解した。

パレは、ほかの誰よりもパウリーネのことを褒めてくれ、話をよく聞いてくれた。それだけでパウリーネは熱くなったが、相手も同じくらい興奮を覚えているようだった。彼とのセックスは、単にふたりの人間が互いを求め合うというレベルのものではなかった。パレといっしょなら、これまでまったく考えもしなかったような過激なこともできた。パレといると、飛翔しているような気持ちを味わえた。自分に他人の体を支配する力があるのだと実感し、その力を限界まで試すこともできた。苦痛に身悶えながら発するパレの喜びのうめき声を聞き、赤く腫れた彼の皮膚やその下の内出血を目にすると、天にも昇る心地になった。

13

カール

二〇二〇年十二月四日、金曜日

レヴュー（歌や踊り、寸劇などを組み合わせた舞台芸能。社会的事件や話題を諷刺・パロディ化し、娯楽的要素が強い）での歌とダンスが評判の女優、パウリーネ・ラスムスンはおじとの関係を思い出したくないようだった。カールは午前中、次回作に向けてゲネプロに励んでいるパウリーネを訪ねた。捜査に協力してほしいと言われるとすぐに、彼女はカールを楽屋まで引っ張っていった。そして、話すなら小声でと頼んできた。

カールはうなずいた。「ほかの人たちには、ちょっと休憩してくると伝えてはどうですか？　運河の向こう側のベンチに腰掛けて、落ち着いて話をしましょう」

ベンチに座ると、パウリーネは震えながらコートの前をぴったり合わせた。無理もない。カールはこの日何度も温度計を眺めたが、少し前に見たときは氷点下すれすれだった。

「単刀直入におうかがいします。当時、あなたはパレさんとかなり親密だったそうですが、いまは彼の考え方にあまり賛同していないとか」カールは口をチャックで閉じるジェスチャーをしてみせた。「ここでの会話が外に漏れることはありません。保証します。親族の方によれば、あなたが一族で唯一、パレさんと親しくしていたということでした。そして、彼の死が自殺であるとは決して認めなかったと。なぜそう思われたのでしょう？　まだ覚えていますか？」

「絶対に誰にも言いませんか？」パウリーネはそわそわしていた。

「もちろん、お約束します。ご存じのとおり、守秘義務がありますから」

テレビで見るパウリーネは、コメディのセンスとすばらしい歌声を持つベテラン女優だ。だが、いまベンチに座っている彼女からは余裕もユーモアもまったく感じられなかった。声が震え、目には力がない。

「あのころ、あたしはパレに完全に夢中でした。変に思われるでしょうけど。でも、あの人の無鉄砲さにカリスマ性みたいなものを感じてたんです。選挙でパレがあれだけの票を得られたのもそれが理由だと思いますよ。付き合っていたのは九年半くらいですかね。亡くなる数カ月前に、彼に別れようと言われたんです。ほかに好きな人ができたからって。死の直前まで、新しい恋に浮かれてましたね。まあ、それであたしはすごく傷ついたんですけど。だから、そんなパレがどうして自殺なんかしたのか、まったく腑に落ちないんです。あの人は自殺するようなタイプじゃありませんでした。どんなことだって自分の手で解決できる強い人だったし、自殺するほど追いつめられてたなんて、ありえません」

「好きな女性に振り向かれなかったとしても？」

パウリーネはうなずいた。「たとえそうでも、パレ・ラスムスンが自殺を選択するはずがありません」

カールは自分の部屋のドアを閉めた。これからかける電話の内容が誰かに聞かれてはまずいのだ。

かつて警察勤めをしていたクア・ハンスンは退官後に国会議員となり、カールの頼もしいアドバイザーとして何度となく助言をしてくれた。クアが政界から引退してだいぶ月日が経つが、議員だった時期はパレ・ラスムスンとかぶっているはずだ。

クアはカールから電話が来たことがうれしくてたまらないようだった。珍しいこともあるもんだとカールは思った。だが、年金生活者の空虚な毎日が元国会議員をそうさせたのかもしれなかった。このコロナ禍で他人との接触を徹底的に〝自粛〟しなくてはならないのだから、なおさらだろう。

「あの、パレ・ラスムスンか！　あれほどいけ好かない男にお目にかかることはまずないだろうね。あいつと同じ部屋にいなきゃならなかったころを思い出すだけで虫酸が走る。ラスムスンの餌食にならなかった人間はいなかったからな。国会議事堂にいると、いつだってあいつの姿が目に入ってきたものだ。祝日もいたからね。卑しい無神論者だよ。罰当たりなやつだ」

「クア、ちょっとの間でいいからその角を引っ込めてもらえませんかね？　いまラスムスンの自殺について調べているところで、彼の身辺についてご存じのことがあれば教えていただきたいんです。どんな敵がいたか、とか」

「おやおや、きみたち警察が自殺かどうかわからないとは困ったものだね。まあ、私としてはあれが自殺だったことを切に願うがね。万一殺人だったら、犯人は勲章もののことをしたたっていうのに刑務所送りという残念な結末になるからな。おっと、これはオフレコだぞ」クアが笑い声を上げげた。「あいつにはもちろん敵がいた。それも大勢な。だが、きみたちに一人ひとり調べるだけの時間があるのかね？」

「ラスムスンに関して恨みのこもった投書をいくつか読みました。本人のインタビューも片っぱしから読みあさりましたし、人物像について書かれた記事やルポルタージュもほぼすべて目を通しました。ですから、当時のラスムスンの状況についてはだいたいイメージできています。それで、国会議事堂にも彼宛ての脅迫状がかなり届いていたんじゃないかとふと思ったんです」

「現役時代には、私のところでさえ何通か脅迫状が届いたものだ。まあ、あいつと比べたらものの数ではないがね」

「そういう脅迫状って、国会議事堂に保管されてますかね？」

「保管？　いや、それはないだろう」クアはそう言うと、少し考え込みながら何度か咳払いをした。「だが……、そうだな、ヴィーラ・ピーダスンに連絡してみたらどうだろう？　ラスムスンの弱小政党で秘書をしていた。まったく気の毒にな。ヴィーラはとてもいい人だよ。就いた仕事がろくでもなかっただけだ。いまはデンマーク産業連盟で秘書をしている。彼女に電話してみればいい。ラスムスン宛てに届いたひどい文書にはすべて目を通しているはずだから」

さすが、クアだ。そのアドバイスはとても役に立ちそうだった。ヴィーラ・ピーダスンはまさに歩く巨大保管庫であり、コンテナ一台分の記憶力を持っていた。彼女のような秘書がいたら、上司はやることがなくなってしまうだろう。

ヴィーラは一時期、パレ・ラスムスンの所属政党で秘書兼調整役として働いていた。それがいかに大変な仕事であったか、彼女の声のトーンからわかった。

「その手の脅迫状は当然ながらすべて匿名でした。そして、どれもこれもがワンパターンでくだらない内容でした。いまでも覚えている文面がいくつもあります。『ランゲ橋から身投げしろ』とか『電車に飛び込め』とか『ガソリンをかぶって火をつけろ』とか『車でその辺の木に激突してしまえ』とか」

「あ、少しお待ちください」ヴィーラは何度もそう言って話を中断すると、誰かに何か指示をしてからまた電話口に戻ってくる、ということを繰り返した。とんでもない忙しさだ。

「そういう脅迫や中傷メッセージは、どこかに保管されていないでしょうか？」

「国会議事堂にはないと思いますが、あの人はそういうものを家に持ち帰る癖がありました。手紙でもメールでも、過激な内容であればあるほど面白がっていましたから。まあ、戦利品のようなものですね。いずれは差出人に対して法的措置をとるつもりだったのかもしれませんが。告訴とかそういう行動に出たほうが本人にとって都合がいいんです。たとえば選挙期間に自分をネタにしたゴシップが流れるようにもっていけるでしょう？　そういうスキャンダラスなことが大々的に報じられるのが大好きだったんですよ。自分が話題の中心になれるので。言い換えれば、ラスムスンは自分をプロデュースすることにかけては完璧でした。『どんな形であっても、メディアへの露出は得策だ』というのが信条でしたからね。彼にとって悪い報道なんてないのです。馬鹿げていますけど、ラスムスンの場合は違ったんでしょう――あ、少々お待ちください！」

ヴィーラが再び話を中断しようとする。だが、すでに十分情報を得ることができた。カールは簡単に礼を言ってから電話を切り、次に話すべき人物の番号をプッシュした。

カールの声をまたもや聞くことになったパウリーネ・ラスムスンは、少し動揺していた。もっとも今回は電話だが。「急ぎの質問をひとつだけさせてください。パレ・ラスムスンの遺産を相続したのは誰ですか?」

「それは……あたしですけど。でも、だからって……」

「いいえ、知りたいのは遺品のその後です。家具とか書類とか、そういうものについてです」

「あたしがすべて相続しましたが、あまり価値のないものばかりでした。本当です。パソコンとどうでもいい家具ですね。ハンス・ウェグナーとかポール・ケアホルムといったデンマークのデザイナーの家具じゃなかったですし。あたしにとってはがらくた同然で、まったく使い道がありませんでした」

「パソコンはどうです? まだお持ちですか?」

「ええ、たぶん……。あるとすれば、屋根裏部屋ですかね。使ったことがないので。アップルのパソコンだったし、ログインもできなかったし」

「そのパソコンを探していただいてもいいですか?」

「でも……、いまいろいろと忙しくて……」

「われわれが手伝いますよ。それなら、あまり時間もかからないでしょう」

パウリーネは口ごもった。いまの提案は不意打ちだったようだ。

「いいえ、大丈夫です。自分で探しますから。ただ、初日が終わってからでいいですか?」

「もちろんです。それで、初日は?」

「明日です」

カールは頭の中で情報を整理しながらうなずいた。ラスムスンのパソコンか! 自殺として片づけた以上、当時の警察が中身をチェックしたかどうか怪しいものだ。だとしたら、俺たちでチェックする必要がある。

「ほかにも、書類の入った段ボール箱がひとつくらいありませんでしたか？」

「段ボール箱ひとつぐらいですって？」パウリーネは小馬鹿にしたように笑った。「がらくたがぎちぎちに詰まった段ボール箱が、少なく見積もっても五十はありましたよ。全部そのまま、燃えるゴミに出しましたけど。まったく、パレはどんなゴミも家に溜め込んでいたのよ。こっちとしても、捨てる以外どうにもしようがなかったんです」

五十もの箱の中身がすべてゴミ？　その断定ぶりが不自然だ。

「ご協力ありがとうございます。ですが、もしかしたらひとつくらい段ボール箱がどこかに残っていないか、探してもらえませんか。とりあえず、あさって、屋根裏部屋でパソコンを探したあとにお電話ください。私の直通の電話番号はご存じですよね？　それでは、舞台の成功をお祈りしています」

カールは電話を切った。

それから、パレ・ラスムスンの自殺に関する報告書に改めて目を走らせた。パソコンのパの字も書かれていない。

「入っていいか？」マークス・ヤコプスンはそう言いながら、すでにドアを開けていた。相談相手が必要だという表情で戸口に立っている。

カールはデスクの向かいにある椅子を手で示した。

「これを見てくれ」ヤコプスンは自分の携帯電話の画面をカールに見せた。「どうだ？」

「教会に棺が置かれていますね。マイアのですか？」

「そうだ。上には何がある？」

「ブーケがいくつかありますけど」

「そう、全部で三つだ。ひとつはマイアのいとこから。もうひとつは私から」

「で、もうひとつは？」

「まさにそれが知りたかった。だから葬儀が終わったときに棺のところまで行って、よく見てみた。ところが、リボンもなければカードもついていなかった」

「まあ、別に奇妙でもないでしょう」

「参列者の人数によっては奇妙なことだぞ。あの日、教会にいたのはわれわれふたりだけだったんだからな」

「匿名で弔問に来た人がいたってことですかね」

「教会の用務員に訊いたところ、葬儀業者が礼拝堂に棺を運び入れたときには、すでに棺の上にこの花が置かれていたそうだ」

「じゃあ、業者が置いたんでしょう」

ヤコプスンはうなずいた。「そのとおりだ。葬儀社に問い合わせたが、電話に出た従業員によると、そのブーケは彼が店を開けたときにドアの前に置かれていたそうだ。ピンでメモが留めてあり、『マイアの棺』と書かれていたそうだ。おかしな話だと首をひねりながらも、棺の上に花を置いたらしい」

「で、そのメモは？」

「見つけてくれたよ。屑かごの中から」

「そろそろ結論を頼みますよ、マークス。そのメモから何がわかったんです？」

「鑑識に回したが、指紋もDNAも検出されなかった。文字の書体はタイムズ・ニュー・ローマン。一般的な厚さのコピー用紙に印刷されたものを小さくカットしていた」

「もちろん、花も回収したんですよね？」

「ああ、回収した。それから、葬儀社の近くにある花屋、スーパー、ガソリンスタンド、キオスクにも聞き込みをした。ブーケはフィルムや紙で包まれていなかったのだが、そういう形でブーケを売っている店はたくさんある。だから、それがわかったところであまり意味がない。この時期にチューリップを個人の庭で咲かせることはできないという情報は、まあ多少参考にはなるだろうが。そこでだ、どうしてメモには指紋もDNAもまったく残っていないのか？」

「ブーケを持ってきた人物は身元を知られたくなかったということですかね？」

「そのとおり。そこで、マイアが死ぬ前の日々をどう過ごしていたのか、細かく調べてみた。もちろん、ブーケの送り主について何か手がかりが得られることを期待してのことだが、無駄だった」

「課長は、マイアが殺害されたと考えているんですか？」

「いや、そこまでは考えていない。だが、わかると思うが、私はある意味でマイアの運命に関わってしまったんだ。だから、彼女に関して改めていろいろ調べてみた。彼女の本当の姿を知りたかったからだ。そうしたら、何が出てきたと思う？」

「なんです？」

「マイアの家計簿だ。彼女が最初のパートタイムを始めた一九八〇年以降、すべてが年ごとにきちんとファイルに綴じられていた。おかげで長年にわたる彼女の経済状況をすべて把握することができた」

「そりゃ、大仕事だったでしょう」

「いや、大したことはない。というのも、収入の勘定科目のひとつにマーカーがついていたんだ。一九八八年三月一日から、まったく日にちがずれることなく毎月だ。しかもそれは給与ではなかった」

「一九八八年三月といったら、店の爆発から一カ月以上経っていますね」

「そうだ。しかも彼女が受け取ったのは、はした金なんかじゃない。一九八八年から九八年までは毎月五千クローネ。九九年から二〇〇九年までは毎月一万クローネ、二〇一〇年から死去するまでが毎月二万クローネだ」

カールは暗算してみた。小学校時代の教師の教え方が悪かったせいで算数は苦手なのだが、なんとか計算できた。

「四百万クローネ以上ですよ、マークス。とんでもない額じゃないですか。別れた亭主はそこまで罪悪感を覚えているんですかね？　だとしても、相当の稼ぎがないと無理ですよ」

「そうなんだ、カール。これだけの金額を簡単に動かせるのは大金を稼いでいる人間だけだ。元の夫は違う。少なくとも二〇〇九年以降はな。二〇〇八年にがんで死んでるんだ」

カールはもう一度、写真の中のマイアの棺を見た。

「その金の件で、彼女のいとこと話をしましたか？」

「ああ。マイアが大金を持っていることは知っていたよ。だが、これほどの金額を定期的に受け取っていたことまでは知らなかったようだ」

「送金データについて銀行に問い合わせずみですよね？」

きみの頭は大丈夫か？　という目でヤコプスンがカールを見た。

「ああ、なるほど。口座振込されたわけじゃなかったんですね。いや、俺もそうだろうとは思ってましたけど、念のために訊いただけで」

ヤコプスンはため息をついた。「いとこは、その金がマイアに匿名で贈られたと考えている。誰かが金の入った封筒をマイアの自宅の郵便受けに放り込んだのだろうと。とはいえ、確かなところはわからないそうだ。いとこの考えが正しい可能性もなくはない。銀行の話では、マイアは毎月のように現金の入った封筒を手に支店を訪れ、自分の口座に入金していたそうだ。興味深いことに、彼女はその金には決して手をつけていない。亡くなったときには、そのほかの預金と合わせて五百万クローネ以上が口座にあったそうだ」

「手をつけていない？　そりゃ驚きです。ということは彼女も俺たちと同じで、その金の出どころがまったくわからなかったということですか？」

「そうかもしれない。だが、彼女はその金と爆発事故には何か関係があると確信していたに違いない。慰謝料のようなものかもしれないが、それにしてもうさんくさい金だと考えていた可能性もある。その考えはあまり外れてはいないと思う。あれはあくまで修理店の人間を狙ったものだったというのが私の推測だ。マイアの幼い息子が巻き込まれたのは想定外だったのではないだろうか」

カールはうなずいた。〝巻き添えの犠牲者《コラテラル・ダメージ》〟というわけだ。ここ数年で、アメリカのドローン攻撃によってしょっちゅう耳にするようになった言葉だ。殺害したい相手をピンポイントで狙うことができるというが、攻撃の際に――故意ではないとはいえ――罪のない民間人が巻き込まれて死んでいる。マイアの息子の死はまさにこのケースであり、慰謝料が支払われるべきだと考えることもできるだろう。

「慰謝料を払うということは――」

「良心の呵責に耐えられないのか、あるいは、殺しにも掟があるという世界で生きているかだな」

「これだけの大金ということを考えると、単独犯じゃないと思います。おそらく複数犯でしょう。だとすると、整備士たちになすすべがなく身を守れなかったというのも納得がいきます」

ヤコプスンが大きく息を吐いた。「カール、暴走族やチンピラ集団の仕業だとしたら、そういう連中が葬儀社のドアの前に花を置いていくだろうか。どうもピンとこない」

カールもそれには同意するしかなかった。「マークス、あなたとしてはとりあえず、四人の殺害は計画的なものであり、爆発も故意に起こされたものだと考えているんですね？　緻密に練られた犯行だったと」

「そうだ。現時点で判明している事実を考えると、標的を明確に絞ったうえでの犯行だというほかかない」

14

カール／アサド

二〇二〇年十二月七日、月曜日

リスのデスクには、コピーを待つ書類が大量に積み上げられていた。カラフルなクリスマスグッズがデスクを飾っているというのに、リスは疲れているようで表情が冴えない。どこもかしこも経費削減ということで、殺人捜査課でもサーアンスン女史が定年退職してから後任の秘書が来ることはなく、彼女はひとりでここを回しているのだ。

気の毒にな、と思いながらカールが横を通り過ぎようとしたとき、部屋から出てきたローセが初めて放牧された子牛さながらに突進してきた。別の部屋から出てきた新人捜査員にぶつかりそうな勢いだった。間一髪でよけた新人の顔にはおよそ感情というものがうかがえない。まあ、ここの連中はみんなそうなんだろう。

「カール、いますぐ来て！」ローセが、フロアの隅々にまで響き渡るような大声で言った。

「少し声のボリュームを落としてもらえないか」カールは戦略室に入ると言った。「俺たちはもう地下室にいるわけじゃないんだ。ここにはほかの……」

「そんなこと言ってる場合じゃないでしょう？　アサドとわたしはもう二時間ここで缶詰になっているんですよ。それに、興奮するにはちゃんとそれだけのわけがあるんです」

アサドは疲れが抜け切らない様子だったが、顔には見慣れた笑い皺が浮かんでいた。「見てください、カール。干し草の中の釘を探し出しましたよ」

「ええと、それを言うなら、干し草の中の針だ」

だが、アサドはカールの言葉を無視してホワイトボードを指さした。カールは言葉をのみ込んだ。

〈日付／犯行現場〉という見出しの下に、「一九九八年四月二十八日、ヴォーディングボー」と書かれている。

「どういうことだ？」カールはボードに近寄った。

「ご覧のとおり、二十年以上前です。でも、闇に葬り去られるほど昔ではありません」ローセが答える。

「ほかの欄には何も書かれてないぞ。殺人なのか？」

するとローセもアサドも肩をすくめた。

アサドが椅子をくるりと回してモニターのほうを向き、パソコンをスリープモードから起動させる。すると、画面に衝撃的な画像が映し出された。これほど大量の血を見るのは久しぶりだった。中年の男があぐらをかいた状態で床に座っていた。何かの機械の正面に額をもたせかけ、顔面蒼白で自分が流した血の海の中に座っている。死亡していることは明らかだった。男の向かい側には蛍光灯に照らされた無人の大きなホールがあり、巨大な工作機械が数台設置されていた。

「どこから出血してるんだ？」

アサドがマウスをクリックすると、次の画像が現れた。腕、胴体部分、組んだ脚を拡大したものだ。

「両手が切断されて、その直後にショック状態に陥ったんだと思うわ」

「両手を切断された？」

「そうです。彼が座っていたのはここ、プレス機の前です。厚さ五ミリの鉄板を型抜きできる機械です。相当パワーがありますからね、手を落とすのも簡単ですよ」

「それで、この男の身元は？」

「〈オレグ・デュデク機械工場株式会社〉のオーナーです」

「ロシア人か？」

「ポーランド人です」アサドが答える。「ベルリンの壁が崩壊した直後にデンマークに来てヘアニングに工場を開きました。繁盛したようですね。その後、ヴォーディングボーに場所を移して、事業を拡大させています」

「もっぱら外国人だけを雇っていたようです。労働組合に入っていた人間はひとりもいませんし、当然のことながらみんな不当に安い賃金で働いていました。そのせいで、かなりトラブルが起きていたようです」ローセが内情を説明する。「雇用契約と労働条件に不備があり、デュデクは何度か、当局からかなりの額の罰金を言い渡されています。さらに、工場のいたるところで安全対策を怠っていたために事故が頻発していました。デュデクが死ぬ直前には、当局が操業停止命令を出すことを検討していたようです」

「お疲れさまです！」ドアのほうから声が聞こえた。うきうきした様子でゴードンが入ってくる。だが、パソコンの画面に目をやったとたんに凍りついた。

「うわあああ！」いまにもデスクの上に胃の中身をぶちまけそうだ。

「ゴードン、大きく息をしろ！」やれやれ、そろそろこいつをどこかの大学の法医学公開講座に送り込んで研修を受けさせるべきだろうか。これじゃまったく仕事にならん。

「ななな……なんなんですか、これ？」真っ白になった唇の奥からゴードンが言葉を絞り出す。

「この人はプレス機で両手を切断されたんだ。ばっさりと」アサドが説明する。またずいぶんと簡潔にまとめたもんだ。

カールがローセに顔を向けて言った。「だが、なんでこの男のことをホワイトボードに記入したんだ？単なる就業中の事故だろ？　安全対策を守らなかったせいで自ら墓穴を掘ったんじゃないのか？　いや、待てよ――こいつが実際、当局から操業停止の圧力をかけられていたなら、シンプルに自殺と考えることもできるか……？」

「マジですか……、だからってこんな死に方を選ぶ人なんかいませんよ。怖すぎるじゃないですか」ゴードンはそうつぶやくと、力なく自分の椅子に座った。

「そうなんです。デュデクは就業中の事故と認定され、その後、工場は閉鎖されました。でも……」ローセがアサドに向かってうなずくと、マウスのクリック音がして、次の画像が現れた。切断された両手のアップだ。機械のすぐうしろ側、削り屑のようなものの上に転がっている。

　カールの背後で何かがぶつかる鈍い音がした。ゴードンが気絶し、顔を派手にデスクに打ちつけたのだ。だが、正常に呼吸はしているようだし、しばらく放っておいて大丈夫だろう。

「『でも』って言ったな。つまり、就労中の事故だとは思っていないわけだ。理由は？　両手が置かれている距離や角度がおかしいとか？　誰かによって動かされた可能性があるのか？」

「いいえ。鑑識はその可能性はまずないとしています。切断された両手はまさにその場所に落下したはずだという測定結果が出ています。問題は、一見削り屑のように思えるものが、金属などの屑ではないという点です。では、なんだったのか？　答えは食塩です」

　カールの背筋に冷たいものが走った。食塩だって⁉

「アサド、すぐにマークスをつかまえてくれ。ローセ、おまえさんはホワイトボードの残りの空欄を埋めていくんだ」

　カールは顎を撫でた。一九八八年、一九九八年、そして二〇〇二年。なんてこった。これが連続殺人事件じゃないと言うやつがいたらお目にかかりたいものだ。

　アサドは表札の番地を確かめると、かなり小さいが機能的な軽量気泡コンクリート《ALC》づくりの家の車寄せに公用車を停めた。一九六〇年代に二週間もかけずに建てられたタイプの家だ。あのころは、ごく平凡な人間でさえ郊外に自分のマイホームを持てるくらいの財力はある、とよく言われていた。アサドは家の写真を撮った。まさにこういう家を持ちたいと思っていたからだ。どのくらいの金がかかるのだろうと考えていると、派手な赤い髪をした男が玄関のドアを開けた。

身分証を提示すると、挨拶もそこそこに「どうぞ中へ」と招かれ、アサドは気がつけば居間のソファに腰掛けていた。出されたケーキは底抜けに甘く、それで昔を思い出して気持ちが和むのを感じた。ここの家主であり、かつてオレグ・デュデクの工場で職工長を務めていたユーレク・ヤシンスキは、しばらく世間話をしてからようやく昔の話に入った。

「デュデクにはしょっちゅう警告していたんです。『この無茶苦茶な状況をどうにかしないなら、辞めてやる』ってね」とても流暢なデンマーク語だ。だが、ポーランド訛りが強いせいで、ヘレロプの出身者と話しているような気がしてくる。

「でも、デュデクはそんなこと知るかって感じでね。ちなみに、〝デュデク〟の意味、知ってますか？」

アサドは首を横に振った。あいにく、すべての移民がポーランド語を解するわけではない。

「まったく皮肉ですがね、デュデクとは〝人々を守る者〟っていう意味なんですよ！　本当かどうか知りませんが、あいつはしょっちゅうそう言って自慢してました。だけど、あいつが人々を守る者だなんて、馬鹿言っちゃいけませんよ、ウワッハハハ」ヤシンスキが出し抜けにとんでもない大声で笑ったので、アサドはぎょっとしてケーキのかけらが喉に詰まりそうになった。

「いくつかお訊きしたいことがあるんです。簡潔にお答えいただけませんか？」

「どんどん訊いてください。応戦の準備はできてますよ」ヤシンスキは腰のホルスターから拳銃を取り出す真似をし、空想の銃弾を発射した。銃口に見立てた指先に息を吹きかけ、にかっと笑う。アサドはこういうジョークに笑う気にはなれなかった。

「デュデクはどういう人でした？」アサドは切り出した。

「どういう人だったか？」相手は少し考えた。「花崗《かこう》岩《がん》の塊みたいってのが、一番あいつを言い表してるかな。ユーモアも、繊細さも、他人への共感もなし、ただ固くて強いだけ。こういう答えでいいのかな？」

「ええ、まあ。ただ、私としてはデュデクに敵がいたのか、なぜあんな死に方をしたのかをお訊きしたいのです。たとえば、何者かに力ずくで両手をプレス機の中に突っ込まされたのか？　その可能性はありそうか……」

するとヤシンスキが笑った。「とんでもない巨人でも連れてこない限り、デュデクにそんなことはさせられないだろうね」

「では、彼が死を覚悟するほどの脅しを受けたという線はどうでしょう？　拳銃を突きつけられるとか」

「そんなこと、知りようがありません。私が現場にいたと言いたいなら、それは違います。私はいませんでした」

アサドは首を横に振った。「そういうつもりで言ったのではありません。では、質問の仕方を変えましょう。オレグ・デュデクは自殺を考えそうな人でしたか？」法廷なら誘導尋問はタブーだが、ここでは問題ないだろう。

相手は肩をすくめた。「あいつがどういう人間か知らないからそんな質問をするんですよ。私に言えるのは、デュデクは自分の思いどおりにならないととんでもなく残酷になるということだけです。そういう人間が自ら命を絶つことがあるのかどうか、私にはわかりませんね」

「では、あれは単なる事故の可能性もあると？」

驚いたことに、ヤシンスキはまた笑い出した。

「デュデクは冷酷で乱暴な男ですよ。元軍人で、ボクシングもやってましたから、殴るのは得意でね。ときには、奥さんの顔を見て、デュデクがまた暴れたんだなと察することもありましたよ。気の毒にね。だけど、あいつは自分の工場の機械で怪我をするほど間抜けじゃありません」

「では、不注意による事故ではないと？」

ヤシンスキはまた肩をすくめた。そこで、アサドはさらに質問をした。

「そもそも、なぜあんなことになったのでしょう？機械の安全装置が機能しなかったんでしょうか、それとも、機械自体が故障していたのでしょうか？」

するとヤシンスキが身を乗り出した。「刑事さん、いいことを教えてあげましょう。あそこの機械はすべて、バルト三国から持ち込まれた年季の入ったがらくたなんです。壊れちまったらもうそれまで。なかでも、あのプレス機は危険な代物でした。パキスタンから来た若い男が右手の指を何本かばっさりやられてましたからね」ヤシンスキは、左手の小指側を右手の指関節付近に押し当てて〝実演〟した。

「あの事故で、デュデクはかなりの罰金を支払う羽目になりました。まあ、ありがたいことに、うちの主任は頭の回る人でね。落ちた指をさっと拾うと、滅菌ずみポリ袋に入れて、氷を入れた別の袋の中で冷やしたんです。怪我をする前のように動かすことはできなくなりましたけど、それでも、あの処置のおかげで縫い付けることはできましたからね」

「では、プレス機はずっと故障していたのですか？」

「そうです。私は自分の班の者には使うことを禁止していたぐらいですから。もっとも、そのせいで危うくクビになるところでしたがね」

「その事故はデュデクが死ぬどのくらい前に起こった

んです？」

「一年くらい前ですかね」

「デュデクの死が事故ではなかったとして、なぜあのような痛ましい方法を選んだのでしょう？」

「自殺の話ですか？　役所と組合とのごたごたにこれ以上耐えられないと思ったんじゃないですか。そうに決まってますよ。工場はどのみち閉鎖される運命にあったんです」

「それが理由だとはどうしても思えないのです。というのも、デュデクの死後、彼が大金を所持していたことが明らかになっているんです。現金もありましたし、ポーランドの銀行口座にもたくさん入っていました。あれだけの金があれば簡単に罰金を払えますから役所と揉めることもありませんし、そもそも設備投資ができますから、労災や安全管理について罰金を払わずにすんだはずです」

「まあね。でも、言ったでしょ？　デュデクが何を考えていたかなんて、誰にもわかりっこないんです」

「当時、彼はなぜ工場にひとりでいたんですか？」

「あいつはいつも、ほかの人間より三十分早く来てましたからね」

アサドはため息をついた。まいったな、これでは話が先に進まない。この男は脳ミソを使おうという気がまるでないようだ。

「ヤシンスキさん、率直にお答えください。デュデクの死も金の件も変だとは思いませんか？」

「じゃあ言わせてもらいますけどね、刑事さん。あの工場で働いていた人間はみな、一夜にしていきなり失業したんです。誰もが自分のことで頭がいっぱいだったんです。私にとってみりゃ、デュデクがなんで死んだのか、どうやって死んだのか、そんなの知ったことかって感じでした。こっちには子どもがふたりいましてね。あの子たちを食わせていかなきゃならない。女房ひとりじゃどうしようもないでしょう？　失業したその日から、『ユーレク、ユーレク、どうすればいいの！　あたしたち、どうやって暮らしていけばいいの！』ってひたすら泣きわめかれるんです。そんな毎日が愉快だと思いますか？　工場のほかの人間もそうですが、私も次の日から思いつく限り、片っぱしから職を探して駆けずりまわりました。でもね、南ユトランドでは私らのような人間に仕事なんかありゃしません。コペンハーゲンの近くまでやってきたのは、そういうわけです」

「デュデクが殺された可能性はまったく考えませんでしたか？　彼の死を望む人間がいたのではないかと考えたことはありませんか？　デュデクに敵がいたとは思いませんか？」また誘導尋問をしてしまった。だが、かまうものか。

ヤシンスキは大声で笑い、コーヒーテーブルが振動した。「それを言うなら、デュデクの敵じゃない人間がいたかって訊くべきですね。あいつは最低の人間です。どの従業員に訊いてもそう言いますよ。なんなら、取引先に訊いても同じことを言うでしょうね。ただ、あいつは仕事を安く請けてましたからね。取引先にとっては、人格なんかよりそっちのほうが大事だったんでしょう」

「デュデクを恨んだり憎んだりしていた人がいたかどうか、覚えていますか？　殺してやりたいと思うほど」

アサドがそう訊くと、ヤシンスキはまた肩をすくめた。

「もうひとつ訊かせてください。プレス機のうしろの床の上に塩が見つかっているんです。ごく普通の食塩です。妙ですよね。そのことについて何かご存じではありませんか？」

ヤシンスキが顔をしかめた。「塩ですか？　あそこに撒くのは砂のはずです。まあでも、デュデクのことですから変なことを思いついたんでしょう。砂を切らしたら、たまたま雪を解かすための撒き塩が余っていたとか。わかりませんけど」

「雪を解かすための雪じゃなくて、どこにでもある食塩なんです。キッチンで使うやつです」

「じゃあ、家で奥さんが使っていたのをくすねてきたんでしょう」ヤシンスキはまたも大声で笑ったが、今度はさほどアサドの気にならなかった。耳が慣れてしまったのかもしれない。

「ちなみに、なぜ砂が撒かれていたんですか？」

「プレス機の反対側に旋盤があってね。そこから金属の切削粉や油が飛んでくるんです。だから砂にそれを吸わせるんですよ」

アサドが戦略室に戻ると、殺人捜査課課長が特捜部Qの面々の横に腰掛けていた。四人とも、ホワイトボードの端に新たに書き込まれた〈疑問点〉をじっと見つめている。

アサドはボードに目を走らせた。「このうちのひとつには、すぐ答えられます。例の塩は、ふつうなら砂が撒かれていたところにありました。当時の職工長、ユーレク・ヤシンスキによれば、塩は単に砂の代用として置かれていたんじゃないかとのこと。鑑識は、あの塩の下に砂があるかどうか確かめなかったのではないでしょうか。撒かれた砂が大量の切削粉と油をすでに吸っていたので、そのあと旋盤から出たものを吸わせるためにはその上から何か別のものを撒かなくてはならなかった可能性もあります。鑑識はそれも確かめなかったんだと思いますが、ありえる話です」

「ほかに何か聞き出せたか？　デュデクの死についてはなんと言っていた？」カールが先を急がせた。

アサドは首を横に振った。「デュデクがみんなから嫌われていたということしかわかりませんでした。従業員だけでなく取引先の人間からも嫌われていたって言ってました」

ヤコブスンがアサドのほうを向いた。「参考までに伝えておくが、私は当時の捜査チームのリーダーと話した。彼は、被害者の片足の靴の先が非常用のフットスイッチと機械の間に挟まっていたと言っていた。それだけは絶対に確かだそうだ。この件を事故と判断するにはそれで十分だが、ほかにも事故だと思える証拠があり、それ以上の捜査は必要ではないと判断したということだった」

「ええっ？ 靴の話なんて報告書にありましたか？まったく記憶にないですが」カールが言う。

「いや、ここにある」ヤコブスンは報告書のページをめくると、ある部分を指さした。

〝被害者は脚を組み、片足の靴の先を非常用のフットスイッチと機械の間に固定された状態で座り込んでいた〟

「でも、ここには〝固定された状態〟って書いてあります。〝挟まっていた〟のとは違います。表現の問題とかそういうことじゃありません。もし本当に固定されていたなら、事件性ありですよ。捜査員は即座に疑ってかかるべきだったんじゃないですか？ こりゃ、譴責処分ものですよ」

その言葉にヤコブスンは渋い顔をして、カールたちを順番に見やった。

カールはヤコブスンの渋面をよそに話を進めた。

「さてと、殺しの可能性が浮上したからには、この案件も一連の事件に絡めて考える必要があるということになる。犯人の動機は不明。だが、捜査員がこぞって不幸な事故か自殺だと誤認するように見せかけて何人も殺している。そしていまも野放しというわけだ。全員、ここまでは同じ意見ということでいいな？」

「わたしは完全に同じ意見というわけではありません」ローセが口をとがらせた。「動機は少しずつ見えてきたじゃないですか。被害者について共通点があるとわかりましたよね。どの被害者も周りから嫌われるだけのことをしていて、その死を悼んでくれるような人間はいなかった。穢れのない子羊なんかじゃなかったんです。それ以外はあなたの意見に賛成です」

アサドは椅子に腰掛けた。穢れのない子羊……。はたして、そんな人間がこの世にいるのだろうか？　自分はそうだと言えるだろうか？

「それで、このあとはどうしますか？」アサドが尋ねた。

「このあと？」カールはホワイトボードに目をやった。「ここに書き込むべき事件がほかにもあるかどうか調べていかなきゃならん。犯人が何かひとつくらいはミスしていることを期待しよう」

「似たような事件がこれ以上見つからなかったらどうするんです？」とゴードン。

すると、ヤコプスンは右手でゴードンの手をポンポンと叩いた。

「カールがああまで言うんだ。おそらく見つかる」

15

カール

二〇二〇年十二月七日、月曜日

「パウリーネさん、おめでとうございます」相手が電話に出ると、カールはすぐにそう言った。「昨日の新聞で劇評を読みましたが、絶賛でしたね。これからクリスマスまで連日満席だそうで、すごいですね。コロナや政府の規制によって公演が中止になったりしないよう願ってます」

カールは手元の新聞に目をやった。「ポリティーケン紙にこう書いてありますよ。『この作品は鋭い諷刺が効いていて、それを支えているのはパウリーネ・ラスムスンの比類なき美声と完璧なコメディセンスである』。批評家はみんな脱帽していますね。五つ星がついていますし。すばらしいです」

やれやれ、世間話というのも骨が折れる。カールとしては最大限持ち上げたつもりだったが、パウリーネからはお礼の一言もなかった。

「刑事さん、気が変わりました。屋根裏部屋を探すつもりはありません。警察が関心を持つようなものは何もないと思いますし。仮にあったとしても、当時の警察がとっくに見つけてたんじゃないですか」

「いえ、大して目を引くようなものではなくてもかまわないので、こちらに引き渡していただけないですか？」

「わかってますが、いまはほかのことで頭がいっぱいです。それに、がらくたといっしょにあのパソコンを処分しちゃったかもしれませんし。それじゃ」電話は切れた。

カールはしかめ面をして立ち上がった。いい年をした大人があんな見え透いた嘘をつくか？　まるで腑に落ちん。

「アサド、来てくれ。出かけるぞ！」カールはアサドを呼びつけると、相棒の袖を引っ張って駐車場まで連れていった。

「どうしたんです？」アサドは公用車に乗り込むと、ダッシュボードに足を載せた。

「どうしたかって？　俺の第六感が告げてるんだ。あのパウリーネ嬢は、本人が言ってるよりパレ・ラスムスンとはるかに深い関係にあったってな」

ふたりがヘアリウにあるパウリーネの住まいに到着すると、本人がちょうど玄関から出てくるところだった。ランニングウェア姿で、髪はぼさぼさ。重そうな段ボール箱を持っている。

「ほらな。やっこさん、ずいぶん慌《あわ》ててるだろ」カールはトランクが大きく開いた一台の車に目をやると、公用車を歩道に半分乗りあげ、パウリーネの車が通れないようにした。

パウリーネはカールとアサドに気づくと、その場に立ちすくんだ。

「こんにちは、パウリーネさん」カールは笑顔で呼びかけると、アサドに向かってうなずいた。アサドは彼女からそっと段ボール箱を取り上げた。いったい、どんな権利があってこんなことをするんですか、カール・マークさん、捜索令状はあるんですか――そう言って抵抗することができるにもかかわらず、彼女は黙ったまま突っ立っている。

「今日のあなたには、ほかにやることがあるのでは？　そのゴミを処分するなら、われわれが回収したほうがいいと思いますが」カールは後部座席に山積みになっている荷物を指さした。

パウリーネはきまり悪そうに下を向き、靴の先を見つめた。「違法なことは何もしてないわ」声が震えている。「あまり自慢できないようなものが出てくるかもしれなかったから。まあ、人に見られたとしてもあたしの嫉妬深さがばれる程度のことだけど。大したものじゃないわ」

「ありました、カール。これがパレ・ラスムスンのパソコンです」デスクの上で三箱目の中身をあさっていたゴードンが声を上げた。差し押さえたなかで一番大きな箱だった。「古いｉＭａｃ、Ｇ４です。いまならかなりの値がつきますよ」

カールは笑みを浮かべた。「五階の人間がログインを手伝ってくれるはずだ、ゴードン。世の中は持ちつ持たれつだと言って、やってもらえ」

「自分でやっちゃだめですか？」まったく、この洟垂《はなた》れ小僧には謙虚さってものが欠けている。

「かまわないが、自分の仕事を忘れるなよ」カールはゴードンのデスクに置かれたファイルの山を指さした。「それとアサド、さっきからこのにおいはなんだ？ケバブスタンドでも開いたのか？」カールはにやつきながら、アサドに視線を向けた。ところが、アサドが部屋の隅を指さすと、カールの顔はこわばった。日に日に増えていくゴードンのニッセ人形やクリスマスの飾りの奥に簡易コンロがあり、その上に鍋が載っていたのだ。

「コロナのせいで食堂にも行けないですよね？　忘れました？　今日はローセに頼まれてお手製のラム肉のリゾットを用意したんです」

それを聞いて、カールは吐き気がしてきた。ラム肉のリゾットだと⁉　魚のプディングと同じくらい気持ち悪い代物だ！

「アサド、悪いが鍋に蓋をしてくれ。でないと、ほかの部署の連中が嗅ぎつけて怒鳴り込んでくるぞ」

「じゃあ、次は全員に行き渡るくらいつくったほうがいいですね」

カールは額に手をやった。長年地下にいたせいで、こいつらは文脈を読む力も現実を認識する力もすっかりなくしちまったのか。

「アサド、わかった。いいから蓋のことは忘れないでくれ。とにかくおまえは、書類が詰まった箱を見ていってくれ。メールをプリントアウトしたものが何千枚も入っているみたいだ。公文書らしきものはすべて別にしておいてくれ。俺たちが探しているのは個人宛のメールだ。脅迫メールが見つかれば、面白いことになる」

それから、カールはローセのほうに顔を向けた。

「で、そっちの進捗はどうだ？　現場に塩が置かれていた事件に心当たりがあると言ってきた人間はいるか？」

「いいえ、いません。でも、まだ一部の管区から回答があっただけですから。いま、塩の文化史とその象徴的価値についての資料をあれこれ読んでいるところです。マーク・カーランスキーとかいう人が書いた本によると、塩は何世紀もの間、通貨として使われていたそうです。知ってました？　塩は〝白い黄金〟って呼ばれていたんです。たとえば〝給料《サレア》〟の語源はラテン語の〝サラーリウム〟で、それは塩の割当量を意味していたそうです」

「昔の人は、塩を泥炭や海藻から採取していたんですよね」ゴードンが口を挟んだ。ゴードン、おまえの仕事は、ラスムスンのパソコンにログインできるようにすることだろうが。パスワード探しからもう脱落か？

ローセがゴードンに視線を向けると、のっぽ男の頬が見事なまでに赤くなった。ローセが話を続ける。

「塩について調べれば調べるほど、昔は塩がこんな役目を持っていたのかと驚きますね。世界じゅうの権力者にとって塩の独占は、権力を保持するためのこの上ない手段だったんです。塩は人間が生きるのに欠かせないものですからね。それを独占することで、塩を手に入れられない人々を支配したわけです。たとえば、塩を密売した者を死刑にしたりして。とんでもない話ですけど。権力者による塩の独占が、十八世紀末にフランス革命が起こるきっかけになったという説もありますし、アメリカがイギリスから独立を目指した背景にも塩の存在がありました。インドでは、一九三〇年にガンディーがイギリスの塩の専売に反対して〝塩の行進〟をしています。ガンディーと彼の支持者たちが、イギリスから塩の製造許可を勝ち取ろうとして海岸を目指して長い距離を行進したんです。海水から自由に塩をつくりたかったんですよ。その結果、ガンディーは逮捕されましたが、インドのイギリスに対する抵抗運動は激しさを増し、独立に向けた大きな機運を生み出しました。ここでも塩が大きな役割を果たしています。聖書のなかでも塩には特別な意味が与えられていますよね」

カールはホワイトボードに記入された事件に目をやった。一九八八年、一九九八年、二〇〇二年。発生から長い時間が流れている。犯人たちがまだ生きているとしても、いい年になっているはずだ。一九八八年の自動車修理店爆破事件を最も古い事件と仮定すると、連続殺人事件の始まりは三十二年前だ。ということは、犯人は現在六十代近いか、ひょっとしたらそれより高齢かもしれない。このような複雑な事件を考えつくような人間はいくつぐらいだろう？　二十代、三十代、いや四十代か？

ドアをノックする音が聞こえ、全員がそちらを向いた。

「こんにちは」ハスキーボイスの女性が、鼻と口を覆っていた緑色のマスクをゆっくりと下げた。スカーフの下からのぞく黒髪はつややかで、温かい笑顔を浮かべている。ベルリンのカイザー＝ヴィルヘルム記念教会で、半径数百メートルにあるものをすべて吹き飛ばせるほどの大量の爆発物が仕掛けられた車椅子に座らされていた女性とはまるで別人だ。

「マルワ、どうしてここに？」アサドが近づき、妻をハグした。

「まあ、とってもいいにおい」マルワが夫に目配せする。彼女にとってこの料理は慣れ親しんだものなのだろう。「課長さんの部屋にいたの。課長さんにずっと会いたかったの。わたしたちを探すために助けてくれた。あなたは課長さんにありがとうって言ったでしょ」

カールの顔がほころんだ。十年前のアサドの話し方にそっくりだ。

マルワがカールのほうを向いた。「それから、あなたもよ。カール。ずいぶん経つけど、わからないでしょうね。わたしがどのくらい感謝して……」あの光景が蘇ったのだろうか、それまで生き生きとしていたまなざしが不意に曇った。「ベルリンでのこと、ありがとう。本当に、ありがとう、カール」マルワはカールに会うといつも、まだ感謝の気持ちを伝えていなかったと言わんばかりにお礼を言う。カールの胸もそのたびに熱くなる。

マルワは少し緊張した様子だったが、意を決したようにカールに近づき、ぎこちなくハグした。これは初めてのことだ。

「みなさん全員にお礼を言います。みなさんすばらしいです、本当に」

マルワは全員に握手を求めた。アサドはそんな妻を深く愛情のこもったまなざしで――そこにいる他の者たちが恥ずかしくなるぐらいに――見守っていた。マルワが部屋を見回した。「あなたが全部を気に入っているのがよくわかったわ。ここは広くてすてきね」

それから、マルワはホワイトボードに目をやり、そこに書かれているものを読んだ。規則違反だが、どうせアサドは自宅で仕事についてあれこれ妻に話しているだろう。俺がモーナにそうしているみたいに。カールはそう思った。

突然、マルワはボードを見るのをやめ、真剣な表情になった。

「どうかした？」アサドが尋ねる。

マルワは顔をしかめ、ボードを指さした。「この、オレグ・デュデクという人は知らないけど、日付は忘れない」

「どういうことだい？　四月二十八日がどうかした？」

彼女は目を丸くして夫を見つめた。「アサド！　四月二十八日はあの悪魔、サダム・フセインの誕生日でしょ！」

「マルワがあの日付にあれだけ動揺したのを見ても、おまえは驚かなかったな」

「カール、マルワはいろいろなことにショックを受けるんです。役所から通知が来るたびに寝室に引きこもってしまいますし。私の帰宅が遅れると部屋で泣いています。ロニアがわめいたりネッラが泣いたりしたときも、マルワは自分の殻に引きこもってしまうんです」

「精神科医はなんて言ってるんだ?」

「回復傾向にはあるものの、すべてを過去のことにするにはまだ時間がかかると言ってます。さっきの彼女の反応、私にはよくわかるんです。私たちはみんな、サダム・フセインを憎んでましたから。あの日付がサダムと関係があると私が気づかなかっただけで」

カールはうなずいた。「それで、段ボール箱の中身はどうだった? 何か役に立ちそうなものは見つかったか?」

「脅迫を裏づける証拠はないですね。どうでもいいようなものばかりでしたが、こんなものがありました」

アサドがカールに一枚の紙を渡した。

昨日、テレビであなたを見た。その瞬間にあなたが欲しくなっちゃった。明日、四時ごろなら家にいるから寄ってくれる? キスを送るわ。

「へえ、やけに人気があるじゃないか。この手のメッセージはかなりあるのか?」

「ここにあるのは、パウリーネ・ラスムスンからのメールです。上のところに送信者が表示されているでしょう? 私が彼女だったら全部処分したいでしょうね、こんな内容だったら」

「お疲れさま」ローセが入ってきた。「アサド、わたしも読むから何枚かちょうだい。さすがに気分転換したくて。今日はもう、塩の研究は終わり」

アサドは笑いながら、段ボール箱を丸ごとひとつ渡してやった。

「ところで、パレ・ラスムスンの新しい恋人はなんという名前だ？　彼女からのメールもあったか？」とカール。

アサドもローセも知らないようだ。

カールは段ボール箱を数えた。六箱もある。これに全部目を通せということか。仕方ない、どの道も始まりは最初の一歩からだ。

16

ラウンヒルド

二〇二〇年十二月七日、月曜日

堂々とした緑色の大理石でできた階段に足を載せると、いつも最初の一段目からぞくぞくする。この邸宅の薄暗い部屋に通されたとき、世の中には、仕事に精を出すだけの日常とは別の暮らしがあるのだと知った。ほかの女性たちといっしょにここで毎月行なわれる活動報告会に出席していると、恋をしているときよりずっとわくわくした気分になる。

今日は、自分の活動内容をほかのメンバーに報告しよう。この活動があるから、わたしは生きていける。大学に通い、安定した職に就き、男たちと一晩だけの関係を持ったこともある。だが、そんなことは、この小さなサークルの活動に比べたらまったくどうでもいいことだ。このサークルには、これまでの人生で経験したどんなことよりも重要な〝目標〟があるのだから。

「ようこそ、サラ、マルタ、ルツ」デボラが挨拶し、椅子を出して三人に座るよう促した。

ラウンヒルドは、デボラが女性たちにつけた名前が気に入っていた。自分がもらった〝ルツ〟という名は特に好きだった。わたしたちは同志で、いわば姉妹のようなもの。まるで奇跡のように共通の使命に導かれた存在だ。ここにいると、女性として社会から求められる役割、慣習、期待から解放される。ありのままでいられるのだ。

わたしたちには、この世界とそこに生きる人々の腐敗を堂々と指摘するだけの勇気と決断力がある。わたしたちは一致団結し、不退転の決意で、倫理観がすっかり歪められた世の中を正すのだ。わたしたちこそが社会の堕落と闘う存在なのだ。

「ルツ、今日はあなたから始めましょう」デボラがルツに報告を促した。

自分の使徒名を呼ばれたラウンヒルドは、大きく深呼吸した。今日はわたしから？　うれしい。お茶をひと口すると、話す準備が整った。

「みなさんにお話しすることが三つあります」ラウンヒルドはそう言うと、ほかのメンバーに目をやった。横にいるマルタが小さく息を吐いた。彼女はプレッシャーを感じやすいのだ。サラはいつものように、まったく表情を変えない。

ラウンヒルドは、まずは集会の開始の言葉として、このサークルのモットーを唱えた。

「この行ないを〝私的制裁〟と呼ぶ人もいるでしょう。しかしこれは救済です。わたしたちの行ないによって世界はほんの少しよくなるのです」

三人が静かに拍手をした。

ラウンヒルドは話しはじめた。「わたしはあの行ないを思い返すたびに、喜びで全身が震えます。ついに毅然とした態度でやるべきことをやりました。これほどすばらしい思いを一生忘れることはないでしょう」

それから十分間、ラウンヒルドはよどみなく話しつづけ、ほかの三人は夢中になって彼女の話に耳を傾けた。報告が終わると、デボラは立ち上がり、ラウンヒルドを抱きしめた。

「ルッ」マルタがため息をついた。「あなたのあとに話すなんて、とってもやりにくいわ」

だが毎回、誰もがマルタの話に期待している。本人が気づいていないだけだろう。マルタはこのなかで一番正直だ。自分の活動内容に満足していなくても、決してそれを隠さない。

「特に何もない日々でした。調子がよくなかっただけかもしれませんし、よい機会がなかったのかもしれません。いずれにしても、わたしはルッがいま話したようなすばらしい報告ができません。ルッはとても順調なようですが、彼女がわたしより優れているからかもしれません。それは認めなくてはならないでしょう」

そんなことないわ、とラウンヒルドはそっと口にした。だが、〝ルッ〟のほうはそんなふうに褒められて大満足だった。

マルタが報告を始めた。「今回は、自転車に乗っている人に狙いを定めました。通りは自分のものだと言わんばかりの人たちです。歩行者を押しのけるように水しぶきを飛ばして走ったり、乱暴な追い越しをかけたり、けたたましくベルを鳴らして高齢者をぎょっとさせたり、車のタイヤが少しでも自転車レーンにはみ出ていたらその車のドアを蹴飛ばしていったり。そういう人たちです。今回の活動には丸一日を費やしました。市の中心部にやってくるバスの路線を見張ったんです。あの辺のバス停は自転車レーンのすぐ脇にあることが多く、乗客は降りたときにどうしてもレーンの中に入ってしまうんです。もちろん、たいていの自転車はそこで停まり、乗客が降りるのを待ってから先へ進みます。ですが、なかにはいらいらしてベルを鳴らし、乗降客が怪我をする危険も顧みずに猛スピードで走り抜ける人もいます。相手を驚かせて楽しんでいるんです。わたしはそういう人たちを面と向かって叱りつけました。遠目からでも、止まろうとしているのか、反対に一気にスピードを上げようとしているのかはわかりますから。わたしが長傘を突き出して自転車を止めたとき、そこに乗っていた人間がどれだけ間抜けに見えたか、みなさんにはきっと想像もつきませんよ。たいてい、そこでドミノ倒しになります。どの人も、まともな距離もとらずに自転車に乗っているので、ブレーキが間に合わないんです。まったく、どれだけ重要で緊急の用事を抱えているのでしょうね。そのときも、二、三台の自転車が次々衝突しました。でも、わたしは怪我人が出たか、自転車が傷ついたかなんて、確認しませんでした。もちろん謝ることもしませんでした」マルタはラウンヒルドを見つめた。「むしろ、逆です。彼らがうめき声を上げるより先に叱りとばしたんです。今後、あの人たちがバス停のそばで無謀な運転をしなくなればいいのですが」

ラウンヒルドはこの時点でもう、マルタの報告にいたく感動し、拍手せずにいられなかった。

「その一日で、傘を六本だめにしましたが、おかげで少なくとも二十人の不届き者に厳しくお説教することができました」彼女は一瞬笑みを浮かべたが、すぐに怒りの表情に戻った。「でも、ひとつだけ気になることがあるんです」

「どんなことかしら。話して、マルタ」デボラが促す。

「わたしはずっと市の中心部にいました。ずっとうまくやっていたんです。でも、誰かが警察にわたしのことを通報したようで、最後に向かったバス停のところでパトカーがスピードを上げて近づいてきました」

部屋が静まりかえる。デボラがお茶のカップをがちゃんと乱暴に置いた。

「マルタ、警察に調書を取られたの？」

「周りにいた人たちは事情聴取をされていましたけど、わたしは受けていません。すぐに数百メートル離れたところに逃げましたから。でも、そこで活動を中止しなくてはなりませんでした。それ以上、リスクを冒したくなかったので」

「いいでしょう」デボラがラウンヒルドとサラに顔を向けた。「いいこと、警察に目をつけられたり、誰かに怪しまれたりしたら、ここにその人の席はなくなりますからね」

マルタは下を向いた。「デボラ、わたしの身元が知られることはありません。古着屋で買った服を着て、その服はその日のうちにゴミ回収用のコンテナに捨てましたから。頭にはスカーフをかぶり、鼻と口はマスクで覆い、ウィッグまでつけていました」

「それでいいわ、マルタ。でも、逮捕されるようなことになったら即座に除名よ。このサークルのことは永遠に忘れてもらう。自分は個人的な動機で行動し、同志なんていない。自分の内なる声に従っているだけだ。警察にはそう言うのよ。いいわね？」

それが、選ばれし者しか入れないこのサークルの決まりだった。ラウンヒルドはまだ新入りだったが、自分がイヴという人の後任だとわかっていた。イヴは警察に捕まって事情聴取を受けたため、除名になったのだ。とはいえ、ラウンヒルドは、イヴについてそれ以上詳しい事情は知らなかった。

「それからもうひとつ。大事なことだから何度でも言います。わたしたちはこの世界をよりよくするために目標を立てて行動しています。でも、誰かの心や体に取り返しのつかない傷を負わせることは許されていません。それはあなたたちもわかっているはずです。マルタ、あなたは今回、危うくその一線を越えるところでした。自分の行ないをよく反省すること」

そう言うデボラの目は氷のように冷たかった。ラウンヒルドはデボラと視線を合わせる勇気がなかった。

「次はサラ、あなたの番よ」デボラは声のトーンを変え、優しく言葉をかけた。

「大した報告がないんです。この一カ月はほとんどインフルエンザで寝込んでいて、あまり外に出られなかったので」

「そればかりはどうしようもないわね。コロナじゃなかっただけよかったわ」

サラはうなずくと、劇場へ行ったときのことを話し出した。「数人が遅刻してきました。その人たちは、ほかの観客の迷惑も考えずに座っている人たちの前を無理やり通り、自分の座席に突進したのです。あの人たちは、なぜ自分が急に転んだのかわからなかったでしょうね。座っているわたしの顔にお尻を押しつけていましたから。ともかく、前の列に座っていた人たちからひどく怒られていました」

デボラは微笑んだ。「そうね、サラ。確かにそんなに大した話じゃないわね。でも、その出来事は、教養のある人のなかにさえ他人への配慮に欠ける人がいるというひとつの例だわ。そういう愚かな人間を転ばせてやりたいって思うことは誰にでもあるんじゃないかしら」

ラウンヒルドも思わず口を開いた。「そうよ。それとも、思い切り前に押してやるとかね。バルコニー席の最前列にいたら特にそうしてやりたいわ」

17

カール

二〇二〇年十二月八日、火曜日

「カール、あの修理店が爆発事件前の二カ月間に販売した全車輌の登録リストを手に入れました」

ゴードンは、そう言うとリストを差し出した。「思っていたよりだいぶ少ないです。一九八八年一月の販売台数は一九八七年十二月の半分でたったの四台です。しかも、購入したのは移民じゃありません」

「購入者に電話して、どんな車だったのか、車体の状態に満足したか、訊いてみたか？」

カールの質問にゴードンはしどろもどろになった。

「ええと、いまのところ、パレ・ラスムスンのパソコンのパスワードを突き止めるほうを頑張っていて……」

「そうか。じゃ、ログインできたか？」

「それが……。いろいろなパスワードを試してみたんですが、すべて弾かれて、ついにフリーズしちゃいました」

「ゴードン、ＩＴ犯罪捜査部門にパソコンを持っていけ。連中はこの手の専門家だ。おまえはその四台の車の購入者の電話番号を調べて連絡しろ。それから、一九八七年十二月に販売された車の行方も追うんだ。それが終わったら、ほかの古い事件を調査しろ。書類の山がほとんど減ってないように見えるぞ」

哀れなゴードンはいまにも泣き出しそうだった。

カールは、疲れた様子のローセに目をやった。ローセは、わざとらしく何もせず突っ立っている。「おまえさんのほうはどうだ？　できたらゴードンの書類整理を手伝っていただけませんかね。見たところ、デンマーク全土に出した要請に誰かが応じるのをひたすら待っているだけのようだしな」

　ローセの切り返しは、どんなサムライの刀よりも鋭かった。「もっとよくご覧いただけませんか、カール・マーク警部補？　パレ・ラスムスンのメールチェックで猛烈に忙しいのが見えません？　もしかして眠くてろくに目が開いていないとか？　こっちはずっとメールのやり取りを読みつづけているんですよ。残念ながら、まだこれといった成果はありませんけど。とにかく、この部屋に入ってきたと思ったら、わたしたちがまるでサボっているような口ぶりで話すのはやめてもらえません？　そうよね、ゴードン？」

　青白い顔をしたのっぽ男は、ローセを感謝のまなざしで見つめるとヘッドセットを装着した。

「ところで、そちらのご様子はいかがなんでしょうか、閣下」ローセが続ける。「ゴードンの手元に、彼ひとりではとてもさばききれない量のファイルがございますが」

　カールはかれこれ十五分もタバコの箱を見つめていた。外は風が強く、とても窓を開ける気にはなれなかった。

　そうか。一本吸ってから窓を開け、トイレに行けばいいんだ。帰ってくるころには煙も消えているだろう。そうすれば、誰にもバレやしない。

　カールはタバコの煙を深く吸い込み、考えをめぐらせた。

　近代史における塩の意味についてのローセの講義は、確かに興味深かった。ＮａＣｌ——塩化ナトリウム、簡単に言えば塩だが、このシンプルな物質が世界をつくりあげ、人々を翻弄してきた。政治、宗教、経済、文化と多岐にわたり、歴史の流れに多大な影響を及ぼしてきたというわけだ。そしていまは、その塩が俺たちを翻弄している。

現場にあった塩には、いったいどんな意味があるのか？　偶然そこにあったとは思えない。犯人が持ち込んだのだろうか？　もしそうなら、そいつは捜査員にどんなことを伝えたかったのか？　それにしてもただの食塩だぞ。高価なわけでもなく、リンゴや卵のようにどこでだって買える。だとしたら、どうやって出どころを追えばいいのか？　それとも、犯人にとっては何かのシンボルとして塩が必要だったのか？　くそっ！　どんな解釈だってできそうだ。袋小路に入り込むばかりだ。

犯人は、これまで何度、犯行に及んだのだろう？　一九八八年、一九九八年、二〇〇二年は間違いない。一定のサイクルで犯行を重ねていたのだろうか。たとえば、二年ごととか。だとすれば、一九九〇年、二〇〇〇年、二〇〇四年にも似たような事件が発生している可能性がある。それぞれの年に類似の事件がなければ、一九八八年から九八年までのほかの偶数年に当たってみよう。それでも該当しそうな事件がなければ、その後の偶数年をチェックしていく。

考えなきゃならんことはまだある。パレ・ラスムスンの手首にあったあざは何を意味しているのか？　誰かがラスムスンの手首をハンドルにくくりつけ、DNAを残さないようにカバーを取り外したというのが一番可能性がありそうだ。だが、ラスムスンが性行為中に特殊なプレイをしていて、あの拘束もプレイのひとつだった可能性も否定できない。ハーディと俺は、あのときなぜ、ラスムスンが関係を持っていたかもしれない相手を徹底的に洗い出さなかったんだろう？　ラスムスンはアブノーマルなセックスが好きだったと家政婦がほのめかしていたというのに。

だが、家政婦はどうしてそんなことを知っていたのか？　当時の捜査員は誰も彼女にそれを尋ねなかったのか？　尋ねていたとしたら、なぜそのことが報告書に記載されていないんだ？　やはり、数ページが抜け落ちているのか？　いよいよそんな気がしてきた。

カールは、ハーディの携帯電話の番号をプッシュした。

受話器の向こうから聞こえてきたのは、ずいぶんと冴えない声だった。

「モーデンか？　どうした？　なんでおまえがハーディの電話に出てるんだ？」

「どうも、カール。ハーディが軽い発作を起こしちゃって。背中にいろいろな処置を受けたら、あちこちに痛みが走ったみたいで。もう何年もまったく感覚がなかった場所が痛みを訴え出したわけだから、神経が耐えられなかったのかも」

「そうか。だが、感覚を取り戻したってのは朗報じゃないか、だろ？」

「どうかな。幻痛ってこともあるから。脳がいまだに体の痛みの感覚を覚えてるってやつ。ハーディは本当につらそう」

「あいつと話せるか？　ごく短い質問をふたつだけしたいんだ」

「勘弁してよ。みんなくたくたなの。僕はもう何時間も彼のそばで励まそうとしてるんだよ。まあ、ハーディに訊いてみるくらいはできるけど……」

モーデンは電話を耳から離した。「ねえハーディ、カールと話せる？　話したい？」マイクの部分を押さえる気などさらさらないようだ。モーデンはもう一度電話を耳に戻すと、深々とため息をついてから言った。

「ハーディに代わるよ、カール。でもほんとにほんのちょっとだけだからね」

「どうした、カール？」なんてこった、これがハーディの声か？　こいつのこんな弱々しい声、いままで聞いたことがない。

「ハーディ、大丈夫か？　ひどい具合だって聞いて心配してる。医者は自分たちのやっていることをちゃんとわかってるのか？」

「わかってるさ」ハーディは息をするだけでも苦しそうだ。

「手短にすませるよ。パレ・ラスムスンの件だ。あいつがＳＭプレイ好きだったたって話、家政婦はなんで知ってたんだろう？　覚えてるか？」

「ポルノ雑誌があれだけ……あったからな……」そうか！　古き良き友ハーディ、おまえは百科事典並みに頼りになるやつだ！「あとは血痕だ。シーツに付着……してた」ハーディはそこで言葉を切り、しばし記憶を探った。「Ｔシャツの背中側にも……、縦に何本か……付着してた。家政婦が気づいたんだ……、洗濯したときに」

「なるほど！　だが、俺たちはラスムスンのＳＭプレイの相手を探したかな？」

「当然だ。だが……、探し出せ……なかった。あれは調べたけどな……、あいつの携帯電話とパソコン……」ぜいぜいと息を吐いてから、短く息を吸うような音が聞こえた。「だが……、だがな……、連絡先は……見つからなかった」

「パソコンを調べたって？　どんなやつだったか覚えてるか？」

「ｉＭａｃだ。だが、何も……。何もなかった。やつの……趣味を示すようなものは……。仕事関係の……書類と……メール……だけだ。政治関係の」

「それ、報告書にも書かれてるか？」

「ああ、ちくしょう、カール、俺は……、ふう。そうだ、報告書にも書かれてる」

「ありがとう、ハーディ。ものすごく助かった。元気になってくれよ。モーデンに代わってくれ」

モーデンは頭から湯気を立てていた。「ひどいよ、カール。ハーディがどんな様子か言ったでしょ？　なのに、しつこく訊くなんて。ハーディの顔色がどれだけひどいか、見せたいくらい。血の気が失せてまるで死人。だって、ほんとのことでしょ？」最後の言葉はハーディに向かって言ったらしい。モーデンは送話口を相変わらず塞ぎもせずに続けた。「あんたの身に何が起きてるのか、カールはちっともわかっちゃいないんだから」

「おまえの言うとおりだ、モーデン。だが、こっちで何が起きてるのか、おまえもわかっちゃいないようだ。殺人事件の捜査なんだぞ。しかも連続殺人だ。ハーディの回復を心から祈ってる。そう伝えてくれ。あとどのくらい、スイスにいるんだ？」

「わからない。必要なだけいるとしか言えないよ。どっちみち、いまはコロナですぐには帰国できないし。じゃあね」

電話はプツッと切れた。

カールは窓から吸い殻を放り、煙をせっせとあおいで外へ出した。

当時の捜査では、パレ・ラスムスンが肉体関係を持っている相手は見つからなかった。なぜだ？　風俗界隈しか調べなかったのか？　いくら考えても思い出せない。

カールはもう一本タバコを手に取った。吸わずにいられないときには、吸ったあと、できるだけ時間を置いてから帰宅することにしている。禁煙に失敗したことがモーナにバレたら大ごとだからだ。

カールは窓から身を乗り出して下の通りを眺めた。湿ったアスファルトの上にさっき捨てた吸い殻があり、細く煙が出ている。まずいな、次は完全に消してから捨てよう。

それにしても、当時は売春婦さえ捜査線上に上がってこなかった。ほかに誰に事情聴取を行なった？　ラスムスンの新しい女か？　その女がラスムスンの趣味に付き合っていたのか？　そもそも、その女はなんていう名前だ？　だめだ、どうしても思い出せない。

「失礼ですが、そこで何をしておいでで？」

不意打ちを食らったカールは、思わず口を開けた。タバコが窓の下に落ちていく。さっき火をつけたばかりなのに……。

振り向くと、ローセが頭から湯気を立てていた。

「モーナのそばでも、署内でも、タバコを吸うなんてまったくありえない。いったいなんの真似ですか？ モーナに電話して言いつけてほしいんですか？ そうしたら、モーナはお嬢さんを自分ひとりで育てたほうがいいって思うかもしれませんね。まったくもう、自分の年を考えたらどうですか、カール。お嬢さんをあと数年手元で育てたいなら、馬鹿なことやめてください。そんなに自分を甘やかしていたら、あっという間に寿命が来ますよ！」

ローセの言葉はマシンガンのようにカールの痛いところを次々と射貫いていった。

「いいや、そんなことしてもらわなくていい」

「何をです？」

「モーナへの告げ口だ」

「だったら、そんな真似はやめること。そのうえ、吸い殻を窓から下に落としてますよね？」

わかった、わかった。この辺で打ち止めにしてもらおう。「で、用件は？ 手に何を持ってるんだ？」

「かなり興味深いメールを二通見つけたんです。特にこれ。日付を見てください」

カールはメールのプリントアウトを手に取った。日付は二〇〇二年五月十七日。パレ・ラスムスンが〝自殺〟する二日前にホットメールのアドレスから送られてきている。送信者名は〝野獣〟。身元を突きとめるのは難しそうだ。メールにはこう書いてあった。


パレ、この前のノアブロー・ホールで開催された政治集会でのあなたはとても素敵だった。いい言葉が浮かばないけど、また会えたらうれしい。

それが正直な気持ち。あなたの真正面にわたしが座っていたこと気づいてたわよね。目が合うように、ほかの人にどいてもらったの。すぐにまた連絡します。

「これだけか？」

ローセはうなずいた。「そうです。送信者はラスムスンをおだてています。彼は人から褒められることが何よりも好きだと知ってたからでしょう。匿名にしてますが、大した意味はないと思います。単にネット上でのやりとりに用心してるのでしょう。どうやって会うかも書いていませんしね」

「確かにそうだ。会う予定などいくらでも電話で決められるしな。で、おまえさんとしては、このメールにふたりの怪しい関係が感じられると？」

ローセは肩をすくめた。「まあ、微妙ですけどね。ラスムスンのカリスマ性や演説にのぼせた一般のファンから来たものとも考えられますし」

「だが、〝目が合うように〟とも書かれてる」

「もしそれが何かの合言葉だとしても、わたしにはわかりません」

「で、もう一通は？」

「これです。シスル・パークからです。ラスムスンの最後の恋人か、そんな感じの存在だったと思われます」

そうだ、確かにシスルという名だった！　変わった名だと思っていたんだ。

「これも日付に注目してください。興味深いです」

二〇〇二年五月十六日、いま読んだメールの前日だ。

パレ、無理は言いたくないけど、この間は最後までちゃんと話し合えなかったと思う。あさっての土曜日はコペンハーゲンにいるわ。四時ごろ、カフェ・ソマスコで会えない？　時間ある？　シ

スル
「彼女が会おうと言っている日はラスムスンが死ぬ前の日だ。で、善人ラスムスンの返事は？　そのメールもあったか？」

「最初に見ようと思っていた段ボール箱数箱を徹底的に調べたんですけど、ラスムスンは、自分の返信はプリントアウトしていなかったようなんです。残っているとしたらパソコンの中でしょう」

カールはため息をついた。「ゴードンはあのｉＭａｃを五階のハッカー集団に渡したか？」

「ええ。ゴードンは、目下、別の課題に懸命に取り組んでます。言わせてもらいますけどね、カール、簡単な作業じゃないですよ。例の修理店で中古車を購入した四人のうちふたりはすでに死亡してます。ゴードンは残りのふたりを探し出そうと頑張ってますけど、あの子は繊細なんです。少しは気をつけてやってくださ
い。いまは弱ってるところですから」

「弱ってる？　なんでだ？」

「最近、マッチングアプリに登録したんですけど、あんまりうまくいってないみたいで。うまくいってないどころか、成果はゼロらしいです。もちろん、コロナのせいとも言えますけどね……。でも、あんな青白い顔の画像を使ってたんじゃ、ほとんど見込みはないでしょうね」

シスル・パークが設立した会社はコペンハーゲンの郊外にあった。大国の大使館にかかっていてもおかしくないくらい重厚な真鍮製の看板が出ていた。五階建てビルのぴかぴかに磨きあげられたたくさんの窓を眺めながら、カールは思わずズボンを引き上げた。こんなところに、尻の辺りがだらしなく垂れた格好で入っていくわけにはいかない。エントランスの横にある案内板には〈パーク・オプティマイジング〉という文字

の下にさまざまな部署名が記されていた。世界じゅうで大々的に事業を展開し、ありとあらゆる分野に進出しているものの、いったい何を扱っているのかよくわからない。案内板には、何やら立派だが抽象的な名称が並んでいた。インポート・エクスポート、フェアトレード、オペレーション、コンサルタント、プリント、ケミカル……。ほかにも気取った英語の部署名が記されていたが、カールにはさっぱり意味がわからないものが、ざっと見ても二十はあった。

シスル・パーク自らが出迎え、自分のオフィスに招き入れてくれた。カールは目をみはった。俺も身長はそこそこあるほうだが、彼女と並ぶと冴えない小僧じゃないか。親が哺乳瓶に家畜用の栄養剤でもしこたま仕込んだんだろう——親父ならそう言ったはずだ。こんなでかい女にはこれまで会ったことがない。

カールはシスルの履いているヒールの高さに目をやって、少しほっとした。ヒールを脱げば、自分とほぼ同じ身長だろう。

シスルは秘書に出ていくよう指示した。真正面からこちらを見据えるその姿は、ここに長居はさせない、話をどこで打ち切るかはわたし次第だ、と言わんばかりだった。

シスルはグレーのパンツスーツをクールに着こなし、パンツにはぴしっと折り目がついている。パレ・ラスムスンの女性の好みは実に幅広いようだ。

「パレ・ラスムスンについてのお話ということですが」シスルは無感情に言った。

「ええ、パレ・ラスムスンについてです。そして、あなたについても」

「彼のことはあまりよく知らないのですが。亡くなったのは二十年ほど前でしたでしょうか？」

いくらとぼけたふりをしても、お見通しだぞ。

「本題に入りましょう」カールはにっこりしてから、二十年前にプリントアウトされたメールを相手に差し出した。「こちらの件でおうかがいしたのです。どうも意味深な内容に思えるのですが」

シスルはメールを読み、顔を上げた。相変わらず顔色ひとつ変えていない。「これがどうかしましたか？　あの人はしょっちゅうわたしの家に押しかけてきたんです。わたしが彼に会おうとしていたのは話し合って決着をつけるためです。この文面から、そのことがはっきり読み取れませんか？」

「決着をつける、ですか？　そう言われると、ただの知り合いというよりは何か親密な関係があったかのような印象を受けますが」

シスルはしばし考え込んだ。自分の失言に腹を立てているのかもしれない。「わたしは当時三十代前半でした。その年ごろの人間は、あまり深く考えずに馬鹿なことをしてしまうものでしょう？」

「パークさん、パレ・ラスムスンはこれまで自殺と考えられてきましたが、そうではない可能性を示すものが出てきたんです。そこでわれわれは現在、彼が死の数日前に何をしていたのか徹底的に捜査しています。実際にラスムスンと会って、結局どうなったんですか？」

ポーカーフェイスに徹していたシスルの顔がぴくっと動いた。「そういうご質問にはお答えしかねます。お話しするつもりはありません」赤いネイルの指先がインターホンに伸びた。

「お望みなら、ここでなくてコペンハーゲンの殺人捜査課まで足を伸ばしていただいてもかまいませんよ。それがご希望なら」

シスルは眉根を寄せた。「馬鹿馬鹿しい。帰っていただけますか」

「もちろん、そうします。二、三、簡単な質問に答えていただければね。それで終わりです。では、最初の質問に戻ります」

彼女の指がインターホンのボタンを押した。「来てちょうだい。カール・マーク警部補がお帰りよ」

秘書室からシスルのオフィスに続くドアが開くと、カールは秘書にうなずいてみせた。それからシスルに向き直った。

「シスル・パークさん、パレ・ラスムスンと肉体関係にあったのかどうか、教えていただきたいのですが。いかがですか?」するとシスルが、入ってきた秘書をにらみつけた。その目は、今度は「出ていけ」と言っていた。

「質問を繰り返しましょうか?」秘書が出ていってドアが閉まると、カールは畳みかけるように言った。

「どういうつもりですか。秘書のいるところで!」

「法廷に行くよりいまここで質問に答えたほうがいいと思いますよ」

「よく聞いてください。パレ・ラスムスンとはなんの関係もありません。まったくの無関係です。いったい、どこからそんな話を?」

「彼の姪パウリーネ・ラスムスンが、そんなことを言ってましてね」

まるで顔に唾を吐かれでもしたかのように、シスルはびくっと頭をうしろにのけぞらせた。

「どうしてあの人がそんなことを? あの下品な人が」

「下品? それは、パウリーネが自分のおじと関係を持っていたからですか? それとも彼女がレヴュー女優だからですか?」

「まさか、違いますよ。パレがわたしとそうしようとしていたときも、あの人はずっと彼に会っていたからです」

「そうしようとしていた、というのは?」

「メールを読んで、もうわかってるでしょう?」

「あなたは『無理は言いたくないけど』と書いていましたね。つまり、おふたりは対等な関係ではなかった。ラスムスンが主導権を握っていた。彼はあなたに会いたがらなかったのでしょうね」

「確かに、パレはとても支配的でした。でも、わたしたちは男女の関係ではありませんでした。パレはわたしに言い寄る一方で、パウリーネとも付き合っていたからです。それと、彼にはある趣味がありました。わたしにはできないし、したくもないことでした」

「たとえば？」

シスルは両手を握りしめ、赤く塗った唇をきゅっと結んだ。絶対に言うまいとしているのだろう。

どうやら、ここからは慎重にいったほうがよさそうだ。

「パークさん、私には守秘義務があります。あなたの発言が外に漏れることは決してありません。いまお考えのことをお話しいただけますか。どんなに些細なことでも重大な意味を持つ可能性がありますから」

「あの人はわたしに、ぞっとするようなことをさせようとしたんです」

「性的なことですか？」

「ええ。彼はSMプレイが大好きで。俺を調教しろと恥じらいもなく言ったんです」

「なるほど。縛ったり叩いたり、そういうことですか？」

「まあ、そういう感じのことです」

カールはシスルの目をしばらくじっと見つめ、それから視線を逸らした。俺の勝ちだ。

カールは立ち上がると、彼女に手を差し出した。

「パークさん、ありがとうございました。大変助かりました」

彼女は目を伏せた。まるで、偉そうにしていた女王様が一気に平民に転落したようだった。

ビルを出る前に、カールはシスル・パークが統括するさまざまな部署のオフィスを見渡した。どの部署のどの女性も高そうなスーツに身を包んでいる。どれもオーダーメードに違いない。俺のクローゼットにある服を全部足したって、彼女たちのスーツ一着の値段にもならないだろう。

まったく、シスル・パークのように自信に満ちて野心のある女性が、他人を操縦したがるパレ・ラスムスンと付き合って、なんの得になるのだろう？　いったい何がよくて醜く肥えたパレ・ラスムスンなんかと？

カールは思わず苦笑した。自分の元妻、ヴィガが派手好きな変わり者だったことを思い出したのだ。奇妙奇天烈《きてれつ》な組み合わせというのは間違いなく存在する。

18

アサド／カール

二〇二〇年十二月八日、火曜日

ローセとアサドが六箱の段ボール箱のうち四箱目を開けると、露骨な脅迫メールが三通、パレ・ラスムスンのコメント付きの馬鹿馬鹿しいメールが十通、さらにパウリーネからのメールが少なくとも三十通見つかった。

「パウリーネは本当に世間知らずだったんだろうな。有名な国会議員のオフィシャルアドレスにメールするとはね。秘書が上司のメールを自由に閲覧できるって知らなかったのかな。秘書たちはこういうメールで、上司とその姪の関係が手に取るようにわかっただろうにね」アサドが言う。

「読んでいてこっちが恥ずかしくなるようなメールもあるわよ」

　ゴードンがファイルの山から顔を上げた。「きみが恥ずかしくなることないよ、ローセ」

　アサドは苦笑した。デンマーク人はセックスに関してかなり自由奔放な考えを持っている。自由気ままで開放的だ。だが、それ以外のことになるとまるで違う。

　アサドはまさにそういう事態に直面していた。

　今朝、アサドの家に大きな緊張が走った。昨年十一月、デンマーク警察は秘密保全体制の強化に動いた。国家警察情報局《PET》が警察職員の家族――配偶者から親元に住む成人した子どもまで――を調査するよう指示を出したのだ。デンマーク警察の職員一万六千九百人について、〝機密〟以上の情報を取り扱う者としての適性を評価するため、近親者全員が所定の調査を受けなくてはならなくなった。アサドはもう長いこと、何が目的でこんなことをするのかと疑問に感じていた。デンマーク警察は、いったい何を恐れているのだろう？

　アサドはこの措置が発表されたとき、即座にマークス・ヤコプスンに連絡を取った。屈辱的ともいえるこの調査から家族が免除されるよう、課長ならどうにかしてくれると考えたからだ。ヤコプスンは実際、きみの家族は調査の対象から外れるはずだと保証した。私からすれば、きみは英雄で部署内の花形的存在だ。それに、きみと家族があまりに悲痛な年月を過ごしてきたという事実は、この数年の一連の報道で多くの国民が知っているはずだと彼は言った。それにもかかわらず、ＰＥＴから連絡が来るようなことがあればすぐに私に連絡するように、きみのために力を尽くすから、とも言っていた。そして長い間、何も起こらなかった。

　ところが、今朝マルワが手にしたのは、まさにＰＥ

Tからの通知だった。成人したふたりの娘たちと息子を連れて面接に来るようにという連絡だった。面接後は、所定の質問事項に記入して回答する必要があるとのことだった。マルワは崩れるように床に座り込み、アサドに向かって、こんなことが起きないようにすると約束したじゃないの！　と叫んだ。ネッラは泣き出し、ロニアは逆上して、PETの人間にはとても聞かせられないような言葉を吐いた。アルフィだけが黙っていた。

今回のことで家族が崩壊してしまわないよう、アサドはなんとか援軍を手に入れなければならなかった。これが原因で警察をクビになる可能性があるからだ。さらには、アルフィが国外追放となってイラクに強制送還される恐れもあった。最悪なのは、ロニアとテロリストの関係が調査対象になったときだろう。あの子の精神状態からすれば、不用意なことを口にし、デンマークの社会について手当たり次第に罵り、身の破滅を招きかねない。

「収穫がありました」カールが戻るなり、ローセがやってきた。「パレ・ラスムスンが死亡する四カ月前から、パウリーネは大量のメールをラスムスンに送っていたんです。ふたりが男女の関係にあったことは一目瞭然です。特殊な行為に及んでいたことも」

「ああ、知ってる。シスル・パークから聞いた」

「あなたが戻る直前に見つけたメールがありますが、送信日はラスムスンが死ぬ前日でした。匿名ですけど、パウリーネからのメールじゃないかと当たりをつけてます。送信者はラスムスンに、帰宅途中に寄ってほしいと頼んでいます。びっくりさせることがある、とっても痛いことをしてあげるから、と」

「なるほど」カールの顔に笑みが浮かんだ。「それで、ラスムスンの手首のあざも説明がつきそうだな。やりすぎちまったのかもしれんな」

「カール、ラスムスンは一酸化炭素中毒で死んだんですよ。プレイ中の事故じゃありません」

「それが直接の死因だとは言ってないさ。だが、あの間抜け野郎がパウリーネに、おまえはもうお払い箱だとかなんとか言ったのかもしれないだろ？」

「それでパウリーネがラスムスンを気絶させ、ガレージまで引きずっていったって言うんですか？　あの男は百キロ以上ありましたよ。彼女は何キロだと思います？」

ローセの言いたいことはわかる。デンマークの一般女性に比べて、パウリーネは人形のように小柄だ。

「それと、脅迫メールも出てきました。たとえば、この三通はかなりヤバいです。すべて二〇〇一年のクリスマスごろに届いたものなんですけど。一通はパレ・ラスムスンの政策が気に入らない人物からで、政界から消えろと要求しています。自分から身を引かないなら始末してやると」

カールは額に皺を寄せた。「送信者をたどれるか？　名前とかアカウントはわかるか？」

「ええ、アカウントなら」

「じゃあ、そいつを出頭させろ。次の脅迫メールは？」

「送信者は特定できません。ただ、同じ人間じゃないかと思います。これも殺害予告で、言葉の選択も文の組み立てもまったく同じですから」

「出頭したら、同一人物かどうか確かめよう。三通目は？」

「どんな拷問をラスムスンに科すか、詳細がつづられています。切れ味の悪いナイフでゆっくりと時間をかけて体を刻む、鍋に入れてじっくり煮込む、市庁舎の塔から突き落とす、ペニスを切断する、首をはねる……」

「とりあえず、そっちは保留にしておこう。衝動にかられたサイコパスという感じがする。ラスムスンの死が殺しだったとしても、犯人はこいつじゃないだろう。まあ、おまえさんたちがその気なら、上に報告してもいいんじゃないか。とっくに時効になってはいるが、送り主を捜し出してこのクソみたいなメールを突きつけ、反省させるのも悪くはないだろう。こういうやつはあちこちで同じことをするから、これは犯罪なんだと指摘して、ちょっとばかり懲らしめてもいいかもしれん」

「この三通以外にも、面白い脅迫メールがたっぷりありましたよ。〝俺のクソを一カ月溜めておまえの口に突っ込んでやる。おまえの口から延々と吐き出されるクソといい感じに混ざり合うだろうな〟とか。この手のメールを書く人間はクソがお好きみたいですね」

「一番おかしいのはこれです」アサドはどこか気持ちが入っていない様子だった。「〝ねえねえ、ぽっちゃりかわいいパレちゃん、乳飲み子豚の丸焼きをつくってるんだけど、お馬鹿ちゃんのラードがちょっと足りないの。あんたの脂肪を分けてくれる？　串に刺さってあぶられたいなら、それでもいいよ？　パレの丸焼きフライドオニオン添えと、パリパリのパレ皮のできあがりだ。みんながそれを食べれば、長年大気を汚染してるパレの与太話に対する免疫がつくかもね。でも、パレの脳ミソだけはどうにも調理のしようがない。大量に摂取すると致命的な副作用を引き起こしかねないから〟」

カールは首を横に振った。神よ、デジタル通信の導入をなぜ阻んでくださらなかったのだ！

「パレはプリントアウトの下の端に自分でコメントを入れています。それもご丁寧に万年筆で。こんな感じです。〝パレの丸焼きフライドオニオン添え、大気を汚染する与太話か、ハハハ。面白い表現だ。俺と対立している政治家に使ってやろう。有権者を笑わすネタになる〟」

やれやれ。パレ・ラスムスンは間抜けなうえに幼稚な俗物なのだ。

「いまの作業を最後まで続けてくれ。パウリーネのメールは俺に回してくれ。彼女に突きつけてやろう。おい、今日のこれは、なんのにおいだ？」

ローセとアサドは、クリスマス飾りの奥にある鍋を指さした。ゴードンはチープなクリスマスグッズを日々かき集めては部屋に運び、自分のキーボードの脇にはミニツリーまで置いている。

「今日は、〈ラグー・ア・ラ・マルワ〉。マルワお手製のラグー（数種類の肉や野菜を強い香辛料入りのソースで煮込んだフランス風シチュー）です。昨日の残りものですけどね」とアサド。

「ラムのにおいがしないな」カールは胸を撫でおろした。

「ウサギ肉ですからね。友人がおととい捌《さば》いたんです」

カールは息を呑んだ。ウサギを捌く……。すごい友人がいるもんだ。


「もうすぐ、例の修理店から車を購入した人たちが来ます」ゴードンが内線で伝えてきた。「でも、最初の人はハズレでしょうね」

姿を現したのは、八十歳ぐらいの男だった。おぼつかない足取りでもの珍しそうに周囲を見渡すのを見て、カールは改めて思い出した。そうだった、爆破事件は三十二年も前のことだ。まったく、俺はどんな人が来ると想定していたのか。

「ちょっと興奮しています」老人は辺りをきょろきょろと見回した。マスクの奥から聞こえる声は震え気味ではっきりとは聞き取れない。老人の話から手がかりはほとんど得られなかった。いや、私はあのちっちゃいプジョーを気に入ってたんですがね。娘に譲ったところ、ポルトガルまでチャーター便で行きたいからって売ってしまいましてね……。そんな話ばかりで収穫がない。今日に限ってはゴードンが正しいと認めざるをえなかった。こりゃハズレだ。

「もうひとりのほうはどうなってる、ゴードン？」

「明日じゃないと来られないそうです。しかも、さらに高齢です」

「ありがとう、ゴードン。その人はキャンセルしてもらって報告書の見直しに戻ってくれ」

「もうやってます、ボス」深いため息が聞こえた。

「まずは事件を時系列に並べ替えるんだ」

「もうやってます」

「じゃあそうだな、二〇〇〇年と二〇〇四年の事件から手をつけろ。一周目は写真をチェックしていくだけでいい」

「どうして二〇〇〇年と二〇〇四年なんですか？」

「男の勘ってやつだ」

ゴードンの近くで誰かが馬鹿にしたような笑い声を上げたようだ。その声が壁越しに伝わってきた。ローセに決まってる。


カールは窓際に腰掛けた。タバコをもう一本吸いたいという思いと闘いながら、パレ・ラスムスンの最期の一日を再構成していった。聖霊降臨祭という祝日に、人のいない国会議事堂に出勤。その帰り道にパウリーネと拘束具を使ったりなんだりの乱暴なプレイ。そして自殺。どうもしっくりこない。

ファイルから検死報告書を取り出した。「遺体に新鮮な外傷なし」と記されている。背中に治りかけの掻傷があり、肛門には過去に深い裂傷を負ったことを想起させる痕がいくつか認められたという。だが、報告書は終始一貫して、一酸化炭素の充満したガレージに数日間いたことが死因だと結論づけていた。ラスムスンにとって人生最後のセックスがどのように終わったのか、パウリーネに直接尋ねるべきだろう。

ふたりはパウリーネの家で型破りな行為に及んでいたと考えられる。だが、その後、死の数時間前のラスムスンの足取りがわからない。パウリーネの家から自分の車で帰ったのだろうか？　ラスムスンはあの日を限りにパウリーネと本気で別れたのだろうか？　もしそうなら、理由はなんだ？　仕事帰りにパウリーネのところへ寄ってベッドの上で過ごすといったことを日常的にしていたのだろうか？

別の部屋からわめき声が聞こえ、カールは飛び上がった。特捜部Qが移動してきたせいで平穏が破られたと忌々しく思っている人間は、相当な数に上るはずだ。気の毒に、マークスにはこれからクレームがじゃんじゃん届くことになるだろう。

「カール、来てください！」ローセの大声がする。あいつは周りへの配慮というものを知らんのか、まったく。

「まるでアルペンホルンみたいだぞ、ローセ！　前にも言っただろう、そんなにでかい声を……」

そこまで言うと、カールはローセの顔を見て、口をつぐんだ。

「おい、幽霊でも見たような顔をしてるじゃないか。どうした？」

アサドも興奮のあまり眉が吊り上がっている。「カール、大目玉です！」大当たりと言いたいのだろうか。カールが指摘する前にアサドが続けた。「ホワイトボードを見てください！」

〈日付／犯行現場〉二〇〇〇年五月十七日／スレレズ

〈被害者〉カール＝ヘンレク・スコウ・イェスパスン

〈殺害方法〉側頭部への銃撃

〈動機〉不明

「ゴードン、報告書を貸してくれ。おまえが見つけたのか？　でかしたぞ。だが、塩はどこだ？」ゴードンが現場写真の一箇所を指さしたので、カールは目で追った。不明瞭な写真だ。誰がこんな下手くそな写真を撮ったんだ、まったく！

「何が写ってるんだ？」カールは前かがみになって目を凝らした。

「写真の向きを変えればわかります。頭のところです。もう老眼ですか？」

カールはきっとローセをにらみつけると、さっと写真を回転させた。

「で、どこを見ればいい？」

アサドがルーペを差し出す。

カールはルーペを写真の上にかざした。男が机の上につっぷしている。

アサドの褐色の人差し指が写真の上を滑り、棚の上に置かれた深い皿のところで止まった。

カールは目を凝らした。「アジア風の皿だな。そんな感じの柄が見える」

「棚全体を見てください」アサドが助け舟を出す。

「二段目の棚に平皿があり、ナイフとフォークが皿に載っているでしょう？　その横にペッパーミルとソルトミルが置かれています。被害者は昼食を終えたところだったと思われます。でも、この深皿をよく見てください。空ではありません」

「つまり、おまえたちは中に塩があると考えてるんだな？　こんなピンボケの写真じゃ何が入っているのかまったくわからん」

「カール、そのとおりです。この写真では確かにわかりません。でも、こっちを見てください」アサドが別の写真を出してきた。「ゴードンは本当に目から耳に抜けますね」アサドはデンマークに暮らして長いが、こと慣用句となるといまだに言い間違いをする。

二枚目の写真は、遺体を別の角度から撮影したものだった。男は上半身をまっすぐ前に倒した形で机の天板に鼻をつけており、脳の中身と血がデスクマットの上に広がっていた。

「自分で右のこめかみを撃ったように見えるな。だが、遺体の姿勢がおかしい。射出口の損傷がこれだけひどいことを考えると、かなり威力の高い銃器を使ったに違いない。だとしたら、衝撃で頭は少なくとも左に傾いて斜めに机に倒れ込むはずだ」

三人がうなずいた。「それもあります、カール。でも、先に遺体と棚の間の床を見てください」

カールはもう一度ルーペを手に取り、写真の上にかざしていった。確かに何かある。

「ゴードン、よく見つけたな。これについて、鑑識の記録はどうなってる?」

「まったく重視していません。〝床にごく一般的な食塩。深皿から飛び散ったと思われる〟とあるだけです」

なるほど。

「頭部の話に戻ろう。即死のはずだ。射出口のサイズからそう推測できる。銃器はなんだ?」

すると、また別の写真がカールに渡された。

「なんと! すごいじゃないか! こんなすごいやつにはめったにお目にかかれないぞ」カールは刻印を指した。〈デザートイーグル〉の文字があり、〈イスラエル・ミリタリー・インダストリーズ〉と記されている。

「アサド、何口径だ? 44マグナムか?」

「357です」

「こりゃ、一発で即死だ。でもだとしたら、この男は椅子から吹っ飛んだはずだが……」

「カール、やっぱり眼鏡が必要なんじゃありません?」ローセがまた嫌味を言った。「ここにはっきり写ってますけど」

「なんだって?」

「なんでこのファイルが殺人捜査課にあったんだと思います? 自殺なんかじゃないからですよ。机の脚の前に血痕があるじゃないですか。彼は床のこの部分に頭を打ちつけたんです。つまり、死んだあとに椅子に座らされたんです。犯人は大馬鹿者だったか――そうは思えませんけど――、警察に『この捜査は困難を極める』と伝えたかったのか、どちらかです」

「ちょっといいか」カールは写真の中の床を凝視した。俺も含め、警察がこれまで捜査した殺人事件の数を考えれば、忘却の彼方に押しやられた事件が多少あっても仕方のないことだろう。

だが、そもそもこの事件は、そう簡単に忘れてはならないものだった。脳細胞をフル回転させて思い出さなくてはならないものだった。そうだ。この事件は当時、大いに物議を醸したんだ。警察が解明できず、新聞の大見出しになるというオチまでついた。俺はそんなことも思い出せないほど耄碌《もうろく》したのか？　ローセの言うとおり、眼科検診に行かなきゃならんのか？　まったく笑えん。

「思い出したぞ。この男は武器商人だろ？」

ようやくまともな答えを口にした生徒を見るかのように、ローセがカールに人差し指を突きつけた。「そのとおり！　この男がまっとうではない仕事をしていたため、当時は、処刑されたんじゃないかと考える人が多かったんです。被害者の取引記録をもとに、デンマーク在住のベラルーシ人がすぐに逮捕されてます。多額の未払金があるとして取引記録に何度も名前が登場していたんです。でも、そのベラルーシ人は無実を主張し、最終的には検察官との非公式の司法取引に合意して、武器禁輸国との広範囲にわたる取引を認めました」

「被害者について、警察に記録はあったのか？」

「何も。前科はありませんでした」手がかりなしですと言いたげに、ゴードンが肩をすくめた。

「前科のないデンマークの武器商人か。捕まらない範囲でうまくやっていたんだろう」カールはつぶやいた。

よ。

　ああ、そうだったわね、デボラ。「わたしたちは誰も傷つけてはならない」のよね。屋敷を出ながらタビタは思った。なんの権利があって、デボラがそんなことを決めるわけ？

　どこまでやるべきか、タビタは数日かけてじっくり考えた。もう二度と警察には捕まりたくなかったが、もしそうなった場合には、デボラに洗脳されたと言えばいい。洗脳を解くプログラムを受けるために精神科病院に数カ月入ることになったってかまわない。それでデボラを刑務所送りにできるなら。繊細なティーカップやら銀製フォークやら、くだらない調度品だらけのあの立派な屋敷からデボラが引きずり出され、何年も服役することになったら痛快だ。

　さあ、始めよう。

19

タビタ

二〇二〇年十二月八日、火曜日

　復讐に燃える女たちの集いから除名され、タビタは人生の新たな一章が幕を開けたように感じていた。デボラのサークルはルールが多すぎて動きにくかったし、本名や身元を明かさないという秘密主義も子どもじみていた。〝イヴ〟なんて名前、お笑い草だ。わたしの本当の名前〝タビタ〟だって聖書にあるのに。
　わたしは大人だし、知性だってある。それなのに、なんで自分の行動を人から制限されなきゃいけないの
　始まりは、まったく他愛もないことだった。デボラ

は、あるカフェの隅の席にいてメモを取っていた。テーブルには、クロワッサンやケーキがたっぷり並べられ、コーヒーが置かれていた。タビタはその豪勢なテーブルに目をやり、デボラに軽く微笑みながら隣の席に座った。するとデボラが、「ここ、サービスが遅いのよね」と言うかのようにこちらにウィンクしてきたのだ。タビタがデボラのテーブルに移動するまで、大して時間はかからなかった。出会ってすぐに、デボラに同じ波長を感じたのだ。ふたりは特に、デンマークやヨーロッパ、さらには世界についてあれこれ語り、人々の振る舞いについて互いに同じことを感じていたとわかって大いに盛り上がった。そして、この国では何もかもが悪い方向に向かっているという点でふたりの意見はぴったり一致した。

あとになってみれば、それがデボラの手だった。実に巧みで効果的なやり方で、サークルにふさわしい人物を探していたのだ。デボラは誰よりも熱心にタビタの話に耳を傾けた。そうよ、そのとおり、あなたの言うとおり、あなたって頭がいいのね、すごいわ、などと言いながら。タビタもはじめのうちは、自分はいま特別な経験をしているんだ、デボラの特別な仲間として選ばれたんだ、とわくわくしたものだ。

自分は不道徳な行為を撲滅する闘いの使徒なのだという自覚が芽生えたのは、マクドナルドの店内で床に唾を吐いた観光客の顔に平手打ちを食らわせたときだった。

タビタは自分の新たな役割がこの上なく気に入っていた。わたしが理想とする道徳的な世界を邪魔する人間は、誰ひとりとして逃しやしない。どのような違反にも目を光らせ、厳しい制裁を科すのだ。初めは言葉で相手を厳しく非難するだけだったが、そのうちに物理的に相手に打撃を与えることを厭わなくなっていった。ターゲットはスリ、横柄な役所の職員、客を待たせて平気な店員、不親切なバスの運転手、道で騒ぐ人間、路上でわざとぶつかってくる人間、列に割り込む人間、他人の悪口を言う人間だった。その後、理由もなく授業をキャンセルする講師もターゲットに加えた。知ったかぶりをする人間や他人を思うままに操ろうとする人間も。いつの間にか、人々の大半が堕落していて、冷淡で、礼儀知らずになっていた。周りを見渡せば一目瞭然だ。タビタはこうした状況を〝モラルの崩壊〟と呼んで軽蔑するようになっていった。

月に一度の報告会でタビタが発表を行なうと、デボラはたいてい夢中になってその報告に聞き入った。タビタは、祖国の軌道修正のために遠征する戦士のような気分だった。

タビタは司直の手をまるで気にしていなかった。だが、あるとき公道で警察に捕まった。路上生活者の男が毛むくじゃらの犬を蹴りつけたのを見て、その男の頭をシャンパンの瓶で殴ったのだ。歩行者天国《ストロイエ》のど真ん中で逮捕されたので、あっという間に大勢の人が集まり、なんてひどい男だと口々に罵った。気絶した男の流した血で滑った見物人は、逮捕されるのはこの虐待者のほうだろう、警察はその犬を安全な場所に連れていけ、でなければ地獄に堕ちろと怒鳴った。こんなふうに周囲は味方してくれたものの、それでタビタが罪に問われずにすんだわけではなかった。

この一件の審理はまだ始まっておらず、裁判までまだ時間がかかりそうだった。判決が出るのもかなり先になると思われた。だが、その前に、デボラの〝判決〟から逃れることができなかった。逮捕後初めて出席した報告会で、椅子に座るか座らないかのうちに、出ていくようにとデボラから言い渡されたのだ。「このサークルの存在と活動を口外したら、後悔することになる」とも言われた。まるで脅しだった。

だが、タビタは動じなかった。「わたしを追い出したことでこの会に死刑宣告が下ったわね。裁判では遠慮せずに話させてもらうから」と紙に書き、デボラの屋敷の郵便受けに入れたのだ。

洗いざらいしゃべったところで、さすがにデボラに命までは奪われることはないだろう。


除名の翌日からさっそく、タビタは自分なりの聖戦を続行した。理想の世界を目指すには思い切った行動が必要だと考えたときは、迷わずそうした。

タビタはしばらくの間、コペンハーゲン市内のブロー地区こと、ノアブロー、ヴェスタブロー、ウスタブローを車で巡回していた。そのとき、野球帽をうしろ向きにかぶった男三人を乗せたBMWが危うくぶつかりそうな距離で割り込んできたので、タビタは慌ててブレーキを踏んだ。男たちを怒鳴りつけると、リアウィンドウ越しに相手がこちらに向かって中指を立てているのが見えた。次いでBMWのサイドウィンドウが下がり、タバコの吸い殻が捨てられ、紙コップが宙を舞って道路に落ちた。タビタはすぐに決意した。罰を与えなくてはならない。

そこで、一定の距離を保ちながらBMWを追っていった。すると、BMWの窓からさらにゴミが投げ捨てられるのを目撃した。しばらくしてその車はスナ大通りに入り、障がい者用駐車スペースに駐車した。

タビタは自分の車を道路の反対側に停め、グローブボックスからナイフを取り出すと、二十秒もしないうちにBMWのタイヤをすべてパンクさせた。それから中央分離帯の草地に入り、袋いっぱいのゴミと犬の糞を拾った。そのまま辛抱強く待っていると、BMWの連中が上機嫌で戻ってきた。三人ともくわえタバコで、滑稽なほど格好をつけた歩き方だ。

三人が車に乗り込むと、タビタは落ち着いて車道を横切り、BMWの運転席側に回ると、その窓を叩いた。男がタビタをにらみつけながら窓を下ろした。この野郎、殴られたいのか、と脅しをかけるような表情だ。タビタは優しい声を出した。「すみません、これをお忘れですよ。ちゃんと持って帰らないと」そして、袋の中身をすべて車内にぶちまけた。

男たちが事態を理解するより先にタビタは一目散に走って自分の車に滑り込み、「追いかけようったって無駄だよ！」と怒鳴りながら中指を立て、猛スピードで走り去った。あのタイヤじゃ追いつくことなどできないはずだ。

タビタはそれからしばらく、朝は〝ジキル博士〟として出勤し、〝ハイド氏〟として一日を終えることを繰り返した。子どもや動物にひどいことをする者は痛い目に遭わなくてはならないのだ。ほとんどの人は杖でしたたかに叩かれると、びっくりして追いかけてくることすら頭に浮かばないようだった。罰を受けるべき人間に、貧富の差も男女の差もなかった。路上生活者であっても同じだ。わたしは、よりよい世界を構築するための戦士なのだ。

だが、除名から数カ月後、運は尽きた。


これまで何度もやっていたように、タビタは近郊列車《エストー》でウスターポートに向かった。あの駅の前は大通りがコンゲンス・ニュトーウまで延びていて、偵察にはもってこいの場所なのだ。雨に濡れた改修ずみの駅の正面に立つと、カップルが目に入った。ダグ・ハマーショルド通りにカメラを向け、傘を差す人の群れや眼下の線路などを撮影している。声の大きさと派手な興奮ぶりから、百メートル先からでもアメリカ人だとわかった。自由博物館のほうからやってきて、愛するアメリカ大使館に向かっているのだろう。

タビタは首を横に振った。あのふたりがアメリカ大使の友人ではないことを祈ろう。

周囲を見渡し、そのカップルに近づこうとした。そのとき、往来の激しい通りの反対側にいる年配の女性が目に入った。その女性は、バス停のベンチに座る場所がないのを見て取ると、力なくしゃがみ込んでしまった。腕には使い古したショッピングバッグをさげている。買い物帰りなのだろう。背中が曲がっている。まるで人生の重荷を背負っているかのようだ。

バス停のベンチには若い男が座っていたが、思いやりの心など持ち合わせていないのか、その女性に席を譲る気配がなかった。だったら、思い知らせてやってもいいわね。タビタは横断歩道を渡って男のところまで歩いていった。だが、ちょうどそのとき、男は立ち上がって高齢の女性に席を譲った。女性が礼を言って座ると、男はバッグを持ってやった。女性は久しぶりに親切な人に出会ったとでも言いたげに、男に笑顔を向けた。

タビタも思わず微笑んだ。だが、男はあちこちに視線を走らせているわりには、バスが来る方向を見ていない。

あの人、何をしてるんだろう？　タビタは、男が突然どこかに行こうとしたときに備えて、ベンチを囲むガラスの仕切りを挟んで横に立った。

「違うわ、このバスじゃない」バスがやってくると、年配の女性が言った。客が乗り込んでいく。

男はうなずいた。「大丈夫ですよ。僕が待っているのも次のバスだから」そしてベンチにちらっと目をやった。もう誰も座っていない。

「これでバッグを隣に置けるわ。持っていてくれてありがとうね」女性はそう言って体を脇へ寄せ、ベンチの空いた場所をぽんと叩いた。

「バスが来たら、僕があなたのバッグを中まで持っていきますから」男が言った。断固とした口調だった。バスが停留所を出た瞬間、タビタは自分の勘が正しかったと悟った。男がバッグを持って逃げようとしたのだ。

タビタはとっさにバッグの持ち手をつかんだ。だが、男は慣れているらしく、冷静にバッグを引き寄せた。バッグの引っ張り合いになった。怒りに燃えるタビタは屈しなかった。男からキックを見舞われても手を離さない。そして、そのままバスレーンを越えて道路までずるずると引きずられていったところで、ぱっと手を離した。男はバランスを失い、うしろへよろけた。そこへ巨大なトラックが突っ込んできた。男の目にほんの一瞬、動揺が浮かんだ。次の瞬間、トラックが不気味な音を立てて男をアスファルトに叩きつけた。

　人々が悲鳴を上げて駆け寄ってくる。タビタは冷静に周囲を眺めていたが、例のカップルがカメラを自分に向けるのを見た瞬間、「これは事故なのよ《イット・ワズ・アン・アクシデント》！」と怒鳴り、恐怖に震える表情をつくった。運転手が真っ青な顔でトラックを降りてくると、かつては若い男だった――そして犯罪に精を出していた――物体の横で嘔吐した。

　周囲は騒然となり、タビタはあっという間に群衆に囲まれた。誰もが口々に勝手なことを叫んでいた。だが、ひとり、またひとりと、この女がわざとバッグから手を離したんだ、そのせいであの男が道路でトラックにはねられたんだ、と言いだした。非難の声は徐々に大きくなっていった。

　野次馬が何人か、携帯電話を耳に当てている。間もなく警察と救急車がやってくるだろう。すぐに姿を消さなくては。

だが、空気を察したのはタビタだけではなかった。逃げようと思った瞬間に、誰かの力強い手がタビタの腕をつかんだのだ。

　ほどなくして救急隊員が現場に駆けつけた。さらに警察官もやってきて、タビタに弁護人依頼権があることや黙秘権が保証されていることなどを告げた。こうして、報復の戦士としての彼女のキャリアは唐突に終わりを迎えた。

20

ラウンヒルド

二〇二〇年十二月八日、火曜日

デボラは厳しい顔つきのまま、集まったメンバーに着席するよう伝えた。常日頃からそういう表情なのだが、今回は額の横皺に縦皺が混ざり、ひどく動揺していることがうかがえた。

「今日集まってもらったのは、数時間前に起きた出来事についてお話しするためです」

全員がうなずいた。

「コロナでロックダウンになったことですか?」マルタが尋ねる。

デボラが答えた。「もちろん、それもあります。そのせいで任務の遂行が難しくなりましたから。でも、それよりもはるかに深刻なことが起きました。イヴがまた逮捕されたのです。今度ばかりは、わたしたちも危険な状況に立たされています」

「逮捕ですって?」ラウンヒルドは目を丸くした。イヴに会ったことはない。自分は彼女の後継者としてここに加わったのだから。「どうしてですか?」

「まだ正確なところはよくわからないのよ、ルツ。でも、若い男を殺したとして、過失致死で起訴されたという話です」

ラウンヒルドはマルタとサラの顔をうかがった。ふたりとも同じことを考えているらしい。極めてまずい状況だ。

デボラがうなずいた。「わたしたちの活動をただちに停止します。当分、報告会も開きません。イヴが警察にわたしたちのことを話そうと考えた場合に備えて、身を守らなくてはなりません。警察がここやあなたたちの家に来たときに何かが見つかるようなことがあってはなりません。万一そんなことになれば、活動は終わりです」

「イヴが裏切るはずないわ」とサラ。

「ええ、わたしもそう思います。でも、それぞれ自分の家をきちんと管理してください。活動をうかがわせるような手がかりは、どんなに些細なものでも処分すること。わたしたちの関係や、この会とイヴとのつながりを少しでも示す可能性のあるものは、わたしも徹底的に廃棄します。それから」デボラはそこまで言うと人差し指を立てた。「あなたたちも沈黙を守ること。どんなに小さなことでも、自分個人の活動であっても、いまは一切控えてください。ここにいる全員を危険にさらしかねません。いいですね？」

全員うなずいた。だが、ラウンヒルドはこらえようのない怒りを覚えていた。この活動に情熱を傾けてきたのに。この活動がわたしに生きる意味を与えてくれたのに。それがもうできなくなるの？　こんなふうに突然？　報告会もなくなるの？　善い行ないができなくなるなんて。そうしたら、腐敗しきった世の中を浄化する人間がいなくなっちゃうじゃない。そんなの、ありえない！

「それからもうひとつ。イヴが、自分の判断能力に問題があると法廷に信じ込ませるためにひと芝居打つ可能性が十分あります。取り調べで自分は洗脳されたと証言するかもしれません。マルタとサラ、そしてわたしに操られていたと。ルッ、あなたは安心していいわ。あなたはイヴに会ったこともないから」

それから、デボラは沈黙した。この事態に正しく対処するにはどうすべきか、懸命に考えている。しばらくすると、デボラは三人に暗い視線を向けた。「イヴはわたしたちのなかで一番賢く、優秀な策略家でもありました。ですから、細心の注意を払って用心すること。わかりましたか？」

「こうなったからには、イヴの本名を知っておくべきではありませんか？　そうすれば、彼女に関する報道を追うことができます」と、マルタが言った。

デボラはうなずいた。「イヴの本名は、タビタ・エングストラムよ」

「このサークルのことを口外したら後悔することになるって、前に言っていましたよね？」とサラ。「もしタビタがそうしたら、彼女はどうなるんですか？」

「彼女に近づくことができるなら口を封じる。それ以外、方法はないわ」

ラウンヒルドは一日じゅうテレビに貼りついていた。だが、若い男の悲惨な死についても、タビタ・エングストラムについても、まったく報道されなかった。メディアは新型コロナウイルスによるロックダウンについて報じることに忙しく、ローカルな事件にまで手が回らないのだ。もはや手のつけられない状態のパンデミックに関する議論や推測が延々と繰り返されるのを見ながら、ラウンヒルドはふと、この非常事態はタビタにとって最高のシェルターになるのではないかと思った。感染拡大防止策がとられている以上、拘置中の彼女に会いに行くことはできない。となると、彼女がそのうち自白してわたしたちのサークルと使命を危険にさらすのをただ待つしかなくなる。

そんなこと、絶対にさせない。ラウンヒルドは頭をフル回転させた。これまでに人を殺そうと考えたことなど一度もない。でも、これは正当防衛と言えるはず。問題は、どうやってタビタを殺すかだが、それは追い追い考えればいい。いま考えなくてはならないのは、拘置中のタビタに近づく方法と殺したあとに素早く姿を消す方法だ。

タビタを殺すことに成功したら、デボラはわたしのことを一番優秀だと思ってくれるかもしれない。ラウンヒルドが心の底から求めているものがあるとすれば、それはデボラに認められて一目置かれることだった。報告会のあと、ラウンヒルドは家にまっすぐ帰らず、デボラの屋敷の前に立ち、窓の明かりがすべて消えるまでそこにいることがよくあった。暗がりのなかで何が行なわれているのか、想像するだけでどきどきした。デボラに恋しているわけではなかったが、リーダーとしての彼女に心酔していた。メンバーを勧誘し、サークルをまとめあげ、仲間を鼓舞し、ときには罰を与える。デボラのおかげでわたしたちはモラルを取り戻すための闘いに磨きをかけ、活動範囲を広げていくことができるのだ。

これまでぱっとしない人生を送ってきたラウンヒルドにとって、デボラの存在はまさに光だった。

ラウンヒルドは画面に映し出された首相の姿を見つめた。皺ひとつないジャケットを着ている。記者会見でさまざまな規制を打ち出すときには、危機に力強く立ち向かう印象を演出するために、彼女はあのジャケットを着るのだ。だが、コロナ感染拡大を封じるためと言いながら、実のところは規制によって国全体を麻痺させているだけではないか。

広範囲に及ぶロックダウンが実施されるなか、タビタに近づき、彼女がサークルについて暴露することを阻止するにはどうすればいい？

その夜、ラウンヒルドはなかなか寝つけなかった。

21

ラウンヒルド

二〇二〇年十二月九日、水曜日

コロナ感染対策という名目で政府が定めた数多くの規制は、当然ながら行政の仕事にも影響を与えた。タビタ・エングストラムについては、尋問や取り調べのほかに証拠採取と証人尋問が必要だった。だが、いずれもリモートで行なうことは不可能だ。といって、証拠採取のために現場に赴いたり、対面で証人尋問を行なったりして、誰かがコロナウイルスに感染でもしたら大ごとだ。こうして、規制のせいで司法手続きに遅れが出ているなか、個人の自由を不当に侵害したとして罪に問われることを避けたい当局はタビタの拘束を解くことにした。憲法で、被疑者は二十四時間以内に裁判官の前に引致《いんち》され、原則として、その後釈放されなくてはならないと定められているからだ。タビタは裁判官から出国禁止を命じられ、連絡先が変わるなど身辺に変化が起きた場合には裁判所に届けるように言い渡された。さらに、状況が変わればすぐに審理再開となることを伝えられたうえで釈放された。

ラウンヒルドはそのことを見越し、裁判所の近くで張り込んでいた。その努力は報われた。実際にタビタが姿を見せたからだ。コートをふわっと羽織り、真紅の口紅を塗った唇を大きく横に広げて笑顔を見せながら、裁判所の入り口の階段を降りてくる——これで自由の身だと言わんばかりだ。

ラウンヒルドは驚いた。あんなにばっちりメイクしてるなんて！　しかも逮捕されたことを全然気にしていないみたいだ。その口は閉じてなきゃいけないのよ、タビタ。サークルの秘密を守るためにね。でも、わたしにはわかる。あなたはチャンスがあれば誓いを破るつもりでしょう？　コペンハーゲンの繁華街を抜けていくタビタのあとをつけながら、ラウンヒルドはコートのポケットに手を入れて鋭い魚肉用ナイフを握りしめた。心は決まっていた。この女を止めなくては。準備はできている。

しばらくして、タビタは橋を渡ってアマー島に入り、ひとけのない通りを進んでいった。距離を保ちながら、ラウンヒルドも同じ道を行く。

もしタビタがアマブロー通りから脇道に入ったら、すぐに近づこう。でも、タビタの喉を掻っ切ったら、とんでもない量の血が飛び散るかもしれない。それに、実行する寸前にタビタに気づかれてしまったら何もかもが台無しだ。

ラウンヒルドはだんだんと不安になってきた。でも、ここで怯むわけにはいかない。あの女はサークルの決まりを破り、除名処分を受けたのだ。デボラはわたしの英雄的な行為を絶賛してくれるはず。タビタの口を封じる必要があるって言ったのはデボラだもの。もしかしたら、わたしを腹心の部下にしてくれるかもしれない。

ラウンヒルドはタビタをどうやって殺そうかとあれこれ考えていた。すると、ほんの数百メートル先に答えが見つかった。誰かが道路標識をなぎ倒したのか、金属製のポールが地面から一メートルくらいのところで折れている。折れた筒の縁の部分は刃物のように鋭く尖っていた。

タビタ、脇道に入らないで。道路も渡らないで。そのまま自転車専用レーンに沿ってずっと歩くのよ。

ラウンヒルドは歩くスピードを上げた。タビタとの距離を詰めながら、自分の動きをシミュレーションしてみる。

金属のポールまであと二十メートルほどだ。タビタとはあと数歩の距離。タビタがポールまで一メートル足らずのところに来た。ラウンヒルドは、急にこれまでに感じたことがないほどの力が湧いてきた。一気に飛び出すと左足をタビタの体の前に出し、同時に相手の背中を思い切り押した。タビタは前に倒れ、彼女の胸に折れたポールがざっくり刺さった。心臓のすぐ下だった。

タビタの叫び声は誰もいない通りに弱々しく消えていった。ラウンヒルドはタビタの背中をもう一度押し、ポールをさらに深く彼女の胸に刺した。

タビタが息絶えるころには、ラウンヒルドはすでに脇道に姿を消していた。

いままでになく、ラウンヒルドの心臓は暴れていた。誇らしい気持ちでいっぱいだったにもかかわらず、強烈な吐き気が襲ってきて歩道の端で激しく嘔吐した。

ラウンヒルドはデボラの屋敷に着くと、玄関前の緑色の大理石の階段の上に立ち、取り決めたとおりに呼び鈴を鳴らした。こんなに高揚しているのは初めてだ。若いころに強烈な大麻をやったときですら、こんなにハイにはならなかった。

数分すると、玄関の扉が開いた。その瞬間、高揚感は吹き飛んだ。

「あの、どちらさまでしょうか?」ラウンヒルドは思わず言った。出てきたのは大男だった。嫌悪感をもよおさせるほど醜悪な顔をしている。絵に描いたような美貌の持ち主のデボラと付き合いがあるようにはまるで見えない。数秒間、ラウンヒルドとその男は互いを見つめていた。ラウンヒルドはひどく落ち着かない気持ちになった。その男はまるで、舞台の小道具を寄せ集めて首から上を組み立て、それをマネキンの体に取り付けたかのように頭と体のバランスがふつうではなかった。

「どちらさまかって？　それはこっちのセリフでは？　あなたが鳴らしたのはうちのベルですよ」

うちのベル？　デボラって結婚してたっけ？　こんな気持ち悪い顔の男と？　何かの間違いだ。

「デボラに用があるんです。ルッが来たと伝えてください」

男は驚いてラウンヒルドを見つめた。「デボラ？　失礼ですが、いったい誰のことですか？」

ラウンヒルドは一歩下がって屋敷の正面を見上げた。家は間違っていなかった。わたしがおかしくなっているわけじゃない。

「あなたがどなたなのかわかりませんが、ここはデボラの家のはずです」心臓が早鐘のように打っている。

男は顔をしかめると一歩前に出た。「何をおっしゃっているのかわかりませんね。お帰りになってくださ い」

ラウンヒルドはさらに一歩あとずさった。「何があったんですか？　デボラはどこにいるんですか！」何が何だかわけがわからない。

ラウンヒルドはもう一歩下がり、辺りを見回した。男がこのまま近づいてきたら、あの生け垣を飛び越えて逃げよう。

そして、「デボラ！」と声を限りに叫ぶと、二階のカーテンを見上げた。

「大丈夫ですか？　そんな大声を出して……。そのデボラとかいう人がどうかしたんですか？」

「大事な用があるんです。もう怖がらなくてもいいんです」

ひょっとして、いまカーテンが動いたんじゃない？

ラウンヒルドは笑顔になった。だが、一瞬にして、彼女をこの場所に立たせていたすべての力を失った。体も心も意識も。拳を一発食らったのだ。

22

カール

二〇二〇年十二月十日、木曜日

首相の今回の記者会見も決して胸躍る内容とは言えなかった。ワクチン接種は進んでいるものの、クリスマスから新年にかけて感染が拡大するリスクは極めて高いという。

会見の出席者たちは、テレビカメラの前に死刑執行人のように立っていた。保健庁長官に続き、関係者が次々と対策を述べていく。つまり、これから国家機能の半分が麻痺するということだ。現時点での死者数は九百十八人で第二波が迫っている。明日の午後四時から、感染拡大防止に向けた新たな措置が適用になる。ロックダウン、全国での検査の実施、手の消毒、マスクの着用、咳をするときにはひじの内側で口をおおうこと、重症化の確率、ICUの病床逼迫、個々の企業の業績悪化にともなう経済の停滞……。国民がすでに何度も聞かされてきたことの繰り返しだ。

さすがに、何もかもがうっとうしく、腹立たしい気持ちになってくる。

「なあ、みんな」カールがぼやいた。「俺としては、行動範囲をこれ以上狭めるのはごめんだ。抗原検査とやらをいちいち受けろというなら、少なくとも身分証を提示すれば捜査員は列に並ばなくていいようにすべきじゃないか？　あくまで俺の意見だがな」

ほかの三人は落ち着かない様子だった。アサドが心配なのはもちろん家族のことだ。自分が感染して発症したらどうすればいいのか？　ローセは、自宅に閉じ込められてまたロックダウンの日々を過ごすのかと思っただけで憂鬱だった。あの孤独に耐えられる気がしなかった。ゴードンはひたすら落胆していた。マッチングアプリでの相手探しは、最初こそスムーズにはいかなかったが、最近になってようやくやり取りする相手ができたところなのだ。だが、人と会うなと言われているこのご時世にどうやってデートをすればいいのか？

「俺はいまのうちにパウリーネ・ラスムスンのところに行く。国じゅうがパニックになる前に、見つかったメールを突きつけて反応を見てみる。みんなはそのまま調査を進めてくれ。ローセはアサドと武器商人の件。ゴードン、おまえは古い事件ファイルの精査。あと、全員でラスムスンのメールをとことんチェックしてくれ」

三人が三人とも同時にため息をついたみたいだが、俺の気のせいということにしておこう。

カールが駐車場から出たところで携帯電話が鳴った。ゴードンからだった。

「首席監察官から要請が入りました。全員二十分後に食堂に集合です」

「へえ、じゃあぜひ、楽しんできてくれたまえ」カールはそう言うと、皮肉を込めて笑った。国家警察の気まぐれで俺の捜査が邪魔されてなるものか。

街の中心部を出て数キロすると車が減り、ときおり路肩に寄ろうとする車輛があるくらいだった。ドアと窓を開けているせいで、政府発表の規制と警告を伝えるカーラジオのニュースが大音量で響き渡っている。歩道には、使い終わって捨てられたマスクが散らかり放題だ。

やれやれ。どいつもこいつも自分さえよければいいんだな。カールはため息をついた。これが人間の本性だ。そんなのとっくの昔にわかってたさ。それにしても、いったいいつまでこんなことが続くんだ？

　パウリーネ・ラスムスンのテラスハウスの前にある庭の小道には、女性用の自転車が停めてあった。玄関のドアは開け放たれていて、中からヒステリックな女性の声が聞こえてきた。「そんなのひどい！」「もうやだ！」と繰り返し叫んでいる。

　カールはすぐに事情を察した。

　玄関に立っているカールに気づくと、パウリーネは携帯電話をポケットに突っ込み、泣き出した。

「舞台が全部、無期限のキャンセルになったの」パウリーネはそう言うと、しゃくりあげた。「キャンセル、キャンセル、キャンセル、そればっかり！　ほかに何か言えないの？」

　カールは「まったく」とか「そりゃひどい」とか適当に反応し、「パレ・ラスムスンの遺品のなかからこんなものが見つかったんです」とすぐに本題に入った。

公演のキャンセルを知らされたせいなのか、自分の過去を他人に掘り返されたと知ったせいなのか、パウリーネの顔からすっと血の気が引いた。だが、カールは放っておいた。相手が混乱しているほうが事情聴取がはかどるからだ。俺のろくでなしのいとこはよく、「ついてないときのツキも馬鹿にしたもんじゃない」って言ってたっけ。

「パレさんが亡くなった日、あなたは彼といっしょにいましたね。われわれは、彼が仕事の帰りにあなたの家に寄り、調教とか、肉体的な痛みのともなう特殊な性行為に及んでいたという確証を得ているんです。パウリーネさん、よく考えてお答えください。プレイ中にあなたがやりすぎてしまった可能性はありませんか？　彼は行為の最中に死んだのですか？　それとも、エンジンを止めることができなくなるよう、ハンドルに手を拘束してほしいと彼が自分から頼んだのでしょうか？」

パウリーネはすっかり思考停止状態にあるようだった。

「私の考えをお話ししましょうか？　パレさんはあの日の午後、あなたを訪ねた。そうですね？」

彼女はため息をついた。

「それからふたりでプレイを楽しみ、あなたが彼の手首を縛ってお仕置きをした。どうです？」

パウリーネは首を横に振った。「縛ってなんかいません。そんなことをする必要はまったくありませんでした」

「縛らずに彼を痛めつけることができたんですか？　それはまた不思議な話だ。彼の肛門には裂傷が認められました。相当な痛みだったはずです」

パウリーネは軽蔑するようにカールの顔をじっと見た。「パレは本当に男らしい人でしたから」

「そうですか。だったらどうして、遺体の手首に結束バンドで拘束されたときにつくようなあざがあったのでしょうか？」

「だから、あたしは一切関係ありません。さっきも言ったでしょう？　縛る必要なんてなかったって」

「とにかくあなたは、プレイのあとに彼を家まで送っていった。そうですね？」

「そんなこと、どうでもいいでしょ」

パウリーネの視線がだんだんと冷たくなっていった。カールは自分の優位な立場が揺らいでいくのを感じた。

「その質問ですけど、答えはノーです。送ってません。あの人はオーガズムに達するとさっさと帰っていきましたから。自分で車を運転して。そもそも、自分のことしか考えない人だったし」

「それなのに八年も九年も付き合っていたんですか？　正直、驚きです」

「好きに考えて。パレの手首に拘束された痕があったのだとしても、あたしがやったんじゃない。あたしたちは自慢できるような関係じゃなかったけど、いまさらどうしようもないし」

「あの日、パレさんは塞ぎ込んでいましたか？」

「パレは自分が楽しんだあとはいつも少し落ち込むの。そういう表現が合っていればだけど。ああいうプレイには、それがつきものだから。彼は屈辱を味わうのが好きだったけど、終わると『なんでこんなことを？』って嫌な気持ちになるのよ。あの日もそうだった。でも、それはいつものこと」

「あなたはあくまで無関係とおっしゃっていますが、それならこちらがパレさんの遺品を押収しようとしたとき、どうして妨害しようとしたんです？　私や別の捜査員がまだ何か見逃していることがあるなら、いまのうちに話しておいたほうがいいですよ。隠せば隠すほど、あなたの立場は悪くなります」

「あたしの立場？」その声はぞっとするほど冷たかった。「あたしはいま、まったく別の問題を抱えているんです。国に生活の糧を全部取り上げられて、どうやって生きてけって言うの？　この気持ち、わかります？　まさか、興行主や役者や舞台関係者に補償金が出るとでも思ってます？」

カールは肩をすくめた。いまはその話はどうでもいい。

「パウリーネさん、あのパソコンには何が入ってるんです？　正直に話すなら、これがラストチャンスです」

彼女は首を横に振った。「もう帰ってください」


署に戻ると、ローセは相変わらず写真と書類の山に囲まれて座り込んでいた。

「アサドとゴードンは？」

ローセがため息をつく。「職員の出勤について徹底的に管理することになったらしいです。首席監察官自ら、ほとんどの人間を帰宅させました。で、残ってる職員も、最低でもお互いに二メートルの距離を取れですって。まったく、ヒステリーもいいところ。今年の春にロックダウンになったときと同じで、またもや対面での取り調べは禁止。電話でできるだろう？　って言われて。ほんと、笑えるわ」

カールはぽかんと口を開けた。「おい、上の連中は、自分たちが何を言ってるかわかってるのか？　春の騒動から何も学んじゃいないのか？　電話で取り調べなんかしようものなら、相手は嘘をつきまくるぞ。間抜けなおまわりだと馬鹿にされるぐらいですめばまだいいほうだ」

カールは踵を返すと、怒りに任せてどすどすと廊下を歩いていった。ありがたいことに、マークス・ヤコプスンは出勤していた。不満げな顔をしている。

「マークス、こんなのどうかしてます。また電話で取り調べをしなきゃならないんですか？」

「首席監察官がそう言うのだから、仕方ないだろう」

ヤコプスンは疲れた表情を向けた。

「まさか、殺人事件の容疑者にもそうしろって言うわけじゃないですよね？」冗談のつもりだったのだが、ヤコプスンはその言葉にうなずいた。

「こんな馬鹿な規則、くそ食らえですよ。従わなかったら、どうなるんですかね？」

「それはわからない。だが、対面での取り調べできみがコロナに感染したら、自分が最初に馬鹿を見ることになると思うぞ」

「それで、あなたはどうするんです？　ここで仕事を続けるんですか？」

「ああ。安全管理上、私はこの小部屋に引きこもる。そのため、すべてを監督することはできなくなるがね。誰がどこにいるのか、さっぱりだ」

カールはほくそ笑んだ。そう、その言葉が聞きたかったんだ。

「当分、ゴードンとアサドは在宅勤務にさせますよ。それで、マイア・ピーダスンの件はどうすればいいんです？」

ヤコプスンは諦め顔でうなずいた。「それも、感染拡大が再び落ち着くまで待たなくてはならないだろうな」

「了解です。じゃあ、課長も気をつけてください」


「アサド、パレ・ラスムスンに脅迫メールを送ってきたやつのアドレスはわかるか？　政界から引退しないとおぞましい方法で始末するぞ、って言ってきたやつだ」

受話器の向こうでアサドは何度か咳払いをし、驚くほど小さな声で話しだした。風邪でも引いたのか？

「カール、その人とはもう話しましたよ」そこでいったん言葉を切ると、部屋にいる誰かに向かって何やらアラビア語を話した。泣き声が聞こえてくる。

「家のほうは大丈夫か？」

「大丈夫じゃないです。三部屋しかないアパートで、ひっきりなしに泣きわめかれては、とても仕事になりません」

カールは額に皺を寄せた。「どこか別の場所で仕事するわけにはいかんのか？」

アサドはまた、部屋の奥に向かってアラビア語で何かを告げた。いまの質問はまるで聞こえていないようだ。

「で、そのデジタル脅迫魔はなんと言ってたんだ？」

「国民に嘘をついたり、憲法を歪んで解釈したりする政治家を阻止しなくてはならないって言ってました。自分がそういうくそ野郎をどれほど憎んでいるか、知らせる必要があったと」

「そいつは、脅迫なんかしたら罪に問われるとわかってるのか？」

「そんなことは言わずもがなだ、って言ってました。変な言い方ですね」

カールは笑った。「言わずもがなだ、か。結構、年が行ってるんじゃないか」

「カール、あの男を取り調べてもどうにもなりませんよ。ナクスコウで生まれ、健康上の理由でそこから一ミリも動いたことがないって言ってましたから。筋ジストロフィーで車椅子生活なんだそうです」

「そうなのか」

「これまで見つかった事件はどれもかなり古く、手がかりはすでに消えてしまったと考えるのがふつうでしょう。でも、ローセも私も、ほかにも似たような事件があるはずだと考えています。しかも、たくさん。もしそうなら、もっと最近の事件で塩が発見されたものがあるかどうか探して、細かく調べてみるのはどうでしょう？　手がかりがまだ消えずに残っているかもしれません」

「俺もそう思う。いまのところ、塩が発見されたケースは四件だが、もっと多くの現場で塩の山が見つかっている可能性もある。だが、動機がわからない以上、問題はどこをどう探すかだな」

「確かにそうです。でも、とにかく関連がありそうな殺人が一九八八年、九八年、二〇〇〇年、二〇〇二年に発生しているわけです。およそ二年間隔で起きていることに何か意味があるとするなら、もっと最近の年を調べるべきかと」

「もっと最近の年って、いつのことだ？　犯人がもう殺しをやめてるのか、まだやってるのかすらわからないんだぞ。やめてたとしたら、理由はなんだ？　本人が死んじまったからか？」

「そのとおりですけど、でも、四件とも偶数の年に起きているわけでしょう。もちろん偶然かもしれませんが、犯人がそういうパターンで犯行を重ねていると仮定してみるんです。たとえば、二〇一〇年に、似たような殺人や怪しい死亡事件、事故、自殺がなかったかどうか」

「二〇一〇年？　最近というからには、それよりあとだろう？　二〇一二年、二〇一四年、二〇一六年……」

「カール、あなたも言っていたでしょう？　犯人が殺害を始めたのは、一九八八年、あるいはそれより前かもしれないって。当時、犯人が二十代だったとして、二〇一〇年なら三十二年後ですから、まだ〝現役〟の可能性はあります。でも、それ以降は、どんどん〝現役〟の可能性は下がります。だから、まずは二〇一〇年の事件を洗い出すんです」

「もうすでに始めているような口ぶりだな」

「ええ、始めてます。いま、ＰＥＴのデジタルアーカイブにログインしています」

「俺たちがすべてのデータにアクセスできるわけじゃないことは知ってるよな？」

「もちろんです。でも、少なくともこれなら在宅でできるでしょう？」

23

カール

二〇二〇年十二月十日、木曜日

「ゴードン、もう戻ってきたのか？　コロナ警察と首席監察官殿から、一部署当たりの人数が多すぎるってどやされるぞ。いったいどうしたんだ？　もうニッセ人形が恋しくなったのか？」

「家でなんて仕事できませんよ。モニターはひとつしかないし、ネット環境は悪いし。速度が遅くて、頭がおかしくなりそうです」

カールはうなずくと、ローセを見た。「出勤シフト表をつくってくれないか。マークスは当分自分の部屋から出ずに目をつむると言ってた。つまり、マークスを厄介事に巻き込まない限りは、何をしてもいいということだ。というわけだから、取り調べはすべてこの建物の外で行なおう。表向きは、署内にいられるのはふたりまでとする。上の人間が俺たちに口出しするのをやめるまでは、この作戦でいくぞ。ちなみに、アサドがいま家で大変な状況なのは知ってるよな？　だからあいつに関しては毎日出勤させたい。それも考慮して、三人以上がここでバッティングしないようシフトを作成してもらえるとありがたい」

ローセは了解したようだ。「面倒な状況になりましたね。コロナのせいだけじゃないですよ。この件をまともにこなすには最低でもあと五人は必要です」

カールはゴードンに視線を移した。ゴードンは椅子に腰掛け、車の前方によく置いてある首振り人形みたいにうなずいている。

カールは立ち上がると、ホワイトボード用の赤いフェルトペンを手に取り、大きな窓のところに行った。そして、直接窓ガラスにこう書き込んだ。

偶数年に発生した事件

「留意点をここに書き出していこう。座って窓から外を眺めようとしたときに、互いの指摘や疑問点、ヒントが常に目に入るようにな。些細なことでも頭に入れておいて、いつでも思い出せるようにするんだ」

カールはゴードンにペンを渡した。「何から始める？」

幽霊のように青ざめたのっぽ男は、しばし考えた。

「まずは〝疑問点〟とやるべきことを書いていくのがいいかと」

カールがうなずいた。ゴードンは名前の頭文字と番号のあとに次々と書いていった。

G1　パレ・ラスムスンの報告書から消えたページはどこに？
G2　現場で塩が発見されたほかの事件を探すこと
G3　パレ・ラスムスンのパソコンをチェック。死の背景を説明する手がかりがあるかどうか

「よし、ゴードン。それで、パソコンはいまどこにある？」

「五階のＩＴ犯罪捜査部門のところです。人員が足りないが全力を尽くすと言ってくれました」

「なるほど。じゃあ、せっついてくれ。連中は急かされないと仕事をしないからな。それでローセ、おまえさんの番だ」

ゴードンからペンを渡されると、ローセの口からため息が漏れた。

「書くことって言ったって、謎と疑問点以外にはないじゃないですか」彼女は少し迷ったが、大胆に思うところを書き出していった。

R4　武器商人カール＝ヘンレク・スコウ・イェスパスンを殺害したのは誰か？
R5　機械工場のオーナー、オレグ・デュデクを殺害したのは誰か？
R6　自動車修理店主オーヴェ・ワイルダーと整備士たちを殺害したのは誰か？
R7　すべての現場に塩が残されていたのはいったいどういうわけ？

カールが手を挙げた。「アサドの疑問点は俺が代筆しよう。簡単だしな」
A8　二〇一〇年に遺体のそばに塩が発見された

殺人事件や不審な事故があったかどうか

「ちなみに、二〇一〇年を先にチェックするというのはアサドの案だ。現在に近くなるほど犯人が殺しを続けている可能性が低くなるというのが、あいつの考えだ。一九八八年の時点ですでに連続殺人が始まってるわけだからな。塩が絡む死亡事件を集中的に洗い出し、そのなかから偶数年に発生したものだけを見ていく。このやり方でいいか？」

ふたりともうなずく。

「よし。俺たちの仮説が正しいかどうかは、時とともに判明するだろう。いまはこうする以外ない」

ゴードンが人差し指を立てて、発言を求めた。

「一番うしろの生徒さん、はい、どうぞ」

「気づいたんですけど、あとになればなるほど、殺害の日付がうしろにずれていますよね」

ローセがうなずいた。「わたしも思いました。一九八八年は一月二十六日、一九九八年は四月二十八日、二〇〇〇年は五月十七日、二〇〇二年は五月十九日で聖霊降臨祭の日曜日。これ、偶然じゃなくて、何か意味があってパターン化されているのかも」

カールはしばらく口をつぐむと、窓に書かれた赤い文字の隙間から雨に濡れた駐車場を見下ろした。それから、ふたりのほうに向き直った。背中に温かいものが広がっていくような気がした。モーナが自分の腹の上に脚を載せていると、いつもこういう気持ちになる。そして、捜査の突破口がつかめそうなときも。

カールはマジックをつかんだ。

C9　日付に意味が？

「ふたりとも鋭いな。俺はこの点を深掘りしてみる」

ん？　ローセとゴードンが苦々しい表情でこっちを見ている気がするが？

方法はふたつある。ひとつは、一九八八年から九八年の間に不審な案件が発生していないかをチェックしていく。探すのは、偶数年の九〇年、九二年、九四年、九六年だ。日付は一月二十七日から四月二十七日まで。怪しい案件が見つかったら日付順にソートしてホワイトボードに記入。とんでもなく面倒な仕事になるのは間違いないが、誰かにやらせればいい。

もうひとつは、すでに判明している四件の日付だけを見ていき、何かパターンがないかを探り出す。現場に残された塩が儀式的なものなら、日付にも意味があるかもしれない。

カールはゴードンに笑いかけた。「なあゴードン、いろいろ仕事を頼んだと思うが、とりあえずはワイルダーの修理店が爆破された日からデュデクが死んだ日までに期間を限定して、類似のケースを洗い出してみないか？　一九九〇年から九六年までの偶数年に絞って日付を検索してみる気はあるか？」

これははたして質問なのか、命令なのか……。ゴードンは明らかに困惑している。

「終わったら話そう。いいな？」

ゴードンはうなだれた。

「ゴードンに面倒な仕事を押しつけたみたいですけど、あなたはどうなさるおつもり？」おっと、ローセの毒矢が飛んできた。命が惜しけりゃ、逃げるに限るだろう。

「もちろん、俺も考えてみるさ。そのうち何か浮かぶだろう。気分転換になるかもしれんし」カールはそう言うと、そそくさと部屋を出ていった。

新鮮な空気よりフィルター部分をちぎったタバコを通して吸い込む空気のほうが味わい深い気がする。カールは駐車場に停められた車輛越しに、手当たりしだいに建てられたビル群を眺めた。再開発で生まれ変わったこの地域をコペンハーゲンの新たな〝奇跡〟のひとつと宣伝する際のシンボルとして建てられたらしいが、都市開発者はまったく何を考えていたんだ？　建築家にドラッグでもやらせていたのか？

カールはもう一度タバコの煙を深く吸い込み、吸い殻をアスファルトに落として踏みつけた。

こうして駐車場にいると、警察本部の地下にいるのと同じくらい落ち着く。廊下を絶えず行き交う足音もなく、ひっきりなしに誰かに挨拶する必要もない。握手もいらない。ここでなら自分に戻り、混乱した頭を整理できる。

カールは、薄くなりかけた頭を両手で撫でつけた。親父譲りの癖だ。まったく、親父からは役に立たないことばかりを受け継いでいる。

さっきは窓に九件の疑問点を書きつけたが、その気になればあと百件は追加できる。まあ、そこまでは考えないほうが身のためだろう。だがどうも、九番目の疑問が引っかかる。あの書き方は間違いだったかもしれん。「日付に意味が？」と書いたが、「なぜこの日付でなくてはならなかったのか？」とすべきだった。あるいは「この日付はいったいどういうわけ？」とか。ローセならそう表現しただろう。

ふと、四月二十八日という日付についてアサドと話しているときのマルワの表情が頭に浮かんだ。アサドがこの日付に反応しないのはおかしいとマルワは言っていた。確かにそうだ。なにせ、サダム・フセインの誕生日なのだから。

サダム・フセインとイラク。なるほど。この際、〝中東〟も手がかりの候補として加えるべきだろうか？　まあ、グーグルの力を借りれば、わかるだろう。

よく考えれば当然のことだった。グーグルで検索をかけたが最後、カールは無数の脇道に迷い込む羽目になった。あきれるほど多くの不正確な情報やまったく関係のない情報にたどりついてしまう。オーヴェ・ワイルダーの修理店が吹き飛んだ一九八八年一月二十六日について検索しながら、いまさらのようにその現実を確認し、カールは苦笑した。なんでも、この日はオーストラリアでは〝侵略の日〟らしい。もともとはイギリス艦隊の第一陣がシドニー湾に接岸したことを記念する日だったのだが、イギリス人によって先住民の文化が破壊されたことを象徴する日という認識が徐々に高まり、一九八八年以降はデモが行なわれるようになっている――いやいや、俺がいまそれを知ってどうする？

ちなみに、この日はエジプトとイスラエルが国交を樹立した日でもあるらしい。あの地域の人々にとっても一月二十六日は記念すべき日というわけだ。

カールはため息をついた。ということは、一連の事件に中東が絡んでいる可能性もあるのか？　だとしたら、アサドはとても心穏やかじゃいられないだろう。

次に、二〇〇〇年五月十七日を検索してみた。武器商人カール＝ヘンレク・スコウ・イェスパスンがこめかみに銃弾を受けた姿で発見された日だ。だが、この日に連続殺人事件と中東との接点が疑われるような出来事は起きていない。せいぜい、イラン・イラク戦争が終わりに近づいていたことや、イスラエル軍のレバノン撤退に向けて交渉が行なわれていたことくらいだ。だが、特に五月十七日に具体的な何かがあったわけではない。

カールは再びため息をついた。事件の動機をつかみたいなら、共通のキーワードが必要だ。日付だけ調べても意味がないだろう。

今度は、パレ・ラスムスンが死んだ五月十九日について検索する。すると、エジプトがイスラエル船のスエズ運河通航を妨害し、スエズ戦争のきっかけをつくったのが一九五六年のまさにこの日だったとわかった。また中東だ。だが、俺の中の何かが、こっちの方向じゃないと言っている。

何かが違う。中東とは関係がない気がするのだ。

カールは箱からタバコを一本取り出したが、またすぐに箱に戻した。なぜか吸う気になれなかった。

時計を見ると、秒針さえもがスローモーションで動いているように思えた。

まったく何もつかめていない。こんなんじゃ、俺もそろそろ引退したほうがいいんじゃないか。

24

二〇二〇年十二月十一日、金曜日

カール

マスコミがまたもや大騒ぎしている。二度目の部分的ロックダウン突入に直面しているというのに、メディアはタビタ・エングストラムという女性が白昼堂々と無惨に殺害されたニュースで持ちきりだった。

正視できないほど悲惨な遺体が道路標識のポールから外されて二日が経っていた。そしてその二日間、道路局とコペンハーゲン市の技術環境部は、これほど危険な凶器をなぜ放置していたのだと、互いに言い合い、責任を押し付け合っていた。ベンデ・ハンスン警部が咳をしながら報道陣の前に立ち、距離を保つよう頼んでから言葉少なに捜査状況について語ったのは、つい昨日のことだ。

それ以来、アマー島の住人は、主婦から、ラインダンサー、チェス&バックギャモンクラブの会員、事業者団体に至るまで、ありとあらゆる人間が、地元が無法地帯になってしまったと恐怖を訴え、市長の辞任を求めて騒いでいる。

犯人の外見は早い段階で明らかになっていた。互いを撮影していたカップルの動画に、小柄な女が現場近くの脇道に逃げ込む様子が録画されていたからだ。ふたりはその女を追いかけようともせず、警察に通報すらしなかったわけだが、あまりのショックに動けなかったらしい。とりあえずメディアはそこについては叩かなかった。最近人気の哲学者がニュースのあとに放映されたワイドショーに出演し、ショックを受けていても愛用の携帯電話を取り出して動画を撮影できるというのは、いかにも現代人の特徴だと皮肉めいた解説をした。

ベンデ・ハンスンは報道陣に対し、警察は現在、地元の各店舗に合法的に設置された防犯カメラの動画を分析中だと発表した。防犯カメラでは、女が――おそらくは犯行直後に――歩道で吐いている様子が確認されているという。

「もちろん、吐瀉物からDNAを採取して鑑定を試みています。また、直前に摂取した食物の分析も行なっています」

すると、記者たちから矢継ぎ早に質問が飛んだ。女が吐いていた理由はなんだと考えられますか？　酒に酔っていたから？　自分のしたことにぞっとして？　妊娠していたから？　ショック状態にあったから？　その女には犯罪歴があるのでしょうか？　吐くほどショックを受けたということは、初犯なのでしょうか？

「捜査中ですからまだなんとも言えません。ご理解ください」ベンデ・ハンスンはそう言いながら、ゴホゴホと咳をした。

　この日は、それ以上の進展はなかった。


「カール、検査の結果、ベンデ・ハンスンは陽性だった。濃厚接触者はいまから隔離される」殺人捜査課課長はひどく深刻な顔をしていた。「このフロアのほとんどの人間を所定の行動指針に従って帰宅させ、自主隔離させなくてはならない」

「待ってくださいよ、マークス。俺も含めて特捜部Qの人間は誰も、ここ百年くらい彼女に近づいたことなんてありません。リモートワークのおかげで、自分の部署の人間とすら接触がないくらいなのに、なんで俺まで隔離されなきゃならないんですか？」

　誰とも顔を合わせないようにしていることが逆にプラスに働くことがあるなんて思ってもみなかった。カールはにやつきたくなるのをこらえた。

「熱はないんだな？　確かだな？」

　カールは額に手を当てた。皺だらけの額はやや脂ぎってはいるものの、熱くはなかった。

「ほかのみんなは問題ないか？　まあともかく、特捜部Qの半分を家に帰しておいてよかった」

　カールは肩をすくめた。ゴードンが出勤してますなんてとても言えなかった。まったく、なんで俺ばかりが冷や汗をかかなきゃならんのだ。

「ところで、ベンデ・ハンスンから例の事件について聞いているか？」

「女が折れた金属ポールに串刺しにされた件ですか？　すごい話ですね」

　ヤコプスンがうなずく。「被害者の死が、拘束が解けた一時間後だったというのが、どうも気になるんだ。いくつかの店から押収した防犯カメラの映像から、犯人は裁判所からずっと、短い距離を保ちながら被害者のタビタ・エングストラムを追跡していたことがわかっている」

「容疑者の身元は割れてるんですか？」

「午前中にな。カップルの女性がアマー島で撮影した動画の一部をTV2とDRが流したんだが、それを見てブティックのオーナーが通報してきたんだ。犯人にコートを売ったと言って。さらに近所のパン屋の証言から、当日の朝、女がジャム入り揚げパンをクレジットカードで買ったこともわかっている。そのパンは吐瀉物の分析結果とも一致した。飲み込む前に五回くらいしか嚙んでいなかったのか、ほとんど消化されてなかったらしい」

カールにも、そういうことはたまにある。猛烈に腹が減っていて一気に食ったんだろう。

「犯人の名前はラウンヒルド・ベングトスン。殺人捜査課で丸一日捜索したんだが、こつ然と姿を消している。カールスバーグ・ビール工場近くの高級住宅街に入っていくのを見かけたとかいう、曖昧な証言があるだけだ。だが、通報者の女性はベングトスンの服装も正確な時間も覚えておらず、どの道を入っていったのかもまるでわからないという。おまけに、それを捜査しようにもまったく人手が足りないんだ」

「冗談でしょう！」ローセは椅子に座ったまま、首だけをカールに向けた。「こっちの仕事を中断しろですって？　課長は本気ですか？　そもそも、修理店の爆破事件だって課長の担当事件じゃないですか！」

「そのとおりだ。だが、にっちもさっちもいかない状況なんだ。ベンデ・ハンスンが発症して、彼女のチームは全員帰宅を命じられた。おかげで、殺人捜査課にはほかにラウンヒルド・ベングトスンの事件を捜査できる人員がいない。メディアもアマー島の人たちも事件解決を求めて騒ぎ立てていて、あることないことが噂になっている。住民は怖がっているし、この事件を最優先で片づけないと事態が収拾できない。マークスとしても、この事件の捜査に重点を置かないわけにはいかないんだ。それでうちにお鉢が回ってきた」

「どうかしてます。ありえません！　特捜部Qの仕事じゃないじゃないですか！」

「俺もそう思うよ。それをわかってもらおうとしたさ。だが、マークスは頑として聞かなかった」カールはゴードンに目をやった。「ゴードン、その事件のあらましを教えてくれ」

「犯人はラウンヒルド・ベングトスン、三十三歳。デンマーク線路局の事務員です。離婚していて、子どもはいません。一時期、同僚と付き合っていたことはあるようです。犯行後の足取りはつかめていません。いまのところはこれだけですね」

ドアのほうから物音がした。全員の目が変わりはてた姿のアサドに注がれる。服は皺くちゃ、髪はぼさぼさ、まったく元気がなさそうだ。

「これ以上、自宅では無理です」訊かれる前にアサドは答えた。その一言で、全員がすべてを察した。

アサドは、ここに来られてほっとしているようだった。だが、特捜部Qの現状について手早く説明を受けると、真剣な顔つきになった。カールが先を続けた。

「それで、ゴードン、ベングトスンの家宅捜索の状況は？」

「ベンデ・ハンスンのチームはまだ手をつけていません。令状は出てますけど」

「了解、じゃあ行くぞ。ローセ、おまえさんはここにいてくれ。ウイルスがはびこる街に出ていく危険を冒すのは特捜部Qの勇ましい男たちの仕事だ」そう言うと、カールは笑った。

ところが、ローセはにこりともしない。カールは悟った。こいつも来るつもりか……。

「ゴードン、携帯電話の記録からその女の動きがつかめない？」ローセが尋ねる。

「女は事件当時、携帯電話を所持していなかったようです。そもそも持っていないのかもしれません。わかりませんが……」

カールの口からため息が漏れた。「どんな手段を使ってでもベングトスンを見つけるんだ。連続殺人事件の捜査に戻れるよう、できるだけ早くな。特捜部Qは現在ふたつの事件を抱えている。ベングトスン捜索と〝塩事件〟の犯人の動機解明に向けて、できるだけ多くのアイデアを出すこと。みんな、いいか？」

するとローセがゴードンに言った。「ところで、そのラウンヒルド・ベングトスンとかいう人は誰を殺したの？」このところ、新聞をまったく読んでいないのだろう。もう何日も、報告書と写真の山と格闘しているのだから無理もない。

「被害者の名前はタビタ・エングストラム。三十四歳です。裁判所に出頭して拘束を解かれたばかりでした。複数の目撃者が、その前日にウスターポート駅の前でひったくり騒ぎがあり、ショッピングバッグの奪い合いの最中にひったくりの犯人らしき男が車道に投げ出されてトラックに轢かれたと証言しています。タビタ・エングストラムは男からバッグを取り戻そうとしていたようですが、唐突に手を離したせいで、男がはずみで車道の真ん中に倒れ、トラックにはねられたと言われています。目撃者はエングストラムがわざとそうしたように見えたと話しています。これが調書です」

ゴードンはローセにエングストラムの写真を見せ、続いて遺体の写真を見せた。体がぐちゃぐちゃにつぶれている。

「ああ、その事故ね。ラジオで聴いた。ひったくり犯とはいえ、さすがに気の毒になったわ」

カールは、ラウンヒルド・ベングトスンの部屋に入るなり、ほかの人間がここに住むのはとても無理だと感じた。特に男には無理だろう。二部屋しかないこの狭いアパートメントで落ち着けるはずがない。ピンクの壁に、マッチョな映画俳優が自慢の半裸をさらしているポスターが所狭しと貼られているのだ。

「さすがにやりすぎね」と言いつつ、ローセはなめるように筋骨たくましい男たちをチェックしていった。アーノルド・シュワルツェネッガー、シルヴェスター・スタローン、ジェイソン・ステイサム、ブルース・ウィリス、ウィル・スミス、クリント・イーストウッド。ほかにも三十人以上の映画スターのポスターがあったが、カールが名前を知っているのはせいぜいその三分の一程度だった。

「確かにこりゃ驚きだ」カールがつぶやいた。「さて、ここから推察できることは？」

「ベングトスンは私たちみたいな男には興味がないのでしょうね」アサドが立ち尽くしたまま、無精髭の目立つ顎をぽりぽり掻いた。

「そうね。この人たちはたくましくて、ずっと魅力的だもの」ローセはうっとりしている。だが、一瞬黙り込むと真面目な顔で続けた。「でも、だいぶ偏ったラインナップよ。そう思わない？」

三人の男たちは眉間に皺を寄せた。何が偏ってるって？　このポスターから推測できるのはせいぜい、ホルモンとプロテインの力で男の体格がどう変わるかってことくらいじゃないか。

「これ全部、アクション映画のポスターでしょ」ローセが続ける。「でも、シュワルツェネッガーのこのポスターは、『ターミネーター』じゃなくて『プレデター』よ。あの映画での彼は悪役じゃない。ここにいるのは全部、映画史上でも最高にかっこいいアクションヒーローよ。ほら、ブルース・ウィリスの『ダイ・ハード』のポスターがこんなにいっぱい」ローセはうれしそうだ。「ベングトスンは行動力と頼りがいがある男が好きなのね。ポスターの男たちはみんな、弱い者のために戦ってる。ロビン・フッドみたいにね。それか、真の悪党に復讐する人たち。ほとんどの主人公は悪人を個人的に罰しているようなものだけど、彼女はそういうのが大好きみたい。カール、何枚か写真を撮ってモーナに見せてみて。絶対に同じことを言うと思うわ」

カールはうなずいた。「そうかもしれん。だが、そろそろ始めよう。そもそも家宅捜索は俺たちの本来の仕事じゃない。だから少しばかり基本を再確認しておこう。捜索を開始したらルール厳守だ。常時、ラテックスの手袋と靴カバーをつけること。最大限の注意を払い、集中して捜索すること。何をどこで探せばいいかわからない以上、全方向をしっかり目で確認する。できるだけ順序立てて捜索し、手がかりとなりそうなものを破損しないよう注意する。いいな。じゃ、始めるぞ」

ラウンヒルド・ベングトスンは極めて几帳面だった。引き出しの中はどこもきちんと整理されていて、税務関連の書類はラベルを貼った卓上トレイの一番上に、保険書類は二段目に、銀行の預金明細などは三段目に保管されていた。ガールスカウトに所属し、短期間だがハンドボールチームにもいたらしい。ムーイルトゥナーに文通相手もいたようだ。学生時代に訪れた場所を鉛筆でスケッチしてもいる。そうした数々の思い出が一カ所にまとめられている。ここまでは何もおかしなところはなかった。特別な才能や変わった性格を示すものは何もない。棚に飾られた写真では、若くてかわいらしいデンマーク人の少女が笑みを浮かべている。

だが、ローセだけは疑り深かった。「彼女を犯罪に駆り立てたものが何かあるはずよ」と言いながら窓枠を引っ張った。細かいものを隠せる隙間や空間がないか確かめている。

「本は読まないんですね。一冊もありませんから」そう言ったのはもちろん、ゴードンだ。こいつの推理では、それが精一杯なんだろう。

「貸金庫を持っていた可能性は？　それを示す手がかりはないかしら」ローセが言う。ゴードンは〝ありえない〟という顔で手を振った。

「このアパートメントには物置用スペースがあるのでしょうか？　地下か屋根裏に」アサドが言う。

「わからんな。管理人に問い合わせればいい。アサド、電話してくれるか？」

アサドがうなずく。

「ちょっと、これ見て！」ローセが寝室で声を上げた。

カールとゴードンは寝室へ向かった。

「ほら、ベッドの足側の壁に古い薄型テレビが設置されてるでしょう？　でも、テレビはパソコンにも衛星放送の受信アンテナにもつながってない。彼女、管理会社が契約しているチャンネルしか見ていなかったのね。つまり、基本的な公共放送、DRとかTV2とかを見ていただけ」ローセは、それを証明するためにテレビをつけてみせた。

「ほんとだ。でも、その代わりにDVDが山ほどありますよ」ゴードンが壁の棚に目をやった。

ローセがうなずく。「そうよ、しかもタイトルが……」

カールは映画についてはまるで疎《うと》いため、棚ではなくテレビ画面に映る〈TV2ニュース〉を目で追った。コロナの新情報。気分を滅入らせる以外の何ものでもない。世界じゅうが苦戦しているようだ。アマー島の殺人事件など、脇に追いやられている。そりゃ、優先順位からしたらコロナのニュースがぶっちぎりで一番だろう。

「全部アクション映画ですね」ゴードンがDVDのタイトルをチェックして言った。

「それはそうなんだけど、問題はテーマよ！」ローセは興奮している。「よく見て」

「見たことがないものばかりです。僕が育ったところでは、こういう映画は流行ってなくて」

「たとえばここにチャールズ・ブロンソンの『狼よさらば』シリーズがあるでしょう。ブルース・ウィリスの出たリメイク版もある。それから、リーアム・ニーソンの『96時間』シリーズ、ヴィゴ・モーテンセンの『イースタン・プロミス』、マイケル・ケインの『狼たちの処刑台』、どれも、私刑と復讐がテーマよ」

その説明にカールはようやく理解した。「そうか、この女はベッドの中で制裁に燃える男たちと楽しんでいたというわけだ。正義の鉄槌を下すのが趣味の男たちと」

「そうです。女性もいますけど」ローセは棚を指さした。ジョディ・フォスターの『ブレイブ・ワン』、シャーリーズ・セロンの『モンスター』などが並んでいる。

「こっちに録画用のDVDが何枚かある。開封ずみのようだ。こいつを回収するとしよう。だが、注意しろよ。この手のプラケースには指紋や手がかりが付いていたりするものだからな」

「ラウンヒルド・ベングトスンは襲われたりして被害届を出したことがあるのかしら？」

「レイプされたとか、そういうことですか？　いいえ、そういう記録はありません。そもそも彼女の名前が警察にデータ登録されたのは、タビタ・エングストラム殺害が最初です」ゴードンが答えた。

一時間半が経過したが、いまだに何もわからないままだった。捜索は懸命に続けられた。なかでもローセは徹底的だった。部屋の隙間という隙間に〝潜入捜査〟を行ない、マットレスやソファは縫い目に至るまでチェックし、ラグは引っ張ってずらし、枕は思い切り振り、テーブルとデスクの下に潜り、引き出しはすべて引き抜き、タンスと戸棚の背面の板をがんがん叩いて調べるほどだった。それでも、これといった収穫はなかった。

ローセはぶつくさ文句を言いながら、地下にあるラウンヒルド・ベングトスンの物置にやってきた。管理人が鍵を開けてくれたが、部屋の中と同じで手がかりになりそうなものは何もない。カールは、これまでこんな物置を見たことがなかった。あまりに清潔で床をなめることすらできそうだ。本棚には几帳面にラベルを貼ったファイルと収納箱がびっしりと収まっている。

ローセは棚板の上を撫でてから指先を見つめた。

「ねえ、これだけきれいに片づいているってことは、ラウンヒルドは最近ここに来てかなり骨を折って掃除したってことじゃないかしら」

「骨を折ったんですか？」アサドの顔に疑問符が浮かんだ。

「徹底的に片づけをしたってことさ、アサド」カールが説明する。だが、アサドはいまひとつピンときていないようだった。

管理人が口を開いた。「そうなんです。ベングトスンさんは先週ここに来ましてね。確か火曜日でした。私がゴミ容器を空にするために上に運んだのが次の日、水曜日の朝でしたから」

カールは振り返った。薄暗い廊下に緑色のゴミ容器が整然と並んでいる。

「ということは、水曜にはゴミ容器は空になっていたというわけだ。つまり、ここでは何も見つからないな。ラウンヒルドとタビタを結びつけるものがあったとしても、すでに本人が処分しているだろう。われらが管理人殿は、そうとは知らずにすべてをゴミとして出し、証拠隠滅に手を貸してしまったというわけだ。来るのが二日遅かったと認めるしかないな」

25

カール

二〇二〇年十二月十一日、金曜日

死体は全裸で、少なくとも二日ほど地中に埋められていたように見えた。損傷は激しいが、腐敗はそれほど進んでいない。マークス・ヤコプスンとカールは、この女性が誰なのかについて確信があった。身長も推定年齢も一致している。

もう何年も前からこの建設用地は金網で囲まれ、〝関係者以外立ち入り禁止〟の看板がいくつも設置されていた。だが、アーアスーから少し南にある村の若者のなかには、看板を無視して侵入し、大麻を吸ったりセックスしたりする秘密基地として利用する者がいた。

「若い連中の好奇心のおかげで助かったな」ヤコプスンが国道に目を向ける。国道はかなり離れたところを通っているため、犯人もここなら人目につかないと思ったのだろう。「侵入者がいなければ、隠し場所として完璧だったはずだ」

「あの子たちはどうして、地面を掘ることを思いついたんでしょうね」

「雑草だらけの土地に、掘り返したばかりのような黒土が盛られているのが気になったそうだ。それで、この界隈のごろつきが夜中に何かを埋めたんじゃないかと考えた。武器とか、麻薬とか、金《かね》とか。だったら、それを横取りしてやろうと思ったらしい」

「なるほど。それなのにこんなのが出てきたんじゃ、ショックだったでしょうね」カールは、鑑識官の邪魔にならないよう少し離れたところから携帯電話で死体を撮影した。

ぞっとする光景だった。他人をここまで残酷に痛めつける人間がいるという事実には、いまだに慣れることができない。指は一本残らず第一関節から切断され、歯はすべて引き抜かれていた。顔は鈍器で殴られ、つぶされている。大工が使うような、先端が四角型のハンマーが凶器だろう。

「ショックだったって言ったな、カール。そのとおりだ。発見した少年のうちのふたりは、いまメンタルケアを受けている」

鑑識官がこちらに向かって歩いてきた。

「残念だ。あいつらがあちこちほじくり返したおかげで、足跡もタイヤ痕も、そのほか役に立ちそうな痕跡がすべて台無しだ。穴の中にも、死体以外は何も見つからなかった」鑑識官が淡々と言った。

「そもそも、この敷地の所有者は誰なんですか？」カールは振り向くと、背後に立っていた北シェラン警察の人間に尋ねる。

「ヒレレズ市だ。そもそも、ここは工業用地になる予定だったんだ。でも、この十年で計画がどんどん先延ばしになってね。ごくたまに役所の人間が草刈りに来るくらいで、まずは誰も来ないね」

「死体発見の正確な時間は？」

「一時間半前だから十六時二十分だ」

「埋められたのはいつごろと考えられますか？」カールは、警察官といっしょに立っていた法医学者にさらに尋ねた。

「長く見積もってもいまから二十四時間以内ですかね」

「なるほど。昨日の日没時間は？」

「今日と同じだ。十五時四十分くらい」今度は地元警察官が答えた。

カールはヤコプスンに顔を向けた。「ほかに情報がなければ、日没直後に埋められたと考えてよさそうですね。死体を遺棄した人間は、この建設用地をよく知っていたと考えていいんじゃないですか。どこに埋めるのが一番いいかわかっていた」

「つまり、将来ここが開発されるとして、その場合、どこに基礎工事が行なわれるのか予想できたというわけか。だから、わざわざ金網のこんなに近くを選んだと。基礎工事でこんなところを掘り返したりしないという自信があった」

カールはうなずいた。「そうです。だとしたら、この近くをもう少し掘ってみてもいいかもしれません。前にも同じ目的でここを使ったかもしれませんから」

部屋に戻るとカールはデスクにつき、携帯で撮影した画像を見つめた。やはりこの死体はラウンヒルド・ベングトスンだろう。自宅で押収した写真の中には笑顔の若い女性がいた。だが、彼女は拷問を受け、いまや土まみれの全裸死体だ。なんという変わりはてた姿だろう。あまりにもむごい。

カールはタバコを一本取ると、しばらく指先でもてあそんだ。これまで、こんなふうに別の生き方を選べばよかったと考えたことが何度あっただろう？ デンマークの北田舎で育った無邪気で陽気な少年はどこに行ってしまったのだろう？ 警察学校を卒業し、やる気満々だった青年はどうなってしまったのだろう？ みんな自宅でソファに座って家族とテレビでも見てくつろいでいるというのに、どうして俺は金曜の夜にこんな遅くまで職場にいなくてはならないのだろう？

カールは鼻から大きく息を吐いた。まあいい。俺だってあと少し経てば、家に帰って可愛い娘を抱くことができるんだ。

そう思い直すと、タバコをデスクの上に置き、気合いを入れて立ち上がった。そして、死体発見の一報を知らせるために戦略室に向かった。戦略室では終業時間をとっくに過ぎているのにまだ三人とも仕事をしていた。

「なあ、いいか」カールがそこまで言うと、二台のモニターを凝視していたゴードンが出し抜けに振り向いて応じた。

「わかってますって。パレ・ラスムスンのｉＭａｃについての情報がすべて手に入りました。ＩＴ犯罪捜査部門はとてもそんな時間はないと、作業をＮＣ３に委託したんです。案の定、ＮＣ３からデータがすべて消去されているとの連絡を受けました。ファイルの復元を試みなくてはならないと。担当者いわく、政治家が職場で使っていたパソコンであれば、遺産相続などで人の手に渡る際にデータが完全に削除されて初期化されるのは当たり前だそうです。すべて機密事項なのだから当然だと言ってました」

カールは眉根を寄せた。なぜ、そのことにもっと早く気づかなかったのだろう。ラスムスンの元秘書、ヴィーラ・ピーダスンにパソコンのチェックはすでにすんでいるのかと尋ねればよかったのだ。まったく馬鹿なことをした。カールは、ゴードンに目をやった。まさかこいつ、ｉＭａｃの復元が遅れていることを俺たちに知らせただけで仕事をした気になってるんじゃないだろうな。

「ＩＴとかＮＣ３とか、そういう略語を聞いてるだけで頭が痛くなります」アサドがこぼす。「頭の中に辞書が必要じゃないですか。ｂｔｗ、ｌｏｌとか、どんどん新しいのが生まれて。企業の代表者と話すと、今度はＣＥＯ、ＣＣＯ、ＣＰＯ、ＣＩＯとか同じような略語だらけです。捜査にそんな略語は邪魔です、まったく鼻の虫が治まりません」

「鼻？　それを言うなら、腹の虫だよ、アサド。捜査にこんな略語は邪魔です、まったく腹の虫が治まりません、って言うんだ」ゴードンがご丁寧にも全文を修正した。「ちなみにＮＣ３はＮＣＣＣの略で、ＮＣＣ

Cはデンマーク国家警察サイバー犯罪センター《National Cyber Crime Center》の略。これでいい？」

「やれやれ」アサドは下唇を突き出した。「じゃあ今後、私は名刺に〝KH3KSTA〟と入れることにします」

「ちょっと覚えにくいかな」と、ゴードン。

カールは時計を見た。あと二十分で俺は帰るからな。「それで、パソコンはいつ戻ってくるんだ？」カールはふたりの〝議論〟に割って入った。

「明日の朝、遅くとも八時十分過ぎには作業が終わっているだろうと言われました」

「土曜の朝に？　助かるな。徹夜でやってくれるのか」

「いいえ、明日の朝になってから始めるんだそうです」

「あ、そうなのか。で、何時から始めるんだ？」

「八時です。十分で片づけるそうです」ゴードンが笑顔で言った。いや、安心するのはまだ早いんじゃないか？

ゴードンはアサドに目を向け、話題を変えた。「ところで、さっきのKH3KSTAって、なんの略？」

「〝褐《K》色の肌《H》をした三《3》人の子《K》どもがいるす《S》ごくつ《T》かれたア《A》ラブ人〟です。決まってるでしょう」

カールは盛大にため息をついた。デスクの上で俺を待ってるタバコが恋しくてたまらん……。

「ゴードン、なんで笑ってるの？」部屋に入ってきたローセが小さな段ボール箱をデスクに置きながら尋ねた。だが、返事を待たずに続ける。「カール、王立病院に電話して、ベンデ・ハンスンと話したんですけど」

「何を話したんだ？」

「彼女の具合を尋ねもしないんですか？　思いやりのかけらもないんですね」

カールは再びため息をついた。「それで、ベンデの具合はどうだ？」

「かなりの重症です。このあとすぐに集中治療室に入ってしまってもう話す機会はないんじゃないかと思うぐらい。呼吸が苦しそうなので人工呼吸器をつけることになりそうです」

「かわいそうに。ベンデは本当にいいやつなんだ。こんなことになって残念だ」

ローセがうなずいた。

「それで、彼女はなんて言ってた？」

「わたしたちがラウンヒルド・ベングトスンとタビタ・エングストラムの事件を引き継いだことは知らなかったと言ってました。不満そうでしたよ。それでも、自分のチームのマンフレズという捜査員に連絡を取ればいいと教えてくれました。いま隔離中でリモートワークをしているそうです」

「そいつには連絡したか？」

「わたしをなんだと思ってるんですか。したに決まってるでしょう。マンフレズによると、タビタ・エングストラムは、露骨なヘイトメッセージをいろいろなソーシャルメディアにしょっちゅう書き込んでいたらしいです」

「なるほど。だが、それだけじゃ罪に問えない」

「それだけじゃなくて、タビタは『ルールを守っていないと感じた人間は殺す』と具体的に脅迫もしていたんです。自分のことをモラルの番人みたいに思っていたのかもしれません」

「ルールを守っていないとは、具体的にどんなことだ？」

「たとえば、些細なことでは、子どもをベビーカーに乗せたまま道に放置しているとか。タビタいわく『誘拐されて当然』だそうです」

「そういえば昔ニューヨークで、ベビーカーと子どもを店の前に置いたままにした罪で、母親が逮捕されませんでしたか？」ゴードンが話に入る。「しかも、母親はデンマーク人だったような」

　ローセが同意する。「そう、いわゆる〝ベビーカー事件〟よね。少し前に母親が当時のことを綴った本を出版したわ」

「ほかには?」

「道路に唾を吐いた者は全員、路面に顔を押しつけて唾ごと擦り下ろしてやる、とか」

「過激な女だな。だが、『吠える犬は咬まない』とも言うぞ。こいつもそうだったんじゃないのか」

「いいえ。タビタはそんなふうに脅迫するだけでは満足できず、行動に出たんです。それもかなり綿密に計画を立てて」

「それで、究極の行動がウスターポートの一件というわけか」

「まさにそうです。タビタが殺害されたあと、ベンデ・ハンスンのチームは彼女の家の捜索令状を取ったんですが、全員隔離になってしまったので、そのときの押収物が手つかずになっています。ベンデは家宅捜索の直後に駐車場で倒れたそうですから」ローセはそう言うと、デスクに置いた段ボール箱をカールに渡した。

「マンフレズが押収物の保管場所を教えてくれました。それで、取ってきました。彼は、隔離期間が明けたらまずここから手をつけたいって言ってました。わたしたちもここから始めましょう」

　彼女はその箱から一冊のノートを取り出し、最初のページをめくると声に出して読んだ。

メモ
タビタ・エングストラム、二〇一八年三月〜

(1) サークルのリーダー:デボラ (五十歳くらい)
(2) メンバー:サラ (三十五歳くらい)、マルタ (同)、わたし (グループ内での名前はイヴ)

（3）モットー：「この行ないを〝私的制裁〟と呼ぶ人もいるだろう。でも、これは救済だ。わたしたちの行ないによって、世界はほんの少しよくなるのだから」

ローセが顔を上げ、三人に視線を向けた。「このあと、三ページにわたって二〇一八年から二〇年までに、タビタが関与した六十五件の出来事が記されています。こう言っちゃなんですけど、かなりとんでもないことをしてますよ。だから、ウスターポートでの事件も事実である可能性が高いです。彼女、なんて書いてましたっけ？『〝私的制裁〟と呼ぶ人もいるだろう。でも、これは救済だ』でしたよね。タビタはひったくり犯が死んでも、それは正義の結果であり、仕方のないことだと考えていたんじゃないでしょうか。結局は、彼女自身も死んでしまいましたけど」

「なんと、お宝発見ですね」アサドが感心したように言う。「ラウンヒルド・ベングトスンも、このサークルのメンバーだったのでしょうか？　ノートのどこかに、ラウンヒルドの名前があれば……」

「なかったわ。でもタビタはイヴと呼ばれていたらしいから、ラウンヒルドも本名では出てこないような気がする。サラとマルタのどちらかがラウンヒルドなのかもしれない。根拠はないけど」

「このノートはタビタが釈放された時点では、裁判所に提出されていなかったということになるな」カールが言う。

「そうなんです。タビタの自宅が捜索されたのは、彼女が殺害されたあとですから。ベンデのチームが家宅捜索に踏み切ったのは、殺人犯と彼女のつながりを示す手がかりを求めてのことです」

「全員でこのメモを細かく見ていく必要があるな。その前に、タビタが記録している私的制裁とやらをもうひとつくらい読んでくれないか」

「了解。ウスターポートでの事件以外にもものすごく突飛なことをしています。周りにたくさん人がいるところで、握った指の間から鍵を何本も突き出して若い男の喉を殴りつけたんです。その理由は、その男が障がいのある女性に暴言を浴びせたから。日付を手がかりに事件の記録を調べたところ、被害者の男は何度も手術をした挙句に、いまだにほとんど話すことができないそうです」

「どうして傷害罪で捕まらなかったんだ?」

「これまではどうにか逃げおおせていたんだと思います。最後の一件の前までは。だけど、今回ばかりは逃げ切れなかった」

「ほかの三人の女についても何か情報はあるか? デボラ、マルタ、もうひとりは、誰だっけ?」

「サラです。残念ながら何も。三人については最初のページに書いてあるだけです」

「このサークルは、結局のところ何をしたかったんでしょう? 読書や料理をするために集まっていたわけじゃないと思いますし」ゴードンが首をひねる。

「確かに、救済がモットーと言われてもよくわからんな。ふたりはどう思う?」カールがアサドとローセに尋ねる。

「敵に回したくないサークルであることは確かですけどね」とローセ。

アサドが眉間に皺を寄せた。「数年前ですが、リトアニアで異常な復讐心に燃えた凶悪集団に出くわしたことがあります。ベルリンの壁が崩れる前にソ連の諜報機関と通じていた人間を片っぱしから襲っていました。このサークルもそういう集団なのかもしれません」

ローセもゴードンもうなずいた。

「ラウンヒルド・ベングトスンの自宅で回収したDVDの中身はもう見たか?」

「ええと、まさにいまチェックしているところです。

三枚ともデータが記録されてるみたいなんですが、まだ何も画面に出てこないんです。二枚をかなり長い間再生してますけど、何も映りません」ゴードンが、背後にあるモニター二台の黒い画面を指さした。

「早送りしてくれないか」

「いまやろうとしてたところです」ゴードンがDVDプレーヤーの早送りボタンを押した。

「そうだ、ちょっといいか。みんなに話したいことがある。マークスと俺でヒレレズに行ってきた。北シェラン警察から連絡があって、それで……」

そのとき、片方の黒いモニター画面に砂嵐が現れ、短い動画がちらちらと映った。

「ゴードン、ストップ！　巻き戻し！」カールとローセが同時に叫んだ。

しばらくすると、再び砂嵐が映った。続いてアメリカのテレビ番組のさまざまなシーンが現れた。ハイライトシーンだけをつなぎ合わせたものらしい。

「これ、知ってます」ゴードンが反応した。「低俗な番組です。誰かがどう考えてもイカレてることをやって怪我をするみたいな衝撃映像をひたすら流すだけです。スタジオで司会者がきわどいコメントをして、ゲストといっしょに大笑いするんです。番組名は『リディキュラスネス』（邦題は『衝撃！　世界のおバカ映像』）だったかな」

プールの縁での殴り合いや、ジェットスキーであわや首を骨折かといった動画を再生していると、二台目のモニターにも動きがあった。こちらは別の番組のようだ。

「ゴードン、これはなんだ？」カールが二台目に顔を向けた。

「ああ、これも知ってます。特にこのエピソードは覚えてます。この人はジョニー・ノックスビルですね。この『ジャッカス』シリーズで超有名です。お馬鹿な集団が体を張って無茶なことをしては、血を流したりひどい目に遭ったりするんです。ノックスビル本人も唐辛子スプレーを目に吹きつけられたり、スタンガンで電気ショックを受けてみたりと、これでもかこれでもかというくらい過激なことをしています。見てください。小さいワニに乳首を食いつかせているのがノックスビルです。それから……ほら、今度は自分の車を別の車に突っ込ませてスクラップにしている。完全にイカレてます」

カールは映像を見てあきれてしまった。「ラウンヒルド・ベングトスンがこれのどこを面白がっていたのか、わかるやついるか？　それも、ほぼ空っぽのDVDの最後のほうに録画していたのはなぜだ？　誰でも見られるテレビ番組なんだろ？　おかしいじゃないか」

アサドがお茶の入ったグラスを運んできた。「ほとんど砂糖は入っていませんから」そう言ってから、モニターを指さした。「これを隠しておきたかったんでしょうね」

カールはグラスを受け取り、再びモニターに目を向けた。

「うっ」グラスに口をつけたゴードンがうめき声を上げた。カールはなんだか嫌な予感がした。

テレビ番組の動画が終わり、二台のモニターの画面は生々しい動画に切り替わった。片方は、そこそこ深刻そうな事故の映像。もう片方は、暴力行為や殺人行為を撮影したもので、死体も映っている。どちらもあまり鮮明ではないが、何が起きているかははっきりとわかる。棍棒を使った集団暴行、相手の背中をナイフで切りつける男たち、銃の乱射、学校に乗り込んだ殺人鬼、警察官の過剰な武力行使……。

「こんなの見たくないわ、ゴードン」ローセがモニターを切るよう頼んだ。

アサドは黙っている。心ここにあらずといった様子だ。いったい何を考えているのだろう？

「これで決まりよ。ラウンヒルド・ベングトスンは完全に頭がイカレていたんだわ」

「なんでこんなくだらない動画を集めるようになったんでしょうか？」ただでさえ青白いゴードンの顔がさらに色を失っている。

「ラウンヒルドが壁に貼っていた映画のポスターだけど、あれはすべて自力で対処する人物をヒーローにしたものだった。いま見た動画にも、過激ではあるけど、自ら何かに手を下しにいく人間が映っていたわ。違いは、ハリウッド映画か現実かというだけ。でも行き着くところは同じ。私的制裁よ。ラウンヒルドもタビタも一線を越えて自ら手を下した。ふたりはどういうつながりなのかしら？　ベングトスンを探し出せば、答えがわかるはずよ」

カールはローセの問いに答えようと思い、その前にアサドの〝砂糖なし〟のお茶に口をつけた。喉の奥にお茶を流し込み、なんとか吐き出さないよう耐えた。だが、その瞬間にゲホゲホと咳が止まらなくなった。まるで発作だ。涙まで出てきた。背中を叩いてもらったが、よけいひどくなるだけだった。しばらくして、ようやくまともに息ができるようになると、カールは涙のにじむ目をアサドに向けた。

「こりゃひどい。まだ砂糖入りのほうがマシだ、アサド。いったどうやったらこんな味になるんだ？」

「ショウガを少し入れました。ふつうは丸ごと一個使うんですけどね。擦り下ろしたものをティーポットに入れて、一時間抽出するんです。そのあとで温める。これが正しいつくり方です。順番をちゃんと守れば、おいしいお茶になります」

カールは苦笑した。そういうことを訊いたわけじゃないんだが。「わかったよ、アサド。だがな、頼むから次からは、何を入れたのか前もって教えてくれ」

そしてようやく、カールはローセに言った。

「残念だが、ラウンヒルド・ベングトスンからはもう何もヒントをもらうことができない」

「どうしてですか？」ゴードンの反応のほうが早かった。

カールは携帯電話を操作して、悲惨な遺体の画像をゴードンに見せた。

「こういうわけだ」

ゴードンの顔にかろうじて残っていた血の気がみるみるうちに消えていった。

26

マウリッツ

二〇二〇年十二月十二日、土曜日

二十代のころからマウリッツ・ファン・ビアベクはリアリティ番組の制作でかなりの富を築いていた。一介のキャスターから出発し、シナリオライターを経て〈アンビリーバブル・コーポレーション〉を設立してからは企画開発プロデューサーとして、数多くのテレビ番組を世に送り出した。ほとんどの人間が〝悪趣味だ〟ときおろすような番組だ。

マウリッツはおかげで十分いい暮らしができていた。

その番組に金を出すテレビ局がある以上、何も問題はない。ロッテルダムの敬虔なカトリックの家に生まれたが、実家からはとっくの昔に勘当されていた。マウリッツのほうもデンマークに引っ越したのを機に、実家とはすっかり縁を切った。最近では思い出すこともないぐらいだ。

マウリッツにとって、プライベートが仕事の邪魔になる心配もまったくなかった。二番目の妻ヴィクトーリアは、初期に手がけた番組『ホテルの四部屋』の出演者で、この仕事のことはよくわかっているからだ。ヴィクトーリアは、もの怖じせずに色仕掛けで男たちを虜にした。ほかの女の子たちと同じように、どんどん金が転がり込んでくるので、ハッピーだったのだ。ガメル・ホルデの馬場に近い自宅には屋内プールがあり、地下にはホームシアターもある。友人たちはみな、カシミアの服に身を包み、シックないでたちの者ばかり。これ以上、人生に望むものなど何もなかった。

ときに新しいリアリティ番組のアイデアがどんどん湧いてきて、つくってもつくっても足りないと思うことがあった。高揚感と疲労感の両方を感じながら、常に自分を限界まで追い込んでいく。成功できるチャンスに背を向けることなどできない。この苦労が黄金の実を結ぶんだ。『酔いどれ水夫にナニをする？』という番組が夢のような視聴率を叩き出し、二十五カ国の「好きなテレビ番組ランキング」でトップになったとき、マウリッツはリアリティ番組で世界一を目指そうと決意した。その後、『リアリティ・プリズン』、『クーガーとティーンたち』、『次のカウチを狙え』、『天国？　地獄？』、『彼女、マジでそう言った？』などの番組でヒットを飛ばしたものの、十年過ぎてもまだ世界一にはなれていない。だが、才能がないわけじゃない。究極のリアリティ番組をまだ手がけていないだけだ。マウリッツはそう思っていた。

新型コロナウイルスが世界じゅうを支配したころ、

ようやくマウリッツにアイデアが浮かんだ。どんなに成功しているプロデューサーがいたとしても、この企画には勝てないだろう。

　マウリッツは、その番組を『最初の死者を当てろ』と名づけた。番組の趣旨に合いそうな候補者は世界じゅうにいた。前線にいる兵士、不治の病で終末期にある患者、コロナウイルスがあっという間に広まるような貧民街で密集して暮らす人々……。この手の番組では撮影する側もされる側も〝密〟になりやすいから、厳格な感染対策マニュアルが必要で、それなしには撮影の特別許可は下りないだろう。だが、それさえクリアすれば「これから死んでいく人間」の順番を予想して大金をゲットするという新たな番組を生み出すことができる。出演者とその親族がジャックポットを狙って欲望をむき出しにすれば、何もしなくてもそれだけで娯楽的価値が上昇する。今回は、五人のサバイバーが大金を手にするという設定にしたらどうだろう？

とんでもない大金が懸かっていると思えば、兵士も生き残りをかけてモチベーションがさらに高まるというものだろう。監督などいなくても、この手のエンタメは成立する。

　考えるにつれて、マウリッツの頭の中にさまざまなアイデアが浮かんできた。これまで、ボディメイクに固執したナルシストの若者や、とんでもなく挑発的なタトゥーを体の一番〝ヤバい〟場所に〝ヤバい〟方法で入れる物好きたち、一夜限りの関係に精を出す男女などをターゲットに、どれだけ早くセックスに持ち込めるかを追っていくなど、ありとあらゆるパターンのリアリティ番組をつくってきた。だが、今度の企画はそんなものとは比べものにならない。

　問題は、番組のコンセプトがあまりにもビッグなことだ。これまでとは段違いだ。

　マウリッツは新聞のインタビューで、新たな企画を「世界初、ありえないほど挑発的で非常識な究極のリアリティ番組」と宣伝した。

それからわずか一週間後、〈グローバル・リーア〉からコンタクトがあった。この業界では世界最大の制作会社だ。代表者は、新しい企画を詳細に検討して問題がなければ、会社ごと買い取ってもいいと伝えてきた。マウリッツは番組のタイトルとコンセプトだけを手短に伝え、多くは語らなかった。早くもその段階で金額が提示されたが、その天文学的な数字に彼は思わず息を呑んだ。

話はとんとん拍子に進み、〈グローバル・リーア〉の社員が土曜の十時にマウリッツを自宅まで迎えに行き、空港内の貸会議室に送り届けることになった。そこで同社の代表と直接会って話し、詳細な条件を詰めるという。

話し合いで基本的な合意に至った場合には、その場で取引条件などを書面にまとめ、仮契約を交わす。それを双方の弁護士に渡すという段取りだ。


十二月十二日、土曜日。マウリッツの屋敷の前にレクサスが停まった。運転席には皺ひとつないスーツを着込んだ上品な女性が座っている。

「この時間帯だと、空港まで三十五分か四十分ほどですね。どうぞおくつろぎください」アメリカ南部の訛りが強い英語だった。「バーにあるものをお好きにどうぞ。冷蔵庫にはドン・ペリニヨン、ヘルノ・ジン、トニックウォーター、ミネラルウォーターが冷えています。氷もありますし、ハイクオリティなピュリニー・モンラッシェも、絶品のシャトー・ラ・カバンヌ・ポムロールもご用意しています」女性はバックミラーの中でマウリッツにうなずいてみせた。「副社長のヴィクター・ペイジはくつろいだ雰囲気で話し合いたいと言っておりますので、どうぞお召し上がりください。わたくしはペイジの個人秘書です。話し合いの前に、少々お話を聞かせてください。御社〈アンビリーバブル・コーポレーション〉は、今後どのような事業展開をお考えでしょう？　少しご説明いただいてもよろしいでしょうか」

マウリッツはバックミラーに向かってうなずき、女性を見つめながらドン・ペリニヨンのコルクを抜いた。彼女、会社の情報以外のことも俺とシェアする気はないかな？

「弊社は数年前から御社の発展に注目していたのですが、文化ごとに異なる性の規範をテーマとし、そこに挑む番組制作で非常に成功されていることには、いつも驚かされていました。弊社は限界を越えないようぎりぎりのところでバランスを図っているのに、御社はその一線を楽々と越えている。御社のコンセプトはまったく新しい視点にもとづいていますよね。話し合いがうまくいけば、互いに新しい領域へと飛躍できるでしょう。マウリッツさんはアイデアを、わが社は資金を提供することになります」

女性はそこまで言うと、振り向いてマウリッツを見つめた。まるでもう話がまとまったかのような顔をしている。

「でもここだけの話、良心の呵責に悩むことはないのですか、ファン・ビアベクさん？　ゲームがうまくいっている間に手を引くことを考える時期に来ているのではないですか？」彼女はにっこりした。「もちろん、お答えにならなくて結構です。今回の企画を見れば、そうは思っていらっしゃらないことがよくわかりますから」

マウリッツは彼女に笑ってみせようとした。だが、ドンペリを五口飲むころには、感覚がおかしくなっていた。まぶたが言うことを聞かないのだ。

すると、女性がいきなり豹変した。「マウリッツ・ファン・ビアベクさん、『最初の死者を当てろ』だなんて、よくも人を馬鹿にした企画を思いついたものだわ。いったいどこまで頭が壊れているのかしら。自分で自分に吐き気がしない？　自己嫌悪をまったく感じないわけ？」

マウリッツの耳にその言葉は届いていた。だが、脳が理解することを拒んでいる。感じるのはただ、車内の空気がさっと変わったことだけだ。

「あなたのせいで、視聴者は心の中にわずかに残っていたモラルまで失うのよ。あなた自身と家族にどうやって申し開きするつもり？」バックミラーに映る女の目がさらにきつくなった。

マウリッツは水のボトルに手を伸ばそうとしたが、腕がまったく動かない。

「あなたは女性をカメラの前に連れ出して売春婦みたいなことをさせている。限界を越えたエンタメなんて体《てい》のいい口実で、男と女が傷つけ合い、騙し合い、恋人を見殺しにし、ほんの少し前まで続いていた友人関係が崩壊するように仕向けている。しかも今度は、莫大な賞金を餌に人の死まで娯楽にしようとしているのよ！」

マウリッツはなんとか笑顔をつくろうとした。これはただのテストなんだという思いがぼんやりと浮かんだ。もちろん、返事は決まっている。だが、舌が言うことを聞かない。こんなに早くからシャンパンなど飲まなければよかった。

「これからどうなるか教えてあげましょう、マウリッツさん。ご自慢の究極の企画のなかであなたに演じてもらいたい役割があるのよ」

今度はマウリッツが顔をしかめた。電話の話はそうではなかったはずだ。会社を売却し、さらに五本企画を出せば、それ以上こちらは何もしなくていいという話だったじゃないか。自分が企画した番組ですら俺は制作にノータッチでいいと言われたのだ。

「どうやら、契約の一部をお伝えできていなかったみたいね。でも、気に入るはずよ。最初に死亡する栄誉をあなたに差し上げるんですから。さぞや番組の人気に火がつくことでしょうね」

ペイジという男は、どうやら変わったユーモアのセンスを持っているようだ。マウリッツは口を開きかけたが、女のほうが先だった。

「あと五分であなたは意識を失います。〈アンビリーバブル・コーポレーション〉は社長を失うことになります。あなたの死後、会社のビルは別の目的に転用され、従業員から契約、役者、企画に至るまですべてが弊社に引き継がれます。あなたの名前で残るものは何もなくなります」

「でもペイジさんは……」マウリッツはやっとの思いで言葉を絞り出し、もう一度微笑もうとした。だが、顔の筋肉はぴくりとも動かない。

「ああ、彼ね。一応、ミスター・ペイジと呼んでおきましょうか」突如として女性がデンマーク語を話し出した。どういうことだ？「でも、そんな人、わたしは知らないし、知りたくもないわ。これからあなたが話をする相手はこのわたしよ。〝そのとき〟が来たら、あなたはハッピーではいられないでしょうね」


最初に目覚めたのは頭だった。だが、思考力が戻ったわけではなかった。脈が打つたびにずきずきと痛む。叫び声を上げたかったが、発話を司る脳の回路が遮断されているかのようだった。そうこうするうちに、顔の全筋肉が痙攣を始め、動かそうともしていないのに、まぶたの奥で眼球が上下左右に動き出した。ずいぶん経ってからようやく薄目を開けられ、腕時計をそっと見ることができた。四方を囲む白い壁に気づいたのは、そのあとだった。

そこは、小ぶりの体育館ほどの広さだったが、なんとも殺風景だった。しんとした部屋の正面にステンレスの荷物用エレベーターがある以外、何もない。あのエレベーターがこの部屋と外をつなぐ唯一の出入り口なのだろうか？ 最初にマウリッツが気づいたのは、この部屋にはドアもなければ窓もなく、いまが昼なのか夜なのかすらわからないということだ。壁には白熱灯がふたつ取り付けられ、弱々しい光を放っている。それがすべてだった。

マウリッツは自分の体に視線をやると、ぎょっとした。まるで武装兵のように、上半身が金属製の甲冑で締め付けられ、その下は下着以外、何も身に着けていなかったからだ。靴下まで脱がされている。

視線を上げ、体のほかの場所を見てみた。甲冑の両肩にリングのついたボルトが溶接され、そこから頑丈な鎖が上に向かって伸びている。マウリッツはゆっくりと立ち上がった。鎖は天井に設置されたがっしりとした金属製のレールに取り付けられていた。レールは縦に伸びていた。

動けるぞ。マウリッツはふらつきながら数歩前へ進んだ。頭上のレールの溝の中を鎖が滑る。正面の壁まででは四、五メートル。うしろの壁まではそれよりも近い。マウリッツは慎重に鎖を引っ張った。すると、四方の壁まではもちろんのこと、この部屋のどこにでも行けそうなくらいの長さがあった。鎖を揺すってみたが、どれだけ強く引っ張ってもびくともしない。

「くそったれ!」怒鳴り声が、がらんとした空間にこだました。部屋の中には自分の座っていた椅子とスチールテーブル——椅子はコンクリートの床にボルトで留められていた——以外に、家具も什器も何もない。用を足すためなのか、小さなバケツが置かれているが、シンクもタオルもない。コップすらない。白い壁と灰色のテーブルと椅子。横の壁に結露でできたような染みがぽつぽつとある以外、色と呼べるようなものはなかった。

マウリッツは途方に暮れた。俺は、さっきまで自宅の暖かいキッチンにいたはずだ。目の前にカフェラテがあり、軽く上を羽織っただけの妻がキッチンを歩いていた。新しくオペア留学(外国の一般家庭にホームステイをして、育児や家事を手伝いながら

（言語を学ぶ留学プログラム）で来ているロクサンが下の娘を連れて出かけるのをふたりで見送る……。そういう平和な土曜の朝を過ごしていた。そうだろう？

それなのになぜ、こんなところにいるんだ。マウリッツは怒りと恐怖でどうにかなりそうだった。頭のおかしい女のせいで、これまで自分がつくってきたリアリティ番組のなかでも最高に無慈悲なゲームの挑戦者にされたのだ。番組のキャッチコピーはこうだった——

——「最強の者だけが生き残れる！」

27

カール

二〇二〇年十二月十四日、月曜日

月曜の朝、カールはいつもより早い時間に家を出た。新たに判明した事実をめぐって疑問が湧いたり、さらに検討すべきことがあったりで、せっかくの週末もまるで気が休まらなかった。こうなったら、デスクにある書類の山と向き合うしかない。そうする以外、解決の糸口は見つからないだろう。

「カール、わたしの考えを知りたい？　殺された女性のタビタと殺したほうの女性ラウンヒルドには、何かつながりがあるはずよ」昨晩、モーナはそう言った。「あなたの推測が正しくて、おととい発見された遺体がラウンヒルドだとしたら、ふたりを結びつけているものの背後には、何か深刻なもの、闇のようなものが存在するのかもしれない。だって、私的制裁をしてきた人物が、同じように私的制裁を実行していた人物を殺しているわけでしょ？　彼女たちがしてきたことが異常だと決めつけられるかどうかは別として、ふたりとも強迫観念に突き動かされていたような印象がある。強迫観念は、深刻な挫折がきっかけで生まれることが多いの。ただし、今回は彼女たちをうまく利用して操っていた人物がいる可能性も否定できない。だから問題は、誰が、あるいは何が、タビタとラウンヒルドを操り、命を落とすような危険な道に踏み込ませたのか？　それを探すのがあなたの仕事よ、カール」

モーナの言葉を頭の中で繰り返しながら、カールはデスクについた。

カールは、タビタ・エングストラムのノートをじっとにらんでいたが、三十分経っても何もわからなかった。

タビタが人を処罰することに喜びを覚えるサイコパスだったことは間違いない。〝制裁〟を実行するうちにどんどん大胆になり、しまいには警察の厄介になるところまでエスカレートしていった。本人がこのノートに残した四、五件は新聞沙汰になったこともあり、そのうちの二件は警察の捜査の対象となったくらいなのだ。

カールは立ち上がった。そのまま殺人捜査課課長の部屋に行き、十五分かけてヤコプスンにノートの内容と自分の考えを語った。

ヤコプスンがノートのページをめくっていく。「確かに、タビタ・エングストラムの記録は強烈だ。ラウンヒルド・ベングトスンはこの女を止めたことで社会の役に立ったと言えなくもないな」

「ラウンヒルド・ベングトスンの殺害についても同じことが言えるかもしれません」カールは課長からノートを受け取った。「ヒレレズで見つかった死体の件ですが、ラウンヒルド・ベングトスンだという確証は取れました？」

「検死結果はまだ届いていない。だが、昨晩、法医学者自らがうちに電話をかけてきて、九十九パーセント断定できると言っていた」

「そこまで断定できる理由は？」

「われわれの懸念を受けて、法医学研究所がベングトスンの歯科医にX線撮影の画像を要求し、それを分析したんだ。死体には顎の骨に埋まったまま生えていない親知らずが一本あって、それが画像と完全に一致したという話だ」

「つまり、俺たちの推測が正しかったということですか？」

「そうだ。私に電話をくれた法医学者によれば、歯の鑑定は指紋の鑑定や、顔の鑑定と同等の信頼性があるとのことだ。顔と指紋に関しては残念ながら本件では鑑定のしようがないが。結果的に、あの死体はラウンヒルド・ベングトスンであると考えてもいいだろう」

カールはうなずいた。「ほかには何か聞いてますか？」

「いや、ベングトスンあるいはエングストラムの死に関しては、まだ何も確実なことはない。だが、ベングトスンの人物像を把握するうえで、手がかりになりそうなことは聞いた」

ヤコプスンは顔を窓に向けた。駐車場では、ゴードンが小型のおんぼろ車を停めようとしているところだった。「検死の結果、ベングトスンの性器に無惨な外傷が認められた」

「レイプされていたということですか？　でも、それはすでに調べたと思いますけど。俺の記憶だと、ベングトスンは被害届を出していないはずです」

「そのとおりだ。私も知っている。だが、性器に見られた一部の古い外傷は、しばらくは膣での性交渉が不可能になるほど深刻なものだったという。自傷行為によるものではないとの話だ」


カールとローセは、ラウンヒルド・ベングトスンの母親が住むみすぼらしい小屋の前に立っていた。今日最初の仕事の割り当てで、ふたりは貧乏くじを引き、ティクープまで足を運ぶ羽目になった。夏の間、短期間滞在するだけに使う簡単なつくりの建物だ。年金暮らしの母親は、自治体から特別な許可を得てここに一年じゅう住んでいるらしい。

ローセは口をへの字にして、目の前の木造家屋を眺めていた。改修工事をするよりも撤去したほうがよさそうなくらい惨めな状態だった。雨樋は壊れ、木材が腐っているせいで内壁と外壁の間の薄い断熱材が露出している。窓の蝶番は片方が外れ、ガラスには何本ものひびが入っていた。数え上げればきりがない。この家の荒廃ぶりは貧困と孤独を表していると同時に、自治体が住民に無関心であることの証拠でもあった。

カールは玄関ポーチ――の残骸らしきもの――の前に茂っている木イチゴの蔓をかき分け、ドアをノックした。

ドアを開けた女性は、無表情にふたりを見つめた。それから白髪を耳のうしろにかきあげると、ふたりが中に入れるよう脇に寄った。腐敗臭とアンモニア臭が鼻をつく。

「それで、今度はあたしを叩き出しに来たのかい？」

感情のまったくこもっていない声だ。女性は段ボール箱とゴミの山の間を縫って歩き、居間に入るとソファを指さした。ソファは緑のカビに覆われ、獣ですら避けて通りそうな代物だった。カールとローセはそのまま立っていた。

「あなたがラウンヒルド・ベングトスンさんの母親で間違いないですね？」カールはそう言いながら、マスクを着けて鼻と口を覆った。コロナが理由ではなかった。

母親は驚いたようだった。「あの子がどうかしたのかい？」

「ここ数日の報道をご存じないですか？」

彼女は部屋の隅を指さした。空き缶、食べ残し、プラスチック容器が積まれている。新聞を上から被せてはいるものの、隠し切れていない。まるで、TV3で放映されているリアリティ番組『エクストリーム・コレクター』のセットにいるみたいだ。整理魔の娘と正反対である。

「ベングトスンさん、われわれが来たのはお嬢さんが亡くなったとお伝えするためです。ご愁傷様です」

皺の刻まれた母親の顔には、およそ表情というものが浮かばなかった。

「お嬢さんは数日前に殺害されました。金曜日にご遺体が発見されました」ローセが、相手への気遣いや配慮をすっ飛ばして説明した。早いところ解放され、外で新鮮な空気を吸いたかったのかもしれない。「お嬢さんが被害者になったことについて、何かお心当たりはありませんか？」

「あの子とは十年以上話してないよ。知るわけないだろう」母親には悲しむ様子がまったく見られなかった。

「十年以上も連絡を取っていないんですか？　理由をお尋ねしてもいいですか？」ローセが続ける。

「自分の父親を殺したからだよ。そんな子と関わり合いになりたいと思うかい？」

その瞬間、カールは部屋に充満していた臭気を忘れた。「それは初耳です。そうお考えになる根拠は？　それともただそう疑って……」

「疑ってるって？　ふん！　両脚を切断した父親にあの子がインスリンをどばどば注射したんだ。いくらなんでもやりすぎだ。あの子が殺したんだ」

「でも、それは父親をかわいそうに思ってなのでは？」ローセが擁護する。

「そんなこと言われたのは初めてだよ。あんた、頭が悪そうだね。それでよくおまわりができるもんだ。世も末だね！」

　その言葉に、ローセは一瞬のけぞった。こういうアッパーカットには慣れていないのだ。「まあ、お褒めの言葉をどうも。ちょっと外に出てお話しできませんか？　肥溜めのようなにおいがするものですから」

　そう言うなり、ローセは母親の腕をさっとつかみ、カールが止めるより早く、相手を外に引きずり出した。

　玄関前のワイルドな緑――以前は草地だったのだろう――の中に立ってようやく、ローセは母親を放した。

「さてと、頭の悪いおまわりから質問させていただきましょうか。どうしてお嬢さんが父親を殺さなくてはならなかったんです？　あなたは娘が殺害されたと聞いても表情ひとつ変えなかったけど、なぜですか？」

　母親はこれ見よがしに腕を組むと、地面に唾を吐いた。「あんな馬鹿娘には当然の報いだからだよ」

　カールが母親の目を覗き込んで言った。「もう一度訊きます。なぜお嬢さんは自分の父親を殺したんですか？」

「うるさいな、あの子は強迫観念にとり憑かれていたんだよ」

「強迫観念？」カールはローセに目をやった。ローセがうなずく。

「そうさ、強迫観念だよ。そうでなきゃ、子どものころに実の父親から虐待されたなんて言わないだろ？　言うことを聞かないとハンガーを下から突っ込まれたとか。よくもそんなことが言えたもんだよ！」母親はカールを見据えた。声がどんどん大きくなり、カールの上着に唾がかかる。「ふつうは言わないだろう？　実の父親のことをそんなふうにさ。そうだろ？」

署へ戻る途中、アサドから連絡が入った。「カール、ヒレレズの工業用地で新たにふたつの死体が発見されました」

やっぱり。俺とマークスの予感は当たっていたというわけだ。

「どのくらいそこに埋まってたって？」

「どちらも一年以上経ってるということです」

「ラウンヒルド・ベングトスンの遺体と同じような損傷があったか？」

「いいえ。そうじゃないって話です。ただ、地中に長く埋められていたので、法医学者がもう少し調べる必要があると言ってました。報告書が上がるまで、数日待たなくてはならないそうです」

「つまり、わたしたちがこの事件から解放されるのはまだ先ってことですね」助手席のローセが不満そうに言った。相変わらず、あの母親の首を絞めてやりたいという顔をしている。

「そうとも言えるし、そうでないとも言える。ラウンヒルド・ベングトスンと今回見つかった死体に何か関連があるのかどうか、それ次第だ」

「カール、じゃあ結局わたしたちは解放されないじゃないですか」ローセが食ってかかる。「一連の殺しと関係があるに決まってるでしょう。何をいちいち考え込む必要があるんです？　わたしたちが塩事件の掘り起こしに専念できるよう、この事件をほかに回してくれって課長に頼んでもらえません？　わたしたちの担当は古い未解決事件でしょう？　この事件はばりばりに新しいじゃないですか。特捜部Qの担当じゃないわ」

「少しの間でいいから、その口を閉じててもらえないか？　考えているところなんだ」

カールは通りを眺めた。この灰色の冬景色のどこか、農場や畑のどこかに死体を埋める人間に気づいた者がひとりくらいはいるはずだ。たとえば犬の散歩をしているときにヒレレズに向かう車を見たとか。もちろん、その車が夜の闇に紛れて死体を埋めに来ていることまではわからないとしても。それに、コペンハーゲン周辺のどこかに、あのサークルの存在を知っている者がいたっておかしくない。タビタ・エングストラムやあのくらいの年齢の女性が、なんでそんな怪しげなサークルに出入りしているのか、不思議に思っていた者だっているんじゃないか。どこかにきっと……。

「まずは、いま連絡が入った死体の身元を明らかにすることだ。それまでは、どの仕事が特捜部Qのもので、どれがそうじゃないとか決めつけないほうがいい」

助手席では物音ひとつしなかった。だが、ローセの目を見れば、まさにいまため息をついたばかりなのは明らかだった。

「NC3から、パレ・ラスムスンのパソコンの件で連絡がありました。大変な作業になるとのことです」ゴードンがふたりを出迎えながら報告した。

「どうしてだ？」

「ひとつ目の理由は、とんでもなく忙しいから。ふたつ目の理由は、ハードディスクのデータがほぼ完全に消去されているからだそうです」

「少なくとも、アクセス可能なファイルが残っているかどうかは訊いたんだろうな？」

ゴードンがしまったという顔をする。

「ゴードン、四の五の言わずにやるように急かしてくれ。いますぐにだ。ファイルの復元がどうしても必要なんだ。そっちが山ほど仕事を抱えているのはわかっている、だが、こっちは生死に関わる問題なんだと伝えろ」

その言葉にゴードンがたじろぐ。「ちょっとオーバーじゃありませんか？　さすがにそれは……」

カールは手を振ってゴードンの言葉を遮り、アサドに顔を向けた。

「アサド、今日は静かだな。どうしたんだ?」

「カール、私はじきに警察を辞めることになると思うんです」

針が落ちる音さえ聞こえそうなほど部屋が静まり返った。雨の降る駐車場からかすかに物音がするだけだ。

カールとアサドは互いを見つめた。アサドの茶色の瞳には光がなく、ふだんなら張りのいい頬も無精髭の奥でやつれている。

「なんだって? だめだ、アサド。そんなこと、おまえがするわけないだろう!」われながら変な言葉遣いになっているのがわかる。

アサドの瞳孔が小さくなった。よくない兆候だ。

「カール、家族全員がクリスマス前に面接を受けるようPETから指示されたんです。所定の用紙を埋めていないことが理由で。ロニアはイラクへ帰ると言い張っています。絶望的な状況です。マルワとロニアは一日じゅう言い争い、泣きどおしです。ネッラは部屋でアルフィのそばに座り、弟といっしょに黙り込んでいます。だから、私が警察を辞めるしかないんです。家族がばらばらになるのを黙って見てはいられません。PETのせいで家族を崩壊させるわけにはいかないんです」

ドアがバタンと閉まる音が聞こえて初めて、ローセが出ていったことにみんな気づいた。何も言わずに出ていったが、数秒もしないうちに、市場のおかみさんのようなわめき声が部屋の外から聞こえてきた。ここの建物は新しく頑丈だが、壁は薄いのだ。

三分後、ローセが戻ってきた。

「課長は状況を理解しました」怒りと緊張のためか、ローセの顔はいまだに引きつったままだった。「いま、PETに連絡中です。課長が止めてくれるわ、アサド」

カールは再びアサドに視線を向けた。相棒はじっと床を見つめている。

「マークスがこの件をなんとかしてくれている間、俺たちも少し先へ進もうじゃないか」カールはアサドの肩に手を置いた。「マークスがきっとうまくやってくれるさ、アサド。任せよう」そう言うと、肩に置いた手に力を込めた。「新しい情報はあるか？ なんでもいいぞ」

アサドは何度か深呼吸すると、のろのろと目線を上げた。こいつのこんな様子は初めてだ。

「ラウンヒルド・ベングトスンのＤＶＤを最後までチェックしました。とんでもなく暴力的な内容で、公共の場で撮影されたものであることはわかりましたが、それぞれの動画の関連性がわかりません」アサドは指先で目元を拭った。自分が泣いているのかどうか確認するかのように。だが、涙は出ていない。「タビタのメモにあった襲撃内容との共通点は、すべてが公共の場で行なわれているということです。そしてタビタもラウンヒルドに公道で殺害されました。それ以外は何もわかりません」

確かにそれでは先に進めない。アサドは時間を無駄にしてしまったのかもしれない。だが、カールは何も言わなかった。いまは自分のペースで仕事をさせるほうがいいだろう。

「でも、それではどうしようもないので、もうひとつの作業に戻ってみたんです。つまり二〇一〇年に起きた事件のなかに塩が現場にあったものがあるかどうかを洗い出す作業です」

「だが、何も見つからなかったんだろう？」

「ええ。でも、これが」アサドは新聞記事のコピーをデスクの上に置くと、カールのほうに滑らせた。「うちの部署宛てに届いたメールに添付されていました。今朝、オーデンセ警察から送られてきたものです」

カールは身をかがめて記事を見つめ、大声で読み上げた。

〝〈タクスアイコン〉社のチーフコンサルタント、自宅のプールで溺死〟

「オーデンセ警察が担当した案件なのか？」

「そうではありません。でも、ローセが塩に関係する事件がなかったかどうか、全国の警察に問い合わせたでしょう？　それにいち早く反応してくれたんです。当時、オーデンセではかなり話題になったみたいです」

「〈タクスアイコン〉か。聞いたことのない会社だ」

ローセが小馬鹿にしたように笑った。「新聞を読まない人にとってはそうでしょうね。それに、こういう会社を使う人の平均給与はわたしたちよりちょっとばかり上ですからね。〈タクスアイコン〉は超リッチな人たちのための会計事務所なんです」

「そうです。溺死したピーア・ラウゲスンは〈タクスアイコン〉のオーナーだったんです」アサドが補足する。「六十四歳、ひとり暮らしでした。そのため、彼女が庭にあるプールで溺れているのを従業員が発見したのは、かなり経ってからでした」

「なるほど。ローリング・ストーンズのブライアン・ジョーンズみたいだな」

その言葉にピンときていない様子の面々を見て、カールは自分がもう若くはないと悟った。誰もブライアン・ジョーンズを知らないとはな。もっとも俺も、ブライアン溺死のニュースはいとこのロニー――そいつはのちにタイで死んだが――から聞いて、初めて知ったんだが。

「とにかく、プールと体調の悪さは危険な組み合わせだと言いたかったんだ。俺たちのなかにプールを持ってるやつがいなくてよかったよ」やはり、誰からも反応が返ってこなかった。「まあいい。それで、この件がなんだって？」

「重要な意味があるんです。ピーア・ラウゲスンは無名の人物ではありませんでしたから。彼女はただの者じゃなかったんです」アサドが説明する。

カールはわけがわからず、相棒の顔を見た。

「かなり有名だったんですよ。〈タクスアイコン〉は半期で一億ユーロ以上を売り上げていたんですから」

「そりゃすごい。だがな、アサド。それを言うならただ者じゃなかった、だ」

アサドは、そんなの知ってますよ、という目つきでカールを見た。いやいや、おまえはいま、言い間違えたんだからな。

「ラウゲスンには成人した娘がいるんですが、彼女は地元紙の取材に『母は泳げますが、あのプールは一度も使っていませんでした』と答えています。だから、よりによって母親がプールで溺死するなど絶対にありえないと言うのです。実際に、ラウゲスンがプールの近くにいた姿は一度も目撃されていません。庭師の証言によると、本人はあのプールを嫌っていて、水を抜くよう命じていたとのことです。ただ、庭師はそれをまだやっていなかったんです」

「警察はどう処理したんだ？」

アサドは報告書のプリントアウトに手を伸ばした。

「〝プール脇に置いてあった袋につまずき、プールの縁に額をぶつけて意識を失い、水の中に落ちた〟とあります。つまり、事故ですね」

「じゃあ、おまえはなんで、このケースが俺たちの興味を引くと思ったんだ？」

アサドは報告書の一文を指さした。「彼女がつまずいたという袋の中に何が入っていたと思います？」

「塩か？　プールのそばに？　ふつう消毒には塩素を使うんじゃないのか？」

「たいていはそうです。塩と塩素を混ぜる場合もあります。このプールで使われていたのは塩素だったようです」

「大発見だな。袋に入っていたのは食塩だったのか？」

「報告書を見る限り、細かい分析はされていないようです。鑑識もそこまでする必要はないと思ったのでしょう」

カールはもう一度、新聞記事に視線を落とした。二〇一〇年八月二十日。

「オーケー。じゃあ、まとめてみよう」カールがそう言うと、全員がホワイトボードに注目した。「現場に塩が残されていたケースについて。まずは一九八八年一月二十六日、修理店の爆発。次に一九九八年四月二十八日、オレグ・デュデクとプレス機の件。そして二〇〇〇年五月十七日、武器商人カール＝ヘンレク・スコウ・イェスパスンの側頭部銃撃。それから二〇〇二年五月十九日、パレ・ラスムスンの死。ピーア・ラウゲスンの件も他殺と考えるなら、二〇一〇年八月二十日もそうだ。犯人が二年ごとに殺害を続け、現場に塩を残し、しかも実行日をうしろにずらしているという仮説に従うなら、ラスムスン殺害とラウゲスン殺害の間の偶数年、つまり二〇〇四年、二〇〇六年、二〇〇八年にもなんらかの事件が発生しているはずだ。そして日付は、五月二十日から八月十九日の間のどこかというわけだ。さあ、洗い出すぞ」

「マジですか……」ゴードンがうめいた。

ようやくピーア・ラウゲスンの検死報告書が見つかったときには、半日以上が過ぎていた。

「なんだか矛盾していると思うんですけど」ゴードンが感想を述べる。「検死報告書を読む限り、ピーア・ラウゲスンは異様に強い女性で、年齢の割にはかなりの健康体でした。死因は確かに溺死ですが、肺から塩素が検出されたことからプールに落下したときにはまだ生きていたとあります。水に落ちたときには息があったということですよね。それなら自殺だったんじゃないかという話になりますが、なぜ自殺しなきゃならなかったんでしょう？　健康ですばらしい経歴の成功者で、金にも困らず、交友関係も広く、娘とも仲がよかったんですよ。それに、落ちたときにまだ生きていたなら、なぜ自分でプールから上がってこなかったんでしょう？」そう言いながら頬を掻いた。「新聞には『プールの縁に頭を強打か』とありますが、検死報告書の記録はその逆です。頭部にも体にも外傷は見当たらなかったと書かれています。鑑識の結果、プールの縁からは血痕も頭髪も皮膚組織も検出されていません。血中からアルコールも薬物も検出されませんでした。泳げはしたものの、水が大嫌いだったんですよ。まったくわけがわかりません。警察の報告書には、プールに落ちたときに意識があったのかどうかすら書かれていないんですから」

「そうだな。その報告書はまったく使いものにならん」そのとき、ズボンのポケットの中で携帯電話が振動したが、カールは無視した。「だが、事故ってのはたいていそういうもんなんだ。いったん事故と判断されたが最後、大した捜査は行なわれない。で、何が起きたと考える？　おまえの意見は？」

「そうですね……、もしかしたら本当に事故だったのかもしれません。突然気分が悪くなってプールに落ちてしまったとか」そう言いつつ、ゴードン本人はその説に納得していないようだった。

「そうだな。だが、プールサイドにあった塩の袋の件もある。ホワイトボードの表を見てみると、結局のところ、事件なのか事故なのか、あるいは自殺なのかについて断定できるものはひとつもない。動機も容疑者も不明だ。どのケースも何も手がかりがない。つながりと言えそうなものは、塩だけだ」再び、携帯電話が振動した。

「だけど、溺死の件に限っては明らかに殺人だと思うんです」ローセが言う。「ああいう仕事をしていた人なら多くの敵がいたでしょう。ひとつ誤った助言をしたら、クライアントは身の破滅ですから。それが殺人の動機にもなると言えるんじゃないかしら」

「でも、殺害方法はどう考えればいい?」アサドが肩をすくめ、ホワイトボードに近寄った。フェルトペンを持ち、ゆっくりと空欄に記入していく。

〈日付/犯行現場〉二〇一〇年八月二十日/オーデンセ
〈被害者〉ピーア・ラウゲスン
〈殺害方法〉被害者の頭を水中に沈める

アサドがペンを置いた。「とりあえずは、こう書いておきましょうか?」

カールがうなずく。「犯人は体格のいい人間だろうか?」

「必ずしもその必要はありません。背中に人を乗せたくないラクダに乗ったことはありますか? 無理に乗ると、気づいたら鼻から砂に叩きつけられて呆然とする羽目になるでしょうね。つまり、彼女を沈めた人間は自分が何をどうすればいいかよくわかっていて、ためらいなく実行したんです。実際、難しいことではなかったと思います」

「まるでそういう経験があるみたいじゃないの」ローセが冷やかすように笑ったが、アサドがまったく反応しないので、しまったという表情になった。

「新聞の写真じゃよく見えんな。ほかに被害者の画像は?」カールがローセの失態をごまかそうと話題を変えた。「ネットで探してみろ、ゴードン」

しばらくすると、全員がパソコンのモニターに釘づけになった。そこには、さまざまな年齢のピーア・ラウゲスンが映し出されていた。いくつであろうと、どのくらい太ろうと、どんなに年月を重ねようと、真っ先に目につくのは肩幅の広さだ。それから、毎回まったく同じポニーテールに同じ毛皮のコート。

「これほど髪型にもコーディネートにも気を遣わない

っていうのも、かなり変わってる。猛烈に忙しかったんでしょう。仕事が何より優先だったんでしょうね」ローセが言った。

「確かに変わってると言えますね。大量の装飾品、一年じゅう毛皮のコート、そのうえ、がっちりつかんでプールに引きずり込むにはちょうどよさそうなポニーテール」アサドが淡々と言ってのける。

もう一度、カールの携帯電話が振動した。

カールはようやくポケットから携帯電話を取り出した。ディスプレイには見知らぬ番号が表示されている。

「もしもし？」少しいらつきながら応答する。

「カール・マークさんの携帯ですか？　こちらは北シェラン警察のラスロです。鑑識から言われてお電話しているんですが、昨日発見された女性の死体が埋められていた穴からは何も出てこなかったそうです。ですが、別のふたつの死体が埋まっていたところに、あるものが発見されました。奇妙なことに、両方の穴で同じものが見つかったのです。詳細に調べたところ、穴の縁に塩が残っていたそうです。死体に塩で蓋をしていたのではないかという話です。この情報、そちらの捜査の手がかりになるでしょうか？」

28

マウリッツ

二〇二〇年十二月十四日、月曜日

あの女に会い、ここに監禁されてから二日が経過していた。あれから食べ物も飲み物も与えられていない。胃も膀胱も空っぽだ。トイレ用のバケツからはひどい悪臭が漂っている。

歩き回るのはやめたほうがいい。消耗するだけだ。なんとか耐えて、発見されるのを待つしかない。自宅に設置した防犯カメラは敷地外も撮影できるようになっている。違法なのは承知だが、そんなことはくそ食らえだ。警察に少しでも知恵があれば、レクサスのナンバープレートから誘拐犯を突き止めることができるはずだ。すでにあの女を逮捕しているかもしれない。あいつがここに来ていないのも、そう考えれば説明がつく。

マウリッツは薄笑いを浮かべた。デンマークでは誘拐は重罪だ。せいぜい打ちっ放しの白壁に囲まれる日を楽しめばいい。あいつを新しい企画の主役にしてもいいかもな。番組名は『自殺したほうがマシ』だ。

マウリッツは思わず声を出して笑った。クレイジーだが最高じゃないか。まあ、そんな番組をつくったら、またもや悲観論者の反発を買うだろう。自殺をネタにすると過剰反応する人間がたくさんいるからな。

マウリッツは笑いながらうなずいた。それから、顔を上げて、天井のレールにはめ込まれたボールベアリングが振動しそうなほど大声で、生き延びてやる、生き延びてみせるんだ、と歌い出した。

だが、途中で咳き込み、それ以上歌うことができないまま、舌が上顎にくっついてしまった。

くそったれ！　マウリッツは部屋の中を見回した。ここはどこなんだ？　コンクリートでできた地下室なのか？　それとも、ひなびた村のはずれにある倉庫か？　建築途中で放り出された家屋か？

シェラン島のどこだろう？　あの女が黙秘したら、警察はどうやって俺を見つける？

マウリッツは誘拐されたあと、意識が戻ったときのことを思い出した。あのとき、時計を見たら十一時四十五分だった。意識を失って椅子に座っていた時間を十分から二十分とすると、車に乗っていたのは一時間十五分ほどか。

つまり、ガメル・ホルデから一時間十五分ほど車で走ったということになる。そのくらいの時間でどこまで行けるだろう？　マウリッツは計算しようとして、すぐにやめた。そんなことわかるわけないじゃないか。方程式を解こうにも不確定要素が多すぎる。あの女は同じところをぐるぐる回ることだってできただろうし、フルスピードで高速を飛ばすこともできただろう。オーレスン橋を渡ってスウェーデンまで来ることだって十分可能なのだ。

体がじっとり汗をかきはじめたのがわかった。もしここがスウェーデンで、あいつが黙秘を続けたら、警察が俺を見つけられるはずがない。明日になっても、俺はここで、口の端に泡を溜め、両手を震わせて座っていることになる。明後日も。その次の日も。どのくらい持ちこたえられるだろう？

そういえば、親父も喉の渇きに苦しみながら死んだっけ――マウリッツの脳裏に突如として記憶が蘇った。とはいえ、自然の流れだったにすぎない。老いて衰弱した男の命はすでに尽きようとしていて、本人も死んでもかまわないと思っていたのだ。だが、スイッチを切るように簡単に死ぬことはできない。親父を穏やかに逝かせるために医師たちが唯一できたのは、何も与えないことだった。それでも、脱水症状で死ぬまでには長い時間がかかる。死を覚悟していたはずの親父だが、いよいよそのときが近づくとその目のなかに恐怖の色が浮かんだ。それは、何が起きているかをはっきり理解している目だった。そのまなざしは自分を助けることができない人たちに向けられていた。まなざしはひとり息子にも向けられた。だが、マウリッツは目を逸らした。

ちくしょう！　くそ親父、いいかげんに俺の記憶から出ていけ！　最低の人間がこの世からひとり減っただけじゃないか。喉の渇きに苦しんで死んだからって、なんで俺がそれを気にしなきゃならないんだ！　もうほっといてくれ！

マウリッツは腕にはめたロレックスサブマリーナーに目をやった。文字盤は青く、ケース、バンド、バックル、裏蓋まですべてが金《きん》でできている。文字盤に日付表示はあるが、インデックスに数字は使われていない。二十五万クローネの買い物だったが、周りがどう思おうと関係なかった。夕食時に家族に見せたところ、長女がアップルウォッチを目の前に突きつけて馬鹿にしたように笑った。

「その時計で心拍数を計れる？　電話できる？　パパったら信じらんない。そのお金でアップルウォッチが四十個は買えたのに。なんなら、馬を買ってくれてもよかったのに。それにプラスして時計も買えたよ。ほんと、馬鹿みたい！」

あのとき、マウリッツは微笑むだけで何も言わずにただ食事を口に運んでいた。大人の男の心を満たすものなど十代の子どもにわかるはずがない。この子にはまだ、真に価値のあるものを所有する喜びなどわかるわけがないのだ。いま持っているアップルウォッチだって、新作が出たとたんに買い替えるに違いない。あの年頃の子どもはみんなそうだ。新しもの好きで生意気だ。

マウリッツは時計の日付を見た。飲まず食わずでもう二日経っている。親父が死ぬまでどのくらいかかっただろう？　何も与えられなくなってから六日か？　一週間か？　だが、あいつはそれよりずっと前からかなり衰弱していたからな。そういえば、水分も固形物も摂らなくても、健康であれば三週間は生きられると何かで読んだ気がする。そして、俺は確かに健康だ。

再び時計を見る。あの子の言うことを聞いてアップルウォッチを買っていれば、家に電話することができたかもしれないのに。

マウリッツは首を横に振った。アップルウォッチを持っていたところで、どうせあの女に奪われていただろう。それに、俺が捜索に役立つような情報を提供できるのか？　誘拐されたとでも話すのか？　そんなこと、家族はとっくにわかっているだろう。だが、誘拐を仕組んだのは誰だ？　そもそも、〈アンビリーバブル・コーポレーション〉の買収話からしておかしかったのだ。〈グローバル・リーア〉もヴィクター・ペイジも、あの女が何者なのか、まるで知らないだろう。レクサスのナンバープレートだって偽造されているに違いない。でなければ、盗難車だろう。家族に連絡できたとして、自分の居場所についての手がかりをどうやって伝えればいいんだ？　俺がつながれているこの部屋には、警察の捜索に役立つような特徴はまるでない。くそっ！

そのとき、舌が少し腫れているような気がした。ああ、水が欲しい！　マウリッツは再び上を向き、天井のレールにはめ込まれた滑車をにらんだ。チェーンはそこにつながれて、上から垂れている。

たとえば右側の鎖をつかんでよじ登り、左側の滑車に手をかけてみたらどうだ？　滑車に全力をのせてレールを歪めることができたら、滑車は外れるだろうか？　左側の鎖を登って同じことをしてみるのはどうだ？

もし左側の滑車が外れたとしても、もう一本の鎖には相変わらずつながれっぱなしだろう。滑車に横から力を加えれば、レールが歪むかもしれない。だが、残った鎖に全体重がかかっている状態でその鎖自体がつながっている滑車を外すなんてことができるのか？

マウリッツは立ち上がり、何度もシミュレーションした。実現可能な策には思えなかった。

滑車が取り付けられたレールは天井の縦方向に渡されている。せめて、どこかにつかまる場所があれば、そこによじ登り、片方の手で残った滑車を外すことができるかもしれない。それなら、試すだけの価値があるだろう。

マウリッツはとっかかりになる場所を探すため、天井を見上げながら部屋を歩き回った。そのたびにボールベアリングがレールの中を滑る音が聞こえた。一瞬心地よく感じたが、よくよく考えてみれば、それは地獄の音にほかならない。逃れられない罠にはまったことを示す音なのだ。

そのとき、あるものがマウリッツの目に留まった。天井と同じように白く塗装されていて気づかなかったのだが、背後の壁から数センチ離れた天井にリングのついたボルトが一本打ち込まれていたのだ。曲がっているが、アイボルトのようだ。息子のブランコを組み立てる際、座板のチェーンを吊り下げるのに使ったものと似ている。二十五年以上も前だから、遠い昔の話だ。天井のアイボルトと片方のレールの距離は三十センチから四十センチほどしかない。リングに指を二本引っかけたとして、滑車をレールから外している間、アイボルトはこの体重を支えられるだろうか？　以前、心臓発作を起こして以来、自宅の地下に設けたジムで毎日二十分間トレーニングしてきた。こんなところでその成果を試すことになるとは。

左側の鎖を少し持ちあげてみると、右側の鎖には体重がかからなくなり、少し緩んだ。ロープ登りは学生時代の得意種目だったが、それも三十五年も前の話だ。そもそも、いま相手にしているのはロープではなく、スチール製の鎖だ。つるつるして滑りやすく、握りしめた拳に骨の形が白く浮き出ている。天井までの距離は思ったより長かった。四メートル以上あるかもしれない。

むき出しの脚を鎖に絡ませて上へ上へと登っていく。ゴム底の靴を履いていればもっと楽だっただろう。ズボンを穿いていれば、鎖にこすれて皮が剝けることもなかったのに。

「やるしかない」マウリッツは自分を励ました。だが、うまくいったとして、どうやって逃げるのか？　わからない。おそらく、あのエレベーターは動くだろう。レールから滑車を外すことができれば、万一誰かが来ても鎖を武器に使えるだろう。誰かが来ることなんかあればだが……。

左側の鎖の上端に手が届いた。レールには〈メキシタ・スチールウェア〉と刻印があった。この滑車はスチールで補強されているということか？　簡単にはいくまい。力ずくで滑車を揺すったものの、レールは歪むどころかぴくりともしなかった。バールでもあれば違っただろうに。だが、そんな道具はここにはない。希望は砕け散った。

マウリッツはゆっくりと床に降りた。椅子まで歩き、腰掛けた。おかげですっかり力を使いはたした。むき出しの腕は血行が悪くなり、細かい血管が浮き出ている。

そういえば、部屋の温度が上がってないか？

エレベーターに目をやった。何も聞こえてこない。ここで目覚めてから、一瞬たりともエレベーターが作動する音を聞いていなかった。

俺は本当に、この何もない場所で死ぬのだろうか？

29

カール

二〇二〇年十二月十五日、火曜日

捜査員として長年仕事をするなかで、カールはとんでもない偶然に何度も遭遇してきた。そういう偶然がいくつかの事件を結びつけたり、決定的な手がかりへの鍵となったりすることも少なくない。そして、今回の偶然も誰もが不気味に思うほどのものだった。

地面にふたつの死体が埋まっていて、その両方の穴から塩が発見されたのだ。すでに、ごく近くにあった似たような穴からは女の死体が見つかっている。検死の結果、女はラウンヒルド・ベングトスンだと判明した。

同じ場所で発見されたということは、ラウンヒルド・ベングトスンとふたつの死体を遺棄した犯人は同一人物だろう。つまり、ラウンヒルドの殺しはホワイトボードに記入されたほかの事件ともつながりがあるということか？　だが、共通点がない。いったいどんな接点があるのだろう？

死体は両方とも男性だった。二体のうち、腐敗が比較的進んでおらず、あとに死亡したと思われる男性は体重百キロ以上、身長はゆうに百九十センチだ。先に死亡したと思われるほうも同じくらいの体重だが、身長は二十センチほど低かった。

「ラウンヒルドの件はさておき、このふたつの死体はどういうことだと思う？」カールが三人に問いかける。

「とりあえず、互いに関連があるということですよね」ゴードンが発言する。

「そうだが、特徴的な点は？　この事件から何が見えてくる？」

「ふたりの死とあそこに書かれた一連の事件はつながっているのだと、犯人が捜査関係者に伝えたがっているのは明らかですね。塩という共通項がありますから」アサドがホワイトボードを指さした。

「そうだ。だが、なぜだ？　捜査をかく乱したいからか？　自分のしたことを誇示したいからか？　あるいは、自分の行動を止める手がかりになるからか？」

カールは窓辺に寄った。窓ガラスにはフェルトペンで未解決の疑問点が書き込まれている。「まずは、このなかのいくつかを拭き取ることができそうだ」そう言うと、下のほうに書かれたふたつの疑問点を指さした。

R7　すべての現場に塩が残されていたのはいったいどういうわけ？

A8　二〇一〇年に遺体のそばに塩が発見された殺人事件や不審な事故があったかどうか。

「ローセの疑問、R7については捜査関係者に伝えたがっているということで、答えが出たな。なぜ塩なのかは不明だが、間違いなく同一犯による行為だ。この仮説をもとに捜査を行なうということでいいか？」

三人ともうなずいた。

「それと、A8については、アサドが二〇一〇年に起こった殺人の疑いがあるケースを見つけ出してくれた」カールは相棒に感謝のまなざしを向けた。「アサドがすでにホワイトボードに書き込んでくれている。というわけで、金融コンサルタントのピーア・ラウゲスンが二〇一〇年に死亡した件も一連の殺人事件と関連ありと仮定して捜査を進めよう。少なくとも、ここでも塩が登場しているからな。いいか？」

ローセとゴードンがうなずいた。

かくして特捜部Qは、少なくともマークス・ヤコプスンから託された事件と過去のいくつかの事件に関連性を見出すことができ、さらにはラウンヒルド・ベングトスンの事件とも何らかのつながりがありそうだという仮説まで立てるに至った。だが意外にも、カールの報告を聞いたヤコプスンの反応は鈍かった。

殺人捜査課課長はため息をつこうとしたみたいだったが、口元から出たのはむしろ、喉に何かが詰まってむせているような音だった。「ラウンヒルド・ベングトスンは、ふたつの死体の発見現場からおよそ一メートルの位置に埋められていた。もちろん、それは注目すべき点だ。だが、徹底した検死と現場捜索を行なった結果、遺体にも地中にも塩らしきものは検出されなかった」

「ええ。それで？」カールは怪訝そうに課長に目をやった。そりゃそうだろう。何が問題なんだ？

「あれほど辺鄙な場所にラウンヒルド・ベングトスンとふたりの男が埋められていたことを考えると、同一犯だと推定できなくもない。そして、ふたりの男と修理店爆発などの一連の事件は塩という共通項でつながっているときみは考えている。だとしたら、なぜ、ラウンヒルド・ベングトスンのケースでは塩が発見されないんだ？」

「ラウンヒルド・ベングトスンの場合は、ほかの殺人と違って、儀式とは関係なかったんでしょう」

「儀式？　どういう意味だ？」

「彼女だけプロファイルに合わないんです。有名人だったり大金を稼いでいたりしたわけじゃない。殺害日時もパターンから外れます。犯人は同じでも、別枠の殺しだったのかもしれません」

ヤコプスンは釈然としないようだった。「よくわからないのだが」

「じゃあ、いっしょに来てください。戦略室にみんないますから」

ヤコプスンはホワイトボードの前に立ち、長いこと考え込んでいた。特捜部Qの見解にも一理あると考えているのは明らかだった。確かに、年についても日付についても一定のパターンがあり、それぞれの事件がリンクしているように見える。

ヤコプスンが大きなため息をついた。「いいか、きみたちの推理はまだ根拠が弱い」

すると、ズボンのポケットに両手を突っ込んだアサドが前に立ちはだかった。「いつになるんですか？」出し抜けにヤコプスンに迫る。「PETに掛け合って私と家族のことを解決してくれるのはいつになるんですか？　今日にもお願いできますか？」

ヤコプスンはうなずいた。アサドがようやく本題に戻った。

「それなら、私の考えをお話ししましょう。いま検死中のふたりの男は、二〇一六年と一八年に殺されたと想定されます。課長がPETに掛け合ってくれて、そのあとで検死の結果、つまり男たちの身元を知らせてくれたら、私がいまの推理の弱い点を補強してみせます」

「どうして、そこまで殺害時期を特定することができるんだ？」ヤコプスンが尋ねる。「二体とも長い間地中に埋まっていたのかもしれないじゃないか。埋める前に数年間凍結されていたということだって、理屈の上では考えられる」

「殺害時期の特定が難しいことはわかってます。まるで保存するかのように塩漬けにされていた場合はなおさらです。ちなみに、ふたりとも塩をぱんぱんに詰められていたというのが私の考えです。きっとそうです、首を裂けてもいいです」

カールは思わずその様子を想像してしまった。「アサド、それを言うなら、首を賭けてもいい、だ」

アサドはむっとした顔になった。言い間違いを指摘されるのは一日一回で十分だとでも言わんばかりに。

それから十分後に、法医学者から電話があった。男たちの体には塩水が注入されていたと思われ、胃も食道も気管も塩にまみれていたという。しかもそれは、ごく一般的な食塩だったという。

「もちろん塩には一定の作用がありますが、防腐処置《エンバーミング》ほどの効果はありません。臓器の腐敗を防ぐことまではできません。一体が地中におよそ二年間、もう一体が最長で五年間埋められていたのではないかというのが、現時点での見解です。しかし、あくまでざっと見積もってです」

「それぞれの死因については、何かわかりましたか?」カールが尋ねた。

「まだそれを判断する段階ではありません。少なくとも、どちらにも銃創および刺傷らしきものは認められませんでしたが、先ほどお話ししたとおり腐敗はかなり進んでいます。分析結果を待たないと」

「ほかに目立った点はありますか?」

「そうですね、どう言ったらいいものか。どちらも陰毛が剃られた状態でした。いまの時代、ある年齢層ではごく一般的なことらしいですが。そうすると性的魅力が高まるとかで。個人的には、どちらも年齢は三十代から五十代というのが現時点での推測ですが、歯科所見が出てからでないと正確なところはわかりません」

「どちらも、歯はそのまま残っていたってことですか?」

「目視の限りではそうです。二体とも歯はよく手入れされていました。かなりお金をかけてケアしていますね」

「と言いますと?」

「インプラントの埋入や歯列矯正のブラケットの影響

でできた虫歯の治療。きっと子ども時代に行なったのでしょう。差し歯が数本。ブリッジ治療。ただし、繰り返しになりますが、正確な分析を待っているところです」

歯が残っていたという情報に特捜部Qは一気に盛り上がった。おかげで、大きく前進しそうだ。

30

ルイーセ／カール

二〇二〇年十二月十六日、水曜日

ルイーセ・ファン・ブランストロプは、ヘアニングで服飾製造業を営んでいた両親のもとに生まれた。親の事業が破綻したあと、カーペット卸売商の男と結婚したが、その事業もうまくいかず、結局、離婚した。人生は悪くなるばかりだった。ルイーセは大酒飲みで、特別な才能も教養もなければ、友人もいない。それだけに、オンラインギャンブルの経営で富を築いたビアウア・ブランストロプと再婚できたのは、まさに幸運

と言ってよかった。おめでたいデンマーク人たちが、まともに働くこともせずに財産を増やそうとなけなしの金を投じた結果、この十年間でブランストロプ夫妻の懐には毎年六千万クローネの金が転がり込んでいた。オンラインギャンブルのプレーヤーは自分の意志でいつでもやめることができる。だとしたら、こちらが罪の意識を感じる必要などない。

ビアウア・ブランストロプは、二〇一八年十一月のどんよりと曇った日に姿を消した。財産がすべて彼の名義になっていたために、ルイーセは突如としてすべてを失う羽目になった。贅沢な暮らしも世間の注目も、成功した男を夫にしていることで周囲から得られる羨望も、何もかもだ。事実、友だちと思っていた人からは一切見向きもされなくなった。悪いことは重なるもので、ブランストロプがどうなったのかまったくわからないというのに、彼の元妻から離婚したときの財産分与でまだ支払われていないものがあると請求され、その子どもたちからは、父親が自分たちのために積み立てていた金があるはずだ、その口座にアクセスできるようにしてくれと要求された。さらに、カーリース会社の担当者や厩舎を建てた大工たちなどが、未払い金の取り立てのためにひっきりなしに自宅にやってくるようになった。

最初の数カ月は、ルイーセも、そのうちビアウアがひょっこりと姿を現すだろうと高をくくっていた。若くエキゾチックな女たちへの肉欲もいつか収まり、許してくれと夫婦のベッドに戻ってくるだろうと思っていたのだ。だが、夫が再び姿を現すことはなかった。そうこうするうちに、ルイーセはホアンベクの別荘に引っ越さざるをえなくなった。それが唯一、自分名義の財産だった。

ベッドに横になってテレビのニュース番組を眺めていると、〈速報〉という文字が表示され、ヒレレズで死体が発見されたというニュースが流れた。普段のルイーセなら、画面の下にセンセーショナルな黄色いバナーが表れただけでわくわくするのだが、この日に限っては心をかき乱された。地中から発見された死体の片方は、身長が百九十センチ以上で一年以上埋められていた可能性があるという。ルイーセは弾かれたようにベッドから身を起こした。心臓が早鐘のように打っている。

まさか、ビアウアだろうか？　妻なら、ショックで落ち込むのがふつうだろう。だが、ルイーセは逆で、すっと心が軽くなった。これで運が向いてくる。もしあれがビアウアなら、これでやっと死亡証明書を出してもらえる。財産分与で十分すぎるお金が手に入るに違いない。

やってきたふたりが制服警官ではなかったので、ルイーセは驚いた。まるで昼と夜のように正反対の組み合わせだ。片方は茶色の目に褐色の肌をした中東系の男で頭はぼさぼさ。もう片方はのっぽで青白く、小学生と言ってもいいような顔つきだった。ふたりは名乗ったが、ルイーセはまるで聞いていなかった。二人の名前を覚える気などさらさらなかった。

「通報をいただいたのでうかがいました。ヒレレズで見つかったご遺体が、ご主人のビアウア・ブランストロプさんではないかとのことですが。中に入ってもよろしいですか？」青白い顔のほうが言った。

「ファンもお忘れなく」ルイーセが声に力を込めた。「夫の名はビアウア・ファン・ブランストロプです。どうぞ、お入りください」

中東系のほうが書類に目を落とすと乾いた声で言った。「ここには、〝ファン〟とは書かれていませんが」

「歯の鑑定を行なった結果、おっしゃるとおりご主人であることが確認されました。お悔やみを申し上げます」のっぽ男が話した。

やった！　頭の中に歓喜のファンファーレが響き渡った。ルイーセは喜びを悟られないよう、とっさに両手で顔を覆った。これで未来が俄然明るくなった！　これからはなんだってできる。

「水を持ってきましょうか？」のっぽ男が気遣う。「落ち着くまで少し待ちましょうか？　どなたか、お電話したい人は？」

ルイーセは首を横に振った。

「二〇一八年十一月二十二日にご主人の失踪届を出されていますね？」中東系の男が尋ねる。

ルイーセは顔を両手で覆ったまま、うなずいた。

「ご主人は非常に裕福でいらしたようですね。失踪されたあと、身代金の要求を受けたことはありませんか？　失踪の理由について何か心当たりは？」

ルイーセはため息をついて、男たちに視線を向けた。涙が出ていないことがバレなければいいけど。

「いいえ、まったく。夫はただ、消えてしまったんです」

「どうして亡くなったのか、思い当たることはありませんか？　ご主人に恨みを持っていた人は？　誰かに金を借りて支払いを拒否していた可能性はどうです？　たとえばギャンブルで借金をつくっていたとか？」

ルイーセは小馬鹿にしたように鼻を鳴らした。「夫には借金などありません。仮にギャンブルで負けたとしても簡単に払えます。なぜそんな馬鹿げた質問をするんですか？　夫の商売は他人にギャンブルをさせることです。自分がするなんてとんでもない。ギャンブルなんてこの世で一番愚かなことだと思っていた人ですから」

「でも、ご主人は失踪前の十二、三年の間に十カ所以上のオンラインギャンブルに投資をしていますね。デンマーク国内だけでなく、相当な数のタックスヘイブンで。敵をつくったとしても不思議ではありません」

小学生顔の男が言った。

ルイーセは出来の悪い息子を見る母親のような顔つきになった。「ギャンブル依存症の人間が夫の敵だったとでもおっしゃるのですか？ ビアウアがそんな人間と直接やり取りをするはずがないでしょう？ 自分から接触するはずがありませんし、まして、相手が気安く連絡できるような立場でもありませんでした」そうぴしゃりと言うと、つらそうな表情をつくり、中東系の警官に視線を合わせた。「それで、夫はいまどこに？」

「法医学者のところです」

「わたしが身元確認をしなくてもいいのですか？」

「特にご希望がなければ、その必要はありません。いずれにしても、やめておいたほうがいいと思いますよ」

冗談じゃない！ そんなこと誰がしたいものですか。


「本人は、ビアウア・ファン・ブランストロプと名乗っていたようです。二〇一八年十一月二十二日に失踪。その後殺害され、食塩水で防腐処理、というか、それらしきことを施されました。アサドも僕も、ホワイトボードに新たに書き込む被害者が出てきたという意見で一致しています、カール」

「で、妻の様子は？」

「空を飛びたいと思っていたラクダの話は知ってますか？」アサドが尋ねた。

カールは首を横に振った。ゴードンも知らないようだ。

「あるラクダが、もしかしたら自分は飛べるんじゃないかと考えたんです。それで、背中のこぶを横に倒して翼のようにし、砂漠の真ん中の高い砂山から飛び降りました」

「だけど、失敗した。そうだろ？」

「そのとおりです。墜落です」

「アサド、その話のオチがわからんのだが」

「ラクダの場合と同じように、私たちの出張も墜落でした」

「そうか、すごく面白かった。つまり、おまえが言いたいのは、ビアウア・ブランストロプの失踪について、手がかりになるような情報はまったく得られなかったということだな？」

「そうです。彼の名前に〝ファン〟が必要だということ以外は。資料にはそうは書かれていませんけど」

やれやれ。「の」やら「で」やらの意味しかない単語を名前にくっつけただけで特別感が出ると思ってる連中を集めたら、ローマのコロッセオが埋まっちまうだろうよ。

「なんだか楽しそうじゃないか」開いたドアから声がした。ヤコプスンの顔に笑みが浮かんでいる。「私の話を聞いたら、さらに気分が上がるかもしれないぞ――午前中に、埋められていたもう一体の身元も判明した」

全員の視線がヤコプスンに注がれた。

「被害者の名はフランク・アーノル・スヴェンスン。地元では有名だったらしい。環境保護関連の法律に違反していると、毎日のように通報されていたという話だ」

カールにはピンとこなかった。「はあ。地元で有名なんですか？」

「そうだ。フランコ・スヴェンスンというニックネームのほうが知られているかもしれない。失踪したと報じられ、溺死したものと思われていた」

それを聞いて、ようやくカールの記憶の回路が動き出した。

「まだある。検死の結果、どちらも死因が同じであることが判明した。大量の塩化カリウムを投与されていたんだ。おそらく心臓に直接注入されたのだろう。塩化カリウムは死刑執行時に使用される三物質のひとつだ。ただ、使われるのは鎮静剤を投与したあとだ。今回の件で興味深いのは、犯人に殺害方法を隠そうという気がまるでないことだ」

「どういうことです？」カールが尋ねる。

「鑑識が今日、もう一度現場を調査した。いくらか掘ったところで、注射器が二本出てきた。どちらも同じ種類だ。腸内洗浄用のカテーテルを接続するような容量二百ミリリットルの大型のシリンジだ。しかも、注射針が接続されていた。それもとんでもなく長い針だ」

カールはぞっとした。「そのシリンジに、塩化カリウムが残留していたんですか？」

「五ミリリットルほど残っていたそうだ」

「どのくらいの塩化カリウムを入れていたんでしょうか？」ローセが尋ねる。

「確かなことはわからないが、相当な量が入っていたらしい。少なくとも鑑識の認識ではそのようだ」

「致死量はどのくらいなんですか？　百五十ミリリットルもいりませんよね？」ローセが言う。

「直接心臓に注入する場合は、どのくらいの量で死亡するのかまったくわからない。静脈注射であれば間違いなくもっと多く必要だろう」

「法医学者の見解はどうなんです？」カールが訊く。

「死因は塩化カリウムを直接心臓に注入されたことで、それは明らかだという話だ」

「つまり、塩化カリウムで殺され、塩化ナトリウムで防腐処理をされたということなのね。一気に化学っぽい話になってきたわ」

ローセは背筋に嫌なものを感じた。全身に悪寒を覚え、震えが来た。「ふたりの男性が誘拐され、死刑執行と同じ方法で殺された。ただし、合法の処刑とは異なり、最初に鎮静剤は投与してもらえなかった。そうですね？」声のトーンが落ちる。

「そういうことだな。体内にほかの異物はなかったそうだ。即効性はあっただろうが、同時にひどく痛みをともなう殺害方法だ」ヤコプスンはホワイトボードに顔を向けた。「今回のケースは、ほかの被害者とはあまり共通点がない。警察がとりあえず事故か自殺だと分類したわけではないからな。それでもここに書き込むべきだと思うか？　ちょうど、二〇一六年と二〇一八年のところが空欄になっているようだが」

カールがアサドに向かってうなずいた。アサドはホワイトボードに歩み寄り、二〇一六年の空欄に「フランク・〝フランコ〟・スヴェンスン」と記入した。

全員がしばしホワイトボードを眺めた。アサドは次に二〇一八年の空欄に「ビアウアア・ブランストロプ」と記入した。

カールはホワイトボードの各欄に目をやり、コペンハーゲン周辺で遺体発見現場に塩が残されていたケースを数えた。

これで七件だ。

31

アサド／カール

二〇二〇年十二月十六日、水曜日

アサドはオーデンセの郊外に車を停めると、緩やかなカーブが続く丘の上に建てられた立派な白い邸宅を見上げた。敷地には高額なローンを組まないととても手に入らないような高級車がずらりと並んでいる。

玄関ドアを開けたテュッテ・ラウゲスンは、莫大な資産の相続人にふさわしく、頭の先から爪先まで上品な身なりをしていた。「お電話をいただいて、それはそれは驚きました。母の死について警察にお話ししてからもう十年も経っていますので」そう言いながら、アサドを招き入れた。

「おっしゃるとおり、二〇一二年に相続問題が一段落してからわたしは母の遺したこの家で暮らしています。驚いたことに、母は未成年のときに子どもを産んで養子に出していたんです。その子にも相続権を与えていたために、手続きが長引きまして」

　ピーア・ラウゲスンの娘、テュッテ・ラウゲスンはアサドを部屋に案内した。まるでアラビアンナイトの世界から抜け出してきたかのような豪勢な部屋だ。本物のペルシャ絨毯が何枚も敷かれ、アサドの自宅のリビングほどもありそうなサイズの本革のソファが置かれている。彼女は、現在四十代で二度の離婚歴があり、この屋敷に十四歳の娘と暮らしている。娘は夏から寄宿学校へ行くことになっているという。

　アサドはにこやかな表情で、湯気の立ちのぼる薄く繊細なカップを手にとった。砂糖の入っていない白《ホワイト》茶《ティー》を必死で飲み込む。

「結構なお茶で」どうにかそう感想を伝えたアサドは、テュッテ・ラウゲスンの母親の死について数日前から再捜査が開始されたと説明した。

「最初にプールを見せていただけないですか」水のように薄いお茶の最後のひと口が喉を通り過ぎるのを待って、アサドは言った。砂糖が欲しくてたまらなかった。

　プールは想像以上に大きかった。がっしりとしたつくりで、幅二十メートル、長さ五十メートルはありそうだ。第一次世界大戦の直前にドイツ人の商人が、五人の子どもたちが自分よりも運動神経がよくなるようにと設計させたものだという。

「前は冬の間だけ防水シートで覆っていたんですけど、いまは一年じゅう覆っています。わたしも友人たちもコロナのスープに浸かりたくはないですからね」

　そう言うと、テュッテはある場所を指さした。母親が塩の入った袋につまずいたとされている場所だ。袋に足を取られ、プールに落ちる。アサドにはその様子が想像できなくもなかったが、やはり無理があるのではないかと思った。

「母は泳ぐことが大嫌いでした。このプールを残していたのは、ゲストを招いたり仕事の会合があったりしたときに背景にすると写真映えがするから、というだけのことです。少なくとも、わたしのためではありませんでしたね」

「プールの手入れをしていたのは誰ですか？」

「庭師のアウゴストです」

「なるほど、庭師の方ですか。まだご健在かどうか、ご存じではないですよね？」

「知ってますよ。もうかなり老け込みましたけど、相変わらず元気です」

「どこに行けばお会いできるでしょうか？」

彼女は庭の奥のほうを指さした。「ちょうどいま、温室でツバキの世話をしています。クリスマスに咲かせたいので」

アウゴスト・ニルスンは七十五歳だったが、八十五歳ぐらいに見えた。屋外で長年仕事をしていたために日焼けし、額から顎まで蜘蛛の巣のような皺が刻まれている。声は出しづらそうだったが、記憶はしっかりしていた。

「あの袋を置きっぱなしにしていたのは絶対に私じゃない。それは確かだ。ピーアはものが散らかっているのが我慢できない性分だったからね。当時は、思い違いじゃないかとしつこく訊かれたが、私が記憶の怪しい人間に見えるかい？」ニルスンは笑ってみせた。だが、声はしわがれ、ほとんど音にならない。「当時も、私は何度も警察に言ったんだよ。なんであんなところに塩の入った袋があったのか、まったく見当もつかないって。いったい誰が置いたのかって、そんなこと訊かれてもこっちには説明のしようがないってさ。誰も信じちゃくれなかったがね。嘘つきじゃなかったら耄碌しているんだってさんざん噂されたら、こっちだって口を閉じるしかないさ」

「お気持ちはよくわかります。でも、教えていただきたいんです。プールを消毒するときは、塩を直接流し込むわけではありませんよね？」

「ああ、もちろんそんなことはしない。あんたたちが思う以上にとても複雑なんだ。それもとうの昔に警察に説明してあるがね」アウゴストはヒノキの生け垣近くにある木造小屋を指さした。「あの中に化学剤を配合するための特別な容器がある。配合するときは目を離すわけにはいかないし、量もきっちり測らなくてはならない。プールの水のバランスを保つには化学剤を複雑に調合しなくてはならないんだ。温水設備もあるが、ピーアは泳ぎが嫌いだったから一度も使うことはなかった」

「となると、袋に入っていた塩は、何か別の目的で使っていたのですか？」

「いやいやまいったね、いい質問ばかりだ。どうしてそんなにデンマーク語がうまいんだい？」

「子どものころからデンマークに住んでいますから」

「なるほどねえ」ニルスンが花の間を縫って歩いていく。「それじゃあ、温室は暑すぎるかな」そう言って笑った。「質問に答えるなら、あの袋自体は、冬にドライブウェイに撒く塩を入れていた袋と見た感じは似ていた。でも、中身の塩はもっと細かいものだったんだ。それでこっちも困惑したんだがね」

「アサド、聞いた？　政府がまたロックダウンを発表したんだよ。しかも明日の朝からだって」ゴードンの声は震えていた。まるで、世界がいまにも終わると告げられたかのようだ。「学校も閉鎖、美容院も閉鎖、デパートもショッピングセンターも閉鎖。みんな閉まっちゃう。まだクリスマスのプレゼントを買ってないのに。今日じゅうに全部揃えられるかどうか……。悪夢だよ！」

ゴードンはカールとローセに目をやった。ふたりともまったく動じていない。アサドもまるで気にしていないようだった。もっともアサドの場合は、クリスマスを家族と祝う予定がないからだが。

「ひどい話だ。こんな状況で、どうやってクリスマスを過ごせって言うんだ。互いの家に行くのもだめ。手をつないでツリーを囲んで踊るのもだめ、歌うのもだめ。できることと言ったらせいぜい……」ゴードンは部屋の隅の椅子に腰掛けた。いまにも泣き出しそうだ。

「ゴードン、確かに理想的な状況とは言えないな。大勢の人にとっては、悪夢そのものだ」カールはゴードンに同情したふりをして、本題に入るのを少し待った。このくらい間をとってからなら、ゴードンを邪険に扱ったことにはならんだろう。「アサド、オーデンセで何か手がかりは見つかったか？　それとも、ピーア・ラウゲスンの名前はホワイトボードの欄から消さなきゃならんか？」

「いいえ、私はいまもピーア・ラウゲスンは殺害されたと考えています。娘から徹底的な調査を頼まれましたが、私としては何も言えませんでした。すると、新聞の切り抜きを綴じたスクラップブックを何冊か持ってきて見せてくれました。母親が受けたいくつものインタビューを自分で集めたものだということでした。母親の死に関して彼女自身が受けたインタビューもありました。あとですべて目を通すつもりで、私のデスクの上に置いてあります」

カールはゴードンに顔を向けた。「何をもたもたしてるんだ？　店が開いてるうちにクリスマスプレゼントを買いたいんじゃないのか？　これ以上おまえの泣き言を聞くのはごめんだぞ！」

ゴードンは大きく息を吸うと、ふうっと吐いた。気を落ち着けようとしているようだ。「あの、ちょっと思いついたことがあるんです。もしかしたら、すべての殺人事件に共通点があるかもしれないと」

全員が息を止めてゴードンを見つめた。

「昨日、実家で食事をしたんですが、両親の知り合いの夫妻も来ていまして。あ、でも、全員コロナの簡易検査を受けていますので安心してください。その夫妻の旦那さんのほうは輸入ワインを扱う仕事をしていて、ピュリニー・モンラッシェの白を三本持ってきてくれたんです。それがまた、天に昇るような味わいのワインで」

「なんだか、急に喉が渇いてきたわ」ローセが反応する。

「そうなんです、本当にすばらしいワインなんです。僕もちょっと飲んでみたんですけど、結局、一本丸ごと空けちゃいました。それで、ついしゃべりすぎちゃって、気づいたらピーア・ラウゲスンの話になっていて。あの一件を再捜査しているけど、亡くなったのが二〇一〇年八月二十日とかなり昔なのでなかなか進まないんだという説明をしました」そう言って、カールにちらりと目をやった。「わかってます。すみません。普段は他人に仕事の話はしないんですけど」

カールは肩をすくめた。白ワイン一本を飲み干したあとでこいつが何を話そうと、その場にいた人間は信じないだろう。

「そしたら、奥さんのほうが『あら、八月二十日はわたしの誕生日よ。変なこともあるものね』って言ったんです」

カールは苦笑した。変な話ごときで事件が解決するなら、元妻の母親がやらかした変なことを山ほど提供してやるぞ。

「そして、彼女はこう続けたんです。自分はボスニアで生まれ育ったセルビア人なので、スロボダン・ミロシェヴィッチと誕生日が同じであることをずっと悲しく思ってきた。あの男は戦争犯罪人だから、と」

「それで？」ローセが先を促す。

ゴードンがアサドを見つめた。「オレグ・デュデクが死亡した日付を見て、マルワが言ったでしょう？　サダム・フセインの誕生日と同じ日だって」

部屋はしばし静まりかえった。

「首相がさっき、またロックダウンに入ると宣言しましたけど、その少し前に僕は五月十九日という日付を検索してたんです。パレ・ラスムスンが殺害された日です」ゴードンは反応をうかがうように、三人に視線を投げた。クリスマスを台無しにされた騒ぎを忘れてしまったようだ。

「結論を早く言いなさいよ」ローセが急かす。

「五月十九日はポル・ポトの誕生日なんです。カンボジアでクメール・ルージュを率いて二十世紀最悪の凄惨な大量虐殺を行なった男です。どうですか？　それぞれの事件の共通点が見えてきませんか？」

全員がうなずいた。サダム・フセイン。ポル・ポト。スロボダン・ミロシェヴィッチ。史上最悪の独裁者にして犯罪者。その誕生日を狙って殺しが行なわれたということか？

32

パウリーネ

二〇二〇年十二月十六日、水曜日

鏡の中から疲れた顔が諦めたように自分を見つめていた。額の皺がだんだん深くなってきた。もう何日もまったく笑っていない。笑う理由などないからだ。冷蔵庫は銀行の口座と同じくらいに空っぽだった。首相がデンマーク全土に対して新年までのロックダウンを発表して以来、仕事がないのだ。落ち込んだかと思うと、怒りが煮えたぎる。ずっとその繰り返しだった。

明日正午には、全国ほとんどの地域で、店舗や施設が再び閉鎖される。なんてひどい年、なんてひどいクリスマスだろう。誰もがまだ営業している数少ないショッピングモールに殺到している。みんな、頭がおかしくなってしまっているようだ。それでも買い物するだけの金があるだけあたしよりマシ。これまでの人生、ここまで金に困ったことはなかった。家賃は滞納しているし、生活費はどんどん出ていくというのに一クローネも入ってこない。舞台で食べている人間にとっては数カ月前からすでに絶望的な状況だったが、新型コロナの感染者数が再び増大したことで、事態が早急に改善する見込みはなくなった。友だちがこの状況に同情し、励まし、支えてくれることだけが唯一の慰めだった。

このまま観客を入れられない状況が続いたら、役者はどうやって生きていけばいいの？　文化庁はあたしたちにどうしろというの？　市庁舎前広場で『ハムレット』の朗読をしろとでも？　南ヨーロッパでよく見られるように、教会前の階段に座って小銭をねだれとでもいうの？

パウリーネはベッドの下に置いてあるシューズボックスのことを考えた。もう二十年近く、ひどく落ち込んだり人生に嫌気が差したりしたときは、これが秘密の命綱となってくれていた。箱の中にはパレから届いた手紙が大事にしまわれている。エロティックな欲望と妄想をかきたてる手紙で、読んでいるだけでふたりの荒々しく倒錯した行為が赤裸々に思い出され、興奮してくる。

これだけは、絶対にあの刑事に渡すわけにはいかない。そんなことをしたら、警察にさらに疑われる。あたしたちは確かにあまり普通ではない愛情で結ばれていたけど、あたしは本気で彼を愛していた。でも、警察はそんなことわかってくれないだろう。手紙の内容が分析されれば、完全に身の破滅だ。

パウリーネはパレ・ラスムスンの死と無関係だったが、事情聴取以来、そのことが頭から離れなくなっていた。彼が死んだときに両手首に拘束されたようなあざがあったことをいままで知らなかったのだから、なおさらだった。プレイ中に殴打されたパレがあまりにも激しく身をよじるので、興奮も手伝って手錠をしてあげようかと言って、断られたことがある。あたしとは拘束プレイを絶対にしたがらなかったのに、ほかの女には許したってこと？　その女にはそんなに魅力があったの？　パレは本気であたしと別れようとしていたの？

パウリーネはこのところ、毎晩のように泣いていた。いまの状況だけでなく、パレが死ぬ直前にいったい何が起きたのかいくら考えてもわからないことが苦しかった。

あの刑事は何度も、パレが自殺ではなかったとほのめかしていた。当時は、彼が自らの手で人生に幕を引いたということがつらくてたまらなかった。それでも、もう何年も前にようやくその事実を受け入れた。周囲から、パレのように深い闇を抱えた人間は、そういうことをしても不思議ではないと繰り返し聞かされたからだ。

それなのに、手首に拘束されたようなあざですって？　自殺だと思っていたのに、どういうこと？　直前までそういうプレイをやっていて、それで死んだってこと？

パウリーネの頭には不吉な考えがいくつも浮かび、まずいまずいと思いながら暗黒の袋小路に入り込んでしまった。ふだんなら、日々の雑事や仕事で気が紛れるのだが、することがないというこの状況のおかげで、思考の迷宮にはまってしまった。あたしの愛した人は本当に殺されたのだろうか？　だとしたら、いったい誰がそんなことを？　強盗殺人でもなく、政治的な理由があるわけでもないなら、そんなことができるのはパレの近くにいた人間だけのはずだ。だったら、あのシスル・パークなんじゃないの？　あの女を疑うべきじゃない？

そうよ、当時、あたしを恋人の座から引きずり下ろしたのがシスルだったという可能性は十分ある。考えれば考えるほど、あの女がパレを奪ったと思えてきた。あたしより美しくてお金もあり、インテリで洗練されていて、別格の女。だからって、拘束プレイを許すほどパレがシスルに心を許すなんて。じゃあ、パレの死の責任はあの女にあるといえるんじゃないの？

パウリーネは苦々しく思いながらも、薄笑いを浮かべた。だとしたら、あの女にツケを払ってもらおう。そう考えると、ベッドの下からシューズボックスを引っ張り出し、ひざの上に載せた。大切な手紙の山のなかに、第三者が見ても差出人が誰だかわからないような一通のメールのプリントアウトがある。そのメールを読めば、差出人とパレが特別親密な関係で、暴力的なプレイを楽しんでいることがわかる。最後にパレといっしょにいたのがシスルだろうとなかろうと、あの女に事故の責任があろうとなかろうと、この際どうでもいい。あの女を脅して、追い詰めて、金を巻き上げてやろう。

笑いがこみ上げてきた。なんという解放感！

シスル・パークはきっと金をよこす。あの女なら余裕で払えるもの。


数時間後、ふたりは向かい合って座っていた。シスル・パークはパウリーネを〈パーク・オプティマイジング〉の役員室に招き入れた。高級なアンティークの調度品がずらりと並ぶ部屋だった。署名入りの稀少な絵画がいくつも飾られている。パウリーネにはとても手が出せない名品だ。

シスル・パークは流線型のスチールフレームにガラスの天板を組み合わせたデスクの向こうに悠然と腰掛け、なんとも言い難い表情でパウリーネを見つめた。

「パウリーネ・ラスムスンさん、もちろんあなたのことは存じ上げていますよ。ご活躍でいらっしゃいますものね」

シスルは注文していない料理を出された客のような表情をした。

「あたし、あまり歓迎されていないみたいですね」パウリーネはそう言って、部屋の中をじろじろ見た。これだけの資産があれば、金の都合くらい簡単につくだろう。

「それも仕方のないことではないですか？　お知り合いというわけではありませんし、共通の話題もありませんから。それに、いまとても忙しいもので」シスルはそう言うと電話で内線のボタンを押し、何かの書類にサインをした。「手短にお願いします。ご用件はなんでしょうか？　ビジネスのご提案があるというお話でしたわね？」

「あなたが買い取りたいと思いそうなものがあるんで

す」パウリーネは椅子を少しうしろに引き、顎を突き出した。舞台では効果的なジェスチャーだが、ここでも通用するはずだ。「あたしとは知り合いじゃないと言いましたね。でも、それは事実じゃありません」

シスル・パークは部屋のドアまで歩いていき、ちょうど入ってきた秘書にサインした書類を手渡した。

「急ぎなの。国際宅配便を使ってちょうだい」そう指示してから再びパウリーネを見たときのシスルはうんざりした顔つきだった。「単刀直入にお願いできますか？　あなたのことはメディアで知っていますけど、個人的に知り合う機会はなかったと思いますよ。わたしが買い取りたいと思うものというのは、なんでしょうか？」

「あたしがパレ・ラスムスンと深い仲だったことは知っているはずですけど。あたしから彼を奪ったことも。そう考えると、互いにとても個人的な結びつきがあると言えるんじゃない？」

「パレ・ラスムスンですって？　何をおっしゃりたいの？　彼を奪ったなんてとんでもない！　あの人には政界へのパイプづくりで口を利いてもらっただけで、なんの感情もありませんでしたけど？　あんなに太った気持ち悪い男。まったく信じられない！　わたしを見てちょうだい。何をどう考えたら、わたしのような女があんな男を気に入るなんて発想になるのかしら」

パウリーネは一瞬、怯んで息を呑んだが、シスルの嘲るような視線に負けまいとした。そして、勇気を振りしぼってハンドバッグから赤い口紅を取り出し、敵の唇と同じくらい濃い色になるように唇を塗り直した。

「あたしの愛しい、太った気持ち悪い男をプレイ中にうっかり死に追いやるくらいには親密な関係だったんでしょ」そう言って、口紅をハンドバッグにしまった。だが、シスルを直視することは避けた。毒矢のような視線をわざわざ正面から受けることはない。

「完全にどうかしてるわ！　馬鹿なことはやめて、いつもの大衆芸能に専念なさったほうがいいのでは？」

パウリーネはにやついた。シスルはもう爆発寸前だ。

「わたしがラスムスンの死に関係があるなんて言いがかりをつけるなら、警察を呼びますよ。警官相手にいくらでも馬鹿げた推理を披露すればいいわ」声が少し震えている。

パウリーネはうなずくと、シスルのヒールの高い黒いブーツに目をやった。あたしの目に間違いがなければ、セリーヌのブーツだ。最低でも一万クローネはする。

「さあ、どうなの？　警察に通報したほうがいいかしら？」

パウリーネは上目遣いにシスルの手を見た。その手はさっきからずっと、固定電話の白い受話器に置かれている。

「あなたがほかの殺人犯たちと十五年間刑務所に閉じ込められたいなら、それはそれでいいけど。でも、その手をデスクの上に戻してあたしの提案に耳を傾けるっていう選択肢もあるんじゃない？　五十万クローネはかかるけど、それで過去を塗りつぶすことができるなら、悪くない話だと思うけど？」

受話器に置かれたシスルの手がぴくりと動いたのをパウリーネは見逃さなかった。秘書につながる内線ボタンが再び押される。

そうこなくっちゃ。パウリーネはハンドバッグの中の紙片に手を伸ばした。

パウリーネは一階の部屋で椅子に座ったまま、もう一時間も待ちぼうけを食らっていた。親切な秘書にその部屋まで案内され、シスル・パークは仕事を終え次第ここに来ると伝えられた。そして、秘書はサイドボードを指さすと、「ご自由にどうぞ。CEOから『誤解が解けることを願っています』とことづかっています」と言った。そこにはチョコレートと、コーヒーメーカーと紅茶の入ったポットがあった。もちろん、水の入ったボトルも用意されていた。

だが、待たされている間にパウリーネはだんだん弱気になってきた。少し前まではあの女をやり込めたと得意になっていたが、いまはもう、次にドアから入ってくるのは制服を着た警官なんじゃないかとびくびくしていた。会話を録音されていたかもしれない。そうよ、あんな地位にある人間なんだから、そのくらいのことしてるに違いない。

過去を消すのに五十万クローネかかると言ってしまった。恐喝罪にされたら、刑務所送りだ。

パウリーネは自分自身に腹が立ってきた。なんて馬鹿なことをしたんだろう。拳を握りしめる。でも、まだ何発かパンチを見舞うことはできる。シスル、覚悟しておいて。パウリーネは自分を鼓舞しながらコーヒーをカップに注いだ。

万一警察が来たら、シスル・パークに鎌をかけただけだと説明しよう。パレ・ラスムスンの一件が再捜査されていることをあたしにほのめかしたのは、あなたたちのお仲間のカール・マーク警部補なんですよ。だから、こうしたら捜査の手助けになるんじゃないかと思ったんです。そう言えばいい。

さらに十五分が過ぎ、パウリーネはもういいかげん帰ろうかと思いはじめた。パウリーネ・ラスムスンは鎖につながれた犬じゃないとシスルにアピールしてやろうと思ったからだ。それに、少し体がふらふらしてきた。目も乾ききっているし、なんだか全身がだるい。

天井のライトに目をやり、瞬きをした。ちょっと明るすぎるんじゃない？　何かあるみたいだけど、特殊な新型プロジェクター装置か何か？　それとも、監視カメラ？

「あの、すみません！」パウリーネは叫んだ。我慢が限界に達していた。こんなところで人をずっと待たせておく権利なんか誰にもないはずだ。「ちょっと、誰か！」今度はもっと力を込めて叫んだ。なんなのよ、誰か反応しなさいよ！

パウリーネは立ち上がると、ふらつきながらドアへ向かった。ドアノブに手をかける。何度か力を込めて引っ張ってみて、鍵がかかっていると気づいた。立ちくらみがした。暖房がききすぎているのかもしれない。

パウリーネはドアノブを見つめた。その輪郭がだんだんぼやけていく。

ようやく人がやってきたときには、パウリーネはすでに床に倒れ、酸素を求めて激しくあえいでいた。

33

リスベト　一九八四年

「自分はもう退院できる状態だと思っているのですね？　その根拠はなんですか、リスベト？」

リスベトはなんとか穏やかな笑みを浮かべようと努力した。こういうタイプの男には、こんなふうに笑いかけると効果があったような気がする。

だが、この男はこれまでわたしの目をちゃんと見たことがあるのだろうか？　下を向いてカルテばかり見ているせいで、鼻の上の眼鏡がゆっくりと下にずり落ちる。それでも、ひたすら眉毛を掻いているだけだ。

そもそもこの男は誰なんだろう？　名乗りもしていないはずだ。医長？　副医長？　担当医の代理医師？　さっぱりわからない。

リスベトは深呼吸すると、外に広がる春の香りを想像した。窓の向こうでは、自由が手招きしている。

ほぼ二年間、リスベトはたくさんの病棟をたらい回しにされ、大勢の医師から心の中を嗅ぎまわられ、探られてきた。永遠にも思えるほどの時間をかけて同じ質問を何度も繰り返す医者もいれば、尋常ではない仕事量と責任の重さによるストレスで見るからにぐったり疲れ、とにかく家に帰りたがっているような医者もいた。医師の体型は実にさまざまで、その名前もデンマークじゅうからかき集めたようにバラエティに富んでいた。だが、そのことを別にすれば、誰も彼もがあきれるほど似通っていた。

リスベトは男の胸にある名札を眺めた。〈トアライフ・ピーダスン〉。ここの責任者だろうか？　この名前、どこかで聞いたような気がする。でも、自信はない。

会議用テーブルを挟んだ向こう側にはその男のほかにも数人いたが、ひとりだけは知っている顔だった。病棟の主任看護師だ。さらに男がふたり。おそらく医師だろうが、白衣すら着ておらず、どこにでもいそうな平凡に見える人たちだった。

「十分回復したので退院したいんです。いろいろ学びましたし、治療のおかげで安定してきたと思います。人生を再スタートし、大学に戻る時期が来たと思ってます」

医長らしき男がカルテに何度か目を走らせ、うなずいた。

「あなたは、トラウマになるようなとても恐ろしい出来事を体験しました。命があることに感謝しなくてはなりませんね。ですが、いまでも突然激しい怒りにかられることがあるでしょう？　それは、あなたがまだ完全には過去を乗り越えられていない証拠なのです。今後も同じ薬を飲みつづける必要があることを理解してもらわないと、退院には同意できません。どのくらい長く飲むことになるかはわかりません。ひょっとしたら一生かもしれません」

リスベトはうなずいた。そんなことを言われたぐらいでわたしが怯むとでも思っているのかしら。まだまだ人間観察が足りないわね。

「わかってます。でも、それはもう、ずいぶん昔のことですから」

「それ、というのは具体的に言うと？」医師は眼鏡を元の位置に戻すと、鋭い目を向けてきた。

「怒りです。もう怒っていません。さっきも言いましたけど、わたしはもう冷静です」

「あなたはあのとき、雷に打たれて死ぬところでした。そのときに脳と中枢神経系に激しい衝撃を受けました。ですが、王立病院神経科の最終報告を見る限り、少なくとも長期にわたる身体的後遺症は残らなかったようですね。気がかりなのは、心の後遺症です」

残りのふたりの医師も同意するようにうなずいた。馬鹿馬鹿しい。これまでこの人たちのなかに、一度でも時間をつくって、わたしとそのことについて真剣に語り合おうとした人がいる？

「あなたは、落雷でほかの人たちが亡くなり、自分だけが生き残ったのは神の意思によるものだと、相変わらず信じているようですが」

「ええ、あれは神のご意思でした」

その言葉に、医長らしき男は眉根を寄せた。

「神を信じてらっしゃらないんですか？」リスベトのほうから尋ねた。

男はカルテをぱらぱらめくった。それが答えのようだ。

「この病棟に来たばかりのころ、あなたはしょっちゅう神と対話をしていたようですね。幻聴があったのでしょうか?」

「とんでもない!」

すると、男はリスベトをまっすぐ見つめた。本当ですか? と、その目が言っている。

「大学の友だちが神の罰を受けた、とあなたは信じている。でも、なぜそう思うのか、われわれに一度もきちんと話してくれませんでしたね。なぜですか?」

「ちょっと待ってください、わたしは自らここに入ったんですよ。まあ、母に説得されたからというのもありますけど、母はもう死にましたし、わたしは元気になりました。だから……」

「お母さまは亡くなられた。でも、あなたはお母さまの死をなんとも思っていないように見えますが」

リスベトは両手をひざに置き、身を乗り出した。

「あの人が不誠実だったからです。わたしと母の関係は、特に深いものでも愛情に満ちたものでもありませんでした」

別の医師が口を挟んだ。

「あなたは、正義、神の罰、そしてサタンがこの世で行なった悪事のことばかりを話していた時期がありましたね。そういう話にとり憑かれているように見えた時期が何度もありました。そのころのご自分を振り返って、いま、どう思いますか?」

リスベトはうなずいた。人前でこの手の話をするのはやめようと決めたのだ。神に見捨てられたようなこんな場所に、わたしの話を完全に理解できる医者やセラピストがいるはずがないからだ。

「もう過ぎたことです。ずっと昔の話。いまのわたしは大丈夫です」

「つまり、他人に対する度を越した怒りの衝動をコントロールできるようになったということでしょうか?」

リスベトは微笑んでみせた。「そうです。もう怒りには支配されません」

三人の医師は妙に優しげな表情になった。リスベトは不安になってきた。まさしくプロのやり方だ。ものわかりのよさそうな顔をしながら、本当はわたしを疑っている。

「リスベト、もうひとつ、私からぜひとも訊いておきたいことがあるのです」三人目の医師が言った。「懸念している点はいろいろありますが、なかでも誇大妄想について注意してほしいのです。あなたは、誇大妄想を抱いていて、それにもとづいて未来像を描いているように見えるからです。あなたはしょっちゅう、『デンマークで〝完全なトップ〟に立ちたい』とか『偉大な行ないをしたい』と話していましたよね。『それによって大きな富を築きたい』とも。もちろん、大きな夢を描いたり、大きな野望を抱いたりするのは自由ですが、あなたの場合は現実を見る目を少々失っているように感じるのです。あなたの夢はいま、以前よりは現実的なものになったと思いますか？　そうでないと、外の世界での生活は、あなたにとって想像がつかないほど絶望的でつらいものになる可能性があります。こんなことを尋ねるのも、それを心配しているからです」

リスベトは再び微笑んだ。だが、今度はかなり苦労した。ここに座っているのは、せいぜいが並みの知能しかない人間だ。自分たちだけの、ちっぽけで平凡な、〝ふつう〟の世界観でわたしを観察している。これ以上出世することなどないのに現状に満足していて、それどころかその現状を誇りにすら思っている連中だ。専門医であり、父親であり、来る日も来る日も九時から五時までの仕事をこなしている自分を誇りに思っている。慣習に流されているだけで、新しい時代を切り開くほどの斬新な考えもない。年金生活に入ってやることがなくなって初めて、これが自分の人生のすべてなのかと悔やむような人間だ。

「そういう野望はもうありません」リスベットは真っ赤な嘘をついた。「化学の研究を続けるつもりです。先生方はわたしの成績をご存じですし、教授ともお話しされましたよね。化学はわたしの天職で、あの分野で結果を残せると思ってます」

次は主任看護師の番だった。「リスベト、わたしがこの面談の場にいるのは、日々あなたを見ていて抱いた印象を伝えるためです。あなたはここによくなじんでいますし、あなたが退院すると寂しく思う患者さんもいるでしょうね。でも、みんながみんなあなたのよい面だけを見たわけではありません。これは事実です。あなたもそれは重々承知でしょう？　ある人たちに対しては、あなたは非常に辛辣でした。あなたが入院してからすぐ、何度かかなりまずい状況になりましたよね。大変な騒ぎになったこともあります。なんのことか、おわかりだと思いますけど」

リスベトはうなずいた。また、あのときのことを蒸し返すのか。

「ええ、もちろん。でも、それも遠い昔の話です。だって、一年以上前のことでしょう？　いまでも残念でなりません。彼女があんなふうになるとは、まったく予想もしていませんでしたから」

「リスベト、彼女は自殺しましたよね。本当に痛々しい最期で、病棟全体がそのショックから立ち直るまで長い時間がかかりました。あなたのことをひどく怖がった患者もいました。当時、あなたをいろいろな病棟に移したのもそのためです」

「カーアン、いまのわたしには、あれが本当にひどいことだったとわかります。何カ月も経ってようやく、精神を病んでいる人は、言葉によってあれほどひどく傷つくこともあるとわかったのです。わたしは学びました。あんな結末になったことを、心から残念に思ってます」

リスベトは床を見つめながらうなずいた。情緒不安定の女を精神的にじわじわ追い詰めたときの達成感を思い出しながら。あの女は何度も何度も編み針を胸に突き立て、最後には針が心臓まで達した。でも、あれでこの世から無駄な人間がひとり減ったのだ。役に立たず、善い行ないもせず、この先も変わらない無用の人間。心が穢れているから、あのような不道徳な考えをもったり汚い言葉を使ったりするのだ。あの女の死など、涙を流すに値しない。

「あの件についてそう考えてくれているならよかったわ、リスベト。あなたを信じます」主任看護師が言った。

医師たちと主任看護師は視線を交わした。最初の医師が、相変わらず眉を掻きながら口を開いた。

「ご存じのとおり、あなたの意思に反してあなたをこのまま入院させることはできません。それでも、あなたの状態は依然として不安定であり、いま、外の世界に出て現実と向き合うのは少々厳しいのではないかというのが私の見解です」彼は机の上にあった一枚の用紙をリスベトのほうに引き寄せた。「ここに署名をすれば退院できます。ただ、今後四週間はいつもの薬を飲み、その後も診察を受けるようにしてください」

リスベトはうなずいた。「ありがとうございます。朝夕二錠ずつですよね。よくわかってます」

背後で閉鎖病棟のドアが閉じ、ロックの音がした。これまで、許可を得て散歩に出るときや、母のところで過ごすために週末に一時外出したときにも聞いたはずなのに、今日はまるで違う響きだ。病院の精神科で過ごした長い時間が、一瞬にして小さな真空に吸い込まれていったように思えた。ロックのかかるカチリという音を聞いたとたんに、生き返ったような気がした。

キャリーバッグは軽く、簡単に引いて歩くことができた。ほとんどの服は病室のタンスに置いてきた。あそこで使っていたものを見て入院生活を思い出す羽目になるのはごめんだ。もう、過去のことなのだから。

わたしは強くなった。人生で最も重要な一歩に向けて、完全に準備が整っている。

建物を出て並木道に入ると、風が木々を揺らした。リスベトはハンドバッグから小さなビニールのパッケージを取り出し、目の高さに持ち上げた。青と白の錠剤を一日に四錠、四週間。精神を安定させるためといえば聞こえはいいが、結局のところ、自発性を抑えつける薬だ。気分の極端な変動を最小限に抑え、感情を刺激する記憶や動揺を引き起こすような考えの芽を摘むように調合されている。

リスベトは笑って袋を開けると、錠剤をひとつずつ道に落としていった。グリム童話の『ヘンゼルとグレーテル』みたいだ。もっとも、道しるべとして落としているわけじゃない。あそこに戻るつもりなど、さらさらないのだから。

「当たり前よ！」彼女は大声で叫んだ。あてもなくその辺を散歩していた患者が数人、振り返った。

わたしが何者なのか、なんのために戦うのか、もう二度と、絶対に、他人に決めさせはしない。

いまからは、決めるのはこのわたし。たとえそのために身の破滅を招こうとも。

34

カール

二〇二〇年十二月十六日、水曜日

カールは心から満足していた。ロックダウンのおかげで、あらゆる方面に静寂が訪れたのだ。殺人捜査課ではほとんどのチームがリモートワークを命じられているし、モーナは家で幼い娘といっしょにいられるし、クリスマスに向けた馬鹿騒ぎもなくなった。なかでも最高なのは、コロナのおかげで、ＰＥＴのアサド宅訪問が無期限に延長されたことだ。いま一番必要なのはソーシャルディスタンスだからだ。差し迫った理由がない限り、誰も他人の私的事情に首を突っ込みたいなどとは思わない。

カールは満足げに笑うと、窓を開けてタバコを吸った。ニコチンこそが、忌々しいコロナの変異株に強い抵抗力を持っている。カールは一時期報じられたそのニュースを断然支持していた。

ローセとゴードンはホワイトボードに記入された事件のうち、殺害日が明らかになっているものを検討し、アサドはテュッテ・ラウゲスンのスクラップブックを調べている。順調、順調、順調。

カール自身は、例の〝防腐処理〟を施された遺体の捜査に専念した。この事件では、いろいろな面で疑問点があった。たとえば、二百ミリリットルという大型の使い捨てシリンジに長い注射針をセットして使用するのは、いったいどのような人間か？　インターネットでざっと調べてみたが大して参考にはならなかった。この手の注射器は農家や研究所や医療機関で使われているらしい。それほど広範囲で使用されているとあっては、出どころの特定は至難の業だろう。発見されたシリンジには製造番号もバーコードもないので、メーカーに問い合わせることもできない。

今回のふたつの遺体も、ホワイトボードに書き出された被害者たちと絶対につながりがあるはずだ。なんといっても、塩という明白な共通点がある。だが、相違点があることも事実だった。ほかの事件と異なり、この事件の場合には正確な殺害日がわからない。誘拐後に殺害された可能性が高いが、どのくらい拘束されていたのかわからないのだ。特に意味のない日に殺害され、かなり時間が経過してから埋められた可能性もある。

ビアウア・ブランストロプの場合には、職場に迎えに来たらしい白のシュコダ・シュパーブに乗り込む様子が防犯カメラに映っていた。それ以降、彼の姿を見た者はいない。本人自らが雲隠れしたのだろうと思われたとしても仕方がない。ありえない話ではないからだ。ブランストロプならいとも簡単に大金を動かしたり、ポケットにしまい込んだりできる。その金を使って、タイとかどこか遠い国で王様のように暮らすことだってできるはずだ。

だが、事実は違った。

フランコ・スヴェンスンの場合は、自殺説がすでに出ていた。二〇一六年十一月四日、彼はいつものように忙しい一日を終え、これまでもよくやっていたように、氷のように冷たい水の中でリフレッシュしようとビーチに向かって歩いていった。夕食の時間になっても戻らなかったため、心配になった家族が探しにいったところ、波打ち際に丁寧に畳まれた服が置かれているのを発見した。下着も海水パンツもそこにあった。つまり、いつもとは違って裸で海に入ったということだ。スヴェンスンはそこまで大胆な人間ではなかったので家族は不審に思ったのだが。状況的に、溺死の可能性が高いと思われた。だが、かかりつけ医によれば、スヴェンスンはとびきり健康で、直前の健診でも〝牛並みの強さ〟だと太鼓判を押されていたという。にもかかわらず、ほかに何も手がかりがないため、警察は自殺か冷たい水の中で痙攣を起こしたものと考え、事件性なしと判断した。自殺の動機と思われるようなことも出てこなかった。そこで、ある時点で捜査は打ち切りとなり、水難事故の可能性ありと結論づけられた。家族も事故だったのだろうと思っていた。おそらく、陸から海に強い風が吹くなか、波にのまれてしまったのではないか。誰もがそう考えていた――そう、あの日、ヒレレズで遺体が地中から掘り起こされるまでは。

それぞれの穴に埋められた遺体がふたつ。彼らはなぜ、死の報いを受けるようなことになったのか？　犯人はなぜ、今回に限って犯行を隠そうとしたのか？

もしや、作戦を変更したのだろうか？　もっと安全な形をとることにしたのだろうか。だが、それでもまだ被害者のそばに名刺代わりに塩を残しておくという習慣は守っている。自己顕示欲の表れなのだろうか？　警察が解明できないメッセージを送ることに優越感を感じているのだろうか？　こうした象徴的な行為が唯一の手がかりになって連続殺人事件の解明につながることはよくある。国外でもそういうケースはあるし、カール自身も経験があった。今回のケースでは、塩のほかにもパターンといえそうなことがあった。二年おきの犯行で、少しずつ日付がうしろにずれている点だ。犯人が意識的にやっていると思われる。だが、こうした手がかりがあるにもかかわらず、まだ一歩も前に進めていなかった。

ゴードンがいきなり部屋に駆け込んできた。両脇の下に濃い汗染みができている。いつもは氷のように青白い顔が珍しく紅潮していた。ローセとアサドもすぐあとからやってきた。ふたりもかなり興奮しているようだ。

ゴードンは椅子に腰掛けるのももどかしいといった感じで、口を開いた。「あのですね、修理店のオーナーだったワイルダーですけど、彼が死亡したのはニコラエ・チャウシェスクの誕生日だったんです。オレグ・デュデクの殺害日はマルワが言ったとおり、サダム・フセインの誕生日。ピーア・ラウゲスンが溺死したのはスロボダン・ミロシェヴィッチの誕生日、パレ・ラスムスンが死亡したのがポル・ポトの誕生日でしたよね。で、新たに判明したことがあるんです。武器商人のカール＝ヘンレク・スコウ・イェスパスンが殺されたのは、イディ・アミン（一九二五―二〇〇三。ウガンダの軍人、政治家。軍事クーデターを起こして大統領となり、独裁政治を敷いて数十万人の国民を虐殺した）の誕生日だったんです」

こいつらに先を越されるとは！　だが、偶然の一致という可能性だってあるんじゃないか？

「すごいでしょう！　歴史上最悪ともいえる犯罪者のうち五人の名前が、ホワイトボードに集結してるんですよ！　どうですか？　僕らの仮説に疑問が残っていたなら、これで払拭できます」

アサドもにやついている。「さて、これで、すでに事件発生が判明している年と年の間、つまり一九九〇年、一九九二年、一九九四年、一九九六年だけを調査すればいいというわけにもいかなくなりました。さらに多くの事件を想定しなくてはならないかもしれません。まずは思いつく限り、極悪犯罪人の誕生日を検索すべきでしょう」

「それでも何も見えてこなくて、あなたが偶然の一致だという考えを変えなかったとしても、わたしたちとしては『世界史の教養がさらに身についてすっごく得をした』と思えばいいわけですし」ローセが憎らしいことを言う。この世に屁理屈と皮肉を鍛えるエリート校があったとしたら、こいつは首席で卒業していたに違いない。

35

パウリーネ

二〇二〇年十二月十六日、水曜日

すぐ近くで何かが動くのを感じ、何人かの足音が聞こえた。すると、ドアが開いて、閉まった。鋭い声がする。誰かがあたしの肩に手を置き、慎重に揺さぶっている……。パウリーネは、何度か深呼吸をしてからそろそろと目を開けた。何人か女性がいる。そのうしにシスル・パークが立ち、いわく言い難い目つきでこちらを見下ろしていた。

「気分が……」吐き気がこみあげてきて、パウリーネはその場で吐いた。

周りにいた女性たちが弾かれたように飛びのいた。高級ブランドのスーツが汚れていないか気にしている。

「ごめんなさい」それだけ言うのがやっとだった。また吐き気がこみあげてきたのだ。

「ほら、水を飲んで」シスル・パークが近づいてきた。このコップをずっと手に持っていたのだろうか？

パウリーネは水を一気に飲み干した。少し気分が落ち着いた気がした。もう一度、ゆっくりと目を開いた。胃のむかつきがだんだんと収まっていく。そして、少しずつ周りの状況が把握できるようになった。どうやら自分は輪の中心にいるらしい。

「なんであたしを閉じ込めたの？」

シスル・パークが首をかしげた。困惑しているのだろうか？　それとも、ひと呼吸おいてからあたしを攻撃しようとしているのだろうか？

「あのコーヒーに何か入れたのね。なんで？」周りの

女性たちから目を離さずに尋ねた。いまの言葉にまったく驚いていないみたいだ。いざというときに助けてくれるだろうか？

だが、女性たちはただ微笑んで立っているだけだった。味方になってはくれなさそうだ。

シスル・パークの表情が、女性たちと同じように柔らかくなった。

「パウリーネさん、誤解されるようなことがあったとしたら、お詫びします。あのドアは自動ロック式なのですが、部下が内側からも開けられるようにしておくのを忘れていまして。申し訳ありません。コーヒーのことですが、あれはエチオピア産のアラビカ種で、デンマークではこれ以上の高級品は手に入らないくらいなのですけど」シスルはコーヒーメーカーのところまで行くと、一杯注いで自分で飲んでみせた。「まだ温かいわ。味わいもまろやか。もしかしたら、ウイルス性胃腸炎にかかったのかもしれませんね。いまはほら、いろいろあるでしょう？」

シスルはコーヒーをさらに二口すすり、女性たちに手伝ってくれたことの礼を言うと、あとはわたしがやるから、と言い足した。

女性たちが出ていった。パウリーネの額に汗がにじんでくる。立ち上がろうとしたが、シスルが肩に手を置き、無理をしないでと言ってくる。

パウリーネはその手をはねのけた。「なんなのよ、いまの小芝居は？　あたしが気を失っている間にサーバーを入れ替えたんでしょ？　コーヒーにいったい何を入れたの？」

シスル・パークは表情こそ変えなかったものの、声の調子は冷たくなっていた。「パウリーネさん、一度しか言わないからよく聞いてちょうだい。あなたの言いがかりや当てこすりはもううんざりなの」そう言うと、椅子を引き寄せ、正面に腰掛けた。「その素敵なバッグの中にわたしをゆする材料があるという話ですけど、見せてもらいましょうか」

一瞬の目つきで、ちょっとした接触で、あるいはたった一言で、気持ちがプラスからマイナスになることがある。パウリーネも、そんな気持ちの変化をこれまでに経験したことがあった。愛は憎しみへ、思いやりは無関心へ、悲しみは喜びへといとも簡単に変化するものだ。

そしてこの瞬間、パウリーネはそれまでの好戦的な気持ちが一瞬のうちに不安に転じるのを感じていた。すべてのカードはシスルが手にしている。彼女のほうがずっと体格がいいし、外部と隔絶され防音されたこの空間では圧倒的に優勢だからだ。パウリーネは不意に、自分のしでかした騒ぎが馬鹿馬鹿しく思えてきた。無事にここから出たいなら、自分が浅はかだったと認め、後悔したふりでもして、すぐに矛を収めたほうがいい。

「あの、許してもらえないかしら。愚かなことをしたと思ってる。本当はあなたを脅すような材料なんて何もないの。でもあたし、とても嫉妬深くて。それで、もしあなたがパレの死と何か関係があったらって……。それに、いますごくお金に困っていて、それで、やけを起こしていただけなの」

「パウリーネさん、あなたはわたしに殺人の言いがかりをつけたのよ」

「ごめんなさい。本当に申し訳なかった。藁にもすがる思いだったのよ」

「それなら、バッグの中には何が入っているの？　脅しに使えると思ったものがあるんでしょう？」

「何もない。これだけよ」パウリーネはプリントアウトした紙を出して、シスルに渡した。

シスルはメールを最後まで読み、顔を上げた。「これのどこが、わたしと関係あるのかしら？　あなたが書いたメールでしょう？」

パウリーネは肩をすくめた。「ええ、そうね、もうかなり前のことだから覚えてないけど。たぶんそうだわ」

「そういうことなら、これはわたしがもらっておきます。あなたのパソコンに保存されているものも削除したほうがいいでしょうね。利用してやろうなんて考えをまた起こしたりしないように」

シスルは、紙を折り畳んでポケットに入れた。パウリーネは、その行動になんとなく違和感を覚え、嫌な感じがした。

「あなたの気持ちはわかるわ。コロナ禍でみんなひどい目に遭っていて苦しんでいますからね。うちも従業員に在宅勤務を命じたのはこれで三度目です。それでも、なんとかうまく回っていますけど。ありがたいことにシンクタンクとコンサルタントの仕事は製造業とは違って、リモートワークに切り替えても支障はありませんし。ただ、あなたの生きている世界はかなり違うでしょう？　やりすぎだったとはいえ、あなたの気持ちもそれなりには理解できます」

この人はあたしをどうするつもりだろう、とパウリーネは考えた。

「その様子ではひとりで帰れないでしょう？」

パウリーネは立ち上がり、バッグを肩に掛けた。

「いいえ、帰れます。大丈夫」

シスルの完璧なまでにつるつるの額に二本の皺が寄った。「そんなことさせられないわ、わたしが家まで送ります」

同じ車になんて絶対に乗りたくない。パウリーネは丁寧に断った。だが、シスルに腕を強くつかまれ、ドアの外へ連れ出された。

長く続く灰色の廊下を歩いて階段を上がると、ようやくその先に雨に濡れた薄暗い駐車場が見えてきた。

パウリーネは周囲に目を走らせた。メルセデスが一台停まっている。あれがシスルの車だろう。どんなに説得されようとも、乗るものか。

〈パーク・オプティマイジング〉の入っているビルは市の中心部から離れたところにあった。通りの片側には公園が、もう片方には邸宅が数軒並び、それらの家の窓からは明かりが漏れている。

「さあ乗って」メルセデスの向こう側からシスルの声がした。ほとんど命令口調だ。

パウリーネはのろのろと助手席のドアを開けた。だが、運転席のドアが閉まると同時に、バッグを外へ放り投げ、車から飛び出した。

待ちなさい！　シスルが叫んでいるのが聞こえたが、かまわず走った。車に乗ったら最後だ。

背後で車のエンジンがかかった。シスル・パークのメルセデスがタイヤをきしませ、空の駐車場を横切り、追いかけてくる。

パウリーネは全速力で走り、通りに出た。両側に並び建つ邸宅はどれも鉄柵で囲まれ、自動開閉式の門は固く閉ざされている。この高級住宅街の住人たちは招かれざる客に悩むことはないのだろう。

五十メートルほど走ると、不意に白亜の豪邸の間に路地が現れ、パウリーネは角を曲がってそこに走り込んだ。メルセデスはすぐに追いつき、キーッと急ブレーキをかけて停止した。運転席のドアが勢いよく開く音がして、ハイヒールが砂利道の上を音を立てて追いかけてくる。待ちなさい、家まで送ってあげると言っているだけじゃないの、どうしたのよ？　シスルが声を張り上げる。だが、パウリーネは走りつづけた。ヒールの音が突然やみ、パウリーネは振り向いた。豪雨のなか、シスルが靴を両手に持ち、ストッキングのままで追いかけてきたのだ。

パウリーネは一瞬、迷った。街灯に照らされたこの場所でシスルに捕まったとしても、別に何も起こらないかもしれない——。いや、やっぱり足を止めないほうがいい。路地を抜けて次の通りまで走り、大声で助けを求めよう。だが、実際に通りに出てみると、そこに並ぶ家もほかの邸宅とほぼ変わりなかった。ここで叫び声を上げたところで、誰が耳を貸すだろう。女がひとりヒステリックにわめいても、居心地のよいソファからわざわざ立ち上がる人などいるのだろうか。金持ち連中が住むこの界隈に、リスクを冒してまで見知らぬ者を助けようとする人などいるのだろうか。そもそも、叫んでみたところで、断熱材の入った分厚い窓の奥にいる人間に声が届くだろうか。

　そうこうしているうちに、シスルが距離を詰めてきた。石畳の上を水をはね飛ばしながら走ってくる。素早く振り返る。もう五十メートルくらいの距離まで迫られていた。どこか隠れるところを探さないと、次の脇道に出る前に追いつかれてしまうだろう。

　そのとき、高い生け垣の間に、街灯の光があまり届いていない舗装された路地が目に入った。背後に迫るシスルの息遣いがどんどん大きくなってくる。その路地は小さな広場に通じているようだった。周囲の豪邸は例によって鉄柵で囲まれている。どっちに行けばいい？　右に曲がってこの薄暗い路地に入る？　このまままっすぐ走る？

「何もしないから、とにかく止まって！」シスルの息がいくらか上がっている。水を弾く足音が聞こえなくなった。

　振り返ると、シスルが立っていた。ほんの十数メートルしか離れていない。両手を腰に当て、頭から足まで雨粒を滴らせ、肩で息をしている。だが、よく鍛えられ、体格のいいシスルがこの程度で疲弊するはずがないことくらい、パウリーネにはお見通しだった。次の瞬間、飛びかかってくるかもしれない。

「車に戻りましょう」シスルが荒い息遣いで言う。

「家まで送るわ。車は通りを二本戻ったところにある。パウリーネさん、変な気を起こさないで」

　変な気を起こすな？　そっちこそ、何を企んでるの？　そんなに近くに車があるはずがないじゃない。

まさか、あたしをわざとここに追い込んだの？　何が起きてもおかしくないような暗い道へ誘い込んだってこと？　とにかく全速力で走りつづけるしかない。止まるわけにはいかない。

　パウリーネは路地に入って広場を突っ切ることにした。だが、シスルはとんでもないスタミナを見せ、あっという間に距離を縮めた。いまにも襟首をつかまれそうだ。必死で周囲を見回した。一軒くらい、逃げ込めそうな家がないものか。

「本当にもう、どうしたっていうの？」シスルの声がすぐうしろから聞こえる。「車があるのは逆の方向よ」

　広場の先の通りにある邸宅が目に入った。なんと、忌々しい鉄柵に囲まれていないじゃない！　周囲の家よりもやや高台にあり、煌々と光が灯る窓と玄関前に大理石の階段をしつらえたその屋敷は救いのオアシスのように見えた。

　パウリーネはためらうことなく大理石の階段を駆け上がると、ドアを叩いて声を限りに叫んだ。吹き鳴らされた角笛によってエリコの城壁が崩れ落ちたという旧約聖書の逸話さながらに、その声で屋敷を崩壊させることができるくらいに。

　シスルがパウリーネを捕まえたそのときだった。屋敷のドアが開き、大柄で親切そうだが奇妙に歪んだ顔の男が出てきた。

　男はあっけにとられた様子で、完全に息が上がっているふたりの女を見つめた。そして、パウリーネの上着をつかんでいるシスルに向かって口を開いた。

「シスル！　いったいどうしたんですか？　ふたりでマラソンでもしてるんですか？」

　パウリーネの全身が凍りついた。このふたり、知り合い!?

「すみません、中に入れてもらえませんか」パウリーネがそう頼んだとき、二階から女性が降りてきた。

男が一歩下がり、どうぞと手招きする。

「突然お邪魔してごめんなさいね、アダム」シスルが背後から男に声をかけた。「パウリーネさんがパニックになってしまって。どうもわたしを怖がっているみたいなの」そう言って笑う。

アダムと呼ばれた男は一瞬当惑したような表情を見せたが、すぐに微笑んでみせた。

「シスルのことが怖いとは不思議ですね。彼女ほど愛すべき人物はほかにいませんよ。そうだよね、デボラ?」アダムと呼ばれた男は、階段を降りてやってきた女性に視線を向けながら言った。

デボラという女性はその男の妻のようだった。アダムはデボラと短い会話を交わし、パウリーネに家まで車で送りましょうかと申し出た。パウリーネはほっとして、そうしてもらうことにした。

「いっしょにどうですか、シスル? パウリーネさんを送り届けてから、あなたの車が停めてあるところで降ろしましょう」

「そうしてもらえるかしら。とにかくいまは、パウリーネさんを無事に家に帰すことが先決。今日は大変な一日だったでしょうから。ね、そうでしょう?」シスルがパウリーネの肩を叩く。

アダムの車に乗り込みながら、パウリーネはシスルの顔をちらりと見た。もしかしたら、本当にあたしの思い違いなのかも。彼女はまともな人なのかも。そうじゃなきゃパレだって……。

しばらくすると、前方につましい自分の家が見えてきた。パウリーネは意を決して後部座席のシスルに顔を向けた。

「あの、こんなことになってしまった以上、そんな気にはなれないと思いますけど、あたし、本当に八方塞がりで。それで、もしできたらいくらか融通していただけたらと……。いまを乗り切るために」

シスルは黙ったまま、考え込んでいるようだった。

三人がパウリーネの家のリビングに入ると、ようやく口を開いた。「簡単な借用書を作成するわ。それでいいでしょう？　どのくらい必要かしら？　十万クローネ？」

　パウリーネは息を呑んだ。めまいを覚えた。脈がどくどくと速くなるのを感じる。同時に、脳に酸素が十分に行き渡っていないような感覚だった。

「パウリーネさん、また具合が悪くなったんじゃない？　安静にしたほうがいいわ。あなたの気持ちが楽になるなら、いますぐ借用書を作成するわ。でもいまはとにかく、横にならないと」

「睡眠導入剤のようなものはありますか？」アダムが心配そうに言った。

　シスルはデスクの椅子に座り、ボールペンを手に取ると、紙に記入を始めた。

「ええ、バスルームの棚に入眠剤があるわ。でも、気分を安定させたいだけだからジアゼパムのほうがいいと思う。二ミリグラムと五ミリグラムの錠剤があるんだけど、二ミリを一錠にするわ」

　アダムは水の入ったコップを持って戻り、ジアゼパムを二錠手渡すと微笑んだ。「その様子からすると二錠飲んだほうがよさそうですよ」

　これを飲むといつも気分が落ち着く。パウリーネは何も考えずに飲んだ。ほどなくして、朝から感じていた捨て鉢な気分が不思議に思えてきた。なんであんなに悲観的だったんだろう？　この世にはまだいいことだってあるはずなのに。

「パウリーネさん、もう一杯飲んで」アダムが間を置かずに水を勧めた。紙を手にしたシスルが近づいてくる。

　パウリーネは渡されたコップの水を一息に飲んだ。やけに苦い気がした。

36

カール

二〇二〇年十二月十七日、木曜日

この日もまた、とりわけいろいろなことが起きた一日だった。

ラウンヒルドの事件については、隔離を終えて戻ってきたベンデ・ハンスンのアシスタント、マンフレズが一部を担当することになった。おかげで特捜部Qはホワイトボードに記入した事件に集中できるようになった。アサドはテュッテ・ラウゲスンのスクラップブックに目を通し、ゴードンとローセは独裁者の誕生日や年表のチェックに追われていた。カールはヒレレズで掘り起こされた例のふたつの遺体の件に集中的に取り組んでいた。デンマークじゅうの人間が、コロナのための極度な制約のもとでクリスマスの準備をどうしようかと考えているなか、少人数の特捜部Qには仕事が山ほどあり、クリスマスどころではなかった。

モーナは家にいてルスィーアの面倒をみている。残念なことに、長女のマティルデにクリスマスをいっしょに過ごさないかと何度も声をかけては断られていた。だが、さらにひどい状況にあるのは、スイスのクリニックに行ったハーディ、モーデン、ミカだった。現地に足止めされたまま、資金が底をつきそうになっているのだ。確かにハーディの状況は大きく前進した。だが、それがなんの慰めになるだろう？　金がなくては治療を先に進めることなどできない。ハーディたちから聞いた話に、カールはとことん気が滅入っていた。まったく、今年はなんという十二月になったんだ。誰も彼もがつらい思いをしている。

カールはふたつの遺体の検死報告書の細部まで目を通し、失踪時の状況や写真との突き合わせを行なっていた。だが、それを何度も繰り返すうちに気力が萎えていった。いまや、カールのやる気もアサドの礼拝用絨毯のサイズほどにしぼんでいた。

〝フランコ〟こと、フランク・スヴェンスンは見た目も中身も醜い男だった。牛のようにでっぷりとし、首はずんぐりと短い。口元には常に自己満足げな薄笑いを浮かべ、自分の事業が世界をどれだけ困難に陥らせたり、破壊したりしようが、これっぽっちも悔恨の念など抱いていなかったようだ。スヴェンスンが死んだとき、彼の会社はちょうどバングラデシュで、国籍の疑わしい船をうさんくさい積荷ごとごっそりスクラップにしているところだった。作業員の多くがアスベストと化学薬品にさらされて深刻な健康被害を受けたために抗議や苦情の声が上がったが、スヴェンスンは一顧だにせず、ひたすら自分の利益だけを追求していた。特殊産業廃棄物の処理はとんでもなく儲かるのだ。EUでも東欧でも処分できない廃棄物があると、世界の別の場所に投棄場所を見つける。それが彼の役目だった。こうした廃棄物の最終的な処分場については、記録をたどられることなどまずなく、中央アフリカ諸国の空っぽになった鉱山に関心を示す者などまずいない。スヴェンスンが失踪するまで、彼の事業は最高にうまくいっていた。ただしそれは、環境汚染を引き起こしたとして一九八〇年代から抱えてきた無数の訴訟の判決がまだ下っていなかったからだったともいえる。

フランコ・スヴェンスンはメディアに注目されるのが大好きだった。ゴシップ誌の取材を受けると、自分が所有するフランスやアルゼンチンのワイン畑で恥ずかしげもなくポーズを取ってみせるような男だった。人々の血の汗や不幸を踏み台にして築き上げた富をひけらかす男だった。

こんなブタ野郎、消えてくれてもっけの幸いじゃないか。カールはそう思ったが、すぐに理性がその想いを打ち消した。これも殺人であることに変わりはない。犠牲になったのがどんなろくでなしだったとしても、法治国家である以上、殺人は許されない。卑劣な人間はいなくなってもかまわないのかもしれない。そういう人間の死を悼み、悲しむ必要はないのかもしれない。とはいえ、法を破ってそういう人間を殺したら、そいつらと同じレベルに落ちてしまう。そういうことをさせないのが法治国家であり、モラルというものだ。法や人道という、そういう連中がどうでもいいと思っていたものこそ、俺たちは守らなくてはならないのだ。

カールは検死台に載せられた遺体の写真を手に取り、仔細に眺めた。捜索願によるとスヴェンスンは頑健だったということだが、生前の写真は確かにそうだ。だが、遺体の写真を見ると首をひねらざるをえない。何年も地中に埋められていたとはいえ、塩漬けになっていたはずだ。だから、ある程度の体型は維持されているものと思っていた。だが、これは本当にスヴェンスンなのか？

カールは携帯電話を取り出すと、法医学者のオフィスに電話をかけた。

「埋められた時点でのスヴェンスンの推定体重がどこにも記録されていないようですが、こちらの見間違いでしょうか？」

電話の向こうから法医学者の笑い声が聞こえた。「珍しいこともあるもんだ。そんなことわかりっこありませんよ。書いてあったとしても、まったくのあてずっぽうにすぎません」

「なるほど。だが、この遺体は骨と皮ばかりの惨めなありさまですよ。あれほど体格がよくてぶくぶく太っていた男が殺害されたときには痩せ細っていたなんて、ありえますかね？」

「ありえますよ。問題は、正確な殺害時期がわからないということです。失踪時から死亡時までにどれぐらいの時間が経過していたかはまだ明らかになっていませんが、その間に著しく痩せた可能性はもちろんあります」

「そう、それです。俺が訊きたかったのはそこなんです」カールはそう言ってから思い出した。ついでに報告書の内容も褒めとかなきゃいかんな。情報源にいい気分でいてもらうことは重要だ。

法医学者に礼を言って電話を切ると、カールは二枚の写真をデスクに並べた。まだ生きていたころの丸々としたスヴェンスンと痩せ衰えた遺体。天と地ほどの差だ。死刑執行人は塩化カリウムを注射する前にこいつを餓死寸前にまで追いやったのか？

カールはタバコに火をつけ、煙を外に出すために窓から身を乗り出した。コロナ禍の世界は死んだように陰鬱で、すべてが機能を停止しているように見える。周囲の工場は改修されたばかりだというのに人っ子ひとりいない。この地域の大半を占める駐車場が使われないまま延々と広がっている姿はなんだか奇妙だ。停めてある車も一台だけだった。

カールは窓から体を引っ込めると、もう一方の遺体の報告書を手に取った。どの写真を見ても、ビアウア・ブランストロプがスヴェンスンとはまるで違うタイプであるとわかる。ブランストロプを色男だと思う人間はきっと多いだろう。結婚して数年が経っても、見た目の格好よさをいいことに何度か束の間の浮気をしていたようだ。バレないように必死に努力はしていたようだが。ブランストロプは長いことゴシップ紙から恰好のターゲットとされ、話題となっている場には常に登場していた。派手な高級車を何台も所有していることで知られ、その暮らしぶりのすべてが彼の成功と勢いを物語っていた。まさにこの世の春を謳歌していたのだろう。

ビアウア・ブランストロプもスヴェンスンと同じく

〝減量〟――しかも、食事療法の権威なら決して推奨しないレベルまで――させられていたようだ。だが、こちらは生前の姿と突き合わせると、たやすく同一人物だと認識できた。

ビアウア・ブランストロプがインターネット上でギャンブルサイトをいくつも運営し、富を築いていたことは誰もが知っている。カールはオンライン賭博をしないし、サッカーくじにすら興味がない。勝率八十五パーセントなどと謳うスロットマシーンやカジノ、馬券売り場、スポーツくじ売り場のそばを通ると、思わず笑いがこみあげてくるほどだ。どんな馬鹿がこんなもんに引っかかるんだ？　勝率八十五パーセントだと？　裏を返せば確実に十五パーセントは損をするということじゃないか。儲かるように見せかけてるだけだ。

ギャンブルにのめり込んだ人間から金を巻き上げることにかけては、ブランストロプは誰もが認めるこの国一のエキスパートだった。

当然ながら政府もこの行き過ぎた状況を阻止するための対策を検討していると何度も新聞で報道された。ネットやテレビで賭博やくじなどの射幸心を煽るような広告を流すことを全面的に禁止すべきだという声も多かった。というのも、ギャンブル依存者の人生が壊されるだけでなく、ギャンブルにのめり込むあまりに不眠症に陥ることなどが社会的問題になりつつあったからだ。この勝負で勝つのは、ビアウア・ブランストロプのような人間だけだ。彼らは他人の欲望につけこんで巨額の財産を築くことができるが、それ以外は誰も得をしないようにできている。

やれやれ。ここにもまた、この世から退場願いたい人間がひとりいたということか。

部屋のドアをゆっくりとノックする音が聞こえた。自慢げな笑みを浮かべたローセが入ってくる。

「ローセ、どうした？　なんだかうれしそうだな。食堂でまたものが食えるようにでもなったか？」

「違いますよ！　ゴードンとわたしが、人道に対する大罪を犯した人物のうち八月から十二月までに生まれた連中を調べていること、忘れたんですか？」

「そうだったな。で？」

「まずは、八月二十日から始めました。ピーア・ラウゲスンが溺死し、スロボダン・ミロシェヴィッチが生まれた日です」

カールは手に持っていたブランストロプの書類を机に置いた。「それはもう判明してることじゃないか」

ローセはうなずいた。だが、まだ笑みを浮かべている。「ええ。それから、スペインの独裁者フランコの誕生日が十二月四日だとわかりました。当然ながら、フランク・スヴェンスンのあだ名がフランコだったと、そこに考えがいきますよね。そして、スヴェンスンが失踪からちょうど一カ月後の二〇一六年十二月四日に殺された可能性も十分あるんじゃないかと。どう思います？」

カールはタバコに手を伸ばしたが、即座にローセににらまれて、手を引っ込めた。

「話はまだ終わってません。十二月十八日はあの悪名高きヨシフ・スターリンの誕生日です。となると、ビアウア・ブランストロプが殺されたのは二〇一八年のこの日、誘拐からほぼ一カ月後と考えるのが妥当じゃないですか？　どう思います？」

カールはブランストロプのファイルを再び手に取った。その仮説が正しければ、こいつの監禁期間はフランク・スヴェンスンよりも短かったことになる。スヴェンスンの遺体のほうが痩せこけて見えたのも、それで説明がつくかもしれない。

「ローセ、いますぐゴードンとアサドを呼んでくれ」

それにしても、いったいどういうことだ？　カールはうなった。にわかには信じがたい話だ。最初はただの偶然に思えたことが、どんどんつながっていく。

犯行パターンが特定できたのなら、突破口が開けたことになる。だが、行き着く先はどこだろう？

満足そうな笑みを浮かべた三人が、カールの前に並んだ。アサドは興奮のあまり髪の毛が逆立ちそうだった。

「みんな、超一流の仕事をしてくれたな。本気でそう思ってるぞ。この犯行パターンを手がかりに犯人のプロファイリングまで行けるんじゃないだろうか。どうだ？」

「行けると思います。ともあれ、これでホワイトボードの空欄を埋めることができますから。独裁者の誕生日をさらにリストアップし、ほかの疑わしい死亡事故との関連性を調査することもできますし。あとは、さらに遺体が出てくれればなあ……、なんて、本末転倒ですかね？」ゴードンが笑った。

カールもにやりとした。「フランコ・スヴェンスンも気の毒にな。同じ名前の男の誕生日に命を落とす羽目になるとは。単なる偶然じゃないよな？」

「偶然かもしれませんが」アサドが反応する。「でも、ほかにも候補がいるなかでわざわざ彼がターゲットになったのは、まさにそのあざなのせいだったように思います」

ゴードンが笑いながらアサドの肩を叩いた。「違う違う、アサド。それを言うならあざなじゃなくて、あだなだよ」

アサドはむっとしてゴードンを見た。きみまで突っ込みを入れるのか？　とでも言いたげに。

「あだな？　なんでそんな言い方に？　あだって仇《かたき》のことでしょう？」アサドは口をとがらせてカールに視線を向けたが、特捜部Qのボスはにやにやするだけだった。

「それでだ。犯人はなぜ独裁者たちの誕生日を殺害日に選んだのか？」カールが話を戻した。「これもまた、何か象徴的な意味があるのか」

「少なくとも、犯人は世界の悪の存在を忘れるなという意味でこういうやり方をしているんですよ」そう指摘したゴードンに全員の視線が集まった。

「そう思う。わたしに言わせれば、被害者はみんな、およそ模範的な人物とは言えないもの。友だちのなかにいてほしくないわよね」

そもそもこいつに友だちがいるのか怪しいもんだが。それはともかく、ローセの言っていることは正しい。

「よし、引きつづき極悪人たちの誕生日を調べ、一九八八年から二〇一八年の間に起きた未解決事件と関連するものがあるか、探してくれ。塩のことも忘れるな。塩が関係する事件だけを追うんだ」

「アドルフ・ヒトラーの誕生日から始めるわ。断然そうすべきでしょ?」とローセが応じた。

アサドとゴードンがうなずく。

そのとき、不意にカールの額を冷たい汗が伝った。なんだか嫌な予感がする。胸がざわつく。カールは二、三回深呼吸をした。

「ちょっと思ったんだが」カールはようやく口を開いた。「この悪夢がまだ終わってないとしたらどうだ?いまのところ、最後の被害者が出たのは二〇一八年十二月十八日と推定される。だが、二〇二〇年はどうだ? もし犯人が二〇二〇年に誰かを殺害しようと企んでいるなら、俺たちの仮説によれば、その日は十二月十八日よりもあとになるはずだ。ということは、もうすぐじゃないか。十二月の残り十三日間に生まれた暴君は誰だ? いますぐ調べてくれ」

全員がはっとしてカールを見つめた。次の瞬間、三人が同時に携帯電話を取り出して検索を始めた。一刻も早く調べないと。

一分もしないうちに、全員の指がほぼ同時に止まった。

「中国の元国家主席、毛沢東。自国民に対してありとあらゆる罪を犯し、何百万もの命を奪った男」ローセが乾いた声で言う。「十二月二十六日が誕生日よ」

カールは腕時計で今日の日付を確認した。俺たちの仮説が正しければ、犯人はすでに次の標的を〝選出ずみ〟だろう。

つまり、九日後に誰かが殺されるかもしれないのだ。

37

カール

二〇二〇年十二月十七日、木曜日

クリスマスの二日目（デンマークでは二十五日と二十六日がクリスマスの祝日）に、謎の殺人者の手にかかるのは誰だ？

いま現在、囚われの身になっているかもしれないのは誰だ？　犯人から人生を奪われ、屈辱のなかで死を待っているかもしれない人物は？　数日前から、ことによっては数週間も前から――おそらく、どうしてそんな仕打ちを受けるのかもわからないまま、身を守るわずかなすべすらないまま――、助けもないまま常軌を逸した状況に置かれているのは誰だ？　いや、もしかしたら標的となった人物はまだ監禁されておらず、いまこの瞬間は仲間や家族に囲まれ、自由に行動しているかもしれない。これが愛する人々と過ごす人生最後のクリスマスになるとは露ほども疑わずに。それとも、今回の標的は自分の世界に閉じこもって暮らし、姿を消したところで誰も気に留めないような孤独な身の上だろうか？

落ち着け。カールは自分に言い聞かせた。間違いなく、犯人はすでに標的を選んでいる。とうの昔に決めていたのかもしれない。次の殺人が阻止できるかどうかは、俺たちの捜査にかかっている。だが、俺たちもそこまで気づいたものの、袋小路に陥っている。だからといって、ここで諦めていいのか？

いや、たとえその人物を救える可能性がほとんどないとしても、さじを投げてはいけない。自分たちが諦めたせいで、誰かが死ぬようなことになってはならないのだ。

偶然にも、カールはモーナとつい最近、この手の事件を捜査するときに陥るジレンマについて徹底的に議論したばかりだった。解決の見込みがほとんどないとわかっていながら、部下に長時間の残業を命じて捜査に当たらせるというのは、人道上あるいは労働法上、許されることだろうか？　どう考えても解明できそうもない事件のために祝日をつぶしてまで仕事をさせていいものなのか？　あれこれ話した末、たどり着いた結論は最初と同じだった。「やるしかない」。こういう事態である以上、特捜部Qは昼夜を問わず仕事をすべきだ。そうなると、モーナはルスィーアとふたりだけでクリスマスを過ごすことになるが、カールと同様にモーナもそのことは重々承知だった。

とんでもないハードな仕事になりそうなうえ、クリスマスもつぶれることになったにもかかわらず、ローセは、文句を言わずにカールについていく、それがメンバー全員の気持ちだと言った。

「みんなで全力を尽くしましょう！」ローセのその言葉どおり、誰もがここ数時間、脇目もふらずに仕事をこなしていた。ゴードンはこれまでに判明した事件について、新たな情報を探り出そうと背景を丹念に追っていた。

一方、ローセの得意技は事件を別の角度から検討することだ。ホワイトボードの空欄を埋めるには、すでにわかっていることと追加情報を手がかりに、できるだけ新たな観点から事件を見ていく必要がある。まずは、大量殺戮を犯した独裁者たちの誕生日をさらに調べ上げる。それが見つかったら、彼らの誕生日とまったく同じ日に不審死が発生していないかを見ていく。その不審死と死亡者の身元を調べていけば、新たな糸口が見えてくるかもしれない。死亡者はどんな人物だったのか？　不審死の死亡者たちに何かつながりはあるのか？　ごく一般的な付き合い以外に裏社会との付き合いもあったのか？　何で生計を立てていたのか？その人たちの仕事関係を当たれば、犯人がその人物を選んだ理由に行き当たらないか？　犯人に〝罪深い〟人間だと判断された理由は何か？　徹底的な調査とほんのわずかな運があれば、犯人につながるヒントが導き出されるかもしれない。

ローセが一心不乱にこの作業に取り組んでいる間、アサドは相変わらず地味なタスクと格闘していた。ひとつはテュッテ・ラウゲスンが母親のインタビューやルポや報道記事を集めたスクラップブック、もうひとつはパレ・ラスムスンのパソコン。このふたつがすめば、捜査の助けになるはずだ。

仮説が正しければ、誰かが〝処刑〟されるまであと九日しかない。それを阻止できるかどうかは、ひとえに特捜部Qにかかっていた。だが、それはほぼ不可能な任務のように思える。あらゆる事態を想定しなくてはならないのに時間がない。そんな状況で一刻も早く容疑者を挙げなくてはならないのだ。しかも、この殺人鬼は時が経つとともにパターンを変えてきている。用心するようになったのか、不安になってきたのか、最初のころほど手の内を明かさなくなっている。となると、もはや明らかに目に見えるような状態で塩が置かれることもないかもしれない。実際、直近の事件では、塩は水に溶かされた状態でふたりの人物の体内に隠され、そのふたりも土の中に埋められていた。犯人は、事故を装うこともやめたのだ。まだ発見されていない被害者がほかにいるかもしれないが、さしあたってフランコ・スヴェンスンとビアウア・ブランストロプは誘拐された後に〝処刑〟されている。拉致してから殺すというパターンに切り替えたのだとしたら、次の被害者が出る前に居場所を突き止めることもできるのではないだろうか。

だが、どうやってその人物の足跡をたどればいい？ どうしたら監禁場所を突き止める手がかりを得ることができる？ そもそも、誰を捜せばいいんだ？ カールは大きなため息をついた。

カールはとりあえず現状報告をしようと、マークス・ヤコプスンの部屋に向かった。だが、廊下でリスに引き留められた。

「カール、ちょっと聞いて。ここだけの話だけど。手元にあるステープル釘打ち機事件の資料を全部コピーするよう言われたの」リスはカウンターに山積みされた書類を心配そうに指さした。「どう思う？ ちょっと変じゃない？」そう言ってカールの頬を撫で、優しく微笑んだ。「とにかく、気をつけたほうがいいわ。それが言いたかっただけ」

カールはうなずいた。いつもながらリスは優しい。ああいう心遣いのできるところが、彼女のいいところだ。だが〝ちょっと変〟ってのは、どういうことだ？ 何を言ってるのかよくわからん。あの事件の資料ならもう何度も読んでいる。それなのに、俺が何を気にしなきゃならないんだ？　わけがわからなくなったカールは、ヤコプスンの部屋に行くのをやめて、自分の部屋に戻った。

カールが腰を下ろしたとたんに部屋のドアが開き、マークス・ヤコプスンが進捗を尋ねるために入ってきた。カールはできるだけ簡潔に、そして正確に現状を伝えた。ヤコプスンはすぐさま事態の緊急性を理解した。マイアの幼い子どもが犠牲になった修理店爆破事件のことを長年気に病んできたものの、ヤコプスン自身はあれはあくまで独立した事件だと考えてきた。だが、特捜部Qがかき集めた資料と仮説を目の当たりにしたいま、あの事件はもっと大規模な連続殺人のパズルのひとつのピースにすぎなかったという事実と向き合わざるをえなくなった。数日後にまた誰かが殺害される可能性があるという。その人物はすでに拉致され、仮説が正しければ〝処刑〟は数日後に迫っている。カールと特捜部Qのメンバーは、次の殺害を防ごうと躍起になっている。ヤコプスンにはそれがよくわかった。

「カール、私の理解が正しければ、きみはすでにここ一カ月半の失踪届をすべて洗い出したが、これといったケースは出てこなかったということだな？」

「そうです」

「標的とされた人物がすでに拉致されているとしよう。だが、その人物に対して捜索願や失踪届が出ていない可能性もあるんじゃないか？」

カールは椅子のひじ掛けにひじをつき、手を組んで顎を乗せた。ヤコプスンの指摘が正しければ、今回のケースはこれまでのパターンから逸脱していることになる。

「つまり、失踪したところで誰も気にかけないような人物が標的になっている可能性があるということですか？　そんなことってありますかね？」

「確信はない。だが、フランコ・スヴェンスンのように、行方不明になったあとに死んでしまったと家族が思い込んでいる場合も想定できるのでは？　あるいは、ビアウア・ブランストロプの妻がそうだったように、一定期間行方をくらましているだけだと思われているケースもあると思う」

カールは目を閉じた。「なるほど。そういう可能性も除外できませんね。逆に、行方不明者の身内が虚偽の情報を受け取っていることも十分考えられます。相手と連絡が取れていると思わされている可能性もありますよね」

「本人のSMSやメールのアカウントが乗っ取られているということか？」

カールはゆっくりとうなずいた。「そうです。たとえば、出張中の本人からメールが届いたと思いきや、それは拉致した犯人が送ったものだったとか」

そのとき、ローセがばたばたと部屋に駆け込んできた。カールは少し待つよう合図を送り、すぐにヤコプスンに向き直った。「可能性としてはかなりあると思いますよ、マークス。それを前提に動いてみませんか。身内や関係者に行方不明者がいる場合は、〝いますぐに〝警察に届け出るよう呼びかけるというのはどうです？　なんといっても残された時間は八日間、最大でも九日ですから」

次の殺人を阻止するために特捜部Qが捜査できるよう全力でサポートする必要があることはヤコプスンもわかっていた。だが、彼は気遣わしげなまなざしをカールに向けた。「すまないが、きみたちの応援に人員を割くことはできない。どの捜査員も自分が抱えている事件で手いっぱいなんだ。病欠者もいれば、隔離を強いられている者もいる。残りは在宅ワークというありさまだ」

「メディアの力を借りるのはどうです？　新聞、ラジオ、テレビ、インターネットを使って通報を呼びかけるんです。そうすれば失踪者の身内や関係者にも情報が届くでしょう?」

課長の答えはわかっていた。そんなことをするわけにいかない。捜査をミスリードするような通報や役に立たない情報が雪崩のように押し寄せてくるだけだ。貴重な時間と労働力の無駄だ――そう言われるだろう。

「あの、必ずしもすべての行方不明者に家族や友だちがいるわけでもないと思うんです」ローセが口を挟んだ。「わたしだって一人暮らしですし、ゴードンも同じです。課長だってそうでしょう? そういう場合、警察に届け出てくれる人なんていないんじゃないですか? 誰もその人がいないことに気づかず、通報なんて永久にされないかもしれません」

ヤコプスンはため息をつき、立ち上がった。「報告を忘れないでくれ。何か手がかりが出てきたら、こちらでも何ができるか検討する。それまでは標的となった人物の無事を祈るしかない」

「わたしに考えがあります」ヤコプスンが出ていくと、ローセが言った。「テレビ局の取材班をここに呼んだらどうでしょう? 『コロナ禍の制約を受けながら警察がどんなふうに職務を遂行しているのか取材できますよ』という名目で呼び出して、それとなくこの事件の話をするんです」

カールはローセをしげしげと眺めた。正直なところ、慣例を無視して誰かの逆鱗に触れようが、カールにとってはどうでもよかった。またもや職権濫用だとお偉方がわめき、処分されることになっても、そのときは特捜部Qが解体されるか、俺がクビになりゃいいだけの話だ。俺としては、年金生活に入るまでプロのドッグシッターにでもなるとか、国会議事堂の警備コンサルタントをするとか、そうなってもまったくかまわない。

「オーケー、ローセ。好きなようにやってくれ。だが、具体的な情報は出すなよ。細かいことを訊かれたら、適当にでっちあげるんだ。ところで、おまえさんはなんでここに来たんだ？　何かわかったのか？」

ローセはにっこりした。「ええ。そう言っていいんじゃないかしら。アドルフ・ヒトラーの誕生日は四月二十日なんですが、一九九四年のこの日にアンドレーア・トアスンという女性が、恋人の自宅で首を吊った状態で発見されました。恋人は彼女を殺害した罪で懲役十五年の判決を受けましたが、収監から五年後に獄中死しています」

「なるほど、悲劇だ。で、その件に、ホワイトボードを埋めるのに役立ちそうな情報が何かあるのか？」

ローセが再びにっこりした。「そう言うだろうと思ってました。では、そのアンドレーア・トアスンについてお話ししましょう。彼女は家族経営の農業機械販売会社の社長でした。ただ、一年間に何件も不幸な出来事が続いて、多額の損失を被ってしまったんです。最初に被害に遭ったのは大型農機でした。コンバイン、〈ジョンディア〉ブランドの巨大トラクター、種撒き機、噴霧器、飼料収穫機などが何者かによって破壊されたんです。どれも高額な機械です。それから少しすると、自宅に泥棒が入り、高価な家具や美術品の窃盗の被害に遭います。続いて倉庫のひとつが焼失したかと思うと、ディーゼル燃料タンクが空にされたり、水道管の破裂で自宅の一階が水浸しになったり。多額の保険金が出るとはいえ、一連の災難をまとめたらとんでもなく長いリストになるでしょうね。もちろん、さまざまなケースを想定した保険をかけていたので、会社自体は守られました。しかも、複数の保険会社と契約していたので、どの保険会社も経営が傾くほどの支払いをせずにすみました。ところが、一九九四年に放送されたゴシップ系のドキュメンタリー番組で、保険金の支払いが総額五千万クローネ以上にものぼると報じられたんです。当時としてはありえない額です」

「つまり、保険金詐欺だと？」

「それについては結局、証明されずに疑惑だけで終わりました。アンドレーア・トアスンはひどくショックを受け、とてつもない悲しみに沈んでいる様子でした。少なくとも、メディアの前ではね。でもカメラが向けられないところでは、恋人と贅沢三昧の暮らしをしていたんです。その男が一枚も二枚もかんでいたんじゃないかってわたしは見てますけどね。だって、その男、保険業界の人間だったんですから」

「それで、自殺のほうはどうだ？　自分で首を吊ったんだろ？　その男が殺したと疑われるような理由があったのか？」

「アンドレーアの死亡時、彼は在宅していてコカインをやっていました。この男はコカインでラリっていると、ひどく攻撃的になったという証言もあります。また、アンドレーアは死に対して病的な恐怖心を抱いていたようなんです。警察も裁判官もその点に注目し、優雅な暮らしぶりだった彼女がわざわざ自殺するはずがないと判断しました。しかも当時、男の自宅の金庫には七百万クローネもの現金が入っていました」

「それで、その男は、ムショ送りになった？」

「ええ。わたしの記憶が正しければ、獄中死したのは一九九九年です」

「自然死だったのか？」

「盲腸炎をそう呼べるなら、そうですね」

「なるほど。ではそろそろ核心に入ってほしいんだが、この一件が俺たちの捜査とどう関係があるんだ？」

「申し上げましょう。それには調書をじっくりと読む必要があります」ローセは自慢げな笑みを浮かべ、わざとらしく間を置いた。

「恋人の男が当時コカインを吸っていたことは確かなんです。テーブルの上にはストローが一本と、粉末コカインの細い筋《ライン》が少なくとも八本見つかっています。今日はキメまくるぞって感じで。ただ、男は逮捕時、そのラインは絶対に自分が作ったのではないと主張していました。また、売人の名を明かすことも拒みました。それなのに、いったん裁判が始まったら有利な判決が引き出せるとでも思ったのか、それ以外のことはべらべら話したらしいです。ただそれより先に、警察は入手先を突き止めるために押収したコカインを分析に回していました。結局、入手先は特定できなかったのですが、別の発見があったんです。最終報告書にこうあります。いいですか、よく聞いてください。『問題のコカインは、純度百パーセントのように見えたが、実際は純度五十パーセント、半分は食塩が混ざった粗悪品だった』」

カールは小さく口笛を吹いた。

これでホワイトボードに書き込まれた空欄十七件のうち、八件目が判明したことになる。

38

マウリッツ　二〇二〇年十二月十八日、金曜日

何かが喉まで流れてきて、目が覚めた。少量の冷たい液体に舌が反応し、喉の筋肉が収縮する。

やっとの思いで目を開けた。まぶたが眼球に貼りついて離れまいとしているかのようだ。角膜まで干からびているんじゃないかとすら思える。

目の前に何かが立ちはだかっている気がする。輪郭がぼやけてはっきりしないが、手のようなものが顔に向かって伸びてきたかと思うと、頬を両側からぎゅっ

と押された。哺乳瓶の乳首らしきものが下の歯に押し付けられた。水が唇を湿らせ、口の中に流れ込み、嚥下反応が起きる。

マウリッツはやっとの思いで水を飲み込んだ。咳がこみ上げてきたが、意識が朦朧としていて本当に咳をしたのかどうかよくわからない。また頭痛がしてきた。意識を失う直前に、いまにも頭が爆発しそうな痛みを覚えたことを思い出した。ずきずきと脈打つような痛みが、嫌でも現実を突きつけてくる。

目の前の何者かが哺乳瓶をマウリッツの口から引き抜き、背を向けて離れていった。

何か言おうとしたが、声帯が言うことを聞かず、細い息しか出てこない。

監禁されて飲まず食わずの状態がどのくらい続いているんだ？　トイレはどうしてるんだ？　よくわからない。だが、下半身に目を向けると、下着に乾いたシミが見えた。寝ている間にしたのだろう。

集中しようとしても、考えがまとまらない。ここはどこだ？　覚えているのはただ、数日前に、餓えと渇きで死ぬに違いない、それが自分の運命だと思ったことだけだ。俺は誰にも看取られずにじわじわと死んでいくんだ、と。

俺の名はマウリッツ・ファン・ビアベク。壁の向こうの悪魔が何をしようが、俺はまだ生きている。正気だぞ、くそったれ。

何者かが振り向いた。目の乾きをなんとかしようと、マウリッツは数回、瞬きをした。その人物が戻ってきて正面に立つと、やっと姿がはっきり見えた。男だ。

長身で恐ろしく強そうな中年の男。笑顔を見せているが、その顔はひどく歪んでいる。まるで鉗子で子宮から引きずり出されたばかりの赤ん坊の顔のようだ。

「栄養をとってもらおう」男は低い声で告げた。

男はマウリッツの左腕を引き寄せると、手の甲を何度か軽く叩き、注射針を刺して静脈に管を挿入した。

「さて」男が言う。「これでもう少し生きていられる」

マウリッツはのろのろと顔を左に向けた。自分の横に点滴スタンドがあり、輸液バッグが下がっている。

「あと三十分したら、スープでも飲ませてやろう。元気が出るぞ」

またたく間に頭痛が消え、マウリッツはほっとして目を閉じた。点滴に鎮痛剤も入っているのだろう。脳に糖分と塩分が行きわたると意識がはっきりとしてきた。現実感が戻ってくる。

だが、それは知りたくない現実だった。

咳払いをし、数回咳き込むと、ようやく思うように声が出せるようになった。

「あんたは誰だ？」かすれ声で尋ねる。

だが、男は返事をせず、再び背を向けて正面の壁のほうに歩いていった。スチールテーブルの前で腕を動かしている。何かを混ぜているようだ。それから一歩脇へ寄ると、壁に立てかけられていた鉄製の長ばしごに手を伸ばした。

以前は、あんなものなかったはずだ。

男がはしごを引きずって移動させると、コンクリートの床に金属がこすれる音がした。マウリッツから二メートルもないところに立ち、天井のレールに届くようにはしごを最大限伸ばした。

そのときようやく、マウリッツは男が大工用の作業ズボンらしきものを穿いていることに気づいた。大きなポケットがいくつも縫い付けられ、そこから道具が突き出ている。何をするつもりだ？

男がはしごを上り、天井付近まで到達したとき、マウリッツは立ち上がろうとした。はしごを蹴飛ばして転倒させようと思ったのだ。だが、体が動かなかった。点滴の中に筋弛緩剤のようなものが入っているのか？それとも俺はそこまで衰弱しているのか？

「今日は何曜日だ？」レールをいじっている男に向か

って尋ねた。

「金曜だ。十二月十八日」

脳に十分酸素を行きわたらせようと、マウリッツは深く息を吸った。十二月十八日。俺はいつからここにいる？　誘拐されたときの記憶を少しずつたぐり寄せる。この椅子の上で目が覚めたときのことを思い出した。確かあれは土曜だった。ということは、ここに監禁されてから六日経っている。あれから固形物はもとより水分すら口にしていなかったのだ。

「もう自由にしてくれるのか？」男が天井の鎖とレールをいじっているようなので、そう尋ねてみた。これで自由になれるのか？　いったい俺が何をしたのか知らないが、〝刑期〟はこれで終了ということか？

だが、頭上から大きな笑い声が降ってきて、マウリッツは息を呑んだ。あまりにも尊大で底意地の悪い笑いだった。これから何が起きるにせよ、この冷たい壁が、俺がこの世で目にする最後のものになるかもしれない。拉致されてから初めて、マウリッツはそれを実感した。これまではどこかに期待を抱いていたが、それも消えてしまった。認めたくはないが、俺の命はじきに尽きるのだ。だが、だったらなぜ俺を楽に逝かせようとしないんだ。体の限界のままに静かにこの世を去ることすら許されないのはなぜだ？

「もうすべて終わりにしてくれ」マウリッツは声を振りしぼって言った。「もう終わらせてくれ。殺してくれ」

再び笑い声が響いた。男は何度も大工道具を手に取り、何かを回したり押し込んだりする作業を繰り返している。だが、実際は何をしているのかよく見えなかった。どうせろくなことじゃないことだけは確かだ。

少しすると、男が再び目の前に立った。片手に可動式レンチ、もう片手にボルトを持っている。

「これと同じものを上に取り付ける必要があってね。これできみはあのテーブルから三メートル以内には近づけない。ずいぶんと凝った話だよな？」

男ははしごをレールから外し、天井を指さした。

「いま取り付けたボルトが見えるだろう？　滑車はあれにぶつかってそれ以上先には行かない。そして、これがないとあのボルトは外せない」男は可動式レンチをマウリッツの顔の前でぶらぶらと振ってみせた。そしてはしごを元の位置に戻した。

「このレンチはテーブルに置いておくよ。はしごはテーブルの隣にある。あと数日間、あれこれ考えながら過ごしてもらおう」

くそったれ。

「何を考えているかよくわかるよ。拷問だと思っているんだろう？　確かにそう見えなくもないが、これは拷問ではない。われわれは悪魔ではなく、この世よりもふさわしい場所にきみが到着するのを手伝う天使だ。きみのせいもあって、世界は汚染されてしまった。あのはしごとレンチを見るたびに、きみは自分がこれまでに下した決断を後悔せざるをえなくなる。あのとき自分の先行きについて熟慮していれば、こんなところに座って、これからどんな目に遭うんだろうなんて考えなくてすんだのにってね」

マウリッツは男のにやけた顔を軽蔑に満ちた目で見据えた。「そんなこと考える必要なんかない。これからどうなるか、俺にはわかってる。のどが渇いて死ぬんだ。あるいは餓死だ」

男は笑った。「残念だが、そうはならない。われわれはそこまで不親切ではないからな。あと少しきみの面倒をみる。そろそろスープもできあがっただろうしね」

マウリッツは目を閉じた。面倒を見る？　あと少し？

「あと少し」とこの男は言った。いったい、どういう意味なんだ？

39

カール

二〇二〇年十二月十八日、金曜日

「カール、残念ながら警察のドキュメンタリー番組を制作したいというテレビ局は見つかりませんでした。このご時世、そういうのはもう溢れてるからって。確かにそうなんです。コロナ関連番組を別にすれば、未解決事件や元捜査員のインタビューとか、スピード違反を取り締まる交通警察のドキュメンタリーとかが、しょっちゅうテレビで流れてますし。一番人気は昔の殺人事件みたいで、再検証ものが流行ってます。まあ、デンマークだけじゃなくてほかの国でも同じみたいですけど。だから、新しいネタにせよ古いネタにせよ、センセーショナルにしないと。でないと、わたしたちの作戦は失敗します」

「なんてこった。じゃあ仕方ない、連中が食いつくような具体的なネタを提供してやれ、ローセ。遠慮しなくていい」

「ほんとにいいんですか？　じゃあ、十二月二十六日に誰かが殺されるとぶちまけちゃいます？　そうしたら、毎日ニュース番組でさぞかしご丁寧なカウントダウンが始まるでしょうね……。いえ、そんなのだめです。ただでさえ身内の行方がつかめない家族がたくさんいるというのに、派手な憶測合戦を招くようなことはできません」

カールはしばらく黙ってローセを見つめた。確かにこいつの言うとおりだ。物事には限度ってものがある。ホワイトボードの一番下の空欄に視線を向ける。ろくな捜査経験もないお偉方が、よりによって最も実績のある部署にストップをかけ、殺人をなんとか阻止しようとしている俺たちの邪魔をすることなど許されるのだろうか。いや、断じて許せん。

腹は決まった。「ローセ、だったらテレビ局の連中にこう言ってくれ。『特捜部Qはいま、ある重大な事件に取り組んでいる。きわめて衝撃的な事件で、しかも一刻を争う事態に陥っている。乗り遅れたくなかったら、急いだほうがいい。特別にわれわれの捜査の一部を開示するつもりだ。捜査の裏側を垣間見られるまたとないチャンスでもある』とな。これで乗ってくるだろう。餌に食らいついてくれるなら、どの放送局だってかまわない」

ローセとの話がすむと、カールはデスクに足を勢いよく載せ、これまでに判明した事実をもう一度頭の中で組み立て直した。すべての情報を総合すると、犯人は三十五年前に殺人に手を染めて以来、その後、ずっと繰り返してきたことになる。ある一定のパターンに従って行なってきたのだ。なかでも特徴的なのは、二年おきに実行するというルールだ。賢いやり方といえる。ある程度時間をあけて実行すれば、それぞれの事件の結びつきは目立たなくなるからだ。これまでのところ、犯人は実行日を少しずつうしろにずらしている。つまり、最大で十六人の被害者がいる計算だ。そして、その数は十七になろうとしている。これまでに判明したパターンから考えると、どの殺しも世界的に悪名高い独裁者や人道に対して最悪の罪を犯した暴君の誕生日と結びついているように見える。特捜部Qのメンバーはいま、そうした人物の誕生日を調べている。そのなかに、かつての死亡事件との関連を特定できるものが出てくる可能性がある。

だが、まだ解明しなくてはならない点もいくつかある。歴史に残るような悪人どもと被害者の共通点はどこにあるのか？　そこに塩はどう絡んでくるんだ？

それは、連続殺人犯が残すことが多い単なる〝署名〟にすぎないのか？　あるいはなんらかのメッセージが込められているのか？　どうも、自分は絶対に捕まらないという自信、警察を出し抜いてみせるという自信のもとに、それぞれの事件を結びつける手がかりをあえて残しているように思えてならない。塩を手がかりに事件を解明してみろと伝えてきているような気がするのだ。長年、こんなふうに自信満々の犯人を何人も見てきた。だが、今回の犯人は、大胆さといい自意識過剰ぶりといい、群を抜いている。そもそも、自分が殺人犯だと自慢したがる人間はどんなやつなのだろう？　精神を病んでいる？　共感力のないサイコパス？　復讐に燃えている？

カールはタバコを箱から一本つまみ出し、デスクの上でトントンと叩いた。煙を二、三回肺に入れたら何かひらめくかもしれん。ホワイトボードに記入した殺人事件は、タビタやラウンヒルドの死といったいどうつながるのだろう？　とにかく、つながりがあることだけは確かだ。ラウンヒルドの遺体は、儀式的殺人の最も新しい被害者ふたりの隣に埋められていたのだから。だが、ラウンヒルドのいた穴に塩が見つからなかったのはなぜだ？　遺体発見現場の付近でも塩は発見されなかった。そもそも、ラウンヒルドはなぜ、タビタを殺したのか？　ラウンヒルドもタビタもこの連続殺人の本筋ではなく、単に巻き込まれただけなのだろうか？

カールはため息をついた。火がつけられないまま、口の端にくわえたタバコが下を向いた。

いや、いまは例のふたりの男に集中すべきだろう。まずは人物像だ。ビアウア・ファン・ブランストロプは、世界じゅうのユーザーを相手にオンラインでギャンブル事業を展開していた。何千人もをギャンブル漬けにし、彼らの人生が破綻しようとも、莫大な利益を生み出すそのビジネスをやめようとはしなかった。フランコ・スヴェンスンは、廃棄物と有害廃棄物を大々的に〝輸出〟していた。少なからぬ金額と引き換えに、自分の手を汚したくない政府、産業界、さらには一般人の代わりに不法な廃棄物処理を行なっていた。海や河川や湖沼が汚染され、廃棄物が投棄された土壌は何十年も使いものにならなくなり、その地域が丸ごと汚染されても、いっこうに顧みなかった。つまり、ブランストロプもスヴェンスンも世の中にとって有害だったといえるわけだ。

「ちょっといいですか？」

アサドがカールの思考を中断した。

「テレビをつけさせてください。『TV2ニュース』が速報を流しています」

そう言うが早いか、アサドはリモコンを手に取り、スイッチを入れた。画面にパウリーネの顔が映し出され、その下に〈速報〉のテロップが流れている。〝女優のパウリーネ・ラスムスンさん、自宅で死亡。昨日発見。複数の情報筋は自殺との見解。国内屈指の人気レヴュー女優、五十二歳〟

「スタジオにいるこの人が、パウリーネを発見した友人だそうです」アサドが言う。

がっしりとした体格の女性が――おそらくトランスジェンダーの女性だろう――スタジオに登場し、こわばった表情でインタビューを受けている。

「そうなんです。パウリーネはもうずっと大変な状況でした。それなのに、今回またロックダウンでしょう？　舞台に立つ日常が戻ってきそうだと期待した矢先ですから、ショックだったと思います。またしても国のコロナ対策で収入が断たれてしまったんですから」

「仕事のない将来を悲観していたということでしょうか？」インタビュアーが尋ねる。

「ええ。仕事もない、お金もない。パウリーネにはもう、何もかもなくなってしまったんです。蓄えは去年のうちにすべて使い果たしてしまいましたから」

「パウリーネさんが自宅のベッドにいるのを発見したのは、あなたですよね？」

「そうです。でも、最初に目に入ったのは、ナイトテーブルの上に散らばっていた大量の薬です」

画面に写真が映し出された。ナイトテーブルの上に、空の薬瓶、大量の錠剤、空のコップが置かれている。鑑識が現場保存用に撮影したものを提供するはずがない。となると、この友人が自分で撮影したのだろう。

「寝室に入ったとき、最初に大量の薬が目に入ったので何かおかしいと思ったんです。その日の朝、パウリーネさんに電話したんですが出なかったので、悲しみを紛らわせようとお酒を飲んで、そのまま酔いつぶれているんだと思いました。でも、そうではありませんでした」

「今日、スタジオにお招きしたのは、パウリーネ・ラスムスンさんの死について、伝えたいことがあるとうかがったからです。ぜひコメントをお願いします」

カールは渋面をつくった。「コメントをお願いします」だと？　テレビの連中はなんでいつもくだらない言い回しを使いたがるんだ。「何か言葉をもらえませんか？」って言うのと同じで、馬鹿げた表現だ。

友人はインタビュアーに打ち明け話でもするかのように前かがみになった。

「実際、文化芸術関係者は、苦境に立たされています。俳優も、音楽家も、画家も。みんな、生き残るために必死です。睡眠導入剤を山ほどナイトテーブルの引き出しに入れている人たちも多いです。政府はこういう状況をもっと考慮してもいいのではないでしょうか。コロナ関連の救済措置では、フリーランスの文化芸術関係者がまるっきり無視されています。どうしてでしょう？　商業、教育、医療といったものに比べると、社会的に重要じゃない業界だからでしょうか？　政府関係者はそのことを真剣に考えるべきです。わたしに言わせてもらえば、芸術関係者に対して国はいわば罪を犯しているのと同じです」

カールは眉間に皺を寄せ、アサドに目をやった。

「一理あるな。ともかく、パウリーネが死んだのはびっくりだ。まず第一に、あっけなくギブアップするようなタイプにはとても……」

「まず第一に、とはどういう意味です？」髭が伸び放題で表情はわかりにくいが、アサドはにやりとしたようだった。

抜け目のないやつめ、どうせ俺が次に何を言うかわかってるんだろう。

「アサド、俺もおまえと同じことを考えてると思う。致死量を飲んだはずなのに、あれだけ大量の錠剤がナイトテーブルの上に散らばっていたということは、そもそも薬瓶の容量以上の錠剤が現場にあったということだ」

「そうなんです。私が考えていたのもまさにそのことです。おかしいでしょう？　それで、スィグアト・ハムスのチームが殺人事件の可能性もあると証拠採取のために現場に向かったんです。ですが、念入りに調べた結果、薬瓶からも、寝室からも、床からも、パウリーネの指紋しか検出されなかったそうです。パウリーネは服を着たままで寝ていました。ベッドの足側にあったオットマンの上にはハンドバッグが放り出されていましたが、事件性を疑うようなものは何も見つからなかったとのことです」

「何も発見できずに、ハムスはさぞかしがっかりしただろうな」カールはうなずいた。「この件を知らせてくれて助かった、アサド。この自殺はとんでもなくにおうぞ。パレ・ラスムスンの忌々しいパソコンを一刻も早くなんとかするよう、ＮＣ３をせっつかなきゃならん。できるだけ多くのファイルを復元してもらえるよう、マークスに裏から手を回してほしいと頼んでくれ」

アサドが親指を立てた。次の瞬間、彼はもう課長の部屋に向かっていた。

ようやく一服するチャンスがめぐってきた。窓を開けて駐車場を見下ろすと、カメラとマイクを抱えた若い男がふたり、寒空の下を正面玄関に向かうところだった。そのとき、ローセがドアのところに立っているのに気づいた。

「来ましたよ」ローセはそう言うと、カールの手にある火のついたマッチを殺意に満ちた目でにらんだ。

「誰が来たって？　ああ、テレビ局のクルーか」

カールがデスクの上の散らかった書類をなんとか見られる状態にまとめるとほぼ同時に、ふたりの男が入ってきて、目の前に立った。

「どうも、イーレクです」マイクを握った男が名乗る。カールは握手の代わりに男とひじとひじで挨拶をした。カメラマンは撮影の準備をしている。

「少し急いでるんです」イーレクはそう言うと、マイクをカールの鼻先に突きつけた。

カメラの赤いランプが光っている。その上に放送局の名前があった。〈ロリ〉とある。

「ローセ、ちょっとこっちへ」カールはそう言ってカメラに背を向けた。

「〈ロリ〉を呼んだのか？　コペンハーゲンのローカル局じゃないか」

ローセは困惑したようにふたりの男を見つめた。

「いえ、そんな覚えは……」

カールは振り向いて、気の毒そうな詫びるような表情を男たちに向けた。効果はないと思いつつ。

「ご足労いただき、ありがたい。だが、すぐに出ていってもらえるとさらにありがたい。われわれが話そうとしているのは、デンマーク全域に関わる問題でローカルレベルの話じゃないもので」

「うちの番組はほかの地域でも流れることがあります

けど……」イーレクはそう言ったが、カメラマンは了解したようだ。

五分後、男たちは慌てて駐車場に戻ることになった。二時間後に、コペンハーゲン警察本部前の広場で、特捜部Qのカール・マークが直々に会見を行なうという土産を手に。

「カール、本当にいいんですか？　これでよかったんですか？」ローセは心配そうだ。

「ああ、もちろん」

「いったい何を話すつもりなんです？」

「そうだな、冷酷な犯人を捜しているとは言えないし、次に死ぬ順番が回ってくる行方不明者を捜していると発表することもできないしな。ジレンマだ。まあ、できるとしたら、推測を話すことだけだな。『仕事に精を出して成功を収める一方で、家族ともう長いこと会っていない人物に危険が迫っている可能性がある。自分の身内が当てはまるのではないかと思う場合は、こちらに直接連絡してください。ローセ・クヌスンが窓口になります』こんなところかな」

ローセはものすごく嫌な顔をした。

40

シスル

二〇二〇年十二月十八日、金曜午後遅く

シスルが暗いなかを家路に向かっていると、電話が鳴った。デボラが自宅に来てほしいと言っている。シスルは来た道を戻りはじめた。ここ数日はとても慌ただしかった。だが、この数年間で自分はずいぶんと鍛えられていた。何が起ころうと対処できるようになっている。デボラは気が動転しているようだった。無理もない、自分とは違うのだ。デボラはもう長いこと忠実な家来として任務を遂行しているが、ときどき気弱になって怖気づく悪い癖がある。長年、デボラとその夫の手綱をしっかりと握ってきた。そうしなければ、ふたりともとうの昔にこの世にいなかっただろう。あんな不幸を経験すれば、そうなってもおかしくない。

シスルはとてつもなく強かった。自分自身にも自分の使命にも一ミリも疑いを抱かなかった。運命が指し示した道を確かな直感と強い意志で歩いていた。

再びデボラの自宅にやってきた。長年、問題が発生するたびにもみ消してきた場所だ。

呼び鈴を鳴らすと玄関のドアが開き、そこにいたデボラの顔は青ざめていた。「どうぞこちらへ。見てほしいものがあって。かなりまずい状況です」

居間に入ると、アダムがテレビのリモコンを手にして落ち着かない表情で立っていた。悪い報告をしなくてはならず、不安になっているのが見てとれる。何をどう切り出したらいいか、わからないようだ。

「シスル、警察の会見があったんです。さっきから

『TV2ニュース』でひっきりなしに流れていて。急いで対策を練らないとまずいです。どうすれば?」

アダムはリモコンのボタンを押してTV2のオンデマンドチャンネルを選択し、会見の動画を探した。シスルとデボラはソファに腰掛けた。五分間の動画を見ながらずっと、デボラとアダムはシスルの反応をうかがっていた。だが、シスルはどこまでも冷静だった。

特捜部Qの責任者であるカール・マーク警部補が、口から白い息を吐き、肩に雪を積もらせながら改修中の警察本部前で無数のマイクとカメラに囲まれている。会社に押しかけてきたあの日よりも表情が暗い。記者が話を遮って質問しようとしても顔を背け、受けつけない。この警察の会見は明らかに異例だ。報道陣がそう考えているのは記者たちの表情を見れば明らかだった。分厚い壁の向こうで進行し、外に漏れることのない捜査内容がこうして記者会見で伝えられる。そんなことは、通常はありえない。だが、デンマークじゅうの市民を捜査に協力させる目論見があるのなら、うまいやり方だ。

会見が終わると、『TV2ニュース』のキャスターが画面に映し出された。硬い表情をしている。この件は、今後何日もトップニュースで報道されるだろう。あっという間に専門家が何人もスタジオに集められ、事態の進展について、ああでもないこうでもないとくだらないコメントをするに違いない。

余計なことをしてくれたものだ。

「いますぐ、ビアベクを処刑したほうがいいのでは? 数日早めても、大した問題はないでしょう?」アダムが言った。

なるほど、それを言いたかったわけだ。

シスルは視線だけを彼に向けた。この意気地なし。自分の発言にもっと気をつけることね。

「アダムの言うとおりかもしれないわ」デボラがソファの上でシスルに体を近づけて言った。「前にも話したと思うけど、捜査の手が伸びてくるようなことがあれば、終わりにして……」

シスルはテレビを消した。単なる偶然かもしれないが、このところあまりにも多くのことが起こりすぎている。タビタとラウンヒルドはいきなり暴走した。まったくの想定外だった。タビタは死んだ。おかげで少なくともあの女の問題は片づいた。だが、それと同時にラウンヒルドを止めるという決断を下さなければならなかった。彼女を殺したのは正しい選択だった。だが、その遺体がこんなに早く発見されるとは思ってもみなかった。アダムは入念に穴に埋めたと言っていたが、そうではなかったのだ。それから、今度は頭のいかれたパウリーネが挑発しにやってきた。確かにあの女はわたしとパレ・ラスムスンの死を結びつける有力な証拠を持っていたわけではない。それでも、あの女がたれこんだら、特捜部Qのブルドッグがもっと話を聞きたいとまたやってきたことだろう。パウリーネも馬鹿な真似をしたものだ。

シスルは深呼吸をした。「足がつきそうなものはすべて、間違いなくパウリーネ・ラスムスンの自宅から撤去したわね？」

「もちろんです。実際に僕がそうしているのを見たでしょう？　寝室にあったメールが保管されたシューズボックスも持ち出しましたし」アダムはテーブルの上の箱を指さした。「ほかには何もまずいものは見つからなかった。それに僕らは手袋をしていたし、誰にも見られていません」

「へまはしてないわね？」「いいこと？」シスルにじっと見つめられ、ふたりは下を向いた。「いいこと？　カール・マークは何も証拠をつかんでいない。ただ、十二月二十六日にさらなる殺人事件が発生する可能性があると口にしただけ。それだけのことよ。警察は標的を知らない。その人物が拘束されている場所を探そうにも、暗がりを手探りで進んでいるようなもの。だから、計画を変えるつもりも儀式の手順を変えるつもりもありません。マウリッツ・ファン・ビアベクの処刑は予定どおりに行ないます」

「でも、もしビアベクの妻が不審に思って警察の要請に応じたら?」デボラが尋ねた。

「どうしてそんなことを気にするの? ビアベクの妻には、超大口の取引のためにカリフォルニアに滞在中だが機密保持のために電話での連絡はできない、と偽装メールで伝えてあるじゃないの。何度かやり取りして、相手が完全に信じ込んでいることも確認できてる。そうでしょう、デボラ?」

「確かに、久しぶりに夫から愛情のこもったメッセージをもらってロマンティックな気分に浸っているみたいです。この間の返事なんか、まさにのぼせあがってましたものね。でも、ふと妻が疑問に思いはじめて電話をくれとせがんできたら、どうします?」

「それはそのときが来たら、考えます」

「まあそうですけど……。でも、警察は失踪者の家族に対し、万一本人から連絡があったら、その人だけが答えられるような質問をするように促しています。アダムが今日、ビアベクの様子を見にいってきましたけど、かなり弱っていたようです。これ以上時間が経ったら、そういう場合に備えて答えを引き出そうとしてもビアベクはもう答えられなくなっているかも……」

「そうなんです」アダムは懇願するような目でシスルを見つめた。「ビアベクはいまや瀕死です。答えを強制できる状態にはなさそうです。完全に諦めているようですし」

「アダム、落ち着いてちょうだい。まったくどうかしてる。ビアベクが標的だって警察がつかんだところで、それがなんだと言うの? わたしに結びつくような手がかりはどこにもない。あなたたちにつながるような手がかりもどこにもないのよ」

「シスル、そうだと言い切れますか?」デボラの気持ちの高ぶりは、そのまま声に表れていた。「ビアベクに直接電話をかけたじゃないですか。いまの技術なら発信者をたどることだって可能です。誘拐の様子も、どこかの防犯カメラに映っているかもしれません」

あくまで冷静なふりをしているものの、デボラはパニックの一歩手前まできている。そこが彼女の問題だった。

「シスル、デボラの言うとおりです」アダムが援護に回る。「ビアベクの家族が警察の要請に応じるようなことがあれば、警察はわれわれがビアベクを誘拐した日、つまりあなたが彼を連れ去った時間まで遡って調査を始めますよ」

「やめなさい！」シスルは声を張り上げた。ふたりはびくっとしたが、シスルは無視した。いいかげん、落ち着かせないと。「誘拐に使った車が防犯カメラに映っていようと、別人になりすましたわたしがハンドルを握っているのが一瞬映っていようと、それで警察に何がわかるというの？　レンタカー会社の追跡装置を使っても、わたしたちを追うことはできません。〈グローバル・リーア〉のヴィクター・ペイジ副社長のふりをしてアダムがビアベクに電話したときはノキアの古い機種を使ったし、プリペイドＳＩＭカードも端末もとっくの昔に海の底に沈んでいる。レンタカーを使ったのは最初の二十分だけよ。そのあとはビアベクをバンで運んだわけだから。それにデボラ、あなたは偽造した身分証でレクサスを借り、同じ名前でつくったカイシャ銀行のクレジットカードで支払いを行なった。そして、車は決められた時間どおりに完璧な状態で返却した。ふたりともよくわかっているはずよ。さあ、聞かせてもらいましょうか。わたしが尻尾をつかまれるような真似をすると思う？」

「これまで一度も失敗をしたことがないって言うんですか？」

シスルとアダムの目が合った。その瞬間、アダムは自分の発言を後悔した。

　一九八七年の暮れごろだった。シスルはしばらく前から〈オーヴェ・ワイルダー・ガレージ〉に狙いを定めていた。大学に復学して以来、この修理店の斜向いにある〈ビャーネカフェ〉に頻繁に来ては、そこで演習の準備をしていた。安いこともあって、このカフェはシュズハウンの最下層の人間が集まる場所になっていたが、地元の人たちは互いに敬意を払っている。大学ではおよそ見ることのない光景で、シスルはそこが気に入っていた。ここに座っている者はほとんどが、誰も気にかけないような仕事に就いている。驚くほどの低賃金で、朝五時に起床して懸命に働いている。この国は天候の神とよい関係を築いているとはとても言えないが、どんなに悪天候でも彼らは働かないわけにはいかない。寒さに鼻水を垂らし、肌が荒れようとも、ここの客たちが不平不満を言うのを聞いたことがない。

　だが〈オーヴェ・ワイルダー・ガレージ〉がオープンし、ワイルダーと整備士たちがこのカフェを占拠するようになってからは雰囲気が変わってしまった。もはや店の隅に座って落ち着いて勉強に専念することはできなくなった。会話の内容が聞くに堪えないものだったからだ。男たちはこんな馬鹿な顧客がいたと得意げにべらべら話し、自分たちの手にかかれば簡単に一クローネ残らず巻き上げられると豪語し、耳を疑うほどの大金を荒稼ぎしていると自慢していた。そんな状況が半年以上も続いた。

　男たちが完全な詐欺集団だったという事実もそうだが、シスルが何よりも許せなかったのは、彼らの傲慢さと人を見下した態度だった。ある日、とうとう勇気を奮い起こしてシスルは整備士たちのテーブルに行き、あなたたちのしていることはとんでもない犯罪行為だととがめた。すると、空気が一変した。

「お嬢ちゃん、あんたは口を閉じて耳を塞いどきゃいいんだよ」オーヴェ・ワイルダーが先陣を切り、汚れた手をシスルのクリップファイルに伸ばすとひったくった。「さてと、ここにどんな重要書類があるのか、見せてもらおうじゃないか」

シスルは息を呑んだ。そこにあるレポートは半年を費やした研究内容だ。だが、焦りを顔に出すまいとした。それが間違いだった。

「あんたさ、一本先の十七番通りに住んでるよな？ ここから歩いてせいぜい三分だ。あっという間に着くな。そういや、ときどき火が出るんじゃなかったっけ、あの辺り」ワイルダーがファイルの一番上にあった用紙を手に取り、ライターで火をつけた。

数秒のうちにレポートの最初のページが灰と化した。その場で凍りついているシスルを見て、男たちはどっと笑った。シスルの頭の中でカチリと音がしたような気がした。「確かに、わたしの家はここからそう遠くないかもしれない」彼女はきつい口調で言った。「でも、あなたたち、すぐ外に公衆電話ボックスがあることも知らないの？ 簡単に警察を呼べるわ。三十秒もかからない」

最初に自分を殴ったのが誰なのかはわからなかった。わかったのはただ、カフェの客が誰ひとりとして助けようとしてくれないことだった。常連客たちは見て見ぬふりだ。シスルにとって、完全に裏切られ、心底見捨てられたと感じたのは人生で二度目だった。この日を最後に、シスルが〈ビャーネカフェ〉に足を踏み入れることはなくなった。

修理店のレイアウトを手に入れて頭に入れ、火薬類を調合するのに丸一カ月を要した。標的の気を失わせるためにクロロホルムも手に入れた。合鍵をつくり、終業後の店に忍び込み、野球バットなどの道具を運び入れた。起爆装置をいくつもつなぎ合わせ、タイマーに接続してトルエンの入ったタンクのすぐそばに設置した。仕上げに、小さな金属片を計算どおりの場所に置いた。

建物内のふたつのホールは隅まで光が届かずかなり暗かったため、誰にも気づかれずに隠れることができた。シスルは暗がりのなかをそっと移動できるよう、数日間練習した。食肉処理場から豚の頭を調達し、正確に後頭部をかち割ることができるよう特訓を重ねた。

こうして、どこから見ても抜かりのない緻密な計画を練り上げた。だが結局、クロロホルムは使わないことにした。終業時間に、男たちがひとりまたひとりと更衣室に入っていくときに素早く行動に出ればいいとわかったからだ。よほどのことが起きない限り、誰ひとりとして応戦できないまま、後頭部に致命傷を食らうだろう。その直後に複数の起爆装置がほぼ同時に作動する。これで、店が閉まる前にひとり残らず駆除できる。最高の計画だ。

だが、どうしたわけか、シスルは整備士がひとり、タバコを吸おうと外へ出ていたことに気づかなかった。すべてを終えて正面の門から出ていこうとしたときにばったり出くわしたのだ。整備士はうさんくさそうに彼女を眺めた。その瞬間、バットが男の鼻梁を直撃した。男は半回転して倒れ、木製の柵と門の近くに停めてあった乗用車の近くに意識を失ったまま転がった。

時間がない。シスルは全速力で門から走り出て、あらかじめ置いておいた塩のそばを通り過ぎた。百メートルほど走り、安全圏からこのイベントを眺めて堪能しようと立ち止まった。

そのときだった。

突然、ひとりの女性が角を曲がってやってきた。若い母親だ。急ぎ足でベビーカーを押している。「止まって！」シスルは声を限りに叫んだが、聞こえないようだ。「止まって！」もう一度叫び、女性に向かって駆け出した。また叫ぶ。声はやはり届かなかった。爆発音。さらにまた爆発音。母親が吹き飛ばされる。

シスルも爆風を受けて倒れ込み、一瞬気を失った。

すぐに意識を取り戻したが、耳がまるで聞こえない。三十秒ほど経っただろうか。最初に耳に飛び込んできたのは母親の泣き叫ぶ声だった。

現場から十分距離を取り、シスルはパトカーの青色灯を眺めた。少し遅れて救急車がやってきた。

母親があらん限りの声で泣き叫ぶなか、小さな子どもが担架に載せられて救急車に運び込まれていく。

シスルはわけがわからなかった。自分は神と契約を結んでいたのではなかったのか？　これもまた、神の与えた厳しい試練なのだろうか？

答えは見つからなかった。だが、シスルはこれを教訓に今後生きていくうえでいくつかの誓いを立てた。わたしは自分のしたことの罪を償わなくてはならない。あの母親に慰謝料を支払わなくてはならない。それだけではない。オーヴェ・ワイルダーのような人間の卑劣な行為を止めるため、必要なときにはいつでも行動を起こせるようにしなくてはならない。そのためには自分自身がもっと強くならなくてはいけない。金も必要だ。

シスルはスケジュール帳の一月二十六日の欄にこの出来事をメモした。七十年前のこの日が、ルーマニアの独裁者ニコラエ・チャウシェスクが生まれた日だと気づいたのはそのときだった。

胸の中で熱い想いが膨らんだ。今後見つけ出した標的を駆除するときには、二度と無実の人を巻き添えにしないよう、完璧な計画を立てることにしよう。用心のため、計画実行は二年おきくらいがいい。他殺の疑いが浮上しないような死に方をさせることが重要だ。そうすれば、自分の命が尽きる最後の日まで誰にも邪魔をされずに使命を遂行できる。そう、それこそがわたしの使命なのだ。わたしの生きる意味はそこにある。

次の処刑は一九九〇年二月十六日がいいだろう。残虐な独裁者であり北朝鮮にとって最大の悪夢、金正日《キム・ジョンイル》の誕生日だ。

世界をよりよい場所に変えていくというシスル・パークの野心に満ちた聖戦は、こうして幕を開けた。

「これまで一度も失敗をしたことがないって言うんですか？」アダムはそう訊いた。その言葉がどれだけ深くシスルの胸をえぐることになるか、知らないままに。

まったく、アダムとデボラはどうしてしまったのだ？　使命を果たすためにこのふたりを引き込み、プロジェクトに関わらせてからもうずいぶん経つ。それなのに、いまさら手を引きたいとでも言うのか？　そんなこと、断じて許さない。

「アダム、わたしたち、相手の努力は無条件で認め合うという約束をしていたわよね？」

シスルの声のトーンに、アダムは怯んだ。

「正直に言ったらどうなの。さっきの言葉はどういう意味？　わたしがミスを犯したと思っているんでしょう。どんなミス？　さあ話して！」

「すみません」アダムにはそう答えるのが精一杯だった。

シスルはアダムを見つめ、デボラに視線を移した。それからデボラからアダムにまた視線を戻した。そろそろ潮時かもしれない。ふたりと別の道を行くことを検討すべきだろう。

「さっきの話だと、ビアベクはかなり衰弱してたってことだけど。正確にはどの程度？　処刑までもたないくらいなの？」

「わかりませんが、おそらくもたないでしょう。ですから、いますぐにでも殺したほうがいいと思うんです」

「いい加減にして、アダム！　そんなこと、二度と口にしたら承知しない。あの男は決められた日に死ぬのよ。それより早すぎても遅すぎてもだめ。もっとしっかり面倒をみなさい。いい？　駆除まであと八日もあるのよ」

シスルはそう言うと、目の前のテーブルに置かれたシューズボックスを見つめた。

「あなたたち、パウリーネ・ラスムスンのメールは読んだの？」

「ええ、何通か。パレ・ラスムスンに夢中だったみたいですね」

「読むときに手袋はしていたわね？」

「当然じゃないですか！」アダムが気を悪くしたのは明らかだ。

「いいわ」シスルは腕時計を見た。「いまからシューズボックスにちょっとしたものを仕込みます。それからドライブに行ってもらうわ、アダム」

41

カール

二〇二〇年十二月十九日、土曜日

昨日の記者会見では、すべてを話し終えないうちに報道陣から質問が相次いだ。凍てつくような空気のなか、分厚い手袋をはめた手に握られた二十本のマイクがカールに突きつけられた。

十二月二十六日に殺人事件が発生すると、どうしてわかったのですか？　よりによって、なぜこの日なのでしょう？　考えられる動機は？　ほかに情報は？　四方八方から質問が降り注いだ。だが、何を問われようともカールは「すでに述べたとおり、私がお話ししたいのは、徹底的な捜査に向けた手がかりを得るため、親族の方から一刻も早く連絡をいただきたいということです」と答えるに留めた。

　振り向くと、警察本部のどっしりとした柱廊から、警察本部長と首席監察官が苦虫を嚙みつぶしたような表情でこちらをにらんでいた。鼻と口を覆う緑色のマスクの上からでもそれがわかる。

　ふたりはカールに近づくと、小声で畳みかけてきた。なんて軽率なことを。気でも違ったのか？　メディア対応の規定に完全に違反しているが、上司のマークス・ヤコプスンはこのことを知っているのか？

「被害者を救出するまで、俺を放り出すのは待っててもらえませんかね？」とカールが答えると、ふたりは自分の行動が招いた結果を覚悟しておくようにと言い残し、建物の中に消えていった。

　カールは報道陣にうなずいてみせた。それから、アサドとゴードンを呼び、ふたりを連れて駐車場に向かう。

「カール、大変な処分を受けることになるかもしれませんよ」アサドが言う。

　カールは忠実な相棒の肩を叩いた。「おまえたちが全員残れるなら、特捜部Qにとってはそのほうがむしろいいだろ？」

　メディアを通じた呼びかけは、ソーシャルネットワーキングサービス《SNS》上で爆発的に広がったほか、すべての日刊紙が一面で報じ、ほぼリアルタイムで全国に伝わった。その効果の凄まじさを、カールたちは翌日に身をもって体験することになった。当然のことながら、特捜部Qの直通電話には、このところ身内と音信不通だという人たちからのおびただしい数の通報が寄せられた。それだけではない。ほかの部署から怒りのクレームが山のように届いたのだ。規則破りをしてくれたせいでこっちまでとばっちりを受けてまったく仕事にならない、どうしてくれるんだ！　という怒号が相次いだのだ。カールは、会見のときには連絡先としてローセのデスクにある電話の番号と特捜部Qの共有メールアドレスしか公表しなかった。だが、蓋を開けてみると、警察本部でもここタイルホルメンでも例外なく、すべての部署が行方不明者の親族を案じる人や少し頭のおかしい人たちからの電話の洪水にのみ込まれる羽目になった。

命の危機にさらされている行方不明者は、財を成していたり社会的に大成功を収めていたりするはずだとカールは考えていた。だが、実際に寄せられた通報のほとんどがごく普通の十代の子どもを持つ親からのもので、しかもわずか数時間、子どもの姿が見えないだけでおろおろして電話をかけてくる。カールの部屋と廊下を挟んで向かい側にある他の部署の部屋にも、明らかに酔っ払った親から、昨晩喧嘩をしてから子どもが帰ってこない、なぜだかわからないといった類の電話がこの一時間に何本もかかってきていたらしい。廊下には、ロックダウン中だというのに出勤を命じられた同僚たちの悪態と文句が響き渡っていた。

突破口を開こうと大胆な行動を取った結果、カールはすべての方面から顰蹙を買った。こりゃ、部屋のドアに鍵をかけて中に引きこもっていたほうがよさそうだ。すべての職員が帰宅するまで、とても廊下を歩く気にはなれん。

一方、ローセが待機しているもうひとつの部屋は奇妙なほどに静まりかえっていた。数時間後、ローセは留守番電話機能をオンにして部屋を出ると、現時点での成果を伝えにカールのところへやってきた。

「ここ数時間ずっと、みんなで手分けして調査していたんですけど」ローセはそう前置きし、何冊ものスクラップブックを手にやってきたアサドにうなずいて合図を送った。

「そうなんです。まず、ピーア・ラウゲスンの事件を徹底的に調べました。私は娘のテュッテ・ラウゲスンから借りたスクラブブックを調べ、ローセはピーアがテレビ出演した際の映像をチェックしました」

「スクラップブックだろ、アサド。スクラブじゃなくて」カールがすかさず修正する。

　アサドは聞き流した。

「ピーア・ラウゲスンは、たびたびテレビ局のインタビューを受けていました。とりあえず、死ぬまでの数年間に出演した番組をチェックしてみたんですが、たとえばこれです。二〇〇九年の短いニュース映像です。死ぬ一年前です」ローセは画面をカールに向けるようにしてパソコンをデスクの上に置き、動画を再生した。

　インタビュアーは、経済ニュースを専門とする有名なジャーナリストだった。その男が質問する。「ピーア・ラウゲスンさん、あなたが富裕層に金融規制の緩い国へ資産を移すようアドバイスしていることはよく知られています。また、税法を柔軟に解釈することで、企業の資産隠しや税金逃れを助けているとも言われています。それは、われわれの社会の土台を蝕むことに加担している行為といえるのではないでしょうか。これでは、本来あなたの顧客が納めるべき税金を一般市民が負担しなくてはならなくなりますが、その点に責任をお感じになりませんか？」

　ピーア・ラウゲスンは熱心に相手の質問に耳を傾けた。その間、笑顔が崩れることはなく、赤い唇も閉じたままぴくりとも動かなかった。指輪をもてあそび、エルメスのシルクのスカーフのずれを直し、落ち着きはらってうなずいていた。腹の底で何を考えているかは明らかだった。この世で自分に手出しできる者など誰ひとりとしていない、下層社会の人間のことなどどうでもいいと思っているのだ。

　インタビュアーの非難が一段落すると、ピーアは口を開いた。ブリーチした白い歯がのぞく。

「ずいぶんな言われようですこと」相変わらず、相手を見下すような笑みを浮かべている。「まあ、そういうことを疑問に思う人がいなくなってしまったら、ジャーナリストも廃業でしょうから仕方ありませんわね。とにかく、一般的な賃金労働者の税金については、当然ながらわたしは何かする立場にはありません。わたしの仕事は顧客の資産を守ること、それだけです。税法に関してですが、わたしの仕事によって抜け穴や規制の曖昧さが明らかになったのであれば、修正すればいいだけの話ではないですか。何が問題なのです？結局、あなたたちが嫉妬しているだけなのでは？」

カールたちは、さらにインタビューの続きを数分間視聴した。ピーアは何を言われてもまるで動じなかった。

「私のほうにもちょっとした発見が……」今度はアサドがスクラップブックを開き、新聞の切り抜きを見せた。「二〇一〇年七月一日付の記事です。溺死するおよそ一カ月半前です」アサドが指さした先には着飾ったピーアの写真があった。前を開けたミンクのコートに、またもエルメスのスカーフ。パンツスーツ姿で、手首には、クリスマスの飾りのようにごてごてしたバングルをはめている。

それは二ページにわたるロングインタビューで『タクスアイコン社、フューン島でトップの年間売上高を記録　隆盛きわめるピーア・ラウゲスン帝国』という見出しがつけられていた。

カールはその記事を読んだ。有能な広報担当者をつけていたら、こういう記事も世に出る前にもみ消すことができただろうに。

そこにはこう書かれていた。〝顧客が財産を守るために必要な対策を講じないのであれば、こちらとしてもその方や会社がどうなろうとかまいません。財政問題にうまく対処できない、景気の波に翻弄されてしまう、というのであれば、泳ぐ方法を習得しなくてはなりません。それができずに溺死しても、わたしの責任ではありません〟

「冷酷な女だな」カールが感想を漏らす。

ローセとアサドがうなずいた。

「でも、本人が泳がずに溺れてしまったことを考えると、この発言と死因には奇妙な一致がありますよね」ローセが指摘する。

確かにそこがポイントだ。カールも異論はなかった。

「ゴードン、急いでこっちに来て!」ローセが声を張り上げた。こいつ、ほかの部署の連中がただでさえ怒り心頭だというのに、全職員からさらに恨まれたいのか?

「ドアを閉めてくれ」ゴードンがやってくると、カールはまずそう言った。「何かわかったのか?」

「これだけです」ゴードンはタウン紙のコピーを広げた。〈オーヴェ・ワイルダー・ガレージ〉の一面広告だ。フォード・エスコートの写真を並べたもので、片方はスクラップだが、もう片方はぴかぴかで新車と見紛うほどだ。

〝あなたの車をもっとワ、イ、ル、ド、に〟下のほうにそんなキャッチコピーがあり、定期点検、タイヤ交換、オイル交換、そのほかさまざまなサービスの料金が記載されている。

「これがどうかしたか? 当然、この二台は別の車だろ?」カールが尋ねる。

ゴードンはにやりとして、広告の下の隅にあった大きな星形の吹き出しを指さした。黄色の文字で〝爆安〟と記されている。

「なるほど」

「僕の考えですけど、犯人はワイルダーの詐欺を見抜いたんじゃないでしょうか。ひょっとしたら犯人自身も被害に遭ったことがあるのかもしれません。残念ながら、爆発のせいで顧客名簿を含めて書類がすべて灰になってしまったので、検証はできないんですが。た

〝爆安〟という言葉が引っかかりませんか？　殺害方法のヒントと解釈できるんじゃないかなと思うんです。被害者が誰かを傷つけたり損害を負わせたりするのに使った言葉をそのまま殺害方法に生かした事件がこれで二件、出てきたわけでしょう？」

「この連続事件はどんどん奇妙な展開を見せていくな。そう思わんか？　まったく、頭がおかしくなりそうだ。犯人はあの手この手でヒントを残している。独裁者の誕生日、殺害方法、そして例の怪しい塩。だが、俺たちは相変わらず何もわからないままだ。世界のどこかで、十二月二十六日に殺されるのを待つだけの人間がいるというのに」

「そんなことありませんよ！」ローセの声に力がこもった。「わたしたち、一歩前進してませんか？　それぞれの事件の共通点が見えてきたんですから。犯人は道徳心のかけらもない人間をターゲットにしているし、その殺害方法にも類似点がある。そうでしょう？」

「そうとも言える」

「そして、例の独裁者たちも人の道から著しく外れた悪党です」

「なるほど。となると、あとは道徳の番人を気取る人間、モラルのためなら人を殺してもかまわないと信じきっている人間を探し出す〝だけ〟だな」カールは〝だけ〟のところで、指で引用符をつくった。それがいかに望み薄の任務なのか強調したのだ。

「なんだか少し宗教っぽいですよね」アサドが言う。狂信者《ファナティスト》がどういうものか、一番よく知っているのはこいつだろう。

「まあ、そう言えなくもないな。だが、犯人はどういう経緯でモラル回復の〝聖戦〟に乗り出すことになったんだ？　そういう人間を見つけるにはどこに行けばいい？」

「精神科の閉鎖病棟とか、自分の世界に閉じこもって生きることができるような場所とか？」ローセが応じた。

る。

　そのとき内線が鳴った。感じのよい受付係の女性からだった。

「カール・マーク警部補にお話ししたいことがあるという女性がお見えです。お通ししてもいいですか？」

　カールは顔をしかめた。「誰だろう？　どんな話だって？」

　受話器の向こうで誰かが話す声が聞こえた。

「ゲアトルズ・オールスンさんとおっしゃる方です。自殺したパウリーネ・ラスムスンさんのご友人で、お見せしたいものがあるとのことです」

　ゲアトルズ・オールスンがいったい誰なのか、すぐにわかった。広い肩幅に厚化粧、胸はミュンヘンのオクトーバーフェストかなんかで土産に買ってきたディアンドル（バイエルン地方、リヒテンシュタイン公国、オーストリアのチロル地方などの女性の民族衣装）なのか、コルセットのような服に詰め込んで寄せて上げている。テレビのインタビューで見たときは、トランスジェンダーの女性なのだろうと思っていたが、こうして目の前に立たれるとよくわからなくなった。

「昨晩、これがドアの前にあったんです」ゲアトルズの声は張りつめていた。「誰が置いていったのかわかりません。気味が悪くて家の中に入れたくありませんでした。宅配便が来る予定もありませんでしたし、コロナが流行っているからいろいろと気をつけなくてはなりませんし。それでも開けてみたんです。中を見てあっけにとられました。なぜこんなものがうちに届けられたのか、誰の仕業なのか……。それであなたのことを思い出したんです。メディアで大々的に報じられていましたから。それと、パウリーネが警察が来たと話していたことも思い出しました。パレ・ラスムスンさんのことであなたが来たと言っていました。それで、こちらに持ってきたんです」

　カールはシューズボックスを見つめた。あちこちがへこんだ白く小さな箱で端に茶色いサンダルのシールが貼られている。

「開けたとおっしゃいましたが」

ゲアトルズはばつが悪そうにうなずいた。「ええ、そうするしかなかったものですから。中身がなんなのか、本当にわたし宛てのものなのかもわからなかったので」

「それで、中を全部見ましたか?」

彼女は首を横に振った。「パウリーネのプライバシーに関わるものだと思いましたので。一番上にパレ・ラスムスンさんが送った数通のメールのプリントアウトがありましたし」

「驚いたな」カールの声がつい大きくなる。

ローセはすでにラテックスの手袋をはめていた。

慎重に蓋を開ける。

「このシューズボックスをこれまでにも見たことがありますか? パウリーネさんのものだと思いますか?」

「ええ、たぶん。ずいぶん前ですけど、メールを選んで箱の中に保管してあると言っていました。それがこの箱なんじゃないでしょうか。ただ、なんで一面に塩をまぶしてあるのか……」


「さてと、これをどう考えるべきだろう?」ゲアトルズが帰ると、カールが言った。

「いろいろ考えられますね」ローセが答えた。「パウリーネが死んだあとに現場検証でこのシューズボックスが見つかったら、パレ・ラスムスン殺害の容疑が彼女に向くわけですよね。ラスムスンがほかの女への興味を隠そうともしなかったことでパウリーネは激怒していたわけですから。嫉妬から殺人に発展するケースが多いというのは、統計的にも周知の事実でしょう?」

「つまり、この箱が見つかっていたら、パウリーネがラスムスン殺害の容疑者になっていたかもしれないと」カールはまた首を横に振った。「だが、実際には発見されなかった。じゃあどこにあった？」

「わたしが知りたいのもそこです。自宅で見つからなかったということは、現場検証が行なわれる前に誰かが運び出したということですよね。ただ、もともとパウリーネの自宅になかった可能性もあるんじゃないかしら。もしかしたら、ゲアトルズ・オールスンはまだ何か隠しているのかも」

「そうだな。ゲアトルズが嘘をつき、自分で塩を振りかけた可能性はある。だが、どうしてわざわざそんなことをしなくちゃならない？　ゲアトルズのことなど誰も疑っちゃいなかったんだぞ」

ローセがあきれ顔になる。「カール、そもそもわたしたちの捜査線上には怪しい人物の名前なんて誰ひとり挙がってません。具体的な手がかりだってまるでないじゃないですか。まあ、ゲアトルズがパウリーネを好きだった可能性はありますね。ひょっとして、嫉妬のあまりパレ・ラスムスンを殺したのはゲアトルズだったとか？」

「ともかく、パレ・ラスムスンを殺害したのは、ホワイトボードに記入したほかの事件と同一犯という点については、みんな意見は同じか？」

一瞬のためらいはあったものの、三人とも同意した。

「だが、ちょっと待ってくれ。想像力を働かせるのもいいが、ゲアトルズ・オールスンが一連の事件に関わっているとして、なぜ、いまごろのこのこ出てきたんだ？　まあ確かに、ローセが言うとおり、容疑者の見当もつかない状況だし、パレの死についてもパウリーネの死についても何ひとつ確かなことはわかっていない。つまり、誰が犯人でもおかしくないわけだが」

「でもカール、見たところ、ゲアトルズの二の腕は百キロのブロックハムくらいの太さでしたよ。あれならその気になればきっと、〈オーヴェ・ワイルダー・ガレージ〉の整備士たちの頭を砕くことも、オレグ・デュデクとパレ・ラスムスンを押さえ込むこともできます。ピーア・ラウゲスンが息を引きずるまで水の中で押さえつけておくことも、ゲアトルズなら簡単でしょう」

「アサド、それを言うなら、息を引き取るだ。だが、おまえの言うとおりだ。すべての可能性を考えたほうがいい。ただ、俺としては犯人がわれわれをおちょくっている可能性のほうが高いような気がする」

「おちょ……？」アサドが眉を上げた。

「からかっているってことだ、アサド」

「僕はあのシューズボックスは、犯人からの何かの合図なんじゃないかと思います」ゴードンが考えながら話す。「確かに、からかっているという表現がぴったりです」

「なんの合図よ？」ローセが遮った。そろそろ疲れてきたようだ。

「最近起きた出来事はすべてつながりがあるという合図です。ひとつだけ確実なことがあるとすれば、死んだパウリーネが自分でシューズボックスをゲアトルズの玄関前に置くことはできないという点です。それから、ホワイトボードに書き込んだ事件はすべて塩でつながっている点です。だとすると、パウリーネは自殺ではないと考えていいのではないでしょうか？　犯人はなんらかの方法でパウリーネに薬を飲ませ、シューズボックスを運び出し、塩をまぶして、僕たちのところへ持ち込みそうな人物の家の前に置いたんです」

「ふむ。一連の事件の犯人がパウリーネの死にも関係があるというのか。ふたりはどうだ？」ローセとアサドも、そう思いますという顔をした。

「オーケー。俺も同意見だ。だが、犯人はなぜいまになって、それを俺たちに知らせようとしたんだ？」

アサドが無精髭をぽりぽり掻いた。「こちらをかく乱したいんでしょう。それが狙いです。次の殺害がすぐそこに迫っている以上、私たちはその事件に集中しなくてはなりません。そんなときに塩の絡んだ別の事件が出てきたら、そちらに振り回されて肝心のほうの捜査が進みません。そうするうちにどんどん時間が過ぎていきます」

ローセが怪訝な顔をした。「そうかしら。犯人は完全にイカレてるだけという気がするけど。自分に捜査の手が伸びてくると思っただけで興奮するのよ。まったく正気じゃない。異常者よ」

そのとき、ドアをノックする音がした。四人が反応するより早く、ヤコプスンが部屋に入ってきた。硬い表情の他部署の職員たちを引き連れている。規則を破ったことで俺にペナルティを科しに来たのか？

「残念だが、カール」ヤコプスンが口を開いた。「ロッテルダム、スラーエルセ、コペンハーゲンのチームが合同で麻薬捜査を行なった結果、きみは二〇〇七年に発生したステープル釘打ち機事件の重要参考人になった。これがアレレズのきみの自宅の捜索令状だ」

ふたりの職員が前に進み出た。先頭がテアイ・プロウ警部、うしろに続いたのがコペンハーゲン警察麻薬捜査班の伝説的な〝猟犬〟ことライフ・ラスンだ。このふたりが出張ってきたということは、ことは重大だ。

「そっちの話ですか」ラスンから家宅捜索令状を手渡されると、カールは言った。「昨日、テレビカメラの前でちょっとしたスタントを演じた件で大目玉を食らうのかと思ってました」

「その件でもいずれ叱責があるだろう。だが、現時点ではこの問題のほうが深刻だと思うぞ、カール」

カールは家宅捜索令状に目を走らせた。「本当に裁判所がアレレズの家の捜索を許可したのか？　まったくどうかしてる。いったい何を捜索する？　あの家に住んでるのは、モーデン・ホラン、彼の恋人、それにハーディ・ヘニングスンだけだぞ」

テアイ・プロウは見るからに気まずそうだった。

「カール、それは承知だ。三人がここ数カ月スイスに滞在していることも知っている。悪いが、いっしょに来て捜索に手を貸してほしい」

カールは特捜部Qの面々を見回した。三人とも、これが現実の出来事で、しかも事態は深刻であるということを理解したようだった。


カールの家の家宅捜索の情報はレネホルト公園の近隣にあっという間に知れ渡っていた。カールがヤコプスンとマウノリアヴァンゲン通り七十三番地に到着すると、コロナで全国的に集会が禁止されているというのに、駐車場に停められた何台ものパトカーの周りに近所の人たちがぞろぞろと集まってきた。

「いったい何ごとだ？　モーデンとハーディが死んだってのは本当か？　そう言えばもう長いこと見てないぞ」隣人のひとりが大声で呼びかけた。

カールは肩をすくめて首を横に振った。大したことないという表情をつくろうとしたものの、突如自信がなくなった。

家の中ではラテックスの手袋とビニールの靴カバーを着用した白いオーバーオール姿の一団がすでに作業に入っていた。パン屑ひとつ逃すまいという気迫だ。

室内の空気がよどんでいるが、無理もない。ハーディたちが出ていってもうどのくらいだろう？　はっきりと思い出せないが、何カ月も経っているはずだ。

情けない話だ。モーナの家に移ってからすでに一年半ほどだが、その間、この家に戻ったのはせいぜい三回くらいだ。もっとハーディの様子を見に来るべきだった。とにかく、換気が必要だ。

「彼らが探しているのは現金、麻薬、あるいは不審なデータだ」ヤコプスンが言う。

「そりゃ驚きです。でも、現金が見つかったとしてそれは俺のもんですけどね」カールはそう答えて笑ってみせた。ヤコプスンがもっと深刻に考えろとでも言いたげな視線を返す。

そうこうするうちに変わったものがぞろぞろ出てきたが、すべてカールの私物ではなかった。いろいろなサイズの歯列矯正装置、カールの趣味とはほど遠いさまざまなタイプの大人のおもちゃ、ステロイド配合と思われる錠剤、ハーディの大人用おむつとベビーパウダー。そんなものを見つけてどうするんだと思うが、家宅捜索とはそういうものなのだから仕方ない。

地下室、一階、二階の捜索がおおかた終了したところで、〝猟犬〟ことライフ・ラスンが屋根裏部屋に通じる上げ蓋つきの昇降口を指さした。

「俺の勘はここだと言っている」そう言って昇降口を開け、折り畳み式のはしごを引き出すと、足を載せて四段上った。

「おっ」それが、屋根裏部屋に頭を突っ込んだラスンの第一声だった。「これは大仕事になりそうだ」

カールは眉根を寄せ、記憶を探った。もう何年も屋根裏部屋には上がっていない。義理の息子イェスパがやって来て自分が置いていったがらくたをしぶしぶ運び出してから、あそこはほぼ空っぽのはずだ。だが、それがいつだったかも思い出せない。

カールも続いて屋根裏部屋に上がった。すると、壁のようにうずたかく積まれた引っ越し用の段ボール箱が目に飛び込んできた。

自分の見たものが信じられなかった。なんだこれは？　こんなにたくさんの段ボール箱がなんでここに？　モーデンの恋人のミカは少なくとも三回は出入りを繰り返しているが、これはすべてミカのものなのか？

「ここには俺の私物なんかないぞ、ラスン。なあ、こんなに引っかきまわさなきゃならないのか？　せめて、終わったら箱の蓋は閉じといてくれよ？」

沈黙が最良の答えとはよく言ったものだ。十分後、新たに三人の捜
ラスンは何も言わなかった。十分後、新たに三人の捜

査員が加わった。見覚えがない。おそらくオランダ側の捜査員だろう。

それから一時間半が過ぎ、捜査員たちがカールを呼んだ。

捜査員たちが段ボール箱を脇に寄せ、カールが奥まで行けるように狭い通路をつくる。

「ロックがかかっているんです」奥にあるスーツケースを捜査員のひとりが指さした。「開けてもらえませんか？」

「誰のスーツケースか見当もつかないのに、俺が鍵を持ってるわけないだろう？」カールは返した。「もうずっと昔からここにある。おそらく、義理の息子が引っ越しのときに忘れていったんだろう」

だが、そう言った瞬間、いや違う、とカールは思い出した。そうだ、記憶の彼方へ葬り去っていたが、これは……。

捜査員たちがスーツケースを階下に運び、ダイニングテーブルの上に載せた。かなり安っぽいつくりのスーツケースだがやけに重そうだ。いかにも怪しい。

こじ開けましょうかと鑑識官が尋ねると、テアイ・プロウはうなずいた。

だが、一筋縄ではいかなかった。スーツケースの縁には何重にも蜘蛛の巣がかかり、開閉部はまるで封をするかのように黄色い塊で塞がれている。鑑識官は液体接着剤だろうと説明したが、そのせいでなかなか開かないのだ。

「底を切ったらどうだ？」プロウが言う。だが、手持ちの道具ではうまくいかなかった。金属プレートで内張りされているのだろう。

嫌な予感がする。カールはヤコプスンに目配せをして、こんなものが見つかったことに自分でも驚いていると伝えようとした。だが、課長は捜査員の横で身を硬くして鑑識官たちの奮闘を見つめている。

ひとりの鑑識官が車からディスクグラインダーを取

ってきた。スーツケースの底の切断に取りかかると火花が散り、壁のあちこちにその影が踊った。

その部屋にいる全員が手を止め、テーブルの周りに集まってその様子を見守っている。むろん、何かが出てくると確信してのことだろう。カールもだんだんとそう思うようになっていた。記憶をたどるうちに、ある光景が蘇ってきたのだ。そうだ、アンカー・ホイアがこのスーツケースの保管を頼んできたんだ。かつてチームを組んでいたアンカーだ。妻と別れ、これを置く場所がないからと言って。アマー島のあの事件の少し前だ。アンカーとハーディと俺が銃撃されたあの事件。当然のことながら、アンカーは引き取りに来なかった。墓に埋葬されてしまったのだから、そんなことできるはずがない。

「そのスーツケースの持ち主はアンカー・ホイアだ」カールは静かに言った。「すっかり忘れていた。あいつが持ってきてあそこに置いたんだ。十三年前だ。アマー島の銃撃事件でアンカーが殉職してからずっと置きっぱなしになっていたから、誰も触ってない。蜘蛛の巣がその証拠だ」

テアイ・プロウの濃い眉の下の瞳が憐れむようにカールを見つめた。いまの言葉は疑惑を増幅させるだけだ。それがわからないのか？　とでも言いたげに。

「つまり、中身がなんなのかまるで知らないと言うのか？」プロウが尋ねた。

少なくとも捜査員十人分の視線がカールに向けられた。得意げな笑みを浮かべている者すらいた。

42

デボラ

二〇二〇年十二月十九日、土曜日

アダムとデボラは、ごく若いころにフーロプで開催された信仰復興集会で知り合った。ふたりはすぐに子どもを授かった。女の子がふたり続けて生まれ、そのあとで男の子が生まれた。これ以上望めないくらいすばらしい息子だった。

息子のイサクは十五歳にもなると、田舎の学校にひどく退屈するようになった。その知識欲を満たし才能を伸ばしてやりたければ、都会に出て可能性を広げさせるしかない。それは明らかだった。そこでアダムとデボラは引っ越しを決意した。

イサクの目標がコペンハーゲン大学で学ぶことだったため、アダムはコペンハーゲンの北部に職を見つけた。ふたりの娘が大学の教職課程を修了したころ、アダムは独立を果たし、デボラは夫の事業を手伝うようになった。数年もしないうちにアダムの会社は大きな成功を収めるようになった。だが、そのころ、イサクは口数が極端に減って家に引きこもるようになっていた。彼は胸の内に抱えているもの——それがのちのち、アダムとデボラにとって人生最大の悲劇につながるのだが——を誰にも話そうとしなかった。

そしてイサクは、二十代で自ら命を絶った。それは、アダムとデボラの心を粉々に打ち砕いた。

息子はもう何年も何かに悩んでいたのではないか？ ふたりが最初にそんなふうに感じたのは、葬儀のときだった。大学の同級生で参列したのはたったふたりだ

った。あの子はどうして電車に飛び込むようなことになったのか、何か知らないか、とデボラが涙ながらに尋ねても、同級生はなかなか答えようとしなかった。「イサクは誰とも付き合いがありませんでした」ようやく、ひとりが重い口を開いた。

アダムはわけがわからなかった。「あの子はとても社交的だったはずだが」

ふたりの同級生は肩をすくめた。

デボラは息子の様子を話してほしいと頼んだ。ふたりはためらいながら応じたが、それは耳を疑うような話だった。イサクがここ数年間、集団いじめに遭って、嫌がらせを受けていたというのだ。宗教的背景をからかわれ、頭のよさについて嫌味を言われ、その親切心や他人の善意を信じる心までもが嘲りの対象になっていた。しまいには、イサクが何を言っても、侮辱されて罵られるようになった。なかでも、三人の学生が徒党を組んでひときわ陰険ないじめをしていたということだった。アダムとデボラは、怒りではらわたが煮えくり返りそうになりながら、自分たちが必ず息子の無念を晴らすと心に誓った。

怒りをぶつけたいという感情、復讐心、そして相手を罰したいという気持ちは相乗作用を生みやすい。そのことをアダムとデボラが知ったのは、シスルと出会ってからだ。ふたりは仕事を通じてシスルと知り合った。アダムが開発していた化学製品が彼女の目に留まり、取引したいと持ちかけられたのだ。デボラも同席して何度か商談をするうちに、シスルも自分たちと同じ思いを抱いていると気づいた。三人とも、他人を傷つけるという人間の恥ずべき行為を軽蔑し、強く憎悪していたのだ。

イサクをいじめていた主犯格は、ある日曜の午後に三人いっしょに死んだ。ドライブ中にスピードを出しすぎて道路脇の木に激突したのだ。目撃者はおらず、誰もその原因を突き止められなかった。左側のふたつのドアに擦り傷がついていたが、それだけでは車になんらかの細工が施されていた――実際はそうだったのだが――という十分な裏付けにはならなかった。三人のうちひとりは衝突後も二十分ほど息があり、アダムとデボラに必死に助けを求めてきたのだが、ふたりはそれを無視した。

あるとき、シスルは自分の大学時代のことをアダムとデボラに話した。その話から彼女の過去には自分たちの経験に通じるものがあるとわかったふたりは、シスルにおずおずと自分たちのしたことを打ち明けた。軽蔑されるかと思ったが、シスルは心から同情してくれた。

この一件以来、ふたりはシスルにいっそう親近感を抱くようになり、三人でいろいろなことを話し合い、共感し合うようになっていった。

一九九二年十一月のある日、シスルは自分のプロジェクトについてふたりに明かした。いまは自分ひとりでやっている〝事業〟に同志を加えて拡大させたい――彼女はそう語った。

「おふたりは、息子さんを殺した人間に正義の裁きを下したのです。あなたがたには、わたしとともに行動を起こし、同じ使命に取り組む資格が十分に備わっています」そう話すと、シスルは自分と神の関係を語り、この世には神が決して赦さないタイプの人間がいるのだと説明した。

アダムとデボラはシスルの言わんとしていることをすぐに理解した。そうして、共同プロジェクトの実現に向けて、デボラは具体的な青写真を描いた。シスルもその案は非常に効果的だと同意した。

三人はそれまで以上に深く付き合うようになった。さらに、報復と正義の精神を理解でき、この使命のために働きたいと考えそうな女性たちを勧誘しはじめた。

デボラは人材発掘を担当しただけでなく、他者への思いやりや敬意に欠ける人間は即座に罰するよう、勧誘した女性たちを教育していった。この活動に身を捧げる覚悟と忠誠心を見せ、十分に訓練を受けた女性はシスルの会社に雇用されて、罪深き者を罰するために腐敗した世の中へ解き放たれることになっていた。

プロジェクトの本格化に向けては二年の準備期間が必要だった。そして、実際にプロジェクトが動き出してみると、アダムもデボラもイサクの死は無駄ではなかったと実感した。息子とシスルの助けがあったからこそ、自分たちの進む道がはっきりとした。この世界や他者に対して害を与える人間は罰を受けてしかるべきだ。そういう人間は神の名のもとに仕返しをされる。まさしく、因果応報だ。

シスルは、使命を遂行するためなら極端なこともできる人間だった。アダムとデボラを引き入れてあることを実現しようという目論見があった。ふたりがそのことに気づいたのは、だいぶあとになってからだった。

当初、デボラとアダムは、シスルの選んだ人間が本当にそんな最期を遂げなくてはならないほどのことをしたのかと納得できないところがあった。だが、時が経つにつれて、まずアダムがシスルに感化されていき、その計画と処刑に加わることが楽しくなっていった。デボラも少しずつ抵抗感が薄れていった。

「シスルの言うことは絶対に正しい」アダムは言った。「僕らが使命を果たせば世界はよくなる。僕らには神が味方している。神の公正な裁きが無慈悲なものになることもある。聖書にもあるだろう？　僕らは神の名のもとに神の御心に適うことをしているんだ」

二十六年の間、シスルとアダムとデボラは、まったく自分勝手な理由から他人の人生を破壊した男女十四人を選び出した。シスルは〝処刑〟を実行する前に守るべき一連のルールをつくりだし、そこから少しでも逸脱することを許さなかった。さまざまな決まりごとがあったが、なかでも絶対に守るべきは、事故死に見せかけなくてはならないということ、処刑方法は対象者の罪深い行為に関連づけたものであること、そして、明確な印として、現場に塩を残すことだった。最初に正義を実行したとき、つまり、〈オーヴェ・ワイルダー・ガレージ〉を襲ったとき、シスルはミスを犯した。だが、それ以降はもっと周到に準備をした。デボラとアダムが加わる前にすでに、シスルは大規模な盗品売買グループの黒幕や、学校の正門前で子どもたちにドラッグを売っていた男や、大がかりな保険金詐欺を働いていた女を殺害していた。そしてどれも計画どおり、警察によって自殺か事故死として片づけられていた。

シスルのプロジェクトに参加することになったデボラとアダムは、一連のルールをためらうことなく受け入れた。処刑は一定の間隔を置いて行なう。標的は、自らの行為の報いとして生きる資格を失った人間とする。処刑日は人道に対する罪を犯した有名な人物の誕生日と一致させる。死体のそばに残す塩以外は、現場に自分たちに疑惑が向くようなものを何ひとつ残してはならない。機械工場のオーナーのオレグ・デュデクの両手を切り落としたとき、血しぶきがアダムの服に付着するという失態があった。その教訓から、三人はどんなに微量であっても標的のDNAを含むものを現場から持ち帰らないよう、細心の注意を払うようになった。

また、処刑方法は、世間の目を引かないようにその都度変えることにした。失血死、銃による自殺、一酸化炭素中毒、溺死を装うなど、パターン化しないように気をつけた。ところが、フランコ・スヴェンスンを次のターゲットに決めたとき、シスルはそれまで絶対に変更を許さなかったルールを破った。これまでは対象者を必要以上に苦しませずに処刑することになっていた。だが、デボラは、シスルが年齢を重ねるうちに、相手の苦しみを引き延ばすことに喜びを覚えるようになっていると感じていた。その結果が前回と前々回の処刑だ。拉致後の一カ月間、ふたりの男は、ひたすら死を待ちながら飢えと喉の渇きと肉体的・精神的な苦痛を味わった。だが、デボラはそういうやり方が嫌でならなかった。だが、アダムに「僕らだってイサクの同級生を見殺しにしたじゃないか」と昔のことを引き合いに出され、しぶしぶ妥協した。アダムはさらに、こうするとターゲットのことがよくわかり、そいつの卑劣な行為を戒めている実感がいっそう持てるのでうれしいとも話した。この上ない満足感をもたらしてくれるのだと。

デボラは、プロジェクトに加わる候補者の発掘と採用と訓練を担当していた。候補者たちは長く厳しい訓練に耐え、罪深き人間を選び出して処罰するという強い意欲を示さなくてはならなかった。任務にふさわしいと認められた者から順にシスルの会社に雇用されていった。シスルは社会に影響力のある事業を手がけ、候補者たちはその会社でごくふつうの業務をこなしながら十分な報酬を得る。そして、何年か経つと、ようやく〝復讐の天使〟のメンバーとなって世の中に解き放たれ、本来の目的である任務の遂行に着手するのだ。ドロップアウトは認められない。離脱者には、金を渡して秘密を守らせるか、脅して黙らせる。どちらもできない場合は、永遠に口を閉じてもらう。

デボラは、クリスマスの二日目に最後の処刑を執行したあと、年内には〝復讐の天使〟を世に送り込むことになると信じていた。

だが、いまはその確信が揺らいでいる。

「ねえアダム、シスルは何を考えていると思う？　ビアベクを処刑したあとどうなるのかしら？　シスルは警察を挑発しているけど、やりすぎじゃないかって心配なのよ。テレビに出ていた刑事はわたしたちが思っているよりたくさんの情報をつかんでいるような気がする。たとえばルツのこととか。本名はラウンヒルド

・ベングトスンみたいだけど、あの人は道を踏みはずしてわたしたちを危険にさらしながら、ここに逃げ込むような馬鹿な真似をした。それから、パウリーネ・ラスムスン。あの人もうちに来たわ。殺す以外、どうしようもなかった。アダム、わたし怖いのよ。最後には恐ろしいことが起こるような気がして」
「シスルはビアベクで最後にするはずだ。前からはっきりと言っていたじゃないか」

デボラはうなずいた。「ええ、確かにそう言ってた。でも、わたしたちのことも終わりにすべきだと考えているとしたら?」

「どういうこと?」

「わたしたちの代わりになる従業員なんて、いくらでもいる。そもそも、実際にシスルは何人殺してきたと思う? わたしたちにすべてを話していると思う? アダム、シスルはやりすぎて足がつくようなことをしてしまうかもしれない。本気で心配なの。万一シスルが逮捕されたら、わたしたちだって道連れにされるのよ」

アダムは目を合わせようとしなかった。まともに取り合う気がないの?

「アダム、ちゃんと聞いて! わたしたち、もう安全じゃない。気をつけなきゃ。わたし、ロトの妻みたいになりたくないのよ」

その言葉にアダムが反応した。「デボラ、ロトの妻があああなったのは、言うことを聞かなかったからじゃないか。神の言いつけに背いたから、塩の柱に変えられてしまったんだ。でも、きみは違う。きみは聖書に出てくる最高に強い女性の名を授かってる。忘れちゃいけないよ。その人は女性でありながらすばらしい裁き人で、当時最高の賢者だった。きみはこの使命のために神に選ばれたんだ。きみこそがこの役目にふさわしい。それは、シスルもわかっているはずだ。シスルがあのとき僕らを選んだのは偶然だと思うかい? 違うよね。きみとイサクの悲しい運命がこの使命を引き寄せたんだ。シスルを怖がる理由なんかどこにもないよ」

デボラは夫をじっと見つめた。この人は、ついに自分の存在意義を見つけたかのように嬉々としている。神との契約において正義の粛清を実行し、シスルに助言し、ともに計画を練り、まるで彼女の腰巾着だ。わたしたちはこんなことのために自分たちの事業を手放したの？　使命を終えたら、そのあとはいったいどうなるっていうの？

「とにかく、慎重になったほうがいい。あなたはいつもわたしのことを賢いと言うけど、だったら少しはわたしの言うことを聞いて。シスルがビアベクを処刑したら、用心したほうがいいわ」

43

アサド　二〇二〇年十二月十九日、土曜日

立て続けに三本かかってきた電話のせいで、アサドは完全に動揺していた。最初はマルワからで、あなたは働きすぎだとなじられた。家族は崩壊寸前よ、一家の長として役目を果たしてほしい。このままだとロニアは家出しかねないし、ネッラはロックダウンのせいで塞ぎこむ一方よ、と。

今日は早めに帰宅すると約束して話を終えると、また電話が鳴った。モーナだった。この一時間ずっとカ

ールに電話しているのに全然出ないんだけど何かあったのかしら？　と心配そうだ。事情を説明する以外なかった。「例のステープル釘打ち機事件で新たな展開があって、カールはアレレズの自宅に行ってるんです。家宅捜索があるということで」アサドはそこまで言うと、声に力を込めた。「でも、カールは冷静で落ち着いていました。大丈夫ですよ。いくら捜索したところで骨折り儲けのくたびれ損に終わるだけです」

だが、三本目の電話がその希望を打ち砕いた。カールからだった。自宅の屋根裏部屋にあったスーツケースからコカイン一・五キロと二十万ユーロ以上の現金が出てきたという。鑑識がスーツケースを調べるのが先なので逮捕はされていないという話だが、カールが動揺しているのは明らかだった。万一、スーツケースから自分の関与を示唆するような証拠が出てきたとしても、まったく心当たりがないからだ。カールは完全に途方に暮れている。

アサドはどう反応すればいいかわからなかった。

「アサド、俺は停職を食らい、身分証と警察官としての装備品を返却することになるかもしれん。その可能性を頭に入れておいてくれ」

「となると、署に出勤することもできなくなってしまいますよね」

「そうなる。だからほかのふたりとうまく申し合わせしてほしい。いまの仕事のペースを落とすわけにはいかないからな。だろ？　そこで提案だ。二手に分かれよう。ふたりがタイルホルメンに出勤し、もうひとりは俺のうちでリモートワークをする。アサド、ふたりの了解が取れたら、必要なものだけを鞄に詰めて、できるだけ早くこっちに来てくれ」

ローセの憤怒は凄まじかった。「なんですって！　中身がわかっていたら、そんなものを十五年近くも屋根裏部屋に放っておくわけないでしょう？　さっさと警察に届けて厄介払いするか、とっとと売りさばいてそのお金を海外の隠し口座に小分けにするのがふつうじゃないの。じゃあなんでカールはそのどっちもやらなかったの？　決まってるわ。一ミリも関与してないからよ。それが結論！」

「そうですけど、でも、引退してからやろうとしていたとも考えられるわけで……。汚い金ですし、それだけの額ですし、時間を置いてからじゃないととても使えないでしょう？」ゴードンがおずおずと言う。

「ちょっと、頭は大丈夫？　貧相なお尻を椅子に乗っけてるだけの分際で、カールが犯罪者だって、まさか本気で言ってるわけじゃないでしょうね？」

「違いますよ、僕はただ――」ゴードンの顔は赤くなったり青くなったりした。

「しっかりしてよ、ゴードン。カールがどういう人か知ってるでしょ？」ローセはアサドのほうを向いた。

「それで？　あなたはどう思うの？　なんだか吐き戻したリンゴソースみたいな顔色だけど」

アサドは顔を上げた。「私の気分のことを言ってるなら、確かに大丈夫とは言えないかな。もちろん、カールのことはよくわかっているつもりだよ。カールはハーディに連絡を取って今回のことを伝えると言っていたから、ふたりで当時の記憶を掘り起こすつもりなんじゃないかと思うけど」

アサドはそう言いながら、カールが窓ガラスにフェルトペンで書いた赤い文字に目をやった。進行中の作業の続きに取りかかりたかった。窓に書かれている疑問点のうち、判明したのはまだ殺害日に込められた意味だけだ。だが、いったいほかにはどれを解明すれば突破口になるのだろう？　どこに目を向けて捜査を進めればいいのだろう？　まったく、それがわかれば苦労はしない。

アサドは自分のブリーフケースを手に取り、その中に資料を突っ込んだ。「ともかく、いまからカールのところに行くよ。ゴードン、Ｚｏｏｍでグループミーティングの設定を頼めるかな」

のっぽ男はうなずいた。ローセの強烈な口撃を受け、顔はまだ真っ赤だった。


「アサド、そう落ち込むな。万一俺が不利になるようなものが出てきたとしても、それがどうした？　俺は疑われるようなことは何もしてないんだ」

アサドは肩をすくめ、カールがモーナと暮らすリビングを見渡した。これから本当にここで秘密裏に捜査を進めなくてはならないのだろうか？　ルスィーアのおもちゃが床に散らばり、モーナが檻の中の雌ライオンのように行ったり来たりを繰り返すこの場所で？

もちろん、モーナは心配でならないのだ。だが、心配なのはアサドも同じだった。カールにそれは伝わっているのだろうか？　カールが万一いなくなったら、特捜部Ｑに自分が残る必要はあるのだろうか？　こんなご時世だ、ほかの仕事を見つけたほうが自分にとっても家族にとってもすべて楽に収まる。警察以外の職に就けば家にいる時間も増えるかもしれない。遅かれ早かれ、ＰＥＴが家族を尋問し、回答を迫るだろう。それも回避できるのだ。

アサドは頭の中の思いを振り払おうとした。誰かが殺害されようとしている。自分たちが捜査を進めなければ確実にそうなる。いまはほかのことは後回しにしなくては。

「カール、あなたが窓に書いたリストをみんなでチェックしました。ローセとゴードンはいくつかの疑問点に取り組んでいます。でも、あなたと私は塩の件だけに集中すべきじゃないかと思うんです。どうでしょう？」

カールがうなずいた。

「犯人が現場に塩を残したのはなぜかという点ですが、理由は何が考えられるでしょう？」

「マークスとテアイ・プロウと〝猟犬〟に邪魔される直前に、俺たちの捜査がどこまで進んだのか考えていたんだ。おまえの言葉でピンときたことがあったはずなんだが」

「私の言葉？」

「ローセが殺しの動機をざっとまとめただろう？　あまりにもモラルのない人間だけを狙っていると。ターゲットはあくまで、人を騙したり、周囲に対して敬意に欠けることをしていたりする人間だと」

「そうですね。そして、あなた自身も犯人は道徳の番人ぶった人間ではないかと言いました。私の記憶が確かなら、モラル回復の〝聖戦〟と言ってたような」

「そうだ。俺は、おまえの言葉からそう連想したんだ。宗教っぽいと言っただろ？」

「言いました。犯人はモラルのない人物だけを標的にしていますし、殺害日は例外なく極悪非道な連中の誕生日です。そういうのって、なんだか宗教的でしょう？」

「思い出したぞ、ソドムとゴモラの話だ、アサド。アレレズの家に戻ったとき、聖書のあの話が思い浮かんだんだ。いまは世界じゅうが最悪の事態になっているが、それはコロナのせいだけじゃない。最近じゃ、どいつもこいつも自分のことしか考えないからだ。ろくでもない代物を屋根裏部屋に置かせてくれと言ってきたアンカー・ホイアみたいにな。世の中に善があっても、利己主義が世界を陰鬱な空気に包んでいる。そう思わんか？」

「ソドムとゴモラ？　その話が宗教に関係あるんですか？」アサドが考え込む。

カールは笑った。確かに、イラク生まれのイスラム教徒にはなじみがないだろう。だが、デンマークの多くのキリスト教徒にとってはそうではない。

「旧約聖書に出てくる話だ。悲劇だが、スリルのある物語だ。ソドムとゴモラはそれぞれ都市の名前だが、そこの住人はとんでもなく堕落した生活をしていて、気の向くままに姦淫や強姦をしていたことになっている。俺も最初から最後まで正確に覚えているわけじゃないが、あるとき神はそのふたつの都市を業火で滅ぼすことに決めた。だが、ソドムには神の寵愛を受けているロトという名の男がいたんだ。それで、神は男のもとに復讐の天使をふたり送り、その男にソドムとゴモラが滅ぼされる前に妻とふたりの娘を連れて逃げるよう伝えた。一説によるとこのときロトは妻に、客人に対するしきたりとして天使たちに塩を渡すよう頼んだ。だが、妻は自分の持っていた塩を渡そうとせず、隣人から借りたものですませたという。ロトの一家がソドムを去り、炎がふたつの都市を襲いはじめると、天使たちはどんなことがあっても振り返ってはならないと一家に告げた。だが、ロトの妻は言いつけに背いて振り返り、神が言ったとおり都市が滅ぶさまを目にした。その瞬間、妻は塩の柱になってしまった」カールは、そうだった、そうだったというようにうなずいた。「この話は、神の罰と塩が関係しているんだ」

「私も思い出しましたよ、カール。コーランでもソドムとゴモラには触れられています。すっかり忘れていました。ですがあれは、神が不道徳で退廃した人間を罰したっていう物語ですよね。それが犯人の動機に関係があるっていうんですか？　だとしたら、犯人の思想は宗教っぽいどころか、狂信的です」

カールはうなずいて、大切な友人を見つめた。こうやってアサドとひざを突き合わせて仕事をするのは、久しぶりだった。相棒として助け合いながら捜査を行なうようになってずいぶん長い時間が経ったものだ。

「少し話が聞こえちゃったんだけど、いいかしら？」いつの間にか、モーナがリビングに来ていた。これまで黙って立っていたのだが、コメントしたくてうずうずしているようだ。

「アサド、知ってると思うけど、一連の事件についてカールから逐一話を聞いてるの。だからわたしも捜査の進捗を十分追えているはず。それで、わたしの意見だけど、純粋に真面目に宗教を信じている人は、自分のしていいこととしてはいけないことの間に無意識に境界線を引いているものなの。狂信的な信者が独自のルールをエスカレートさせていくのは確かだけど、その場合でもたいていは自分の信仰に縛られている。わたしが疑問に思っているのはまさにその点。あなたたちが追っている犯人は、神のしもべとしてできることとできないことの区別を十分にしているのかしら？　筋金入りの狂信者であれば、ふつうは、暴力的行為に及ぶときに特定の宗教やカルトに言及するものよ。でも、この犯人が自分を神のしもべだとみなしている根拠が見えてこない。そこが今回の事件の特徴だと思う。だから、わたしに言わせてもらえば、犯人を連続殺人に駆り立てているのは宗教じゃなくて、自分の人生に起きた何か特定の出来事ね」

「だが、どんな出来事だ？　俺たちが知りたいのはまさにそこなんだ。いったい、どんな経験が人間を連続殺人に向かわせるんだ？」

モーナはカールに弱々しく笑いかけた。その目は暗く、疲れ切っている。カールと娘と自分の三人家族はいま危うい状況に立たされている。そういう思いが頭から離れないのだろう。

モーナは片手を握ると、「ひとつ目」と数えて親指を立てた。

「まったくの仮説だけど、犯人は何か古い出来事に苦しんでいる。時が経つとともに恨みが膨らんで、ある時点で、あなたの言う〝聖戦〟に臨むことを決心した」

モーナは「ふたつ目」と言って人さし指を立てた。

「その出来事が起きたのはかなり昔のこと。あなたたちの調査によると、最初の殺人が一九八八年だから、それより前ね」

モーナが「三つ目」と続け、中指を立てた。

「断固たる意志のもとに殺人を実行していることから、おそらく犯人は何事においても決断力があると考えられる。いくつかの事件では、とてつもない手間と時間がかかっているようだから、ある程度自由にできるお金があるはず」

「四つ目」薬指が立った。

「やみくもに殺人を犯していないことから、犯人はおそらく、信じられないくらい我慢強い人間だと考えられる。あえて二年ごとに実行することで、身を守っている。わたしの見立てでは、犯人は切れ者で自分を律することに長けている」

最後に小指が立ち、手が開いた。

「ただし、これだけ複雑な手順を踏んでいることから、チームプレーであるとも考えられる。あなたたちが追っているのは、何かのグループのリーダーで、きっと何人も子分がいるはず」

アサドがうなずく。「知性があり、辛抱強いチームのリーダー。金があり、過去に自分の道徳観と激しく対立する深刻な事態に見舞われた人物。犯人はそのとき、自尊心を踏みにじられたのでしょうか」

「ええ、間違いなく。そして、自分は正義を実行していると信じている。その証拠があの塩よ。塩は自分が復讐の天使であり、神のしもべであることの象徴。世界の極悪人の誕生日と殺害日を一致させるという奇妙な方法を取っているのも、神の名のもとにおける行動だと正当化したいから」

「犯人は本当に正義感からそんなことをしているのか？　オレグ・デュデクは両手を切り落とされ、ピーア・ラウゲスンは自宅のプールで溺死させられ、フランコ・スヴェンスンとビアウア・ブランストロプは餓死寸前まで追い込まれた挙げ句に塩化カリウムを注入されてるんだぞ。サイコパスの仕業としか思えんけどな」

「確かにそうね。でも、本物のサイコパスは自分の行為を正当化する必要性なんてほぼ感じないのよ」

そのとき、携帯電話が鳴った。ルスィーアが小さな手に電話を持ち、腕を精一杯伸ばして駆け寄ってくる。アサドはネッラとロニアがこのくらいだったころをほとんど覚えていなかった。あのふたりにもこんなふうに無邪気だった時期があったことが、いまや信じられなかった。

カールは額に皺を寄せて相手の話を聞いていた。沈黙が二分間、部屋を支配した。永遠とも思える長さだった。カールは電話を切ると、アサドに顔を向けた。

「アサド、いま聞いた話のすべてをそのまま繰り返すことはできないが、ローセとゴードンがホワイトボードの空欄をほぼすべて埋めたようだ。特定できていない事件が八件あったが、それも残り二件になった。六件の被害者は全員、まあ控えめに言っても世間の不評を買っていた人物で、歴史に残る悪党と同じ誕生日に異様な事故死を遂げている。例を挙げると、レーニン、カダフィ、ムッソリーニ、フェルディナンド・マルコスだ。ちなみに、ボボ・マスンのセンセーショナルな事件を覚えてるか？　そんなに昔じゃないぞ、二〇一四年だからな」

アサドは怪訝そうにモーナを見たが、彼女も考え込んでいる。ボボという名前は、そう簡単に忘れるようなものではないはずだ。

「二〇一四年十一月二十五日に乗馬中の事故で死んだんだ。この日は、チリの元独裁者で大量虐殺を行なったアウグスト・ピノチェトの誕生日だ」

「待って」モーナが何かを思い出したようだ。「ボボ・マスンって、超高金利で短期貸付をしていた男じゃなかった？」

カールが親指を立てた。「そのとおりだ。そいつは闇金ではないものの、プロの悪徳業者で短期貸付が専門だった。たいていは少額の融資だ。ヤバさをまるで感じさせない魅力的な誘い文句の広告で、ごくふつうの人たちを引きつける。それが手だ。だが、債務者が返済を怠ると、たとえば一万クローネの借入金があっという間に二十万クローネに膨れあがる。ボボ・マスンはとんでもない金利を設定していたから、そうなったら返済などまず無理だろう」

その話はアサドにも記憶があった。「そうでした、ボボ・マスンの遺体が発見されたとき、短期貸付について問題になりましたよね。でも、結局、何も規制されなかったのでは？」

「無計画に金を借りようとする間抜けな人間はどこにでもいる。そう、おまえの言うとおり、結局、法改正はされなかった」

モーナは少々混乱したようだった。「でも、ボボ・マスンは事故死だったんじゃないの？」

「まあ、そう言えなくもない。やつは乗馬中、木と木の間にたれさがっていた電線に突っ込んでいき、首から上を失った」

「そうだわ、いま思い出した。事故のあと、悪趣味なジョークが広がったわよね？ 本人が広告に〝お金がなくて首が回らなくなっていませんか？ そんなあなたに〈ボボ・ファイナンス〉。簡単にご融資可能です〟なんていうコピーを使っていたから。おまえこそ、もう首を回せないじゃないかとかさんざん言われて」

カールとアサドの目が合った。

その謳い文句が、致命的な形で本人の身にはね返ってきたのだろうか。

44

マウリッツ

二〇二〇年十二月二十日、日曜日

部屋には暖房が入っていたが、マウリッツは相変わらず凍えるような寒さを感じていた。全身が震え、歯がカチカチと鳴っている。筆舌に尽くしがたい苦しみだったが、奇妙なことに心は落ち着いていた。喉の渇きで死ぬのなら、そこまでつらくはないだろう。凍死と同じだ。意識を失い、心臓の鼓動が徐々に弱まり、体が死の準備を始めていくことになる。

マウリッツはジョギングを朝のルーチンとしているタイプの人間で、ロックダウンになる前は週に四回ジム通いをしていた。おかげで、ここ何年も安静時の脈拍数は五十から六十を維持していた。だが、いまは違う。

食べ物をいっさい口にできないまま過ぎた最初の数日間は、脈拍が上昇する一方だった。心臓が全身の血管から徹底的に血液を搾り上げて細胞に栄養を行き渡らせようとしているかのようだった。だが、栄養が口から入ってこないと脈拍は急降下した。この二十四時間ほど、マウリッツは自分の体が急激に機能停止に陥っていくのをはっきりと感じていた。刻々と脈が弱くなっていく。

脈拍が二十五を切ったら死ぬだろう。マウリッツは手首を探った。ようやく脈を探し当て、再び数えはじめた。一分間で二十八回。まずい。

マウリッツは立ち上がった。あの男が頭上のレールにボルトを取り付けてからというもの、こうするのは

十回目だ。全身の力を振りしぼり、震える足でスチールテーブルに向かって歩いてみる。ボルトがまだ同じ場所にはまっているのか確認したかった。

滑車がボルトにぶつかると、体に激しい衝撃が走り、意識が遠のきそうになった。両手を腹に当てて身を縮め、床に倒れ込む。これではっきりした。これ以上確かめる必要はない。向こうにあるはしごとテーブルの上のレンチは、俺が絶対に到達できない〝約束の地〟にあるのだ。

「主よ、俺をこのまま死なせてくれ」マウリッツはつぶやいた。「ここに横になったまま死なせてくれ。覚悟はできている」

マウリッツは、鎖につながれた状態でコンクリートの床に横たわっていた。ふと、エレベーターのドアがガタガタと音を立てたような気がした。だが、このところ何度も幻覚や幻聴があるので、この音もどうせその類だろうと思った。さまざまな思いが絶え間なく押し寄せてきては、マウリッツを苦しめた。唇を伝わる液体の感触、過去に誰かと交わした抱擁、これまではろくに大切にしてこなかった過去の思い出、そして、上からだろうと下からだろうとどこからでもいい、助けが来ることへのわずかな希望……。

マウリッツは目を閉じた。幻聴はそのままにしておいた。

「マウリッツ、協力しろ。さあ、立つんだ。支えてやるから」かけ声とともに、誰かに腕を引っ張られた。

「かなり弱ってるわね」今度はやや高い声がした。

「脈拍はどのくらい？」

「二十七です」

「アダム、椅子に座らせて。わたしが押さえているから点滴を準備して」

マウリッツは目を開けようとしたが、うまくいかなかった。肩を押さえている人物から香水らしきにおいがしてこなかったら、死が直接自分を迎えにきたと思ったたろう。

手の甲に点滴の針を刺されると同時に体に何かが流れ込んできて、命が蘇ってくるのを感じた。だが、その効果があまりにも早くて強烈だったので、吐き気を催した。

「やめろ。ほっといてくれ」マウリッツはかすれ声で言った。だが、相手は力を緩めない。

マウリッツはようやく目を開けた。真紅のマニキュアを施した爪が目に飛び込んできた。その手が自分を羽交い締めにしている。

「さあマウリッツ、これで大丈夫だ」男が目の前に立った。「僕らが今日立ち寄ってよかったな。そうだろ?」

例の顔面の歪んだ男だった。微笑んでいる。

このくそったれが。

自分を押さえ込んでいた手が離れた。背後にいた人物が背筋を伸ばしたのがわかる。回り込んで大男の横に立った。女だ。

髪の色も服装もメイクも違っていたが、自分を誘拐した女だとすぐにわかった。目を見ればわかる。リアリティ番組を制作するときには必ず、参加者の目に寄るようカメラマンに指示してきた。目は何もかもを映し出すからだ。恋心も、失望も、不安も。目は人間の内面を映し出す鏡のようなものだ。だが、この女の目からそうした感情はいっさい感じられなかった。ただ、冷たく、空虚なだけだ。慈悲の心などまるで持ち合わせていないらしい。

「何が望みだ? 金が目的なら、俺を生かしておいたほうがいいぞ」マウリッツは賭けてみた。「金ならいくらでもある。望みどおりの金額を渡そう。食べ物とパソコンを用意してくれれば、いくらでも振り込む。そのあとで、どこでも好きなところで俺を解放してくれ」

すると、女がこちらをにらみつけた。「解放するつもりだったら、こうやって顔なんか見せると思う?」

マウリッツは答えなかった。

「あなたほどわたしが憎んでいる人間はそうそういないわ、マウリッツ」

「それはどうも。こっちもだ」マウリッツがかすれ声で返す。

「あなたは憎まれるだけのことをしてきたのよ。二年かけて多くの候補者のなかからあなたを選んだ。あなたほどひねくれていて、人を見下す人間はいなかったわ」

女はかがみこむと床からスクラップブックを拾い上げて開いた。「自分の目で見なさい」そう言って、二ページにわたる新聞記事を指さす。「このにやけ面。『人間はいざとなったら自分にも他人にも思い切ったことができる生き物だ』とか、『俺は自分の番組でそれを出演者にやらせることができるんだ』とか息巻いている」女がページをめくり、記事のひとつひとつを指さしていく。見栄えのよい写真がついた記事が多く、どれもマウリッツのことを最高に成功したビジネスマンだと褒めたたえている。少なくとも、マウリッツはこれまでそう受け止めてきた。

「この写真、見覚えがあるでしょう? 女性記者の前で鼻の下を伸ばして。出演者は自分の意志でいつでも番組から降りることができるなんて、うまいことを言って」

「ああ。だが、嘘はついてない。俺の番組の出演者は全員、いつでも降りたいときに降りることができるんだ」やっとの思いで出した声は、およそ自分のものとは思えなかった。

すると、大男がマウリッツの耳のあたりに一撃を見舞った。それほど強烈なパンチではなかったが、不意打ちだったのでマウリッツは目をむいた。相手を怒らせないよう言葉に気をつけたほうがいいとわかった。

うまくいけば、駆け引きに持ち込めるかもしれない。

女がスクラップブックを閉じ、脇に挟んだ。「あなたが人間の尊厳を踏みにじるような番組を制作したせいで、人々の心はすさんだわ。社会の構成員が守るべき原則が崩壊し、人々の感覚が麻痺した。あなたのせいで、誰もが侮辱や裏切り、不誠実さや残酷な振る舞いに慣れきってしまった。みんな、そういうことは人付き合いにはつきものだと思い、それどころか、そういう振る舞いこそがかっこいいとさえ思うようになった。あなたのせいよ。あなたは、ごくふつうの人たちを怪物に変えた。そして、傷つきやすい心を持つ人たちもその怪物のように生きなくてはならないと思うように仕向けた。メディアはあなたの病的なアイデアにこぞって飛びついた。あなたの企画を却下する放送局はひとつもない。だから、わたしたちがあなたを止めるしかないの。どう？　理解できた？」

「なるほど。だが、なんでこの俺なんだ？　そういう番組をつくっている人間はほかにもいるだろう？」

大男がまたマウリッツを殴った。今度もいきなりだった。一発目よりも強烈で、マウリッツはうめき声を上げたが、自分の声は耳の中のキーンという音にかき消された。

マウリッツは痛みにもだえながらも反論を試みようとしたが、ふたりはすでに踵を返し、正面のテーブルに向かっていた。

ふたりは小声で会話しながらバッグから何かを取り出した。よく見えないが、何か医療器具のようだ。

再び大男が近づいてきた。大きな手が挙がるのを見て、マウリッツは椅子の上で身をすくめ、片腕で顔を守ろうとした。

だが、男はなだめるような声で言った。「今日はもう、おまえに手は出さない。これを取りにきただけだ」

男はマウリッツの手の甲から注射針を抜き、中身が四分の一ほど減った点滴バッグごと、スタンドをテーブルのところまで押して移動させた。

「何か飲み物をくれ」マウリッツはかすれ声で言った。

「水でいい、頼む」

男はうなずくと、コップになみなみと注がれた水を手に戻ってきた。コップのふちが唇に押し当てられても感覚が麻痺していて何も感じなかったが、水が口角を伝うのはわかった。冷たい液体が舌をうるおして喉の奥へと流れていくと、ようやく生き返った気分になった。男がコップを口から離した。マウリッツは首を伸ばしてもう少し水を飲もうとしたが、男は背を向けるとテーブルに戻っていった。マウリッツは男の手がテーブルにコップを置くのを目で追うことしかできなかった。

女が近づいてきた。「マウリッツ、わたしたちは少なくともあと一回はここに来て、あなたに食事を与えることにしたわ。でも、お返しにしてもらいたいことがあるの」

女は両腕を広げてみせたが、マウリッツはそのわざとらしい仕草を無視して言った。「解放されない限り、何もする気はない」前よりも少し張りのある声が出た。

女は顎を上げ、蔑むようにマウリッツを一瞥した。

「助けが来るなんて期待しないことね、マウリッツ。そんな望みは捨てなさい。命令に従って最期の時間を苦しまずに過ごすか、従わなかった報いを受けるかのどちらかしかないのよ」

「妻が見つけてくれる。おまえが俺を誘拐するときに使った車を警察が特定するはずだ。おまえたちは一生、檻の中で過ごすことになるんだ」

「奥さんは警察に捜索願なんか出していないし、あなたが失踪したと思っている人はひとりもいないわ。だって、マウリッツ・ファン・ビアベクはここ一週間、奥さんと何度もメールのやり取りをしているんですもの。あなたの知らないところでね。お察しのとおり、あなたのメールアカウントをハッキングしたの。奥さんはあなたがアメリカにいて、デンマーク史上最大の取引に向けて交渉中だと信じ込んでいる。奥さんはむやみにあなたの仕事を邪魔することはないわ。だって、あなたがそう頼んだんですもの。連絡をするときはまずあなたからメールする。それに奥さんが返信する。そういう約束になっているの。奥さんの情熱的なメールには、毎回ちゃんと甘い言葉を返している。そうそう、クリスマスには家に戻れないとも伝えてあるわよ」

最後の一言を言い放ったとき、女の目はうれしそうに輝いた。

「イカレてる」マウリッツはなんとか言葉を口から押し出した。わずかな希望がどんどんしぼんでいく。

「じきに、奥さんはあなたにいままでとは違う問いかけをしてくるようになる。それにはあなたから答えてもらう。もっとも、苦しみを味わいたいというのなら話は別だけど」

「好きなように答えればいいじゃないか。ずっとそうしてきたんだろ?」

「あなたしか知らないことを訊いてくる可能性があるのよ」

マウリッツは押し黙った。どういう意味だ?

「クズめ。妻はとっくに何かがおかしいと気づいているはずだ」

「そんなことはどうだっていい。答える気があるの?」

目の前にいる女はぞっとするほど冷たい。ここまで来たからには、俺が何を答えたところで命が助かる見込みはないだろう。

「好きにしろよ。どうせ俺を殺す気なんだろ?」

だが、本心は違った。拷問など受けたくない。苦しみたくない。静かに死なせてほしかった。

「いつ、どうやって俺を殺すんだ? それを教えてくれれば協力できるかもしれない」

女は一瞬考え込んだが、うなずくと大男を見やった。男もうなずいている。「いいわ、マウリッツ。クリスマスに帰宅できないことはもうわかったでしょう？でも、あなたがクリスマスの日には平和に過ごせると約束するわ」

「いつ、どうやって殺すんだ！　言えよ！　いますぐ教えてもらえないなら、この場で殺されたほうがマシだ！」

女はテーブルの横にいる男に向かってもう一度うなずいた。

「注射器を使うのよ。痛みはあるけど一瞬ですむ。あなたには平穏が訪れるわ」

男が巨大な注射器を高く持ち上げて見せた。マウリッツはぎょっとした。体から汗が噴き出たような気がした。いや、そんな気がするだけだろう。あれだけ長く水分を摂っていなかったのに汗が出るはずがない。

女が近づいてきて、マウリッツの前で身をかがめた。極秘事項を明かそうとしているかのように。「いつ殺すのかっていう質問だったわね。答えはこうよ。『毛沢東を待ちなさい』」

マウリッツは力の限り深く息を吸った。「どういう意味だ？」

「その時が来ればわかる。わたしたちは決して、標的たちにその日付を明かすことはしないの」

〝標的たち〟と言ったか？　つまり、俺が最初じゃないということか。

マウリッツは、怪物のような男が自慢気に掲げている巨大な注射器をしばらく眺めた。それから女と目が合った。瞬きもせずにこちらをじっと見つめている。

「好きにしろ。俺を殺せばいい。だが、おまえらのような化け物に協力などするものか」

「あなたが決めることよ。でもその日を待つ間、神に自分の犯した罪の赦しを乞うことね」

「罪だって？　そう言うおまえはどうなんだ！」

「いいこと、神は人間の魂とつながっているのよ、マウリッツ・ファン・ビアベク。ただし、神とのつながりを乞い求め、赦しを得られる魂とだけね。神とつながっているか、そこがわたしとあなたの決定的な違いなの」

45

カール

二〇二〇年十二月二十一日、月曜日

何かが腹と胸をそっとつついている。温かなバニラの香りが顔の上にふわりとかかった。頬に柔らかいものが触れ、くっくっと小さな笑い声が聞こえた。そこでようやく、堂々めぐりの夢から解き放たれた。

カールはゆっくりと目を開けた。茶目っ気のあるふたつの青い瞳がじっとこちらを覗き込んでいた。

「ルスィーア、そろそろパパのおなかから降りようか。パパ、まだおめめが開いてないんだって」モーナが娘

を抱き上げる。

「カール、七時半よ。この子を託児所に送っていくわね。三十分前にゴードンから電話があったの。停職中なのは承知しているけど、署に来てもらえないかって。わたしはまずいと思うけど、決めるのはあなただしね。受付を通らずに中に入れるようにするから外で待っててほしいって言ってたわ。どうしても見せたいものがあるんですって」

カールは眠気を振り払おうとした。いま扱っているのはとんでもないスケールの事件だ。一晩寝たぐらいではとても思考のトンネルから抜け出すことはできなかった。

「カール、昨日はあなたが何度もベッドで寝返りを打つものだから、わたしは睡眠改善薬を飲まなきゃいけなかったくらいよ」

「それもこれも、この奇妙な事件のせいだ」まぶたがまた落ちてくる。自分の声がやけに遠くから聞こえるような気がした。

「確かに大変な事件ね。あなたの記者会見ですべての幕が上がったのよ。早朝からネットニュースはその話でもちきり。『あなたの隣に殺人鬼が？』とか『捜査員、衝撃の会見』とか。ともかく国じゅうがあなたに注目しているから、しばらく周囲がかなり騒がしくなることを覚悟したほうがいいわ。わたしがあなたの立場だったら、ともかくベッドから起きてどう対処するか、じっくり考えるわね」

そしてモーナは「ルスィーア、パパにバイバイしようね」と言ってカールに投げキスを送り、娘とともに家を出ていった。

まったく、とんだ騒ぎになったもんだ。どうすりゃいい？　記者会見のメッセージはおそらく全国に伝わった。だが、それが雪崩を引き起こす羽目になるとは。

まあ、それが俺の目論見でもあったわけだが。

カールはタイルホルメンの警察署にやってくると、ガラス張りの正面ではなく、その脇に行き、ビルの壁にもたれた。あたりはまだ暗く、ひどく寒い。マスクを鼻の上まで引っ張り上げ、襟を立てる。これで誰も俺だと気づかないだろう。もっとも、誰ひとりとしてこっちに目もくれようとしていないが。

正面から出てきたアサドは、闘争心と決意の入りまじったような表情をしていた。特捜部Qのボスが停職処分にされていることが受け入れられないからなのか？　それとも、一連の事件に思いがけぬ展開があったからなのか？　願わくは後者であってほしい。

「何があった？　ざっくりでいいから早く話せ」中に入ると、カールは尋ねた。

「ざっくり？　指でも切りました？」アサドはそうまぜかえすと、にやりとしてカールの脇腹をひじでつついた。「ざっくりどころか、ばっちり説明しますよ」

部屋にはローセとゴードンがすでに待機していた。ふたりの顔がこんなに緊張しているのを見るのは久しぶりだ。

「見てください」アサドがホワイトボードを指さす。

カールは腰掛けると、表に目を走らせた。

わずかに空欄があるものの、ほぼ完全に埋まっている。すでに挙がっていた悪党たちのほかに、金正日、ジャン＝ベデル・ボカサ、ウラジーミル・イリイチ・レーニン、ムアンマル・アル＝カダフィ、〝ベビー・ドク〟ことジャン＝クロード・デュヴァリエ（一九五一―二〇一四。ハイチ共和国の政治家。独裁体制を敷いた父フランソワを継ぎ十九歳で大統領となり、同様に独裁政権を率いた）、ベニート・ムッソリーニといった独裁者や戦争犯罪者の誕生日が書き加えられ、コレクションはほぼ完成していた。

ローセ、ゴードン、アサドが肩を並べてカールの前に立った。不可能と思われた方程式の解を導き出し、プロジェクトリーダーから称賛と感謝の言葉をかけられるのをいまかいまかと待っている研究者みたいだ。

「どうです？」カールが黙っているので、ゴードンが口を開いた。「どう思います？」

カールはすぐには答えなかった。全国区のメディアがこれを知ったら、首相のコロナ会見なんか目じゃなくなるぞ。ほかの事件や出来事もすべて隅に追いやられてしまうだろう。

ホワイトボードに記入された内容はまったく常軌を逸していた。なんというスケールの連続殺人事件だ。過去二百年間を振り返っても、デンマークで発生した連続殺人事件はわずか三件だ。そして、これほど広範囲かつ長期にわたって、これほど計画的にこれほど異様な形で殺人を犯しつづけた人間はいない。この犯人は、個人的な恨みやサディスティックな目的、あるいは政治的な理由で殺しをしているのではない。無抵抗の赤ん坊を襲ったとか、女嫌いの変質者が麻薬常習者の売春婦を手当たり次第に狙ったとか、そういう話でもない。熟考を重ねた末に被害者を選んでいる。ほとんどのケースでターゲットになっているのは、社会的に並外れた成功を収めている人物だ。

さらにこの犯人に特徴的なのは、大半の殺しを事故か自殺に見えるよう仕組んでいる点だ。抜け目なく偽装しているので、今回、そのうちの数件を暴くことができたのはまさに幸運といえよう。同時に、塩という〝副葬品〟をさまざまな形で現場に残すことによって、あるメッセージを伝えたがっている。これで十六件ものケースが殺しの疑いありとみなされた。ところが、ここまでわかってもなお、俺たちは犯人には一ミリも近づけていない。相変わらず暗闇を手探りで進んでいる状態だ。ただでさえ最悪な気分なのに、それに輪をかけて気が滅入るのは、五日後に十七人目の被害者がホワイトボードに書き込まれることがほぼ間違いないからだ。いったい、どうやってそれを阻止すればいい？

カールは悪党たちの誕生日の日付を見ていった。まさにぞっとするリストだ。

「まったく、並んでいる名前を見るだけでも身震いする」チャウシェスク、ヒトラー、毛沢東といった名前をたどりながら、カールはつぶやいた。

それから、それぞれの事件が起きた年をチェックした。ひとつの例外もなく、事件はすべて二年おきに発生している。仮説は正しかったようだ。

ローセの顔は興奮で紅潮していたが、肌の状態はよろしくなかった。このところほとんど寝ていないようだから無理もない。「これまでの調査で、被害者はそれなりの悪事を働いていた人間だと明らかになってます。ただ、そこまで極悪人なのかというのが共通の見解でしたよね。ところが、ゴードンとわたしで、被害者の背後、つまり所属していた組織やグループ、そして人間関係をさらに探ってみたところ、まともな人間なら絶対にしないような、とんでもなくモラルに反したことをしていたことがわかったんです」

ローセは〈動機〉の欄を指さした。「たとえば、一九九〇年に殺害されたこの人物はいわゆる故買で財を成していました。取引していたのは莫大な値打ちのある品ばかりで、年間の売上高は数億クローネでした。上場企業だってなかなかこの金額には達しません。黒幕についての証拠が挙がらなかったせいで、誰も罪に問われませんでしたけどね。わたしたちの殺人犯が手を下すまでは」

〝わたしたちの〟という言葉がはたして適切なのかどうか、カールにはよくわからなかった。

「それから、これです」ローセが続ける。「ヒーレン・ベアナドスとギーオウ・ベアナドス夫妻。一九八〇年代半ばから十年ほど、残忍な犯罪グループを率いていました。冷酷無比なやり方で年寄りや障がい者から全財産を奪っていたんです。ふたりは一九九六年、レーニンの誕生日に死をもってその罪を償うことになりました。そして二〇〇八年、ムッソリーニの誕生日の七月二十九日にもある男が死亡しています。その男は南ヨーロッパに家畜を輸送する小規模運送会社のオーナーだったんですが、動物の輸送環境もドライバーの労働条件も最悪でした」

ゴードンが何か言いたそうな顔をしたが、ローセはかまわず先を続けた。

「被害者に特徴的なのは、全員が他者への思いやりや敬意に欠け、強欲で、モラルや誠実さを嘲笑うような行動を取っていたことです。彼らの所業を細かく見ていくと、ほんとムカつきます」

アサドが肩をすくめた。「私たちの殺人犯は一日じゅうおならをしっぱなしのラクダみたいですね。悪臭を振り撒きながらも最後は砂漠を渡り切って、乗り手を目的地に送り届ける」

カールはため息をついた。アサドのやつ、なんでまたこの深刻な状況でラクダのジョークなんか引っ張り出してくるんだ？　どう考えても場違いだ。

「そのラクダと同じだということですよ。結局は、みんな、この殺人者に感謝するかもしれません」アサドがぼそりと言った。

「どういうことだ？」

「考えてみてください。犯人がどれだけたくさんのクズ野郎をこの世から抹殺したと思います？　もしかしたら、社会の役に立ってるとすら言えるんじゃないですか」

カールとほかのふたりはアサドをじっと見つめた。実のところ、三人ともそう思わないでもなかったのだ。

「だが、誰がわざわざそんなことをしたんだ？　正気の沙汰じゃない」カールが口を開いた。「で、ここからどう進むかだ。ゴードン、パレ・ラスムスンの報告書から紛失したページはどうなった？　パソコンから消去されたファイルの件は？　パソコンはNC3からいつ戻ってくるんだ？」

やっと出番が回ってきたとばかりにゴードンが笑みを浮かべた。肉づきの悪い青白い顔でいくら微笑んでもパッとしないが、ともかく伝えたいことがあるのはわかった。

「さっきからずっとそれを言おうとしてたんですよ。NC3の担当者から連絡がありました。もともと保存されていたデータは少なかったようですが、削除ずみのファイルのほとんどを修復できたそうです。復元ずみのファイルを昨晩送ってもらったので、徹夜して読みまくりました」

それは本当らしい。ゴードンの目の下にくまができている。

「パレ・ラスムスンのメールに関しては、残念ながらデータが破損していたものが多いんです。復元できたものについても、大部分は僕らがすでに手に入れて読んでいたプリントアウトされたものと同じでした。というわけで、新たな発見はあまりないんですが、ラスムスンがあまりにもあけっぴろげにSMプレイへの妄想を綴っているのには驚きます。自分がどんなプレイにそそられるか、事細かに書いているメールが少なくとも四、五通はありました。信じられませんよ。ちなみに、ラスムスンが送ったメールに対して、凄まじい嫌悪の言葉を返している人もいましたね。あんなに差別的で変態的で気持ちの悪いメール、初めて見ました。すごいセクハラです。MeToo運動が盛んなこの時代だったら、タマを縛られて吊るされてましたね。細かいところまでここで言うつもりはありませんけど、ともかく、ラスムスンは性器を使ってあれもしたいこれもしたいと妄想は尽きることがなかったみたいです。それで、そのうちの一通なんですが、日付は死ぬ前日の五月十八日です。これは参考になるんじゃないでしょうか」

ゴードンがデスクに覆いかぶさるようにしてメールを読み上げる。


人の目があるところでいちゃついたことはもう

忘れろ。日の当たらないあの場所に顔を突っ込んでなめまくるのもやめろよな。この俺をなんだと思ってるんだ？　馬鹿たれめ。どうせ濡れも感じもしないんだろ？　ストーカーもやめてくれよな、ケロイド女。それでも俺とヤりたいなら覚悟しろ、とことん……


　ゴードンは申し訳なさそうに面々を見た。「この先は復元できなかったみたいです」

「いやはや《ハッカナ》」アサドの口からアラビア語が飛び出た。「これはこれは、寝床に水ですね」

寝耳に水な、カールは心の中で修正した。ひょっとしたらこいつ、本当の言い回しを知っているのに、わざと俺たちをからかってるんじゃないよな？　それはともかく、言いたいことはわかる。驚きの内容だ。

「みんな、最初からこの線が怪しいと思ってたわよね？」ローセが言う。

「ああ、俺は最初にシスル・パークと話したときからにおうなと思ってた。あんなとらえどころのない女に久しぶりにお目にかかった」カールはそう言うと、うなずきながら頭の中を整理した。「いまのメールが、二〇〇二年五月十六日と十七日のメールを結びつけてくれる。ゴードン、探してくれ」

　全員が静かに待った。ゴードンが目当てのメールを見つけようとコピー用紙をがさがさと探る音だけが部屋に響いた。

　しばらくすると、ゴードンはかしこまって全員の顔を見た。

「二〇〇二年五月十六日のメールから読みます」


　パレ、無理は言いたくないけど、この間は最後までちゃんと話し合えなかったと思う。あさっての土曜日はコペンハーゲンにいるわ。四時ごろ、カフェ・ソマスコで会えない？　時間ある？　シ

スル
「五月十七日のメールはこうです」

パレ、この前のノアブロー・ホールで開催された政治集会でのあなたはとても素敵だった。いい言葉が浮かばないけど、また会えたらうれしい。それが正直な気持ち。あなたの真正面にわたしが座っていたこと気づいてたわよね。目が合うように、ほかの人にどいてもらったの。すぐにまた連絡します。

「実に興味深い」カールが言った。「パレ・ラスムスンは、メールの送信者と公共の場で直接会うことを避けようとしていた。特殊な性癖があり、その手の情事にふけっていることを考えれば、まあ当然だろう。メール相手を侮辱しているが、相手を焚きつけて誘っているというのが俺の見方だ。相手は五月十七日のメールで会いたいという気持ちを伝えているが、それに対してラスムスンははっきりと、自分とそういう仲になりたいならとことん付き合うことを覚悟しろ、と返しているわけだ。メールを打ちながら、かなりムラムラしてただろうな」

「二通とも、シスル・パークが出したメールなのかしら？」ローセが言う。

「そう考えていいだろう。シスルはどうすればラスムスンを思いどおりにできるか、よくわかってたんだ。相手は彼女とあれもやろうこれもやろうと、考えるだけでゾクゾクしている状態。つまり、ラスムスンは自ら餌食になったというわけだ。手首を拘束されたら、ますます燃えただろうな」

「どうも腑に落ちません」アサドがつぶやく。「彼女ほどインテリな人間が、なぜメールに本名を書いたのでしょう？　シスルは単なるスケープゴートにされただけなのでは？」

アサドの言うとおりだ。誰かが濡れ衣を着せるためにシスル・パークの名前をかたったのでないとしたら、なんでわざわざ本名を残したんだ？

「ラスムスンは彼女を〝ケロイド女〟って呼んでるわ。何かの比喩なのか、それとも、本当に傷があったのか。そこは調べることができるんじゃないかしら」

「シスル・パークを身ぐるみ剝がしてボディチェックでもするのか？」

「まさか。傷の治療のための通院歴があるか調べるんです。殺人事件が起こるかもしれないと言えば、医師も守秘義務違反には問われないでしょう」

ゴードンが首を横に振った。「それは無理です。データ保護法がありますから。最近は、個人の病歴を入手するのがいっそう困難になっています」

「シスル・パークは大企業のオーナーだろ？ 自分の力だけで事業をあそこまで拡大させた数少ない女性だ。出版物のデータベースにアクセスするのはどうだ？ 特に女性誌をチェックするんだ。彼女を取り上げた記事が大量にあるはずだ」

「もうしましたが、何もわかりませんでした」とゴードン。

「妙だな。じゃあ、彼女の経歴はどうだ？」

「一九六四年五月三十日、ノアソンビュー生まれ。本名はリスベト・パーク。母親はダウニ・パーク・イーヴァスン。シングルマザーだったようです。シスルというのは、母親が付けたニックネームだと本人がフェイスブックに書いています。高校卒業認定試験は十八歳のときにオールボーの学校で受験。一九八二年からコペンハーゲン大学で化学を専攻し、一九八九年に首席で卒業しています」

「化学専攻？」

「はい。さらにケープタウン大学でMBAを取得しています。三年近く出国と入国を繰り返しながら、南アフリカで仕事をしていたようです」

「引っかかるな。そんなに優秀な学生がコペンハーゲン大を卒業するのに七年もかかるか？」

「うーん、どうでしょう……」ゴードンが答える。

「結婚相手とか、いまの交際相手とか、その辺の情報は？」

「調べた限りでは何も出てきませんでした」と、ゴードン。

ローセが検索すると、会議に出席しているシスル・パークの画像がヒットした。「何か変よね。わたしがこれほどスタイルもよくて美人で、そのうえお金もあったら、恋人探しに苦労なんてしないのに」

カールはゴードンにちらりと目をやった。ひどくしょげている。こいつはいつか、ローセへの想いを断ち切ることができるのだろうか？

「私が気になるのは化学を専攻していた点です」アサドがつぶやく。「化学薬品が至近距離で爆発したとか、飛び散って皮膚にかかったとか、そういうことで傷ができたのでは？」

カールは苦笑した。「アサド、シスル・パークはMBAを取得するような人間だ。硫酸みたいな危険な薬品の扱いでミスするようなことはないと思うぞ」

ドアをノックする音がした。このごろいつも不穏な空気を漂わせているヤコプスンが入ってくる。カールは身構えた。

「カール、きみは停職中のはずだろう？」ヤコプスンが露骨に顔をしかめた。「だが、ここに来てしまったからには、ちょっとした話に付き合ってもらいたい。どのみち、連絡しようとしていたんだ」

ちょっとした話？　嫌な響きだ。きっと俺と課長だけの間の話じゃないだろう。

ヤコプスンに連れられ、カールは廊下を歩いた。殺人捜査課課長の部屋を過ぎ、いつもは被疑者の取り調べに使われている小部屋に入った。ますます嫌な予感がする。

そこには、〝猟犬〟ことライフ・ラスン、テアイ・プロウ、そして内務調査員がふたりいた。それにマークスを加えた五人はにこりともしなかった。捜査員はたいてい、机を挟んで向かい側に着席した間抜け野郎を有罪と決めてかかって尋問する。何が気に入らないって、いまはこの俺がその間抜け野郎の役ということだ。

〝ちょっとした話〟は、実に形式的で短かった。結論は別に意外ではなかった。自分が〝ホイア事件〟――例の件はそう呼ばれているらしい――の被疑者であると告げられたのだ。

「捜査が行なわれている間はデンマークを出ないこと。ああそうだ、メリー・クリスマス」尋問を先導した内務調査員の男が告げた。〝猟犬〟がにやっとした。くそったれ、こんな状況で笑うな。俺はこういうことは一生忘れないたちなんだ。覚えてろ。

「殺人捜査課にも特捜部Qにも来るんじゃないぞ、カール。もう一度きみをここで見かけたら、今度は逮捕せざるをえないからな」ヤコプスンが警告した。

「マークス、こんなことしてる場合じゃないんですよ！　いいですか、〝塩事件〟の突破口が開けそうなんです。時間との戦いですけど、まだ殺しを止められるかもしれない。どう考えてもこっちの事件のほうが先でしょう？」

「ここまで、確かにいい仕事をしてくれた。だが、今後の捜査はきみのスタッフに任せろ」ヤコプスンはそう言うと、ほかの人間に対してもう出ていっていいと合図した。

カールは答えなかった。やがて、四人が取り調べ室を出ていくと初めて口を開いた。「最後に聞きますけど、マークス。あなたの助けが必要だと言ったら、力を貸してもらえますか」

「事情による」

「五日後に殺しが起きます。犯人の目星もついていま
す。ですから、俺たちがなんの制約も受けずに動ける
ようにしてほしいんです」
「カール」ヤコプスンの手がカールの肩に置かれた。
「きみは身の潔白を証明することに全力を注いだほう
がいい。現在、スーツケース内の札束について指紋採
取と鑑定が行なわれているが、そのなかのたった一枚
からでもきみの指紋が見つかったら、かなりの期間収
監されるかもしれないんだ。家に帰れ。きみにとって
もモーナにとっても厳しい状況になる恐れがある。そ
のときに備えておけ」

46

シスル
二〇二〇年十二月二十二日、火曜日午前中

シスルは墓地に静かに立っていた。一九八八年から
毎年、クリスマスの時期になるとここを訪れ、小さな
墓石を見つめながら思いをめぐらせる。今年は墓石が
もうひとつ増えていた。互いに寄り添うようにふたつ
の墓石が立っている。悲しい運命の末に――その責め
はほかの誰でもなく自分が負わなくてはならないのだ
が――ようやくふたりは再会したのだ。
「いくら詫びても許されないことはわかっているわ、

マイア」シスルはつぶやいた。

身をかがめ、墓石に指先をそっと伸ばした。ざらりとした砂岩の感触が伝わってきた。学生時代から人の死を悼んで心から涙を流したことはなかった。だが、ここに埋葬されている小さなマクスに対してだけは別だった。いま、こうしてもうひとつの墓石にマイアの名が刻まれているのを見ると、胸が張り裂けそうになった。

もう何千回、自問してきただろう。もし、神の助けを得て幼い子どもの命を救うことができていたら、そのあと、自分の行動はすっかり変わっていただろうか？　たとえそのせいで、この世のろくでなしどもが生き延びることになったとしても……。わからない。だが、無実の幼い子どもの命を犠牲にしたという現実を受け止め、使命を果たすとしても罪のない人を巻き込むリスクのある爆破のような手段は二度と使わない決意をした。

一九八八年一月のあの悲劇を最後に、無実の人間を巻き添えにしたことは一度もない。あれ以降、罪人には自分が死ななくてはならない理由をはっきりわからせるようにもしている。

シスルは、マイアとマクスの墓の隣にある、まだ空の埋葬区画に目をやった。そこを購入したのは三十年以上前だ。そのときが来たら、自分の不注意のせいで命を落とすことになった男の子の隣で眠るつもりだった。生きていれば、マクスはいまごろ三十代半ばだ。これまで過ごすことができたはずの一万二千日以上もの日々をあの子から奪ってしまった。あの子の母親には、その一万二千日以上もの期間を耐えがたい悲しみと砕け散った夢のなかで過ごさせてしまった。

マイアの苦しみは筆舌に尽くしがたいものだっただろう。

マイアが自殺したあとに、デボラに訊かれたことがある。ターゲットの死後、遺された人々が味わう悲しみを思って胸が痛むことはないのか、と。

デボラがあんなことを訊いてくるとは思わなかった。いま思えば、あれは、デボラとアダムにとってわたしが絶対的な存在ではなくなりつつあるという最初の兆候だった。そもそも、あんな質問をすること自体が許されない。わたしたちが粛清しているのは人間らしい精神をとっくに失っている人間だ。自らの意志で不道徳な道を歩み、悪事を働いてきたのだから。そして、そういう人間の背徳的な振る舞いを止めようとしなかった恋人や配偶者にも同様に罪がある。他人を騙して金を儲けたり、動物を虐待したり、気の毒な人々を困窮状態に追い込んだりするような人間と自ら望んで関係を持つような人たちに、同情の余地はない。ふたりには再三再四、そう説いてきたはずだ。わたしたちのターゲットは、他人を犠牲にしたり卑劣な行為を働いたりすることで豪勢な暮らしをしている。だが、恋人や配偶者だって、そのおかげで贅沢三昧をしている。踏みにじられた人々、傷ついた人々のことなど微塵も考えずにそういう生活を送っている。わたしたちはそういう過ちにピリオドを打っているのだ。遺された人間に同情する必要などどこにある？　わたしたちは、腐り切った社会で子どもたちが育たなくてもすむようにしている。デボラはそのことをよく知っているはずだ。あんな発想に至ること自体が信じられない。

しかも、今回はルールに背いて予定より早く処刑したらどうかと口まで出す始末だ。それはこの使命の原則に完全に反している。あのふたり、次はどんなことを言い出すつもりだろう。

アダムとデボラはあっさりとわたしの支配下から抜け出してしまうかもしれない。妙に仕事熱心なあの刑事がでしゃばって計画を止めようとするようになって以来、よけいにそのリスクが高まっている気がする。

シスルはマクスの墓前にひざをつき、小さな花のリースをそっと置いた。もっと早くこうしたかった。だが、マイアが生きていたころはあまりにも危険で諦めるしかなかったのだ。

シスルはゆっくりと身を起こした。それから墓地内の路地を縫って歩き、別の墓の前までやってきた。

墓石には〈ラース・K・ピーダスン〉と刻まれている。長い年月の間に苔に覆われ、没年月日はもはや読めない。だが、この男が死んだ日はほかの誰よりも自分がよく知っている。あの日こそ、神がわたしを選び、命をお護りくださった日だからだ。落雷に遭った七人のなかで、正しい者はわたしだけだった。この世の悪から正義を守るという使命を授けるために、神がわたしをお選びくださったのだ。

落雷事故から数年は、ラース・K・ピーダスンと、そのほか五人の墓石に唾を吐きかけることしかできなかった。だが、あるときのデボラの言葉をきっかけに、シスルはラースたちのことを違う視点で見るようになった。

〝あの人たちがいなかったら、あなたが神と出会うことはなかったかもしれない。あの人たちは罪を命で償うことになったけど、あなたは神から使命を授けられた。それは神の恵みと呼ぶべきなんじゃないかしら〟

「感謝してるわ、ラース」シスルは忘れられた墓の前で軽く頭を下げた。

マイアは去った。そして警察が動き出した。そろそろ弟子たちにあとを任せ、場所を変えて使命を遂行する時期に来ているということだろう。


エレベーターに向かうと、広いエントランスホールの高天井にヒールの音がコッコッとこだました。大半の従業員には数日間は在宅勤務をするようにと言ってあったので、四階の会議室にいるのは最も信頼している精鋭たちだけだ。

この集いこそ、長いこと待ち望んでいたものだった。シスルは福祉課の女性三人に向かってうなずいた。

三人とも期待に顔を輝かせている。こうでなくては。

「コロナで大変な時期にこうして集まってくれてありがとう。マスクを取っても大丈夫よ。全員が席に着いている間はそのまま外していても問題ないわ」

シスルは一人ひとりの顔を見ながらうなずいていた。ここにいるのは選りすぐりの弟子たちだ。見事な顔ぶれだわ！

「クリスマスの二日目に使命を遂行しおわったら、わたしは姿を消します。つまり、ここからいなくなります。あなたたち一人ひとりの任務は、わが社の今後の事業計画と同様に、文書に細かく記しておきました。もうわかっているとは思いますが、みなさんはこれから、正義と秩序を危険にさらす人間を葬り去るという特別な任務を背負って世の中に出ていくことになります。任務に当たる際には、緻密な計画を立て、それに従って行動すること。存分に工夫を凝らしてもらってかまいません。ただし、ひとつだけ条件があります。自分自身に、さらにはわが社につながるような手がかりを絶対に残さないこと。みなさんに全幅の信頼を置いています。それを覚えておいてください。わたしは今後、みなさんの監督役となり、計画の提案を受けて許可あるいは却下の判断を下します。最も成功の可能性が高い計画を提示した人から順に処刑を実行してもらいます。厳格な基準に従って決定しますので、みなさんに確実な順番や時期を事前に知らせることはできません。ですから、いつでも行動に移れるよう準備しておくように」

ひとりが手を挙げて発言を求めた。いまのところ一番優秀な弟子で、熱意は百パーセント、資質はその倍くらいある女性だ。「質問があるならどうぞ、ノーラ？」

「はい、ありがとうございます！　標的がどの人物なのか、いつ教えていただけるのでしょうか？」

シスルは微笑んだ。こちらが説明するより先にポイントを突いてこられるのはノーラだから。真のリーダーとしての資質を備えている。

「今日集まってもらったのは、そのためなのよ」

三人の肩がほっとしたように下がった。いよいよ教えてもらえるときが来たのだ。

「民主的な社会で生きる以上、順守すべき道徳規範というものがあります。暮らしやすい社会を築くために、どの市民にもそれを守るという重大な責任があるわけです。ところが、国会議員や地方議員のなかには、それに反する行ないをしている者がいます。職権を濫用している者、強欲すぎる者、詐欺を働いている者、いじめやハラスメントをしている者、嘘をついている者……。四カ月おきにそういう人間をひとり選び出すことが、さしあたっての目標となります。二〇二一年から始めましょう。みなさんの表情からすると、すでに了解しているようですね」

ノーラが再び手を挙げた。ノーラは、ほかのふたりと同じようにデボラのもとで長年訓練を受けたのち、中間管理職としてここ数年、その有能ぶりを発揮している。

「任務を完了したら、その先はどうなるんですか？」

これもまた、こちらの考えを読んでいるかのような質問だ。

「今からお話しします。任務を完了したら、その後はひとりずつ訓練生を担当してもらいます。今度は後進を育てる側になるのです。報酬はすぐに支払われます。これは、みなさんが自分の選択のもとに理想にもとづいた社会を築き上げるという壮大なプロジェクトなのです。ただし、当然のことながら、何人もの政治家が死亡したら、政府は間違いなく厳戒態勢を敷き、全力で犯人を捜し出そうとするでしょう。集中的な捜査が行なわれて警備が厳重になれば、どれだけ巧みに偽装工作をしようともリスクを冒さずに議員の駆除を行なうことは不可能になります。でも、そのときには、みなさんにはすでに相応の報酬が支払われているはずですから、それをもとに捜査の手を逃れて外国に行き、そこで再びプロジェクトに着手することができるでしょう。望むなら家族を持つことだって可能です」

「すでに、特捜部Qの刑事が行動を起こしているようですが」

「ああ、カール・マーク警部補ね」シスルは余裕の笑みを見せた。「あの刑事のことは気にしなくて大丈夫。あの人はもう長くないし、放っておけばいい。そう断言できます」

47

ラウラ・ファン・ビアベク

二〇二〇年十二月二十一日、月曜日
十二月二十二日、火曜日

ビアベク家は、とてもクリスマスを祝う雰囲気ではなかった。長女で十五歳のラウラは思春期真っ盛りの少女特有のかんしゃくを爆発させていた。お気に入りの店がどれもこれも閉まってるってどういうこと!? あたしのクリスマスプレゼントはどうなるの? ロックダウンのせいで毎日全然楽しくない! 学校に行けないし、友だちと会えないし、上級生の男子とデートもできないし！　何カ月も前から計画してたのに、大晦日のパーティもダメなの？　ムカつく！　ムカつく！　ムカつく！　ラウラは一日じゅうわめき散らし、暴れ、手当たり次第に怒りを爆発させていた。

ラウラ・ファン・ビアベクはとことん甘やかされて育った生意気娘だった。ライトブルーのかわいらしい目を見開いておねだりすれば、父親はなんでも言うことを聞いてくれる。すぐに財布を開いてくれるのだ。なのに、そのパパがいないなんて！　こんなムカつくことってある？

「いいかげんにしてちょうだい、ラウラ」母親がたしなめた。

はあ？　誰がママの言うことなんて聞くわけ？　お客さんが来るときだけまともな格好をするけど、あとは胸の開いたネグリジェ姿でだらだらしてるだけじゃない。一日じゅう、タバコをくわえて手にはワイングラス。恥ずかしいったらありゃしない。

「ねえ、ロクサンに何かおいしいものをつくってもらいましょうよ。何が食べたい？」母親が猫撫で声を出したが、ラウラは無視して部屋に向かった。派手な音を立ててドアを閉め、ノートパソコンを立ち上げる。

Ｚｏｏｍがなかったら、絶対に気が変になってる。

ススは、ラウラの一番の友だちだった。きわどい話をよく知っていて、男の子と部屋でふたりきりになったときどうすれば相手が喜ぶかなど、あれこれ指南してくれる。

「スス、元気？　もう退屈すぎて死にそうなんだけど。そっちは？」

画面の中の友人もうんざりした目つきでこっちを見ている。「このまま一月半ばまで、どのお店も閉まってるって話だよね？」

ラウラはうなずいた。

「あんたのお父さんはなんて言ってるの？」とスス。

「わかんない。まだ帰ってきてないから」

「えーっ、どうしちゃったの？　ずっといなくない？　さすがにクリスマスには帰ってくるんでしょ？」

「それが、帰ってこないんだよね。ほんとムカつくでしょ？　ママが言ってたんだけど、二十六日にも間に合わないし、下手したら二十七日にも帰れないんだって。全部コロナの検査と隔離のせい。なんかすごく時間がかかるみたい」

「そうなんだ。でも、そのぶんプレゼントは奮発してくれるんじゃないの？」

「そうしてもらわなきゃね」

「それで、お父さん、結局どこにいるの？　まだよくらないの？」

「カリフォルニアとか、その辺らしいけど。ママにもよくわかんないみたい」

ススが軽く首をかしげた。真面目な顔などしたことがないのに、なんだか心配そうな表情だ。

「どうしたのよ、スス。何か心配事でも？」

「あたしにもわからないんだけど。でも、あんたのお父さんのこと、昨日うちの父親に話したんだ。いつ帰るかわからないから、当分ゴルフには誘えないよって。そしたら、夜になって父親が母親に話をしててさ。あたしが聞いてないと思ってたみたいで。なんて言ってたと思う？」

ラウラは、自分がその話を聞きたいのかどうかわからなかった。以前、父親同士がテラスで話しているのを盗み聞きしたことがあるのだが、気分のいい内容ではなかったからだ。

「また別の女とよろしくやってるに違いないって。浮気を隠したままでいるのはまずいって」

「そんなわけないよ。だって仕事でアメリカに行ってるんだよ。ママが言ってたもん。この取引がうまく行ったらものすごい大金が入るって」

「そうなんだ？　でも、そのとき母親が『なんだかいろいろとおかしくない？』って言ってたんだよ。ほら、テレビで警官が呼びかけてたでしょ？　名前はまだわからないけど探している人がいるって。家族もその人が失踪したことを知らない可能性があるとかなんとか。母親はそのテレビを見たんだって。それで、父親と話したあとにこっちに来て、ラウラにもそのことを伝えたほうがいいんじゃないかって言ってきた」

「それの何が、パパと関係あるの？　話が見えないんだけど」

「あんたんち、誰も新聞読んでないの？」

ラウラは笑った。うちの家族が新聞なんか読まないって知ってるくせに。

「テレビも見てないの？　誰も？」

「見てるよ？　ネットフリックスとか、HBOとか、アマゾンプライムとか」

「違うよ、あたしが言ってるのは、ふつうのテレビ番組のこと。ニュースとか、そういうやつ」

「はあ？　うちのママがそんなもん見るわけないでしょ？　一日じゅう寝っころがって、タバコ吸って、ぼうっと連続ドラマを眺めてるだけなんだから」

「でも一応、お母さんに警察の発表のこと話してみてよ。ね？」


リビングはいつものようにカオスな状態だった。オペア留学で来ているロクサンがどれだけ片づけても追いつかないのだ。当然、ラウラも妹もリビングでくつろぐ気になどなれなかった。どこもかしこもタバコ臭いし、ロクサンが少しでも気を抜こうものなら、そこらじゅうが飲みかけのコップや食べかすまみれの食器だらけになってしまう。

母親が何を考えているのか、ラウラにはさっぱりわからなかったが、知りたいとも思わなかった。同級生の男子のなかには、昔のリアリティ番組を見たという子がいた。ラウラの母親が露出度の高い服を着て出演していたやつだ。ラウラは恥ずかしくてたまらなかった。南の島でいろいろな男といっしょに過ごすという番組だ。母親はこの番組について語るとき、いかにも誇らしげな口調になった。だが、それを聞いたラウラが母親に憧れを抱くかといえば、まったく逆だった。

母親と話などしたくなかったが、ススから聞いた話をぶつけてみようと思った。浮気のこと。そして、テレビで警官が話していたこと。もしかしたら、それで母親も少しは正気に戻るかもしれないと思ったのだ。そして実際、話を聞いた母親は起き上がると、はだけた着物風のナイトウェアの前を合わせた。

「え？　何？　警察官がどこで会見したって？」母親ははっきりしない声を出しながらも、眉根を寄せた。昨日から落としていない厚塗りのファンデーションに亀裂が入る。

ラウラはテラスのドアを開けた。刺すように冷たい空気が部屋に流れ込む。いつもなら、これで母親の目は覚める。

「そこまで知らないよ、ススのママに訊いてみて」ラウラはテラスのドアを開けたまま、リビングを出ていった。

しばらくすると、家の雰囲気は完全に冷え込んでしまった。まさに凍てつく冬という感じだ。母親が携帯電話に向かってぼそぼそと何か話している。夜になると、母親は今度はひっきりなしにSMSを打った。長く伸ばした爪が画面をタップする音が二階にまで聞こえてくる。

「ママ、何やってんの？」妹が訊いてくる。

「パパを家に連れ戻そうとしてるんじゃない？」

翌朝、母親の顔はげっそりしていた。目の下には濃いくまができ、豊胸手術――結局失敗したのだが――のあとにヒドロコルチゾンを飲んでいたときのように、頬がむくんでいる。

その代わり、頭がまともに回転を始め、事態がややつかめてきたようだ。

携帯電話にはすでにニュースアプリをいくつかインストールしたらしい。光に吸い寄せられて離れられなくなったハエのように、画面に釘付けになっている。

「ちょっと静かにしてて」リビングに入ってきたラウラが話しかけようとすると、母親が制した。

画面に映っている警察官は、よく行くスーパーの前のベンチでいつも腕を振りまわしている変な男に似ていた。無精髭が生えていて、なんだか薄汚れている。爽やかな見た目とはとても言えなかった。

ラウラは母親の様子を観察した。タバコを吸いたいようだが、目は無精髭の警察官を凝視したままなので、箱からなかなか出せずにいる。

母親は、タバコの箱の隅に電話番号をメモした。そして記者会見の映像が終わるとすぐ、どこかに電話した。

相手が出たようだ。「はい」と「いいえ」しか言わない。そのうち、疲れ切った目に涙がにじみ、黒いマスカラがゆっくりと頬を流れていった。

48

カール

二〇二〇年十二月二十二日、火曜日

「カール、悪いわね。でも、もう一度訊かせて。スーツケースのことで、わたしにまだ話していないこと、本当にもうない？」

どんなにしつこく質問されても、いつものカールならまるで平気だった。だが、相手がモーナとなると話は違う。そういうふうに訊かれるのは本気できつかった。自分だって昨夜は一晩じゅう必死で考えていた。だが、なにせ昔の話で、記憶も曖昧だった。どれだけ考えてももう何も出てこなかった。

「やめてくれよ、モーナ。アンカーとハーディと俺が銃撃を受けてどうなったか、よく知ってるだろう？きみとのカウンセリングで何度も当時の記憶を蘇らせようとしたじゃないか。それに、あれからどのくらい経ってると思う？　俺の記憶は穴だらけなんだ。屋根裏部屋にあったスーツケースにあんなもんが入ってるなんて、これっぽっちも知らなかった。本当だ。確かに俺もハーディも、アンカーの道徳観はどうなってるんだ？　と思ってはいた。尋問中のあいつを止めに入ったのも一度や二度じゃない。記憶を取り戻す手助けをしてやろうと言って、被疑者の後頭部を殴りつけたりするんだからな。上司に嘘はつくし、報告書を書くときはスリル満点の大事件だったみたいに脚色するしな。だが、あのスーツケースが暗示している犯罪にあいつが手を染めていたなんて、まったく考えもしなかったし、夢にも思ってなかった」

それを聞いても、モーナは心から安心したわけではないようだった。

モーナがルスィーアを自転車に乗せて託児所に連れていったあと、ローセから電話が入った。興奮で声が上ずっている。

「判明しました！　犯人の次のターゲットは、マウリッツ・ファン・ビアベクという男性です。確実です。十二月十二日の土曜に〝消えた〟ことをはじめ、すべてが条件に合います」

〝消えた〟と言いながら、ローセは指で引用符をつくっているはずだ。

「マウリッツが〝消えた〟ときの様子も、わたしたちの推定と一致します。とにかく、いま、アサドとわたしでそちらへ向かっていますからいっしょに行きましょう。二十五分後にマウリッツの妻に話を聞くことになっています」

カールが口を開く前にブツッと電話は切れた。しばらくすると、三人は車でビアベク家に向かっていた。道中、ローセが猛烈な早口で事の次第を語った。まるで、もうクリスマスが来たみたいな騒ぎだ。ビアベクの妻からの通報は、救いのないコロナ禍の一年の間にローセが受け取った最高のプレゼントと言ってもよかった。

「妻と十五歳の娘はもう何年も、いわゆるふつうのテレビ番組を見ていないんだそうです。ネットでもニュースは読まないし、ドラマばかり見ていたという話です」と、アサドが補足する。「でも、娘の友人とその母親が例の会見を見ていてはっと思ったらしいんです。もしかしたらと。電話口でのビアベクの妻は完全に気が動転していました」

郊外の超高級住宅街にあるビアベク家の車寄せに入る前から、三人は妻の受けたショックの大きさが全身で感じられるような気がした。ギリシャ風建築を寄せ集めたような、あきれるほど豪勢な邸宅が、どんよりとした空気を放っていたのだ。

マウリッツの妻は目ざとくカールの姿を見つけると、ハグすれば痛みを取りのぞいてもらえるとでもいうかのように、両手を伸ばして近づいてきた。カールはすばやく脇によけた。彼女はそれを見て、コロナの感染拡大防止の話がテレビのなかだけの話ではないとようやく気づいたようだった。

室内に入り、妻は広い窓の前に腰掛けた。背後には庭園のような眺望が広がっている。都心に住む人間なら誰もが息を呑むような光景だ。「もう一度、順を追って話してもらえませんか？」カールが妻に促す。

取り乱した妻からは、捜査に役立ちそうな情報は半分も聞き出せなかった。だが、物怖じしない十代の娘がそばにいたのが幸いだった。娘は質問をうがって解釈することなく、ストレートに答えてくれた。

「十二月十二日にリムジンが父を迎えにきました。なんで日付をよく覚えているかというと、今年のつまらないクリスマスまでのカウントダウンも半分まで来たなと思ったからです」ラウラという名の娘は、母親とは比べものにならないほどはきはきと答えた。「黒いリムジンでした。うちの防犯カメラを見たらナンバーもわかるかも。丘を下りていく様子が全部追えますから。このUSBメモリに防犯カメラの動画を保存してあります」

ラウラはローセにUSBのメモリスティックを手渡した。手際のいい子だ。この場でうちにリクルートしたいくらいだ。

「ママとパパのメールの履歴も保存してあります」

「そんなものまでコピーしたの？」母親が憤慨する。

娘は肩をすくめた。

「ママがパスワードを書いた紙をそのへんに置きっぱなしにしてるからでしょ」

「それで、お父さんが出かけた理由は？」ローセが尋ねた。

「アメリカの会社からパパの会社を買いたいという話があって。それで、パパはその交渉を詰めるためにアメリカに飛んだんです」

「そうなのね。でも、お父さんは出国していないのよ、ラウラ。記録からもそれは確か。お父さんがその日、誰と会う予定だったかわかる？」

「え……そんな……じゃあパパはずっとデンマークにいるってこと？」考え込みながらラウラは床を見つめた。「誰と会ったのかはわかりません。その、アメリカの会社の人だと思いますけど」ラウラはメモ用紙をローセに渡した。

「〈グローバル・リーア〉、アメリカ、ウィスコンシン？　リアリティ番組制作で国際展開している巨大コンツェルンじゃない？」

「そうです。でも、パパの会社だって大企業ですけど」ラウラが言う。「パパのつくるリアリティ番組は、ヨーロッパ全土で人気だし、アジアでも、オーストラリアでも、南米でも……」カールとローセとアサドが互いに視線を交わしたのに気づき、娘はそこで口をつぐんだ。

決まりだ。マウリッツ・ファン・ビアベクはモラルのかけらもない悪趣味なテレビ番組を垂れ流していた。まさに、犯人がこの世から消し去りたいと思うタイプの人間だったのだ。

「ご主人の会社の名前は？」うつろな目で空を見つめている妻に向かって、カールが尋ねた。

「〈アンビリーバブル・コーポレーション〉よ。『天国？　地獄？』とか、『リアリティ・プリズン』とかで有名。ほかにもたくさんの番組を制作してきたわ」妻の口調はいくぶん誇らしげだった。夫がリアリティショーで巨額の利益を上げていることだけが、自分のプライドの拠りどころなのだろう。

「そうね。あと、『クーガーとティーンたち』もね。

ママが出ていたやつ。裸同然のママが見られる」ラウラが母親に冷ややかな目を向ける。

「弁護士のクレース・エアフートさんが来ました」フィリピン人と思われる小柄な少女が妻に声をかけた。

「中にお通ししてもいいですか?」

だが、弁護士はすでに部屋に入り込んでいて、いきなりマウリッツの妻に駆け寄った。

「ヴィクトーリア、聞いたよ。なんと恐ろしいことだ」

コロナのご時世を考えると不自然なくらい長い抱擁だった。ラウラが天を仰ぐ。

「ああ、すみません。でもクレースにそばにいてもらわないと。法的な見地から、いま自分がどのような立場にあるのか知る必要がありますし」まるで夫がすでに死んでしまって葬式もすんだかのような口ぶりだ。

この女がずっとこの調子なら、モーナに電話してビアベクの娘たちの面倒をうちで見てやれないかと頼むことになりそうだ。

そこから先は大して話が進まなかった。弁護士がヴィクトーリアの手を握り、十秒おきに撫でまわすからだ。脳内の計算機をフル回転させ、遺産の見積もりをしているのだろう。ヴィクトーリアの混乱した頭では、誰が夫を誘拐したのか、夫が誰と会おうとしていたのか、とても考えることなどできそうになかった。

「ご自宅のどこかを会議室代わりにお借りすることはできませんか?」アサドが口を開いた。「許可をいただければ、ここに捜査本部を設置したいのです。ご存じのとおり、コロナでいろいろ規制がありますので、いまは警察本部に外部の人を入れることができません。ですが、誘拐犯から連絡があった場合に備え、私たちはご家族のそばで待機している必要があります。それがとても重要です。もう時間がありません」

アサドの提案に目を輝かせたのはラウラだけだった。

「パパの書斎なら十分スペースがあるよ。誰も入らないし。案内するから来て。必要なだけいてもらっていいよね、ママ？」返事を待たずにラウラは踵を返すと、ついてくるように目で促した。

「ナイスアイデアだ、アサド」カールはパソコンとプリンターが何台も設置された部屋を見渡した。ルーターのランプが点滅している。間違いなく、超大容量のデータ通信が可能だ。

「あなたがどこで何をしているか、これで課長にばれずにすみますからね。何かあったときのために、署内にはゴードンだけ残ってもらえばいいでしょう。ホワイトボードとか、必要なものは写真にして送ってもらえば、こっちで画像をプリントアウトできますし」アサドが一台のプリンターを指さした。特大サイズのポスターだって印刷できそうな機械だ。うちの部署でこんなものを調達しようとしたら、法務大臣は少なくとも二年分の給与を諦めなきゃならんだろう。

ローセがパソコンの画面から顔を上げた。電光石火のスピードですでに調査を開始していたのだ。「あきれるわ、マウリッツ・ファン・ビアベクの会社ってほんと、えげつない番組しかつくってないのね。視聴率しか頭にないんだわ。モラルもマナーもおかまいなしの非常識な番組を次々つくってる。出演者に対しても、視聴者に対しても、本気で挑発しているし、ポルノまがいの番組ばかり。でも、マウリッツはそれを一種のショーに仕立てあげている。出演者が互いにどろどろのバトルを繰り広げたり、恥をかかせ合ったりするように仕向けて、正義もモラルもなんの意味もないってことを視聴者に見せつけてるのよ。どういうわけか、テレビ局も動画配信サービス会社も古臭いモラルをかなぐり捨てて、規範やタブーを完全に無視してる。マウリッツの番組のコンセプトやノウハウをこぞって買ってるのよ。いま調べてみたけど、『彼女、マジでそう言った？』なんて、五十カ国以上に売られてる。買った側は自分たちの文化や言語に合わせた形にリメイクする。日本にまで売ってるのね――まあ、いまの時代、大して不思議な話じゃないけど」ローセは首を横に振った。

カールはなぜだか安堵した。目下取り組んでいる事件にはこういう知識が役立つのかもしれん。だが、俺はこの手のバラエティ番組にはまってなくてよかった……。

「アサド、こういう番組を見たことがあるか？」カールが番組リストをプリントした紙を相棒に渡す。

アサドは丹念にリストを見ていった。タイトルから想像できる絵面を頭の中に展開させているに違いない。

「いいえ、私のパラボラアンテナにはこういう番組は引っかかりませんね」アサドは乾いた声で答えた。

「ローセ、おまえさんは？」

「いくつか見てみたことがあります。でも、まっとうに義務教育を受けた人間なら、まずこんなものにははまりませんよ。はっきり言ってクズ・オブ・ザ・クズともいえる番組ですから。でも、信じられないくらいヒットしたシリーズがあることも知ってます。おかげで、ネット配信サービスでは従来型のリアリティ番組はほとんど姿を消してます」

「どういうこと？」アサドが尋ねる。

「こういう泥沼劇を好物とする人間がいる限り、マウリッツの下劣な番組ばかりが延々と再放送されるってことよ」

アサドが眉を上げた。説明を聞いてもピンとこなかったのだろう。

「会社の決算報告書を見つけたぞ」カールが言う。「すごい純資産額だな。売却の話が本当だったら、マウリッツはスカンジナビア随一の金持ちになるだろうな。マウリッツに買収を持ちかけたというアメリカの会社に連絡してみたか？」

「それはゴードンに頼んで、わたしとアサドはマウリッツとヴィクトーリアのやり取りを見ていきます。いいですよね？　その間に防犯カメラの録画をチェックしてもらえませんか？」

ドアを小さくノックする音がして、クレース・エアフートがでっぷりした体を入り口にねじ込ませて入ってきた。マリンブルーのスーツがいまにもはちきれそうだ。手を差し出してにかっと笑うと、これでもかというくらいに白くブリーチされた歯がむき出しになった。サングラスをかけないと歯のまぶしさで目がやられそうだ。こいつの歯に比べたら、雪の白さですらリンポポ川の泥水と変わらないんじゃないか。

「お邪魔してすみません」弁護士は形だけ謝った。「ヴィクトーリアの家で〝開業〟される前に、一点確認させていただきたいのです。こちらはマウリッツ・ファン・ビアベクさんのプライベートな空間ですが、捜索するにあたってももちろん令状はお持ちでしょうね？」クレース・エアフートは答えを待たずに続けた。「お持ちでないなら荷物をまとめてすぐにここを出ていくのがよろしいかと。ご同意いただけますか？」

アサドが立ち上がり、弁護士をにらみつけた。「マウリッツが殺されるのが待ち切れないんですね。そうすれば彼の奥さんを押し倒すことができますから。そうでしょう？　私たちはマウリッツ救出に向けて動いているのです。巨額の金を突っ込むためにズボンのポケットを空にするのはまだ早いんじゃないですか？　それとも、ズボンをすぐにでも脱ぎたい気分ですか？　あなたが今回の事件で何を手に入れようと企んでいるのか教えていただけませんか？　教えてくれないなら……」

そこまで言うと、アサドはカールのしかめ面に気づいて口を閉じた。

「うちの捜査員が言っているのはこういうことなんです。あなたはいまこの瞬間、弁護士としてのキャリアにとんでもない箔をつけ、有名になるチャンスを手に入れることができるかどうか、その瀬戸際にいます。

顧客の命を救いたいというふりだけでもしてくれれば、それが手に入るのです」カールは続けた。「というわけで、私に提案があります。きっとお断りになれないと思います。それで手を打っていただき、われわれが落ち着いて仕事をできるようにしてもらえれば助かります。彼が先ほど話したとおり、時間がないのです」

「カール、本当にあれでよかったんですか？」弁護士が退散するとローセが尋ねた。「現在行方不明になっていて、二十六日に殺害されるかもしれない人物とはマウリッツ・ファン・ビアベクだと、本気であの弁護士に公表させるつもりですか？」

「まあ様子を見よう。特捜部Qの名前さえ出なければ、マークスとしても弁護士が別ルートから情報を得たのだろうということで言い訳が立つ。あの弁護士がマウリッツの救出に役立つ手がかり、あるいは犯人逮捕につながる情報と引き換えに報奨金を出すと発表すれば、国じゅうが一気に目覚めるはずだ。人命を救えるだけでなく、報奨金として大金が転がり込んでくるんだからな。一千万クローネだぞ。コロナでクリスマス返上とあってみんな退屈してるだろうから、いい気晴らしにもなるはずだ」

「一千万クローネも？ それはまずいですよ。問題になります」アサドが心配そうに言った。

「確かに通常の捜査手順じゃないし、金額も常軌を逸している。だが、マークスも馬鹿じゃない。俺たちの名前が出ない限り、口をつぐんでいてくれるだろう。デンマークじゅうが探偵ごっこをしている間、俺たちは腰を落ち着けて仕事ができるってわけだ」

「でも、国じゅうに計画が知られたせいで、プレッシャーを感じた犯人が殺害日を早めたら？」ローセが言う。

「シスル・パークが怪しいという俺たちの意見は変わってないな？」

ふたりがうなずく。

「シスルは自分の使命を果たすときに妥協を許さない。絶対に。そうは言っても、自分が追い詰められていることもわかるだろう。だから、あの弁護士が声明を発表した瞬間から、シスルを監視する。いまから十二月二十六日まで彼女に張りつくんだ。いいな？　シフトを組んで張り込んでくれ。アサド、おまえには家族がいるから八時から十六時まで、昼のシフト。ローセが十六時から二十四時までの夜のシフト、ゴードンが二十四時から八時までといった具合だ」

「今日はわたしがゴードンとシフトを代わります。そのほうが好都合です」ローセが提案した。「ゴードンが十六時からのシフトを担当すれば、その間にアサドとわたしで一気にマウリッツとヴィクトーリアのメールをチェックできます。ゴードンにはもう、シスルの自宅そばに自分の車で待機するよう伝えてあります。シスルが自宅を出たときに見張りに立っていた人間が車で追跡できるように車のキーはフロントタイヤの上に置いておくことになっています。ゴードンもわたしたちと同じようにタクシーで行き来することになりますけど、自腹を切らなくていいなら彼も気にしないでしょうから」

カールはローセに舌を巻いた。移動の足をアレンジしただけでなく、自ら夜間のシフトまで買って出るとは、まったく恐れ入った。


カールは、ラウラが防犯カメラの映像から父親の映っている部分だけを編集してくれていることを期待していたが、結局、不鮮明な動画を延々と見せられる羽目になった。すでに三十分間チェックしているが、画面に現れたのは犬の排泄物袋を家に忘れて犬の散歩に出たらしい通行人だけだ。

「リムジンめ、早く来い、早く来いったら」マウリッツの携帯の発着信履歴さえ手に入っていれば、〈グローバル・リーア〉をかたった人物からの着信日時が判明したはずだ。それを手がかりに、少なくともどの時点から防犯カメラをチェックすればいいのか判断できただろう。だが、発着信履歴はすぐに入手できるわけではない。手続きにえらく時間がかかることくらい、経験から嫌というほどわかってるからな。カールは代わり映えのしない画面を見つめながら、いまにも落ちてきそうなまぶたの重みと格闘していた。

カールは、防犯カメラの映像を見つつ、窓から庭園にちらりと目をやった。ここからの眺めもまた豪勢だ。じきに暗くなる。ふつうの生活なら就業終了の時間だ。

ふつうの生活か……。カールは頭の中で繰り返した。すべてが元どおりになることなどあるのだろうか。

そのとき誰かの声がして、カールは耳を澄ませた。階下からだ。どうやら、マウリッツの妻がようやく事の重大さを理解したらしい。泣きじゃくったり、ヒステリックにわめき散らしたりしている。

交互に聞こえる泣き声とわめき声がリズミカルだったせいか、カールはいつの間にか眠りに引き込まれていた。だが、携帯電話の音で、すぐに現実に引き戻された。

「カール、聞いて」モーナが押し殺した声で言う。「さっき、警察が逮捕状を持ってきたわ。あなたとあなたの部下たちの居場所を訊かれた。電話がきたらすぐに警察に連絡しろと言われてる。きっと盗聴される。だから、あなたがこの電話を使わないほうがいいと思うなら、そうしてちょうだい。位置情報を特定されないよう、うまく処分して。わたしはあなたが絶対に無実だと信じてる。どんなことがあっても」

カールは返事をしようとした。だが、モーナの話は終わっていなかった。

「何度も話を聞いたから、いまあなたが追っている事件がいかに重要なのかよくわかってる。だから、殺されるかもしれない人物の居場所を突き止めるまで、身を隠して。アサド、ローセ、ゴードンにはあなたの周囲に目を配るように頼むとともに、自分たちの携帯の電源をオフにするようにって伝えて。愛してるわ、カール。この騒ぎが収まったら会いましょう。わたしとルスィーアからキスを送るわ」

そして、プツリと音がして電話が切れた。モーナは手の届かないところに行ってしまった。

カールは大きくため息をついた。仕事熱心な同僚の手がいずれ伸びてくることはわかっていたが、こんなに早いとは。だが、これが現実だ。カールは事実を受け止めることにした。モーナの警告と全面的な信頼もありがたかった。それこそがいまの自分に必要なものだ。

カールは振り向いて、マウリッツの広い書斎の反対側に目をやった。ローセとアサドが、何かちょっとした手がかりでも得られることを願って、ビアベク夫妻の交わした膨大な量のメールを貪るように読んでいる。

だが、犯人が警察に尻尾をつかまれるような真似をするはずがない。あそこまで綿密な計画を立てるやつが、いまさら油断することなどありえないんじゃないか？それも、みんなわかっているんじゃないか？

「ふたりとも、ちょっと手を休めて話を聞いてくれ。いま、モーナから電話があったんだが……」

すぐに全員の携帯電話がオフになった。

「俺のあおりを食うことになってしまってすまない。いますぐ捜査から降りて、今後いっさい俺とは連絡を取らないことにしてくれてもかまわない。だが、ここに残るとなったら、終わるまで家に帰れなくなる。アサド、おまえとマルワにとっても子どもたちにとっても、厳しい状況になるはずだ。そのことをよく考えてから判断してほしい」

アサドの表情がみるみるうちに曇った。苦悶の表情が浮かんでいる。だが、しばらくするとアサドはカールに顔を向けて言った。

「カール、本当に情けない話ですが、〝あおりを食う〟の意味がわかりません」

数秒すると、アサドは立ち上がって屈託のない笑みを見せた。カールの腕を取り、見捨てるわけないじゃないですかと耳元でささやいた。カールの胸に熱いものがこみ上げた。涙がこぼれないよう、尻にきつく力を入れなくてはならなかった。

「カール、わたしも残ります」ローセも言った。「徹底的にやりましょう。そのためには、この家の人たちにここで寝泊まりさせてもらえるよう頼まなきゃならないですね」

カールは感謝の気持ちを言葉にしようとしたが、喉が詰まって声が出てこなかった。

「それはそうと、あなたが居眠りしている間にゴードンからローセに連絡が入りました」アサドが沈黙を破った。

「そうなんです。ゴードンによると、〈グローバル・リーア〉の上層部は、〈アンビリーバブル・コーポレーション〉との取引には誰ひとり関与していないと言っていたそうです。それどころか、マウリッツが最新の企画、『最初の死者を当てろ』でしたっけ？　それを発表したとき、こんなアイデアをどこの局が買うんだ？　と一笑に付したと言っていました」

「そりゃそうだ、タイトルからしてひどいからな。とにかく、これではっきりした。思ったとおり、買収の話は最初からフェイクだった。そうだ、ゴードンに携帯をオフにするよう言ってあるか？」

「ええ。プリペイドＳＩＭの別の携帯を使っています。番号はこれです」

ローセの言葉に、カールはほっと息をついた。「もうシスル・パークの見張りについてるのか？」

「はい。二十分くらい前に署を出ました。覆面パトカーに尾行されるだろうけどうまく巻いてみせる、と自信ありげでしたよ」

二十分前？　カールは時計を見た。俺は三十分以上居眠りしてたということか？　カールはため息をついてパソコンに向き直った。相変わらずビアベク家の前の道路がモノクロ画面に映し出されているだけだ。

もう一度、時計に目をやった。防犯カメラの映像を最初から見直すべきだろうか。そう思ったとたんに、画面に動きがあった。黒光りするレクサスのリムジンがゆっくりと門扉の前に滑り込んでいく。あいにく、一階に設置された防犯カメラからは運転席が死角になっている。車内にほかの人間の姿は見えない。画面右上のタイムスタンプを確認する。十時だ。マウリッツの背中が画面に入り込んだ。ブリーフケースを脇に抱え、玄関前の階段を気取った様子で降りていく。そして、レクサスに乗り込む。

カールは映像を一秒ずつコマ送りで見ていった。

「頼む、ナンバープレートを映してくれ、はっきり数字が見える映像を頼む……」カールはそうつぶやきながら画面を見つめた。レクサスが徐行しながら進んでいく。

車が道路の中央に出ると、テールライトが画面に入った。一時停止をクリックし、ナンバープレートを見つめる。〝FB5〟までは読めたが、続く四つの数字はよく見えない。

「ちょっと来てくれ！　ナンバープレートが見える」カールはふたりを呼んだ。

ローセはその画面を見てうなずいた。ナンバープレートが偽造されたものでなければ、二分以内に所有者を突き止められるはずだ。

カールは椅子の背にもたれて伸びをした。頭の中に〝成功〟の文字が浮かぶ。この日最初の収穫だ。だが、そのささやかな喜びも、ローセが戻ってくるまでのことだった。

「カール、残念ですけど、このレクサスはほんの数時間しかレンタルされていませんでした。支払いはスペインの銀行が発行した偽造クレジットカードです。支払い口座も偽名でした。契約に来たのは女性で、身分証明書として提示したパスポートに問題がなさそうだったため、レンタカー会社は何も疑わなかったと言っています。騙されたと気づいたのは翌日になってからだそうです。ただ、車がどこか別の国で発見されたわけではなく、きちんと戻されたので安堵したらしいです。契約に来た女性について判明しているのは、中高年のブロンドの女性という点だけで、それ以外に目立った特徴はなかったそうです」

カールは伸ばしていた両腕を下げた。「シスル・パークの外見と一致しないな。どう思う？」

ローセとアサドが同時にうなずいた。

「弁護士の声明が報道されるまで待つしかないな。もちろん、ゴードンから何か報告が入る可能性もある。どちらにしても、一時間したら電話してみよう。そっちはどうだ？　マウリッツとヴィクトーリアのメール履歴で、気になるところはあったか？」

「何もないですね」アサドが答えた。「ただ、ヴィクトーリアはあっさり騙されてます。どうして直接話せないのか？　という質問に対して、マウリッツはあれこれ言い逃れをしてますが、それを簡単に信じています」

「どうでもいいからでしょ」ローセが補足する。「売却がうまくいったらいくら儲かるのかを少なくとも十回は訊いてますけど。十一通目のやり取りで、マウリッツは三億ドルと返事しています。それでようやくこの話は終わったようです。ヴィクトーリアは大喜びでダイニングテーブルをぐるぐる回ったんじゃないかしら。やったー！　って」

カールはため息をついた。「わかった。じゃあ次はどういう手を打てばいい？　ヴィクトーリアを説得して数日間ここに籠城できるようにしてもらおうか？　事態が落ち着いたら奥さんはゴールデンタイムのニュースに華々しく出演できますよっていう甘い餌で釣るか？　子どもたちが聞いている前で、マウリッツさんを無事に取り戻すために全力を尽くします、とでも言ってみるか？」

ローセは、それはどうかしら、という顔をした。

「あまり希望を持たせないほうがいいと思いますけど。それはともかく、自分の状況を考えてください、カール。ハーディとは話しましたか？　この家の固定電話が使えるはずでしょう？」ローセが指さした先には成金趣味のごてごてした電話が置かれていた。

カールはうなずいた。確かに、次なる一手はハーディとの電話しかない。

49

シスル

二〇二〇年十二月二十二日、火曜日

シスルは自宅の一室にひざまずき、神と一時間ほど対話していた。背徳者を粛清する前にいつもこうするのだ。この儀式で最も重要なのは、神と親密な関係に身を置き、粛清する人物の犯した罪を報告するとともに、サタンのどの子分の誕生日に罪を償わせるのかを伝えることだった。

「主よ、毛沢東こそが、主の創り給うたこの世で最も邪悪な存在でありましょう。この男は自らの権力にひれ伏す者のみを許し、悪を賛美する数々の暴言で主を侮辱し、冒瀆者に成り果てたのです。この男は自国の民を飢饉で死なせました。その思想に異を唱える者、彼の神聖化を拒む者はみな処刑しました。最も邪悪な行ないは、自国の弱き民に絶対服従を強いたのみならず、西側の若者をも誘惑したことです。この悪の化身が生を享《う》けた日に、哀れな魂がまたひとつ、自らの聖なる創造主のもとに送られ、最終的な裁きを受けることになりましょう。それがわたしからお伝えしたいことです」

シスルはしばらく沈黙し、これから数日間の予定を頭に思い描いた。そして、いつもの感謝の言葉で祈りを締めくくることにした。

「主よ、主の怒りの罰からわたしをお救いくださったことに感謝いたします。わたしが主の弟子となり、主の剣となることをお許しくださったことに感謝いたします。わたしに与えられた使命に感謝いたします。常に自由な選択をお授けくださっていることに感謝いたします」

最後に、頭を垂れ、「アーメン」と唱える。

これで準備は整った。

マウリッツ・ファン・ビアベクはあと三日半の命だ。その何倍も長く生きることができたはずなのに、あと八十時間余りしかない。だが、意識を保ったまま残された時間を過ごせれば、この罪人も悔い改めて清らかな魂で神の御前に立つことができる。もっとも、罪を認めようとせずに永遠の地獄を味わうことになるかもしれないが。

あの男がどちらの道を選ぼうとどうでもいい。わたしの使命は、いまの状況はすべて自らの行ないの結果であるとあの男に思い知らせることだけだ。目には目を、歯には歯を。聖書にそう書いてあるではないか。

シスルは胸で十字を切り、腰を上げた。福祉課から選抜した〝復讐の天使〟三人とのミーティングはとてもうまくいった。今後数年間は、浄化活動の着実な歩みを遠くから見守ることになるだろう。そう考えた瞬間、感謝と誇らしさで思わずうっとりした。

リビングに入り、テレビをつける。マリンブルーのスーツを着たでっぷりとした男が画面に映り、その上にニュース番組のエンドクレジットが流れていく。

携帯電話が鳴った。デボラだった。パニック寸前になっている。

「ビアベク家の弁護士がテレビに出てたんです！　見ましたか⁉」シスルの返事を待たずに先を続ける。「無事に発見されたらという条件で、ビアベクが監禁されている場所につながる情報を提供した人には一千万クローネの謝礼を支払うって言ってました。いま、どれだけの人がビアベクを探していると思いますか？　何千人もが躍起になっているって、アナウンサーが……」

シスルは唇をきゅっと結んだ。だから、何？

「シスル！　あなたの部下や弟子のなかにわたしたちの計画に勘づいている人がいないと断言できますか？　万一勘づいている人がいたらとても危険です。あんな謝礼が出るんですよ。考えてもみてください」デボラの声のトーンが上がった。「六百万人くらいのデンマーク国民が、自分がマウリッツ・ファン・ビアベクを見つければ、とんでもない当たりくじを引いたことになると思ってるんです。ビアベクが見つかるということは、わたしたちも見つかってしまうということじゃないですか！　ボーイスカウトの男の子たち、詮索好きな人たち、お金に困っている高齢者も若者も、何もすることがなくて退屈している人たちも、こぞって探偵ごっこを始めるんです。いったい、どんな騒ぎになることか……」

「デボラ、落ち着いて！」

「でもシスル、一千万クローネですよ！　誰だって目がくらむんじゃ……」

「このことを知っているのはあなたとわたし、そしてアダムだけよ。もしかして、あなたたちこそ一千万クローネが欲しくてしかたないのかしら、デボラ？」

電話の向こうがしんとした。静かすぎる。どうも、気に入らない。

「とにかく落ち着いて、デボラ。それに、アダムには最後まできちんとアシストしてほしいの。聞いてる？あなたたちに一番してほしくないことは、いまさら怖気づくことよ。どうなの？」

電波の状態は悪かったが、それでもデボラが深くため息をついたことがはっきりと伝わった。

「デボラ、アダムと話をさせて」

一瞬の間があり、電話の向こうで音がした。アダムに代わったようだ。

「デボラがひどく取り乱しているみたいだけど。あなたたちをあてにして大丈夫なの、アダム？」

「大丈夫です」ためらいのない答えが返ってきた。

「マウリッツ・ファン・ビアベクへの薬剤の注入をあなたがやることになっても？」

「僕がですか？」

「とりあえず、これから数日間はデボラから絶対に目を離さないで。家にいてごくふつうにクリスマスを祝ってちょうだい。ふつうって言っても、今年はコロナのせいで、できる範囲でということだけど」

「了解です。でも、その間、マウリッツの世話はどうするんですか？　あなたが……」

「それは気にしなくていいから。二十六日になるまではじっとしていてちょうだい。その時が来たら連絡します」

シスルは電話を切った。しばらく腰掛けたまま、いま起きていることを頭の中で整理した。

一千万クローネの謝礼。罪悪や背徳と闘ううえで、これ以上の援軍はないだろう。ビアベクの監禁先を探して右往左往している人たちのことを考えただけで笑いがこみ上げてくる。一攫千金を狙う人たちは、怪しいと思ったことは片っぱしから警察に通報するはずだ。おかげで犯罪の摘発が進み、悪事がどんどん暴かれるだろう。麻薬の取引場所、盗品がずらりと並ぶ倉庫、密造酒の隠し場所、無責任に放置された廃屋。家族の崩壊が明るみに出たり、いかがわしい関係が暴かれたりするかもしれない。警察のホットラインは鳴りっぱなしで、通報の真偽を確かめようにもまるで手が足りないだろう。想像を絶する忙しさになるはずだ。捜査員だってクリスマスには束の間の平和なひとときを楽しみにしていただろうに、お気の毒さま。

なんといっても一千万クローネですものね。カール・マーク警部補は、確実な捜査の手がかりを求めて、そんな発表をしたのでしょうけど。

あの刑事はこれからどうするつもりかしら？　シスルはそう考えながら、地下室に降りていった。地下は見事に改装された明るい空間で、家政婦が楽に洗濯やアイロンがけを行なえるよう機能的な部屋がいくつもしつらえてあった。春に植える花の球根を保管して冬を越させるための部屋もある。その室内は湿度が一定に保たれ、ほぼ真っ暗だ。だから、その部屋の棚の奥に扉があることに気づく者はまずいない。シスルはその扉を開け、明かりをつけた。申し分のない設備の整ったラボが姿を現した。ここでなら、ありとあらゆる化学物質の生成が可能だ。さまざまな方法で塩化カリウムを生成することもできた。たとえば、水酸化カリウムと塩化水素を反応させる。あるいは塩素酸カリウムを熱分解させる。こうして生成した塩化カリウムを使ってあのふたりには罪を清算させた。いまからは、三人目の処刑の準備だ。

シスルはフラスコを顔の前に持ち上げて、死の液体を見つめた。十分な量の塩化カリウムを直接心臓に注入すると即座に死が訪れる。世界各国で合法的に死刑を執行する際には、何種類かの薬剤を順番に使う、いわゆる〝人道的〟な処刑が導入されている。死刑囚に薬剤を静脈注射することで鎮静から昏睡に導き、最後に塩化カリウムで心臓を止める方法だ。だが、それはわたしのやり方ではない。わたしが処刑する人間は、完全に意識のある状態でいてもらわなくてはならない。昏睡状態に導いて痛みを和らげることなどしない。何が起きているのかを十分に理解しながら死んでもらう。

致死量の塩化カリウムを心臓に直接注入された人間は、すぐに空気を求めてあえぎだす。激しく痙攣を起こし、体のコントロールがまったくきかなくなる。もはや息ができず、死が目前に迫っていることを自覚したところで、わたしは光の消えた相手の目に映る自分の姿を見ながら、永遠の裁きを宣告するのだ。

50

カール

二〇二〇年十二月二十二日、火曜日

「ローセ、ゴードンはなんと言ってるんだ？　もう現地に着いてるのか？」

「ええ、シスル・パークの自宅の斜向いに隠れて立っています。寒くてどうしようもないってぼやいてます」

「雨じゃないことに感謝すべきだな。シスルは家にいるのか？」

「窓に明かりが見えるそうです」

カールはアサドのほうを向いた。「家の間取りは把握できたか？」

アサドは首を横に振った。「いまのところ、面積六百平方メートルで地下室完備ということしかわかりません。とても広いので、誰にも知られずにどんなことでもできそうです。ただ、シスル・パークも獲物を自宅で殺害するほど馬鹿じゃないでしょう。ほかにもたくさん不動産を持っていますし」

「自宅の近くにか？」

「そうです。大倉庫やオフィス、クリニックなどの賃貸物件から別邸や別荘にいたるまで、いろいろ所有しているんです。ですから、マウリッツ・ファン・ビアベクの監禁場所にシスル本人が出向いていかない限り、見つけるのは難しいでしょう。とにかく、選択肢がありすぎるんです」

カールもその可能性は考えなかったわけではないが、それにしても腹の立つ話だった。この二時間、収穫といえるものはほとんどなかった。最悪なのは、マウリッツの書斎にはみんながゆっくり眠れる場所がないことだ。あるのはソファベッドふたつだけだった。必然的にローセがひとつを独り占めし、残りのひとつをカールとアサドが交代で使い、互いの汗やよだれの上で寝ることになった。

悪いことのきわめつきは、スイスのハーディにかけた電話がまるで励みにならなかったことだ。控えめに言っても、ハーディは惨めな状態だった。耐えなくてはならない数多くの手術、大量に投与される鎮痛剤、エクソスケルトンの初装着時の痛み──あれやこれや大変な状況にあるせいで、ハーディはこちらの話になかなか集中できず、いらついて心ここにあらずという感じだった。そのため、ハーディが事態の深刻さを理解したのは、会話が半分ほど過ぎてからのことだった。

「なんだって？　そのスーツケースが二〇〇七年からずっと屋根裏部屋にあったって？　十三年も置きっぱ

なしにしてたってことかよ、カール！　麻痺状態の古き良きパートナーが長年おまえのうちのリビングでひたすら天井を眺めるだけの生活を送ってたというのに、なんでその話を一度もしなかったんだ？　いくらだってチャンスはあっただろ？　まあ、大したことじゃないと思ってたのかもしれないが」

「ハーディ、俺だって、まさかあんなものが入ってるとは思わなかったんだ！　信じてくれ」

「なんでアンカーの代わりに自分がスーツケースの番をしなきゃならないのか、考えなかったのか？」

「そりゃ、家を追い出されたからだろ？　そう聞いてたんだから、中身について詮索なんかしないさ。だってそうだろ？　家を出るときに詰めるものなんか、たかが知れてるじゃないか」

「何言ってんだよ、新居が見つかるまでパンツや靴下を他人の屋根裏部屋に預ける人間がいるか！」

やけに喧嘩腰だな。ハーディらしくない。

「ハーディ、痛みがひどいのか？」

「そんなことはどうでもいいよ、カール。おまえほど頭のいい捜査員が十三年もの間、そんな怪しいスーツケースの中身を疑いもしなかったのか？　頼むよ、そんなふざけた話があるかよ。それに、アンカーが死んだときになんで開けなかったんだ？　なんで奥さんに渡さなかった？」

「まあそりゃ、アンカーは追い出された立場だったから嫁さんに渡さなかったんだと思う。中身はあいつの私物だから別れた妻には関係ないと思ったのかもしれん。それか、単に忘れてたからか……。くそっ、なんでなのか、まるで思い出せないんだ、ハーディ」

ハーディの深いため息が聞こえた。俺の言葉を信じていないのだ。

「ハーディ、頼む。なんとか思い出せないか？　アンカーがどんな汚いことに手を出してたのか、あの金とコカインの出どころはどこなのか、記憶をたどってもらえないか？　俺はそのうち捕まる。その前に嫌疑を晴らす材料が欲しいんだ」

耳が痛いほどの沈黙だった。かすかに聞こえる息遣いだけが、ハーディがまだそこにいることを伝えていた。

「思い出してみてくれないか、ハーディ？」

咳払いが聞こえた。「わかった、カール。やってみる」そして電話が切れた。

このごろ、ハーディはこんなふうに唐突に話を終える。電話を切られたほうはいい気がしない。十歳のころ、飼っていた犬が国道の端で車に轢かれて死んでいるのを見つけたことがあった。こんなふうに置いてきぼりを食らって孤独な気持ちになるのは、あれ以来だ。

もちろん、自分のことを多少はよく思ってくれる人間は警察仲間にもごくわずかながら存在する。頭ではそれはわかっていた。ただ、いまカールが必要としていたのは、月並みな励ましだった。頭をつかんで額を押し付け合ったり、肩を叩いたりしてもらうこと。すがることのできる優しい言葉をかけてもらうこと。あるいは、絶対に疑うことなどしない確かな関係だった。いったい、ハーディはどうしちまったんだ？　なんだってあんなに冷たいんだ？

ドア付近で物音がした。アサドだった。部屋に入ってくるとカールの真正面に座り、じっと目を合わせた。

「私たちはここに籠城して外部との接触を断っていますが、マルワと私はメールで連絡を取り合っています。お互いにアラビア語のメールアカウントをふたつ持っています。めったに使うことはないのですが、ふたりしか知らないアカウントなので、この状況でかなり役に立っています。それで、いま、マルワからメールを受信したのですが、あなたに関係する話でした」

「どういう内容だ？」

「警察が家にやってきて私のことを尋ねたらしいです。そして、私から連絡があったらすぐ通報するようにと、厳しい口調で命じられたそうです。私が出頭しないで、あなたの居場所を報告しなかった場合には、私も家族も非常に深刻な状況に陥る可能性があると言われたとのことです」

「おまえと家族が深刻な状況に陥る？　そんなことまで言い出すとは驚きだ。どういうことかわかるか、アサド？　それは警察国家のやり方だぞ！　デンマークではそんなこと許されないはずだ。こんなことでおまえを起訴することなんかできない。おまえが特捜部Qで俺と仕事をしているからといって、おまえの家族に圧力をかけることなど絶対にできないはずだ」

「それが、できてしまうんですよ、カール。警察はまたやって来ます。そのとき、マルワがあなたについて新情報を提供できなければ、家族の滞在許可についてもう一度徹底的に調べ上げる。そう言ったそうです」

「くそっ！　じゃあマルワにこうメールしてくれ。カールはヴェンスュセルの実家に行き、そこに身を隠している、と。面白いことになるぞ。俺の母親は、まずはコーヒーを飲めと言ってきかないだろうからな。警察官がそれを承諾しないことには、何ひとつ先に進まない。だが、コーヒーに呼ばれたら最後、次は母の焼いたクッキーを勧められ、さらにたったひとりで自転車に乗ってルゲンまで旅したときの話を聞かされる。本題に入る前に連中はげんなりするはずだ」

「了解です。そう伝えてみましょう」

「ほかにまだ気になることがあるみたいだな。顔を見ればわかる。アサド、どうした？」

アサドの片方の眉がぴくりと動いた。何かあるらしい。

「シスル・パークとパウリーネ・ラスムスンの間には何かつながりがある。いまもそういう見解ですよね？」

「そうだ。シューズボックスに塩があったからな」

「そして、ラウンヒルド・ベングトスンもシスル・パークとなんらかの関連があると考えられる。なぜなら、ラウンヒルドの発見現場近くのふたつの穴から塩が発見されたから、ですよね？」

「そうだ。ラウンヒルドと例の塩漬けの死体ふたつを遺棄したのはおそらく同一人物だ。そして、その二体はほかの殺人事件とも塩でつながっている」

アサドは無精髭をぽりぽり掻きながら何かを考えていた。最後に会ったのは二十分前だが、それから髭が三センチぐらい伸びているような気がする。

「そして、ラウンヒルド・ベングトスンと、彼女に殺されたタビタ・エングストラムとの間にも、何か関係があるわけですよね？」

「そりゃそうだろう」カールは苦笑した。「ふつうは、見ず知らずの相手をあんな方法では殺さないからな。だが、その話がどうつながるんだ？」

「タビタ・エングストラムのノートから、彼女が宗教サークルらしきものに入っていたことが明らかになっていますよね。そして、あのノートにはサークルのメンバーの名前も書かれていた。そうですよね？」

「ああ」

「ベンデ・ハンスンのチームの誰か、たとえばマンフレズが、タビタのノートに書かれていた人物に話を聞いたと思いますか？」

「ああ、聞いてるだろうな」

「でも、確信はないですよね？」

「ない」

「本人も書いていたとおり、ノートにあった名前はほとんどが通称でしょう。でも、全員がそうなのでしょうか？」

「違うのか？」

「私はいま、タビタがデボラと呼んでいた人物を探しているんです。デンマークでは珍しい名前ですから、そういう名前の女性が実在するなら見つけ出して連絡を取ってみるべきだと思うんです。なんらかの形でシスルとつながっているかもしれませんしね。シスルとほかの女性たちのように」

「なるほど。だが、そのデボラがマウリッツ・ファン・ビアベクの居場所を知っている保証はないぞ。そもそも、シスルの犯罪に加担しているかどうかすらわからんのだから」

「タビタとシスルの行動を考えると、動機が似ているんですよ。そう思いませんか？」

「確かにそうだ。よし、デボラを捜そう。住民登録データはチェックしたか？」

アサドはうなずいた。「コペンハーゲン周辺にはデボラという名の人物は思っていたよりずっと少なかったです。非常に珍しい名前ですね」

「その希少なデボラたちには、もうコンタクトを取ったのか？」

「ええ、全員に。そのうち三人は実生活ではデボラと名乗っておらず、ふたりはまだ幼い少女でした。もしかしたら、最近また流行ってきた名前なのかもしれません」

「ということは、サークルのほかの人間と同じで、結局デボラも通称かもしれんな」

アサドは再びうなずいた。「あるいは、その名前では登録を行なっていないとか。洗礼名で登録をしているとか、ミドルネームなのでイニシャルのDだけで登録しているとか」

「この家の固定電話から近所の人に電話してみたんですけど」ローセが話に入った。「うちにも警察が来たみたいですね。両隣の人がわたしの居場所を訊かれたそうです。わたしが帰宅したらすぐ通報するよう、やっぱり厳しく言われたみたいです」ローセは微笑んだ。「かなり待たないと、そんな通報は来ないでしょうけどね」

「カール、二十六日が終わったらどうするつもりですか？」アサドが尋ねる。

「マウリッツ・ファン・ビアベクの救出が間に合ったら、マークス・ヤコプスンの部屋に押しかけてファンダンゴでも踊ってやるさ」

「間に合わなかったら？」

「踊りはしないが、それでも結局、出頭はしなきゃならん」

「そろそろ行きますね」ローセがマフラーを首に巻いて、コートを羽織った。

そうか、ゴードンと交代の時間か。夜のシフトだ。完全に忘れていた。

カールはアサドに目をやった。互いに同じことを考えているのは明らかだ。ローセがシスル・パークの自宅を見張っている間、どちらかがローセの使っていたソファベッドに寝ることができる！　すばらしい！

ローセはドアのところで立ち止まると、振り返ってふたりをにらんだ。

「ちなみにおふたりさん、わたしのベッドを使おうなんて思わないでね」そう言うと、自分の鼻を軽く叩いた。「そんなことをしようものなら暴れてやるわ。においでわかるんだから」

カールの頭に、その様子がありありと浮かんだ。だったら、床に寝たほうがまだマシだ。

51

マウリッツ

二〇二〇年十二月二十二日、火曜日

　子どものころ、マウリッツは不安を感じると、数を数えてやりすごした。数えるものはなんでもよかった。教師に反抗して校長室送りになったときは、説教されている間ずっと校長の背後の本棚を見つめ、そこにある本の数を数えた。かわいい女の子とデートするときは、恥ずかしさを悟られまいとその子の瞬きの数を数えた。数年間はそうやって乗り切っていた。数えるものがある限り、どんな状況でも緊張を解くことができた。そのうち、数を数えなくても不安や緊張を乗り越えられるようになり、この癖のことはいつしか忘れてしまった。だがいま、こうして外の世界から隔離され、なすすべもなく体が確実に衰弱していくなかで、突然どこからか数を数える声が聞こえてきた。

　マウリッツは首を振った。目を開けようとしたが、まぶたがどうしても開けられない。

　いまのは俺の声か？　何を数えてるんだ？

「マウリッツ、おまえ何を数えてるんだ？」口に出して言ってみた。

　何を数えてるんだ？　過ぎていく一秒一秒か？　徐々に弱まっていく心臓の鼓動か？　祖母の家でいつもチクタク鳴っていた置き時計の音にも聞こえる。二度と戻らない時間を刻むあの音――。

　このところずっと、どのくらい時間が経ったのか知ろうともがいてきた。死を待つ身にとっては、一秒一秒が永遠のブラックホールに吸い込まれていくようなものだ。脳の働きもひどく衰えているはずなのに、思考の断片が次々と浮かんできてはそこから逃れられない。あの癖が戻ってきたのはそのせいか？　数を数えることで思考のノイズをかき消そうとしているのか？

なぜ俺が殺されなきゃならない？　まるで納得がいかない。

確かに、他人にもっと親切な人間として生きることもできただろう。たまには、自分よりも他人の幸福を優先してもよかったかもしれない。道徳観など無視して、何がなんでもセンセーショナルなエンターテインメントを生み出したいという欲求を抑えることもできたかもしれない。

だが、みんな、自分の意思でゲームに参加してたんだ。そうだろ？　それなのに、どうして俺なんだ？

マウリッツは横を向いた。空っぽの胃が焼けつくように痛み、喉もひりついている。

どうして、安らかに逝かせてくれないんだ？　あとどれくらいこの苦しみが続くんだ？

マウリッツは不意に息苦しくなり、大きく口を開けた。くそったれ。だが、あの女が俺に言ったことは、本当は事実じゃないんじゃないのか？　あいつは俺をなじり、嘲笑し、あれこれ言っていたが、それは俺をここに拉致している本当の理由じゃないのかもしれない。あいつが俺を憎んでいることは確かだ。だが、それが誘拐の理由じゃない。突如、マウリッツはわかったような気がした。もちろん、よりによって俺がターゲットとなったのはいくつもの要素が絡み合ってのことだろう。だが、最終的な狙いは俺の金だ。そうだ。金目的に違いない。身代金交渉をする間、ここで俺を痛めつけようってわけだ。そういうことだ。身代金は当然、とんでもない額に設定されているだろう。だが、俺の資産はすぐに現金化できるものばかりじゃない。だからこんなに時間がかかっているんだ。間違いない。

マウリッツは笑おうとしたが、唇のひび割れが開きそうになったのでやめた。身代金の要求額はそろそろ一億クローネに達しているだろうか？　支払いそれ自体に問題はない。だが、ヴィクトーリアは交渉に応じないだろう。受け取ることは大好きだが、与える側となると、なかなか首を縦に振らない女だからな。

久しぶりに大きく深呼吸し、気持ちを落ち着けることができた。全身の痛みと痙攣までもが収まったような気がする。

天井を見上げ、もう一度目を開けようとした。だが、今度もうまくいかなかった。

しばらくその姿勢で、口を開けたまま座っていた。するとまた、数を数える声が聞こえてきた。

おかしい。俺の無意識が何かを訴えているのか？　数を数えて気を逸らさなくてはならないほど不吉な予感がするということか？

マウリッツは、しばらく息を殺して考えてみた。そうか、そういうことか。

あいつらはヴィクトーリアへのメールの件で協力しろと言ってきた。それに応じるかどうかで、俺の運命が決まるとも。

くそっ。身代金目的なら、単に俺の写真を撮って新聞社に送りつければすむことだ。ふつうの誘拐犯なら、そうするはずだ。

マウリッツは口を閉じ、うなだれた。

そして再び数を数え出した。エレベーターの音がだんだんと近づいてくる。
一、二、三、四……

52

カール

二〇二〇年十二月二十三日、水曜日

「カール、起きてください。ローセと私が交代する時間です。もう七時ですよ」

カールは頭を少し上げた。枕カバーが口の端に貼り付いている。体をひねろうとしたが、コンクリートづくりの床の上に寝ていたせいで腰が痛く、うまく体が動かない。

「こんちくしょうめ」それがカールのこの日最初の言葉だった。

「熟睡できたみたいですね。あれだけいびきをかいていたところをみると」カールの悪態に対して、アサドは意外にも穏やかな声で返した。

寝ている間はすべてから解放されていた。寒さに凍えることもなく、誰かから非難されることもなく、新型コロナによるさまざまな規制もない。だが、いきなり現実に引き戻された。これほどの疲労を感じ、心が沈み、不快に感じた朝がかつてあっただろうか？　いや、断じてない。

「俺が熟睡してたって？」まさか、ありえん。ふと気づくと、ラウラが目の前に何かを差し出していた。

コーヒーの香りが鼻をくすぐる。「アサドさんが淹れたんだよ」ラウラはにっこりしてみせた。

「あんまり濃くないので飲んでも安全ですよ、カール」アサドがドアのところで靴を履きながら言い足した。

カールはうなずくと、両ひじを使って体を起こし、

コーヒーカップを受け取った。

「砂糖は入ってるか?」念のため、訊いてみる。

「ほんの少しだけ」アサドが返した。信じてよさそうだ。

カールはコーヒーをひと口すすった。その瞬間、口の中の液体に激しく打つティンパニのような刺激を感じ、喉が反射的に収縮した。げほげほと咳が止まらなくなり、腹筋が痛んだ。

「効果あったでしょう?」カールがなんとか息をしようと四苦八苦していると、アサドがうれしそうな声を上げた。これまでもさんざん毒薬のようなコーヒーを飲まされてきたが、ここまで猛烈に濃くて甘いのは初めてだ。

「それを飲むとばっちり目が覚めますからね」アサドはコートを羽織ると、うしろ手にドアを閉めて出ていった。

「これで、いま家にいるのはあたしたちだけになったよ」ラウラがカールの前に立った。「ママは妹を連れて弁護士事務所に行ってるから」

そう言って、コップを差し出した。なんだ、これは?

「ママの大好物のケフィア（牛乳を原料として乳酸菌と酵母を共発酵させた飲料）だよ」さあ飲めとその目が言っていた。

カールはパソコンでシスル・パークが映っている動画を検索してみたが、収穫は乏しかった。人前にはめったに出ないようで、メディアに顔を見せたとしてもごくふつうの話題に短くコメントするのみで、捜査の役に立ちそうな発言は何もなかった。黒のパンツスーツに白いブラウスといった文句のつけようのない服装で、髪は乱れようがないくらい短くカットされている。仕草も言葉も、すべてが慎重に考え抜かれている。外見は洗練されていて無難だった。どこからどう見ても、裏で凶悪犯罪に手を染めているようには見えなかった。

こいつの弱点はいったいなんだ？　どこをつつけば、こいつの本当の姿を暴くことができるんだ？

「この人、見たことがある」背後から声が聞こえた。

カールは慌てて振り向いた。ラウラが足音も立てず、部屋に入ってきていた。

「見たことがある？　どういうことかい、ラウラ？」

少女はパソコンの画面を指さした。「パパが仕事で留守のときにうちに来たことがあるんだ。いつだったかな。パパから、大事な書類を家に忘れてきたから会社まで持ってきてくるよう言いつけられて来たって言ってた」

カールは眉根を寄せた。どういうことだ？

「いつの話？」

「かなり前。夏休みが終わってすぐだったかなあ」

「この人を家に入れた？」

「まさか。知らない人だもの。『先にパパに電話して、そうしてもいいか確かめてから』って伝えたよ」

「いい判断だ、ラウラ。そうしたら、この人はなんだって？」

「あとずさって、呼び鈴の横にある表札をもう一度見てた。それで『すみません、家を間違えました』って。隣に行くはずだったって言ってた」

「実際に、隣の家に行ったのかい？」

「窓から見てたんだけど、行かなかった。車でどこか行っちゃった。それでパパに電話したんだけど、なんの話か全然わからないって。そんなこと、誰にも頼んでないって」

「何が目的だったんだと思う？」

「泥棒が事前のチェックに来たんじゃないかなあ。パパもそう言ってたし。ドアを開けたとき、周りをきょろきょろ見てたんだよね。防犯カメラみたいなものがあるかどうかチェックしてるみたいに」

「そして、実際に防犯カメラがあった？」

「そういうこと。あの日の夜、パパといっしょにカメラの映像を見てみたんだ。パパが見れば、誰だったかわかるかもしれないから。でも、顔は映ってなかったし、車もカメラに映らないところに停めてあった。ただ、髪は黒くて、この動画よりも長かった。それは確かだよ」

カールはうなずいた。間違いない。シスル・パークはこの家の内外に設置された防犯カメラの角度を確認しておきたかったのだ。

「きみもお父さんも、その女性があとから何かを盗みにやってくると思ったんだね？」

「うん。パパは『ぜひやってみてほしいね。うまくいくわけないさ』って言ってたけどね」ラウラは静止画像を指さした。「それで、この人はいったい誰なの？」

「まだわからないんだ。でも、突き止めてみせる。そのときの防犯カメラの映像を見せてもらえるかな。どこかに保存してあるかい？」

ラウラは笑みを浮かべた。そして、ずいぶん前の話だから消去しちゃったかもしれないけど探してみる、と答えた。

「この人はいったい誰なの？」ラウラはそう尋ねた。だが、俺たちが突き止めようと躍起になっていることを正しく表現するなら「シスル・パークは本当は誰なのか？」ということだ。誰に訊けばそれがわかるんだ？　彼女の会社の従業員か？　だが、あそこに乗り込んで社員を問い詰めるなんて考えただけでぞっとする。ボスのことを嗅ぎまわるようなやつは首をはねろ、と言い出しかねない雰囲気の連中なのだ。そこで、カールはシスルが在籍していた大学の化学部に電話をかけることにした。だが、誰も出なかった。次に、パークという珍しい姓で住民登録がされている番号に電話をかけてみたが、シスル・パークまたはリスベト・パークという人物につながりのある者はいなかった。

くそっ、どん詰まりもいいところだ。そう考えるのは今日だけで十回目だった。まったくひどい気分だった。こんなことをしているうちに、十二月二十六日はあと三日後だ。マウリッツ・ファン・ビアベク殺害を止めるために唯一できることがあるとしたら、シスル・パークを捕まえることだ。すべての状況証拠がそう示している。だが、それをどうやって合法的にやるかが問題だ。確かな証拠もなしにいきなり自宅に押し入って逮捕することなどできやしない。とりあえず拘束して二十六日が過ぎるまで時間を稼ぐこともできないのだ。それに、シスルが自ら手を下すとは限らないだろう。ピーア・ラウゲスンのケースがそうなんじゃないか？　シスルのように細身の女がピーアのようにたくましくて力のある女性をプールに突き落とし、溺死するまで水の中に押さえつけておくことなんてできるわけがない。

だが、ほかにも殺人に関与している人間がいるとして、そいつが何者なのか、どういう経緯でシスルと手を組むことになったのか、それはどうやって突き止めればいいんだ？

カールはふと、パレ・ラスムスンがどのようにシスル・パークを焚きつけていたかを思い出した。馬鹿たれめ、濡れも感じもしない、ストーカー、ケロイド女――。よくもあれだけの罵詈雑言を吐けるものだ。

〝馬鹿たれ〟という言葉はシスルのプロファイルに合致しない。だが、それ以外の特徴は事態打開の手がかりになるのではないだろうか。

あれから二十年近く経っているのだから、その特徴も変化している可能性はある。だが、シスルがいまの人格を形成するより前の時期に遡れば、その異常性の根を探ることができるかもしれない。

カールはシスル・パークの短い経歴書を見つめた。洗礼名はリスベト。すでに住民登録データ検索で名前をチェックしたが、何もヒットしなかった。パークという珍しい姓にもかかわらず、どれだけ調べても、彼女の異常性をうかがわせるような情報が出てこない。

そういえば、シスルはケープタウン大学にいたという話だったな。若い女性がなぜ、南アフリカで学業を続けることにしたんだ？　あの国とどんなつながりがあった？　自分の専門分野をきわめるために南アフリカに行く必要があったのか？　それとも何かから逃げていたのか？

まあ、どんなことをしていても不思議ではない。だが、ビアベク家の防犯カメラの設置場所を探りに来るとは驚いた。自ら敵陣に乗り込むようなものじゃないか。ウィッグをかぶるなどして変装していたのかもしれない。だが、十五歳の少女の目はごまかせなかったというわけだ。

そうか！　その手があったか！　うまくやれば、外に出ても人目につかずに動きまわれるかもしれん。

カールは立ち上がると、マウリッツの書斎を出て、廊下の壁にかけられた鏡を覗き込んだ。もちろん、過大な期待などしていなかった。だが、ぼさぼさの薄くなってきた白髪頭の――ジョージ・クルーニーとは似ても似つかない――よれよれの中年男が映っているのを見て、さすがにへこんだ。

「ラウラ！」カールは何度か呼んだ。マウリッツの長女はようやく姿を現すと、カールに一枚の紙を差し出した。

「何かな？」わかってはいたが、尋ねてみた。

〈2020 08/29 12:32〉ぼんやりとだが、紙の隅にそう印刷されている。シスル・パークの突然の来訪をとらえた防犯カメラの画像をカラープリンターで印刷したものだった。

「残念。ここが動画の中でも一番はっきり映っているところなんだけど、車の上の部分しか見えないんだ。あの人の姿もちらっとだけ。でも、見て。あたしの記憶は合ってたでしょ？　長くて黒い髪。絶対にウィッグだよ」

そこに映っているのは新車ではなさそうだった。購入から二、三年は経過しているように見える。黄色の塗装以外に目につく点といえば、ＤＩＹショップで大して金をかけずに購入できそうなルーフキャリアくらいだ。

「ありがとう、ラウラ。助かるよ」カールはそう言うと、突然、親友でも見るようなまなざしを少女に向けた。「ところで、数日間、借りても大丈夫そうな携帯電話を持ってたりしないかな？」

「そんなのないよ。自分のしか持ってないもん」

「じゃあきみのでかまわない」

ラウラは戸惑ったように、一歩うしろへ下がった。

「携帯がないとあたしだって困る。特にいまは。刑事さん、自分のはないの？」

「二、三日でいいんだ。友だちと話すときは家の固定電話を使ってもらえないかな？」

「無理だよ」ラウラはあきれたようにカールを見た。「刑事さん、ツイッターも、ワッツアップも、フェイスブックも、インスタグラムも、ユーチューブも、ティックトックも、スナップチャットも知らないわけ？」とその顔は言っていた。

「きみの携帯電話を貸してもらいたいんだ。二十六日までいいから」

ラウラは頬の内側を噛んだ。「じゃあ、一日、五百クローネで」

カールはあっけにとられた。「全部で五百クローネくらいって思ってたんだけどな」

頭、大丈夫？　と言いたげな視線が返ってくる。

「それと、この家のどこかに髪を染められるようなものはないかな？　あと、お父さんの身に着けていたもので私にサイズが合いそうなものがあると助かるんだ。急ぎの用事があるんだが、人目につくわけにはいかなくて。きみも記者会見を見たと思うけど、あれ以来、周囲がいろいろと騒がしいんだ」

一時間後、寝不足でくたくたになったローセが、夜のシフトを終えて臨時の〝捜査本部〟に戻ってきた。ローセはコートをそのまま床に落とすと、ソファベッドに身を投げ――そこに立っているカールに気づいた。

「ひゃっ！」

まあ、当然の反応だよなとカールも思った。自分だって、ヴィクトーリアの古いヘアカラー剤を洗い流して鏡の前に立ったとき、真っ赤な髪の男と目が合ってぎょっとした。しかも、その髪ときたら、反抗期の少年がやけになって掻きむしったみたいに四方八方が立ってたのだ。

「うーん、ママが昔使っていたときは、こんな色じゃなかったんだけど」ラウラがそう言ったときはすでに遅かった。

さらに、ラウラが用意してくれたピンストライプの気取ったスーツ、ネクタイ、白シャツ、靴を身に着けると、変装が完成した。親父なら〝コペンハーゲンの放蕩息子〟と馬鹿にしただろう。

「なかなか似合うよ」ラウラはそう言って慰めてくれた。だが、ローセにそういう気遣いは期待できない。

「うまく化けましたね。まるで別人ですよ。いままでこんな姿を見ずにこられたことを神に感謝しないと。それで、いったい何を企んでるんです？」

「お褒めの言葉をどうも。早急に調べなきゃならんことがあるんだ。ゴードンはどうだった？　寒さで凍え死んでたか？」

「そうみたいですね。わたしが着いたときには、もう家に帰ってました」

「なるほど、あいつも気の毒に。ひどく冷え込んでいたからな。ちなみに、シスル・パークの大学時代について、これまで何か判明したことはあるか？」

「はあ？　大学時代を調べろなんて言われてませんけ

ど。それってわたしたちの仕事でしたっけ？　仕事の割り振りを決めたのはあなたでしょう、カール？」

「つまり、調べてないということだな？」

ローセはあきれた顔のまま、毛布を頭までかぶった。

他人がそのソファベッドに寝ていたかどうかなど、チェックする気配すらない。だったら、とカールは思った。だったら、俺だって何も硬い床に寝ることなかったじゃないか。堂々とそのソファベッドに寝ればよかったんだ。

少しして、カールはラウラといっしょにガレージに向かった。広大なスペースの隅にかなり目立つアルファロメオが停められていた。

「あれなら使っても誰も気にしないから」アルファロメオを指さしてラウラが言った。「パパが五年前にママにプレゼントしたやつだけど、ちゃんと定期点検にも出してるみたい。ママはほとんど乗ってないけどさ。『タクシーがあるんだから、わたしに車は必要ない』っていうのがママの口癖。まあ、いつも酔っ払ってるからそのほうがいいけどね」

カールはアルファロメオに乗り込んだ。車高が低いせいで、痛めた腰にはその車を運転するのはきつかった。三十分後、カールはコペンハーゲン大学の第五駐車場、化学学部の建物の前にアルファロメオを停めた。シスル・パークがここに通っていたのは三十年以上前だ。当時の彼女を知る人物にここで会える可能性は低い。だが、運が良ければ記録を閲覧させてもらえるかもしれない。

その建物の正面扉は開いていたが、廊下には人気《ひとけ》がなかった。ロックダウン中でなかったとしても、クリスマス目前で講義のない時期だ。学生はおろか職員の姿も見えず、静まりかえっていて当然だろう。カールは廊下を歩き、がらんとした実験室の前をひとつひとつ過ぎていった。室内にあるスチールのシンクもフラスコもビーカーも、まるで一度も使われたことがないかのようにぴかぴかだ。こんなふうに何もかもが徹底的にシャットダウンされてしまったら、この先、世の中はどうやって前に進むのだろう？　空気中には金属とも化学薬品ともわからないにおいが漂っていた。カールはふと、リビングにハーディが寝たきりになっていたときのことを思い出した。

「すみません、誰かいますか？」何度か呼びかけたが、返ってくるのは自分の声のこだまだけだった。廊下を右に折れたり左に折れたりしながら、開いている部屋を探していくつかドアノブに手をかけてみたが、どこも鍵がかかっていた。これなら電話に誰も出なかったのも納得できる。

「くそっ」大声で悪態をついたとき、ラウラから借りた携帯電話が鳴った。

「ああ、アサドか。どうした？」

「シスル・パークがいま車で出かけたんですが、追跡できませんでした。すみません。ゴードンの車の鍵が約束した場所になくて、地面に落ちていたんですが、探すのに手間取ってしまって。結局、地面に落ちていたんですが、見えなかったんです」

「くそっ」またもカールは悪態をついた。今日は何から何までついてない。

「家の中に入るべきでしょうか？」

「侵入するってことか？」

「ええ、まあ、そんなようなものです」

「最先端の防犯設備でがちがちのはずだ。そんなことしてみろ、おまえが何か見つけるより先に、セキュリティ会社の連中が怖い顔でやってくるぞ。だが、連中の顔なんぞ、通報を受けたときのマークスの顔と比べたらかわいいもんだ。まあ、自宅周辺を嗅ぎまわるくらいのことはしてもいいだろう。ひょっとしたら何か見つかるかもしれん。あまり、望みはなさそうだが」

「了解です。それでは、ゴードンの車の中でシスルの帰宅を待ちます。アッラーの思し召しがあれば、私の髭の氷も解けるでしょう」アサドが笑った。また大げさな。そう訴えてみろ、とローセが入れ知恵したに決まってる。

電話を切ると、カールは廊下の壁に寄りかかった。できることなら、殺人捜査課課長の部屋に行き、すべてにけりをつけたかった。そうすれば、マウリッツ・ファン・ビアベクの件をマークスたちに押しつけることができる。だって、そうだろ？　いまの俺にいったい何ができるというんだ？　窓ガラスに映った自分の姿が見えた。無様な赤い髪。ぶすっとした顔。

だが、おまえが諦めたらビアベクは殺されるんだぞ。それでいいのか？　カールは自分に問いかけた。ラウラと妹は父親を失い、頭のおかしい〝教祖〟がまたひとつ勝利を祝うことになる。それに、俺がいま出頭してこの事件から逃げたら、その時点で特捜部Qは終わりだ。だが、事件を解決したあとに出頭すれば、この部署もつぶされずにすむだろう。俺はすでにバラ色とは言えない立場にあるし、こうしている間にも〝猟犬〟とその仲間が何かを嗅ぎつけているかもしれない。潔白を証明しようにも、いまは時間がない。だが、特捜部Qが残っていれば俺もいずれ戻ることができる。もっとも、しばらくは干されることになるだろうが——ともかく、いまは俺の力で特捜部Qの存在意義を見せつけなくては。

窓ガラスに映った顔に笑いかけてみる。髪の色は、繰り返し洗えば、そのうち落ちるはずだ。今夜二時間ほどローセのソファベッドで眠れば、目の下の濃いくまも消えるだろう。いまは力を振りしぼって、怯まずに立ち向かうしかない。親父なら〝ヴェンスュセル島ブラナスリウ出身の男はいかに肝が据わっているかを部隊全体に示さなくてはならん〟と言うだろう。

もう一度だけ、声をかけてみるか。

「誰かいませんか！」渾身の力を込めて叫んでから、警察学校時代に独学した鋭い指笛を鳴らした。

ドアが開いて閉まる金属音が廊下に響き渡った。誰かが足早にこちらにやってくる。数秒後、黒みがかった髪の痩せた女性が姿を現した。嫌悪とも怒りともつかない顔をしている。

「どうやってここまで入ってきたんですか？」女性は、すぐに助けを呼ぼうとするかのように携帯電話を握りしめている。

「あのドアからです。鍵がかかっていなかったもので」カールは廊下の奥を指さした。本当にその方角から来たのかどうかは、定かではなかったが。

「では、いますぐあのドアから出てください」女性はそう言うと、明らかにカラーリングに失敗した髪と気取ったスーツといういでたちのカールを軽蔑したように見つめた。「お探しのものは、ここにはないと思いますよ」

もしかしたら、これは脈があるかもしれんとカールは思った。いかにも学内の管理を任されている人間らしい対応だ。あとはこっちのカードをうまく使えるかどうかにかかっている。

「申し訳ありません。事前にお電話したのですが、どなたもお出にならなかったもので。警察です」

カールは有効期限切れの身分証をポケットから取り出し、わざと女性のすぐ目の前に突きつけた。これだけ近けりゃ、写真も文字もろくに見えないだろう。

女性はわずかに顔を背けたが、目は身分証からそらさなかった。〝警察〟という言葉にはいつだって相手を緊張させる効果があるようだ。

「そこまで切羽詰まっているわけではないのですが、どうしても手に入れなくてはならない情報が二、三ありまして、そちらの記録を拝見したいのです。クリスマスが近いのにお邪魔して申し訳ありません。ですが、ご存じのとおり、警察の仕事には休暇も祝日も関係ありませんからね。まあ、それがわれわれの宿命でして。お見受けしたところ、あなたも同じご様子ですが」

カールは困ったような表情を浮かべてみせた。うちの子どもたちも、パパがいないって泣いているんですよ、という雰囲気を醸したつもりだった。

そして、カールはひじを相手に向けた。コロナ禍で握手ができないため、最近ではこれが挨拶になっている。「カール・マーク警部補です。名乗るのが遅くなって失礼しました」

ためらいながら女性もひじを上げ、挨拶に応じた。

「タチアナ・クズロフスキ・クレステンスンです」彼女の声は、さっさとどこかに行ってよという心の声をなんとか表に出すまいとしているようだった。「それで、ご用件はなんでしょう?」

「ある女子学生について知りたいのです。一九八九年にこちらを卒業しています。ちなみに首席だったそうです」

女性がわざとらしいくらいの笑顔になる。カールは続けた。

「もちろん、ずいぶんと昔であることは承知のうえです」

相手は笑顔のままうなずいた。「そうですね、もう三十一年も経っておりますし」

「おっしゃるとおりです。で、どうすればいいでしょう?」

「目下のところ、全員が在宅を命じられているので、いずれにしても施設の中には勝手に人を入れられないのです」

「記録の保管庫のようなところはありますか?」

「ええ。でも、わたしには権限がないので、当時ここにいた方に問い合わせてみたらいかがでしょう? 首席で卒業した学生については、以前ここで教えてらした先生ならご存じのはずですよ」

「連絡先を教えていただけますか?」

その女性から聞いて向かった先は、高級ホテル並みの立派な施設というわけではなかった。とはいえ、九十歳に手が届こうという元教授、トーベン・クラウスンが暮らす老人ホームはなかなか快適そうだった。クラウスンはすでに妻を亡くし、十年前からここで暮らしているという。十二平方メートルの部屋には、ベッド、専門書の並ぶ本棚、藤色のベルベットで布張りされたひじ掛け椅子、ほかにも、悪趣味な人形やら不格好な花瓶やら、かつてのすみかから運び入れたと思われる古臭い小物や家具がいくつか置かれていた。カールの元妻の母親、カーラ・アルシングも同じくらいの年齢だ。俺が特捜部Qで仕事をしているのと同じくらい長くカーラも介護施設で過ごしているが、ここもあそことあまり変わらないようだ。

トーベン・クラウスンは白内障が進んでいて周囲をはっきりと認識することができないようだった。目の周りの皺が、必ずしも楽ではなかったこれまでの人生を物語っている。

「そうですか、警部補さんですか、そうですか」元教授は三、四回同じことを繰り返し、ようやく事情が理解できたらしい。「そんな方が来るとは、めったにないことだ。いや、実のところ、そんな方どころか誰も来やしませんけどね」そう言って小さく笑った。

カールはすぐに切り出した。「リスベト・パークという名の女子学生を覚えていらっしゃいますか？ 化学学部を一九八九年に首席で卒業しています。当時、あそこで教えていらっしゃったでしょう？ それで……」

視力をほぼ失った目が、部屋の隅に安らげる場所を探すかのように、右へ左へとゆっくり動く。カールは続ける。

「それで、もしかしたらあなたが……」

元教授は窓のほうを向いた。薄暗い光がその顔をほのかに照らし出した。「ええ、優秀な学生でした。優秀であると同時に、われわれ全員にとって謎の存在でした。覚えているどころではありません」

「と、おっしゃいますと？」

「私はある学生グループを指導していました。〝わがエリートチーム〟なんて呼んでね。彼女は一九八二年の落雷でただひとり生き残った学生なのです」

「落雷？　雷が大学に落ちたんですか？　リスベト・パークだけが生き残った？　どうしてです？」

「警部補さん、覚えていませんか？　学部の建物の向かいにフェレズ公園があるでしょう？　あそこで七人の学生グループが落雷に遭った事故です」すると、クラウスンの下唇が震え出し、苦しそうな息遣いになった。「まったくね……。もう昔の話ですが、いまでも思い出すとつらくなりますよ」そう言って、クラウスンは目頭を拭った。

カールは記憶を探った。その落雷事故は大きなニュースになったはずなのに、どうしても思い出せない。だが、俺はまだ十七歳だったからな。頭の中は別のことでいっぱいだったんだろう。

ふたりは黙ったまま座っていた。しばらくして、クラウスンが再び口を開いた。

「あれは私の責任です。今日の授業は屋外でやろうと提案したのは私なのです。主よ、お赦しください」そう言って、また涙を拭った。

「あのとき、いきなり空が暗くなったんです。まさか雷になるとは思っていなかったので、最初に稲妻を見たときには驚きました。ただ、学生たちが激しい口論の最中だったので、そちらに気をとられていたんです。叫び声や怒鳴り声まで聞こえていたものですから。いや、口論というのは正確な表現ではないでしょう。実のところ、リスベト・パークひとりが激怒し、動揺していました。あのグループで一番才能があったのは間違いなくリスベトでした。その彼女が、自分のノートを盗んだと言ってほかの学生たちを責めたんです。自分はいじめを受けているとか、グループのひとりに裏切られたとか、そういうことをまくし立てていたんです。それなのにほかの学生はみな、彼女を笑っていました。リスベトは激昂し、私はグループから少し離れて立っていたのですが、仲裁に入ろうと学生たちに近づきました。その瞬間、空全体がぱっと明るくなり、とてつもなく大きな雷鳴が響き渡りました。鼓膜が破れるのではないかと思ったくらいです。それと同時に雨が降ってきました。気づいたら、私は水たまりの中に横たわっていました。学生たちは私の後方で、落雷がえぐった地面の周りに円を描くように倒れ、焼け焦げ、息絶えていました。私は完全にショック状態に陥っていました。何年経とうとも、あのときのことは忘れられません。夜中になると、あのときの恐怖が私を襲うのです」

「それで、リスベト・パークは？」

「ただひとり、助かりました。どうしてかはわかりません。落雷の瞬間に跳ね飛ばされたと聞いています」

「その後、彼女はどうなったのですか？」

「詳しくはわかりません。長い間、姿を見かけませんでした。でも、何年もしてから復学し、修士号を取得して卒業しました。ご存じのように首席でした。南アフリカで過ごした時期もあったようで、復学したときの彼女は幅広い知識を身につけていました。こちらでは指導していないことまで」

「リスベトは学生仲間に激怒していたとおっしゃいましたが」

「ええ、話しているうちに思い出しましたよ。リスベトは、自分の分析結果やレポートを盗まれたとかで、ほかの学生たちをよく責めていました。言われた相手はもちろん否定し、言い返していたようです。彼女は学部長にも訴えていました。それで私も知っているのです。おそらくそういうことがきっかけで、仲間たちからいじめに遭ったり無視されるようになったりしたのだと思います。ほかにも、誰か、彼女を裏切った人物がいるという話でした。そう、思い出しましたよ」

「落雷のとき、あなたはご無事だったのですか？」

「私の鼓膜は轟音にも耐えましたが、先ほど申し上げたとおり、ショック状態に陥りました。救急車がリスベトを搬送したあと、私はすぐに心臓発作を起こしましてね。ああ、すみません。話の流れが逆ですね。時系列に沿って話しましょう。マーティンという名の救急隊員がリスベトを救急車に乗せ、そのあと私の救命をしてくれたんです。私もいまや老い先短いわけですが、マーティンへの感謝を忘れたことはありません。毎年、クリスマスにはマーティンとその家族に贈り物をしています。ですから、彼も私のことは覚えてくれていますよ」クラウスンは隅のほうを指さした。「あの辺にタイル貼りの小さなテーブルがあるでしょう？その上に贈り物が置いてあるのが見えますか？　今年もあのとおり準備してあるのですが、このご時世でしょう？　郵便局も閉まっているようで」

「落雷直後のリスベトのことで、何か覚えてらっしゃることはありますか？」

クラウスンは首を横に振った。

「マーティンなら詳しく覚えているでしょう。二年ほど前でしょうか、彼から当時のことを詳しく話してもらったことがあるんです。そのときにいくつか質問をされたのですが、私には答えられませんでした」

「そのマーティンという人が、あなたの命を救ったとおっしゃいましたね」

「そうです。しかも、現場に最初に到着した隊員でした。本当にありがたいことです。もう引退していますが、回想録をまとめるとかで、あの事故にも触れようと考えているみたいですよ。彼にとっても忘れられない出来事だったのですね」

「その方の住所をご存じですか？」

元教授は黙った。答えるまえに当時の光景から意識を切り離す必要があったのだろう。「マーティンの住所ですか?」そう言うと、デスクの上に唯一置かれていた小さな赤いノートを指さした。

「彼の住所と電話番号は最初のページにあります。手に取ってご自分でご覧ください。私の目ではもう読めませんので」

カールはうなずいた。「私がその贈り物をマーティンさんに届けましょうか?」

老人の顔に初めて笑みが浮かんだ。

53

シスル

二〇二〇年十二月二十二日、火曜日
二十三日、水曜日

わたしも見くびられたものだ。簡単にこの家を見張ったり、内部に侵入したりできると思ったら大間違いだ。敷地のいたるところに防犯カメラが設置されていることくらい、想像できるだろうに。防犯カメラは家を囲むように取り付けられ、屋根には熱感知センサーもある。近隣の動きを検知するだけでなく、押し入ろうとする人間の特徴もはっきり記録できるようになっ

ている。

夕方からずっと、ライトグレーのフォルクスワーゲン・ゴルフが、少し離れた道路に停まっていた。それ自体は珍しいことではない。だが、先日の警察による記者会見と巨額の報奨金を考えると、どんなに些細なことであっても、身辺でいつもと違う動きが起きたら、それを見過ごすことはできない。

青白い顔の男が木の陰に隠れて、この家を見上げている。シスルは男の写真を数枚撮った。悪天候で寒さも厳しいというのに、ずっと同じ場所に立っている。たまに持ち場を離れて車に戻ることがあるものの、それもせいぜい数分間だ。いままた、男は車の中に戻っていった。

「食事でもしてるの？」シスルは腕時計を見た。きっかり十分後、男は再び木の陰に陣取った。

何者だろう？　その瞬間、男がカメラを取り出してこちらに向けたので、シスルはぱっと窓から身を離し、一歩うしろに下がった。そのまま動かずに、考えをめぐらせた。この状況をどう解釈すべきか？　うちの従業員には、外に立っている幽霊のように青白いあの男と関係のある人間はひとりもいないはずだ。緊急時に役立てられるよう、〈パーク・オプティマイジング〉の従業員全員の詳細な個人情報はファイルにまとめてある。生活環境、病歴、血液型、健康状態、履歴書、入社の経緯、デボラによる訓練中の査定、家族関係、経済状況、近親者や親しい友人の顔写真、趣味、長所と短所を含むメンタル面の評価など、さまざまなことが記されている。

だが、外に立っている男のように目立って血色が悪く痩せている人間の情報は、どの個人ファイルにも記されていなかった。とすると、あの男は誰かに送り込まれたのだろうか？　いったい誰に？

アダムに電話をかけると、すぐに本人が出た。

「ここを見張っている男がいる。すぐに画像を送るから、見覚えがあったら連絡して」

一分後、アダムから折り返し電話があった。

「誰だかわかりません。顔認識システムにかけて調べましょうか？　VPN接続を使えばアメリカ国内からアクセスしているように偽装できます」

「いいえ、その必要はないわ。結果を待っている暇はないの。すぐにこっちへ来てちょうだい」

シスルとアダムは男に背後から近づいた。アダムが男の腕をつかみ、その後頭部を強く押さえて顔を前へ倒すと、相手は悲鳴を上げた。

「なんなんですか、あなたたちは？」シスルが正面に立つと男は情けない声を出した。「放してください」

「質問するのはこっちのほうよ。どうして、わたしの家を監視してたの？　名乗りなさい」

シスルはアダムに向かってうなずいた。アダムが少し手を緩める。

「あなたの家？　まさか！　僕が見ていたのはお隣ですよ。僕の彼女の家です。浮気してるかもしれないんです。とにかく放してください！」

シスルが再びうなずくと、アダムは手を離した。

「そうなの？　で、恋人のお名前は？」

すぐに返事が返ってこない。長すぎる沈黙。「あなたになんの関係があるんですか？　そもそも、あなたたちは誰なんですか？」

シスルは相手に一歩近づいた。どこかで見たことがある顔だ。

「身分証を見せてもらえるかしら」

男は大胆にも鼻で笑ってみせた。「死んでも嫌ですね。あなたにそんな権限はないはずだ」

「死んでも？　じゃあ、そうしてあげましょうか。アダム、お願いできる？」

アダムの拳がその男の後頭部に飛び、男は泡を食った。口ほどにもない男だ。青い目でシスルをにらみつけようとしているが、どうやら焦点が定まらないようだ。

「何するんだ……」アダムにコートの内ポケットを探られると、男がうめき声を上げげた。

「何もありませんね」アダムはさらにポケットを探った。

「ここで何をしていたのか言いなさい！　正直に話せば、放してあげてもいいわ」

若い男はまごつき、身を縮めた。答える気はないが、さらに殴られるのも怖いといった感じだ。

「答えないならもっと痛い目に遭うことになるわよ。見知らぬ人間から監視されるなんて許せないわ。まだ殴られたい？」

男は首を横に振った。

「監視なんて誤解ですよ。僕はただ……」

アダムがまた男を殴った。今度ははるかに激しく。

アダムは気を失った男をシスルの寝室に運び、奥のソファベッドに寝かせた。それからその両腕を背中に回して手首をケーブルで縛り、それぞれの先端を男のベルトにくくりつけて固定した。

男の車の中を調べてみると、グローブボックスから自動車登録証が見つかった。座席の下には身分証の入った財布も挟まっていた。

「シスル、大変です！　あいつは警官です！」アダムが身分証を手に戻ってきた。「ここに置いておくわけにはいきません。なんとかして処分しないと」

シスルは身分証を確認した。〈ゴードン・T・タイラー。法学士。上級巡査〉とある。

携帯電話を取り出し、名前で検索をかけてみた。思ったとおりだ。特捜部Qのカール・マーク警部補と並んで立っている男の画像がいくつもヒットした。ページをスクロールしていくと、特捜部Qのメンバー全員の画像もあった。シスルは、特捜部Qという部署がこれまで多くの事件を解決して何度も新聞の見出しを飾っていることは知っていた。だが、たったこれだけの人員の部署だと知って驚いた。

シスルは、特捜部Qの画像を数枚プリントアウトして、デスクの上に並べた。

「嫌な予感がします」アダムが言う。「カール・マークは、あなたがマウリッツ・ファン・ビアベク誘拐に関与していると気がついたんです。あなたもそう思っているでしょう？　まずいです。僕らの計画が警察に知られる恐れがあります。ビアベクとこの男をすぐにでも片づけ、しばらくどこかに身を潜めたほうがいいのではないですか？」

シスルは目をすがめた。「計画の変更はありえないわ。わたしの記憶が正しければ、つい先日も、あなたとデボラに念を押したはずだけど？　このゴードン・タイラーって男を何かに役立てることができるか、考えてみるわ。いざとなったら、この男なんかどうにでもできる。でも、マウリッツ・ファン・ビアベクの処刑が二十六日であるのは変わらない。毛沢東の誕生日までは執行しない。いいわね？」

「じゃあ、この男、どうします？　報告が上がってこなければ、カール・マークが動きますよ。行方がわからないとなれば、ここに乗り込んでくるはずです。それはまずいでしょう？」

「来るなら来ればいい。明日にはもう、ゴードン・タイラーはここにはいないから」

「どこに移すんですか？」

「数日間、ビアベクといっしょにしておいてもいいわね」

アダムは、本気ですか？　という顔をした。

シスルはゴードン・タイラーに、しばらく目を覚まさないよう鎮静剤を注射した。部屋は静まりかえっていた。自分の不安をシスルが一蹴したことにぶつぶつ文句を言っていたアダムが帰ったので、なおさら静かだった。

そろそろ、デボラとアダムとの協力体制には終止符を打ったほうがよさそうだ。そうすれば、互いに意見が対立することもなくなる。それに、年が明けたらすぐに、新しいチームが稼働する予定だ。デボラがこの二年間に勧誘したメンバーよりはるかに能力の高い弟子たちが自分の手足となってサポートしてくれるのだ。訓練をしたのはデボラだが、発掘したのはこのわたしだ。会社全体で見ると、これから世に解き放たれ、重要な使命を果たすことのできそうな候補は、少なくとも四十人はいる。今後二十年間は人材に困らないだろう。どのみち、マウリッツ・ファン・ビアベクが死ねば、デボラとアダムにもう用はない。

シスルはデスクに向かった。

マウリッツ・ファン・ビアベクに罪を清算させる準備はすでにほぼ整っている。使用する器具や液体が用意できたいま、やるべきことは主文と判決理由の作成だけだ。有罪判決を宣告するというやり方は、フランコ・スヴェンスンを処分した二〇一六年から行なっている。だが、あのときは薬物を注入する段階になったら、言葉が出てこなくなってしまった。後戻りはできないというのに、スヴェンスンが恐怖に見開いた目で懇願するようにこちらを見つめて泣き叫ぶ姿を目の当たりにしたとたんに動揺した。そのせいで、念入りに準備していた儀式が台無しになってしまったのだ。

そのため、ビアウア・ブランストロプのときはあらかじめ判決文を用意しておいて、それを読み上げた。すると、すべてが滞りなく進んだ。マウリッツ・ファン・ビアベクの処刑もそのように行なわれるべきだ。すべてがきちんとコントロールされ、感情に流されるようなことなどあってはならない。

シスルは微笑んだ。ビアベクという男をあまりに強く軽蔑しているせいか、考えなくともすらすらと宣告文が頭に浮かんだからだ。

真夜中近く、シスルは円錐形の光が本棚の上で動くのに気づいた。まだデスクに向かっていたシスルは立ち上がった。窓から通りを見ると、一台のタクシーが角を曲がってくるところだった。少し先にはライトグレーのフォルクスワーゲン・ゴルフが停められたままだ。あの車は明日にでもどこかに移したほうがいいだろう。そう思ったとき、車のすぐ近くに人影が見えた。この家を見ているようだ。

その人物は車の陰から前に出て、街灯の明かりのなかで周囲を見回した。比較的若い女だ。体の動きからすると何かに戸惑っているように見える。ゴードン・タイラーとあそこで落ち会う予定だったのだろうか？

シスルは暗視スコープを手に取った。その女の横顔が見えた。そう思った瞬間、女が踵を返して再び暗闇に戻っていった。

だが、それで十分だった。特捜部Qの画像のプリントアウトを見ると、女が何者かがすぐにわかった。この女だ。

特捜部Qがわたしを追い詰めようとしている。間違いない。

翌朝、シスルは六時にベッドから身を起こした。あの女はまだ見張りをしているようだ。上司に報告できることが何もなくて残念ですこと。お嬢さん、あなたのシフトはいつまでなの？

八時になった。予想どおり、特捜部Qの三人目が姿を現した。細身で背が低めの黒髪の男。すぐにハーフェズ・エル＝アサドだとわかった。車の向こう側に立ち、女と話している。ゴードン・タイラーがどこにいるのか首をひねっているのだろう。おそらく、あの男のあとがタイラーのシフトなのだ。

シスルの顔に笑みが浮かんだ。夜中に何度か様子を見にいったが、タイラーはソファベッドで枯れた葦《あし》のようにのびたままだった。鎮静剤がよく効いているようだ。タイラーが生きている証といえば、小さなため息のような呼吸が規則正しく聞こえることだけだった。

アサドがシフトを終えて交代するのは夕方六時以降だろう。そのときにタイラーが現れなければ、騒動になるはずだ。

この家では、キッチンとボイラー室を通れば、外に出ることなくガレージまで行くことができる。だが、自分の寝室とキッチンの間には四部屋あるうえ、キッチンからボイラー室の間にも長い廊下がある。意識のない男を引きずってそれだけの距離を移動するのは無理だろう。たとえその男が痩せていて骨と皮だけだったとしても。

そこでシスルは、ソファベッド横の床に分厚い毛布を敷いた。力を込めて、ベッドの上のタイラーの体を押すと、タイラーは肩から毛布の上に落ちて軽くうめいた。だが、起きる様子はない。

ペルシャ絨毯を丸めて脇に寄せてフローリングの床をむき出しにすると、毛布にくるんだ男を引きずって移動させる。全身汗だくになりながら、ガレージの入り口にたどり着いたときにはすでにくたくただった。コンクリートの階段五段をどうやって下ろせばいいだろう？　それを考える気力も残っていなかった。シスルはガレージの床に下りて、男の下に敷いてあった毛布を思い切り引っ張った。男の後頭部が階段の端に打ちつけられ、音を立てた。だが、ほかにいい方法はなかった。

十時になると、アサドが家に近づいてきた。いまがチャンスだ。シスルはガレージに走っていくと、車に乗り込んだ。思い切りアクセルを踏み、ゴルフの左のフロントタイヤを探っているアサドの横を猛スピードで駆け抜けた。

行き先はそう遠くない。
だが、特捜部Qにそれがわかるはずなどなかった。

54

カール

二〇二〇年十二月二十三日、水曜日

元救急隊員のマーティンはとっくの昔に年金生活に入り、アルバツロンで老後を過ごしていた。結婚と離婚を繰り返すなかで生まれた子どもたちと孫たちがここに集まっているようだった。というのも、テラスハウスの勝手口の前に、子ども用自転車が少なくとも六台は停められていたからだ。クリスマスの支度をしているのか、ドアの向こうはとても賑やかで、カールが呼び鈴を押しても応答はなかった。これだけ騒々しければ、ベルの音など聞こえないだろう。

カールは仕方なく、そのまま中に入ることにした。勝手口から入って、数歩進んだだけでもうリビングだった。心の準備もないままに、カールはツリーの飾りを手にした人々の前に姿をさらす羽目になった。大人と子ども合わせて八人の親族が動きを止め、プレゼントを手に突如現れた不審者をぽかんと見つめた。

「お邪魔してすみません」カールは言った。「マーティンさんという方にこれを渡すよう言われてきたんです。トーベン・クラウスンさんからなのですが。ええと、どなたがマーティンさんですか？」

はしごから降りようとしている六十代前半らしき男性がマーティンのようだった。星飾りをツリーにぶらさげると、床に降りてきた。

「私ですが」そう言うと、マーティンはカールの顔をじっと見た。マスクを着けていないことにショックを受けているらしい。「そちらのテーブルに置いてください。お互い、あまり近寄らないほうがいいかと」

カールは顎に手をやった。「あ、これは失礼、どうも忘れがちで」そう言うと、コートのポケットに手を突っ込み、もう何カ月も入れっぱなしになっていた青いマスクを取り出して着けた。「五分ほど、いいですか？」マーティンにそう言うと、居合わせた全員の目に入るように実は効力のない身分証を高く掲げた。効果はてきめんだった。大人たちは、逮捕状でも出たのかと家のあるじのマーティンを見つめ、子どもたちは好奇心をむき出しにして、身分証をもっとよく見ようとカールに近づいた。

「確かに、人が多いことは認めますよ。でも、そもそも全員が同じ屋根の下で暮らしているんです。だからいっしょにいても問題ないでしょう？」

カールはマスクの奥でにっこりした。笑顔になっていることが伝わればいいのだが。

「もちろんです。私はコロナ関連の規制の件でここに来たのではありません。リスベト・パークの件でうかがったのです。トーベン・クラウスンさんによると、あなたは昔、例の落雷事故があったときに最初に現場に駆けつけたそうですね。その件で、いくつかお訊きしたいことがあるのです。少々お時間をいただけませんか?」

マーティンはカールを隣室に案内し、すぐに話を始めた。

「ええ、そうです。私は長く救急隊員として働いていましたが、その間にたくさんの経験をしました。なかでも、一九八二年のあの日の出来事はとても特殊でした。想像してみてください。焼いたばかりの肉のようなにおいを放つ六人もの遺体から煙が立ちのぼっている様子を。全員がほんの少し前まで、あなたや私のように生きていたんですよ。それなのに、たったひとりしか生き延びることができなかった」

「それがリスベト・パークですね?」

マーティンはうなずくと、当時のことを詳しく語り出した。ひととおり話を聞くと、カールは尋ねた。

「つまり、リスベトはほかの学生が死んで喜んでいたというのですか?」あの教授から聞いたことを考えれば、当時のシスル・パークがそう言ったとしても不思議ではない。だが、マーティンには、彼女の言葉はとても奇妙に聞こえたはずだ。

「ええ、そう言っていました。『自分が落雷で生き延びたということは、神のご加護があれば、どんなことも切り抜けることができるということだ』とも」

カールはうなずいた。なるほど、それで自らを神の庇護を受けた報復者に任命したというわけか。だが、じきにそれも終わりだ。俺が終わらせる。

「教授によると、あなたは回想録を執筆なさっているとか。落雷事故と、特にリスベト・パークの運命については、どうしても忘れられないのだとうかがいました。

彼女のことで、何か新たにわかったことはありましたか？　あれば、話していただけませんか？」

マーティンがマスクの奥で笑ったように見えた。

「あなたが私の物語を横取りして出版しないと約束してくださるなら、お話ししましょう」

「もちろん約束しますよ。それで、あなたが救命したあと、リスベトはどうなったのですか？」

「私はすぐに彼女を王立病院に搬送しました。すぐ近くでしたから。彼女は外傷センターに入れられ、その後、神経科の病棟に移されました。数日後、さらなる治療のためにグロースストロプ市内の病院に転院し、その後同じ病院の精神科病棟に入院しました。もちろん、彼女の精神状態については病院の医師に問い合わせてもなかなか教えてはもらえませんでした。それでもわずかに聞き出せたことがあります。リスベトは、理性を失い、何度か感情を爆発させたために、自分の意思でほぼ二年間、精神科病棟に入院していたということです。落雷の強烈な一撃が脳になんらかの影響を与えてしまったらしいのです」

「つまり、治療で使う電気ショックのようなものということですか？」

「いやいや、とんでもない！　雷は放電の際にガンマ線とX線を放出し、落雷時の電圧は強ければ数億ボルト、電流も数万アンペアに達します。それに比べたら電気ショックなど——正確には電気痙攣療法ですが——軽くくすぐられた程度の感触ですよ」

「ではなぜ、リスベト・パークは落雷に遭ったのに命が助かったのでしょう？」

マーティンは肩をすくめた。「おそらく、落雷地点からわずかに離れたところにいたのでしょう。電気痙攣療法、つまりECTでは数秒の通電を行ないますが、私の知る限りでは、雷の放電は千分の一秒です。もし雷の放電がECTほど長く続いたら、直撃された人物は灰の山になってしまうでしょうね」

「最近リスベト・パークに会って話しましたか？　彼女は現在シスル・パークという名で実業家として大成功を収めています。ご存じかと思いますが」

「もちろん、知ってます。でも、あれから一度も話したことはありません。回想録を書くためにインタビューさせてもらおうと何度か会社に出向いたんですが、どの従業員に声をかけてもあっけなく断られまして。残念です。彼女のたどった運命を考えると、非常に刺激的なエピソードになったでしょうに」

　そのとおりだ。カールは胸の内でつぶやいた。その後のシスルの歩みを知ったら腰を抜かすぞ、きっと。


　カールはグローストロプの精神医療センターに医師との面会予約を取ろうと電話を入れてみたが、一九八二年当時から病院はすっかり変わったと伝えられた。リスベト・パークが入院していたころはコペンハーゲン県立施療院ノアヴァングという名だったが、その後、名前も理念も経営体制も変わり、職員も大半が入れ替わったということだった。

「こちらに入院していた患者さんに関するお問い合わせでしたら、所定の手続きに従って申請をしてください。申請がなければ、医療記録の閲覧はできません」事務局の職員が言う。差し迫った重大事件の捜査に関係があるといくら訴えても、職員は頑として譲らず、さらにこう告げた。「クリスマス休暇ということもありますし、コロナのせいで多くの職員が自宅待機を命じられていますので、年内の回答は期待しないでください」

　カールはわめき散らしたい気分だったが、そんな元気は残っていなかった。かんしゃくを起こしたところでどうにもならないだろう。

「それでは、一九八二年にそちらに勤務していた医師を教えていただけますか？　それだけでも助かります」

「インターネットで検索してみたらどうでしょう」それが回答だった。役に立つ情報をどうも。

カールは環状線に向かう途中でガソリンスタンドに寄り、売店でプラス二・〇の度の老眼鏡、フレンチドッグ、ノンアルコールビールを買った。そして、ラウラのやたらと小さな携帯電話で検索を始めた。

カールは、もっと度の強い老眼鏡にすればよかったと思いながら目を細め、画面を見た。すでに年金生活に入っている精神科医を探すのは簡単ではなかったが、ネット上に公開されている博士論文の参考文献リストに、一九八〇年代にノアヴァングに勤務していた医師の名を数人見つけた。だが、情報をたどっていくとパスワードが必要なサイトに飛ぶか、連絡先が掲載されていないか、すでに死亡しているかのいずれかだった。

ローセを電話で起こすわけにもいかんしな。だが、ゴードンならどうだ？　カールはゴードンの臨時の電話番号をタップした。

しばらく待つと、ボイスメールが作動した。いったん切って、かけ直す。だが、やはりゴードンは出ない。交代時間にならないのに持ち場を離れて帰宅し、すでに寝入っているのか？　いや、あいつがそういうことをするはずがない。

カールはため息をつくと、再び目を細めて画面に見入った。当時ノアヴァングにいた医師の多くが短期間であの病院を辞めている。医者の世界ではそれがふつうなんだろう。さらによい条件を求めて職場を変える。俺の生きる世界とはまるで違う。

今度は、〝ノアヴァング〟〝看護師〟というキーワードで検索してみた。三十分間調べて、ようやくカーアン・ヨコムスンという人物のフェイスブックにたどりついた。長年病棟の主任看護師を務めたのちに介護施設に職場を変え、いまは年金生活に入っているようだ。だが、一九八二年当時はまだ病院で働いていた。

経歴のほかに、ご丁寧に自宅の電話番号まで公開している。さっそく連絡をしてみた。ヨコムスンは引退後の安穏とした生活を突然の電話に乱されても、あまり不快には感じていないような対応だった。

「リスベト・パークですって?」だが、その名前を聞くとひどく驚いたようだった。

「一番記憶に残っている患者をひとり挙げろと言われたら、断然彼女です。でも、医師と同様にわたしにも守秘義務があります。本人の同意がない限り、病状や治療についてお話しはできません」

シスル・パークの同意を得るなど、世界がひっくり返っても無理だろう。

「もちろんそれは承知しています。では、当時の担当医の連絡先をご存じではないでしょうか? 警察の捜査に関することなのです。一刻を争う状況でして、なんとかご協力をお願いできないでしょうか」

「そうなんですか……。わたしとしても、どのような事情か知りたいです。医療記録の閲覧が可能になりましたら、もう一度ご連絡いただけませんか?」

「そのご様子ですと、あなたも当時、リスベト・パークのその後を心配していたのではないですか?」

「もちろん、リスベトのその後は存じていますよ。何度かテレビで見たこともありますし。あんなに立派になって、本当にすばらしいわ。ただ、なんて言いましょうか、彼女はとても……特別でしたから」

「とても」という言葉にやけに力が込められていた。世間話の感じでうまく訊けば、うっかり答えてくれそうな雰囲気だ。

「ヨコムスンさん、当時、何か気になることでも?」

長い沈黙があった。頼む、答えてくれ。

「入院中のことについては何も申し上げられません。ただ、正直なところ、あの病棟でリスベトのことをきちんと理解していた人は誰ひとりいなかったと思っています。もちろん、彼女があまりにも大変な目に遭ったことはみんなよくわかっていました。でも、落雷の影響は、こちらの当初の見立てを超えていたのです。ですが、これ以上はお話しできません」

カールは諦めた。ヨコムスンは引退してもなおプロの看護師だった。誘導尋問には引っかからない。

「では、担当医の名前だけでも教えていただけないでしょうか。記録の開示を申請する際に必要になるかもしれませんから」

「何人かの医師が治療に当たっていましたが、現在の連絡先がわかるのはひとりしかいません。とはいえ、トアリスベトのことなら彼に訊くのが一番でしょう。トアライフ・ピーダスンという医師です。当時、病棟の医長を務めていました。その後、引退するまでの数年間は開業医として診察にあたり、ときには、大学で司法精神医学の講義も行なっていましたよ」

元主任看護師から教えられた住所は、ガメル・ホルデにあるマウリッツ・ファン・ビアベクの自宅にほど近いところだった。カールは電話をかけずに直接出向くことにした。

俺も医者になればよかった。カールはレネホルト公園通りの自分の家を頭に思い浮かべながら、白い漆喰が塗られた立派な屋敷を眺めた。広大な敷地に母屋や厩舎がコの字に建てられ、建物の周囲には放牧場と牧草地が広がっている。

「夫は外にいます。アイスランドポニーといっしょです。そこのフェンスに沿って歩いていくと右手に細い道が何本か見えてきますから、三本目に入ってください。夫がいたら、大声で話しかけてくださいね。少し耳が遠くなっているものですから」Mサイズの服でもまだ余裕がありそうなほっそりとした白髪の女性がそう教えてくれた。俺のおふくろとは大違いだ。ヘルシーな食生活を送っているコペンハーゲン市民とヴェンスュセルの田舎者との差だろうか？

カールは足を取られながらぬかるんだ牧草地を進んでいった。ここ数日間の雨は牧草にとっては天の恵みだろうが、こっちにとっちゃとんだ災難だ。靴の中に入り込む泥水にため息をつきながら、カールはデンマークの冬がどれだけ厳しくてうんざりするものか、改めて感じた。

「すみません！　ピーダスンさん！」おやつを待つポニーの群れの間に男性の頭らしきものが見えると、カールは声が届きそうなところまで近寄って呼びかけた。

男性は顔を上げた。太く濃い眉毛が異様なほど自己主張している。長いゴム長靴を履いたトアライフ・ピーダスンは、脚を広げて立ち、診療所に来た患者を観察するかのようにカールをじっと見つめた。

カールは自己紹介したが、聞こえないようだ。少しボリュームを上げてまた名乗る。さらに大きな声でまた名乗り、身分証を見せた。相手は「了解」という感じでようやく笑みを見せた。これまで何度も警察に協力してきたことがあるのだろう。

元主任看護師から住所を教えてもらったと説明すると、引退した医師は再び笑顔を見せた。カーアン・ヨコムスンとは職場でよい関係だったに違いない。

だが、リスベト・パークの名を出したとたん、ピーダスンの顔から笑みが消えた。

「彼女がどうかしたんですか？」元医師は急に警戒するような表情になり、カールに背を向けた。そしてポニーのそばにしゃがむと、そのうしろ足を持ち上げて蹄の様子を見た。

「残念ながら、このポニーは蹄葉炎《ていようえん》にかかっているようです。どんな病気か、ご存じですか？」

カールはうなずいた。田舎で育った人間なら誰だって知っている。「お気の毒です。元気もいいし健康そうなのに」

ピーダスンは体を起こすとポニーの鼻先を撫でた。

「いい子なんですよ。でも、獣医が明日、安楽死させることになっていましてね。悲しい日になりそうです」そう言ってポニーの尻をぽんぽんと叩くと、群れから離し、小道を渡って放牧場の別の区画に連れていった。

「ほかのポニーは大丈夫ですか？」

「そうであってほしいです。でも、もしほかのポニーも同じ病気になっていたら、私の責任です」

「飼料でお育てですか。それともすべて放牧で？」元医師は額に皺を寄せてカールを見た。ほう、馬の飼育に詳しいんですかな、と言いたげだ。

「田舎育ちでしてね」訊かれる前に答えた。

「中で飲み物でもどうですか。今日は少し冷えますから」ピーダスンはカールの泥まみれの靴に目をやり、微笑んだ。

「他者の命に危険が及ぶ場合を除き、患者とその治療についてはお話しできません。ご存じとは思いますが」

カールは、ピーダスンが勧めてくれたウイスキーの香りを嗅いだ。うまくやれば、きっと有益な手がかりを得られる。カールはこれまで得た情報をもとに特捜部Qが立てた仮説や、誘拐されたマウリッツ・ファン・ビアベクがたどるかもしれない運命について詳しく説明した。

努めて冷静だった元医師の様子が一気に変わった。

「なんということだ。背筋が寒くなる」ピーダスンはつぶやいた。「正直なところ、リスベト・パークの症例は、私が経験したなかで最も厄介でした。正気に戻せないまま退院させてしまったとは、なんて恐ろしいことだ」

正気に戻せないまま――カールはその言葉の意味をあえて尋ねる気にはとてもなれなかった。「どうか、リスベト・パークについて教えてください。なぜ彼女はそうなってしまったのでしょう？　彼女の弱みは何ですか？　殺しを止めるのに残された時間は今日を入れてあと三日しかないんです。その間に阻止できなければ、新たな死者が出てしまいます」

「うん？」ピーダスンが耳に手をかざした。

「三日以内に阻止できないと、新たな死者が出てしまうんです」

「裁判所に逮捕状を請求できないのですか？」

「いまお話ししたことはすべて、仮定と推測の域を出ていません。もちろん、間違っていない自信はあります。ですが、それだけでは逮捕できないのです」

「リスベト・パークが何者かという話ですが……何からお話しすればいいのか。彼女は王立病院の神経科からグローストロプのコペンハーゲン県立施療院に転院しました。そこの熱傷集中治療室で処置を受けたあと、われわれの精神科病棟に入院しました。王立病院では、落雷で神経系と脳に負った損傷を突き止めようとしていたようですが、さほど損傷は認められなかったようです。精密検査の結果、組織のある部分に損傷が見つかりはしましたが、こういった事故の場合、神経学上あるいは神経生理学上の後遺症は、一定期間が経過してから発現する場合があるのです。ですから、リスベトの情動面や認知機能に変化が起きていたとしても、それが落雷の影響によるものかどうかは判断できません。とはいえ、彼女の症例は間違いなく非常に特殊でした。さらに言うと、彼女が熱傷集中治療室でケアを受けていたときに、子宮内に胎児がいたことがわかったのです。すでに死亡していたのですが」

カールはピーダスンの話を懸命に頭の中で整理した。仮説と推測という大枠に、いま聞いた話をパズルのピースのように埋め込んでいく。

「もしや、リスベト・パークは落雷に遭う前から精神に異常をきたしていたのではないでしょうか？」カールが言うと、元医師はうなずいた。

「リスベトにとって、死亡した胎児を取り出す手術は非常につらかったはずです。当然ながら、そのことを大変気に病んでいました。悪魔のようなラースという男に孕まされるようなことをしたから、自分も子どもも神の罰を受けたのだと何度も言っていました。そのラースという男子学生は同じクラスの女子学生と浮気をしていたとも言っていました。それで、男もほかの学生たちも無惨な形で死ねばいいと願っていたようです。『あの雷が答えだった』と繰り返し話していました。そのうち、彼が裏切ったせいで子どもが死んだのだと、ラースという学生を恨むようになっていきました」

「彼女は子どもを産みたかったのでしょうか？」

「あの事故が起きるまで、本人は妊娠に気づいていなかったんです。ただ、彼女は子どもだけでなく子宮も失うことになってしまいました。ひどい炎症を起こしていて手の施しようがなく、摘出せざるをえなかったのだそうです。そういう状態で彼女はうちの病棟に入院してきました。とてつもない怒りを抱え、復讐に燃えていました。四六時中、悪と神、なかでも復讐について語っていましたね。私はあるとき、O《オー》病棟の医師たちから呼び出しを受けました。このままでは、リスベトがほかの入院患者にとって危険な存在になるのではないかと言われたのです。実際、彼女は何人かの患者にひどい態度を取っていたのです。リスベトのせいで自殺に追い込まれた患者がいたとも聞きました。刑事さんのお話を聞く限り、O病棟の医師たちの懸念が現実になったということです……」

「ただ、その段階では、直接人を殺すようなところまでは行っていなかったんですよね？」

　元医師はため息をつくと、ふたつのグラスに再びウイスキーを注いだ。自分のウイスキーを一度に飲み干すと、舌で唇をなめながら言葉を探した。

「リスベト・パークは強制的に入院させられたわけではないのです。自らの意思で入院を決めたのです。われわれのもとに二年近くいたということは、健康になりたい、自分をコントロールし、社会のなかで他者と関わって暮らしたいという気持ちの表れだと解釈していました」

「そして、本人の意思で出ていったということですか？」

元医師はうなずいた。「これまでに何人殺害したとおっしゃいましたか？」

「故意に殺害した数でしょうか？」

ピーダスンはうなずいた。

「最低でも二十一人です。それより多い可能性もあります。間接的に殺害したと言えるケースもあり、それを入れるとさらに何人か増えます」

トアライフ・ピーダスンは両手に顔をうずめた。

「なんて恐ろしい話だ。退院させるべきではなかった。こうなることを予想できていれば……。でもそんなこと、とても無理だったのです」

「シスル・パークはもはや、あなたが知っていたころのリスベト・パークではないと思います。殺しのルールのようなものをつくりあげたのは、退院してからなのでしょう。シスル・パークがそのルールにこだわっていなければ、マウリッツ・ファン・ビアベクはとっくに殺害されていたと思います。歴史に残る悪党の誕生日に合わせて殺害を実行したり、現場に忘れず塩を残したり。塩はソドムとゴモラの話に出てくるロトの妻が神との約束を破って罰を受けたことになぞらえているのでしょうが、そういった一連の宗教がかった行為と殺害方法はとても儀式化されていて、そこから逸脱することは許されないような印象を受けます。私は心理学に詳しいわけではありませんが、強迫性障がい（強い不安やこだわりがあるために日常生活に支障が出る病気）に似ていませんか？ 彼女の行動には、強迫観念と強迫行為を思わせるところがあります」

医師は座ったまま背筋を伸ばした。顔が真っ青だ。

うな診断を下したとして、おうかがいします。シスル・パークの一番の弱点はどこだと思いますか」

トアライフ・ピーダスンはしばらく黙った。ぼんやりと空を見つめ、自分にもう一杯ウイスキーを注ぐ。目がうつろだ。

「シスル・パークは薬を飲んでいるのでしょうか？」

元医師の目がようやく力を取り戻し、現実世界に戻ってきた。だが、そのまなざしには苦悩と不安が強く表れていた。「お話をうかがった限りですと、病院から処方された薬をまったく服用していないと思われます。犯行の規模を考えても、暴力的な気質がまったく収まっていないことからも、そう思われます。もちろん、精神安定剤のようなものをどこかから手に入れて一定期間飲んでいたという可能性はあります。殺害計画を立て、それに合わせて薬を中断する。終わったらまた飲む、というように。二年というインターバルが

「そのことは、病棟内のカンファレンスで何度も話題になりました。統合失調症に特徴的な症状が見られるのではないかということも併せてです。ですが、彼女は非常に巧みでした。治療のたびに、自分がどれだけつらい目に遭ったかをアピールし、われわれもついそのことに焦点を当ててしまいました。裏切り、いじめ、落雷、妊娠、胎児の死……。そうしたことを総合して考えると、さまざまな問題行動はうつ状態が引き起こしているのではないかという結論に至ってしまったのです。しかし、いま、あなたとお話しして、彼女は当時、強迫性障がいを患っていたのではないか、いまもそうなのではないかと思えてきました。お話をうかがった限りでは、統合失調症だけでなく、重度の強迫神経症の兆候が見られ、ほかにも多くの障がいを抱えている可能性があります。そのような素地があったところに強迫観念がプラスされると、非常に危険な事態に陥る可能性があります」

あるのはそれが理由ではないでしょうか。いま、再び殺人を計画していてその実行日が迫っているのであれば、わざわざ自分の攻撃性を抑えるようなことはしないでしょう。ですから薬は飲んでいないと思います。あなたの話を私が正しく理解しているとすればですが」

ピーダスンは身を乗り出して、続けた。「爆発の巻き添えで男の子が亡くなったとおっしゃいましたね。ブーケと男の子の母親に送っていたというお金の件、それから何よりも本人がお腹の中の子どもを亡くし、そのために妊娠できなくなってしまったことを考慮すると、そのあたりが彼女の急所でしょう。犯行を阻止するために揺さぶりをかけるなら、そういう事実を突きつけてみてはいかがでしょうか？」

そのとき、カールが持っている携帯電話が鳴った。表示された番号に覚えはなかったが、出るべきだという気がした。

「はい、カール・マークです」

「ゴードンが昨日の夜から家に戻っていません」ローセだった。パニックを起こしかけている。「見張りの途中でどこかに消えてしまったんです。アサドの話だと、シスル・パークは今日の午前中に車で外出したみたいです。ものすごく飛ばしていたって。ゴードンはシスルに拉致されたんです。絶対そうです」

55

ゴードン

二〇二〇年十二月二十四日、木曜日
クリスマスイブ

ゴードンの体は少しずつ息を吹き返した。後頭部がずきずきと痛み、手首と足首の関節に強い圧迫感を覚えた。両手も両足もまるで動かない。突然、吐き気に襲われた。体が水分を求め、いまの体勢から解放してくれと悲鳴を上げている。

目を開けた瞬間、ゴードンは自分が絶望的な状況に置かれていることを思い知った。だが、不安は感じなかった。こみ上げてきたのは怒りだった。自分の不注意に対する怒りだ。不意打ちを食らったことにも、背後で何かが動く気配を感じたときに全速力で逃げなかったことにも腹が立った。走るのは得意なはずだ。百メートルを十四秒で走ったこともある。それなのになぜ、あのときダッシュで逃げなかったんだ？

ゴードンは周囲を見渡した。自分は椅子に座らされているらしい。部屋は長方形で四方の壁はすべて真っ白だ。正面奥にテーブルがあり、その横にはエレベーターのドアが見えた。そのドアはかなり広い。荷物用のエレベーターなのかもしれない。今度は上を向いてみた。天井にはうしろから前へと縦方向に二本のレールが取り付けられていた。業務用なのだろうか。これだけ天井が高いということは、ここは大きな倉庫なのかもしれない。ゴードンは四、五メートルの高さの金属ラックの間をフォークリフトが移動する様子を想像した。フォークリフトがパレットを棚板に下ろす。別のパレットを引き出す。そしてエレベーターに向かっていく……。

ゴードンは椅子に座っていた。両足は椅子の脚に、両手は背もたれにケーブルで固定されている。ケーブルを外そうと体を動かすと痛みが走った。かなりきつく縛られているようだ。

突然、背後で音がした。ため息のような、声にならない声のようなかすかな音だ。うしろを向きたかったが、背中が板のように硬直して動かない。

「誰かいるんですか？」ゴードンが訊くと、再びため息のような音が聞こえた。

「くそっ」もう一度うしろを向こうとしてみたが、わずかに右へ体をひねろうとしただけで背中にナイフを突き立てられたような痛みが走る。どうしてだろう？

そこでゆっくりと、体をいろいろな方向に少しずつ動かしてみた。慎重に数ミリずつだ。

「うしろにいるのはわかってる。シスル・パーク、あんたなのか？」

返事はない。ようやく背後が見えるくらいに体を右にひねることができるようになった。すると、すぐうしろに誰かがいるとわかった。前かがみになって椅子に座っている。自分の座っている椅子と同じで、その人物の椅子もボルトで床に留められている。奇妙なことに、その気の毒な人物は上半身に金属製の甲冑らしきものを着けていた。背中から二本の鎖が天井まで伸びている。自由に動き回れないようにされているようだ。

「マウリッツ・ファン・ビアベクさんですか？」高級な服をまとった威勢のよいあのマウリッツとは別人のように見えるが、間違いないだろう。髭が伸び放題で、下着の前開きの部分は尿の染みで汚れている。痩せ細った姿は捕虜を思わせた。血色は悪く、肌は水分を失ってかさつき、脂ぎった髪がもつれている。もはやほとんど意識がないようだ。唇はひび割れ、脚も腕も皮膚が青紫に変色していた。呼吸も浅いようで、胸の上下がほとんど見られない。マウリッツの腕時計の秒針も止まっていた。ロレックスは自動巻きだから腕を少しでも動かしていればゼンマイが巻き上がるはずだ。それが止まっているということは、かなり長い間あの状態で座らされているのだろう。

だが、まだ息はあった。

あれからどのくらい経ったのだろう。ゴードンはついに尿意をこらえきれなくなり、ズボンの中に漏らした。大声で叫びたかったが、その衝動を必死にこらえた。誰にも届かないのにそんなことをしても意味がない。

高等学校普通科《ギムナジウム》から、ゴードンは仲間うちで一番長くトイレを我慢できることが自慢だった。ぎりぎりまで我慢してから数分かけて膀胱が空になるまで放尿すると、友だちから大ウケしたものだ。

つまり、かなり長くここに座らされていたということだ。ゴードンは床に垂れた尿がゆっくりと広がり、壁まで達するのを眺めながら思った。

見張りシフトの交代予定は十二月二十三日の午前零時だった。ゴードンが襲われて気絶したのはその直前だ。ふだんなら二十四時間は尿意を我慢できる。自律神経を麻痺させる薬を打たれていたのなら別だが、そうでなければ、あれから二十四時間以上経過したことになる。丸一日以上意識を失っていたわけだ。ということは、今日はクリスマスイブか？　嘘だろ、こんなイブはありえない！

体をひねってマウリッツの様子をうかがった。ぴくりとも動かない。特捜部Qの仮説が正しければ、彼には今日を入れてあと二日しか残されていない。背筋が寒くなってきた。待てよ。じゃあ、僕はどうなるんだ？　マウリッツと同じ運命をたどることになるのか？

そう考えたとたんに涙がこぼれた。まさか泣き出すとは思わず、ゴードンは自分を恥じた。だが、涙のわけは痛いほどわかっていた。もちろん死ぬのは怖い。それにしても、なんでいま死ななくちゃならないんだ？　一度も恋の喜びを知らないまま？　誰かを好きになっても一度も振り向いてもらえたことがないのだ。ほんの一瞬、期待するようなことがあっても、結局は悲惨な結末を迎えた。いつも失意のどん底に落とされた。そんな自分のままで人生を終えるのか？　あまりにも不公平じゃないか。いままで一度も、女の子に「僕はきみだけのものだ」と言ったことがないし、女の子から「何があってもあなたといっしょに生きていきたい」と言われたこともないんだぞ。

ゴードンは惚れっぽいのだが、十代の少年のように恋した相手を陰からそっと見ているだけで、なかなか行動に移せなかった。そうこうするうちにすでに三十二歳だ。簡単に相手が見つかる年齢でもなくなりつつある。鏡に映る自分の顔を見ると、それも納得した。これまでに何度、日焼けサロンに通ったことだろう。だが、どんなに頑張っても肌の色は貧相なまま。鏡の前で何度、ダンベルを手に汗を流しただろう。だが、上腕二頭筋も三頭筋もまるで太くならない。ゴードンって優しそうね、と言われることはある。でも、そこに恋愛感情がないことぐらいわかっている。僕には相手が恋に落ちるほどの魅力がないんだ。

恋愛の魔法を知ることなく、人生を終えることになるなんて。

「マウリッツさん、聞こえますか？」ゴードンは力を振りしぼって呼びかけた。こんなところにひとりは嫌だ。マウリッツ、頼む、しっかりしてくれ。

だが、マウリッツはほとんど動く様子がなかった。

そのとき、エレベーターのほうから低くうなるような音が聞こえてきた。全神経を集中させて耳を澄ませると、エレベーターが各階に着いたり離れたりするたびに電気信号を伝達するカチ、カチという音が上から聞こえてくる。

音を数えてみた。カチという音が五回したところで、エレベーターがこの階で止まった。どう考えるべきだ？　一階から降りてきたのなら、ここは地下五階ということになる。でも、二階以上のフロアから降りてきた可能性もある。

そのとき、エレベーターのドアが開いた。ドアが外開きになる珍しいタイプだ。

中から出てきた女がシスル・パークだとすぐにわかった。そのうしろに巨人のような男がいる。身長の高いシスルよりさらに二十センチ以上も高い。顔がひどく歪んでいて両目の高さがそろっていない。明らかに先天的なものだろう。僕を殴ったのはこの男だったのだろうか？　巨人が近づいて来ると、ゴードンは確信した。そうだ、この男だ。

「あら、目が覚めたようね。ゴードン・タイラーくん」シスル・パークは床に広がる尿を避けて歩きながら言った。

シスルはゴードンに近づき、ズボンの染みに気づくと薄笑いを浮かべた。

「そのうち慣れるわ。もうお友だちにご挨拶はした？　彼、あなたに会えて喜んだでしょう？　ついに居場所を突き止めることができて、あなたもきっとうれしいはずよね。あれだけ熱心に捜査していたんですもの。あなたの椅子は特別にしっかりと床に固定してあるから、お友だちの様子を見たいならちょっと頑張らないとね」

ゴードンはシスルをにらみつけ、顔に唾を吐いてやろうかと思った。だが、巨大な男が近づいてきたので考え直した。

「また殴る気じゃないだろうな？　無抵抗の人間を殴るなんて許されないことだ。あんたはさすがにそんなことはしないよな、シスル・パークさん」

皮肉を言われても相手は意に介さなかった。「昨日の午前中にここに連れてきてから、あなたの素性はすべて調べてあるわ。特捜部Qに入ってから十年弱。クビになっていないということは、それなりにカール・マークの役に立っているということかしら。優秀な成績で法学部を卒業したのに、警察に入る道を選んだのね。変わってるけど、それだけ自分の仕事に情熱を燃やしているということでしょうね。その点は尊敬に値するわ。だから、あなたにはマウリッツ・ファン・ビアベクの運命を最後まで見届けるという楽しみを味わわせてあげる」

シスルがこちらの反応を見たがっているのは明らかだった。そうはいくものか。おまえに僕の心など読ませやしない。おまえのことやおまえのイカレた考えをどう思っているか、明かしてなるものか。魔女め。

「わたしたちはマウリッツ・ファン・ビアベクを明後日の正午に処刑し、その後、遺体を別の場所に移します。あなたは、特捜部Qの仲間が見つけてくれる希望を持ちながら、ここに残ることになる。生き延びる可能性はあまりないと思うけど、どうなるか見てみましょう。そのくらいのチャンスはあげないとね」

シスルがうなずいて指示を出すと、大男が前方の壁のそばに置かれていた点滴スタンドを取りに行き、点滴バッグをセットした。

「マウリッツが元気を取り戻せるよう、たっぷり与えてやって、アダム」冷たい声だ。

この大男はアダムというのか。ピーア・ラウゲスンを溺死させる手伝いをしたのは、この男だろう。アサドの勘は当たっていたわけだ。この男なら、ピーアのように体格がよくて強い女性であっても、長時間水中に押さえつけておけるだろう。

アダムはマウリッツの手の甲に点滴の針を挿入した。しばらく経つと、マウリッツが深く呼吸をしはじめた。ふたりがマウリッツの頬を叩き、名前を呼んだ。アダムの叩き方がどんどん激しくなっていく。マウリッツがようやく目を開け、顔を起こした。

56

カール

二〇二〇年十二月二十四日、木曜日
クリスマスイブ
二十五日、金曜日
クリスマスの一日目、朝

マウリッツ・ファン・ビアベク宅に仮ごしらえした特捜部Qの戦略室は、クリスマスイブを祝うような状況ではなかった。

依然としてゴードンに連絡が取れないのだ。悪い想像が次々と浮かんでくる。ローセはうろたえて自分を責めつづけていた。昨晩、シフトの交代に入ったときにゴードンが持ち場にいなかった時点で、どうして動かなかったのか？　ゴードンが行方不明になった。それだけで、あの家の捜索令状を申請する十分な理由になったはずだ。そうしていれば、その場でシスルを見つけ、拘束することもできたかもしれない。さらには、マウリッツ・ファン・ビアベクの監禁場所を吐かせることすらできたかもしれないのだ。警察の応援だって頼めただろう。警察官が勤務中に誘拐されたのだから当然だ。

ローセから向けられた視線に、カールは無言の非難を感じとった。こうなった責任の大半はあなたにあるのだと言われている気がした。だが、裁判所に家宅捜索令状を申請し、警察の援軍を頼んだが最後、全員が困った状況に追い込まれる。そうなれば、ゴードン救出はまず不可能だ。カールは逮捕され、残りのメンバーも深刻な立場に追いやられるだろう。

特捜部Qはとてつもないジレンマに陥っていた。

「私がシスル・パークの家に入ります」アサドが言った。「誰がなんと言おうと入ります」

「シスルに気づかれたら、ゴードンの身が危なくなるだけだ。リスクを冒して侵入したところで、マウリッツの居場所もゴードンに何が起きたかもつかめなかったら意味がない」

アサドは床に目を落とした。いったい、どうすればいいのだ？　カールもローセもそれは同じ思いだった。

「家族に連絡して、クリスマスの挨拶はしたか？」カールが尋ねる。ふたりは笑みを浮かべようとしたが、うまくいかなかった。カール自身、ここに身を隠すようになってからはモーナといっさい連絡を絶っている。モーナのほうからそう言われたのだが、会いたくてたまらなかった。

「ゴードンの実家に電話しました」ローセが言った。

「クリスマスの時期になると、ゴードンの話ときたら両親のことばかりなんです。クリスマスイブなのに息子から連絡がないと、お母さんは不審に思うはずです。ゴードンから話を聞く限り、何かおかしいと思ったらすぐに警察に通報しそうなタイプなので、まずいと思ったんです。それで、実家に電話をして、ゴードンはいま、ある女性と熱愛中だと伝えました。だから、息子さんからいつものようにメリークリスマスの電話がなくても心配しないでくださいね、って」ローセはそう言うと、深々とため息をついた。「まさかそんなニュースを聞くとは思っていなかったんでしょう。ゴードンのお母さんが本当にうれしそうだったので、胸が痛くなってしまって。でも、ほかにどうしようもなくて……」

そのとき、階下のリビングが騒々しくなった。マウリッツ・ファン・ビアベクの娘たちが不満を爆発させている。妹は泣き、ラウラは母親に向かって何かを叫んでいる。当然だろう。クリスマスイブだというのに、特別な楽しみが何もないのだ。プレゼントもなければ、父親もいない。八つ当たりするのも無理はない。

「アイデアを出し合おう」カールが言った。「別の角度から考える必要がある。アサド、おまえはデボラという人物を調べていたと思うが、どうなった？」

「その線からは何もたどれそうにないです」

「アイデアなんて何も浮かびません。ゴードンが誰とも連絡を取れない状況にいることは確かです。でなければ、とっくに連絡してきてるはず。わたしの頭にあるのはそのことだけです」ローセの声が小さくなった。「まさか、シスル・パークがもうゴードンを殺したなんてことは……。どう思います？」

ローセの目に涙がたまっている。こいつのこんな顔は見たことがない。

「いや、それはないと思う。そういうやり方はシスル・パークのプロファイルにまったく合致しない。あの女は衝動的な殺しはしない。計画を立てて犯行に及ぶ。

自分の計画を頑なに守ろうとするはずだ。それにほら、ゴードンの車の近くに塩は見つからなかった。そうだろう?」

その言葉にローセは安堵しかけたが、また不安がこみ上げた。「マウリッツが誘拐されたときだって車寄せに塩なんてなかったじゃないですか。それに、例のふたりだって、塩が見つかったのは、埋められていた場所や死体を調べてからの話ですよ」そう言うと、ローセは両手で口を押さえ、深く息を吸った。必死に気持ちを落ち着かせようとしているのだ。

塩のことを持ち出すんじゃなかったとカールは思った。確かに、そんなことはなんの保証にもならない。

「いいか、シスル・パークは遅かれ早かれ、ゴードンについて何か伝えてくるはずだ。あの女は警察をからかうことくらい平気でやる。万一、ゴードンを拉致したのがあいつなら……」

「拉致したのは彼女です」ローセが遮った。

「だとしたら、自分の計画について、なんらかのヒントのようなものを示してくる可能性がある。ゴードンの携帯を手に入れているだろうから、俺たちの連絡先もわかっているはずだ」

「私たちが携帯電話の電源を切っているのにどうやって連絡してくるっていうんですか? 向こうは私たちがいまどこにいるかも知らないんですよ。速達を出すこともできません」アサドが茶色の目を見開いてじっと見つめてくる。そのとおりだ。

カールはうしろ手でソファの背に引っかけておいたコートを探り、ポケットから自分の携帯電話を取り出した。「すぐ終わる」

「ちょっと! 電源を入れる気ですか!」ローセが信じられないという顔になる。「ここは電波環境がものすごくいいんです。一分もしないうちに居場所を特定されますよ。ラスンたちは電源が入るのを待ちかまえているはずです。重大事件となれば、麻薬捜査班はどんな手でも使ってくるんですから。どうしてもチェックしたいことがあるなら、ビアベクのパソコンがあるでしょ？　そのなかの一台を使えばいいじゃないですか」

「シスル・パークから連絡が来ていないか確認するだけだ。メールとかSMSとか。すぐに終わる」

カールは携帯電話の電源を入れ、警察が位置特定にかける時間を思い浮かべて秒をカウントしはじめた。アサドとローセが止めにかかる。「警察本部の捜査員がメールをハッキングしているはずです。シスル・パークからコンタクトがあればそれも読んでいますよ」

だが、カールは聞き入れない。

「カール、位置が特定されます。電源を切ってくださ い、お願いです」ローセが頼み込んでも、カールは聞かなかった。シスルから連絡があったかどうかチェックする以外に先に進む道はないのだ。

三十秒すると、ようやく携帯電話が起動した。ローセが懸命に止めるなか、カールはメールアプリを立ち上げた。仕事用のアカウントとプライベートのアカウントが受信した大量のメールがエンドレスに読み込まれていく。マークス・ヤコプスン、〝猟犬〟と彼の率いる捜査チームからのメール。両親や少なくとも親戚十人からのクリスマスメッセージ。ハーディとモーデンからも一通ずつ。さらに、マウリッツの居場所について知っているのは自分だけだと思い込み、一千万クローネの謝礼欲しさに連絡してきた人間も無数にいた。

カールは汗をかきはじめた。

「カール、携帯を切って！　早く！」ローセが叫んだが、カールはそれも無視した。

「SMSもチェックしないと。数秒ですむ」

だが、数秒どころではすまなかった。あまりにも多くの知人が連絡を求め、あまりにも大量のクリスマスメッセージが届いている。どうしたんだ？　大丈夫か？　何かあったのか？　といった心配のメッセージも多く、カールは胸が熱くなった。

「カール、ここまでにしましょう」アサドが手を伸ばして携帯電話を奪い、電源をオフにした。

「三分近く電源をオンにしていましたよ、カール。気は確かですか？　あなたたちの年代って、ネット関連のこと、本当に何もわかってないんですね。Eメールだったらここにあるパソコンを使ってウェブからアクセスすればいいのに」ローセがぶつくさ言う。「それに、わたしたち、今夜はどこで寝ればいいんですか？当然ながら、わたしたちの居場所はもう特定されてますからね」

　カールは無言で立ち上がると急ぎ足で階下へ向かった。リビングではヴィクトーリアがなんとかクリスマスらしい雰囲気をつくろうと骨を折っていた。ロクサンは部屋のあちこちにオーナメントをぶらさげようと奮闘していたが、異様に広いこのリビングではどんなに頑張ったところで、気の毒なことにちんまりとした飾りつけにしかならない。だだっ広いペルシャ絨毯の上に電飾のついたプラスチックのクリスマスツリー。こんな状況じゃなかったら、ツリーを囲んで踊りたい気分になっているだろうに。

「奥さん、すみませんが、数分のうちにわれわれを捜している警察官がこちらに大挙して押しかけてきます。実は、われわれはご主人の誘拐に関して内密に捜査を行なっているんです。というのも、警察内にこの事件に関与している者がいるようなので。そのため、身を隠せるような場所がほかにあれば、ぜひともご案内いただきたいのです。一刻も早く。ご主人を助け出すためです」

　ヴィクトーリアは控えめに言っても卒倒しそうだった。せわしなくブラウスを引っ張って皺を伸ばし、ようやく「警察内に？」と言った。アメリカの低俗な映画に出てくるいろいろなシーンを思い浮かべているのだろう。悪事に手を染める警察官なんて現実の世界でもそこらじゅうにいる。誰だって知っているはずだ。だが、ヴィクトーリアはひどく動揺していた。

刺激が強すぎたか？

「心配しなくて大丈夫です。警察はあなたを追っているわけではありませんから」カールはなんとか優しい声を出した。

「でも、その警察官たちはなんで主人にそんなことを？　まったく理解できません」

「いまその話をしている時間はありません。あとでご説明します。とにかく、どこかわれわれが身を隠せる場所はありませんか？　おそらく警察犬を連れてくると思います」

ヴィクトーリアが目を見開いた。警察犬がいたらごまかすことなんてできないじゃないの、とその顔は言っていた。

救いの手を差し伸べたのは、またしてもラウラだった。立ち聞きしていたのだ。カールの話をうさんくさいと思っているようだったが、そこに口を挟むのは控え、にっこりしてみせた。めちゃくちゃなクリスマスイブだけど、唯一楽しめそうなことができた、と言いたげだった。

「カーポートのずっと奥に四輪バギーがあるよ。パパはよくあれを乗り回してるんだ。荷台を改造してあるからちょっと無理すればそこに人も乗れるし、どこでも走れるし、犬もにおいを追えないと思う。警察には、あなたたちは聞き取り調査のためにここに寄っただけだと話しておく。それでいいよね？」

カールはすぐに簡潔で明確な指示を出し、全員が四分以内に私物をまとめ、玄関を出た。家の裏手に回った瞬間、玄関側の木立を青色灯が照らした。パトカーが到着したのだ。

「あとから振り返って、楽しいクリスマスイブだったと懐かしむことには絶対ならんな」カールはそう言いながら、怪物みたいな四輪バギーのエンジンをかけた。アサドとローセは荷物を背負ったまま必死に荷台につかまっている。

「まあ少なくとも、忘れることのないイブにはなりますよ、カール」アサドが慰めるように言った。

数分走ったところで市街地に出た。防風林の奥に人目につかなさそうな場所がある。カールは自分の携帯電話のGPS機能をオフにしてSIMカードを抜いた。アサドとローセが見守るなか、画面をスクロールしてSMSのメッセージをチェックしていく。

「カール、SMSでは来ていないと思います」とローセが言う。「シスル・パークが接触してくるとしたらEメールのほうでしょう。足がつかないようにするなら匿名でメールアカウントを取得すればいいだけですから」

カールはため息をついた。大量の未読メールをすべてチェックしていくのは不可能に思えた。「Eメールも、SIMカードなしで読めるのか？」

ローセがうなずく。

受信ボックスに入っていたメールは、ほとんどが件名を入力していないものだった。さらにひどいのは、件名を変えずに返信に返信を重ねた結果、もはやどんな話題のメールなのかわからなくなっているものだ。カールはため息をついた。しかも、たいていの送信者は文句をつけたいがためにメールを送っているだけだった。

「カール、そういうメールにかまっている暇はありません。くだらないことだとわかって送ってきているんですから」三十分後、アサドはそう言って一ブロックほど離れた場所を指さした。青色の光が点滅し、夜の闇に消えていく。

カールはうなずいた。モーナとルスィーアから離れてこんな辺鄙なところでクリスマスイブを過ごしていることだけでも気が滅入るのに、出頭したらどんな年越しが待っているのか、とても考える気になれなかった。

「ストップ！」画面をスクロールするカールの手首をローセがつかんだ。「それです、そのメール、開けてみてください」

ローセが一通のメールの件名を指さしている。〈要請への回答〉とある。

タップする。メールには二枚の画像が添付されていた。

その瞬間、暗く凍てつく冬に胸を貫かれたかのような感覚に襲われた。アサドの口から吐き出されていた白い息がやんだ。カールの手首をつかむローセの手に力が入った。カールは画面に顔を近づけた。いま見たものをもう一度確認せずにはいられなかった。

メッセージはシンプルだった。

仲間を生きたまま返してもらいたければ手を引け！

メッセージに続いて現れた画像に三人の目が釘づけになる。

「うそ！」ローセが叫んだ。

最初の画像はふたりの男を背後から写したものだった。どちらも金属製の椅子に座っている。画像は鮮明だ。片方がゴードンであることは間違いない。両手をうしろに回され、ケーブルで背もたれに固定されている。もうひとりの様子もはっきりと見える。前かがみになっているその人物には、上半身に金属製の甲冑をはめられていた。その両肩から天井に鎖が伸び、天井に固定されている。マウリッツだろうか。

二枚目の画像は前から写したものだった。ゴードンは憎しみと反発を込めた表情でカメラをまっすぐににらみつけている。目は充血し、疲労の色が濃く表れているが、その視線は怒りに燃えている。こんなゴードンを誰も見たことがなかった。

「よかった、ゴードンはまだ諦めてないわ!」ローセが胸を撫でおろした。

だが、カールはローセのようには喜べなかった。たとえゴードンが不屈の精神でシスルに対抗したとしても、その運命を握っているのは彼ではない。自分たちが〝要請〟に応じて手を引いたら、マウリッツは四十八時間以内に死ぬことになる。もしゴードンがそれを目撃したら、はたして生きて帰れるかどうか。

シスル・パークは計画の邪魔をする者を許さない。マウリッツを最後に殺しをやめるつもりもない。それは確かだ。

カールは目を凝らし、画像を細部まで丹念に見ていった。ここから何か読み取れないか? だが、その見込みは薄い気がした。画像のどこにもシスル・パークは写っていないので、一連の犯罪にこの女が関わっている証拠としては使えそうにない。俺たちがシスルの残忍な計画を知ろうとも、この女がゴードンを殺そうとも、それで終わりにはならない。生きている限り、人を殺しつづける——こいつはそう脅してきているのだ。

「カール、その古臭い携帯だと画面の解像度が悪くて、とても細かいところまでは確認できません。ビアベク家に戻りましょう。パソコンのモニターで最大限拡大するしかないわ」

「ローセ、本気か? この画像にふたりを救出する手がかりがあると思ってんのか? シスル・パークはそこまで馬鹿じゃないだろう」

三人は夜が更けるのを待ってから再び大きな四輪バギーに乗り込むと、できるだけ音を立てないように超低速でビアベク家に戻った。

庭に面した窓から家の中を覗くと、クリスマスツリーにまだ明かりが灯っていた。床には包装紙が重ねられて小さな山をつくっている。この家でクリスマスのお祝いらしきものがあったことを伝えているのはそれだけだった。

「音でわかったよ」上から小さな声が聞こえた。ラウラが二階の窓から顔を出している。「入って。警察はもういないから」

中に入るとラウラが駆け寄ってきて、こちらが何か訊くよりも先に、事の顚末を話し出した。

「ママはずっと泣き叫んでいて、警察にあなたたちが無理やり入ってきてパパのバギーを強奪したって訴えてた。キーを挿しっぱなしにしてたなんて、パパは大馬鹿だって言って。ママの演技、めちゃめちゃうまかったんだよ。感心しちゃった。大嘘つきながら泣きわめいて。何も知らなかったら、あたしもころっと騙されたと思う」ラウラは笑った。「ママが『あたしは女優よ』って言ってきても、いまなら信じられる」

「それで、警察はなんだって？」

「家じゅうを引っかきまわしていったよ。バスルームのカラー剤も見つかっちゃった。だから、あなたが赤い髪になってることもバレてる。もう洗って落としちゃったみたいだとは言っておいたけどね」

カールはうなずいた。できることなら、いますぐそうしたい。

「警察犬もにおいをたどってたけど、家から五十メートルくらいのところでわからなくなったみたい。ママの証言と合ってたから、警察も信じたみたいだよ。最後に、あなたたちが戻ったらすぐに連絡するようにとママに約束させて帰っていった」

「ママはそうするかな？」

「警察の人間がパパの誘拐に関係してるって話、ママは信じちゃってるからね。また来たらぶっ飛ばしてやるって寝る前に言ってたよ」ラウラはそう言うと声を立てて笑った。その光景をなんとしても見たいと思っているようだ。

「警察は私のことをどんなふうに話してた？」カールが尋ねる。

「ええと、危険な男だって。麻薬の裏取引をしていて、国内外で起きたいくつもの殺人事件の共犯者で、さらに事件を起こす前に一刻も早く逮捕しなきゃならないって言ってた」

カールは大きく息を吐いた。いったい、どんな証拠があってそんなことが言えるんだ。


二枚の画像をパソコンに取り込んで拡大したところ、携帯電話では見ることのできなかった細部がモニターに映し出された。

ゴードンとマウリッツが座っている部屋は改修されたばかりのようだ。天井に設置されたレールには光沢があり、壁は真っ白。コンクリートの床にも壁にもひび割れやへこみはなく、傷もまったくない。エレベーターの二枚扉も新品同様に見える。

「新築の建物なのかしら？」

「あるいは、一度も使われたことがないかだな。天井のレールは何に使うんだ？」

「わかりません。でも、あとから取り付けたような気がします」ローセがレールから垂れている鎖を指さした。「これ、シスル・パークの残酷な発明だと思いませんか？　〝囚人〟は動くことはできても、思うようには動けませんよね。レールの中にはめられたボルトを見てください。滑車があれに当たってしまうので、マウリッツは歩いても数歩しか進めません。もともとあのレールは、リモートコントロールでエレベーターから部屋に荷物を運び入れるときに使うのかもしれませんね」

「いや、違うと思います。それにしてはレールの数が少なすぎます」アサドが言う。

三人は細心の注意を払い、隅々までじっくりと画像を見ていった。モニターにはすべてがはっきりと映し出されていた。マウリッツのがくりと開いた顎、血管の浮き出た手、痩せこけた体。背中から絶望と諦めが感じられる。座っているのはゴードンのと同じタイプの椅子に見える。かなりの負荷に耐えられる工業用のスチール椅子だ。

「ああいう椅子を使う場所はどこだ？　機械工場か？」

「椅子の脚を見てください。金属の小さなプレートが溶接されています。あれで椅子を床に固定するんです。プレートの錆び具合からすると、ずっとあそこに固定されているんでしょうね」アサドが言う。

「そうまでして椅子を固定しなきゃならない場所はどこだ？」

「やはり、機械工場でしょうか。オレグ・デュデクが所有していたような。あの工場の職工長に電話して、ああいう椅子を知っているか訊いてみます」


カールとローセがゴードンたちを背後から写した画像をチェックしている間、アサドは書斎の隅に行き、ビアベク家の固定電話から職工長の男に連絡をとった。

「ローセ、ほかに気づいたことはないか？」

「これは荷物用エレベーターですね。拡大してみます」ローセはスチール製の二枚扉と、かすかに目に見えるロゴを指さした。

カールは目を細くした。いまこそ、まともな度の老眼鏡が欲しかった。「新品ではないようだな」

ローセはうなずくと、ゴードンたちを正面から写した画像に切り替えた。細部がぼやけない程度に拡大する。画像の解像度は驚くほど高かった。

「ローセ、まず床を中心に見てくれ。それから部屋の正面に向かって壁を見ていこう。そのあとで、天井に沿ってうしろの壁まで頼む」

床の部分がモニターの中央に来るよう、ローセがマウスで画像を操作する。マウリッツが座っている椅子の周りに尿が溜まり、椅子に近づくにつれて色が濃くなっているのが見える。何度も失禁したのだろう。だが、それ以外は何も目につくものはない。

「尿が濃い黄色になっているだろう？　ひどい脱水状態に陥っているということだ。死ぬ一歩手前かもしれん。シスルは処刑の予定日までマウリッツを生かしておく計画だと思うが、かなり状態が悪そうだ」

ローセがマウスを動かして画面の中央に部屋の正面を映し出した。壁にはこれといったものは見つからない。コンセントも古びた釘もなく、この場所がつくられてどのくらい経つのか推測できるような手がかりはない。家具や什器や装飾もいっさい見られなかった。

「天井を頼む」カールが言うと、ローセがマウスを動かした。「レールは壁際までは伸びていないようだ。おまえさんが正しいのかもしれん。このレールはあとから取り付けられたんだ。四人の位置を固定するためだけにな。あれじゃ、荷物の運搬の役には立たんだろう」

「二〇一六年と一八年に失踪したフランコ・スヴェンスンとビアウア・ファン・ブランストロプがここで殺害されたとすると、この建物はその少し前からシスル・パークが所有していたんじゃないかと思うんです。いずれにしても、そう昔ではないでしょう。ボボ・マスンが乗馬中に首を切断されたのが二〇一四年です。拉致してから殺害というのは、それ以降のパターンですからね」

「つまり、シスル・パークがここを手に入れたのは、ボボ・マスンを殺してからビアウア・ファン・ブランストロプを殺すまでの間ということか？」

「ええ。おそらく二〇一四年から一六年の間のどこかでしょうね」ローセはそこで言葉を切り、真剣な顔でカールを見つめた。「ここがどこかを見つけるには課長たちの力を借りないと。もうクリスマスです。あと二十四時間しか残されていません」

カールはうなずいた。二十四時間以内になんとしても見つけ出さなくてはならない。「天井のレールに沿ってうしろの壁まで見せてくれ」

ふたりは瞬きもせず、食い入るようにぴかぴかのステンレス製のレールを見ていった。レールにはステンレスの金具が取り付けられ、頑丈そうなボルトで天井に留められている。

「レールの内側にボールベアリングがはめ込まれているんだろうな。鎖の付いた滑車がスムーズに動くように」

「つまり、ビアベクはここまで衰弱する前は歩き回ることができたということですか？」

「なんとも言えんな。片方のレールの中央にボルトがはまっているだろう？　あれが邪魔をして行動半径はかなり狭まるんじゃないかと思う」あの女は完全にイカレているだけじゃなく、典型的なサディストだ。これがいい証拠だ。

ローセがマウスを数センチ操作したところで、いきなり止めた。「カール、レールのここのところ、ちょっと傷がついているような気がするんですけど、見えますか？　ふつうはこんな場所に傷はつかないような。なんだと思います？」

「確かに傷があるな。滑車を無理やり横方向に引っ張ったのか？　レールから外そうとでもしたのか？」

ローセがもっとわかりやすい角度から見ようと首を傾け、うなずいた。「きっとそうです。ビアベクがレールから滑車をもぎとろうとしたんですよ」

「だが、どうやって？　ビアベクは曲芸師でもなんでもないぞ」

「カール、これを！」鼻がモニターにくっつきそうなほど、ローセが身を乗り出す。「ここです、いま見たレールの変な傷のすぐ横。これ、レールの製造元の刻印ですよ」

「俺にはよく見えん」

「ええ、あまりはっきり写っていませんから。でも、ふたつ目の単語は〈スチールウェア〉だと思います」

ローセは画像をさらに拡大したが、かえってよく見えなくなったので元に戻した。

「最初の単語、出だしはM、E、X……、もしかして、“メキシタ《MEXITA》”? 八〇年代の趣味の悪いポップソングみたいな名前だわ」

カールは別のパソコンを使い、その名前を検索してみた。わずか五秒。カールは息を呑んだ。ローセに画面を見せる。

ローセの手が止まった。「これがそうでしょうか?」

「かもしれん」

「何かわかりましたか?」アサドが背後から声をかけた。「こっちは収穫がありました。デュデクの工場で働いていた元職工長を叩き起こしました。二日酔いみたいでしたけどね」

アサドは眉を寄せ、どうかな? という視線をローセに向けた。ローセはうなずいた。「二日酔いで合ってるわ、アサド」

「ビアベクが座っている椅子の拡大画像を送ったんです。うしろから写したやつです。結構酔ってましたけど、すぐに教えてくれましたよ。オレグ・デュデクの工場で使っていたものとよく似ていると。機械の前の床にボルトで固定していたんだそうです。デュデクが死んで工場が倒産したあと、工場の在庫品や道具なんかはすべて競売にかけられたと言っていました」

ローセとカールは絶句した。

二枚の画像にシスル・パーク本人は写っていない。だがいまの情報で、この場所、これまでの連続殺人事件、そしてこれから起きようとしている殺人事件がはっきりと結びついた。

マークス・ヤコプスンもこれは無視できないだろう。

57

ゴードン

二〇二〇年十二月二十四日、木曜日
クリスマスイブ
二十五日、金曜日
クリスマスの一日目

シスル・パークと拳の強烈なその子分は、マウリッツ・ファン・ビアベクがどうにか通常の呼吸を取り戻すまで、一晩じゅうそこにいた。そして、ゴードンとマウリッツに「メリークリスマス」と告げると、明日、また戻ってくると言った。これからアダムの家でクリスマスを祝い、すべてが終わるまでシスルはそこに滞在するのだという。

「特捜部Qのお友だちは退屈することになるでしょうね。でも、わたしの自宅のいろいろな場所で明かりがついたり消えたりするたびに楽しめるんじゃないかしら。このアプリを使えば遠隔操作できるから」シスルは携帯電話を持ち上げ、画面をタップした。「ほら、これで二階の明かりがついた。わたしが帰ってきたと思うでしょうね。それとも、誰が家に侵入したんだろうと疑うかしら。そうそう、あなたの居場所も知りたいでしょうね。ヒントを出してあげたほうがいいかしらね？」

ゴードンは答えず、自分とマウリッツの写真を正面から撮っているシスルをひたすらにらみつけていた。シスルは背後に回って、再びふたりの写真を撮った。

馬鹿にしやがって。でも、あんたの持ってる最新機種で撮った画像は、拡大しても信じられないくらい細

部がはっきりと見えるんだ。知らないだろうけどな。カールたちはその画像できっと僕らを捜し出す手がかりを見つけるはずだ。あんたは自分で思っている以上のヒントを与えてしまうことになるんだ。

だが、シスル・パークと大男が翌朝再び姿を現すころには、ゴードンの気持ちは萎えていた。夜中に便を漏らし、数時間前から肛門がひりひりしている。マウリッツは早朝に数回、うなるような声を出したが、ゴードンとの間に会話はなかった。

ふたりは入ってくると、おはようと声をかけながら臭気を避けて歩き、点滴を打つために〝囚人〟に近づいた。点滴バッグの中身がただの糖分や塩分ではないことは明らかだ。一分も経たないうちに、マウリッツは軽く咳をして身動きした。

ゴードンは振り返ってマウリッツの様子を見た。顔に赤みが戻っている。まぶたの奥で眼球が動き、咳き込みながらも呼吸をしている。泣き出しそうな声が聞こえてきた。「やめろ、やめてくれ、やめろ」と言っているようだ。

マウリッツはようやくそろそろと目を開け、天井の明かりに瞬きした。「やめろ！」今度ははっきりとした声だった。目が覚めたせいで、自分の絶望的な状況を再び認識したのだろうか。

ゴードンは肩越しにマウリッツを見つめ、視線を合わせようとした。しばらくして、マウリッツもゴードンの存在に気づいた。だが、マウリッツは無反応だった。自分が何を見ているのか理解できないのかもしれない。しかし、椅子の背もたれのうしろに固定されたゴードンの両手に気づくと、顔を曇らせた。それから首の腱を引きつらせ、唇を震わせるとしゃくりあげた。涙は出ていない。だが、そのせいでかえって痛々しく思えた。マウリッツは悟ったのだ。目の前に男が座ってはいるが、それは状況が好転したことを意味しているわけではないということを。それどころか、ゴードンの出現でさらに疑問が湧き、混乱しているようだった。

何が起きたんだ？　これからどうなる？　マウリッツの目はそう語っていた。それから、マウリッツは横にある点滴スタンドをおそるおそる見上げた。これから自分の血管に毒が注ぎ込まれると覚悟したのかもしれない。ついに最期のときがやってきたのだと。

それとも、マウリッツは、死ぬのは明日だと知っているのだろうか。

マウリッツは懸命に嗚咽をこらえて、呼吸を正常に保とうと努力していた。恐怖や絶望感を見せたくない性分なのだろう。マウリッツの視線がゴードンから離れ、正面のテーブルのそばを行ったり来たりしているふたりに注がれた。ゴードンも前を向き、シスルとアダムの動きを観察した。テーブルにはフラスコがふたつ、展示品か何かのように並べて置かれている。ビニール包みの封が切られ、中から巨大な注射器が二本出てきた。

注射器！

ゴードンの体から汗が噴き出した。前回殺害されたふたりは塩化カリウムで〝処刑〟されていた。あいつらがいま準備しているものもそうなのか？　死の液体を僕らの心臓に直接注入するつもりか？　シスルは、マウリッツの死後は僕を生きたままここに置き去りにすると言っていた。それを信じていいのだろうか？　あの女は冷酷なサディストだ。僕を先に殺して、マウリッツに自分の運命を直視させていたぶろうとしているんじゃないか？

シスルとアダムは段ボール箱から膨らんだビニール袋を次々と取り出していた。はさみを手にしたアダムが袋の封をひとつひとつ切っていき、中身を大型のプラスチックのタンクにあけていく。それが終わると、今度は、おそらく水と思われる透明な液体を大量に容器に流し入れて揺すりはじめた。シスルが大きな漏斗をテーブルに置く。

もしかしたら、あいつら、食塩水をつくってるんじゃないか？　フランコ・スヴェンスンとビアウア・ブランストロプの遺体に防腐処理まがいのことをしたときも、あんな感じで準備をしたのかもしれない。口に漏斗を突っ込んで、衰弱した体に入るだけ食塩水を流し込んだのか？

ゴードンは肛門の焼けつくような痛みをもはや感じなかった。だが、尿が漏れ出したことに気づいた。

「おやおや」マウリッツの点滴の様子を見に来たアダムが、ゴードンを見て言った。

ゴードンは椅子の上で必死に体を動かした。だが、手首のケーブルがさらに食い込むだけだった。

パレ・ラスムスンもハンドルに手首を拘束されたまま、徐々に意識を失っていった。僕の手首にも同じようなあざが残るのだろうか？　ゴードンはぞっとした。

「マウリッツ、これからもう一本打つよ」背後で大男が〝囚人〟に話しかけている。「意識がはっきりしたまま判決文を聞いてもらいたいから、それまで元気でいてほしいんだ」

「そんなことにはならないからね、マウリッツさん！」自分でも思いがけない大声でゴードンは叫んだ。

すると、テーブルのそばでシスル・パークが笑い声を上げた。

「それはどうかしらね、ゴードン・タイラーくん。いまにわかるけど」シスルが声を張り上げる。「あのね、そこにいるマウリッツ・ファン・ビアベクはとんでもない害獣で、そう簡単に罠から放すわけにはいかないの。その男はこの世から消えることで人々の役に立つのよ」

「消えるのはあんたのほうだ！　そのほうが世界はよくなる！」

シスルが近づいてきた。「それがあなたの考え？

もちろん、間違いだとわかっていて言ってるのよね？　あなたのうしろに座っているのは道徳心のかけらもない、利己的で強欲なゲス野郎よ。困ったことに、そういう汚らわしい性質には強烈な感染力がある。でも、世の中全体がこの人のように卑しくなってはならない。そうでしょう、ゴードン・タイラーくん？　この男はね、人間の一番醜い部分を引っ張りだして、その人が持っていたほんのわずかな知性さえ吹き飛ばしてしまう。マウリッツ・ファン・ビアベクには、いいところなんてひとつもないわけ。わたしたちはこの男の人道に対する罪を阻止するの。だから悲しむ必要なんてないわ。その日がいつになるのか、あなたは知っているはず。わたしたちが出ていったら、この冷血漢に教えてあげたらどうかしら」

ゴードンは小さく安堵の息をついた。とりあえず、自分がいますぐに殺されて見せ物にされることはなさそうだ。

でも、日付が変わったら？

「さあ、マウリッツ」背後で再びアダムの声がした。「これで大丈夫だ。三十分もすれば生き返る。しゃきっとなるよう、いろいろ調合したものをたっぷり注入してやったからな。心臓はすぐに勢いを取り戻すだろう。血行を促すように水分とミネラルも入れておいた。どうだ？」

「頼む、子どもたちと話をさせてくれ」マウリッツの声はまだ弱々しかった。

真の冷血漢がこんな頼み方をするだろうか？　良心の呵責もなく、人を小馬鹿にする、恥知らずで傲慢な男。ゴードンはマウリッツにそんな人物像を抱いていた。だが、それが彼のすべてなのか？　もしかしたら、違う面もあるんじゃないだろうか？　本来のマウリッツ・ファン・ビアベクはまた違う人物なのでは？　それとも、こんな状況ですっかり気が弱くなってしまっているだけなのか。

「どうして欲しいの、マウリッツ？　子どもたちを連れてくる？　スカイプで通話する？　ワッツアップかZoomのほうがいい？　それとも、ただ電話するだけでいい？」

「それでいい」マウリッツはあえぎながら答えた。「頼む」

シスルが笑う。「そうはいかないわ、マウリッツ。あなたは慰めも愛情も得られないまま、命を終えることになっているの。ここにいる、新しいルームメイトの仲間にも見つけられないような場所に消えていく。そういう運命《さだめ》なの」

「地獄の炎で灼《や》かれちまえ」マウリッツがかすれ声で言った。

「とんでもない。わたしには神がついていますから。神もときにはあなたのような失敗作を創造なさることもある。でも、神はその間違いをお認めになり、あなたのような人間を見つけ出す才能のあるわたしに報復の剣を授けてくださった。ですから、地獄はわたしの行く場所ではありません。あなたたちのような人間こそが行きつくところです」

ゴードンは笑い出した。「マウリッツさん、まともに受けちゃだめですよ！　この女、完全に頭がイカレてますからね。あれが神の使徒に見えますか？　ほら、あの目。気の触れた人間の目ですよ」

シスルがつかつかとやってきて、ゴードンの頬をひっぱたき、顔に唾を吐いた。「わたしの何がわかるというの、ゴードン・タイラー！　何も知らないじゃない！　そうでしょう？」

「あんたは自分で思ってるほどの人間じゃない。あんたは連続殺人鬼だ。人類史に残る極悪人たちの誕生日に合わせ、二年ごとに人を殺している。自分は神の遣い、復讐の天使、モラルの番人だと勘違いしてる。聖書のソドムとゴモラを引き合いに、自分の凶悪犯罪を正当化してる。塩をシンボルみたいに使ったりしてさ」

シスルは再びゴードンの頬をひっぱたいた。今度は爪を立てて。ゴードンは椅子の上でよろけた。頬を生温かい血が流れていく。

ゴードンは体勢を立て直して背を伸ばすと、声のトーンを下げた。「ちなみに、イカレた世直しキャンペーンのスタート時には、小さな男の子まで殺しちゃったんですよね。オーヴェ・ワイルダーの修理工場でのことですよ。覚えてます？　その子の母親は生涯を悲しみのなかで終えることになった。その悲しみに耐えることができずに自殺してしまった。あんたに殺されたんだ」

「黙りなさい！」シスルは金切り声を上げ、今度はゴードンを拳で殴った。

ゴードンはわざと、しばらく間を空けた。落ち着け。落ち着くんだ。シスルの表情をうかがう。目つきが異常だ。逆らうな、直感はそう言っていた。だがこらえることができなかった。もう一度、こいつの胸にナイフを突き刺し、深くえぐってやる。

「あの爆発であんたを殺さなかったのが神の最大の過ちなんじゃないかな。まあ、でも神はサタン、つまり堕天使のことも殺してないしね。聞いてるかな、シスルさん？　僕はあなたのこと、すべて知ってるんだよ。どういうことかわかるよね？　アドバイスをしてあげようか。残虐な聖戦の責任をとり、いますぐこの悪夢を終わらせるんだ。自首するんだ。でくのぼうの子分も引き連れて。あんたが世界をよくするにはそれしかない。きっと神も賛成なさると思うよ！」

ゴードンは身がまえた。背後から大男の容赦のない一撃が来た。だが、今度は意識を失わなかった。失ったふりをしただけだった。

58

カール

二〇二〇年十二月二十五日、金曜日
クリスマスの一日目

「今日がクリスマスだろうと関係ありません。いいですか、こちらは警察です。とにかく急いで工場に行ってください。いますぐに。いいですね!?」

カールは噴火寸前だった。非協力的なこのぼんくら野郎にたどりつくまでどれだけかかったことか。四十も半ばを過ぎた中年男は自分の権利ばかり主張したがる傾向があるが、こいつもそうだ。状況に合わせて臨機応変に行動することを頑なに拒む。

「いま、別荘におりますから」醒めた答えが返ってきた。「工場はオーベンローにあって、ここから五十キロもあるんですよ。それに、おっしゃるようなレールの取り付け作業をしたことがあるかどうかもよく覚えていませんし。レールの製造元はドイツの会社で……」

「いますぐ腰を上げてオーベンローに直行し、質問の答えを見つけてください。そうでないと、公務執行妨害で起訴されますよ。こう言っちゃなんですが、重大犯罪における警察の捜査を妨害し人命救助を怠ったということになりますから。お望みなら、そちらの別荘に警察官をふたり送り、オーベンローまであなたを誘導します。ただし、その代償は支払っていただきますよ」

「いや、でも……」相手はまたごねはじめた。だが、カールは先を言わせなかった。

「いますぐに動いてくださらなければ、〈メキシタ・スチールウェア〉のオーナーに電話してこう言います。『数日後にメディアの袋叩きに遭いたくなかったら、大至急CEOの後任を探したほうがいい』とね」

相手はようやく折れ、部屋にいる者に向かって仕事に行かなくてはならないと大声で伝えた。電話の向こうで不満らしき声が上がる。妻だろうか？　おそらく夫と同じでボランティア精神に欠ける人間なのだろう。

「うまくいきました？」アサドといっしょに隅で作業をしているローセが声をかけた。カールはうなずき、ふたりのほうに行く。

「あのレールに関する注文がまだデータに残っているかどうかわからないそうだ。だが、調べなきゃならない時期は絞られているから、なんとかなるかもしれん。まったくとんでもない頑固者だったな」

カールはやれやれと首を振ると、アサドに視線を向けた。

「そっちの作業はどうだ？　シスル・パークが所有していたり、賃貸契約を結んでいたりする不動産について、ざっとつかめたか？」

「シスル・パーク本人や彼女の会社の名義になっているものについては、一覧にまとめたところです」アサドはカールにリストを渡した。恐ろしく長いリストだ。

「問題は、保留になっている売買契約もあることなんです。シスル・パークの会社が実際に取引を成立させたのかどうかわからないんです。たとえばこれですが」

アサドはそう言って資料を差し出した。〈パーク・オプティマイジング〉が先買権《さきがい》を持つ不動産の書類だが、その後、権利を行使して取得したのかどうかまではわからない。

「開発中ってなってるけど、どういうこと？」ローセが首を傾げる。「その地所にすでに建物があって、その解体と撤去を待っている状態っていうことかしら？

これだけじゃよくわからないわね」

「確かにこれじゃわからんな。アサド、もう少し詳しく調べてみてくれ。周辺を写した古い画像を探すんだ。グーグルアースでもストリートビューでもなんでもいい。この書類は権利譲渡の合意書ではないようだ。仮契約書みたいなものなんじゃないか？　この手の書類はたくさんあるのか？」

「おそらく二十五件くらいあります。正確なところはわかりませんが、大変な作業になりますよ。一頭のラクダの雄が野生の雌の群れに出会ったときみたいにね」

「うまいたとえをどうも。その状況が目に浮かぶよ。それで、シスル・パークはなぜ、こんなにたくさんの不動産を必要としているんだ？　ふたりの考えは？」

アサドが肩をすくめる。「なぜでしょうね。投資目的でしょうか。〈パーク・オプティマイジング〉は毎年何百万ユーロもの利益を上げています。それをマイナス金利の国内銀行に預けたり株に投資したりするよりも、不動産投資のほうがリスクが低いと判断したのではないでしょうか。土地への投資は確実ですからね」

カールはため息をついた。「やれやれ。そのうえ賃貸契約やリース契約の物件もあるわけだ」

アサドとローセがうなずいた。

だが、腑に落ちない点がある。「それだけ不動産を持っているのに、塩漬けの死体をわざわざ公有地に遺棄したのはなぜだ？　自分の土地に埋めればいいじゃないか」

「自分の所有する土地で死体が見つかったりしたら、自分が疑われるからじゃないですか？」ローセが答える。

「となると、ゴードンとマウリッツの監禁場所についても同じことが言えるんじゃないか？　それじゃ、探しようがないな。もう時間がない」

「それはそうですけど、まずはシスルが所有している場所から探していくしかないですよ。とにかくとても広い建物だということだけはわかってますから」ローセが反応する。「あれだけ巨大な荷物用エレベーターですから、かなりの重量の積載に耐えられるように製造されているはずです。当然平屋ではないでしょうし、もしかしたら、地下もあるかもしれません」

「つまり、それなりにでかい建物を所有しているということか？　倉庫とか、そういった規模のものを」

「そのくらいの規模となると、表向きには〈パーク・オプティマイジング〉の本社しかないですね。ただ、あのビルには荷物の積み替え作業をするような場所はありません。地下に広いスペースが二カ所ありますけど、パレットの搬出入やトラックの出入りができるだけのゲートもエレベーターもありません。しかも厄介なことに、登記簿を見る限り、シスル・パークはほかにも会社を所有しています。〈イーヴァスン・オプティマイジング〉という会社です。名前は母親の旧姓から取ったのでしょう」

「その会社も不動産を所有しているのか？」

「いいえ。この会社は経営者が何人もいる持株会社です」アサドが答える。「先日調べてみたところ、面白いことがわかりました。傘下に〈ＩＳＡＫ〉という会社があるのですが、共同経営者はアダム・ホルメと、キアステン・Ｄ・ホルメ。最初は深く考えなかったんですが、ローセが経営者について細かく調べてくれたんです。それで、アダムという男が以前、別の会社を経営していたこと、そのふたりが夫婦であること、彼らがいまだにその会社の少数株主であることが判明しました。そして、妻のその会社での役職をネットで調べてみたところ、何がわかったと思いますか？　検索結果の中に彼女のミドルネームまで記載しているものがありました。ミドルネームのＤは〝デボラ〟だったんです」

カールは言葉を失った。

「これで、シスル・パーク、タビタ、ラウンヒルド、そしてデボラと、秘密のサークルに関するものがすべてつながりました」アサドが先を急ぐ。「これがそのふたりの住所です。シスルの自宅からもそう遠くありません」

カールはガッツポーズをした。ようやく確かな手がかりがつかめた!

「いまのところ、この〈ＩＳＡＫ〉という会社が不動産を所有しているという記録は見つかっていません」ローセが言う。「ただ、いくつか子会社を持っています」

カールは大きく深呼吸した。「それじゃ、デボラを捕まえにいくとするか」

「もちろんです。でも、気をつけないといけません」アサドが厳しい表情になる。「私たちがこの夫婦のところに押しかけたらどうなるでしょう? ゴードンとマウリッツをさらに危険にさらすことになりませんか?」

ローセが力を込めてうなずく。「何もしなければ、マウリッツは明日殺されます。それは確かです。理論的には日付が変わって十秒後に殺されてもおかしくはありません。でも、夫婦のところに行って監禁場所を問いただしたら、こちらがどこまで情報をつかんでいるのか明かすことになります。そんなことをしたら、シスルは真っ先にゴードンとマウリッツを別の場所に移すでしょう。その時点でふたりが生きている保証はありません。だから、相手に近づくなら細心の注意を払わないと。失敗すればチャンスはなくなります」

59

アダム／シスル

二〇二〇年十二月二十五日、金曜日
クリスマスの一日目

マウリッツの粛清に向けたカウントダウンは、期待と喜びに胸を高鳴らせながら行なわれるはずだった。これまでの処刑ではずっとそうだったからだ。これほど複雑な計画を練ることのできる知能への満足感と充実感。すべてが滞りなく進んだときの爽快感。もちろん、すべての処刑が手順どおりに進んだわけではなく、計画を立てること自体が難しいものもあったが。

だが、今回はそういう高揚感が湧いてこない。アダムはそんなシスルの様子を感じとっていた。ゴードン・タイラーに焚きつけられた怒りの炎がシスルの中で荒れ狂い、およそ幸福感を覚えるどころではないのだ。

アダムとデボラは昨晩、シスルとクリスマスイブのお祝いをした。シスルが激怒していた以外は、いつもどおりのイブだった。軽めの夕食をとり、イサクのために黙禱し、ほぼすべてが首尾よく進んでいることを互いに称え合った。最後に、いかなるときも自分たちの味方である神に心から感謝の祈りを捧げた。すばらしいひとときだった。

だが、ゴードン・タイラーからなじられたことが、数時間経ってもなお、シスルの中でくすぶっている。そのことにアダムは気づいていた。動作が硬くぎこちなく、何を言っても上の空という感じだ。そのうえ、あんなに恥知らずなことを言われたのは久しぶりだわ、学生時代以来かしら、と繰り返している。

アダムとデボラは暖炉のそばのソファに腰掛け、シスルの話を聞いていた。「あなたも聞いたでしょう、アダム？」シスルはいらいらと歩き回りながら、言った。「あの邪悪な言葉。それにあの、人を見下したような顔！」

「神から与えられた試練ですよ」アダムが言った。「ゴードン・タイラーはあなたを挑発しようとしただけです。でも、それ以外に何ができました？　何もできなかったじゃないですか。挑発ごときで何ひとつ動かせやしません。あのふたりの居場所は誰も知りません。ゴードンはあなたに揺さぶりをかけただけです。悪魔の仕業ですよ」

「アダム、本当に誰にも勘づかれていないっていう自信があるの？」デボラが夫を遮った。「捜査の手が伸びてきているのよ。警察はシスルが一連の殺人に関与していると疑ってる。それにゴードン・タイラーはあなたを目撃していて、名前も知っている。知らないうちにどんどん状況が悪くなっているのかもしれないわ」

アダムはうなずいた。

「ねえアダム、シスルに危険が迫っているとしたら、わたしたちだって危ないわ。刑務所に送られたらどうするの？　わたしたちは引き離されて、何年も会えなくなるのよ。そうなったらどうするの？　ねえ、どうするの？」

だが、アダムの口は開かなかった。女たちの間で板ばさみになりたくなかったのだ。

部屋に沈黙が流れた。デボラは頭を振ってシスルを見つめた。「心の奥底では、もう終わりだと思ってるんじゃないですか？　その怒り、本当は自分にぶつけているんでしょう？　軽率なことをして警察に疑われてしまったから。いいタイミングですべてを終わらせることができなかったから。そうなんでしょう、シスル？」

シスルがゆっくりとデボラに視線を向けた。アダムは目でそれを追った。怒りの表情はもう消えていた。シスルは軽く首を横に振ると、柔和な笑みを向けた。

「デボラ、今回もまた、あなたの言うとおりかもしれないわ。あなたのそういう賢明なところをわたしは評価しているの。これまでも、仕切り直しをすることが功を奏してきたものね。あなたの頑固さとこだわりのおかげで、どれだけの成果が挙がったことかしら」シスルはリビングはおろか、家じゅうを抱きしめるかのように大きく腕を広げた。「まさにここは、同志の育成に理想的な学校よね。あなたたちをはじめ、みんながいなければ、わたしは何もできなかったわ」

シスルはデボラに近づくと、頬を撫でた。突然なれなれしく触れられ、デボラは一瞬身を硬くしたが、何も言わなかった。

それから、シスルは暖炉へ体を向けた。火かき棒で薪をつつきながら、何度もうなずいている。

アダムは微笑んだ。シスルがデボラをうまくなだめたことで、クリスマスの穏やかな雰囲気が戻ってきたからだ。あとは、シスルがどう決断するかだ。状況が切迫していることを認め、これまで何度もふたりで行なってきたように、今夜のうちに処刑を実行するのか？　それとも、ほかにとるべき策があるのだろうか。

アダムの思考もそこまでだった。シスルがいきなり振り向くと、フルスイングで火かき棒をアダムのこめかみに打ちつけたのだ。

アダムとデボラのこんな様子を目にするのは奇妙な感じがした。デボラの顔は驚愕の表情のまま固まっている。その口はもはや何も語らない。

デボラの額からは少量の血が流れていた。アダムの頑丈な頭骨は衝撃に耐えた。だが、ふたりとも間違いなく死んでいる。

シスルはふたりに近づいた。不自然にねじれたアダムの顔は、もう以前ほど歪んでいるようには見えなかった。忠実なこの男がもういないのだと思うと、なんだか惜しい気もした。デボラさえいなければ。わたしを批判し、予定よりも早く使命を完了させろとしつこく要求し、肝心なところで怖気づいたこの女さえいなければ、アダムはまだ生きていたかもしれない。

「愚かなことをしたわね」かっと見開いたデボラの青い目を手で閉じながら、シスルは声に出して言った。「愚かでどうしようもないデボラ。明日の晩にはテーブルを囲んで、最後の使命が果たされたことを祝って乾杯するはずだったのに。あなたがすべてを台無しにしたのよ」

シスルは火かき棒についた血をスカートの裾で拭った。ため息をつき、火かき棒を暖炉の前のスタンドに戻す。

これで自由だ。もうふたりに口出しされることもない。そもそも、新しい人生にデボラとアダムを連れていくつもりなどなかった。この家にはともに進めてきたプロジェクトの証拠が残されているが、それもすぐに過去のものとなる。炎がすべてをのみ尽くすだろう。出火の原因は住人の不注意。クリスマスツリーとカーテンの距離が近すぎたのだ。

シスルはキッチンの戸棚からベンジン、無水エタノール、アセトンを取り出した。暖炉の横には液体の着火剤があった。それぞれを家具や絨毯の上にたっぷり垂らす。もちろん、容器はすべて元の場所に戻した。それから、カーポート脇の物置小屋からガソリン携行缶を二個運び入れて中身を家じゅうに撒くと、ほぼ空になったふたつの缶も物置小屋に戻した。これで火元を多少はごまかせるかもしれない。

クリスマスソング『もみの木』のメロディを口ずさみながら、たくさんのろうそくで飾られたクリスマスツリーをカーテンの近くに動かした。短くなったろうそくの半分ほどに火を灯したところで、ふと窓の外を見ると何軒も先の屋根や煙突に青い光が反射しているのが見えた。

警察？　消防車？　救急車？　まあ、どうでもいいわ。

シスルは火の勢いを強めるために窓を開けて風を入れた。そのとき、遠くからサイレンの音が聞こえてきた。シスルは動きを止めた。

まさか、ここに向かっている？

そんなことありえない。わたしがこの家にいることは誰も知らないはずだ。わたしとアダムやデボラとの関係は誰も知らない。この住所が警察の捜査線上に浮かぶはずがない。シスルは首を横に振り、不意に不安になった自分をたしなめるように微笑んだ。

サイレンと青い光が近づくなか、シスルは残りのろうそくに火をつけていった。

それにしても騒がしいわね。急病人が出たのかしら。どこかでボヤでもあったとか？　もしかして、カーテンのすぐそばでろうそくの火を灯した家があったりしてね。

シスルは声を立てて笑った。今夜の消防士は大忙しだわ。重厚な家具や絨毯をしつらえた大きな古い木造の家が燃え上がったら、文字どおり地獄のような光景が広がるでしょうし。

いや、青い光の近づくスピードがどうも速すぎる。逃げろ！　本能がそう命じていた。

念には念を入れなくては。シスルはすでに燃えはじめているツリーを傾け、アセトンで濡れた裾の長いジャカード織りのカーテンにもたせかけた。これで存分に燃えてくれるだろう。

そして、シスルはもう一度、床に転がったふたつの遺体に目をやった。じゃあね、と小さな声で別れを告げて家を出ると、車に乗り込んだ。

60

カール

二〇二〇年十二月二十五日、金曜日
クリスマスの一日目

しばらくの間、カールたちは救急車を追いかける形になった。どうも同じ界隈へ向かっているらしい。ひどく急いでいる。すると、その救急車が一軒の家の前で停まった。家の外に出てきた女性が両腕を頭の上で回している。主人が倒れて息をしていません！　と必死に叫んでいる。

その場に居合わせた者たちが、少し先の空が不気味に赤く染まっているのに気づいたのはそのすぐあとだった。

カールは車を走らせ、通りの角を曲がった。目指していた場所が炎に包まれて、赤々と燃えている。すぐに緊急車輛の手配をしてから、カールは目をつむった。これまで住宅火災は何度も見てきたが、これほど立派な屋敷が燃えているのは初めてだ。痛ましい光景だった。消防士が駆けつけたところで手に負えないことは素人目にも明らかだ。

顔に炎の光が当たっているせいで、ローセの悔しげな表情がさらに凄みを増していた。

「遅かった……」腹立たしげに言う。

そのとき、爆発音とともに窓が吹き飛んだ。ガラスの破片が、きちんと手入れされた前庭や、霜対策としてトウヒの小枝がかぶせられた花壇に降り注ぐ。

とっさに体が動いたのはアサドだけだった。「ゴードンとマウリッツが中にいるかもしれない！」必死の

形相で屋敷の側面へと回り込む。燃えていないところがないか、探そうとしているらしい。

アサドが走って戻ってきた。「カーポートに黄色い乗用車があります！　シスル・パークが夏にマウリッツの家に来たときに乗っていたのと似ています！」

通りに出ていた野次馬たちが、あまりの熱さに一歩また一歩とあとずさっていく。

カールは失効している身分証を取り出すと、近くにいた住民に見せた。「この家には地下室がありますか？　誰か知りませんか？」

地下室？　いや、そんなものはないはずだと数人が口をそろえた。

「よかった」ローセが安堵のため息を漏らした。

だが、だとしたらゴードンとマウリッツはどこにいるんだ？

「誰か、この家の住人についてご存じありませんか？」カールが再び野次馬に尋ねる。

「あまりよく知らないんです」高齢の女性が答えた。通りを挟んで向かいに住んでいて、カールたちの到着よりも先に消防に通報したのだという。「人付き合いを避けていたみたいですし」

「いや、そんなことはないぞ」隣にいた白髪の男性が口を挟んだ。「頻繁に客が来ていたようだからな」炎から目を離さずに言う。

「客？　詳しく教えてください」

「たいていは若い女の人たちでしたよ。週に一度、いつも同じ時間に来ていました」

「その人たちの顔は見ましたか？　写真を見たら思い出せそうですか？」

男性はうなずいた。窓が割れる音がまた聞こえ、男性がとっさに首をすくめる。

カールはローセに目配せした。

ローセは携帯電話の画面にラウンヒルドとタビタの写真を表示し、差し出した。その男性は胸ポケットから眼鏡を取り出し、画面に顔を近づける。「そうです」それだけ言うと、眼鏡を外した。

「つまり、見覚えがあるってことですか？」

男性はうなずき、ひとりはしばらく見ていないが、と言った。男性の視線は業火に釘づけだ。

「よし」カールはローセとアサドに向かって言った。「ということは、この家の住人は俺たちが探している人物と一致すると考えてよさそうだな」

すると、先ほどの男性が言った。

「デボラとアダムがどうかしたのですか？　ふたりがまだ中にいるのではないかと心配です。まったく恐ろしい。いったいなぜ、アダムたちがこんなことに？」

男性は不意に口を閉じ、初めてカールに視線を向けた。

「でも、女がいたんです。今晩、あの家に来ていた女が慌てて車に乗って出ていきました。犬の散歩から戻ってきたときに見たんです。何かおかしいと思いませんか？」男性はそこでいったん言葉を切ってうなずくと、カールの答えを待たずに、こう続けた。「あの女を探して、事情を聞くべきだと思いますよ」

まるで感情のこもっていないような事務的な言い方だった。さては、この男は元公務員だな。

「シスルの画像はあるか？」カールが小声で言うと、ローセは携帯をチェックし、すぐに画像を探し出した。

写真の中のシスル・パークは美しかった。実業家として栄華をきわめている女。事業立ち上げを夢見る一般人が出資を求めて大物起業家の前でプレゼンをするリアリティ番組、『ライオンの穴』（日本のリアリティ番組『¥マネーの虎』のデンマーク版）に出演していてもおかしくないくらいだ。妬みと羨望の混じった危険なカクテルをつくり上げ、人間の一番汚い部分を引き出してしまうようなタイプの女だ。

男性はうなずいた。「今日はこういう感じには見えませんでした。でも、こんなふうに華やかな格好をしているのを見たことはあります」

「慌てて車で走り去ったというのは、この女性なのですね？」

「保証しますとまでは言えませんが、九十九・九パーセントはこの人だと思います」

「課長に連絡しないと」ローセが言った。「シスル・パークが主犯です。すぐに逮捕すべきです。課長に指名手配するよう頼みましょう」

カールはうなずいた。「マークスにはおまえさんから連絡してくれ。この人に訊けば、シスルの服装などさらに詳しいことがわかるだろう」

ようやく消防車が到着し、消防士たちが消火活動を始めた。

「できるだけ早くここを離れてください、カール」アサドが急き立てた。消防車とともにパトカーもやって来たからだ。

「中に誰かいるのか、確認することが先だ」カールは、ローセが道路の端に寄って電話をかける様子を目で追った。そうこうするうちに、防火服を着込んだふたりの消防士が、黒焦げになったふたつの死体を家から運び出し、道路に下ろした。野次馬がどよめく。

カールは消防士に身分証を見せ、死体の前にしゃがみ込んだ。凄惨な光景だった。炙りすぎた豚の丸焼きのようなひどいにおいがする。

「何が起きたんだ？」カールはふたつの死体から目を逸らさずに言った。不自然な形に首が曲がっているせいで、互いに頭がくっつきそうになっている。あと一時間早ければ、このふたつの頭からゴードンとマウリッツの救出につながる情報を引き出せたかもしれないのだ。こんな結果になるとは、なんという運命の皮肉だろう。絶命し、そこに横たわっている人たちの頭の中に潜り込みたいと願ったことが何度あるだろうか。死はすべての答えを、すべての説明を永遠に奪い去ってしまう。

シスル・パークはいったいどこにいるんだ？　自宅

でないことだけは確かだ。ずる賢い女狐は、別の巣を見つけているだろう。

警察官たちが野次馬の立ち入りを禁止するために規制テープを張り出した。ローセとアサドがカールに目で合図してきた。急いでここから離れなくてはならない。

三人は現場に背を向けて人混みを抜け、安全なところまで来ると立ち止まった。

「一時間早ければ、間に合ったのに」ローセがつぶやく。

カールも同じ意見だった。〈メキシタ・スチールウェア〉の煮え切らないCEOのせいで、時間を無駄にした。だが、いまとなってはあの男しか頼れる人間はいないかもしれない。

カールは携帯電話を取り出し、番号をタップした。

「工場に着きましたか？」

「いいえ、オーベンローに住んでいる主任に、工場へ行ってデータを確認するよう指示しました」CEOはまったく悪びれずに言う。

「あなた自身は工場に行っていないのですか？」

「ええ。私は自宅にいます。彼のほうがその手のことにずっとうまく対処できますから」

カールは怒りでかっと体が熱くなるのを感じた。

「馬鹿にするのもいい加減にしてください。それがわかっているなら、どうしてもっと早く主任のことを教えてくれなかったんですか？　おかげでふたりの人間が死んだんですよ。言っときますがね、あなたがもっと早く協力してくれていれば、ふたりは死なずにすんだかもしれないんですよ！」

アサドがカールの袖を引っ張り、小声で言った。

「彼の協力があっても間に合わなかったと思います。なんとか、なだめましょう」手を高く上げ、斜めに滑らせる仕草を見せた。ラクダの鼻づらを撫でているつもりなのだ。

「いまさら、どうしようもないしな」カールはしぶしぶ優しげな声に変えた。「その主任の電話番号を教えてもらえませんか？　私が直接、その人と話します」

「ローセ、マークスからなんと言われたんだ？　いらついてるようだが」ビアベク家に戻る途中でカールは尋ねた。

「シスル・パークをすぐに指名手配するって言っていました。あなたもいっしょにね」

カールは眉根を寄せた。なんだって？

「三十分以内にニュースで流れるだろうって」

カールは何も言えなかった。一瞬、体が熱くなったかと思うと、すっと冷えた。「俺はこの事件が片づいたら出頭するつもりだって、マークスに伝えなかったのか？」

「伝えましたけど、聞き入れてくれませんでした。課長にとんでもない圧力がかかっているんだと思います。オランダ人が来ていて一挙手一投足に目を走らせているんだそうです」

「オランダ人？」

「ロッテルダム警察ですよ。スキーダムで起きた殺人事件の捜査で来ているんだそうです。覚えてないんですか？　オランダの警察が以前、スラーエルセの殺人事件と、あなたが撃たれたアマー島の銃撃事件には直接関係があるって言ってたでしょう？」

「だが、俺はそんな大昔の事件にはいっさい関係ない！　くそっ、マークスはなんで俺を信じないんだ！」カールはあまりの怒りに吐き気を覚えそうだった。同時にがっかりもしていた。マークスが助けを必要としていたときは、いつだって力を貸してやったじゃないか。奥さんが病気になり、亡くなったときも俺はマークスのそばについていた。マークスが引退を決めたときにも、復帰の決断を下したときにも、支えてきたつもりだ。それをすべて忘れちまったのか？

「屋根裏部屋のスーツケースに入っていた札束数枚から、あなたの指紋が検出されたんだそうです。カール、課長はもはやあなたの味方ではありません」

もういい、もう十分だ。

カールは車のナビを見つめた。帰りはすべて機械に命じられるままに運転することにした。いまや、この世界がまるで理解できない。俺が麻薬取引と殺人に関与しているって？　ほかの部署の連中は本気でそう思ってるのか？　完全にどうかしてる！

「警察本部はハーディ、ミカ、モーデンをスイスから帰国させるよう手配したみたいです。ハーディに事情聴取を行なうためだそうです」

カールは自分の耳が信じられなかった。「ハーディにまで容疑がかかってるのか？」

「いいえ。捜査員たちは、ハーディもあなたを疑っていると考えているみたいで。カール、こんなことになって残念です」

カールはいま走っている通りをにらみつけた。遠くに市内の建物が見えてくる。突然、心の中が空っぽになったような気がした。

「それで、工場の主任からはレールの件で何か聞き出せましたか？」アサドがためらいがちに尋ねた。

カールの口からため息が漏れた。まったく、一度にあれこれ起こりすぎだ。

「ああ」とりあえずは返事をした。「頑固な高齢の男で、南ユトランドのきつい訛りがほとんど聞き取れなかった。だが、例のＣＥＯよりはずっと協力的で、そこは助かった」ちくしょう。ここでタオルを投げるか、最終ラウンドまで頑張って立ち続けるか、ふたつにひとつだ。

カールは額の汗を拭い、呼吸を整えた。三十秒ほどで、どうにか気持ちを落ち着けることができた。

「それでだ、その主任は実によくいろいろなことを覚えていた。だが、よりによってあのレールに関しては思い出せなかったんだ。数年前のことだろうからというのがその理由のひとつだ。だが、そのレールが設置されている建物の場所をこっちがつかんでいないというのも大きかった。それでも、あれこれ検討してくれ、最後には、外部の人間が設置したのではないかと言ってきた。記憶をどうたどっても、自社で請け負った覚えがないんだそうだ。もし自社の人間が直で取り付けたのだとしたら、ユトランドであるはずがないと言うんだ。ユトランドは主任自身の管轄だから忘れるわけがないそうだ。さらに考えてみるとは言ってくれたが」

「まったく、なんなのよ!!」ローセが毒づいた。

カールも同じ気持ちだった。控えめに言っても、ゴードンとマウリッツの運命はその老主任にかかっている。主任が古ぼけたファイルの埃を払い、過去の受注番号を見つけ出すことができるかどうか。慣れない作業だろうが、そこにかかっている。

外から見ると、ビアベクの豪邸はまるで死んでいるようだった。すべてが闇に包まれ、家の中にもまったく明かりが灯っていない。当然だ、とカールは思った。一家のあるじがあと数時間で殺されようとしているというのに、明かりをつけ、音楽を聴き、テレビ番組を見ようなどと思うだろうか。

家に入ると、リビングに通じるドアは開け放たれ、ヴィクトーリアが娘たちに挟まれてソファに腰掛けているのが見えた。三人とも、石のように身を固くしている。下の娘は泣きどおしだったようだ。姉のラウラは口をぎゅっと結んで空を見つめている。ローセはドアをそっとノックした。

三人の目がこちらを向いた。だが、ローセが首を横に振ると、その目に浮かんでいた希望の光はみるみるうちに失望に変わった。ラウラが泣き出した。カールがドアに近づいて状況を説明し、まだ希望は残されていると伝えようとしたが、ヴィクトーリアに冷たい視線を向けられ、言葉をのみ込んだ。

「さっきまでニュースを見ていたんだけど、刑事さん、あなた指名手配されているのね」ヴィクトーリアは奥の勝手口に視線を向けた。「言うまでもないでしょうが、いますぐ出ていってもらえませんか？」

「ちょっと待ってください、言うまでもないって何がです？」

「人殺し！」ラウラが叫んだ。「出ていって！　最低！」

「そうよ、出ていって。ほかの人は残っていいわ。でもあなたはだめよ」ヴィクトーリアが続ける。

「あんたもシスル・パークと同じだ！　パパを誘拐したあの女と同じだ！」ラウラがわめく。

　そのとき、アサドが前に進み出ると、三段の階段を降りてリビングの床に立った。

「あの、いくらなんでも、みなさん、恩を……」アサドはそこで言葉を切り、続きはアラビア語に切り替えた。何かまずいことを言ったのだろう。「まず、カールに対する容疑はまったくのでっちあげです。そして、彼が指名手配されたのは、マウリッツさんを捜すことを優先して出頭せずにいたからなんですよ。カールはこの事件の解明を自分のことよりも重要だと考えているんです。そして、少なくとも私たちは容疑者を特定し、指名手配につなげることができました。少しくらい感謝していただいてもいいのではないでしょうか」

「たとえそうだとしても……」勝手口のほうから声がした。ヴィクトーリアにご執心の弁護士、クレース・エアフートが立っていた。「カール・マークさん、そちらとの協定はもはや無効となりました。警察はあなたの検挙に結びつく情報を提供した者に報奨金を出すと発表していますよ。シスル・パークほどの金額ではありませんが、それで、あなたについての事件の深刻度は十分伝わります。われわれは指名手配中の殺人犯に宿を提供するようなことはできません。それはおわかりいただけると思います。十五分差し上げます。荷物をまとめて出ていってください」

いま、〝われわれ〟って言ったか？　こいつ、もう一家の長の座に納まったつもりか？

カールは母子に顔を向けた。「パパはまだ生きてるよ。ここにいるわれわれ三人だけが――」

「出ていく準備を、早く」クレース・エアフートの手に携帯電話が握られている。すぐにでも通報できる体勢だ。

そのとき、アサドがキレた。弁護士に向かって突進するとその喉をつかみ、一瞬で黙らせたのだ。

「その携帯をこっちによこしなさい」アサドが命令する。弁護士のでっぷりした顔がみるみるうちに赤くなった。アサドは首だけカールのほうに向けると、うなずいてみせた。「いまのうちに状況を説明してください」

カールは娘たちの前にひざをついた。

「いいかい？　パパはまだ生きてる。確かだ。そして、パパと同じ場所に、おじさんたちの一番の友だちでもある仲間が捕まっているんだ。パパとその人がいっしょに写っている写真を見た。だから、おじさんたちはふたりを助けられるように全力を尽くす。そのためにはきみたちの助けが必要なんだ。おじさんを指名手配したのは、偉い人だ。その人もこの事件を解決したいと思っているし、パパの命が危険にさらされていることもわかっている。でも、その人はおじさんたちの仲間が捕まっていることまでは知らないんだ。本当は、そのことを偉い人に知らせて、ほかの警察官たちもきみたちのパパを捜す手伝いをしてくれたらいいんだけどね。でも、そんな時間はない。おじさんたちはいま、南ユトランドからの電話を待っている。その電話が重要な手がかりを教えてくれるかもしれない。もうそこに賭けるしかないんだ。お願いだから、少し時間をくれないかな。その電話が突破口になるかもしれない。それと、ラウラ、私は指名手配されるようなことは何もしていない。警察にはすべてが言いがかりだったと認めさせるつもりだ。でも、いまはパパたちを助けるほうが先だ」

ローセが口添えをした。「奥さん、いまアサドに喉輪攻めされているその弁護士さんですけど、ご主人を取り戻す気なんてさらさらないですよ。あなたに夢中で、ご主人が亡くなったらその後釜を狙っているだけですよ。わかりませんか？」

「ママ、そんなのやだよ！」ラウラが大声を上げた。「あたし、その人のこと、だいっきらいなんだ！」

「弁護士先生にはじっとしといてもらわないとね、アサド。明日の晩まで」ローセが言った。

61

ゴードン

二〇二〇年十二月二十五日、金曜日
クリスマスの一日目

「マウリッツさん、起きてますか？」

ゴードンの喉はからからだった。上下の唇がくっついているように感じる。僕の声はちゃんと出たのだろうか。

「マウリッツさん、起きてますか？」もう一度呼びかけてみる。煌々とつきっぱなしの明かりが、もはや拷問のように感じられる。ここに来てから一睡もしてい

ない。背後のマウリッツは衰弱しきっていて、ほとんど夢うつつのようだ。ゴードンにはそれがうらやましいくらいだった。

「僕もあなたみたいに夢の世界に入り込めればいいのに」ゴードンは小さな声で言った。ずっと意識がある状態のままでいるのは本当にきつい。口の中の唾液は糊のようにねばついている。一度だけ飲み込むことができたが、喉がつかえるような苦しみを味わった。ため息をつくと自分の口臭が鼻をつく。死に際の人間というものは、こんな臭い息を吐くのだろうか？　内側の腐敗が外に漏れ出していくのだろうか？

「マウリッツさん、聞こえますか？」今日は少なくとも十回は呼びかけている。まさか、もう夜だなんてことはあるのだろうか？　もしかして、もう真夜中？　もうクリスマスの二日目になりかけている？　二十六日まであと数分とか？

ゴードンは苦しんでいた。自分は博識だからこそ存在意義があるのだと思っていた。幼いころ、食事の席で学校でも親からも教わっていないことを披露すると、両親はいつもすごく喜び、褒めてくれた。それがあまりにもうれしくて、すごいね、頭がいいねと言われたくて、子どもながらにありったけの情報をかき集めて、知識を増やすようになった。特捜部Qに配属されてからもそれは変わらなかった。ゴードンにとって、疑問とは必ず解明されるものでなくてはならなかった。たとえ何か障害物があるとしても、答えにたどりつくことができない疑問などないはずなのだ。

それなのに、いまはごく単純な疑問を解くことができない。いまが何時なのかもわからない。日付すらわからない。その事実がゴードンをさいなんでいた。日付も時間も右手首を見ればすぐにわかる。だが、両手をうしろ手に縛られ、背もたれに固定されているせいで、それができないのだ。日付表示のついた安物の腕時計がいまや史上最大の発明のように思えてきた。自分たちが死ぬまで、あとどのくらいなのだろう？　その答えはすぐそばにあると同時に、果てしなく遠いところにあった。

「マウリッツさん、起きてください。話があるんです」できるだけ大きな声を出してみた。渇ききった喉がひきつって痛い。どうだろう？　今度は反応があるだろうか？

ゴードンは息をひそめ、耳を澄ませた。

「うぅ……」背後から声がした。

ゴードンはできるだけ首をひねった。マウリッツが目を大きく開いていた。ひどく充血している。ふたりの視線が合った。

互いにうなずき合った。この世にひとりぼっちなわけじゃないんだ、そう思っただけで、ゴードンの乾いた目に涙がこみ上げてきた。

「いま……なのか」マウリッツの声はあまりにも弱々しく、ささやき声のようだった。

「いまは僕らだけです。まだですよ」ゴードンが答える。

「毛沢東……、待てと……言われた……。どういう意味……」

マウリッツの意識は朦朧としているようだ。ゴードンの頭の中でいまの質問がこだまする。どう答えればいい？　本当のことを言うのと言わないでおくのとどっちがむごいだろう？

「その意味がわからないということですか？」

マウリッツが反応するまで、気が遠くなるほどの時間がかかった。マウリッツはのろのろと頭を動かし、ゆっくりと首を縦に振った。

「本当に知りたいですか？」

「もちろん……」マウリッツはそう言うと、小さく「頼む」と付け加えた。ゴードンの心は決まった。

「毛沢東の誕生日が十二月二十六日なんです。あいつらはその日に合わせて実行するつもりです」

そう言ってから、すぐにゴードンは自分を恥じた。「その日に合わせて実行する」なんて言い方じゃ相手の疑問は解けないじゃないか。

「その日に……俺を……殺す……ということ……か？」その声は落ち着いていた。

ゴードンはマウリッツの目をまっすぐ見てうなずいた。マウリッツは目を閉じた。

「いつ……？　二十……六……、もう……」

ゴードンははっとした。マウリッツにはもはや恐怖の感情はないのだ。諦めてしまっている。早く終わらせたいとすら願っているみたいだ。

でも、こっちはまだそんな境地に達していない。あのとき、シスル・パークは僕に挑発されて態度を豹変させた。最初は僕を脅威に感じたのだろうと思っていた。でも、きっとそうじゃない。

あんなことをするんじゃなかった。口を閉じてるべきだったんだ。あいつはきっと、僕を生かしておかないだろう。

「僕らはいっしょに死ぬことになると思います」かすれた声が裏返りそうだった。それとともに咳き込みそうになったが、なんとかこらえ、冷静に話そうと頑張った。

「毛沢東の誕生日か……」マウリッツの顔に笑みが浮かんだ。「もう……、なってるんじゃ……？」

ゴードンは首を横に振った。まだ二十六日じゃない。だったら僕たちがまだ生きているはずがない。

ゴードンは前を向いて目を閉じ、心の中で祈りを唱えた。主よ、僕らをどうかお護りください。僕らが生きているうちにカール、ローセ、アサドが来てくれますように。前にもお伝えしたとおり、僕は死ぬにはまだ早いのです。やり残したことがまだまだたくさんあるのです。主よ、どうか僕らをお助けください。アーメン。

一瞬、ゴードンの気持ちは落ち着いた。だが、ほんの一瞬のことだった。

「毛沢東の……誕生日……」背後で小さな声がした。

「あと……どのくらい……」

ゴードンは振り向かずにうなずいた。

「明日です。もしかしたら、もう二十六日になっているかもしれません。いまが何日なのかわからないんです。いまが夜なのか朝なのかすら、わからないんです」

そのとき、エレベーターからカチッという音がした。ゴードンは身をすくめた。二回、三回。あの音を聞くたびに全身が縮み上がる。

エレベーターのドアが開いた。

相手を直視する勇気はなかった。ゴードンは目を細めた。そうしておいてよかった。あの女が現れたからだ。

シスル・パークと目を合わせないよう、ゴードンはうつむいた。ただし、半開きの目で相手の動きを追える角度にとどめておいた。

シスルは何も言おうとしない。ただそこに立って、ふたりを見つめているだけだ。

頼む、そこから動かないでくれ。近づくな。いまはまだそのときじゃない。

シスルが両腕を広げた。何かを開いているようだが、最初はなんだかよくわからなかった。だが、よく見るとそれは毛布だった。毛布を床に広げているのだ。

シスルはコートを脱いだ。毛布の上に横たわる。コートを上にかけ、ゆっくりと肩まで引き上げる。シスルはため息をつくと、眠りについた。

62

カール

二〇二〇年十二月二十六日、土曜日
クリスマスの二日目

　時間の進みが速くなっている気がする。一分の長さがどんどん短くなっているように感じられるのだ。そのスピードに比例するように絶望感が広がっていく。この家で昨夜眠れた者はいるのだろうか？　いたとしても、カールが気づくことはなかった。

　ローセは寝心地のいいソファベッドには横にならず、シスル・パークが送信してきた画像を見ながら自分を責め、ベッドのそばをひたすら行ったり来たりしていた。

「手がかりはこのレールと荷物用エレベーターだけだなんて。ほかに何もないなら、もう手詰まりです。何もかもわからないことばかり。コロナでなければ状況は違ったんでしょうか？」

「よりによってクリスマスだしな。クリスマスでなきゃ違ったかもしれん。そのうえ、俺がこんな忌々しい状況でなければな」

　カールのまなざしは窓の外に注がれ、漆黒から灰色へと徐々に変化していく闇をじっと見つめていた。じきに日が昇り、十二月の薄い光を放ちながら、凄惨な運命が待ち受ける一日の始まりを告げるだろう。太陽が地平線に沈むころには、囚われの身になっているふたり――そのうちのひとりは大事な友人だ――は死体になっているかもしれない。

　カールは腕時計に目を落とした。もう五十回くらい

見ている。針は動きを止めることなく、刻一刻と運命の時に向かっている。八時十五分。オーベンローの工場主任からはまだ連絡が来ない。

カールは自分の携帯電話からマークス・ヤコプスン個人の番号に電話をかけた。

殺人捜査課課長は寝ぼけたような声で応答したが、相手が誰だかわかるとたんに厳しい声になった。

「マークス、まさか、あなたからこんな仕打ちを受けるとは」

「同じ言葉を返させてもらうよ、カール」

カールはうつむいた。「マークス、疑わしきは罰せず、という言葉を忘れたんですか？　警察学校でしつこくそう教えられませんでした？　警察官はその原則に従って行動すべきでしょう？」

「カール、よく聞け。スーツケースの紙幣の多くからきみの指紋が検出されたんだ」

「知ってますよ。ですが、かつて最高の捜査員だったあなたが、アンカーがその金を故意にあそこに置いたという可能性すら考えないなんて驚きです」

「なぜ、アンカーがわざわざそんなことをするんだ？」

「そんなこと、自分で考えてくださいよ。アンカーの指紋が検出された札《さつ》は何枚あるんです？」

「かなりあると思うが」

「かなり？　とても正確な答えをどうも。とにかく、俺が濡れ衣を着せられているせいで、連続殺人事件の捜査に弊害が出てるんです。最悪の結末を迎えたら後悔することになりますよ。マウリッツ・ファン・ビアベクは数時間後に殺されます。シスル・パークはゴードンも拉致していますけど、シスル・パークはゴードンも拉致しています。ご参考までに言いますけど、もうご存じでしょうが」

「それは承知している。シスル・パークを指名手配した際に、向こうからふたりを写した画像が送られてきた。全力を挙げて捜索を行なっている」

「シスル・パークはゴードンを殺すかもしれません。そのリスクは非常に高い。それをわかってるんですか？」

「いや、その可能性は低いとみている。シスル・パークのプロファイルに合わないからな。トップレベルの犯罪心理学者がチームを組んで対応に当たっている」

「へえ。何もかもご存じみたいですけど、こちらも協力しましょうか。どうです？　マウリッツ・ファン・ビアベクとその家族のためにもいい考えだと思いませんか？」

「カール、きみのことはよくわかっている。取引するつもりだろう。だが、断る。居場所がわかり次第、きみを逮捕することになる。どれほど有益な情報や手がかりを与えてくれたとしても、見逃すことはできない」

カールははっとした。マークスは話を長引かせている。こっちの言いそうなことを予想し、わざと反論させようとしている。そうやって時間を稼いでいる。意図的にやっているのだ。

「マークス、いま、自宅じゃないんですね。仕事中ですか？　横に誰かいて、俺の居場所を特定しようとしてるんじゃ？」

「もちろん自宅に――」

カールは電話を切った。ストップウォッチを見る。二分弱。逆探知には足りないはずだ。

「カール、何か食べてください。あなたの胃袋がうるさくて考えに集中できません」アサドが食事を差し出した。皿には昨晩ラウラがとっておいてくれたクリスマスディナーの残り物が冷たいまま載っていた。乾き切って端がめくれ上がった鴨肉とローストポーク。たとえ温め直されていたとしても、そんなもの、空の胃に入れられたもんじゃない。

「ありがとう、アサド。だが、いまは何も食う気になれない。もう少ししたらもらおう」

そのとき、カールのズボンのポケットの中でラウラの携帯電話が振動した。オーベンローの主任からだった。

「それで？」挨拶をすっとばして、カールはいきなり尋ねた。

「こんな朝早くにすみません」相手は申し訳なさそうだった。朝早く？　オーベンローの人間にとって朝はいったい何時からなんだ？

「何かわかりましたか？　どうなんです？」

「はい。レールの取り付け先はまだわかりませんが、アダム・ホルメという人物から発注があったことがわかりました。工事日は二〇一六年十月十五日と十六日で、ある業者が行なったのですが、うちはもうそことは取引をしていません。このアダム・ホルメという人に電話してみたらいかがでしょう？　番号はわかっていますので」

くそっ！　くそっ！　こんちくしょう！　それ以外の言葉が見つからない。完全に時間の無駄だった！

「実際に作業をした人物の名前は？　わかりますか？」

「わかりません。でも、業者の電話番号はわかります」主任は会社名と番号を伝えた。「ですが、先にアダム・ホルメという人にお電話されてはいかがでしょう？」

「その人物は妻もろとも、とっくに炭の塊になっていまは解剖台の上にいます。ともかく、ありがとうございました。急いでいますので、これで」

カールは話を終えると同時に、悪態をついて携帯電話をデスクに投げつけた。

「ローセ！　急いでこの施工業者の情報を頼む。社名は〈ラング&ソナー〉、所在地はヴァンルーセだ」カールはそう言うと、今度はアサドに顔を向けた。「さっきの皿をくれ」

カールは、すっかり固まったグレイビーソースに目を落とし、ブラナスリウの実家からそう遠くないところにある精神科病院のことを思い浮かべた。おふくろが昔、あそこの厨房で何年か働いていたな。床にはいつもグレイビーソースが落ちて固まっていたっけ。

「〈ラング&ソナー〉は昨年、破産の申し立てをしています」ローセが報告した。「でも、同じ昨年内に〈ラングス・ソナー〉という社名で再建しています。現在のCEOはスィグアト・ラング。これがオフィス直通の電話番号です」

カールはすぐにそこに電話をかけながら、言った。

「ローセ、その会社の代表番号にもかけてくれ。早急に情報を手に入れる必要がある」

呼び出し音は永遠とも思えるほど長く続いた。ようやくつながったと思ったら、ボイスメールに切り替わった。

「ローセ、そっちはどうだ?」

「留守電になってます。クリスマス期間は休業中。営業開始は一月四日だそうです」

「くそっ!」飯など食っていられるか。「スィグアト・ラングの自宅はどこだ? すぐに向かうぞ!」

「見つかりません!」

「スィグアト・ラングという名前はそう多くないだろう? すぐに見つかるはずだ」

「いま、ゲアダ・ラングという人に電話しています。ヴィズオウア在住です。スィグアト・ラングを知っているかもしれません」

頼む、知り合いであってくれ!

相手はすぐに電話に出たようだ。ローセが叫ぶ。

「はい、ええ、そうです! はい、そうです、そうです!」

ローセは電話を切ると、カールとアサドのほうを向いた。

「ゲアダ・ラングには三人の息子がいて、いま会社を経営しているのはその息子たちだそうです。ですが、あのレールの取り付けは絶対にうちの仕事ではない、その手の工事は請け負っていなかったって言うんです。なぜそう断言できるかというと、夫が病気になって死ぬまでの数年間、自分が会社を経営していたからだと言ってました。そういう作業はふたりのポーランド人に委託していたそうです。なんでも、そのふたりは各地を転々としながら、手の足りない業者からいろいろな仕事を引き受けていたらしいです」

カールの血圧が一気に上がった。ポーランドから来たなんでも屋だと？　ポーランド人ってのは、みんなカトリックだろ？　だとしたらとっくに故郷に戻って家族とクリスマスを祝ってるはずだ。ヴロツワフだとか、カトヴィツェだとか、そういうところに帰ってるんじゃないか？

カールは額に手をやった。「まさか、そのポーランド人の連絡先は聞いてないよな？」

「聞きましたとも。ひとりはデンマークに住んでいます。名前はユーレク・ヤシンスキ。住所は――」

そのとき、ガシャンと音がして、ふたりは振り向いた。アサドが目を見開き、両手を前に出したまま立ちつくしていた。何か持っていたようだが、その手は空だ。足元に皿が落ちて割れている。茶色いグレイビーソースがはねて、靴を汚していた。

「ローセ、もう一度」アサドの目がいよいよ大きくなる。いまにも飛び出そうだ。

「名前はユーレク・ヤシンスキ。住所は――」

「ふたりとも、急いでついてきてください」アサドはそう叫ぶと、床にグレイビーソースを撒き散らしながら、部屋を出ていった。

カールが猛スピードでヴィクトーリアのアルファロメオを飛ばす間、アサドは自分の手帳をぱらぱらとめくった。

「ユーレク・ヤシンスキというのは、私が昨日、金属製の椅子の件で電話したのと同じ人物です。ですが、最初に会ったのは十二月七日、オレグ・デュデクのことで話を聞いたときです。プレス機で両手を落とされて死んでいた例の男です。ヤシンスキは当時、いきなり失業したせいで、コペンハーゲンまで来る羽目になったと話していました。ただ、その後どんな仕事をしていたのか、そこまでは訊かなかったんです」

カールはもう、何をどう考えたらいいのかわからなくなっていた。

「アサド、あなたがヤシンスキに会ってから五日後にマウリッツ・ファン・ビアベクが誘拐されるなんて、誰にもわかりっこないじゃない。深呼吸して、落ち着いて。あなたのせいじゃないわ」

アサドは頭を振った。「デュデクの工場が閉鎖されたあと、何の仕事をしていたのか訊くべきだったのに！」

「訊いていたとしても、それで何かできたわけじゃないわ。ゲアダ・ラングが言ってたでしょう？　ふたりのポーランド人にはごく短期間、業務を委託していただけだって。ヤシンスキはそれ以降も、あちこちの会社から仕事を請け負っていたはずよ」

「くそっ、ヤシンスキめ、なんで電話に出ない？　これでこいつがポーランドでクリスマスを祝っててみろ、俺の血管はブチ切れるぞ！」

「カール、残念ながらその可能性もなくはないです。コロナ禍だというのにヤシンスキはあまり気にかけていませんでした。私が訪ねていったときもマスクをしていませんでしたし。ロックダウンなど気にせず、国境を越えているかもしれません。もっとも、昨日の電話ではひどく酔っているようでしたし、連絡がついても役に立つかどうか」

小さな一戸建ての家の前で、三人は同時に深いため息をついた。どの窓にも明かりがまったく見えない。

玄関前に敷かれていたはずのマットは横にずれて半分花壇に入り込んでいた。車寄せには一台も車がなく、郵便受けには広告が溜まっている。もう何日も放置されているのだろう。

呼び鈴を押し、ドアをノックし、窓ガラスも叩いてみた。だが、まるで反応はない。

三人は車に引き返した。やり場のない感情に、カールは胸苦しさと喉のつかえを感じた。それでも空気の塊をのみ下し、ようやくエンジンをかけた。

「待って!」ローセが指さした。玄関のところにでっぷりした赤毛の男が立っている。バスローブの前をはだけ、縞模様のパンツ姿だ。とろんとした目でこちらを見ていた。

63

シスル

二〇二〇年十二月二十六日、土曜日
クリスマスの二日目

夢のない眠りから覚めた。ここはいったいどこだろう? なぜコンクリートの床に寝ているのだろう? そう思いながら、シスルは伸びをした。

少し離れたところにふたりの男がいた。椅子の上で前かがみになっている。前の椅子に座っている男は目が半開きで、うしろの男は意識がないようだ。

腕時計に目をやり、眉をひそめた。十一時半? も

う何年も、こんなに長く眠ったことはなかった。

まあ、いいだろう。昨日は何から何までうまくいった。そろそろほころびが生じてきた人生の第一章を閉じることができたのだ。あと少ししたら、インターネットで火事のニュースを探してみよう。犠牲者の名前も出ているといいが。

「お気の毒さまね。でも警告はしたわよ」シスルはそう独り言を言うと、毛布を手に立ち上がった。

そのまま、器具が置かれているテーブルに向かう。注射器の準備はできている。点滴バッグはスタンドにセットされ、タンクには食塩水が入っている。残りの作業は目をつむっていてもできる。

「主よ、わたしに将来を見通す力をお授けくださり、感謝します。サタンが世界を支配する時代にあなたの正義のしもべとして生きることをお許しくださり、感謝します。人間のあらゆる欺瞞についてお教えくださり、感謝します。偽りを見抜く力をお授けくださり、感謝します。身勝手さや強欲さを治す薬はないのだから許すしかないと言う人もいます。しかし、あなたとわたしは知っています。治療の手段がひとつあるということを。それは死だということを」

そこまで言うと、シスルはくるりとうしろを向いて両腕を広げた。「わたしの目の前に、サタンに魂を売り渡した哀れな人間がふたりいます。主のしもべであるわたしは、主のご意思に従ってこの人たちを罰します。どんな行為が神聖を穢すのかを理解し、心から悔い改めることができるよう、ふたりを導きましょう。死をもって償い、地獄へ堕ちることを理解させましょう」

シスルは前に歩み出ると、かがみこんで疲弊しきったゴードンの顔を見た。

「起きてるのね、ゴードン。よかったわ。あなたはわたしの証人として、あらゆる儀式が厳かに行なわれるのを見守らなければならないのだから」

えている。

ゴードンは顔を上げてシスルを見た。怒りで唇が震えている。

「少ししたら、あなたたちに気つけ薬を点滴するわ。ほんの少しよ。必要な分だけ体が動くようにするためだから。マウリッツから始めましょう。なにせ、今日の主役ですから。点滴を入れれば大丈夫そうね」

そう言うとシスルはテーブルまで歩いていき、点滴スタンドに手をかけた。これがあれば、またたく間にマウリッツの元気を回復させることができる。マウリッツよりも衰弱が激しく、死が目の前に迫っていたビアウア・ブランストロプですら、みるみるうちに〝蘇生〟したくらいだ。効果はてきめんだ。あのとき、ビアウアは命乞いをし、どうか助けてくださいと懇願しはじめた。あれ以上に理想的な瞬間はなかった。マウリッツのときもぜひそうあってほしいものだ。

シスルが動くたびに、ゴードン・タイラーは恐ろしく殺気立った目でその姿を追った。ゴードンの横を通ったときにつぶやく声が聞こえたが、彼が何を言っているのかはわからなかった。

マウリッツの皮膚はまるでバターのようだった。点滴針は抵抗なくすっと、手首の最も太い血管に入っていった。痩せ細ったせいで、血管は以前よりつかまりやすくなっていた。シスルは副産物ともいえるこの状態に心から満足していた。執行前の準備段階では、こんなふうにすべてがスムーズに行くべきなのだ。

シスルは、マウリッツの前にしゃがみ込むと、その顔を見つめながら待った。いまはまだまぶたの動きがほとんど目立たないが、じきに目が開くはずだ。ところが、一分待っても動きが見られないため、点滴を落とす速度を上げた。

さらに二分経っただろうか。マウリッツの口からため息のような呼吸が漏れた。まったく気に入らない。これまで、こんなに時間がかかったことはない。

「マウリッツ、起きなさい」シスルはそう繰り返しながら、相手の頬を叩いた。

「この化け物が」うしろからささやき声がした。

振り向くと、ゴードンと目が合った。

「わたしのことかしら？」

「そうさ、化け物め」か細い声でゴードンが答える。

シスルは立ち上がった。

「わたしから逃げられるという幻想をまだ抱いているのね。あなたはわたしを恐ろしい言葉であざけって貶めた。だからあなたにはマウリッツと運命をともにしてもらいます。わたしの言っていることがわかるかしら、ゴードン・タイラーくん？」

ゴードンはうなずいた。だが、その表情に変化は見られない。そこには改悛の念も、恐怖も浮かんでいなかった。

マウリッツが呼吸を始めた。短くて浅い呼吸。過呼吸を起こしているのだ。点滴の量が多すぎたのだろうか？　シスルは弾かれたように立ち上がると、クレンメ（点滴の速度を調節するための器具）を操作して液の落下を止めた。

「マウリッツ、起きなさい！」シスルはマウリッツの両肩をつかんで揺さぶった。頭がゆらゆらと動いた。アレルギー反応を起こしたようだ。どうすればいい？

そこで、シスルは再びマウリッツの前にしゃがみ込み、その片手を両手で包み込むと、泣きやまない子どもをなだめるかのようにその手をさすりはじめた。

「マウリッツ、いい？　落ち着いてちょうだい。聞こえるわよね？　何も怖くないわ、落ち着いて」

シスルはしばらくそうしていた。その間もずっとゴードンは「化け物、化け物、化け物」とかすれ声で繰り返している。シスルの頭の中にアダムが浮かんだ。こういうときはいつも、彼が相手をおとなしくさせてくれていた。

「でも、もうあの男は必要ないわ」シスルは声に出してそう言うと、マウリッツの髪を撫でた。

「いい、マウリッツ、よく聞いて。大事なことなの。

ここまで入念な準備をしてきたのだから、あなたもちゃんと準備をしてほしいの」

シスルはポケットから紙を取り出すと、マウリッツの手を再び撫でながら、読み上げた。

だが、マウリッツが意識を取り戻す兆候がまったく見られないのを感じとり、読むのをやめた。「ああ、なんということ！　角の生えた醜い顔のサタンが邪魔に入ってしまった」シスルは天を仰いだ。「主よ、サタンをお止めください。マウリッツをここにお戻しください。主の言葉を受け止めることができるよう、マウリッツの五感をすべてお戻しください」

三十分ほどが過ぎ、正午を回った。シスルはサタンに出し抜かれたと思った。長い間、正義の報復を行なってきたが、こんな経験は一度もない。サタンの邪悪な息遣いをこれほど近くに感じたこともなかった。振り向くと、そこにはゴードンが目を半開きにしたまま座っていた。その瞬間、シスルは悟った。この男の中にはサタンが巣喰っているのだ。

シスルはマウリッツの手首から点滴針を引き抜き、今度は、背もたれに固定されたゴードンの手の甲に突き刺した。ゴードンはそうはさせまいと指を精一杯動かしたが、無駄な抵抗だった。

今度は一分もかからなかった。ゴードンは目を見開き、咳き込んだ。途切れ途切れに深呼吸を繰り返し、そのたびに力を取り戻していく。

ゴードンの足首は椅子の脚にケーブルで固定されていたが、そのひざはスティックでドラムを叩いているかのようにガクガクと上下に小刻みに動いている。長い間水中で息を止めていた人間がようやく水面に顔を出したときのように、空気を求めてあえいでいる。

「それでいいわ、ゴードン・タイラー。この薬にはちゃんと効き目があるようね」シスルはゴードンの頬に軽く触れ、点滴針を抜くと、再びマウリッツの手首に刺した。

「マウリッツ、あなたの番よ」シスルは腕時計を見ながら、マウリッツの頸動脈に指を当てて脈拍をチェックした。

脈は弱々しかったが規則正しく打っていて、頬に赤みも差してきた。計画実行は三十分遅れたが、仕方がない。

「このまま放っておいてくれ、シスル」背後から声がした。はっきりとした、妥協を許さない口調だった。

「黙りなさい、ゴードン・タイラー！　また鎮静剤を打たれたいの？」

「僕らをここに置いて逃げればいい。地球の反対側のジャングルにでも逃げ込むんだ。ここにいたら、捕まるだけだぞ」

シスルは笑みを浮かべた。こんな雰囲気のなかで処刑を行なうのは初めての経験だった。なかなか面白いわ。

「シスル、警察は全力を挙げてあんたを追っている。捕まったら最後だぞ。わかってるのか？　もう二度といままでの生活には戻れないんだぞ」

シスルは薄笑いを浮かべて首を横に振った。「特捜部Qのお仲間がここを嗅ぎつけることができると本気で思ってるの？　そんなことができるわけないでしょ？　おかげで、いくつか重要な決断を下すことができたけど。ただし、アドバイスに従うとしたら、あなたがうしろのお友だちといっしょに冷たく硬くなってからね。ヒントをいただけて感謝するわ」

「化け物め、世界の果てで腐り果てやがれ」ゴードンが返す。「でも、土に還る前にあんたは見つかる」

シスルは声を立てて笑った。「せっかくお友だちになれたのに残念ね。でも、すべて手配ずみなのよね。プライベートジェットでポーランドに飛び、そこからレンタカーでブリュッセルに、さらにそこから直行便でナイジェリアに行くわ。あそこは、天をも恐れない、とことん堕落した国よ。大富豪であれば、本物っぽいパスポートを見せるだけで喜んで迎えてくれる国。多くの可能性を秘めた広大な国。きっと面白い暮らしが待っているわ」

シスルはゴードンの顔を覗き込んだ。いまの話が何を意味しているのかを理解できるほどには頭が覚醒したわけではないようだ。きっと、いろいろな考えがぐるぐる回っているに違いない。「この女は、地球の反対側でもなお聖戦を続けるのか？」とか、「新しい土地でも殺しを続けるつもりか？」といった具合に。

「ゴードン、わかるわ。考えすぎて頭から火を噴きそうなんでしょう。でも答えは簡単。ええ、わたしは続けるつもりよ」

ゴードンは深いため息をついた。げっそりとした顔に無念さが浮かんでいる。まさに狙いどおりだ。

「あんたのしていることは、神への冒瀆にほかならない」かすれた声でゴードンは言った。「神の教えに背いているじゃないか。十戒も知らないってことだな。あんたのしていることは戒律を破っているからね」

「しっ、黙って！　聞こえない？　マウリッツの呼吸が深くなってる」

だが、ゴードンは続けた。

「『あなたには、わたしをおいてほかに神があってはならない』（日本聖書協会『聖書　新共同訳』より、以下同）――十戒にはそうあるじゃないか。でもあんたは自分を神だと思ってる。『あなたの神、主の名をみだりに唱えてはならない』――でも、あんたは四六時中、口にしてるよね。『安息日を心に留め、これを聖別せよ』――あんたは安息日を守ってたっけ？　パレ・ラスムスンもフランコ・スヴェンスンも日曜に殺してるよね？　それと戒律には『殺してはならない』ってのもある！　大事なことだからもう一度言おうか？　『殺してはならない』んだよ、シスル・パークさん！」

「はいはい、教理問答（受洗志願者や信徒向けにキリスト教の教理をわかりやすく説明した問答形式の解書説）を頑張って暗記したのね。でも、考えてもごらんなさい。主は常に、殺害を任せるしもべを選んできたのよ。わたしは地上における復讐の天使のひとりにすぎない……」

そのとき、マウリッツが弱く咳をした。

「マウリッツ、気がついた？」シスルが手のひらでマウリッツの頬を軽く叩く。

「うう……」うめき声だけが返ってきた。

シスルは素早くテーブルまで歩いていき、死をもたらす液体を二本のシリンダーになみなみと注ぎ入れた。水のように透明でとても危険な物質には見えない。飲めば気分がすっきりするんじゃないかとすら思える。

それから、食塩水の入った大きなタンクの口に太いチューブを接続した。ふたりが息絶えたあと、口を開け、喉の奥深くまでチューブを挿し込んで高濃度の食塩水を注ぎ込む。最低でも三、四リットルは入るだろう。もちろん本格的な防腐処理と同じ効果があるわけではないが、そこに象徴的な意味があることは誰にでもわかる。仕上げに、それぞれの椅子の前に塩を盛って小さい山にすれば終わりだ。

もう少し経てばマウリッツの目にも力が戻り、わたしをきちんと見ることができるようになるだろう。そうしたらもう少し点滴を入れ、いよいよ判決文を読み上げ、死刑を宣告することになる。

そのあとすぐに、次の罪人の処刑に移る。

一時間後にはもう、わたしはここにいない。

64

カール

二〇二〇年十二月二十六日、土曜日
クリスマスの二日目

ユーレク・ヤシンスキは二十三日からずっと、浴びるように酒を飲んでいた。古女房にずっと苦しめられているのだという。アルコール度数八十八度という、バルカン176ウォッカの威力は飲んだらそのまま倒れてしまうほど強烈なのだが、ヤシンスキはそこが気に入っていた。

一週間も言い争いが続き、ほとほと嫌になったヤシンスキは、一年間大事にとっておいたエレガントでほっそりとしたボトル十本を出してきた。一度飲み出したら止まらなくなった。

激怒した妻は、その翌日、ヤシンスキに愛想を尽かして家を出ていき、妹家族のいるホーセンス行きの電車に飛び乗った。

呼び鈴が鳴ろうともドアをしつこく叩かれようとも、すぐに反応できなかったのはそういうわけだったのだ、とヤシンスキは正直に説明した。

ヤシンスキはふらつきながら、やって来た三人をリビングに案内し、ソファに座らせた。汗とタバコとアルコールの嫌なにおいが立ち込めている。

「みなさんも一杯どうです？」ヤシンスキはきまり悪そうに笑ってみせると、返事を待たずに自分のグラスの酒をあおった。救いようがないくらい泥酔している。

「ヤシンスキさん、私のことは覚えていますか？」アサドが尋ねる。

ヤシンスキは唾を飛ばして笑いながらうなずいた。

「金属の椅子とオレグ・デュデクについてちょっくら話したね。あのゲス野郎のこと、まだ何か訊きたいのかい？」

「これを見てください」アサドはシスル・パークから送られてきた画像を差し出した。「ふたりの男性のことは気にせず、こちらを見てください。天井のレールです」そうして、レール部分を拡大した画像も見せた。

「なんだこりゃ？」ヤシンスキは眠たげな目をこすり、ソファの隅に手を伸ばした。散らばった何本ものタバコと使用ずみのタオルの間から、眼鏡を引っ張り出す。

「いいですか、見てほしいのはこのレールです、ヤシンスキさん。あなたが数年前、ご友人といっしょに取り付けたのはこれですね？　そうですよね？」

「数年前ねえ……？」この男の頭をはっきりさせるには、バルカン176ウォッカよりもっと強い酒が必要なのかもしれない。

「正確に言えば」アサドが畳みかける。「二〇一六年十月のはずです」

「このレールかい？」ヤシンスキはニコチンで黄ばんだ指で画像をなぞった。「ああ、そうだ。覚えてるよ。なんで覚えてるかっていうとねえ、これですよ、二本のレールがやけにくっついてるでしょう？　荷物か何かを引っ張り上げたいならレールをあんなに近づけちゃならんのです」

カールは一瞬、息を止めた。「見覚えがあるんですね？」心臓が早鐘のように打ちだした。

「あんなに近づけて取り付けろってねえ、イカレてるよねえ」ヤシンスキはぶつぶつ言っている。

この男の脳みそをいますぐ叩き起こさなくては。

「ヤシンスキさん、どこで、このレールを取り付けたんですか？　大至急、その場所を知る必要があるんです。でないと、このふたりは……」アサドはそこまで言うとため息をつき、少しためらってから続けた。

「――死んでしまうんです。まだ生きていれば、の話ですが」

「もしや、この人たちもゲス野郎なのか？」ヤシンスキがにやつく。

「とんでもない！　ひとりはわれわれの仲間です！」カールが言った。「ともかく、ふたりともそんな人間ではありません。ていうか、そんなことはこの際どうでもいいんです。ここはいったい、どこなんですか？」ちくしょうめ、こいつを逆さ吊りにして酒を吐き出させてやりたい。そのとき、ローセがぐいっと身を乗り出した。

「ヤシンスキさん、あなた、とってもハンサムですよね。あなたのような男性をクリスマスにひとりぼっちにするなんて奥さんももったいないことをしたものですよね。ところで、話は変わりますけど、ちょっとアルバイトしませんか？　どうかしら？」ローセはヤシンスキの鼻先で千クローネ札をひらひらと振ってみせた。

「何をすりゃいいんです？」

「どこでこのレールを取り付けたか、よく考えて。頭をフル回転させて思い出して！」

　ヤシンスキは前かがみになると胸の前で手を組んだ。その口から漏れる息を嗅いだだけで、アサドは酔っ払ってしまいそうだった。

「どこだ……、どこだっけ……、くそっ《クルヴァ》、くそっ《クルヴァ》！」ヤシンスキは、こめかみに拳を押しつけ頭を左右に振った。記憶のなかの受注書を蘇らせようとするかのように。

「コペンハーゲン市内ですか？」ローセが札を振りながら尋ねる。

　ヤシンスキがうなずく。

「取り付けるのに三日かかったのは覚えてるな。というのも、あのばばあがね、そこの持ち主ですけど、毎日二時間仕事しただけで帰れって追い出すもんで。それと、天井のコンクリートもゴーヴノでね」

「ゴーヴノ？」

「〝くそ〟って意味ですよ。ポーランド語、わからないんですか？　くそったれなくらいに天井が硬かったんです。それで……」

「場所はどこ？　場所さえわかればいいの」ローセは千クローネ札を自分の財布に戻そうとした。

「ま、待ってくださいよ！　ええと、確かコペンハーゲンの郊外で高速を北上したところですよ。奇妙でしたねえ。なにしろ、建物が完成してなかったんですから。エレベーターがあって、地下も何階かありましたけど、地上は二階まではできていたかな。ロシアに支配されていたときのワルシャワにもあんな建物があった気がしますよ。つくりかけのまま放置されたやつがあちこちにあったんでね」

ローセは再び千クローネ札を男の鼻先に突きつけた。

「高速を北にどのくらい行くんです？　ヘルスィングウーア方面？　ヒレレズ方面？　さあ思い出して！」

「そんなにスピードを出したらまずいですよ、カール」アサドが言う。「パトカーに乗ってるわけじゃないんですから」

「そんなこと知るか！　今日はこれがパトカー代わりだ」

「あなたがそう考えるのは自由ですけど、警察はそうは思いませんよ。青色灯が屋根についてないアルファロメオを時速百八十キロで走らせてるんですから、いずれ捕まります。そんなことになったら大変でしょう？　だからスピードを落としてください、カール」

後部座席からローセがカールの肩を叩いた。「スピードを上げてください、カール。アサドの言ってることは正しいけど……」

カールは汗が噴き出るのを感じた。ヤシンスキのおぼろげな記憶をもとにグーグルアースを駆使して、その建物がどの方向にあるかのだいたいのところと四年前の様子はおおまかにイメージできた。だが、完成したいま、その建物はどんな外観なのだろう？　ヤシンスキは、レール取り付け工事を行なった建物の向かいには白いコンクリートのビルが一棟しかなかったと言っていた。用を足すときはそのビルに行っていたということだ。だが、残念ながらそのビルにはこれといった特徴はなかったという。

「でも、高速から見えるはずですよ。見逃すわけありません」ヤシンスキはそう請け合い、千クローネを手に入れた。

「アサドがヤシンスキを知っていたなんて、とんでもない幸運だわ、いまだに信じられない。こんなことが起こる確率ってどのくらいあるのかしら？」

「ポーランド人の出稼ぎ労働者が絡んでいたら、いろいろあるんですよ」アサドが応じる。「面白そうだからといって一頭のロバを養子にしようとしたラクダの群れの話を知ってますか？　知らない？　それで、ラクダは……」

「カール！　見て！」ローセが叫んだ。「ほら、あそこ！　あのビル！　世界貿易センタービルの残骸みたいな建物があるでしょう？　見てください！　片方の壁は三階建ての高さがあるけど、もう片方はせいぜい二階の高さしかないわ」

「ヤシンスキはそんな言い方をしてたか？」カールはよく思い出せなかった。工場の職工長の説明は、いま見えている建物の外観と一致していただろうか。

「あれに間違いないわ。高速からあんな建物、初めて見たわ。いますぐ高速を降りてください！」

「では、ロバの話はまたの機会にしましょう。ローセが正しいと思います、カール。ヤシンスキが話していたのは確かにあんな建物でした」

　タイヤの音をきしませ、カールは一番近い出口から一般道に降りると、Uターンして工業地帯に向かった。

「どれだ、わかるか？　俺にはわからん！」カールは焦って叫んだ。目の前には少なくとも二十棟の建物がある。もちろんひとつひとつ違う建物なのだが、どれもこれも同じように見える。しかも、建物の間にはあちこちに道が走っている。よくある工業地帯だ。一九六〇年代以降、雨後の筍のように生えてきて、しまいには自らの醜さにのみ込まれてしまったような場所だ。

「ここに建物を未完成のまま放置しておく理由ってなんだ？」脇道をあちこち抜けながら、カールが訊いた。

「質の悪い建材を使っていることが判明したとか……」アサドが答える。

「アマー島に新しく建てられた高層ビルみたいにね。あれじゃ、基礎のコンクリートが持たないわ」

「あるいは、単に施主の資金が尽きたとかですかね」アサドが付け足す。

「例のリストにはなんてあるんだ？　シスル・パークはこの辺にビルや倉庫を所有してるのか？」

アサドは首を横に振った。「すでにチェックずみですが、この辺りにはありません。ただし、借りている可能性はありますね」

カールは身の毛のよだつ思いがした。「ただ人を殺すためだけにこんなところを借りようとする人間はシスル・パークのようなサイコパス以外にいないだろうな」

ローセが右を指さした。「カール、あっちです！」

それはカールの目にもはっきりと見えた。その建物は、鉄筋コンクリートづくりで、一階部分にはドアも窓もついているものの、いまはまったく使われていないようだった。その建物を囲むように広い駐車場があり、年間五千クローネから契約可能と書かれた看板が出ている。祝日なので、駐車場には一台も車がない。だが工業地帯の密集地にあるため、平日ならここにたくさんの車が停められているはずだ。カールはざっと駐車場を眺めた。年中満車状態なら、年間の売上は七十五万クローネをくだらないだろう。悪くないビジネスだ。

「まさか、そういうことか！」アサドが悔しそうに叫んだ。「どういうことかわかりました。あの建物は確かにシスル・パークの所有ですよ。駐車場として買った地所です。駐車場のことは調べてあったんです。でもまさか、真ん中にあんなものが建っているなんて想像できず……。その可能性を思いついて、もっと早く調べていれば！」

アサドの顔に刻まれた皺は、彼がどれほど自分を恥じて責めているかを表していた。

カールはアクセルを踏み込み、建物の正面玄関らしきところの前に車を停めた。エントランスの前に十段の階段があるおかげで、ドアに突っ込むことはかろうじて避けられた。

ローセが転がるように車から出て階段を上がり、ドアを開けようとした。だが、もちろん鍵がかかっている。

「警報装置があるかもしれんぞ」カールが大声で叫んだ。「突入したら、シスル・パークに気づかれる」

「中にいれば気づくでしょうけど、いるのかどうかわかりません」

「確かにそうだ。エレベーターがどこの階で停止しているかがわかれば、判断できるんだが。下の階で停まっていれば、シスルもそこにいる可能性がある」

アサドが上を指さした。「見てください！」

三人は平らなコンクリート屋根の南側から突き出ている壁に視線を向けた。当初は地上数階建ての建造物になる予定だったのだろう。裏側から見れば三階建てに見えるが、ここからだとハリウッドの映画セットのような張りぼてにしか見えない。

「アサド、何を見てる？」

「ここから見てると、なぜあそこだけ壁ができているのかわかりませんよね。でも、あの壁はエレベーターを設置するためのものだとしたら？」

　確かにそうだ。三人は急いで建物の裏に回った。

「どうすれば三階に上がれるの？」ローセが言う。南側の壁には階段も何もない。三人はさらに回り込んだ。すると、廃材置き場のような場所に出た。

　建物と十メートルほど離れたフェンスの間の地面は廃棄物で覆い尽くされていた。その高さときたら、二メートルはありそうだ。コンクリートブロック、悪臭を放つ断熱材、腐朽した木製パレット、錆びたT形鋼、有刺鉄線といったものが、なんだかよくわからないほかのがらくたと交ざり合って捨てられている。無責任な開発事業者が置き去りにしていったのだろう。

「アサド、これじゃ向こう側には行けんぞ！」カールが叫んだ。だが、アサドはブラッドハウンドのように何かを嗅ぎつけたらしく、姿が見えなかった。

　カールは辺りを見回した。

「アサドはどこだ？　ローセ、見えるか？」

　ローセが首を横に振り、心配そうに腕時計を見た。

「応援を呼べませんか、カール？　中に入らなきゃ！」

　カールはうなずいて携帯電話を取り出した。これで、自由な時間も終わりだ。そう考えながらカールは番号をタップしようとした。

　そのとき、上のほうからアサドの声がした。屋根にいるのか？

「カール、あなたのいる場所から四、五メートルほど先の壁にパレットがたてかけられているでしょう？　それを引っ張って脇に寄せてください。入り口があるんです」

　カールは顔を上げた。見慣れたくせ毛の頭が屋根の端にちらりと見えた。

「そう、そっちです」アサドが指さしながら言う。

「エレベーターは一階と二階には止まらないようになっているみたいです。でも、階段を使えばここに来られますよ。ここへのドアは開いていますから。エレベーター自体は故障もしていないし、電気も通っていると思うんです。ただ、パーキングスイッチにロックがかかっていて、運転休止状態になっているんです。このロックを解除できるかどうかが問題です」

三人は屋根の上に立ち、パーキングスイッチを見てみた。ごく一般的なシリンダー錠で操作するシステムだ。鍵を差し込んで回せば運転が再開でき、エレベーターを呼び出すことができる。二重扉になっており、エレベーターが来ると、外側のドアが自動で前に開くという珍しいタイプのようだ。だが、鍵がない以上動かしようがない。

三人は懸命に周りを探した。屋根――つまり三階部分の床――の上には二十枚ほどのパレットが散らばり、中身が硬くなってしまったセメントの袋や補強鋼が山のように置かれている。このプロジェクトはある日突然、中止を言い渡されたに違いない。身のほどを知らずに事業を進めた挙げ句に経営破綻。開発業者の典型的なパターンだ。

「鍵穴に入りそうなものがここにきっとあります」アサドが言うと、ローセが怪訝な顔つきになった。

「たとえロックが解除できてエレベーターがここまで上がってきたとしても、シスルに気づかれるわ」

カールも同じ意見だった。だが、ほかに策はあるのか？　「ゴードンとマウリッツがまだ生きている可能性がある以上、賭けに出るしかない。ひょっとしたら、シスル・パークも自分が見つかったと知ったら、そう無茶なことはしないかもしれん」

「ひょっとしたら？」ローセが冷たい声で言う。「せめて誰かひとりは武器を持ってきていればよかったのに。下に降りて行ってシスルと鉢合わせたときに、どうやって相手を止めるの？　誰も何も持ってないじゃないですか」

「ここにありますよ」数メートル向こうからアサドが答えた。片手に先端が鋭く切り落とされた短い鉄筋の束を持っている。

「アサド、まずはロックを解除できそうなものはないか？　エレベーターに乗れないと、それも役に立たんだろう」

「ありますよ、ここに！」アサドが勝ち誇ったようにツールベルトを掲げ、カールに投げてよこした。だが、あちこちのポケットを探ってみても、キャンディーの空箱と一本だけ入ったタバコのパッケージしか見つからなかった。

「何もないぞ、アサド」

アサドは鉄筋棒をカールに渡し、ツールベルトを代わりに手にとった。「木を見てばかりで森を見ていませんね、カール。ここですよ！」

アサドはカールの顔先にベルトのバックルを突きつけ、金属製のバックルピンを指さした。ベルトの穴に差し込んでバックルを固定させる部分だ。

「ステンレスで品質もいいですよ」アサドはブランド名を見せて言った。そして、コンクリートブロックを拾い上げると、バックルピンを鍵穴にあてがい、ハンマーのように叩いた。

「うまく行くときもあれば、ダメなときもあるんですけど」アサドは少し心配そうに言った。少し待ってみたが、エレベーターのモーターはうんともすんとも言わない。アサドは大きく深呼吸するとバックルをつかんで回した。数秒待った。何も起こらない。カールは応援を呼ぼうと、再び携帯電話を取り出した。

「待ってください！　まだ終わってません」アサドは言った。まさか、カールはこの鍵穴が大音響とともに砕け散り、モーターがうなり声を上げて作動すると本気で思っていたんじゃないだろうな、と思いながら。

「これで準備ができたと思います」アサドはポケットから鍵束を取り出した。素人目には大して特徴のないものに見える。アサドはそのうちの一本の鍵をつまむと、カールとローセに見せた。

「本格的なバンプキー（シリンダー錠の解錠に使う特殊加工を施した鍵）ではありませんが、使えないことはないでしょう。原理はわかりますよね？　一般的なシリンダー錠は、片側にいろいろな高さのぎざぎざがついた鍵で解錠します。シリンダーの中にピンがあり、鍵を差し込んでぎざぎざの部分でピンの高さを調節します。ピンが同じ高さに並んだときに鍵を回すとロックが外れるわけです。バンプキーのぎざぎざは一定の高さなので差し込んだだけではピンは同じ高さになりません。ですが、これを差し込んでハンマーで叩くとその衝撃でピンが浮き、一瞬、同じ高さになるんです。そのときを狙って鍵を回せばロックが外れるはずです」

　カールとローセはなんとなくうなずいた。

「でも、手元にバンプキーがないので、これを使ってみることにします。見てください。歯に高低差があまりないでしょう？　当然です。家族が戻ってくる前に住んでいた家の郵便受けの鍵ですからね」

　アサドはゆっくりとその鍵を穴に差し込んだ。

「さっき、バックルピンを入れてコンクリートブロックで叩いたのは、シリンダー内にあるピンの緩さを確認するためだったんです。緩くなっているみたいですね」

　アサドは即席のバンプキーを穴に差し込んだ。コンクリートブロックで鍵を叩き、その瞬間に鍵を回す。何度かトライしたが、何も起こらない。カールは息を詰めてその様子を見守っていた。さらに数回試しても解錠できず、アサドの額に汗がにじんだ。カールは携帯電話の電源を入れ、マークス・ヤコプスンに連絡した。

「ああ、カールか」課長はすぐに電話に出た。「出頭する覚悟はできたか？」

「それ以外に選択肢はないので」

「すごい!!」ローセの叫び声が上がった。アサドが鍵を回すことに成功し、モーターが作動音を響かせたのだ。

「ですが、いま出頭するというわけじゃありません。ではお元気で」エレベーターが階下から上がってくるカチ、カチ、という音を聞きながら、カールは携帯電話の電源を切り、放り投げた。携帯電話は弧を描いて廃棄物の山に落ちていった。

65

シスル／カール

二〇二〇年十二月二十六日、土曜日
クリスマスの二日目

エレベーターからカチッという音が聞こえた。シスルは反射的に身をすくませた。

そして、テーブルの前で立ち尽くした。エレベーターが動いている？　誤作動を起こしたのだろうか。だとしたら、どうやって止めればいい？　シスルはとっさにエレベーターまで駆け寄ると、停止ボタンを押した。誤作動に違いない。でも、このまま上の階まで行

ってしまったら、この階まで戻すことができるだろうか？

　シスルは何度も何度もボタンを押したが、無駄だった。

　もしこれが誤作動でなければ、上に誰かがいてエレベーターを呼び出したということだ。でも、いったい誰が？

　あの家に火を放ち、デボラのまぶたを閉じたことは覚えている。でも、アダムの脈を確認しただろうか？　思い出そうとしたが、思い出せない。

　まさか、アダムがあの一撃で死んでいなかったということ？　あのあとすぐに意識を取り戻した？　炎が部屋じゅうの酸素をすべて食い尽くすよりも早く？

　シスルはエレベーターのドアに耳をつけた。この場所と、わたしがいまこの部屋にいることを知っているのは、世界じゅうでアダムただひとりのはずだ。アダムといっしょにふたりでここを見つけた。誰ひとりとして――デボラですら――この場所を知らないはずだ。わたしは、ここに来るときにはわざと車を五百メートル先に停めて、そこから歩くことにしてきた。慎重に周囲に目を配りながら建物を一周してから、廃棄物の山を抜けて一階に入るようにしてきた。

　それほど用心していたにもかかわらず、近くの建物にいる誰かがわたしに気づいていたのだろうか？　いや、そんなはずはない。そもそも、エレベーターを動かすには鍵が必要だ。わたしのほかにその鍵を持っているのも、アダムだけだ。

　アダムが来たとなれば、わたしを殺すためだろう。復讐の動機は十分にあるし、人を殺すことなど彼にとってはたやすいことだ。エレベーターに乗ってこちらに向かっているのはアダムに違いない。

　シスルは振り返って、ふたりの男を見つめた。前の椅子にはゴードン・タイラーが不敵な笑みを浮かべて座っている。エレベーターの作動音が何を意味しているのかわかっているのだ。

「仲間が来ました」ゴードンは体をひねって背後の〝囚人〟に呼びかけた。「マウリッツさん、しっかりしてください！　助けが来ますからね。最初からわかっていましたけどね！」そう言うと、けたたましい声で笑い出した。

シスルは吐き気を覚えた。極限状況で自制心を失うような人間は最低だ。自分の運命を静粛に受け止めることがなぜできないのだろう？

「黙りなさい、ゴードン・タイラー。言うことが聞けないなら、力ずくでそうさせるわよ」

戦いというものは、相手が諦めるまで終わらない。この男にはそれがわからないのかもしれない。シスルは苦労しながら重いテーブルをエレベーターのドアの前まで押していった。すると、ゴードンの顔から笑みが消えた。

「まず、あなたたちから始めるわ。アダムにはふたりのどちらかに使った注射器を使うことにする。ありがたいことに、ここには三人に使っても十分な塩化カリウムがある。アダムがテーブルを押しのけた瞬間に針を突き立てるわ。というわけで、三人いっしょに地獄へ向かうことになる。せっかくお友だちになれたのにね」

注射器はすぐにでも使えるようになっていた。前日に、アダムとふたりで液体を吸い上げておいたのだ。シスルは注射器をざっとチェックすると、それぞれの椅子の前に一本ずつ置いた。最後に死刑判決を読み上げれば、儀式は完了だ。だが、こうなると、判決文を少し短くする必要がある。エレベーターのカチッという音から考えると、アダムは一分もしないうちにこの階にたどりついてしまうだろう。

シスルはマウリッツの前に立ち、その目を覗き込んだ。これから何が起きるかわかっているようだ。だが、その目が物語っているのは諦めだった。

「マウリッツ・ファン・ビアベク、あなたは罪深き人生を送ってきました。天の神がわれわれ人間が従うべきものとして創造した規範と秩序に、考えうるあらゆるやり方で背いてきました。あなたは、エデンの園以来われわれ人間を毒してきた罪の体現者です。われわれはその様子を何度も目にしてきました。マウリッツ・ファン・ビアベク、いまこそ、贖《あがな》いのときです」

「助けて！　ここです！　助けて！」背後のゴードンがあらん限りの力で叫んだ。シスルの耳にもエレベーターが立てる金属音が聞こえた。かごがシャフトの底に接触したのだ。部屋の内側へ開こうとしたドアがテーブルに当たってガシャンと音を立て、いったん閉まった。再び開こうとして、またテーブルに阻まれた。

せいぜい頑張ればいいわ、アダム。わたしは横で待機しているから。

「ゴードン!!」思いがけず女性の声がした。ゴードンが「早く！　早く！」と無我夢中で叫んでいる。

シスルは愕然とした。驚いたからではない。現行犯で逮捕されるからでもない。このあとどうすればいいのか、まったく何も浮かばないからだ。緊急時に備えての計画を立てていなかったのだ。

シスルはもう一度、マウリッツに体を向けた。マウリッツの頭は右に傾き、顔にはただ悲しみだけが浮かんでいる。

「マウリッツ・ファン・ビアベク、自分の人生と行ないを悔い改めますか？」そう尋ねながら、シスルは注射器をその心臓に近づけた。

「やめろ！」ゴードンが叫んだ。「神の名において言う、やめるんだ！」

「神の名において？」シスルはくすりと笑った。ゴードンは吼えつづけているが、シスルは儀式を続けた。

「神の名において、わたしは使命を遂行します」シスルはマウリッツに向かってかがむと、全体重をかけてその胸に針を突き刺した。

「やめろーーーーーーっ‼」

マウリッツの体がビクッと動いた。目が大きく見開かれる。太い針を直接心臓に打ち込まれると、誰でも痛みのあまり一瞬固まってしまうのだ。あのふたりもそうだった。

「マウリッツ・ファン・ビアベク、この世に生きることが許された年月を創造主に感謝しなさい」シスルはピストンを押して、中身をすべて心臓に送り込んだ。数秒で儀式は終わった。痙攣したマウリッツは椅子から転げ落ち、チェーンがガラガラと音を立てた。ゴードンは喉が裂けんばかりに泣きわめき、エレベーターからは怒号と、ドアを蹴ったり叩いたりしている音が聞こえてくる。少しずつ、少しずつ、テーブルが脇に動いていく。

マウリッツ・ファン・ビアベクの生命の兆候がだんだんと体から消えていく。その口の端には泡がたまり、手足もぴくぴくしている。

シスルは今度はゴードンに体を向けた。かがんで床から注射器を取り上げる。

「化け物め！」ゴードンが叫ぶ。

そのとき、エレベーターから大きな音が響き、シスルは弾かれたように振り向いた。テーブルが盛大な音を立ててひっくり返る。食塩水のタンクが床に落ち、中身が飛び散った。

特捜部Qの悪魔たちが我先にと部屋に入ってきた。全員が手に鉄筋棒を持ち、まさしく臨戦態勢だ。一番近くにいるのは、あの中東系の男だった。鉄筋を槍のように構えている。使うとなれば容赦しないだろう。

シスルは大きく呼吸すると、ゴードンの胸に針を向けた。不思議な落ち着きが心を満たしていた。そう、いまここで、誰よりも力を持っているのはこのわたしなのだ。

「あと一歩でも近づこうものなら、ゴードン・タイラーの心臓にこれを打ち込むわ。お友だちがどうなるか、じっくり見物したらどうかしら」シスルは虫の息になっているマウリッツを指さした。

「その棒を下ろして床に置き、そのまま壁のところまで下がりなさい。そこでじっとしていれば、お友だちの拘束を解いてわたしもいっしょにエレベーターに乗り込み、上まで行くわ。でも、一ミリでも動いたらこの中身を注入します。抵抗されても同じことをします。わかってると思うけど、本気よ」

シスルは三人を威嚇するような目で見つめた。だが、三人は下がらない。シスルはゴードンの胸骨の辺りに注射針を押しつけた。ゴードンは思わず叫び声を上げ、カール・マークと女は鉄筋棒から手を放した。だが、中東系の男だけは違った。

女が移民らしき男に棒を下ろすよう頼み込む。だが、男は石のように動かない。

「アサド、棒を置いてくれ」ゴードンが苦しげな声を出した。

「そうはいかない。きみはエレベーターの中で、確実にこいつに殺される」

そうだ、この男の名前はアサドだ。

シスルは笑った。「わたしのこと、あんまり信じていないのね、おちびさん?」

すると、カール・マークが一歩前に出た。

「あんたにゴードンは殺せない。こいつは何も罪を犯していないからだ。そうだろう?」

シスルは無視した。

「あんたは正義の天使だもんな」

「わたしは復讐の天使であり、正義の天使でもあるのよ。神がわたしを選んでくださったのだから」

「じゃあ証明してくれ。でなきゃ、信じることができない」カール・マークが続ける。「あんたは小さな男の子を殺したよな。名前はマクス。生きていればゴードンくらいの年齢で、ゴードンと同じようにまったくの無実だった。あんたはさらに、マクスの母親の命も間接的に奪った。名前はマイア。ご存じのとおり、彼女にも罪はなかった。それからパウリーネ・ラスムスンも殺した。マクスとマイア同様、彼女にも罪はなかった。それでも、神があんたの側についているということを証明してもらおうか。それができたら、要求をのんでやる」

「あなたたちの前で申し開きする必要などないわ。わたしがお仕えしているのは唯一、神だけですから。神はわたしに永遠に消えることのない徴《しるし》をお授けくださったのよ」シスルは注射針をさらに強くゴードンの肋骨に押しつけた。

ゴードンが悲鳴を上げた。今度は女が口を開いた。

「どんな徴か見せてもらえません？　そしたらもう邪魔はしないわ」

シスルは微笑んだ。王立病院の外傷センターを出てから、あれを見た者は、下劣なパレ・ラスムスンしかいない。あの男と出会うように工作し、信頼を勝ちとるように演技してみせた。すると、あの豚はふたりきりになるやいなや、なんのためらいもなく一気にわたしのブラウスを引き裂いてきた。

シスルの瘢痕《はんこん》を見た瞬間、ラスムスンは大きく息を呑んだ。シスルは思い切り平手打ちを見舞った。だが、驚いたことに、相手は瘢痕と殴打の両方に興奮したらしかった。

「神から授かった徴はこれよ」シスルはブラウスのボタンを外し、胸をはだけた。三人は言葉を失い、それに釘づけになっていた。シスルは三人の目が上から下へ、左から右へと動く様子を満足げに眺めた。自分も鏡の前で裸になったときは同じことをする。

シスルの上半身のほとんどの部分には白や赤の盛り上がった瘢痕が木の枝のように走っている。網の目のように張りめぐらされた瘢痕の中央部分は妙に白く、十字の形になっている。

この神の恩寵があなたたちに見える？　確かにわた

しは落雷で熱傷を負った。でも、これは神が正義の指を差し出してくださった証。わたしが使命を与えられ、無敵であることの聖なる象徴なの。

そのとき、アサドが鉄筋棒を思い切り投げつけた。シスルはアサドの動きにまったく気づいていなかった。だが、それが自分の腰を貫通したことはわかった。シスルは衝撃で後方へ飛ばされた。すぐさま立ち上がろうとしたが、無理だった。

目線を落とし、自分の体を見る。棒の端が腰から突き出ている。突き出た部分は、すでに息絶えたマウリッツ・ファン・ビアベクの体の中にあった。倒れ込んだときに刺さったのだ。まるで、自分が選んだ罪人に磔《はりつけ》にされているように見える。

アサドが駆け寄ってきて、馬乗りになって自分を押さえ込むのをシスルはじっと見ていた。女が衰弱した仲間の拘束を素早く解いた。

「あんたは、神が偽りの預言者に与える罰を噛みしめながら残りの人生を過ごすことになる」カール・マークが言う。「投獄されて、そのイカレた思想で他人を操ることなどできない場所で生涯を終えるんだ。世の中から隔離され、いずれは外の世界がどんなものだったか思い出せなくなるだろう。自分の常軌を逸した行為を神に詫び、赦しを乞う日々が待っている。だが、神は赦しを与えることはないだろうな、シスル・パークさん」

シスルは薄笑いを浮かべた。なんて無知で愚かなんだろう。なんて哀れで小さいのだろう。使命も目標もない人たち。神への畏敬の念もない人たち。わたしは神の怒りから解放されているが、この愚か者たちは違う。いまが刈り入れのときだ。この耐え難く瀆神《とくしん》的な世の中からようやく解き放たれて魂の平穏を得るときが来た。シスルは注射器を握る手に力を込め、腕を高く上げた。注射針の先は折れ、先端の大部分がゴードン・タイラーの胸に入ってしまったが、これだけの長さが残っていれば十分だろう。

「それを放せ！」アサドは自分の腿に打たれるのを避けようと、素早く一歩下がった。

「カール・マーク、おまえの予言は何ひとつ当たらない。神はわたしを待っていてくださる。そして、永遠にわたしをお護りくださる」

シスルは目を閉じた。できるだけ腕を高く上げ、むき出しの胸に針を突き立てた。心臓の辺り、ちょうど十字が横に走っている部分に。

シスルは注射器のピストンを最後まで押し込んだ。シスルの体から力が抜けた。その目はぼんやりと遠くを見ていた。

エピローグ

カール

二〇二〇年十二月二十六日、土曜日
クリスマスの二日目

「カール、もう行かないと。アサドとわたしでタクシーを呼んで、ゴードンを病院に運びますから」

カールは椅子に座っている仲間を見つめた。血の気のない顔をひざの間にうずめ、ショック状態のなかで、これまでに受けた苦痛をなんとか乗り越えようとして

いる。こいつが安心して自分を取り戻せるようになるまで、時間が必要だろう。

カールはゴードンの背にそっと手を置いた。「よく頑張ったな、ゴードン。すべて終わった。しばらく休職しても大丈夫だ。いいな？」

ゴードンの体は当然のことながら衰弱していた。だが、顔を上げてカールを見た目には、強い光が宿っていた。

「とんでもない」それがゴードンの第一声だった。

「シスル・パークのような化け物がこの世にいる限り、僕を追い出すことなんてできませんよ」

「そのとおり。すぐにまたラクダの背中に乗らないと。よくそう言うでしょう？」と、アサド。

ローセは微笑もうとしたが、できなかった。特捜部Qにこれからいったい何が待ち受けているのだろう……。

「カール、数時間でもいいからモーナといっしょに過ごしてください」ローセが言う。「課長たちがここに到着して現場検証を終わらせるまで、あなたの居場所は明かしませんから。自宅はだめですよ。監視されているでしょうから。別の場所でモーナと会ってください」

カールは高速道路に乗り、市の中心部から遠ざかった。どうにも整理のつかない思いが頭の中を駆け巡っている。

まったく難しい事件だった。だが、悪夢はまだ続いている。家族との離別。新型コロナウイルス。ゴードンの味わった恐怖。悲劇的な結末をたどったこれまでの被害者たち。そして、何がなんでも救いたかった人物が死体となってコンクリートの床に横たわっている姿——。

数年前まで、自分はたびたびパニック発作を起こしていた。例のステープル釘打ち機事件が原因だった。

だが、落ち着いたはずのいまになってこの事件が現実の一部となり、再び自分を襲い出した。俺は追われる身だ。この悪夢に出口はないのか？　俺はようやく心の平穏を手に入れたんじゃなかったのか？

カールは鼻で笑った。〝現実の一部〟だって？　なんて甘っちょろい表現なんだ。そもそも〝現実〟とはいったいなんだ？　俺が刑務所に入ることか？　マウリッツ・ファン・ビアベクの家族に、人生最悪の知らせを伝えに行くために車を走らせていることか？

過去にも何度か訃報を告げに行ったことはある。遺された人たちに愛する人の死を知らせに行くのは、いつだって胸が張り裂けそうなほどつらい。交通事故であれ、不慮の事故や災害であれ、自殺であれ、同じことだ。まして、今回は殺人だ。

ビアベク家に向かうカールの足取りは重く、沈んでいた。玄関のドアを開けたのがラウラと妹だったのでよけいに気が滅入った。

言葉が見つからない。

ラウラと妹はすぐに察した。

その後、晩近くにモーナがやって来て、ヴィクトーリアと子どもたちに寄り添い、精神的なケアに当たった。

「カール、あなたは全力で闘わないと」ふたりだけになるとモーナが言った。「わたしはハーディとコンタクトを取って、彼の考えを聞く。わかったことがあれば、なんでもあなたに伝えるわ。まだ有罪になったわけじゃないのよ」

「ルスィーアはどうしてる？　いつ会える？」

モーナは微笑みながら、カールの赤い髪に目をやった。「わたしたち、もう結婚しているのよ。それに、わたしは刑務所の訪問に慣れているし、中の様子もよく知っている。だから、安心してルスィーアと会える方法を考えるわ。きっとうまく行く。そうでしょう？

でもあの子をびっくりさせないよう、帽子だけはかぶってね」

「わかった。だが、それは俺が万一刑務所行きになったときの話だ」

「ええ、万一の場合よ」

「アサドとローセは現場を出たようだ。いつ、連中が俺を逮捕に来てもおかしくない」

モーナはうなずき、カールをハグした。

数分もしないうちに、ビアベク家の外壁が青色灯の光に染まった。私服警官たちが玄関に突進する。

呼び鈴も鳴らさずにドアが開けられ、マークス・ヤコプスンが〝猟犬〟とともに、カールに詰め寄った。背後には見たことのない顔がいくつも見える。

マークスはモーナに向かってうなずくと、カールにも硬い表情で短くうなずいた。

「事件を解決し、すべてを終わらせたな」

「ああ。ビアベクの命を救うことはできなかった。だが、努力はした」

「ローセとアサドからすべて説明を受けた。この件は、こちらで改めて取り組む。いまは所定の手続きを進めたい」

カールはうなずいた。ふたりの男に体をつかまれ、両手をうしろに回された。手錠がかけられた。

「カールは無実よ、マークス。わかってるはずでしょう？」モーナが言った。

だが、マークス・ヤコプスンは冷ややかな笑みを見せた。その瞬間、カールはその顔に唾を吐いてやりたくなった。だが、我慢した。

「すべては今後の捜査次第だが、無実ということはまずないだろう」ヤコプスンは冷たく言い放ち、カールの目を直視した。

「二十一時十七分。カール・マーク、逮捕する」

訳者あとがき

本書『特捜部Q―カールの罪状―』は、デンマークのベストセラー作家ユッシ・エーズラ・オールスンによる警察小説〈特捜部Q〉シリーズの第九弾 *NATRIUM CHLORID*（2021）の邦訳である。本国デンマークの批評家から「冒頭からいきなりテンションがピーク。最後までハラハラさせられどおしだ。ページをめくるのももどかしい」「クライム小説界を代表する作家から、またも印象的な傑作が誕生」「あまりに強烈な結末。最終巻が待ち遠しくてうずうずする」といった声が相次いでいる。それもそのはず、今作はのっけから事故、事故（事件？）、事件の連続で、終盤に入ると一気にカウントダウンが進み、そのまま衝撃的な結末へと展開していくのだ。

コペンハーゲン警察の殺人捜査課課長、マークス・ヤコプスンの胸に引っかかっている過去の〝事故〟とその被害者の死。これをきっかけに、特捜部Qは連続殺人が疑われる案件の解明に乗り出すのだが、関連事件を探そうにも、犯行の日付も、現場も、動機も、被害者も、殺害方法も、まったくわからない。そもそも本当に事件が発生していたのか、それすらわからない。共通点らしきものは、現場に残された「塩」だけ（原題の*NATRIUM CHLORID*は「塩化ナトリウム」の意味で、つまりは食塩）。まるで雲をつかむような話だ。おなじみの面々カール、アサド、ローセ、ゴードンはそれでも懸命に捜査を行うが、そこに新型コロナウイルスによるロックダウンが追い打ちをかける。さらに、過去のステープル釘打ち機事件に絡んでカールに思いがけない嫌疑がかかり、特捜部Qは二重の意味で行動の制限を余儀なくされてしまう。デンマークの人々にとって一年で最大の楽しみであるクリスマスが迫るなか、〝ある使命〟のもと、事件は進行していく……。

今作で作者は「正義」「道徳」というテーマを扱っており、物語には迷惑行為や動物虐待の撲滅に精を出す人物が複数登場する。彼らの行為を「勘違いした正義の暴走」と片づけることもできるだろう。確かに彼らの視野は狭いし、その正義感もナイーブで幼稚な印象が否めない。だが、怖いのは、彼らの行動が「自分は正義を実践している」という思考に基づいているところだ。自分を正義だと信じて疑わない人々がこれまで何をしてきたか――それは、本作で列挙されている〝世界の極悪人〟の行ないを見れば明らかだろう。ただ、話はそう簡単ではない。物語中に「聖戦」という言葉が何度か出てくるが、これは一般的には「神聖な目的のための戦い」「正義を守るための戦い」という意味だ。だが、戦いである以上、敵がいる。〝こちら側〟にとっての「神聖な目的」は、敵からすれば「邪悪な目的」だろう。逆もまたしかりで、〝こちら側〟からは「邪悪な目的」のために戦っているとしか思えない相手も、本人たちは「神聖な目的のための戦い」をしているのである。そうした「正義を守るための戦い」「悪を倒すための戦い」は世界のあちこちで、いまも行われている。

本作が執筆されたのは、ロシアがウクライナに侵攻する（これもどちらの側に立つかで、表現が異なるだろう〉二〇二二年二月よりも前だ。だが、作者は同年三月に〈北ドイツ放送〉のインタビューで、ウクライナで起きている暴力に四六時中向き合っている現状はミステリ小説というジャンルには厳しいものだとし、こう話している。

「いまは、ミステリ小説にできることはあまりないのかもしれません。もっとシンプルな時代であれば、こうした小説は人生の暗い面に向き合うときの助けになってくれるのですが。くすっと笑えるところもあったりしますからね。それで気が紛れるし、次に待ち受ける悪いことに向かっていけるんです」

〈特捜部Q〉シリーズの一作目から一貫して作者が大切にしているのは、この「くすっと笑える」ことだろう。皮肉屋のカールと毒舌のローセの応酬もそうだが、なんといってもアサドの存在が大きい。何かというとラクダの逸話を持ち出し（しかも、それをみんなが知っていて当然と思っている節がある）、奇妙な言い間違いでカールを苦笑させる。ヤコプスンにつらい胸の内を明かす場面でも、彼はユーモアを忘れない。だが、前作で明らかになった壮絶な過去や彼の苦しみを考えると、ユーモアとは、アサドが過酷な人生を送るなかで自分が壊れないように身に着けた術なのではないかと思えてくる。アサドもユーモアの力を借りて、〝次に待ち受ける悪いこと〟に立ち向かってきたのだろう。

今作は世界で新型コロナウイルスが猛威を振るう状況で執筆されたとあって、カールたちが規制のなかで苦戦する様子がリアルに描かれている。デンマークは二〇二二年二月に国内におけるコロナ関連の制限をすべて解除しており、EU諸国としては一番乗りで「コロナ前の生活」を取り戻したが、それでも感染拡大の時期はてんやわんやだったようだ。文化芸術関係者がイベント中止で経済的打撃をこうむりながらも当初は国の支援を受けられずに苦境に立たされたという点は、日本もデンマークも同様だったことがわかる。

なお、デンマークでは二十五日と二十六日がクリスマスの祝日となっており、二十六日をanden juledag（アネン・ユールデイ＝クリスマスの二日目）と呼ぶ。作者はデンマークのライフスタイル誌『ALT.』のインタビューで「あなたのクリスマスはいつ始まりますか」と尋ねられ、「息子の妻が家族に加わってから変わりましたよ。ゴードンがうきうきとクリスマスを待つ姿には、彼女の姿が重ねられているのかもしれない。ちなみに「ツリーを囲んで踊る」のはゴードンの実家だけでなく、デンマークの伝統だ。イブの食事のあとに家族・親戚みんなで手をつないでツリーを囲み、クリスマスソングを歌いながら踊るのだが、コロナ禍では禁止もやむをえなかっただろう。

いよいよ次はシリーズ最終作。一作目のステープル釘打ち機事件の全容が明らかになる。既刊でも新たな事実が判明したとの情報はたびたびあったが、どれも断片的なものだった。だが、今作で特大のパズルのピースが見つかった。はたしてカールはどうなるのか。特捜部Qは存続できるのか。物語はどのようなクライマックスを迎えるのだろうか。作者はすでに執筆に入っており、年内にも刊行予定だという。

最後になったが、本書をドイツ語から重訳するにあたっては、今回もLudwig Bahrke氏に多大なご協力をいただいた。キリスト教についてご指導いただき、行間に込められた微妙なニュアンスについても有益なアドバイスをいただいた。ここに格別の感謝を捧げたい。また、針貝有佳氏にはデンマーク語の固有名詞を丁寧にチェックしていただいた。深くお礼を申し上げたい。

二〇二三年六月

HAYAKAWA POCKET MYSTERY BOOKS No. 1992

吉　田　奈　保　子《よしだなほこ》

1974年生,
立教大学文学部ドイツ文学科卒,
ドイツ文学翻訳家
訳書
『特捜部Q―檻の中の女―』『特捜部Q―吊された少女―』『特捜部Q―自撮りする女たち―』『特捜部Q―アサドの祈り―』ユッシ・エーズラ・オールスン
（以上早川書房刊）

この本の型は、縦18.4センチ、横10.6センチのポケット・ブック判です。

〔特捜部《とくそうぶ》Q　―カールの罪状《ざいじよう》―〕

2023年6月10日印刷　　2023年6月15日発行

著　　者	ユッシ・エーズラ・オールスン
訳　　者	吉　田　奈　保　子
発 行 者	早　川　浩
印 刷 所	星野精版印刷株式会社
表紙印刷	株式会社文化カラー印刷
製 本 所	株式会社川島製本所

発行所　株式会社　**早　川　書　房**
東京都千代田区神田多町２－２
電話　03-3252-3111
振替　00160-3-47799
https://www.hayakawa-online.co.jp

（乱丁・落丁本は小社制作部宛お送り下さい
送料小社負担にてお取りかえいたします）

ISBN978-4-15-001992-1 C0297
Printed and bound in Japan

ハヤカワ・ミステリ〈話題作〉

1963
マイ・シスター、シリアルキラー
オインカン・ブレイスウェイト
栗飯原文子訳

〈全英図書賞ほか四冠受賞〉次々と彼氏を殺す妹。姉は犯行の隠蔽に奔走するが……。数々の賞を受賞したナイジェリアの新星の傑作

1964
白が5なら、黒は3
ジョン・ヴァーチャー
関麻衣子訳

黒人の血が流れていることを隠し白人として生きる青年が、あるヘイトクライムに巻き込まれ――。人種問題の核に迫るクライム・ノヴェル

1965
マハラジャの葬列
アビール・ムカジー
田村義進訳

〈ウィルバー・スミス冒険小説賞受賞〉藩王国の王太子暗殺事件の真相とは？『カルカッタの殺人』に続くミステリシリーズ第二弾

1966
続・用心棒
デイヴィッド・ゴードン
青木千鶴訳

裏社会のボスたちは、異色の経歴の用心棒ジョーに新たな任務を与える。テロ組織の資金源を断て！　待望の犯罪小説シリーズ第二弾

1967
帰らざる故郷
ジョン・ハート
東野さやか訳

出所した元軍人の兄にかかる殺人の疑惑。エドガー賞受賞の巨匠が、ヴェトナム戦争時のアメリカを舞台に壊れゆく家族を描く最新作

ハヤカワ・ミステリ〈話題作〉

1968
寒《かん》慄《りつ》
アリー・レナルズ
国弘喜美代訳
アルプス山中のホステルに閉じ込められた男女。かつてこの地で起きたスノーボーダーの失踪事件との関係が？　緊迫のサスペンス！

1969
評決の代償
グレアム・ムーア
吉野弘人訳
十年前の誘拐殺人。その裁判の陪審員たちが、ドキュメンタリー番組収録のため集まるが……意外な展開に満ちたリーガル・ミステリ

1970
階上の妻
レイチェル・ホーキンズ
竹内要江訳
冴えないジェーンが惹かれた裕福な美男子には不審死した前妻の影が……南部ゴシック風サスペンス、現代版『ジェーン・エア』登場

1971
木曜殺人クラブ
リチャード・オスマン
羽田詩津子訳
謎解きを楽しむ老人たちの集い〈木曜殺人クラブ〉が、施設で起きた殺人事件の真相解明に乗り出す。英国で激賞されたベストセラー

1972
女たちが死んだ街で
アイヴィ・ポコーダ
高山真由美訳
未解決となった連続殺人事件から十五年後、またしても同じ手口の殺人が起こる。女たちの目線から社会の暗部を描き出すサスペンス

ハヤカワ・ミステリ〈話題作〉

1973 ゲストリスト
ルーシー・フォーリー
唐木田みゆき訳
孤島でのセレブリティの結婚式で起きた事件。一体誰が殺し、誰が殺されたのか？ 巧みに構成された現代版「嵐の孤島」ミステリ。

1974 死まで139歩
ポール・アルテ
平岡 敦訳
靴に埋め尽くされた異様な屋敷。その密室に突然死体が出現した！ ツイスト博士が謎を追う異形の本格ミステリ。解説／法月綸太郎

1975 塩の湿地に消えゆく前に
ケイトリン・マレン
国弘喜美代訳
他人の思いが視える少女が視た凄惨な事件を告げるビジョン。彼女は被害者を救おうとするが、彼女自身も事件に巻き込まれてしまう。

1976 阿片窟の死
アビール・ムカジー
田村義進訳
一九二一年の独立気運高まる英領インド。阿片窟から消えた死体の謎をウィンダム警部とバネルジー部長刑事が追う！ シリーズ第三弾

1977 災厄の馬
グレッグ・ブキャナン
不二淑子訳
小さな町の農場で、十六頭の馬が惨殺されているのが見つかる。奇怪な事件はやがて町じゅうをパニックに陥れる事態へと発展し……

ハヤカワ・ミステリ〈話題作〉

1978
ガーナに消えた男
クワイ・クァーティ
渡辺義久訳

呪術の力で詐欺を行う少年たち。彼らに騙されたアメリカ人はどこへ消えたのか？　灼熱の地ガーナで、女性私立探偵が真実を追う！

1979
ボンベイのシャーロック
ネヴ・マーチ
高山真由美訳

一八九二年、ボンベイ。シャーロック・ホームズに憧れる青年ジムは、女性二人が塔から転落死した事件を捜査することになり……。

1980
レックスが囚われた過去に
アビゲイル・ディーン
国弘喜美代訳

レックスは子供時代を捨てたはずだった。虐待され、監禁されていた過去を。だが母親の遺言を契機に、過去と向かいあうことに……。

1981
祖父の祈り
マイクル・Z・リューイン
田口俊樹訳

パンデミックで荒廃した世界。治安が悪化する町で、娘や孫と懸命に日々を送る老人は、ある決断をする――名匠が紡ぐ家族の物語。

1982
その少年は語れない
ベン・H・ウィンタース
上野元美訳

緊急手術後に感情を表現しなくなった少年。彼の両親は医療ミスだとして訴えを起こす。それから十年後、新たな事件が起こり……。

ハヤカワ・ミステリ〈話題作〉

1983
かくて彼女はヘレンとなった
キャロライン・B・クーニー
不二淑子訳

ヘレンが五十年間隠し通してきた秘密。それは、ヘレンは本当の名前ではないということ。過去と現在が交差する衝撃のサスペンス！

1984
鏡の迷宮
パリ警視庁怪事件捜査室
エリック・ファシエ
加藤かおり訳

十九世紀、七月革命直後のパリ。若き警部ヴァランタンは、探偵ヴィドックとともに奇怪な死の謎に挑む。フランス発の歴史ミステリ

1985
木曜殺人クラブ 二度死んだ男
リチャード・オスマン
羽田詩津子訳

〈木曜殺人クラブ〉のメンバーのエリザベスが奇妙な手紙を受け取った。それを機に彼らは国際的な大事件に巻き込まれてしまい……

1986
真珠湾の冬
ジェイムズ・ケストレル
山中朝晶訳

一九四一年ハワイ。白人と日本人が殺害された事件はなぜ起きたのか。戦乱の太平洋諸国で刑事が見つけた真実とは？ 解説／吉野仁

1987
鹿狩りの季節
エリン・フラナガン
矢島真理訳

女子高生失踪事件と、トラックについた血との関係とは？ 鹿狩りの季節に起きた平穏な日々を崩す事件を描くＭＷＡ賞新人賞受賞作